KB238257

백범 강산에 눕다

Kim Ku, Resting in the Homeland
By Lim Soon man

Published by Hangilsa Publishing Co. Ltd., Korea, 2026

임순만 장편소설

백범
강산에
눕다

한길사

백범 김구 선생(1876~1949)

1 내 목숨을 드리다

서로 다른 생각이 호응해 바람이 일어난다. 바람이 불어 역사가 된다.

저녁 햇살 속에서 바람이 펄럭이며 골목을 지나간다. 권태롭게 졸던 벽돌 틈새에서 먼지가 기억처럼 피어오른다. 망국을 징비懲毖하던 서러움마저 빛을 잃어가는 날들이다.

상해上海, 상하이 프랑스 조계租界 마랑로 보경리 4호 골목 대한민국 임시정부 청사와 교민단 사무실 앞. 낡은 건물 앞에서 거류민단 간부 청년 셋이 한 남자를 막아섰다. 남자는 청년들의 제지에도 아랑곳하지 않고 안으로 들어가려 한다.

"왜 내가 여기 들어갈 수 없단 말이오?"

그의 목소리는 당당했다.

"여기는 아무나 들어갈 수 없소."

"나는 일본에서부터 이곳까지 찾아왔소."

"용건을 말하시오. 일본에서 왔다고 다 들여보낼 수는 없소."

정부 청사 2층에서 김구金九가 실랑이를 내려다보고 있었다.

문밖에서 맞서는 사람은 일본어가 섞인 말을 했지만, 분명 한국인이었다.

"일본에서 노동하다가 상해에 가정부假政府가 있다는 말을 듣고 며칠 전에 상해에 도착했소. 전차 검표원에게 위치를 물어 여기까지 찾아온 것이오."

김구는 청년이 어떤 사람인지 궁금했다. 독립운동을 하고 싶어서 묻고 또 물어서 먼 길을 온 사람이라니. '가정부'는 일본인들이 임시정부를 낮잡아 부르는 말이었다. 김구는 청년을 불러들였다.

청년은 서울 태생이며 이름은 이봉창李奉昌이라고 했다. 김구는 청년에게 상해에서 생계를 해결할 방법이 있느냐고 물었다.

"그런 것은 문제가 없습니다. 저는 철공장에서 일할 수 있습니다. 노동하는 사람은 독립운동을 할 수 없습니까?"

김구는 오늘은 늦었으니 다음에 다시 이야기하자고 말했다.

며칠 뒤 이봉창이 다시 찾아와 민단 주방에서 직원들과 술과 국수를 사다 먹으며 이야기를 나눴다. 이봉창과 직원들이 떠드는 소리가 김구에게 들려왔다.

"왜 한국 사람들은 일본 천황을 처단하지 못합니까?"

"그런 말을 쉽사리 입 밖에 내지 마시오. 일황을 처단하는 게 어디 쉬운 일이오?"

"쉽다마다요. 내가 작년에 도쿄에 있을 때 하루는 일황이 하야마에서 돌아온다는 소식을 듣고 구경하러 가서 한참 바라보고 서 있었지요. 마침내 일황이 제 앞을 지나가더란 말입니다. 그때 저는 가슴이 일렁이며 온몸의 피가 솟구쳐오르는 것을 느꼈답니다. 나에게 무기만 있다면 그 자리에서 바로 큰일을 한번 해볼 텐데 하는 생각이 스쳤단 말이지요. 지금도 일황이 바로 내 앞에서 바람을 일으키며 지나가던 모습이 생생해요."

김구는 그의 주담酒談을 주목했다. 저렇게 쉽사리 일왕을 처단할수 있다고 말하는 저 청년은 대체 누구인가. 젊은이는 무슨 사연이 있어 일본에서 여기까지 찾아왔을까.

김구는 다음 날 젊은이 둘을 대동하고 이봉창이 머무는 여관으로 찾아갔다. 민단 청년들은 김구에게 그를 가까이하지 말라고 권유했으나, 김구는 청년이 누구인지 알아보고 싶었다.

나이 서른한 살의 이봉창은 대대로 수원에서 살았다고 했다. 그러나 아버지가 화류병에 걸렸고, 철도 부근에 있던 토지는 일제에게 빼앗겼다. 가족들은 생계가 막연해 서울 원효로로 왔다. 이봉창은 열 살에 용산에 있는 문창소학교에 입학하여 소정의 과정을 마치고 일본인 과자점에서 일했다. 점원으로 4년을 지내다가 열아홉 살에 남만철도회사 용산정차장의 기차 운전 견습생이 되었다. 4년을 일했으나 조선인이라 정식 운전사가 되지 못했고, 나중에는 일을 가르쳐준 일본인 아래서 일해야 했다. 그때 조카 은임이 식모살이를 하러 일본으로 가게 되었다. 중개업자의 주선으로 조카를 따라 간 이봉창은 막노동을 시작으로 공장을 전전하며 생활했다. 일본인 흉내를 냈고, 일본인과 똑같이 되는 것이 꿈이었다. 그러다 나고야에서 쓰러졌다. 영양실조로 인한 각기병으로 일어설 수가 없었다. 일 년간 병석에 있었다.

몸이 어느 정도 회복되자 그를 돌봐주던 일본인 친구가 사위로 들어가라며 한 일본인을 소개했다. 도시락 회사를 운영하는 사람이었다.

김구는 이봉창의 과거사를 묵묵히 들었다. 밀정은 다양한 형태로 존재했고, 저마다의 사연이 있었다.

"먼저 도시락 회사에 들어와 일을 배우라고 하더군요. 결혼식은 천천히 올려도 된다고요. 정신이 번쩍 들었습니다. 온갖 고생을 하며 지금까지 왔는데, 이제는 정말 일본인의 사위가 되어 일본인으로 살아야 하는지 고민했습니다. 저는 다음 날 나고야를 떠났습니다."

청년의 표정이 진지했다.

"그 후로 저는 한국인이라고 많은 차별을 받았습니다. 일본인처럼 행세하며 쾌락을 좇아 살았습니다. 인생의 목적이 쾌락이라면, 저는 31년 동안 인생의 쾌락은 대략 맛보았습니다. 그래서 이제는 영원한 쾌락을 얻기 위해 우리 독립사업에 투신하고자 상해에 왔습니다."

"독립운동에 투신하는 건 쾌락과는 다르오."

노동하면 일한 만큼 금전적 대가를 얻는다. 노동자가 내일을 기약할 수 없는 '독립'을 위해 일하는 경우는 드물다. 그런데 지금껏 노동을 해왔다는 이 청년은 독립운동을 위해 상해로 왔으며, 목숨을 걸어야 하는 독립운동을 '쾌락'이라고 말하고 있지 않은가.

"선생님께 긴히 말씀드리고 싶은 게 있습니다."

"듣고 싶소."

"이것은 선생님께만 비밀히 말씀드리는 것입니다. 기회가 온다면 일황을 제거할 수 있습니다."

김구는 창문 밖을 내다보았다. 저녁 거리에 바람이 불고 있었다. 포동항에서 불어오는 바람이 김구의 가슴에 펄럭였다.

야생의 바람, 만주벌판의 바람이었다.

1909년 9월에 청과 일본이 간도협약을 맺었다. 숙종 때 백두산 정계비가 건립된 이래 160년간 간도는 조선과 청나라의 완충지대로 남아 있었다. 농지가 없는 조선 농부들은 압록강을 건너가 땅을 일궜다. 청 건국 이후 만주족 남자들이 북경으로 가는 바람에 농사를 짓지 않게 된 땅이라 토양이 기름졌다. 강냉이 한 알을 심으면 다듬잇방망이만 한 옥수수가 열댓 개씩 열렸고, 감자 반쪽을 심으면 어른 주먹보다 큰 감자가 주렁주렁 딸려나왔다. 곡식을 심는 문제도 양국간에 큰 문제가 되지 않았다. 그러나 1881년 청이 봉금封禁을 해제하고 청나라 사람들의 간도 이주와 개간을 장려하면서 잠재돼 있던 경계와 영유권 문제가 현실의 분쟁으로 드러났다.

을사늑약을 강요해 대한제국의 외교권을 박탈한 일본은 간도에 조선통감부 간도파출소를 설치하고, 간도는 대한제국과 청 양국이 협상을 통해 결론을 내려야 하는 분쟁 지역이라고 선언했다. 외교권을 빼앗긴 대한제국은 목소리조차 내지 못했다. 일본은 대한제국을 대신한다는 명분으로 협상장에 앉아 남만주 철도 부설권과 무순 탄광 운영권을 얻는 대가로 간도의 영유권을 청에 넘겨버렸다. 조선은 참여도 하지 못하고 땅을 도둑맞듯 빼앗겼다.

지금 만주의 서간도와 북간도 일대에는 백만이 넘는 조선인이 흩어져 살고 있다. 그들 가운데는 수십만 독립군이 활동하고 있다. 그러나 그 많은 이들 가운데, 일왕을 제거할 수 있다고 꿈꾸는 이는 보지 못했다.

　청년의 옷차림은 단정했으나, 바짓단과 구두 끝엔 다듬어지지 않은 흔적이 뚜렷했다. 겉으로 보면 흔한 행인의 모습이지만, 가까이에서 보면 허랑방탕한 기운이 들어 있었다. 숨을 몰아쉬며 손가락을 툭툭 꺾는 습관은 곧장 들판으로 뛰쳐나갈 야생의 동물처럼 보였다.

　김구는 생각했다.

　'이봉창, 이 청년은 뭔가 남다르다. 겉은 번드르르하나 속엔 문명에 길들지 않은 야성이 도사리고 있다. 닳지 않은 기운, 세상살이에 찌든 자들이 잃어버린 순결한 열정을 간직하고 있구나!'

　김구가 물었다.

　"일왕이 지나갈 때, 정말 폭탄을 던질 수 있단 말이오?"

　이봉창이 머리를 들어 대답했다.

　"저는 내지에서 오래 살았고, 도쿄의 지리도 잘 압니다. 폭탄만 손에 들어온다면, 일황에게, 아니 일왕 유인裕仁, 히로히토이에게 던지는 일은 어렵지 않습니다."

　"어떻게 일왕에게 폭탄을 던진단 말이오?"

　그는 미소를 지으며 턱을 살짝 들었다.

　"유인이는 우스꽝스럽기 짝이 없습니다. 왜소한 체구에다가 등에 바지 주머니를 매달고 다니는 듯한 모양새지요. 걸음걸이는 새 발처럼 자잘거리고, 고개는 늘 비둘기처럼 까닥까닥하지요."

　김구의 가슴 한구석에서 알 수 없는 기운이 폭발하듯 튀어올랐다. 그의 머릿속에서 '일왕 암살'은 생각조차 못 한 일이었다. 감히 생각할 수 없는 영역이었다. 그러나 이봉창의 말은 달걀 껍데기를 안에서 콕콕 쪼아대는 병아리 부리처럼 그의 머리통을 두드렸다.

"그거야 쉽지 않습니까? 제 목숨을 내놓고 던지면 그뿐입니다."

이봉창은 숨을 고르듯 잠시 말을 멈추더니, 낮게 덧붙였다.

"하지만… 그를 죽인다 한들 세상이 달라질까요?"

"그게 무슨 뜻이오?"

김구의 눈썹이 움직였다.

"일왕은 신의 탈을 쓴 장식물에 불과하다고 생각합니다. 실권은 다른 자들이 쥐고 있지 않습니까. 총리대신이나 조선을 멸시하는 실력자 중 하나를 겨냥하는 것이 더 현실적일지도 모릅니다."

김구는 머리를 저었다. 두 사람의 생각이 서로 바뀌어 있었다. 김구가 논리적으로 반박했다.

"그렇지 않소. 일왕이야말로 일본제국주의의 상징이오. 그를 제거하면 군국주의 본산에 균열이 생길 것이고, 세계 각국에도 적잖은 파장을 일으킬 것이오. 조선인이 일왕을 공격했다는 그 소식 하나만으로도요!"

잠시 침묵이 흘렀다. 이봉창이 고개를 들었다.

"과연 그러하겠지요. 제가 해보고 싶습니다."

"그게 진심이오?"

김구는 몸을 앞으로 기울이며 물었다.

"진심이고 말고요."

이봉창의 목소리는 들떠 있지 않았다. 그의 말속엔 가라앉은 무엇이 있었다.

"내가 1년 안에 그대를 위해 모든 준비를 마치겠소. 그때까지 살아갈 방도는 마련할 수 있겠소?"

"저는 일본말도 능하고, 어떤 일이라도 할 수 있습니다. 생계는 걱정하지 않으셔도 됩니다."

"그럼, 홍구虹口, 홍커우로 가시오. 당장은 일부터 구해야 하니까. 나는 그대의 결심을 믿소."

둘은 1~2개월에 한 번씩 비밀리에 만나기로 했다.

*

이봉창은 기노시타 쇼조木下昌藏라는 이름을 사용했다. 그는 모르는 일본 가요가 없었고 다정다감해서 홍구에서 일자리를 쉽게 얻었다. 일본인도 잘 사귀었다. 몇 개월 새 일본인 친구가 열 명 이상으로 늘어났다. 일본 경관들까지 친구로 만들었다.

김구는 독립운동을 위해 할 일이 있으면 돈을 보내주겠다고 약속한 미주 동포들에게 편지를 보냈다. 곧바로 돈이 왔다. 김구는 김홍일을 통해 중국 공병창으로부터 성능이 우수한 폭탄 한 개를 준비했다. 그리고 김현을 하남성의 유치劉峙에게 보내 또다시 한 개를 입수해 두 개의 폭탄을 확보했다.

1년간 김구와 이봉창은 바쁜 준비 기간을 보냈다. 이봉창이 그간의 소식을 나누기 위해 김구를 찾아왔다. 이봉창은 여유가 있었다. 얼굴은 이전보다 야위었지만, 눈빛은 여물어 있었다.

두 사람은 나란히 앉아 이야기를 주고받았다. 이봉창은 일본 입국 시기, 일왕의 나들이 경로와 경호 인원의 동선, 경찰의 배치, 시가지에서 군중이 모이는 유형 같은 것을 이야기했다. 정밀하게 파악하고 연구한 것이어서 그의 말 한마디 한마디에 신뢰감을 느꼈다. 계획은 치밀했고 그에 따른 준비도 알찼다.

"나라를 위해 제가 무엇을 할 수 있는지, 이제는 모호하지 않습니다. 해야 할 일이 손에 잡힙니다."

김구는 서랍 속에서 작은 상자를 꺼냈다. 그 속에는 손바닥만 한 마미麻尾 수류탄 두 개가 들어 있었다.

이봉창은 두 손으로 그것을 받았다. 무겁지 않았다. 손안에 금속의 감각이 맥박처럼 전해져왔다. 쇠뭉치는 비감했고 차가웠다.

이봉창은 낮게 숨을 들이켰다.

"일본으로 떠날 준비를 하겠습니다."

김구는 침묵으로 대답을 대신했다.

그날 이후 사흘 동안, 김구는 누구도 만나지 않았다. 생각을 곱씹고, 혼자서 논쟁했다.

'그를 보내는 것이 합당한가.'

김구는 이동녕을 찾아갔다.

"백범, 요즘 어찌 지내시오? 아주 바쁜 얼굴이오."

이동녕이 미소를 띠며 김구를 맞았다.

"그 많던 사람들은 다 흩어지고, 이제 임정엔 오다가다 들르는 사람들만 남은 꼴이오."

김구는 잠시 뜸을 들이다 눈빛을 다잡고 말했다.

"선생님, 제가 계획한 것이 있습니다. 세상이 놀랄 만한 일을 해보려고 합니다."

이동녕이 눈을 가늘게 뜨고 허공을 바라보았다. 그의 눈빛엔 상대를 신뢰하는 의지와 근심이 함께 들어 있었다.

"그렇게만 알아두십시오."

"백범이 알아서 하시오."

이동녕은 백범이 자신에게 소상하게 말하지 않는 이유를 알 수 있었다. 김구는 어려운 일의 책임을 오롯이 혼자 지려고 했다. 한인애국단을 만들 때도 김구는 이동녕에게 자세한 내막을 말하지 않고 모든 것을 혼자 처리했다.

만주사변 이후, 중국 땅을 짓밟은 것은 일본군만이 아니었다. 친일 행세를 하며 중국인에게 횡포를 부린 조선인도 많았다. 그로 인해 상해의 조선인은 중국인의 눈총을 함께 받아야 했다. 임시정부는 외곽 조직이 필요했다. 김구는 특무대를 구상했다. 경비를 최소로 하고 인원을 소수로 꾸렸다. 때가 오면 적의 심장부를 향해 날아들 소수의 청년이 필요했다. 김구는 임정의 재무장이자 교민단장이었다. 특무대의 실무를 맡을 상황이 아니었다. 그러나 청년들을 움직일 수 있는 유일한 사람이었다.

그는 결국 조직을 꾸렸다. 한인애국단. 임시정부와 별개로 움직였다. 단원의 자격은 단 하나였다. 목숨을 걸 준비가 되어 있을 것. 움직이는 방식도 하나였다. 회의는 없다. 구조는 비밀이다. 모든 책임은 김구가 진다.

12월 9일 밤, 임시정부 판공처에서 국무회의가 열렸다.

김구가 보고를 드렸다.

"일본 도쿄에 지사를 한 명 파견키로 했습니다. 만반의 준비를 마쳤습니다. 인준을 요청합니다."

"도쿄에 지사 한 명이 아니라 몇 명을 보낸들 뭘 하겠소? 거기서 대체 뭘 하겠단 말이오? 경비만 낭비하고 젊은 목숨만 아깝소."

김철기 군무장이 고개를 저었다.

"아무리 용기를 내도 성공 가능성은 희박합니다. 외교적 구실도 잃을 수 있습니다."

조소앙 외무장도 얼굴을 찌푸렸다.

"이 일은 1년 넘게 준비해온 것입니다. 조심스럽고도 착실하게 추진해왔습니다. 이제는 실행해야 할 때입니다."

김구는 흔들리지 않았다.

회의장에 침묵이 흘렀다. 이동녕이 일어섰다.

"전날 밤 백범과 이야기를 나누었습니다. 백범은 대한민국 임시정부가 처한 상황과 새로운 일의 중차대함을 누구보다 잘 압니다. 나는 백범을 믿겠습니다. 인준합시다."

그 말에 다른 이들은 토를 달지 않았다.

이동녕이 인준서에 도장을 찍었다.

12월 11일 저녁, 싸늘한 겨울비가 조계의 석조 지붕 위로 내려앉았다. 김구는 중흥여관으로 들어섰다. 문이 열리고 안에서 기다리던 이봉창이 일어났다.

"준비가 거의 다 됐습니다."

"수류탄 두 개 중 하나는 거사에 쓰시오."

"하나는 실패했을 경우 자결용으로 쓰겠습니다."

백범은 자신의 헌 옷 속에서 전대를 꺼냈다. 전대 속에는 미주 동포들이 보내온 돈이 그대로 들어 있었다. 밀봉한 전대를 뜯어 돈뭉치를 꺼냈다. 그러고는 돈을 고스란히 이봉창에게 건넸다.

"준비가 끝나면 다시 만납시다."

이틀 후 이봉창이 약속장소인 신대흥여관으로 찾아왔다.

"준비를 끝냈습니다."

"떠날 날짜를 잡았소?"

"모레 떠나려고 합니다."

김구가 이봉창의 어깨를 다독이며 자리에 앉혔다.

"선생님이 주시는 돈뭉치를 받을 때 마음속에서 뜨거운 것이 올라왔습니다. 저를 믿고 그렇게 큰돈을 주신다고 생각하니 울컥했습니다. 제가 그 돈을 떼어먹는다면 법조계 밖으로는 한 걸음도 못 나오시는 선생님이 저를 어찌할 도리가 없겠지요. 저는 평생 이처럼 신임을 받아본 일이 없습니다. 이것이 처음이요 또 마지막입니다. 한인애국단에 정식으로 가입한 후 일본으로 가겠습니다."

"도쿄에 도착하면 전보를 보내시오. 돈이 부족하면 내가 다시 송금하리다."

그날 밤, 두 사람은 여관에서 하룻밤을 묵었다. 두 사람이 함께 잔다는 건 끝까지 함께한다는 맹약의 표현이었다.

"선생님과 함께 누우니… 마치 고향 집 아랫목에 누워 있는 기분입니다."

한 이불 아래 누운 두 사람 사이엔 어색한 기색도 불편함도 없었다. 오히려 말할 수 없는 정다움이 밀려왔다.

"어떻게 수류탄을 들고 도쿄까지 갈 수 있겠소?"

김구가 물었다.

"걱정하지 마십시오. 항구에서 검색하는 데 도와줄 사람이 있습니다."

"거사 마지막 순간에 의지를 상실하거나 정신이 혼미해지면 안 되오. 많이 긴장되겠지만, 마음을 다잡고 흔들리지 마시오. 우리가 계획하는 것은 조국의 미래를 위한 것이라는 확신을 가지시오."

김구가 거사 직전 감정에 휘말릴 우려가 있는 이봉창에게 꼭 해주고 싶던 말이었다.

"알겠습니다. 숨소리 하나 눈빛 하나까지도 흔들리지 않겠습니다. 끝까지 웃음도 눈물도 없이 정확하게 하겠습니다."

두 사람은 방 안을 가득 채운 침묵 속에서, 사위에 깔리는 흑암을 바라보고 있었다. 이봉창은 마지막 순간까지 정신을 다잡아야 한다는 김구에게서 깊은 신뢰를 느꼈다.

'이분은 마지막까지도 흔들리지 않을 사람이다.'

이봉창은 지금까지 한 번도 느껴보지 못했던 인간에 대한 믿음이 등줄기를 타고 밀려오는 것을 느꼈다. 일찍이 이렇게 강직하고 선한 사람을 만났더라면 자신의 인생이 달라졌을 거라는 데 생각이 미쳤다. 이봉창의 눈가에 맺힌 눈물이 베개로 떨어졌다.

"백범 선생님!"

이봉창이 낮은 목소리로 김구를 불렀다.

김구는 그 소리를 이봉창의 외침으로 들었다.

"오냐!"

김구의 대답 또한 외침이었다.

"조국에…"

그는 잠시 숨을 골랐다.

"말하라."

"제 목숨을 바치겠습니다."

이봉창이 또박또박 말했다.

김구는 고개를 이봉창에게로 돌렸다. 자신의 몸 전체를 관통하는 흐름이 옆에 누운 젊은이의 심장을 타고 흐르고 있다는 것을 느꼈다.

"우리 깊이 새겨두자꾸나. 너와 나는 폭행을 찬양하려는 것이 아니다. 우리는 이 험난한 조국의 길을… 피를 흘리며 세계에 호소하려는 것이다. 한 사람이 나라를 위해 목숨을 바치는 일은 결코 가벼운 일이 아니다. 너는 이미 위대한 사람이다."

김구는 이봉창을 편안하게 대했다. 자식에게 하는 말처럼 격식없는 말이 김구의 입에서 흘러나왔다. 두 사람의 마지막 밤은 시대와 운명이 교차하는 정결한 의례였다.

침묵이 오래도록 이어졌다.

이튿날 아침, 두 사람은 함께 간단한 식사를 마친 뒤, 안공근의 사진관으로 향했다. 거리엔 마차 바퀴 자국마다 물이 고여 있었다.

사진관 내실에 들어서기 전에 이봉창은 종이에 쓴 '선서문'을 가슴에 부착했다.

나는 참된 정성으로써 조국의 독립과 자유를 회복하기 위해 한인애국단의 일원이 되어 적국의 수괴를 도륙하기로 맹세하나이다.

대한민국 13년 12월 13일, 선서인 이봉창.

양손에는 수류탄을 하나씩 들었다. 검은 양복에 고동색 넥타이를 맨 이봉창은 태극기 앞에 서서 밝은 웃음으로 자세를 취했다.

"제가 이제 떠나가면 대사가 한 가지 이루어지지 않습니까? 선생님, 기뻐하셔야 합니다. 왜 슬퍼하십니까?"

김구는 얼굴을 폈다. 그러나 무거운 마음은 가시지 않았다.

안공근이 검은 망토 안으로 들어가 카메라 뷰파인더 안의 젖빛 유리를 들여다보면서 조리개를 맞췄다. 인물이 꽉 차 태극기의 4괘가 보이지 않았다.

"반 발짝만 왼쪽으로!"

안공근의 주문에 따라 이봉창이 반 발짝을 움직였다. 감괘와 곤괘가 드러났다. 물과 땅. 동해물과 백두산. 피사체의 상이 거꾸로 맺혔다. 양손에 폭탄을 하나씩 들고 해맑게 웃고 있는 이봉창의 모습이 안개 속으로 떠올랐다.

찰칵. 역사가 눈꺼풀처럼 내려앉았다. 셔터가 미래를 정지시켰다.

김구는 이봉창의 손을 잡았다. 이봉창의 손은 차갑고 메말랐다.

두 사람의 손에는 악력이 있었다.

"체포됐을 때 취할 방법을 알려주십시오."

"이 사진을 보여주고 여기 적힌 선서문대로만 말하라. 그 외의 일은 입 밖에 내지 말고 버텨라. 나중에 고문과 취조 때문에 무엇이라도 말해야 하면 나에 대한 것은 다 말해도 괜찮다. 일본인이 선임해준 관선 변호사는 거절해라."

"꼭 성공해서 반드시 독립을 이루도록 하겠습니다."

"내세에서 만나자."

"저는 영원한 기쁨을 찾아 떠납니다."

이봉창이 예절 바르고, 진정으로 가득 찬 인사를 했다. 먼 길을 가는 아들이 아버지에게 드리는 큰절 같았다. 그리고 차를 타고 홍구 쪽으로 갔다. 김구는 그 자리에 한참을 서 있었다. 이봉창이 돌아간 뒤에도 그의 기척은 그대로 남아 있었다. 김구는 한동안 생각했다. 이 젊은이가 가진 것은 무엇인가. 외로운 삶. 가정도, 소속도 없다. 그가 내놓을 수 있는 것은 목숨뿐이다. 단 하나 가진 그것을 기꺼이 내놓겠다는 이 젊은이는 얼마나 별다른가. 김구는 자신이 너무 쉽게 결단했는지도 모른다는 생각에 사로잡혔다. '나의 선택은 그의 위대함에 값할 수 있는 것인가' '못난 윗세대가 젊은이의 목숨을 요구한 건 아닌가?' 김구는 몸으로 떨며 되새겼다.

'승인한 나는 끝까지 책임져야 한다.'

12월 17일, 이봉창은 여객선 히카와마루를 타고 일본으로 향했다. 황포강 부두에는 그를 배웅하러 열 명 가까운 일본인 친구들이 나왔다. 일본총영사관 경찰서장이 직접 인사를 나눴고, 영사관 직원이 이봉창의 짐을 들어주었다.

총영사관 경찰서장은 그의 부탁을 받고, 나가사키 경찰서장에게 보내는 소개장을 써주었다.

'도쿄로 유학 가는 착실한 청년이니, 귀하께서 잘 인도해주십시오.'

친구들은 그의 손을 잡고 눈물로 작별을 고했다.

수류탄 두 개는 전날 밤 김구의 제안에 따라 이화림^{李華林}이 만들어준 훈도시에 달린 비밀 주머니에 감췄다. 이봉창은 훈도시 양쪽에 만들어 붙인 좁고 긴 주머니에 수류탄을 하나씩 넣고 끈으로 허벅지를 감싸 맸다. 그 위에 내복과 바지를 겹쳐 입었다.

12월 19일 밤 고베에 도착한 이봉창은 사흘 후 도쿄로 가서 아사쿠사구 오와리야 여관에 투숙했다. 24일 이봉창은 김구에게 편지를 보냈다. 수신인을 사전에 얘기한 대로 중화민국 상해 법계 서문로 서문리 7호 백정선 선생 친전^{白貞善 先生 親展}이라고 썼다.

12월 28일 상해 백정선은 요코하마 쇼킨^{正金}은행 상해지점에서 기노시타 쇼조에게 100엔을 보내고 '쇼킨에 100엔 보냈다'는 전보를 쳤다.

기노시타 쇼조는 이 전보를 확인하고 다음 날 '상품은 1월 8일 꼭 팔릴 터이니 안심하십시오'라는 전보를 보냈다.

이봉창은 1월 7일에는 여관을 떠나 검문에서 자유로운 가와사키의 유곽에서 묵었다. 8일 오전 7시 그는 그곳을 나왔다.

*

1월 9일, 중국 여러 신문에 한인 이봉창의 거사 소식을 전하는 도쿄발 기사가 특보로 실렸다. 기사는 일왕을 저격하지는 못했지만, 한국인의 기개가 그를 저격한 것이요, 또 만방에 한국 민족이 일본에 동화되지 않았다는 것을 웅변으로 증명했다고 행간에서 설명하고 있었다. 청도^{青島, 칭다오}에서 발행되는 중국국민당 기관지 『민국

일보』는 특호 활자로 '한인 이봉창이 일황을 저격했으나 불행하게 도 명중하지 못했다'고 제목을 달았다. 『신보』『시보』『시사신보』 『중앙일보』『대공보』 등도 마찬가지였다. 일본군과 경찰이 『민국일보』를 습격했다.

일본이 중국 정부에 엄중히 항의했고, '불행'이라고 쓴 신문사는 전부 폐쇄당했다. 일본 이누카이 내각이 총사퇴하고 경호 관련자들이 문책당했다.

한국독립당은 이봉창 의거에 대해 짧은 성명을 발표했다.

"본당은 한국 혁명용사 이봉창이 일본 황제를 저격하는 일성으로 전 세계 피압박민족에게 신년의 기개를 선보인 것을 기뻐한다. 압박민족들은 다 함께 폭군과 사악한 정치의 수범首犯을 없애버리고 민족적 자유와 독립의 실현을 도모하기 바란다."

일본 경찰은 백정선으로 추정되는 김구를 대심원에 기소하고 상해 주재 일본총영사관에 김구의 수사를 지시했다. 그러나 김구는 이미 잠적한 뒤였다.

김구는 낮에는 활동을 멈추고 잠은 동지들의 집이나 창기의 집을 옮겨 다니면서 잤다. 교민단장직도 내놓았다. 그러나 필요할 때는 임시정부 청사에 나타났다. 한인 동포들이 모여 노는 자리에도 모습을 드러냈고 동포들의 집을 찾아가 국수를 먹고 유유히 사라졌다.

이봉창은 현장에서 체포돼 경시청에서 간단한 경찰 조사를 받은 후 9차례 신문을 받았다. 첫 신문은 1월 8일 경시청에서 이루어졌고, 1월 12일에는 현장과 마차에 대해 검증했다. 2차부터 9차까지 신문은 도요타마형무소에서 진행됐다. 마지막 신문은 6월 27일에 이루어졌다.

메이지 헌법의 대역죄에 따라 대심원 특별 권한에 속하는 피고 사건의 예심 담당 판사 아키야마가 이봉창을 신문했다. 이봉창은 조사받는 6개월 동안 흔들리지 않는 자세를 유지했다.

이봉창이 집중적인 신문을 받은 것은 배후에 관해서였다. 이봉창은 예심판사에게 배후 인물은 백정선이라고 말했다. 백정선과 만난 일을 비롯해 폭탄을 마련하고 사진을 함께 찍은 일 등 백정선과의 일에 대해서 솔직하게 이야기했다. 그러나 백정선이 김구라는 것은 끝까지 말하지 않았다.

예심판사는 강직한 정의감을 표출했다. 말끔히 손질된 머리카락, 다문 입술, 정면을 주시하며 흔들리지 않는 눈동자… 그는 '천황폐하'에게 수류탄을 던진 식민지 조선 청년에게 경멸감을 드러내며 "유곽에서 혼자 잤는가?" 하고 물었다. 이봉창은 "창기와 함께 잤다"고 답했다. 다른 질문으로 건너갔던 예심판사는 "대사를 결행하기 전날 밤 여자를 산 것은 어떤 기분에서였는가?"라고 질문했다. 이봉창은 '쇼와덴노'昭和天皇의 엘리트임을 과시하며 피고의 사상성을 무시하려고 시도하는 판사를 능멸하면서 묻는 대로 답했다.

예심은 통상적인 신상 확인으로 시작되었다. 이봉창은 자신에 대한 사실을 숨김없이 짧게 밝혔다. 곧바로 본론이 이어졌다.

1932년 1월 8일, 관병식을 마친 천황의 행차가 고지마치 경시청 앞에 이르렀을 때 폭탄을 던진 것이 사실인지 묻자 이봉창은 망설이지 않고 그렇다고 답했다.

폭탄을 던진 목적을 묻는 질문 앞에서 이봉창은 신문자의 눈을 피하지 않았다.

"일왕의 목숨을 끊기 위해서였다."

그 말이 떨어지자 신문실 안의 공기가 멈췄다. 예심판사의 시선도, 주변의 움직임도 정지했다. 오직 기록관의 손만이 멈추지 않았다.

잠시 뒤 신문은 다시 이어졌다.

이봉창은 행렬을 보고 일왕이 두 번째 마차에 타고 있다고 판단한 이유를 설명했다.

폭탄의 안전핀을 언제 뽑았는지를 물었다. 이봉창은 사건 열흘 전 아사쿠사의 한 여관에서 나무마개를 제거하고 장치를 손본 뒤, 언제든지 던지기만 하면 폭발하도록 준비해두었다고 진술했다.

그러나 결과는 기대와는 달랐다. 폭발하면 주변 수미터 안의 물건들은 모조리 파괴할 위력이라고 들었지만, 마차도, 의병장도 치명상을 입히지 못했다.

-피고가 천황폐하에 대해 위해를 가할 것을 결의한 것은 언제인가?

-1931년 6월경이다.

-그런 결의를 하게 된 동기는?

-나는 1925년 25세 때 처음으로 조선에서 내지에 왔다. 그 당시에는 일본 왕실이나 정부에 대해서 별다른 불평불만이 없었다. 그런데 1928년 일왕 즉위식을 구경하기 위해 친구 두 명과 함께 오사

카에서 교토로 갔다. 이때 나는 조선에서 온 한문이 섞인 한글 편지를 소지하고 있다는 이유로 경찰서에 검속되어 11일 동안 유치됐다가 석방되었다. 나는 단순히 조선인이라는 것 때문에 민족적 차별을 받아 검속된 것에 크게 울분을 느꼈다. 그때부터 내 나라 조선의 독립에 대해 생각하게 됐다.

─피고는 조선 독립을 위한 운동에 관여한 적이 있는가?

─조선 독립 문제에 관심이 있었으나, 연줄이 없어서 실제 운동에는 관여할 수가 없었다.

─상해에 건너간 뒤 무슨 일을 했는가?

─바로 1931년 1월 프랑스 조계 민단사무소를 방문했다. 내가 일왕에게 위해를 가해야겠다고 결심한 것은 그 후 민단 단장 백정선을 만나고 나서의 일이다.

─백정선을 언제 처음 만났나?

─민단사무소 방문 두 번째에 단장인 백정선을 처음 만났다. 그때 나는 이 사람에게서 대한민국 임시정부에 관한 이야기를 듣고 가입하고 싶었다. 그러나 백정선은 임시정부는 상해 체류 조선인에게 매월 회비를 모아 조선인이 개최하는 여러 회합을 뒷바라지하고 있다는 정도밖에 털어놓지 않았다.

─백정선과 어떤 이야기를 했는가?

─그 후 때때로 백정선을 찾아가 친밀해졌으므로 나는 일왕 즉위식 때 검속당했던 일을 이야기하고, 독립운동에 가담하고 싶은데 그 연줄은 없겠느냐고 물었다. 백정선은 그러한 연줄이 있더라도 단체에 들어가는 것은 하찮고 시시하니 개인적으로 하는 편이 좋다

고 말했다. 그러나 나는 폭탄이라도 손에 넣으면 일본으로 돌아가 신명을 걸고라도 일왕을 죽여 조선의 독립을 촉진하고 싶다는 뜻을 털어놓으며 나의 굳은 결심을 밝혔다.

　-오사카 체재 중에는 무엇을 했는가?

　-10시경 여관에 도착했다. 숙소를 정하고는 바로 외출해 그 근처 카페에 가 12시경까지 놀고 숙소로 돌아와 잤다.

　-여관에서 혼자 잤는가?

　-유곽으로 가 기노시타 쇼조라고 칭하고 창기와 잤다.

　-창기의 이름은 무엇인가?

　-그녀의 이름은 고토부키다.

　-그다음은 무엇을 했는가?

　-다음 날 21일 오전 8시경 유곽을 나와 여관으로 돌아와 상해 잡화점 아주머니에게 도쿄에 있는 아들에게 전해달라는 부탁을 받고 가져온 선물을 포장하여 소포 우편으로 부쳤다. 밤에는 어젯밤 묵었던 유곽에 가 고토부키를 상대로 하룻밤을 또 놀았다.

　-이틀 연속으로 유곽에 갔는가?

　-그렇다.

　-언제 도쿄에 도착했는가?

　-12월 22일 오후 9시 20분 도쿄역에 도착했다.

　-대사를 결행하는 전날 밤 여자를 산 것은 어떤 기분에서였는가?

　-조국의 독립을 위해 목숨을 내던지면서 이 세상을 하직한다는 기분으로 여자를 사서 놀았다. 죽음을 앞둔 남자가 고토부키에게 온기를 나눠주는 것은 좋은 일이라고 생각한다.

-실행을 관병식 당일 8일로 정한 이유는?

-그날 일왕이 나들이를 하므로 그 기회를 노리는 것이 좋을 것이라고 생각했다.

*

신문 기간 중 무라이 구라마쓰村井倉松 주상해일본총영사는 본국 외무대신에게 여러 번 보고서를 올렸다. 수많은 밀정을 거느리고 있던 무라이는 이봉창에 대한 9차 신문 중 8차 신문이 이루어진 다음에서야 백정선이 김구일 것으로 추정된다는 서한을 보고했다.

'백정선이 김구의 가명에 불과한 것인지, 혹은 실제 인물이 존재하는 것인지를 놓고 내사를 진행하고 있다. 전 의경대장 김동우는 당년 37세로 왕년 김립과 한정권 양인이 소련으로부터 자금 40만 원을 가지고 왔을 때 이를 협박한 인물이며 성격이 극히 광폭하고 김구와는 동향인 관계상 극히 친밀한 사이다. 이번 이봉창의 범행은 연락 관계가 있는 김동우가 이봉창을 김구에게 소개했다는 '긴도오고'란 인물로, 백정선이란 이름은 김구가 김동우에게서 차용한 것으로 사료된다.'

아키야마 판사의 신문은 계속됐다.

그는 먼저 피고의 정신상태를 확인했다. 이봉창은 자신이 정신적 질환을 앓은 적도 없고, 가까운 친족 가운데 그런 병력을 가진 이도 없다고 말했다.

판사는 이어 핵심적인 질문으로 돌아왔다. 천황에게 위해를 가하는 행위가 어째서 조선의 독립을 앞당길 수 있느냐는 질문이었다.

이봉창은 일왕은 제국의 상징이며 그 존재 자체가 식민지 지배의 근간이므로, 그를 겨냥한 행동은 조선독립운동을 세계에 드러내는 가장 직접적인 신호가 될 것이라고 믿었다고 진술했다.

조사를 진행하는 동안 판사는 백정선을 여러 차례 언급했다. 이봉창은 백정선이 상해 조선인 사회에서 대표로 받아들여지는 인물로 파악했다고 답했다. 다른 조선인들이 그를 보면 예를 갖추어 인사하는 모습을 보고 그를 신뢰하게 되었다고 했다.

백정선이 본명인지를 묻는 질문에는 '본명이라고 알고 있다'고 답했다. 백정선이 공판 때 어떤 조언을 받았느냐는 질문에는 관선 변호사를 붙이려 하더라도 굳이 필요 없으며, 생각한 바를 그대로 말하는 것이 좋다는 말을 들었다고 밝혔다.

1932년 9월 16일 도쿄대법원은 사건에 대해 제1차 공판을 하고 1932년 9월 30일 오전 9시 제2특별형사부에서 경찰이 겹겹이 둘러싼 가운데 판결했다.

위 형법 제73조의 죄에 관한 피고 사건에 대해 심리를 마치고 다음과 같이 판결함.

주문.

피고인 이봉창을 사형에 처함.

소송 비용은 전부 피고인의 부담으로 함.[1]

이봉창은 1932년 10월 10일에 이치가야형무소에서 교수형으로 세상을 떠났다. 향년 32세, 미혼의 순국이었다. 그의 거사는 한국민의 지속적인 저항을 세계에 과시했고, 상해 임정과 독립운동 전선에 새로운 활력소로 작용했다. 이봉창 의거는 일본이 조작한 '만보산 사건'으로 야기된 한·중 양 국민의 감정 대립을 깨끗이 씻어내는 계기가 됐다.

이봉창 의거는 독립의 염원과 망국의 서러움이 희박해지던 대한민국 임시정부의 밑바닥에 자성의 바람을 일으킨 새로운 불씨였다. 그 불씨를 가장 먼저 알아본 이는 김구였다. 그는 이봉창의 목숨을 받아들였고, 임시정부 전체를 앞세우기보다 홀로 책임을 짊어지기로 했다. 마지막 순간, 김구는 석오 이동녕에게 조용히 뜻을 털어놓았다. 석오는 더 묻지 않았다. 믿었기 때문이다.

석오와 백범, 백범과 이봉창. 이들이 결행을 앞둔 마지막 순간에는 말이 필요하지 않았다. 서로의 눈빛만으로도 충분했다. 이것이 역사를 일구는 이들의 방식이었다.

서로 다른 생각이 호응해 바람이 일어난다. 바람이 불어 역사가 된다.

2 그대의 목숨을 받다

결혼식에 들른 김구는 국수 한 그릇을 후딱 비우고는 자리에서 일어났다. 일하는 아주머니들이 맛난 음식을 더 드시고 가시라고 성화였다.

요리점 옆에 동포가 운영하는 모자 가게가 있었다. 김구는 온 김에 가게에 잠시 들렀다.

"장사는 잘되오?"

인사가 끝나기도 전에 여주인이 자기 남편이 쓰고 있던 모자를 벗겨 김구의 머리 위에 씌웠다. 민첩한 손놀림이었다. 그러고는 옆구리를 찌르면서 눈짓으로 밖을 가리켰다. 건너편 거리에 일본 경찰 10여 명이 늘어서서 전차가 지나가기를 기다리고 있었다. 김구가 살펴보는 동안에 그들은 길을 건너와 잔칫집으로 들어갔다. 김구는 모자로 얼굴을 가리고 급히 그 가게를 빠져나와 달리는 전차에 몸을 가리고 걸었다. 선로를 따라 김의한의 집으로 들어가 그 부인 정정화鄭靖和에게 말했다.

"요리점으로 가보시오. 무슨 일이 벌어지고 있는지."

정정화는 날렵한 여성이었다. 서울에도 여러 차례 들어가 자금을 마련하고 정보를 가져온 투사였다.

그녀가 곧 돌아왔다.

"일경들이 온 내실을 뒤지고, 항아리를 죄다 열어본 후 뚜껑도 덮지 않고는 다시 아궁이 속까지 들쑤시고 있어요."

덫이었다. 일제는 김구가 잔치에 올 것으로 판단해 박성근 결혼식 피로연을 함정으로 만든 것이다.

담배를 피워물고 유유히 함정을 빠져나온 김구에게 한 젊은이가 찾아왔다.

"백범 선생님! 만주에 와서 선생님의 말씀을 듣고 상해까지 왔습니다. 나라 위해 할 일을 찾았으나 상해사변에서 일본이 승리한 이후 뭘 어찌해야 할지를 모르겠습니다."

젊은이는 24세의 윤봉길이었다.

"예산에서 여기까지 나를 찾아왔다고 하니, 뭐라고 고마움을 표할 길이 없네그려!"

"저에게 일을 하나 하게 해주십시오."

"고향에 처자식이 있다고 하지 않았소? 독립운동은 목숨을 내놓고 하는 것이오."

"저는 빼앗긴 나라를 찾고 싶어 집을 떠나왔습니다. 나라 독립에 제 목숨을 바치고 싶습니다."

젊은이의 눈이 초롱초롱했다.

"목숨을 중히 여기시오. 나라도 중요하지만, 목숨도 중요한 것이 아니겠소?"

"나라에 보탬이 된다면 제 목숨 하나쯤은 전혀 아깝지 않습니다.

나라를 잃고 밥상을 받은들 그게 무슨 복이겠습니까. 선생님은 도쿄 사건과 같은 경륜이 있으니까 저를 잘 지도해주실 수 있을 것입니다.”

윤봉길은 충남 예산군 덕산면 시량리 고향에서 혼자 상해까지 왔다고 했다.

독립운동은 목숨을 바쳐야 하는 일이었다. 섬겨야 할 부모님이 계셨고, 지켜줘야 할 아내와 자식들이 있었다. 윤봉길은 수덕사를 오가면서 생각을 되뇌었다. 번민의 시간 속에서 고향을 떠나기로 했다. 야학당에 가서 마지막 수업을 하고 돌아와 자신이 쓰던 책상을 말끔히 정리했다. 아내와 세 살배기 아들 윤종은 자고 있었다. 아내는 임신 중이었다.

윤봉길은 서랍을 정리하고 먹을 갈았다. 종이를 펼쳤다.

‘장부출가생불환’丈夫出家生不還, 장부는 뜻을 이루기 전에는 살아서 돌아오지 않는다

음력 2월 7일 아침, 윤봉길은 아내가 일하고 있는 부엌으로 들어갔다. 아내는 부엌에 들어오는 일이 없던 남편을 의아하게 쳐다보았다.

“물 한 잔 주구려.”

아내는 맑은 물을 한 대접 건네주었고, 남편은 아내가 떠주는 물 한 그릇을 마시고 시량리를 떠났다.

윤봉길이 마을을 떠났다는 정보를 입수한 일본 경찰이 미행해 평안도 선천에서 그를 붙잡았다. 불령선인不逞鮮人이 외지를 다니며 해악을 끼친다는 이유였다. 일주일간 경찰서 유치장에 갇혔다. 출

옥 후 상해로 가면 석오와 백범이 있다는 이야기를 들었다. 상해로 와서 처음에는 모자 공장에 고용되어 일했다. 그 후 일본인의 집단 거주지인 홍구공원 근처 시장으로 가 손수레에 채소를 싣고 다니며 현지 사정을 파악했다.

"저는 고향에서 만세운동이 일어났을 때 농사를 짓는 평범한 마을 사람들이 숨겨둔 태극기를 꺼내 들고 장터로 달려가 만세 부르는 걸 보았습니다. 집안의 형님이 잡혀가면 아우가 나섰고, 아우가 잡혀가면 아들이 나서서 만세를 불렀습니다. 저는 큰 충격을 받았고, 나라가 얼마나 소중한지를 생각했습니다. 나라가 없으면 인간은 살 수가 없으며, 나라를 잃으면 되찾기 위해 모든 걸 바쳐야 한다고 생각했습니다."

윤봉길의 말을 듣는 김구의 마음속에 무거운 것이 내려앉았다.

"상해까지 왔으니 진정으로 나라를 위해 일을 해보고 싶소?"

"진정입니다."

"생각해보겠소. 가서 하던 일을 계속하시오."

며칠 후 윤봉길이 다시 김구를 찾아왔다.

"손수레를 끌고 다니며 거듭 생각했습니다. 중국에서 굴욕적으로 일본과 정전협정을 맺으려고 하는 지금이 기회인 것 같습니다."

김구는 윤봉길의 말에 쉽게 대답하지 않았다. 그를 내보낸 후 잠시 눈을 감고 앉아 있었다.

조완구가 말했다.

"백범, 무슨 일이 있소? 방금 나간 청년은 결심하면 끝장을 볼 사람으로 보입디다."

"한 가지 판단을 내려야 하는데, 신중해야 하오."

며칠이 지났다.

"젊은이의 뜻이 깊어 보이오!"

이시영李始榮이 어떤 낌새를 알아차린 듯했다.

윤봉길을 알거나 만나본 적이 있는 사람들은 모두 그가 과묵하고 책임감이 강한 청년이라고 말했다.

윤봉길이 밤에 다시 찾아왔다.

"왜놈들이 승전을 기념하려고 4월 29일 홍구공원에서 천장절天長節 전례식을 성대하게 거행한다고 합니다. 제가 할 일이 있다면 몸을 아끼지 않겠습니다."

김구는 한동안 생각한 후 말했다.

"생활을 위해 노동하는 젊은이가 살신성인의 대의를 품고 살아가는 것을 보니 감복이 되는구려!"

"과업을 수행하겠습니다. 준비해주십시오."

두 사람은 서로 손을 잡았다.

1929년 세계 대공황으로 일본은 깊은 불황에 빠졌다. 군부와 재계는 활로를 만주에서 찾았다. 관동군은 1931년 9월 남만주철도 폭파 사건을 조작해 침략을 개시했다. 불과 석 달 만에 만주 전역이 함락되었고, 1932년 3월 괴뢰국 만주국이 세워졌다.

상해에서는 반일 정서가 폭발했다. 일본 해군 육전대의 상륙은 중국 제19로군과의 격전을 불러왔다. 조계를 넘어 민가까지 포탄 공격을 받았다. 피난민이 도로를 가득 메웠고, 불길이 도시를 덮었다. 일본은 육·해군을 포함해 총 1만 7천여 명의 병력을 파견해 상해를 점령했다.

만주와 상해사변에서 승승장구한 일본은 양대 승리를 세계에 요란하게 선전하기 위해 일왕의 생일인 4월 29일 이른바 천장절에 대대적인 승리 축하까지 겸한 행사를 계획했다. 상해 주재 일본총영사관에서는 신문 보도를 통해 일본 거류민에게 이번 경축식 때에는 장내에 매점을 설치하지 않기로 했으니 각자 도시락과 물통을 지참하라고 고지했다.

김구는 중국 19로군 상해병공창에서 근무하는 왕웅王雄, 김홍일을 교섭해 물통형 폭탄과 도시락형 폭탄 제조를 부탁했다. 폭탄이 제조되자 김구와 김홍일은 지난 1월 도쿄에서 있었던 폭탄 불발의 원인을 확인했다. 상해병공창 내부 마당에 토굴을 파고 그 안에 폭탄을 설치했다. 그러고는 뇌관 끝에 긴 줄을 매고는 수십 보 밖에서 그 끈을 잡아당겼다. 토굴 속에서 벽력같은 소리가 진동하면서 폭탄이 터지는 것을 일일이 실험했다. 뇌관 20개를 시험해서 모두 폭발한 것을 확인한 후 실물에 장착했다.

윤봉길은 홍구공원으로 매일 수레를 끌고 나가 야채를 팔면서 무대가 들어설 단상을 살폈다. 군악대가 설 위치, 군 수뇌부의 좌석 배치, 군중이 들어설 거리까지 하나하나 계산했다. 폭탄이 날아가는 궤적을 포물선 도형으로 그렸다. 사람들이 어떻게 도열할 것인지, 자신이 몇 번째 열에 서 있을 것인지, 수류탄을 던질 거리는 어디쯤이 좋은지, 물통형 폭탄과 도시락형 폭탄은 어떻게 휴대하고 있다가 어떤 방식으로 투척할 것인지를 궁리하고, 매일 위치를 확인했다.

"오늘 홍구에 가서 식장 설비를 구경하는데 시라카와白川 대장도 왔습니다. 제가 그놈 가까이에 섰을 때 '어떻게 내일까지 기다리나, 오늘 폭탄을 가져왔더라면 이 자리에서 당장 제거해버릴 텐데' 하는 생각이 들었습니다."

"그건 아니오. 포수가 꿩을 쏠 때는 날게 한 다음 쏘아 떨어뜨리지요. 숲속에서 자는 사슴도 달리게 한 후 쏘는 게 사냥이오. 윤봉길 군이 지금 그런 말을 하는 것을 보니 서두르는 것 같소."

김구가 윤봉길의 마음을 가라앉혔다.

"그놈이 제 곁에 선 것을 보았을 때 홀연히 그런 생각이 솟아올랐던 것입니다."

"군을 믿소. 서두르지 마시오. 군이 일전에 이제는 가슴의 번민이 그치고 편안해진다고 말한 이후 나는 군에게 한량없는 미더움을 갖고 있소."

다음 날 윤봉길은 홍구공원에 나가 폭탄 던질 자리를 확인하고, 마음속으로 투척 연습을 했다. 모든 준비를 마친 다음 공원의 봄풀과 마음을 나누며 시를 썼다.

무성한 봄풀들이여
내년에도 봄기운 돌아오거든
왕손과 더불어 같이 오게나
푸르른 봄풀들이여
내년에도 봄기운이 돌아오거든
고려 강산에도 다녀가오

김구는 다음 날 임시정부 국무회의에 상해 거사 계획안을 상정
했다.

"4월 29일 홍구공원에서 천장절을 맞아 일본군이 상해사변 승전
을 기념하는 열병식을 연다는 사실은 위원들께서도 아실 것입니다.
한 청년이 이때를 위해 혼신을 바쳐 준비했습니다. 그 자리에서 폭
탄을 투척해 중·일 간 충돌의 불길을 지피려 합니다. 부디 승인해주
시길 바랍니다."

회의장은 순간 숨을 고른 듯 고요해졌다.

"지금은 일본군이 대거 상해에 주둔하고 있는 때입니다. 우리
가 마찰을 일으킨다면, 상해에 사는 동포들은 무사하지 못할 것입
니다."

조소앙이 신중론을 폈다.

"이번 계획을 극비리에 진행해왔습니다. 거사할 청년은 만반의
준비를 했습니다. 만약 현장에서 체포되면 즉시 자결할 것입니다.
목숨을 바칠 각오로 모든 것을 주도면밀하게 준비했습니다."

김구가 '현장 자결'이라는 말을 꺼내자 회의장이 얼어붙었다.

"백범 단장이 책임지고 추진하는 일이니, 우리 모두 한마음으로
성원합시다."

이동녕 의장이 이견을 막아내며 김구의 손을 들어주었다.

엄숙한 공기 속에서 국무위원들은 만장일치로 의결했다.

다음 날 김구와 윤봉길은 패륵로貝勒路, 베이러루 신천상리 안공근
의 집으로 갔다. 윤봉길은 가슴에 '선서문'을 붙이고 태극기 앞에서

왼쪽에 폭탄, 오른쪽에 권총을 들고 사진을 찍었다. 김구와도 따로 사진을 찍었다. 그리고 '자서약력'과 '유서'를 썼다. 두 아들에게 남기는 유시도 썼다.

"강보에 싸인 두 병정-아들 모순橫淳과 담淡에게.

너희도 만일 피가 있고 뼈가 있다면, 반드시 조선을 위해 용감한 투사가 되어라. 태극의 깃발을 높이 드날리고, 나의 빈 무덤 앞에 찾아와 한 잔 술을 부어놓아라."

김구는 김해산의 집으로 가서 그들 내외에게 내일 윤봉길 군이 중대한 임무를 띠고 만주로 떠나니, 고기를 사서 이른 조반을 지어달라고 부탁했다.

모든 준비를 마치고 돌아오는 길이었다. 김구는 어느 순간 어깨가 떨린다는 것을 느꼈다. 등줄기로 서늘한 기운이 흘러내렸다. 한기가 팔과 다리를 옥죄더니 가슴께로 파고들었다. 몸살 같은 한전寒戰이 온몸을 휘감았다. 그 한기가 팔과 다리로 번져가며 근육을 안쪽에서부터 쪼개듯 당겼다. 종아리가 먼저 굳고, 이어 허벅지와 허리가 비틀리는 경련이 일어났다. 숨을 들이마시는 것조차 고통스럽고, 팔다리의 감각이 사라지고 있었다.

김구는 그 자리에 멈춰 섰다. 땅바닥이 발목을 움켜쥔 것처럼 몸이 앞으로 나아가지 않았다. 가로수에 손을 짚었지만, 손가락이 굳어 나무를 제대로 잡을 수조차 없었다. 거친 나무껍질이 그를 쓰러지지 않도록 붙잡아주고 있었다.

골목 안쪽에서 바람이 몰려왔다. 그 바람에는 임정 요인들의 땀과 피, 싸구려 궐련의 퀴퀴함, 사라진 사람들의 냄새가 뒤섞여 있었다.

　길 건너 허름한 가게가 불빛을 비추고 있었다. 한참 뒤 정신을 수습한 김구는 간신히 길을 건넜다. 가게 안에는 모직 양복 몇 벌이 걸려 있었고, 구석엔 시간이 멈춘 듯한 거울이 서 있었다. 그는 무채색 양복 한 벌을 골랐다. 직원이 능숙하게 그의 낡은 중국옷을 벗기고 새 옷으로 갈아입혔다. 셔츠의 보드라운 감촉, 단정히 맨 넥타이, 어깨를 감싸는 옷감의 온기가 그의 등을 따뜻하게 해주었다.

　직원이 손님을 거울 앞에 세웠다. 거울 속 사내는 분명 김구 자신이었다. 그러나 동시에 자신이 아끼는 젊은이의 죽음을 준비시키는 사형집행인이기도 했다.

　그 순간, 김구는 느꼈다.

　'살아 있는 자가 감당해야 할 몫은 무엇인가?'

　심장을 얼어붙게 하던 한기가 가라앉았다. 김구는 옷깃을 여미고 밖으로 나왔다.

　29일 날이 밝았다. 셋이 김해산의 내실에 차려진 상 앞에 앉았다. 김구가 아랫목에 앉았고 맞은편에 윤봉길이 앉았다. 김해산은 입구 쪽에 자리했다. 김해산의 아내가 아침밥을 내왔다. 흰 쌀밥을 고봉으로 담았고, 푸짐한 쇠고기 지짐과 산적과 고사리나물이 상에 올랐다. 기름진 쌀밥에서 김이 모락모락 피어올랐다. 김구가 먼저 밥을 떴다. 이목구비가 준수한 청년은 김구가 첫술 뜨는 것을 보고 오랫동안 밥을 기다려온 사람처럼 숟가락을 들었다. 고봉의 흰 쌀밥 위에 쇠고기를 듬뿍 올렸다. 얼굴에는 흔들림이 없었다. 숟가락 가득 밥을 뜬 그는 천 냥의 금을 들고 중대한 일로 떠나는 사람처럼 망설임이 없었다.

"선생님, 지금 상해에는 우리의 행동대원이 있어야만 민족적 체면을 보존할 수 있습니다. 상해가 가장 시급합니다. 이런 마당에 윤 군을 왜 구태여 다른 곳으로 보내려 하십니까."

김해산이 듬직한 윤봉길을 보며 말했다.

"윤 군은 더 큰 일을 하러 가는 길이오."

삯을 많이 쳐주는 후한 주인과 일 잘하는 머슴의 관계였을까? 아니면 세상사 큰 이치를 주고받은 스승과 제자의 관계, 아니, 말이 필요하지 않은 아버지와 장남의 관계였을까. 아침상을 대하는 두 사람은 담담했다.

일곱 시를 알리는 벽시계의 종소리가 들렸다. 윤봉길이 주머니에서 회중시계를 꺼냈다.

"선생님, 선생님께서 말씀하신 대로 6원을 주고 이 시계를 샀는데, 선생님 시계는 2원짜리밖에 안 되어 보이니 바꾸시죠. 제 시계는 앞으로 한 시간밖에 쓸 데가 없으니까요."

김해산이 상을 치우러 자리를 비웠다.

윤봉길이 말했다.

"저의 목숨을 드립니다."

김구는 침묵했다, 습관처럼. 그러나 잠시 후 입을 열었다.

"그대의 목숨을 받겠소. 조국의 이름으로!"

둘은 서로 시계를 바꿨다. 앞으로의 한 시간과 그 이후의 시간이 영원으로 바뀌었다.

자동차가 출발하기 직전 윤봉길은 자신이 갖고 있던 돈을 꺼내어 김구에게 주었다.

"선생님, 자동차 요금을 내고도 5, 6원은 남지 않습니까? 이 차는 왕복이 아니라 편도니까요."

김구는 그 돈을 받았다.

"선생님 만수무강하십시오."

윤봉길이 고개를 숙여 인사했다.

김구는 윤봉길의 빛나는 어깨를 보았다. 고개를 숙인 그의 정수리와 반짝거리는 이마를 보았다.

"훗날 하늘나라에서 만나세!"

차가 출발했다. 차가 멀어지면서 윤봉길의 맥박이 김구에게 전달되었다. 맥박은 면면하게 밀려왔다.

*

윤봉길은 오전 7시 45분 홍구공원에 도착했다. 공원은 공포와 긴장감이 감돌고 있었다. 일본군 기갑부대가 탱크를 앞세워 거리에서 무력시위를 펼쳤고, 도시 상공에는 수십 대의 전투기가 에어쇼를 펼치며 공포 분위기를 연출하고 있었다. 홍구공원 일대는 일본 군대가 삼엄한 경계를 펼치고 있었다. 공원 입구에는 전차와 대포를 위시한 각종 무기가 전개되어 있었다. 공원 안에 교대로 걸린 홍색과 백색 등은 욱일기가 떠오르듯 불을 밝히고 있었다.

입장하는 윤봉길에게 중국인 수위가 입장권 제시를 요구했다.

"나는 일본인이다. 입장권 따위가 무슨 필요가 있던가?"

윤봉길은 유창한 일본말로 수위의 요구를 무시하며 거만하게 장내로 걸어 들어갔다. 양복을 입고, 일본인처럼 수통을 어깨에 걸어메고 보자기에 싼 도시락을 든 윤봉길을 아무도 제지하지 않았다.

안에는 보병대가 삼중으로 진을 치고 있었다. 기병들은 그 가운데서 말을 몰았다. 말굽이 땅을 두드리는 소리에 규율이 흐르고, 말 위의 병사들은 푸른 철갑만큼 차가운 얼굴을 하고 있었다. 상해에 거류하는 일본인들은 모두 모여든 것 같았다. 모여든 일본인들의 얼굴에는 교만과 자부심이 넘쳐흘렀고, 그 즐거움으로 종종거리는 그들의 발걸음은 근면과 복종으로 길든 일본 전통의 4분의 2박자 속도에 맞춰져 있었다.

공원 관병식 경축식장은 중앙 단상을 중심으로 전면의 좌우에 일본군 장교들이 도열해 있었다. 단상 뒤쪽에는 위병들이 호위하고 있었다. 그 뒤에는 반경 약 20미터의 반원형으로 기마 헌병대를 2열로 배치해 식장을 이중, 삼중으로 경계하고 있었다. 일본 거류민의 관람석은 단상으로부터 10미터쯤 전방과 좌우로 펼쳐져 있었다. 윤봉길은 수십 번이나 확인한 축하식장 단상 왼쪽의 일반 관람석에 자리를 잡았다.

한 일본인 관람객이 윤봉길에게 아는 체를 했다.

"군 수뇌부가 결심만 한다면 우리는 언제든지 목숨을 바친다오."

옆에 있던 사람이 부추겼다.

"그렇고 말고요. 도쿄에서 승승장구하게 계획을 빈틈없이 수립해 진행시키지요."

술렁거리던 장내가 조용해졌다. 절도가 느껴지게 꾸려놓은 주석단 위로 거물급 인사들이 차례차례 올라왔다. 윤봉길이 신문과 잡지를 사 모으며 사진으로 하나하나 익혀둔 얼굴들이었다. 단상 중앙에는 제3함대장 노무라 기치사부로野村吉三郎 중장이 앉고, 그 오른쪽에는 상해파견군 사령관 시라카와 요시노리白川義則 육군대장, 제9사단장 우에다 겐키치植田謙吉 중장, 상해 총영사 무라이 구라마쓰가 차례대로 앉았다. 노무라 왼쪽에는 주중국일본대리공사 시게미쓰 마모루重光葵, 상해 거류민 단장 가와바타 사다지河端貞次, 거류민단 서기장 도모노 모리友野盛 등 7명의 군정 수뇌가 앉았다. 단의 난간대도 홍색과 백색의 줄무늬 천으로 감싸여 있었다. 일본 거류민, 일본 군인들과 각국 외교관, 무관들이 초청되어 참석자는 2만여 명에 달했다.

9시 정각, 기갑부대가 모습을 드러냈다. 철판이 지면을 두드리는 소리가 낮게 울려 퍼졌다. 엔진의 진동이 발목을 울리며 척추로 올라왔다. 보병대가 나타났다. 발을 직각으로 차올리는 고각 보행이 기계처럼 정확했다. 하나의 구령에 수백 명이 동시에 꺾으며 돌아섰다. 사람들은 숨조차 크게 쉬지 못했다. 예포가 터졌다. 첫 포가 가슴뼈를 울리고, 이어 스물한 발의 폭음이 끊길 듯 이어졌다.

제2부 축하식은 11시 30분부터 시작되었다. 거류민 단장 가와바타가 마이크 앞에 섰다. 그는 작고 새까만 눈을 부릅뜨고 자못 엄숙하고 또렷한 발음으로 외쳤다. 목소리는 날카롭고, 말끝에 짧게 울음을 섞는 일본식 억양이었다.

"만주의 성전과 대륙의 진군은 성상께서 내리신 천지의 뜻이며, 황국의 무훈이 중천을 찌른 성스러운 결실입니다! 천황폐하의 복덕이 중화의 대지를 밝히시니, 하늘과 땅이 감복하고, 인민이 열광합니다! 우리 거류민단은 감격의 심정으로 폐하의 만수무강을 삼가 기원드리며, 황국의 영광이 길이 빛나기를 바라 마지않습니다!"

그가 연설을 마치자 빽빽하게 늘어선 일본인들은 공원이 떠나갈 듯 열광적으로 '천황 만세!'를 외치며 일장기와 꽃다발을 흔들었다.

윤봉길은 3중의 엄중한 경계 속에서 2개의 폭탄을 연속 투척하는 것은 불가능하다고 판단하고 수통형 폭탄을 던져 판가름을 내겠다고 결심했다.

개회사와 축사가 끝나자 갑자기 비가 내렸다. 군중들은 내리는 비에도 감읍해 부동의 자세로 비를 맞았다.

금세 비가 그쳤다.

일본국가 제창이 시작됐다.

"기미가요와임금의 치세는."

윤봉길은 수통형 폭탄을 오른손에 들고 왼손으로 안전핀을 뽑았다. 금속 부딪치는 소리가 또렷했다. 찰칵!

"사자레이시노 이와오토나리테작은 조약돌이 큰 바위가 되어서."

합창이 넷째 소절로 접어들려고 할 때 윤봉길은 앞에 서 있던 하사관을 밀치고 단상 5미터 앞까지 뛰쳐나갔다. 순식간이었다. 이미 수십 번, 수백 번 연습한 그대로 수통형 폭탄의 발화용 끈을 당기면서 단상 위로 던졌다.

기민하고 정확했다. 폭탄을 던지면서도 윤봉길의 시선은 노무라와 시라카와를 놓치지 않았다. 폭탄은 단상 중앙 시게미쓰와 가와

바타 사이에 떨어지자마자 천지를 흔드는 굉음을 내며 폭발했다.

윤봉길은 시라카와가 허공에서 날아가는 것을 보았다. 무라이는 벌떡 일어서는 순간 뒤로 날아갔다. 구라마쓰, 우에다, 시게미쓰, 가와바타, 도모노가 일시에 나뒹굴었다.

1932년 4월 29일 오전 11시 50분이었다.

윤봉길은 단상 1미터 앞까지 돌진하면서 "대한독립 만세"를 외쳤다.

*

윤봉길은 홍구공원 옆의 헌병분견소로 연행되었다. 헌병들이 분견소 창문을 폐쇄했다. 방금까지 열려 있던 분견소 창밖 테니스코트에서는 하얀 반바지를 입은 젊은 외국인 남녀가 테니스를 치고 있었다.

신문은 4월 29일과 30일 두 차례에 걸쳐 진행됐다. 조사는 상해 파견군 헌병대 육군사법경찰관 오오이시大石正幸 대위가 담당했다.

-본적, 현주소, 직업, 성명, 연령을 말하라.

-본적은 조선 충청남도 예산군 덕산면 포량리 139번지다. 현주소는 상해 불조계 패륵로 동방공우 30호. 성명은 윤봉길. 25세, 무직이다.

-오늘 홍구공원에서 수류탄을 던진 상황을 상세히 말하라.

-오늘 오전 7시 45분경 공원에 도착한 후 50분경 수류탄 2개 중 수통형 1개를 오른쪽 어깨에 걸고 도시락형은 오른손에 들고 홍구

공원 정문에서 중국인 수위에게 일본인이라 칭하고 공원 안으로 들어갔다. 그 후 단상 부근에 이르러 투척할 시기를 기다리고 있었다. 오전 11시 40분경 도시락형의 것은 내 발밑에 놓고, 수통형을 어깨에서 벗겨 오른손에 쥐고 왼손으로 끈을 잡아당기면서 앞 사람을 헤치고 2미터가량 전진하여 호위병의 뒤쪽에서 단상 중앙에 앉은 시라카와 대장을 겨냥해 투척했다.

　-그 수류탄은 어디서 입수했는가?

　-조선인 이춘산[2]으로부터 4월 27일 오후 7시경, 위에서 말한 주소에서 수통형 1개, 도시락형 1개 모두 2개를 받았다.

　-이춘산과는 어떠한 관계인가?

　-이춘산도 나도 한국독립당원이다. 나는 1930년 조선에서 청도로 가서 일본인 중원中原 세탁점에서 1년간 취직했고, 다음 해 4월 3일 그곳을 출발해 상해에 왔다. 그 후 나는 중국 발품髮品공사에 취직했다. 이춘산과는 7월 사해로와 마랑로의 교차점에 있는 찻집에서 처음으로 만나 아는 사이가 되었다.

　-이춘산의 현주소, 성명, 연령, 직업, 인상, 복장 등은 어떻게 되나?

　-이춘산은 현주소나 직업 등을 나에게 알려주지 않았다. 이춘산은 서로 주소, 직업을 알면 곧 경찰에 잡힐 것을 우려하고 있었던 것 같다. 나머지 일도 자세히 말하지 않고 다만 성명만 이춘산이라고 했다.

　-본 사건을 계획한 시기와 동기는 무엇인가?

　-지금부터 20일가량 전에 위의 찻집에서 협의했다. 그 동기는

조선이 일본에 병탄되어 있는 것은 우리가 참기 어려운 고통이라 독립을 도모하려고 결행했다.

-이춘산으로부터 수류탄을 받기 이전에 무엇을 받았는가?

-지금으로부터 열흘가량 전에 이춘산으로부터 위의 찻집에서 중국 은전 대양은大洋銀 200원을 받았다.

-수류탄 사용법은 어떻게 배웠는가?

-이춘산은 끈을 당기고 나면 약 4초 후에 폭발하니 끈을 세게 당긴 후 곧바로 힘껏 던지라고 가르쳐주었다. 끈을 당기는 방법은 시범을 보이며 가르쳐주었다.

-수류탄을 어디서 구했는지 묻지 않았는가?

-물었지만 이춘산은 일절 말하지 않았다.

-시라카와 대장과 우에다 장군을 살해하면 조선이 독립된다고 생각했는가?

-그것만으로 독립이 된다고는 생각하지 않았다. 그러나 같은 황색인이면서 지금 일본이 힘이 있다고 해서 조선을 병탄하고, 또 상해까지도 병탄하고 있으므로 얼마만큼은 의사가 통할 것이라고 생각했다.

이어진 추궁에도 그는 물러서지 않았다.

-일본군이 상해로 출정한 이유를 알고 있나?

-그것까지는 모른다.

판사가 그의 판단이 오해에 기초한 것이 아니냐고 추궁하자 윤봉길은 짧게 답했다.

-그 선악은 내가 말할 필요가 없다. 내가 지금 말하지 않더라도

모두가 판단할 것으로 생각한다.

－피고는 조선이 일본에 병합된 것을 분개한다고 말했는데 어떠한 점을 분개하고 있는가. 특히 일본인이 조선인에 대해 차별 취급하는 일이 있는가?

－차별이 있는지 없는지 나는 일본인과 그다지 접촉한 일이 없으므로 모른다. 오히려 당신 쪽이 잘 알고 있을 것이다. 자기에게 속한 것을 빼앗기면 누구라도 분노하지 않을 수 없다고 생각한다.[3]

판결은 1932년 5월 25일 일본 상해 파견군 군법회의에서 이뤄졌다. 재판관은 육군법무관 오오쓰카였다.

판결.
윤봉길 무직.
1908년 5월 19일생.
위 살인, 살인미수, 폭발물단속벌칙위반 피고 사건에 대한 당 군법회의는 검찰관 육군법무관 미요시가 심리를 수행하고 다음과 같이 판결한다.
주문.
피고인 윤봉길을 사형에 처한다.

판결문은 폭탄의 투척으로 인해 제3함대장 노무라 중장, 상해파견군 사령관 시라카와 육군대장, 제9사단장 우에다 중장, 상해 총영사 무라이, 주중국일본대리공사 시게미쓰, 상해 거류민 단장 가와바타 사다지구, 거류민단 서기장 도모노 등에게 사망 및 중상을 입힌 피해 상황을 나열했다.

아울러 사람의 신체를 해할 목적으로 폭발물을 사용한 행위에 대한 폭발물단속벌칙 제1조, 그로 인해 사람을 죽인 데 대한 형법 제199조, 살인·살인미수·상해는 하나의 행위로 수 개의 죄명에 저촉하므로 동법 제54조 제1항 전단 제10조에 해당한다는 등의 법조문에 대한 설명을 곁들였다.

윤봉길은 5월 28일 일본 상해 파견군 군법재판에서 사형을 언도받고, 11월 18일 일제의 우편선 타이요마루를 통해 오사카로 후송돼 오사카 육군형무소에 수감되었다가 12월 18일 가나자와 육군형무소로 이감됐다.

사형은 1932년 8월 9일 제9사단장이 육군대신에게 건의하고, 육군대신이 이를 명령하는 절차를 거쳤다. 검찰관이 사형 집행 일시를 12월 19일 오전 7시로 결정했다.

사형 집행 및 경계를 위해 보병 1개 소대가 차출됐다. 형장은 가나자와와 오바라 사이 산중 도로 동측 가나자와 육군작업장 내 서북쪽 계곡 사이로 정해졌다.

12월 19일 오전 6시 30분 차출된 보병 소대가 형장에 배치됐다. 군법회의 검찰관이 선언했다.

–상해 파견군 군법회의에서 살인, 살인미수, 상해, 폭발물단속벌칙 위반으로 사형을 언도받은 윤봉길의 사형을 집행한다. 유언은 있는가?

-아무 할 말이 없다.

간수가 설치된 형틀 앞에 가마니로 만든 자리를 깔았다. 설치된 형틀은 나지막한 십자가 형태였다. 큰 형틀을 세워 수인의 팔다리를 묶은 후 처형하자는 안은 검찰관에 의해 거부되었다.

-윤봉길은 선지자가 아니다. 무릎을 꿇려야 한다.

헌병 하사가 곤봉 끝으로 윤봉길의 오금을 찔렀다. 윤봉길의 무릎이 꺾이며 바닥에 처박히자 좌우에서 달려든 헌병들이 십자가 모양의 작은 형틀에 그의 겨드랑이와 손목을 삼베 천으로 감아 묶었다. 신체 네 군데를 묶인 윤봉길은 저항하지 않았다.

마지막 절차는 중사가 윤봉길의 눈을 가리고 머리 뒤에서 묶는 것이었다. 눈가리개는 주위의 짙은 초록색과 구분돼 조준하기 쉽도록 하얀 소창으로 만든 것이었다.

모든 절차를 마친 간수와 헌병과 집행관이 사선 뒤 정해진 지점까지 물러나 열중쉬어 자세를 취했다. 사수 두 명이 등장했다. 정正·부副 사수는 보병 7사단 소속 하사관이었다.

두 사람은 특별히 뛰어난 사격술, 안정된 담력, 무한한 충성심을 고려해 선발된 특별요인이었다. 이들은 이 순간을 위해 전날 실물 크기의 인형 표적을 무릎 꿇리고 일곱 번 연습을 거쳤으며, 일곱 번 모두 인형 이마의 중앙 부위에 명중시켰다. 연습과 똑같이 명중하면 특별 포상이 주어질 계획이었다.

사수 둘은 검찰관의 신호에 따라 수인 전방 10미터에 엎드린 자세를 취했다. 10미터는 사수의 심리적 안정감과 사격의 정확성을 면밀하게 계산한 군사 미학상 권장되는 거리였다.

검찰관이 7시 27분 사수에게 사격을 명령했다. 정사수가 오른손 검지로 방아쇠를 건 후 부드럽게 당겼다. 제1발이 무릎을 꿇린 윤봉길의 이마 중앙에 명중했다. 총에는 세 발의 총알이 장전되어 있었지만, 나머지 두 발을 소비할 필요는 없었다. 자부심이었다.

피는 전면으로 튀지 않았다. 얼굴을 가린 하얀 소창의 미간 중앙 부위에 동그랗게 빨간 점이 물들었다.

촬영수가 카메라 셔터를 눌렀다.

확인 사살의 임무를 맡은 부사수의 총탄이 불을 뿜었다. 명중률 높은 초속 760미터의 38식 소총 소리가 골짜기를 흔들었다.

의관이 창상을 검사했다. 사격 13분 후 윤봉길이 절명했음을 확인하고 검찰관에게 보고했다.

오전 7시 40분 윤봉길의 사형집행이 종료됐다.

매장 담당 군무원 2명이 사체를 납관한 다음 가나자와시 노다산 육군묘지에 인접한 공동묘지 서쪽에 약 6척 깊이로 매장했다.

오전 10시 30분 매장이 종료됐다.

오전 11시 제9사단 법무부장이 신문기자단에 윤봉길의 사형집행을 발표했다.

*

4월 29일 일본은 즉시 프랑스 조계에 거주하는 한국 독립운동가들의 대대적인 검거작전에 나섰다. 4월 30일 새벽에 일본총영사관 경찰 44명, 사복 헌병 22명을 투입하고, 프랑스인 형사 12명, 중국인 형사 48명의 지원을 얻어서 수색전을 벌였다. 프랑스 조계지는 발칵 뒤집혔다. 큰길에는 사이렌 소리를 최대한으로 높인 경찰차들이 내달리고, 모든 골목에는 무장한 헌병과 경찰들이 진을 쳤다. 그들은 한국 교포들의 집을 하나하나 도륙하듯 들쑤셨다. 헌병들은 영장도 없이 군화를 신은 채로 교포들의 안방으로 뛰어들었고, 고함치는 소리와 그릇 깨지는 소리, 공포에 질린 아이들의 울부짖음, 군견들이 사납게 짖어대는 소리로 골목 안쪽의 세상은 아수라를 이뤘다.

김구를 비롯한 중요 인사들은 이미 피신한 뒤여서 수배 인물은 체포하지 못했다.

김구는 윤봉길과 헤어진 후 곧바로 조상섭의 가게로 가서 간단한 편지를 썼다.

'오늘 오전 10시경부터 댁에 계시지 마시오. 무슨 큰일이 벌어질 듯합니다.'

"이 편지를 안창호安昌浩 선생께 급히 전해주게나."

김구는 편지를 점원에게 주었다. 김구는 가게를 나와 이동녕의 처소로 갔다.

심부름 간 점원은 안창호를 만나지 못했다. 점원이 안창호의 집에 도착하기 전에 안창호는 이미 집을 나와 반대편 쪽 이유필의 집으로 가고 있었다. 안창호는 상해 한인소년동맹의 간부였던 이유필의 아들 만영에게 소년동맹이 주최하는 어린이날 축하 행사 비용 2원을 지원하기로 한 약속을 지키러 가던 길에 검거됐다.

김구는 안공근과 엄항섭을 불렀다.

"이제부터 두 사람의 집안 생활은 내가 책임질 테니, 오로지 우리 사업에만 전념하시오."

두 사람은 김구의 말을 전적으로 따랐다.

이들은 상해교통대학 체육 교사 신국권의 주선으로 상해 외국인 YMCA 간사인 미국인 목사 피치의 도움을 받았다. 피치의 아버지는 오래전 한국 선교사였고, 피치 역시 일본제국주의에 비판적인 인물이었다. 피치의 프랑스 조계 내 이층집이 새로운 피신처가 되었다. 창문은 봉인됐고, 계단을 오르는 발소리마저 죽여야 했다.

안공근은 한밤중에 기척이 이상해 눈을 떴다. 곁에 누운 김구가 몸을 뒤척이다가 끙끙거리며 일어나 앉는 모습이 보였다. 잠을 설치거나 쉽게 잠들지 못하는 백범을 본 적은 없었다. 어떤 일에도 거침없는 사람이었다. 황포강 물줄기처럼 막힘이 없었다. 일어나 앉은 김구는 가슴을 양손으로 감싸고 있었다.

"아직 한밤중이니 더 주무시오."

안공근이 낮은 목소리로 말했다.

김구는 바로 대답하지 않았다. 한참 후 혼잣말처럼 중얼거렸다.

"윤군은 지금 어디에 갇혀 있을까?"

"내일은 우리가 할 일이 태산처럼 많습니다. 어서 누우세요."

그러나 김구는 다시 눕지 않았다. 안공근은 더는 아무 말도 하지 않았다. 그저 그 곁에 그대로 누워 있었다. 그 침묵이 두 사람이 할 수 있는 전부였다.

일본영사관 경찰과 헌병들이 혈안이 되어 돌아다니자 상해의 교인들이 전혀 활동을 못 하게 되었다. 애꿎은 사람들이 계속 체포되자 김구는 동지들에게 사건의 진상을 세상에 공개할 필요가 있다고 말했다. 그러나 안공근은 펄쩍 뛰었다.

"형님이 아직 프랑스 조계에 계시면서 그런 발표를 하는 것은 매우 위험합니다."

그러나 김구는 반대를 무릅쓰고 한국애국단 명의로 폭파사건의 진상을 밝히는 장문의 성명서를 작성했다. 그리고 그것을 피치 부인에게 부탁해 영문으로 번역한 후 중국 신문사와 로이터통신사에 보냈다. 성명서에는 "홍구공원 사건으로 한인들이 마구잡이로 체포되고 있어서 인도와 공의에 따라 진상을 밝힌다"며 '계획과 실행' '윤봉길 약력' '한인애국단' '나는 누구인가'라는 네 항목에 걸쳐 자세히 설명했다.

'나는 누구인가' 항목에서 김구는 이렇게 밝혔다.

"나는 세계평화를 위해 일제 침략 세력을 제거하고, 인도주의를 실현하기 위해 일련의 거사를 계획했다. 그 첫 번째 행동으로 도쿄에 파견된 이봉창 군은 1월 8일 일왕을 제거하려다 실패했다. 일본 군벌의 수뇌부들을 제거하기 위해 나는 4월 29일 재차 윤봉길을 홍구공원에 보냈다. 한인애국단은 전적으로 내 손에 의해 조직된 단체다. 이 글을 쓴 자는 누구인가? 내 이름은 김구다. 나라가 회복되기 전에는 이런 투쟁을 멈추지 않겠다."

이봉창 의거와 윤봉길 의거의 주모자는 김구요, 주도 단체는 한인애국단이라는 사실이 세상에 알려지게 되었다. 대한민국 임시정부와 김구의 위상이 세계에 널리 알려졌다. 남경에 있는 국민정부 관계자들도 김구를 만나고 싶어 했다. 박찬익을 통해 김구의 신변이 위험하다고 하자 김구가 온다면 비행기라도 보내겠다고까지 했다.

일제는 김구를 잡기 위해 20만 원의 현상금을 내걸었다. 며칠 뒤에는 외무성, 조선총독부, 상해주둔군사령부의 3부 합작으로 현상금을 60만 원으로 올렸다. 이 돈은 일반 노동자의 1,500년 연봉에 해당하는 금액이었다.

피치 목사의 집에 숨어지내던 김구 일행은 서둘러 피신해야 했다. 미국인을 제외하고는 모두 중국인 복장을 했다. 피치 목사가 승용차를 운전하고 옆에는 안공근과 엄항섭이 앉았다. 뒷좌석 가운데 김구가 앉고, 좌우에는 피치 부인과 박찬익이 각각 앉았다. 소풍 가는 가족의 모습을 연출했다. 정탐꾼들은 눈치채지 못했다. 도로로 나온 자동차는 패당로를 따라 하천 변을 달리다 중국 지역과 연결되는 다리에서 멈췄다. 그 다리는 경계였다. 제국의 손아귀와 자유의 땅을 가르는 마지막 선이었다. 피치 목사가 말했다.

"여기서 더는 갈 수 없습니다."

김구는 차 문을 열었다. 안공근과 엄항섭이 짐을 들었다. 그들은 한 번도 뒤돌아보지 않았다. 다리를 건너면서 그들은 아무도 말하지 않았다. 일행이 다리를 다 건너갈 때까지 피치 부부는 네 사람을 지켜보고 서 있었다.

일행은 신룡화역으로 가서 호항선 가흥으로 향하는 기차를 탔다.

*

이 사건으로 만주사변 승리의 주역이자 관동군 사령관 출신 일본 대장으로 상해 파견 일본군 총사령관인 시라카와는 중상을 입었다. 히로히토 일왕은 전상자 치료의 최고 권위자 고토 시치로를 상해로 파견하고, 시라카와에게 남작 작위와 함께 욱일대훈장을 수여했다. 그리고 "상해 파견군 사령관으로 임무를 완수한 노고를 가상히 여긴다"는 조어詔語를 함께 내렸다.

시라카와가 열두 번의 수술 끝에 위독하다는 보고가 올라오자 히로히토는 그가 평소 즐겨 마시던 브랜디를 사주賜酒로 내렸다. 헤네시 코냑에는 황실의 인장이 찍혀 있었다.

시라카와 대장은 병상에서 상반신을 일으켜 참선하듯 자세를 가다듬었다. 그리고 떨리는 손으로 브랜디를 한 모금 입에 머금었다.

그는 동쪽을 향해 배례한 뒤 말을 이었다.

"일본의 태양은 떠오르고 있다."

그는 5월 26일 죽었다.

침대 머리맡에는 그의 군복 상의가 단정하게 개어져 있었다.

우에다 중장은 중상을 입고 오른쪽 발가락을 절단했다.

노무라 중장은 중상을 입고 오른쪽 눈을 뽑아냈다.

시게미쓰 공사는 중상을 입고 오른쪽 다리를 절단했다.

가와바타 단장은 창자가 끊어지는 중상을 입고 다음 날 새벽에 즉사했다.

무라이 총영사와 도모노 서기장은 중상을 입었다.

만주와 상해를 점령하여 일제의 칼날과 군화가 중국 대륙을 휩쓸던 시기, 국제사회는 일본이 아시아를 완전히 장악한 줄로 알았다. 그러나 짓밟혀 다시는 일어서지 못할 것이라고 여겨지던 한국에서 한 청년이 자신의 청춘을 국화꽃 한 송이에 실어 바쳤다. 그의 제향祭享은 일제 황궁의 심장을 흔들었다. 총칼로 어느 나라든 베어버리며 인민을 유린한 일제는 산화한 꽃의 의미를 이해하지 못했다.

훗날 외무대신이 된 시게미쓰 마모루는 1945년 9월 2일 도쿄만에 정박한 미합중국 해군 전함 USS 미주리함에서 이루어진 항복문서 조인식에 일본 대표로 참석했다.

시게미쓰 일본 외상이 절룩거리며 테이블 앞으로 걸어나갔다. 그는 모자를 벗어 테이블 위에 올려놓은 후 의자에 앉아 상의 안주머니에서 만년필을 꺼냈다. 그리고 일어서서 조인식 문서에 서명했다.

이 장면을 촬영하는 뉴스 릴이 돌아가고 있었다.

"하명下名은 자玆에 일본제국 대본영이 어느 위치에 있음을 불문하고 일제의 일본국 군대 및 일본국의 지배하에 있는 일제 군대의 연합국에 대한 무조건 항복을 포고한다.

천황 및 일본국 정부의 국가통치의 권한은 본 항복조항을 실시하기 위하여 적당하다고 인정하는 조치를 취하는 연합국 사령관의 제한하에 두기로 한다.

대일본제국 천황폐하 및 일본국 정부의 명령에 의하여 또한 그 이름으로.

시게미쓰 마모루."

서명을 마친 시게미쓰는 잠시 똑바로 서서 신체의 균형을 잡았다. 그는 '배'腹를 뜻하는 일본어 '하라'를 의식하며 내면의 중심을 잡는 듯했다. 그리고 뒤돌아서 단장을 짚고 절룩거리며 함상을 내려갔다.

이 모습은 현장의 연합군 대표와 지휘관들에게 '잔인한 만족감'을 선사했다. 그러나 일본인들에게는 그 순간이 한 자루 칼과 함께 무릎 꿇은 '하라키리'割腹, 할복처럼 각인되었다. 그것은 굴욕이자 동시에 다시 일어서겠다는 국가 재건의 결의를 부추겼다. 이 장면은 일제는 오래전 절름발이가 되었으며 이성이 마비된 국제사회의 침략자였다는 사실을 증명했다.

일본 외무성의 복도에는 새벽마다 시게미쓰의 목발 소리가 울렸다. 시게미쓰는 한 번도 그 일에 대해 공개적으로 말하지 않았다.

그러나 김구는 평생을 두고 되뇌었다.

"이봉창과 윤봉길을 보낸 나는 홀로 살아 돌아온 장수처럼 부끄럽다."

3 물소리

구름이 서두르며 하늘을 건너간다. 날이 맑아 눈길이 먼 산까지 닿는다. 바람이 오늘같이 좋았더라면 더 많은 동포가 함께 고향 땅으로 갈 수 있었을 것이다. 중경重慶, 충청의 탁한 공기와 눅진눅진한 습기로 병을 얻어 3년간 80여 명이 화상산和尚山, 허상산으로 돌아갔다. 대한민국 임시정부는 이틀 뒤 상해로의 귀환을 앞두고 있다. 1945년 11월 3일, 좌절과 희망 사이에 있는 여백의 날이다.

낮에 임정 비서실에 한 청년이 찾아왔다. 그는 먼저 방명록에 자기의 이름을 썼다. 그리고 김구 주석과의 면담을 요청했다.

'진국침陳國琛, 천궈천 남경대학 3학년생'

글씨엔 결기와 정성스러움이 배어 있었다.

청년은 비서실의 안내를 받아 가죽가방을 껴안고 3층 주석실로 들어섰다. 진회색 중산복 차림이었다. 둥근 깃 아래 네 개의 반듯한 주머니가 달렸고, 가슴을 타고 내려가는 다섯 개의 단추가 빛났다. 얼굴이 흰 청년은 눈을 반짝이며 김구에게 다가왔다.

"장진구 백부님!"

책상 앞에 앉아 있던 김구는 동그란 안경을 벗어 들고 청년을 쳐다보았다.

"이게 누군가?"

짧은 상고머리에 볕 먹은 광대뼈가 번쩍이는 김구는 노년에 접어들어 있었다. 그러나 눈썹이 짙고 허리가 꼿꼿해 어떤 모래판에서도 뒷심을 쓸 중년 사내처럼 보였다.

"자네가 국침인가?"

김구가 안경을 고쳐 쓰며 물었다.

"그렇습니다. 장 백부님을 이렇게 만날 줄은 꿈에도 몰랐습니다."

청년은 긴장하고 있었다.

"백부님을 다시 뵙게 된 것을 천운이라 생각합니다. 백부님에 대한 옛날 소년 진국침의 경의를 받아주십시오."

청년은 두 손을 모아쥐고 김구의 눈을 바라보며 양손을 이마 앞으로 올리고 무릎을 꿇었다. 곧바로 손바닥과 이마를 땅에 대고 고개를 세 번 조아렸다. 김구는 같은 절을 연거푸 세 차례나 하는 청년을 만류했다. 그러나 국침은 백부님이 절을 받도록 정성으로 권했고, 기어이 삼궤구고두례三跪九叩頭禮를 마쳤다.

절은 국침에게 격식이자 기억에 대한 보상이었다. 또한 지난 시간에 대한 답례였다.

그는 백부님이 남경南京, 난징으로 떠나던 날 새벽, 시야를 가리던 안개까지 기억했다. 기별 없는 오랜 날이 아쉬웠다. 정성을 다한 절은 그 아쉬움을 달래기 위한 것이었고, 그 후 김구가 누구인지를 안 놀라움에서 스스로에게 바치는 감사함이었다.

"왜 이렇게 큰절하는 건가?"

"장 백부님! 이건 가장 성스러운 절입니다. 강희제는 남방을 순행하는 도중에 다섯 번이나 명효릉을 참배하며 삼궤구고두례를 행했습니다. 저는 백부님께 이 인사를 드리려고 한국말도 배웠습니다."

십삼 년 전 김구가 가흥嘉興, 자싱 진동생陳桐生, 천퉁성의 집에서 숨어 지내던 시절, 국침은 신문이 없으면 불안해하는 장 백부님을 위해 시내로 달려가 신문을 사오던 소학생이었다. 어느새 남경대학 학생이 되어 중국 전통의 격식 있는 절을 드린 것이다.

진국침은 얼마 전 '영원한 장 백부님'이었던 대한민국 임시정부 김구 주석에 관한 기사를 신문에서 읽었다. 엄항섭嚴恒燮 선전부장이 뒤늦게 중국 기자에게 소식을 알려줘 나온 기사는 '노부무덕'老夫無德이란 제목 아래 자식을 잃은 노인의 아픔에 관해 쓴 기사였다. '슬하지통'膝下之慟이라는 말로 시작하는 글이었다.

김구는 큰아들 인仁을 잃었다. 김인은 남경의 중앙대학을 졸업하고 아버지를 도와 독립운동에 뛰어들어 임시정부 소속 비밀공작원으로 두각을 나타냈다. 그러나 탁하고 습한 도시 중경에서 폐결핵으로 몇 달 전 세상을 떴다.

당시 상태가 위급해지자 신혼이었던 며느리 안미생安美生이 시아버지를 찾아와 페니실린 주사약을 투약해달라고 간청했다.

"다른 동지들도 페니실린은 비싸서 맞지 못했는데, 내 아들이라고 해서 특별히 공금을 쓸 수는 없다."

김구는 며느리의 요청을 거절했다.

"인 형님은 참으로 좋은 분이라는 이야기를 들었습니다. 세상에 계셨더라면 앞으로 저에게 많은 가르침을 주셨을 분인데, 참으로 안타깝고 슬픈 일입니다. 너무 상심하지 마시고 변고에 순응하시기 바랍니다.”

“한 번 맺은 의리는 세월이 지나도 잊히지 않고 쌓이는 법이로군! 이렇게 찾아와주니 고맙네.”

김구가 차를 냈다.

진국침은 차를 마시기 전에 가방을 열어 비단 천을 꺼냈다. 여러 번 접은 비단 천을 펼치자 색이 바랜 문서 한 장이 나왔다. 국침이 그 문서를 펴서 김구 앞의 탁자에 올려놓았다. 김구가 가흥에서 남경으로 나오기 전날 밤 종이에 붓글씨로 ‘장진구’張震球라고 써서 둘로 나눈 다음 하나를 진동생에게 주었던 감합勘合 문서였다.

“이 문서를 여태 간직하고 있었다니 정성이 대단하구나!”

“백부님은 누군가 이 문서의 반쪽을 가져오면 나머지 반쪽과 맞춰본 후 맡긴 궤짝을 내주라고 이르셨습니다. 저희는 이 문서를 목숨을 바쳐 간직했습니다.”

“목숨을 바쳤다고? 그게 무슨 말인가?”

“훗날 집에 도둑이 들었습니다. 냥냥친마께서 궤짝을 내놓으라고 협박하는 도둑들에게 맞섰습니다.”

중일전쟁이 발발한 직후였다. 붉은 해가 지고 있었다. 먼지와 짚 냄새가 뒤섞인 저녁 공기 속으로 황토색 옷을 입은 사내들이 들이닥쳤다. 번득이는 칼, 녹슨 창, 조악한 장총을 든 도적 떼였다. 병사처럼 보였으나 군기가 빠진 눈빛이었다.

“광동廣東, 광둥 상인이 맡긴 궤짝을 내놓아라.”

허리에 단검을 찬 두목은 목울대가 꿈틀거리면서도 땅에 쫙 깔리는 저음으로 겁을 주었다. 가족들이 벽에 몰려 숨죽이고 있을 때, 대문이 쾅 하고 열렸다.

"이 집에 궤짝은 없다. 광동 상인이 다녀간 건 오래전의 일이다."

냥냥친마였다. 낡은 청색 마고자를 여몄고 허리는 굽었지만, 눈빛은 밤의 올빼미처럼 단단했다.

사내가 총구를 들이댔다. 총구가 떨렸고, 사내의 눈빛도 따라 흔들렸다.

하지만 냥냥친마는 꿈쩍도 하지 않았다.

두목이 큰 소리로 웃었다.

"죽을 준비가 되어 있단 말이지?"

쇠몽둥이를 든 사내가 기둥을 내리쳤다.

"한 번 더 말한다. 궤짝을 내놓아라. 아니면 여기서 끝장이다."

바람이 마당의 흙먼지를 일으켰다. 냥냥친마는 눈 하나 깜짝하지 않았다.

"없는 걸 어쩌란 말이냐. 없다고 했으면 없는 거다."

도적이 칼자루를 움켜쥐었다.

두목이 고개를 끄덕였다.

그 순간, 그녀의 입에서 쏟아지듯 말이 튀어나왔다.

"없는 것도 만들어내는 재주가 있더냐? 그런 재주라도 있었다면 나라를 왜 뺏겼겠어!"

공기가 멈칫했다. 칼날이 허공을 갈랐다.

냥냥친마는 무너지는 벽체처럼 통째로 쓰러졌다.

핏방울이 사방으로 튀었다.

도적들은 혼비백산해 달아났다.

가족들이 냥냥친마의 장례를 치른 후 궤짝을 꺼내 열어보았다. 진귀한 책이 들어 있을 것으로 예상했으나, 도시락처럼 생긴 폭탄과 물통처럼 생긴 폭탄이 여남은 개 들어 있었다.

가족들은 밤에 궤짝을 뒷마당 땅속에 묻었다.

"도적들에게 궤짝을 내줄 걸 그랬구나! 그렇게 냥냥친마가 돌아가시다니 애석하기 짝이 없는 일이로다."

김구가 슬퍼했다.

"냥냥친마 할머니는 장 백부님의 말씀을 목숨을 다해서 지킨 것입니다. 저보성褚輔成, 추푸청 어른께서 장 백부님에게는 목숨을 다해 의리를 지키라고 분부를 내리셨습니다."

"정말 고마운 분들이구나. 냥냥친마는 달걀을 부화시켜서 기른 닭을 잡아주었을 만큼 정성이 대단하셨지!"

"고모할머니의 장례를 치른 후 아버지가 궤짝 속에 든 것은 대한민국의 독립운동에 사용할 무기라는 사실을 알게 되었습니다. 일본군이 매일 마을에 나타나 사람들을 학살하기 시작했습니다. 어느 날 아버지가 밤중에 땅을 파고 궤짝을 꺼냈습니다. 그리고 대나무 광주리에 폭탄을 넣었지요. 아버지는 광주리 뚜껑을 덮어 묶은 후 배에 싣고 남호南湖, 남후로 나가 물속에 가라앉혔습니다."

김구는 일어서서 서가에서 책을 한 권 꺼내왔다. 책 속에 나머지 반쪽 서류가 들어 있었다.

"국침 군, 자네가 가져온 종이와 내가 보관하고 있던 종이를 이번에는 바꾸어 보관하세. 대한민국의 완전한 독립과 중국의 승리를 위한 기념으로 말일세."

두 사람은 종이를 맞추어 '張震球'라고 쓰인 글자를 확인한 후 이번에는 서로 맞바꾸었다.

"장 백부님, 저는 이 서류를 영원히 간직하겠습니다."

김구가 붓을 꺼내 여덟 글자를 써주었다.

정성소지 금석위개精誠所至 金石爲開, 정성이 지극하면 쇠와 돌도 뚫린다.

글씨는 힘이 있었고, 고풍스러웠다. '정'精 자의 내리그음이 약간 흔들렸다. 백범은 제명으로 '국침 조카'國琛 侄子라고 썼고, 낙관에는 '백범 김구'白凡 金九라고 썼다. 진국침은 장 백부님이 본명을 쓰는 것을 처음 보았다.

진국침은 김구에게 주애보 누님의 소식은 말씀드리지 않았다. 아직은 말씀드릴 것이 없었다. 그는 다짐했다.

'언젠가 장 백부님께 자세히 말씀드릴 수 있는 날이 올 때까지 나는 이 종이와 의리를 목숨처럼 지켜야 한다.'

*

호항선滬杭線 열차는 어둠을 가르며 달렸다. 네 사람은 밤에 상해를 탈출했다.

차창에 맺히는 수증기를 계속 닦아내지만, 창밖엔 불빛 하나 없고 보이는 건 유리창에 반사되는 자신들의 몰골뿐이다. 엄항섭의 희고 동그란 얼굴은 선하고, 모자챙으로 눈길을 가린 안공근安恭根의 입가엔 불량기가 흐른다. 살림꾼 박찬익朴贊翊은 궤짝을 발밑에 두고 근심스럽게 앉아 있다. 빠뜨린 것이 너무 많다.

열차가 가흥에 도착했을 때는 새벽이 가까운 시간이었다. 몸을 숨기듯 기차역을 빠져나온 일행은 시커먼 트럭 뒤 칸에 몸을 실었다. 앞자리에 앉은 남자와 박찬익이 몇 마디 대화를 나눴다.

"섬유공장인데, 지금은 운영되지 않고 있습니다. 피신하기엔 적당한 곳이지요."

박찬익이 가는 곳을 설명했다.

김구는 고개를 끄덕였다. 머릿속은 상해의 골목을 맴돌고 있었다. 피치George A. Fitch 목사 부부의 감사한 말을 생각했다.

"어려운 형편에 있는 사람들을 도와주는 것은 국제 공통의 호의입니다."

지금은 운영되지 않고 있는 외곽의 섬유공장, 녹슨 철문을 열고 트럭이 들어가자 안에서 기다리던 사내가 플래시 불빛을 켜고 안으로 안내했다. 이 공장의 주인 저봉장褚鳳章, 주평장이었다.

"지하" "단기" "은신!"

그는 박찬익과 암호 같은 말을 주고받았다.

다음 날, 김구는 진동생의 안내로 은신처를 옮겼다. 공장에서 강 너머 매만가 76번지, 2층 양식 목조주택이었다. 진동생은 저보성의 수양아들이다.

"김 선생을 위해 이 집을 준비했습니다. 여기서는 멀리서 오는 사람도 먼저 알아낼 수 있습니다."

대문을 열자 중정형 주택의 정원에 있는 태산목 잎새가 햇볕에 반짝거렸다. 계단은 복도 뒤편 옷장 안에 숨겨져 있었다. 옷장 안으

로 들어가면 그사이로 계단이 나타나는 구조였다. 2층은 침대 하나
가 놓여 있는 간결한 방이었다. 호수를 향한 창이 넓게 나 있었다.
진동생이 마룻바닥 위에 놓인 매트를 치우자 마룻바닥을 들어낼 수
있는 작은 은폐 덮개가 설치되어 있었다. 아래로 내려갈 수 있도록
간이 사다리가 설치된 개폐구였다. 아래로 내려가면 뒷마당 너머에
조그만 선착장이 있고, 거기에 배 한 척이 대기하고 있었다. 진동생
이 종이에 한자를 적어 설명했다.

"위급할 땐 사다리를 타고 내려와 배를 타고 탈출하시면 됩니다.
호수는 대피로입니다. 뱃사공이 피할 곳으로 모실 겁니다."

저보성은 절강성의 대부호였다. 신해혁명에 뛰어들었던 그는 지
금은 상해법학원의 원장이었다. 절강성에서 가장 영향력 있는 대부
호가 윤봉길 의거를 주도해 엄청난 현상금이 걸린 한국의 독립운동
가를 숨겨주는 것은 가문을 건 모험이었다. 김구와 저보성은 개인
적인 친분도 없고, 아는 사이도 아니었다. 그런데도 저보성이 김구
를 숨겨준 이유는 이국땅에서 자신의 목숨을 걸고 독립운동을 하는
사람은 보호해줘야 한다는 판단 때문이었다.

사나이가 사나이를 알아보는 법이다. 저보성은 약소국인 조선의
독립을 위해 목숨 바쳐 싸우는 김구를 도와주는 것이 사내의 도리
라고 생각했다.

그는 김구보다 2주 정도 앞서 가흥으로 피신한 이동녕^{李東寧}, 김의
한^{金毅漢} 가족들에게도 김구와 가까운 곳에 은신처를 제공했지만,
엄중하게 보안 관리를 해 누가 어디에 은신하고 있는지 서로 모르
고 지냈다. 김구는 저보성의 권고대로 '광동 상인 장진구'로 신분과

이름을 바꾸고 생활했다. 김구의 실체를 아는 사람은 저보성 외에는 그의 아들 저봉장과 수양아들 진동생뿐이었다.

가흥은 수만 리 물길을 잇는 수로가 있는 도시였다. 배를 타고 선상생활을 하는 사람이 많았다. 김구는 산과 호수가 드넓게 펼쳐져 있는 경치를 보면서도, 다른 독립운동가들의 소식을 알 수 없어 마음이 놓이지 않았다.

그래도 김구는 아이들과 잘 놀았다. 윤봉길 의거 직후 피치 목사의 집에 피신해 있을 때도 피치 목사의 아들 로버트와 잘 놀았는데, 진동생의 집에서 은거하면서는 그의 여덟 살짜리 아들 국침과 친하게 지냈다. 국침은 "장 백부님께 폐를 끼치지 말아라"는 어른들의 명령을 듣고 1층에 머물면서 김구가 낭랑하게 책 읽는 소리를 들으며 놀았다. 그러다 김구가 사람을 찾는 인기척이 나면 달려가 시중을 들었다.

김구가 뒷문을 열고 호수로 나가 버드나무 밑에서 낚시를 하면 아이는 정원에서 지렁이를 파다가 미끼로 드렸고, 김구가 신문을 찾으면 곧장 시내로 달려가 신문을 사다 드렸다.

"나는 하루라도 신문을 보지 못하면 안 된다."

아이가 가흥에 나가 2전짜리 신문 며칠 치를 사오면 김구는 아이에게 20전을 주었다.

하루는 김구가 초대를 받아 아이와 함께 사촌 고모할머니 냥냥친마의 집을 방문했다. 마음씨 좋은 시골 할머니 냥냥친마는 닭을 잡고 온갖 요리를 다 내놓았다. 다음에 냥냥친마의 집에 갈 때 김구는 병아리 열댓 마리를 사갔다.

"장 백부님 웬 병아리를 사오셨나요?"

냥냥친마가 즐거워했다.

"그래야 다음에 또 닭을 먹을 수 있잖아요."

김구는 중국어를 제대로 할 줄 몰라 하루하루가 불편했다. 하루는 동문으로 가는 큰길가 광장으로 나가보았다. 광장에서 군대가 훈련하고 있었다. 김구는 사람들 틈에 끼어 훈련받는 것을 구경했다. 그러자 한 군관이 김구를 유심히 보고는 어디서 온 사람이냐고 물었다. 김구는 광동 사람이라고 답했다. 그러나 그의 말은 광동 말씨가 아니었다. 그 군관이 바로 광동 사람이었다. 곧바로 김구를 보안대 본부로 연행했다.

"진짜 광동 사람이 맞소?"

"나는 중국인이 아니오. 당신들 단장을 만나게 해주면 필담으로 본래 신분을 설명하겠소."

부단장이 왔다.

"나는 한국인이오. 상해에서 거주하다가 저봉장의 소개로 이곳으로 왔소. 이름은 장진구요."

경찰은 저 씨 집에 가서 조사했다. 진동생이 와서 보증을 서고 난 후에야 풀려났다.

이 일이 있고 나서 저봉장은 김구에게 새 제안을 내놨다.

"장 선생님은 돌봐줄 사람이 필요합니다. 혼자이신 데다가 이곳 물정을 몰라 어렵습니다. 홀아비니까 보살펴드릴 여자를 얻으셔야 합니다. 나의 지인 중에 과부로 나이 서른 가까이 된 중학교 선생이 있습니다. 마음에 드시면 아내로 얻으십시오. 그러면 장 선생님의 도피 생활에 도움이 될 것입니다."

김구는 대답 대신 맑은 남호의 물로 끓인 명전차만 마셨다.

"충의자忠義者는 돌봐주는 사람이 있어야 일생이 헛되지 않은 법입니다."

저봉장은 거듭 결혼을 권유했다.

김구가 입을 열었다.

"중학교 선생이라면 나의 신분을 곧 눈치채게 될 것이오."

김구는 처녀 뱃사공 주애보朱愛寶, 주아이바오를 떠올렸다. 요 며칠간 그는 주애보가 젓는 배에 올라 이 운하 저 운하를 떠돌았다. 동탑사까지 갔다가 돌아오던 날에는 그녀를 도와주기도 했다. 삼탑 언저리, 물목이 넓어지는 구간에 이르자 마른 바람이 급작스레 불어닥쳤다. 나룻배는 고물이 낮고 뱃전이 얕았다. 주애보는 뱃머리 가까이에서 허리를 낮추고 두 다리를 벌려 무게 중심을 잡은 채, 노를 밀고 당겼다.

"괜찮겠소? 갈 수 있겠소?"

"괜찮아요. 삼탑 근처만 바람이 거세요. 이 물골만 빠져나가면 이내 잠잠해질 거예요."

그녀는 말하며 오른발을 살짝 바닥의 고랑에 고정하고, 삿대를 무릎 뒤로 눌러 잡았다. 배는 삿대와 노질을 병행하는 방식이었고, 바람결과 물살을 같이 읽어야만 곧게 나아갈 수 있었다.

그녀는 무턱대고 노를 젓지 않았다. 물결이 거세면 노를 젓지 않고 물결을 타고 넘었다. 그녀는 노를 들고 있다가 바람이 약해지면 물속에 밀어 넣었다. 그러면 배는 물길 위를 헤엄치듯이 나아갔다.

그녀는 배의 방향도 쉽사리 바꾸었다. 강물의 흐름에 따라 뱃머리를 틀면 바람결은 그녀가 원하는 방향대로 배를 밀어주었다.

저녁 무렵 배가 기슭에 닿았다.

"애보, 피곤하지요?"

김구가 기슭에 오르면서 주애보의 손에 들려 있던 밧줄을 받았다. 배 밖으로 쉽게 나오도록 그녀의 손을 잡아주려고 하자 주애보가 손을 빼며 말했다.

"괜찮아요. 빨리 어머님께 가야 해요."

주애보를 생각하자 김구의 마음이 흡족해졌다.

"장 선생님은 지금 도와주는 중국 여자가 필요해요."

저봉장이 거듭 권했다.

"도움이 된다면 차라리 뱃사공을 가까이하여 의탁하면 좋겠소. 주애보같이 친근하고 일자무식이라면 나의 비밀을 보호할 수 있지 않을까 하오."

저봉장은 장 선생의 마음이 주애보에게 있다는 것을 알았다.

"그럼 아버지께 말씀을 올려 애보의 어머니 마마에게 얘기를 넣어보겠습니다."

주애보의 어머니는 저 씨 어른댁에서 오랫동안 안살림을 맡아온 하녀였다.

이틀 후 저봉장은 아버지의 부름을 받았다.

"민족을 위해서 자신을 바치는 사람이야말로 의인이다. 요즘 세상에 장진구 어른과 같이 정의감이 있는 분은 드물다. 그 어른이 든 횃불은 시대를 밝히는 불이란다. 그 횃불을 지켜주는 것이 우리의 보람이다.”

“아버님께서 말씀하시는 ‘의’義는 우리 가문의 교훈이 아니겠습니까? 더구나 장 선생님이 애보를 맘에 들어 하시니!”

“그렇다. 내가 장 선생님을 우리 대문 안으로 모신 것은, 그 순간부터 우리는 그와 생사를 같이한다는 의미다. 애보의 어머니도 내 말을 듣고 눈물을 흘렸지만, 좋아하셨다.”

그날 저녁, 김구는 주애보의 작은 평저선 안에서 글을 썼다. 고물 쪽 현측에 놓인 책상 위에는 얇은 화선지가 펼쳐져 있고, 촛불은 선창의 미세한 흔들림에 따라 가느다랗게 흔들리고 있었다. 그는 『도왜실기』屠倭實記4를 쓰고 있었다.

두 시간쯤 지나 김구가 붓을 씻자 주애보가 화덕에서 데운 찻물을 주전자에 담아 들고 왔다. 평저선에 찻잎 향이 번졌다. 그녀는 잔을 김구의 책상 옆에 내려놓았다.

“글씨를 쓰셨으니 차를 드세요. 자스민 차예요.”

“고맙소, 애보. 그런데 내가 뭘 썼는지 아시오?”

“아니요. 저는 글자를 하나도 몰라요. 글씨는 선생님 같은 분이 쓰는 거고요, 저는 선생님을 위해 노를 저으면 돼요. 어르신께서 저에게 선생님을 모시고 노를 저으며 살라고 하셨어요.”

“내 곁에 있으면 고생을 많이 할 거요.”

“선생님을 위해서 노를 젓는 건 힘들지 않아요. 저는 선생님을 편하게 해드리고 싶어요. 그것이 어르신의 부탁이었어요.”

김구는 찻잔을 주애보에게 주고 더운물을 부어주었다. 물이 잔에 채워지는 동안 배는 미세하게 흔들렸고, 줄에 달린 작은 방울이 소리를 냈다.

다음 날 저녁 무렵 저보성이 장 선생에게 다녀올 곳이 있다며 같이 차를 타고 항남가로 갔다. 말발굽 모양의 만을 지나 커다란 문이 있는 저택 앞에 다다랐다. 저보성이 문을 두 번 두드렸다. 잠시 후에는 세 번을 두드렸다. 안에서 사람이 나와 문을 열어주었다. 둘은 안으로 들어가 중간에 있는 응접실에서 동쪽 복도를 따라갔다. 그 끝에 있는 계단을 올라 2층으로 갔다. 동쪽 방에서 이야기하던 소리가 그치고 조용해졌다.

"누가 왔나 보시오!"

저보성이 안으로 들어서면서 말했다.

방 안에 있던 사람들과 밖에서 들어온 사람이 서로를 바라보았다. 다 같이 놀랐다. 안에 있는 사람은 이동녕, 박찬익, 엄항섭, 안공근이었다.

"동지들, 이게 얼마 만이오!"

김구가 소리쳤다. 그제야 사람들이 가까운 거리에서 은거하고 있다는 것을 알았다.

"내일부터 장진구 선생님을 더욱 안전하게 모실 수 있게 됩니다."

저보성이 말했다.

"우리는 상해 법과대학 교원으로 가장하고 여기까지 왔습니다."

일행이 말했다.

"밀린 이야기를 나누십시오. 대화가 끝나면 다른 사람이 모시러 올 것입니다."

저보성이 자리를 비켜주었다.

"우리 오늘 실컷 이야기를 나눠봅시다."

박찬익이 말했다.

"지금 보경리에는 누가 있소?"

김구가 걱정스런 얼굴로 물었다.

"모두 계획대로 항주로 떠났습니다. 경비를 맡은 서徐 할아버지만 계십니다."

엄항섭이 말했다.

"왜 그 노인을 함께 모시지 않았소?"

"죽어도 안 가겠다고 하더군요. 귀신이 되어서라도 대한민국 임시정부의 대문을 지키겠다고 하셨습니다."

김구는 길게 한숨을 내쉬었다.

"그분은 우리의 동지이기 전에, 우리가 모든 걸 나눠야 할 형제가 아니겠소?"

"내가 떠날 때 다시 얘기해봤지만, 소용이 없었다오."

이동녕이 아쉬워했다.

"우리가 가흥에 와서 계획하는 일은 전부 저보성 어른께서 준비해주시기로 했습니다."

박찬익이 말했다.

"고마운 은인이오. 웬만한 일은 우리가 스스로 극복하고, 저보성 선생을 번거롭게 하지 맙시다."

김구가 일행을 둘러보았다.

"저보성 선생이 내일부터 장진구 선생을 더 안전하게 모신다고 하신 건 무슨 말인가요?"

안공근이 물었다.

"여자 뱃사공의 배에서 지내려고 하고 있소. 내가 중국 말도 못 하고 물정에 어두워 체포되기 쉬우니 배에서 부부 행세를 하며 살라고 합디다."

일행은 새벽녘까지 대화를 나눴다. 김구가 계단을 내려가자 응접실 의자에 한 사람이 앉아 있었다. 진동생이었다. 김구를 모서가기 위해 기다린 진동생 역시 밤을 꼬박 새운 상태였다.

다음 날 진동생의 사촌 고모 냥냥친마가 찾아왔다. 순박한 농촌 할머니 냥냥친마는 일이 있을 때마다 진동생의 집에 찾아와 집 안을 활기찬 분위기로 만들었다. 집 안이 잔치 분위기로 변했다. 냥냥친마는 김구에게 삶은 계란 두 개를 주었다.

김구가 계란을 하나씩 나누자고 하자 냥냥친마가 말했다.

"아니요. 이것은 우리 고장 풍습이오. 남자가 여자를 얻을 때 계란 두 개를 받아야 해요."

그러고는 주애보에게 외쳤다.

"애보야, 선생님을 모시고 나갈 시간이다."

김구가 배에 오르자 냥냥친마가 국침과 함께 손을 흔들어주었다.

"장 백부님 편히 다녀오세요."

여덟 살짜리 국침이 허리를 굽혀 인사했다.

주애보는 선생님을 태우고 평저선 노를 저어 삼탑 너머까지 나갔다. 돌아오는 길에는 단백패의 수로를 따라 돌았다. 해거름 노을이 수면을 붉게 물들이고, 호수 위에는 연꽃이 만발해 있었다. 조금 더 나아가자 사방이 연꽃 세상이었다.

“다른 곳에는 아침에 연꽃이 피지만, 단백패에는 석양 때도 활짝 핀답니다.”

연꽃 사이에서 미소 짓는 주애보의 얼굴은 태양의 불이 켜진 듯 투명했다. 김구는 담배를 피웠다. 주애보는 다시 노를 저어 연꽃 사이로 난 물길을 따라 미끄러져 들어갔다. 멀리서 노란 달이 떠올랐다. 투명한 미농지 같은 달빛이 수면 위로 흘렀다. 주애보는 갈대숲을 헤치고 들어가 닻을 내렸다. 그녀가 선미 쪽에 걸린 차양 덮개를 내렸다.

“저는 선생님의 말씀이라면 무엇이든 따르겠어요. ‘아녜요’라는 말은 하지 않겠어요.”

주애보가 수줍게 말했다.

“그런 법이 어딨소? ‘아니오’라는 말도 하고, 맘에 드는 것만 따르시오.”

주애보는 갈대 너머 별빛을 보며 속삭였다.

“저는 그렇게 하고 싶어요.”

갈대숲 속의 배는 세상으로부터 숨은 외딴섬이었다.

두 사람은 다음 날은 북문 운하 쪽으로 이동했다. 김구는 낮에는 뭍에 올라 일정을 소화했다. 쉰일곱의 김구는 갓 스무 살의 주애보를 맞아 ‘부부 아닌 부부’가 되었다. 8년 전 아내 최준례를 잃고 혼자 지내던 그는 처녀 뱃사공과 함께 선상에서 도피 생활을 했다.

주애보는 날마다 배를 몰아 갈대숲과 연꽃 호수, 삼탑 너머 수로까지 은신처를 바꿨다. 그녀는 김구를 ‘광동 사람 장진구’라고 믿고 정성을 다했다. 김구는 붉은 천이 뱃전에 걸려 있으면 안심하고 배에 올랐고, 흰 천이 걸려 있으면 다음 장소로 이동했다.

*

호수 위의 바람이 잔잔하다. 남호는 강인지 바다인지 분간이 안 될 만큼 넓다. 주애보가 모는 목선이 물결을 가르고 나아간다. 배는 바닥이 납작한 운하용 화물선이다. 폭은 넓고 흘수선이 낮아 얕은 물에서도 미끄러지듯 나아간다.

주애보는 선미에 달린 긴 노를 이용해 손목의 미세한 힘만으로도 방향을 꺾을 수 있다. 그녀는 노를 멈추고 배를 흐름에 맡긴다.

"차 드세요."

주애보가 작은 주전자와 찻잔을 들고 왔다. 차향이 바람을 타고 배 안으로 번진다.

김구는 찻잔을 받으며 물어본다.

"이 물길은 어디로 닿는가?"

"삼탑 너머로 나가면 큰 부두가 있어요. 그 부두를 지나면 육지로 가는 길이 나옵니다. 제 어머니의 고향이 그쪽이에요."

김구는 생각한다. 애보의 어머니 마마는 삼탑 너머 육지에서 여기까지 왔고, 그 이후 두 모녀가 여기를 떠나지 않고 살고 있다.

주애보는 바람에 흔들리는 붉은색 천을 걷어낸다. 안개가 물 위로 내려앉고, 갈대밭 사이로 저어가는 배는 흔적조차 남기지 않는다.

애보가 혼자 뭍으로 올라간 시간은 한낮이 다 되어서였다. 저봉 장은 애보에게 장 선생의 안부를 물었다.

"우리는 늘 장 선생의 의리에 관해 이야기를 나눈다. 장 선생은 사람이 의리를 잊으면 길도 잃는다고 하셨다."

"배는 물길을 따라가지만, 사람은 의리를 따라간다는 말도 하셨어요."

"과연 장 선생님이로구나! 항상 조심해서 모셔라. 말을 수다스럽게 해서는 안 된다."

애보의 어머니는 헤어질 때 마른 빵과 절임채와 면 사리를 싼 보자기를 주었다. 애보는 매일 아침 이슬이 내리기 전에 조반을 낸다.

애보는 날마다 노를 저어 배를 옮긴다. 저봉장이 한곳에 머물지 말라고 했기 때문이다. 배 위에서는 말이 필요 없다. 노가 물을 가르는 소리, 갈대가 스치는 소리가 두 사람의 대화를 대신한다. 애보는 이따금 말을 걸고 싶지만, 장 선생은 입이 무겁다.

오전에 김구가 취운부翠雲埠, 취윈부에서 내리면 주애보는 공허함을 느낀다. 배는 움직이는 집이고, 김구는 집의 깃발이다. 깃발이 사라진 자리는 고통이 아니라 기다림으로 남는다.

저녁이 되면 고니들이 낮게 날아가고, 물 위에는 파문이 일어난다. 주애보는 고물에 기대어 흔들리는 풍경을 본다.

멀리서 경비선의 경적이 울리고, 불빛이 수면 위로 번진다. 주애보는 노를 잠시 멈추고 마음의 준비를 한다. 검은 연기를 뿜는 정찰선이 다가와 평저선 옆으로 붙는다. 수상 헌병 둘이 줄을 잡고 건너온다.

"이 배, 어디서 왔나?"

주애보는 떨리는 목소리로 대답한다.

"양하에서 생선을 싣고 돌아가는 중입니다."

병사들이 화물칸 뚜껑을 열어본다. 아무도 없다.

"어휴, 생선 냄새!"

생선은 한 마리도 없는 배에서 한 병사가 코를 막는다.

"이 계집애 꽤 예쁘게 생겼구먼. 손님은 몇 시에 받아?"

"저는 손님을 받지 않아요. 지금 어머니께 가는 길입니다. 어머니는 저 봉장 어른 댁의 마마예요."

"정말 손님을 안 받는다고?"

"절대로 안 받습니다."

병사들이 추파를 던지며 돌아선다. 정찰선이 멀어지자 주애보는 가슴을 진정시키며 연화부蓮花埠, 롄화부로 간다. 빨간 천을 배에 내건다. 길상吉祥과 희망의 붉은색에 가슴이 뛴다.

김구가 기다리고 있다.

"고생했소."

김구가 손을 잡아준다. 그녀의 가슴은 감격으로 벅차고, 삶은 제자리를 찾는다.

배 위의 날들이 물결처럼 흘러간다. 아침이면 안개가 내려앉아 세상에 베일을 드리운다. 낮에는 햇빛이 물 위에서 흩어지고, 해 질 무렵에는 바람의 결이 달라져 돛줄이 흔들린다. 밤에는 출렁이는 물결이 숨결처럼 이어진다.

주애보는 하루에도 몇 번씩 노를 젓지만 멀리 가지 않는다. 바람이 고요하면 돛을 올리고, 바람이 거세면 돛을 내린다. 그녀의 젊음은 오는 힘을 받아내고 지나가는 힘을 흘려보내는 단순한 지혜 속에서 빛난다.

김구는 말이 없다. 멀리 바라보며 깊은 생각에 잠긴 모습은 주애보를 애태운다. 무엇을 그렇게 골똘히 생각하는지, 무엇이 그를 밤마다 뒤척이게 하는지 그녀는 알 수 없다. 그러나 그 알 수 없음 때문에 마음은 더 끌린다.

노를 건네줄 때 스치는 손끝, 돛줄을 함께 당길 때 가까이에서 느껴지는 숨결 속에서 그녀는 그의 무게를 느낀다. 그럴 때마다 주애보는 미소를 짓는다. 부끄러움과 애틋함을 대신하는 젊은 여자의 순수한 미소다.

깊은 어둠 속, 배 밑에서 들려오는 물결 소리는 그녀의 고른 숨결과 섞여 흐른다. 김구는 그 소리를 들으며 뒤척인다. 흐르는 물소리는 살아 있다는 사실을 되묻게 한다. 두 청년이 나라를 위해 목숨을 버렸는데, 자신은 아직 숨쉬고 있다는 부채감에 마음이 무겁다. 애보의 미소를 마주할 때마다 그는 생각한다.

'저 아이는 나보다 깊은 곳을 보고 있다.'

배 위에서 선생님과 밤을 보내며 주애보는 생각에 잠긴다. 말수가 적고 감정을 드러내지 않는 그의 속마음에 큰 산을 넘어온 사람의 고단한 과거가 웅크리고 있음을 느낀다. 겉으로는 메마른 나날이지만, 물이 흘러 바다에 이르듯 함께하는 시간 속에서 같은 흐름이 만들어지는 것을 느낀다. 그녀는 언젠가 선생님이 떠날 것이라고 직감하면서도 표시내지 않고 미소를 지을 뿐이다.

김구는 떠날 때가 왔음을 안다.

그는 은신해 있던 가흥을 떠나 남경으로 나가기 전, 진동생에게 궤짝 하나를 맡겼다. 목재로 짠 궤짝에는 철제 경첩이 단단히 박혀 있고, 밀랍 봉인이 되어 있었다.

"이 안에는 오래된 고서와 중요한 기록들이 들어 있소."

김구는 목소리를 낮추고 궤짝 위에 두 손을 얹었다.

"열어보면 절대로 안 되오. 나중에 누군가 이걸 찾으러 올 사람이 있을 거요."

진동생은 무릎을 꿇고 손을 모았다.

"장 백부님의 물건은 하늘이 맡기신 것이니, 저희가 목숨을 다해 지키겠습니다."

김구는 진국침을 불렀다.

"지필묵을 가져오너라."

소년이 종이와 붓, 벼루를 들고 오자, 붓끝에 먹물을 찍어 흰 종이 위에 자신의 이름을 또박또박 썼다. '張震球.' 그리고 그 종이를 반으로 잘라 그중 하나를 진동생에게 주었다.

"누군가 이 궤짝을 찾으러 오면 글자를 맞춰본 후 내주시오."

안개 낀 새벽, 검은 두루마기를 여미며 골목을 나서는 김구의 발소리가 무거웠다.

*

대한민국 임시정부는 몸을 추슬렀다. 윤봉길尹奉吉 의거 이후 사방으로 흩어졌던 동지들이 다시 모였고, 정무를 맡을 사람들은 항주에 집결했다.

5월 중순, 항주의 임시정부 판공처에서 국무회의가 열렸다. 이동녕이 주재한 회의 결과 조완구趙琬九는 내무를, 조소앙趙素昂은 외무를, 이동녕은 법무를 계속 맡았다. 김철金澈과 김구는 자리를 맞바꾸었다. 김철이 재무장, 김구가 군무장이 된 것이다. 의거 이후 김구에게 쏠린 관심과 지원금에 대한 우려가 있었다. 이동녕은 그것을 조정했다.

임정 청사는 다시 진강鎭江, 전장으로 옮겨갔다. 김구는 남경에서 활동했다. 일제는 김구가 남경에 들어온 기척을 알아차리고 중국 관헌에게 체포를 요구했다. 동시에 밀정과 암살단을 풀어 김구 암살작전을 펼쳤다.

중국국민당을 통해 알게 된 남경의 치안 유지 책임자인 곡정륜谷正倫, 구정룬 경비사령관은 야음을 틈타 김구에게 접근해 의중을 타진했다.

"일본 측에서는 대역이라도 만들어 선생을 체포해달라고 하오. 중국 국적의 김구를 만들어 체포했다고 발표하겠다는 거요. 그 대가로 상당한 금액을 제시했소. 실리만 내가 차지하겠소."

김구는 곡정륜을 똑바로 바라보며 낮게 말했다.

"나는 멈추지 않을 것이오. 조심하는 것이 좋겠소."

김구가 공자묘 근처에 사람을 보내 살펴보니 검은 제복을 입은 일본 경찰들이 대오를 지어 순찰하고 있었다. 시시각각 포위망이 좁혀왔다. 김구에게는 일반 노동자의 1,500년 연봉에 해당하는 현상금이 붙었다. 김구는 가흥에 두고 온 주애보를 남경으로 불렀다.

회청교 옆 골목 입구에 집을 얻은 '광동인 장진구'와 주애보는 고물상을 차려놓고 지냈다. 경찰이 호구조사를 나오면 애보가 나가 설명하며 위기를 넘겼다.

새벽에 심한 공습이 있었다. 집들이 파괴되었다. 김구가 뛰쳐나왔다. 뒷방에서 자고 있던 애보도 나왔다. 방금 김구가 자고 있던 방의 천장이 무너져내렸다. 뒷방에 같이 사는 이들이 흙먼지를 헤치고 나왔다.

날이 밝자 두 사람은 김구의 어머니를 찾아갔다. 3년 전, 이야기책에 나올 만큼 놀라운 솜씨로 일경을 따돌린 후 두 손자를 데리고 고향을 떠나 남경까지 찾아온 어머니는 애보와 지내는 아들과 합치지 않고 마로가 23호에서 생활했다.

어머니의 집을 찾아가 문을 두드리니 어머니가 문을 열고 나왔다.

"놀라셨지요?"

김구가 물었다.

"놀라긴 뭘 놀라. 침대가 들썩들썩했을 뿐이야. 누구도 나를 죽이지는 못해. 사람들이 많이 죽었는가?"

"오면서 보니 이 근처에도 사람들이 폭격을 맞았더군요."

"우리 사람들도 많이 다쳤나?"

"살펴보러 지금 가야겠습니다."

주애보가 김구를 따라가려고 하자 어머니의 표정이 갑자기 바뀌었다.

"아무렴, 아무렴. 폭탄이 떨어지다니! 이런 건 상상도 못 할 노릇이지. 왜놈들은 공연히 폭탄만 낭비하는 거지. 오늘 저녁에는… 오늘 밤에는… 생각만 해도 심장이 다 떨리는구나. 대체 이게 무슨 경우지? 폭탄이 쏟아지고… 세상이 두렵지도 않나? 오늘 저녁에 무슨 일이라고? 대체 내가 무슨 말을… 그걸 알기나 할까?"

김구는 놀랐다. 요점 없이 횡설수설하는 어머니를 처음 보았다. 폭격이 그만큼 심했던 것일까.

그러나 어머니의 그다음 말은 분명했다.

"너는 가면 안 돼!"

어머니는 애보의 손을 꼭 잡고 놔주지 않았다. 주애보는 김구를 따라가고 싶었다. 그러나 누구도 어머니의 뜻을 거스를 수 없었다.

이틀 후, 임정 식구들은 안전이 보장되는 곳으로 이동해야 했다.

"애보, 가흥으로 돌아가시오."

김구는 상황이 좋아질 때까지 주애보에게 고향인 가흥에 가 있으라고 했다.

"선생님이 가라고 하시면 그렇게 하겠어요."

"나는 동포들과 내륙지방으로 가야 하오."

임정 요인과 가족들은 안전하면서도 물가가 싼 호남성湖南省, 후난성 장사長沙, 창사로 옮겨가야 했다.

주애보는 서운함을 드러내지 않았다. 배 위에서 함께 살았고, 여성이자 아내로서의 주애보는 김구의 신분을 모르지 않았다. 배 위에서 회의가 열렸고, 많은 독립지사들이 김구를 찾아왔다. 그렇지만 남편 김구가 누구였는지를 끝까지 내색하지 않은 주애보의 단심은 김구 이상이었다. 그녀는 잘 알고 있었다. 그래서 더는 함께할 수 없는 순간이 온다는 것도.

고향으로 돌아가는 주애보는 슬픈 내색을 하지 않았다. 저도 동포들과 같이 가면 안 되나요? 그 호소를 생각 밖으로 꺼내지 않았다.

"고향에서 애보를 반가워할 거요."

김구는 그 말 외에 해줄 말이 없었다.

"저도 고향 사람들을 보고 싶어요."

주애보도 김구가 그런 말로 자기를 달래준다는 것을 알 수 있었다.

전면적인 항일전쟁 이후 호구조사가 더욱 촘촘해졌을 때, 주애보는 김구의 신분을 의심하는 조사원에게 "내 남편"이라고 감쌌다. 조사원이 말이 서투른 김구를 몇 차례 의심하자 저보성 쪽에서 나서서 문제를 해결해주기도 했다.

"선생님과 헤어지는 것이 섭섭해요."

헤어지기 전날 밤 주애보가 참지 못하고 속내를 드러냈다.

"그런 말 하지 마시오."

김구는 투박하게 말했다.

주애보는 가흥에서의 어느 추운 새벽, 사공판에 웅크리고 앉아 얼음장을 깨며 삿대를 고쳐 달던 기억이 떠올랐다. 김구는 배 앞머리에서 반대편을 보며 앉아 있었다. 그때 그녀는 김구의 뒷모습을 보며 그가 언 호수에 손을 담그는 자신을 무척 안타까워한다는 생각이 들었다. 태산부동泰山不動의 사람, 그러나 속에는 타오르는 열정으로 호랑이처럼 괄괄스러운 남자, 이제 그를 떠나지만 다시 만날 때가 있을 것이다.

마당에 태산목 꽃송이가 툭툭 떨어지고 있었다. 그녀는 김구와 헤어지는 안타까운 마음을 더는 드러내지 않았다. 주애보는 김구의 마음을 읽을 수 있는 여자였다. 5년간 보살펴온 선생님이었다.

김구는 주애보와 헤어질 때 여비 100원을 주었다. 가진 돈이 그

뿐이었다. 주애보를 떠나보내며 『채근담』의 한 구절을 떠올렸다.

'연진즉방수, 거후무추'緣盡則放手, 去後無追

인연이 다하면 미련 없이 내려놓고, 떠난 뒤에는 뒤쫓지 않는다.

주애보는 혼자 가흥으로 돌아갔다. 언제 재회할 수 있을지는 모른다.

김구를 찾아온 진국침이 전한 가흥 소식에 주애보에 관한 것은 없었다. 진국침은 언젠가 반드시 애보 누님에 관한 소식을 김구에게 전해드리겠다고 다짐했다.

4 굶주린 자는 먹인다

비가 주룩주룩 내린다. 푸른 콩밭 너머 산등성이에는 안개가 연기처럼 피어오른다. 빗속에서 새 한 마리가 공기를 가르며 강변 쪽으로 날아간다. 창암은 비를 흠뻑 맞으며 꼼짝도 하지 않고 서 있다.

과거 시험장에서 목격한 비리는 질근질근하고도 물컥한 맛을 남겼다. 늙은 선비들이 '금년 칠십이니 초시라도 한 번 합격시켜달라'고 고함을 지르며 방성통곡하는 것은 차라리 가련하기라도 했다. 그러나 어디 사는 누구인지 분간이 안 되는 사람들이 돈과 기생을 얼마에 들였다 하며 자랑하는 꼴이란 장 한복판에 고깃덩어리를 매달아놓고 야금야금 뜯어가는 난장을 방불케 했다.

창암의 아버지가 아들에게 말했다.

"과거시험에서 실패했으니 풍수나 관상 공부를 해보아라. 풍수에 능해 명당에 조상을 모시면 자손이 복을 누리게 된다고 했다. 상을 잘 보면 성인군자를 만난다고 하더라."

"아버지, 그 공부를 해보겠습니다. 서적을 얻어주십시오."

아버지가 『마의상서』麻衣相書 한 권을 빌려다주었다. 김창암金昌巖, 김구의 아명은 석 달 동안 두문불출하고 『마의상서』를 읽었다.

  '오악이 완연하면 장차 대존이 될 형모를 띠었다 할 수 있는데 두 상에 살이 돈독히 솟아나와 각을 이룬 자는 부귀를 보지 않아도 알 수 있고 이마가 넓은데다 눈썹까지 수려함을 지니면 문장에 밝은 상이요 이마가 좌우로 길게 뻗쳐서 윤기가 흐르면 묻지 않아도 부귀 및 장수를 누릴 수가 있다.'

  창암은 정진하여 『마의상서』가 안내하는 관상의 미로 속으로 걸어 들어갔다. 들어갈수록 갈피를 잡기 어려웠다. 물형은 어떻게 보는 것이며, 용은 어디서 나오는가. 기변은 무엇이고, 기상은 무엇인가. 창암은 주니가 나고 혼돈해지면 눈을 부릅뜨고 상 속에 있다는 비의를 찾아 더욱 정신을 가다듬었다.

  바람이 매캐한 흙냄새를 몰고 오면, 영락없이 소나기가 쏟아져 내렸다. 차라리 소나기는 매혹적이었다. 비가 쏟아지면 제비가 돌아오고, 물고기가 하늘로 날아갔다. 창암은 신열이 나는 뜨거운 몸으로 뛰어나가 소나기를 맞으며 떨었다.

  '눈썹이 가늘고 수려하며 깨끗하고 길게 났다면 성품이 총명하고 용의 눈동자와 봉황의 눈을 띠었다면 국가의 중록을 먹을 것이요 눈 속에 위엄이 있다면 만인이 귀의할 것이요 코가 풍성하고 오뚝하게 일어난 사람은 귀하고 반드시 수부할 것이고 인중의 가운데는 깊고 밖은 넓으며 곧되 삐뚤어지지 않으면 가히 선한 상이다.'

  창암은 분했다. 이 많은 귀격이나 부격의 관상 중에 자기에게 해당하는 것은 없었다. 자신은 천하거나 가난하거나 흉한 상만 가득했다. 그러다 창암은 뒤로 나자빠질 만큼 놀라운 구절을 책에서 발견했다.

상 좋은 것이 몸 좋은 것만 못하고
몸 좋은 것이 마음 좋은 것만 못하다.
상호불여신호 相好不如身好
신호불여심호 身好不如心好

창암의 마음에 물결이 일었다. 관상 좋은 것이 신체 좋은 것에 못 미치고, 신체가 좋다 한들 마음 좋은 것에 못 미친다니!

몇 달 동안 관상책을 보며 거울을 앞에 놓고 자신을 뜯어보았다. 귀격이나 부격 같은 좋은 상은 없고 천격, 빈격, 흉격 같은 것들뿐이었다. 게다가 어릴 적에 앓은 마마로 얼굴이 군데군데 얽어서 관상 공부를 하면 할수록 낙심이 깊어졌다. 과거장에서 맛본 실망을 『상서』로 다스리려 했으나 관상 공부는 더 비관적이었다. 그런데 아무리 좋은 관상이라도 마음 좋은 것에 미치지 못한다니…

글의 세상은 광활했다. 좋은 마음을 갖는 건 마음 먹기에 달린 것이 아닌가. 이치는 하늘에 닿을 듯 높았고, 실행하기도 땅을 달리듯 쉽고 반듯하다 싶었다.

마음 좋은 것이 최고의 자리에 놓이는구나!

창암은 관상의 미로에서 걸어나왔다. 관상 좋은 사람보다 마음 좋은 사람이 되어야겠다고 결심했다. 『마의상서』를 물리고, 『손무자』 『오기자』 『삼략』 『육도』 같은 병법서를 보면서 내적 수양에 힘썼다. 병법서들은 사람을 바로 세우는 말로 가득 차 있었다.

창암이 글을 배운 것은 과거시험을 봐서 양반이 되고 싶었기 때문이다. 몇 해 전 창암은 집안 어른들의 이야기를 듣고 충격을 받았

다. 집안 할아버지가 새 사돈을 만나려고 갓을 쓰고 밤중에 나가셨
는데 이웃 동네 양반에게 발각되어 갓을 찢기고 매를 맞았다. 그 후
로 다시는 갓을 쓰지 못하게 되었다는 것이다.

"그 사람들은 어찌하여 양반이 되었습니까? 우리 집은 어찌하여
상놈이 되었습니까?"

창암이 물었다.

"그들의 선조는 우리만 못하나, 현재 진사가 세 사람이나 있지 않
으냐?"

"진사는 어찌해서 되는 건가요?"

"진사는 학문을 연마하여 과거에서 급제하면 되는 것이다."

창암은 이 말을 듣고 글공부할 마음이 간절하여 아버지에게 서당
에 보내달라고 졸랐다. 창암은 국문을 익혀 이야기책 정도는 볼 줄
알았고, 한문도 천자문은 배웠다.

"우리 동네에는 서당이 없다. 다른 동네 양반 서당에서는 상놈을
받아주지도 않는다. 받아주더라도 양반 자제들이 너를 멸시할 것
이다."

상놈 된 모멸감이 창암의 가슴을 찔렀다.

아버지는 문중과 인근 상놈 친구의 자식을 몇 명 모아 서당을 하
나 새로 만들었다. 인근에 사는 양반 이 생원을 모셔다가 집에 글방
을 차렸다. 창암은 열심히 글을 익혔다. 글을 배울 때는 누구보다도
먼저 배워 다른 동무들에게 가르쳐주곤 했다.

선생님이 다른 동네로 옮겨가면 창암은 선생님을 따라 밥 보따리
를 메고 산 고개를 넘어가며 끊임없이 글을 외웠다. 동무 중에서 창

암보다 글을 잘하는 아이도 있었지만, 배운 것을 외우는 강^講에서는 창암이 항상 최우등이었다.

창암은 열일곱에 임진년 경과에 응시했다. 아버지와 아들은 좁쌀을 메고 해주로 갔다. 과거 시험장인 선화당 관풍각 주변은 문전성시를 이뤘다. 사람들의 추태가 불벼룩 뛰듯 했다. 글방 선생과 아버지가 함께 의논했다. 글은 선생이 짓고, 글씨는 다른 선생이 대필하기로 했다. 과거 답안지엔 부친의 이름을 달아 시관에 들여보냈다.

창암은 돌아오는 길에 눈물을 흘렸다. 부끄럽기 이를 데 없었다. 급제하기가 얼마나 어려운 일인가를 실감했다. 글도, 글씨도 자신이 쓰지 않고 부정을 저질렀다는 자책과 수치심 때문에 골방에 처박혀 꼼짝도 하지 않았다.

사방에 괴질이 돌았다. 흉흉한 소문이 날아왔다.

마을에서 남쪽으로 20리쯤 떨어진 갯골에 오응선과 최유현이라는 사람이 있다고 했다. 그들이 충청도 최도명이라는 동학 선생에게서 도를 받아 공부하고 있다는 것이다. 두 사람은 신통력을 받아 밤사이에 충청도까지 다녀온다고 했다. 창암은 동학이라는 것에 호기심이 생겨서 이들을 찾아보기로 했다.

새해 정초, 열여덟이 된 창암은 집을 나섰다. 문전에 오얏나무 두 그루가 서 있는 갯골 오 씨 집은 쉽게 찾을 수 있었다. 문 앞에 다다르니 안에서 이상한 소리가 흘러나왔다. 보통 경전이나 시를 읽는 소리와는 달랐다. 여럿이 입을 모아 중얼거리는 노래 비슷한 소리였다.

창암은 문턱에서 잠시 망설이다 외쳤다.

"누구 없소?"

잠시 후, 함실아궁이 쪽으로 난 창호가 열렸다. 말쑥한 젊은 선비가 조용히 머리를 내밀었다.

상투를 짜고 와룡관을 쓴 사내가 나왔다. 눈빛이 밝았다. 창암이 절을 하니 그도 공손히 맞절했다. 창암은 황공해 자신의 성명과 문벌을 댄 후 말했다.

"제가 어른이라도 공대를 받지 못하련만, 하물며 편발 아이에게 이런 대우는 참으로 과도합니다."

선비는 창암의 말을 듣고 순한 눈빛을 보이면서 대답했다.

"저는 동학 도인이라 선생님의 훈계를 지켜오고 있습니다. 동학은 빈부 귀천에 차별이 없고, 누구나 평등으로 대접하는 것이니 미안해할 것이 없습니다."

창암은 딴 세상에 온 듯했다. 선비가 훨씬 어린 자신에게, 더구나 상놈에게 맞절하며 비단같이 순적한 목소리로 존대를 하다니! 난생처음으로 존대를 받고 보니 그동안 상놈으로 맺힌 한이 화기和氣로 피어올랐다.

"선생께서 동학을 하신다는 말씀을 듣고 그 도를 알고 싶어 왔습니다. 저 같은 아이에게도 말씀해주실 수 있습니까?"

창암이 눈길을 내리고 말하자 선비의 눈이 초롱초롱 빛났다.

선비는 동학은 용담龍潭 최제우崔濟愚 선생이 천명했으나 이미 순교하셨고, 지금은 그 조카 최시형崔時亨 선생이 대도주가 되어 포교 중이라고 알려주었다. 최시형은 포덕을 하면서 도인들끼리 '접장'

이라 부르게 가르쳤고, 신분의 차이를 형식부터 없애기 위해 맞절을 하도록 했다는 것이다.

선비의 말은 생각해보지도 못한 것이었다. 창암은 젊은 선비를 정면으로 바라보았다. 선비를 똑바로 바라본다는 것은 전에는 있을 수 없는 일이었다. 그러나 지금은 바로 그 시선이 필요했다.

"나리, 귀천이 없다면…"

창암은 그 순간 마음속에 심지가 돋아오르고, 그 심지에 불이 붙는 것을 느꼈다. 주위가 아득해지면서 하늘과 땅이 멀리 물러나는 것을 보았다.

창암은 되뇌어보았다.

'사람이 곧 하늘이니라.'

'사람을 하늘처럼 섬겨라.'

하층의 백성들이 신분 상승을 할 수 있는 유일한 출구였던 과거조차도 난맥에다 부끄럽기 짝이 없는 것이 되었다. 그런데 사람이 곧 하늘이라니! 모두가 다 하늘 같은 사람들이므로 어떤 사람이든 하늘처럼 섬기라니!

없는 토지를 장부에 올려 세금을 매기고, 죽은 사람을 살아 있다고 꾸며 군포를 거뒀다. 아이의 나이를 올려 포를 부과하고, 봄에는 곡식을 강제로 빌려주고 가을엔 몇 갑절로 빼앗아가는 늑대勒貸의 세상이었다.

창암은 동학에 입도할 생각이 불같이 일어났다. 선비에게 입도 절차를 물어보니, 백미 한 말, 백지 세 묶음, 양초 한 쌍을 가져오면 입도식을 해준다고 한다. 창암은 동학 경전인 『동경대전』과 『용담유사』를 열람한 후 집으로 돌아왔다.

저녁 무렵, 창암은 우물에서 물을 긷고 있는 어머니에게 말했다.

"어머니, 오늘 저는 갯골에 다녀왔습니다."

"갯골엔 왜?"

"거기, 동학이라는 도를 배우는 분들이 계십니다."

"또 글공부하려고?"

"아닙니다. 이번에는 세상을 배우려고 합니다."

어머니는 잠시 말이 없었다.

"네가 어릴 적 마마를 앓고 나서, 나는 죄인이 되었단다. 내가 잘못해서 네 얼굴을 망가뜨렸다고… 나는 네가 사람답게만 자라주길 바랐어. 네가 세상을 배우겠다니, 어미는 그 길을 막지 않겠다."

어머니는 새로 물을 길어 하얀 사기대접에 가득 담아주었다.

"어미가 주는 물이니, 다 마셔라."

그날 밤 창암은 아버지 옆에 무릎을 꿇고 앉았다.

"아버지, 글로 양반이 되기는 틀렸습니다. 하지만 사람답게 사는 법을 배우고 싶습니다."

아버지는 한동안 말이 없더니 담뱃대에 불을 붙이고는 말했다.

"낮에 갯골에 갔다 왔다고?"

"예."

"너는 나보다 단단한 놈이다. 큰길은 위험한 법이다. 허튼 길이면 발을 빼거라."

"예, 아버지."

창암은 지금까지의 속박에서 벗어나는 듯한 마음이었다. 스스로

가 한 겹 벗겨져 나간 듯한 가벼움과 동시에 또다시 무거운 것이 어깨에 얹히는 듯한 묵직함이 있었다.

창암은 이름을 창수昌洙로 개명했다.

스스로 부끄러움을 이기고 새로운 세상에 섰다.

예물을 가지고 선비 오응선에게 가서 입도하고 동학을 공부하기 시작했다. 동학은 봉건적 신분 질서를 타파하고, 만민평등을 주장하는 구원의 사상이었다. 정부는 동학을 서학과 마찬가지로 탄압했다. 교주 최제우는 1860년에 포교를 시작한 지 3년 만에 혹세무민의 죄로 체포돼 이듬해 대구에서 처형당했다. 창수는 누구나 평등한 세상을 위해 어려운 사람을 구하고 죽는 게 어떤 가치가 있는지를 생각하며 여러 날을 보냈다.

이웃에 사는 이 씨가 소작농으로 부치던 전답을 잃었다. 지주가 이 씨의 딸을 희롱한 것이 말썽이 되자, 전답을 거두어들인 것이다. 창수가 윗마을에 사는 지주를 찾아가 항의했다.

"가난한 사람의 소작을 거두어가면 가족이 굶어 죽게 됩니다."

"그동안 돌봐준 은혜가 작지 아니하니라!"

지주는 창수를 비웃으며 내쫓으려 했다.

"그동안의 은혜는 감사하오나, 처자가 딸린 사람의 소작을 빼앗는 것은 그동안의 인정을 짓밟는 것이 아니겠습니까?"

"어린놈이 이 무슨 망발이냐? 토지를 거두고 낼 권한이 누구에게 있는지 모르느냐?"

"굶주린 자는 먹여야 한다고 했습니다. 아무리 토지에 대한 권한이 있더라도 소작농에게서 집과 땅을 빼앗으면 소작농은 어른의 대문 앞에서 굶어 죽게 된다는 것을 모르십니까?”

“그놈이 굶어 죽는다 한들, 내가 알 바 아니니라.”

“그렇게 박정하옵시면 그것으로 끝나는 게 아닙니다. 어른댁에서 그 주검을 치워야 합니다. 대대손손에 걸쳐서 말이지요.”

지주는 창수를 쫓아내고 대문을 닫아걸었다.

그러나 지주는 며칠 후 마음을 돌려 이 씨에게 소작을 허락했다.

사람들이 창수에게 몰려들었다.

“그대가 동학에 입도해보니 무슨 조화가 생겼소?”

“나쁜 일에서 물러나서 선한 일을 하게 되는 것이 동학의 조화요.”

사람들은 또 물었다.

“조화를 얻으면 무엇이 해결된단 말이오?”

“세상이 얻기도 어렵고 구하기도 어려운 것 같으나 실제로 어려운 것이 아닙니다. 우선, 굶주린 자는 먹여야 하오. 동학에서는 마음이 화하고 기운이 맑아서 봄 같이 화해지기를 기다리다 보면 구하고 싶은 것을 자연히 얻는다고 가르칩니다.”

양반들은 동학에 가입하는 사람이 드물었지만, 상민 이하의 사람들이 많이 찾아왔다. 불과 수개월 만에 창수 수하의 교도가 수백 명에 이르렀다. 창수의 도력에 관한 소문이 나돌았다. 황해도는 물론이고 평안도에까지 소문이 퍼져 교도가 날로 늘었다.

탐관오리들이 사금 채취를 못 하게 하자 이 일로 먹고살던 사람들이 대거 동학에 입도해 교도가 크게 늘었다. 창수는 황해도와 평안도의 동학도 중 나이가 어리면서도 가장 많은 교도를 가졌기 때문에 ‘아기 접주’라는 별명을 얻었다.

다음 해에 충청도 보은에 있는 해월 최시형 대도주에게 자기 교도를 보고하라는 경통이 내려왔다. 황해도에서 도유道儒 열다섯 명을 뽑았는데, 창수도 선발됐다. 땋은 머리를 틀어 올리고 갓을 쓴 차림으로 떠났다. 교도들이 창수의 노자를 모아 내고, 도주께 올릴 예물로는 고을의 귀한 소산이라고 해주 향묵을 마련해주었다.

일행이 해월 선생이 있는 충청도 보은군 장안에 다다랐다. 열다섯이 한꺼번에 절하자 선생도 손을 땅에 짚고 답례로 절을 했다.

"멀리서 수고시레 왔소!"

일행 중 대표가 열다섯의 명부 책을 선생에게 드렸다. 선생은 나이가 예순 가까이 되어 보였는데, 잘 기른 채수염이 보기 좋고 어진 모습이었다. 얼굴은 여위었고, 머리에 큰 갓을 쓰고 일을 보았다. 방문 앞 화로의 약탕관에서는 약을 달이는 김이 올라오고 있었다. 방 안팎에는 제자들이 선생을 옹위하고 있었다. 손병희孫秉熙와 김연국金演局은 사위라고 했다.

"남도의 모든 관청에서 동학당을 체포해 압박하고 있습니다."

한 제자가 선생 앞에 나와 보고했다.

"삼례에서는 전봉준이 벌써 병사를 일으켰습니다."

또 다른 제자가 보고를 드렸다.

"호랑이가 물어 뜯으러 들어오면 가만히 앉아 죽을까. 참나무 몽둥이라도 들고 나서서 싸우자."

최시형이 총동원령을 내렸다. 각지에서 와서 명령을 기다리던 대접주들이 일어났다. 1894년 9월이었다.

"배냇아이 몫으로 군포를 매기고는 강제로 솥과 숟가락 몽당이를 모두 거두어갔다."

"지주가 무자년 흉년 때 도조를 내지 않았다고 어린 딸을 첩으로 데리고 갔다."

"봄에 환곡쌀을 얻었는데, 모래와 풀이 절반이나 섞여 있었다. 가을에 갚을 적에는 깨끗한 쌀만 받아가더라."

최시형이 보은에 모은 군중들은 쉬지 않고 원성을 쏟아냈다. 군중들은 점차 농민군의 형태를 갖추어 나갔다. 부적이나 주문을 들고 돈을 얻어보려 했던 자들이 끼어들었다. 외국 오랑캐가 우리 이권을 마구 빼앗는 것을 통분하게 여겨 그들을 내쫓자고 큰소리치는 자들이 모여들었다. 탐욕스런 장수나 부정한 벼슬아치의 학대를 받아도 호소할 곳 없는 사람들이, 세력을 마구 쓰는 자들에게 위협을 받아 스스로 목숨을 보전할 수 없는 자들이, 죄를 짓고 여기저기로 도망 다니는 자들이, 농사를 지어도 집 안에 남는 곡식이 없고 장사를 해도 손에 남는 이문이 없는 사람들이, 동학에 들어야 제대로 목숨을 건사할 수 있다는 풍문을 듣고 끼어든 사람들이, 상놈이나 천민으로 평생 기 한 번 펴보지 못하던 사람들이 속속 모여들었다.

해거름 산마루에 볕이 기울면 논밭에 남은 볏짚들도 등을 굽힌다고 했다. 나라와 백성은 그렇게 의지하며 둘레둘레 살아가는 법이다. 그렇건만 밥을 짓는 것인지, 죽을 쑤는 것인지 알 수 없는 저녁 연기를 피워올리는 마을이 늘어가는데도 궁궐에서는 나라가 기우는 것을 걱정하는 사람이 없었다. 해마다 흉년이 들고, 먹을 양식은 줄어들었다.

"누가 나라의 주인인가, 청놈이냐 왜놈이냐?"

남정네들은 외쳤다.

남도의 뒷산마다 허름한 사내들이 하나둘 모여 앉아 이상한 노래를 불렀다.

"사람이 하늘이다… 인내천이라 했다!"

도탄 속에 살아온 마을 사람들은 그 노래가 땅속 깊이 스며드는 것을 알았다. 수천 년의 역사에서 한 번도 들어본 적이 없는 동학의 인간중심 사상은 변화를 갈망하는 농민의 요구를 받쳐주었다. 가뭄에 타들어가는 콩밭이 비를 받아들이듯, 포접제包接制 조직이 농민 세력을 흡수한 것은 물론이다. 동학의 교세는 순식간에 삼남 지방으로 확대되었다.

최시형의 총동원령이 내려지자 김창수는 황해도로 돌아와서 동학 농민운동을 전개했다. 9월 18일 동원령이 내려지자 최유현 등 15명의 주요 지도자와 함께 동학농민혁명에 참여했다. 황해도 9개 지역에서 농민군이 일제히 봉기했다. 봉기의 중심지는 5개 접이 봉기한 해주였다. 접주들은 회의를 거쳐 1차 집결지로 죽천장을 정했다.

김창수는 팔봉산 아래 산다고 해서 자신의 접 이름을 '팔봉'이라고 짓고, 푸른 비단에 '팔봉도소'八峯都所라는 넉 자를 큼직하게 써서 걸었다. 병서에서 읽은 글귀가 생생했다.

'병사들과 더불어 고락을 함께하나니, 수효가 적은 군대일지라도 정신이 알차게 들어찼다면 천하무적이니라.'

11월 27일이었다. 황해도 동학군 최고회의에서는 해주성을 먼저 탈환하기로 전략을 세웠다. 재령, 신천, 문화, 장련, 웅진, 강령 등지의 동학군 3만 명이 해주성을 공략하기 위해 합세했다. 해주성을 공략하기로 한 것은 일본군이 개성병참부로부터 배천, 연안 부근에 동학군이 집결한다는 보고를 받고 연안으로 이동했기 때문이다.

서문 밖 선녀산에 진을 치자 총공격령이 내려졌다. 작전계획은 선봉장인 김창수에게 일임한다는 최고회의 결정이 내려왔다. 김창수가 평소 병서 연구에 노력을 많이 기울였고, 그의 부대가 산포수들로 편성돼 산악전투에 능하다고 판단한 것이다.

고작 화승총이 최고의 무기인 동학군이 신식무기로 무장하고 해주성을 지키는 관군 상대로 전투를 치르기는 쉽지 않은 일이었다. 그럼에도 18세의 대장 김창수는 용기가 가득했다. 관군은 고작 평야에서 전투를 벌일 수 있었지만, 자신의 접에 속한 700여 명의 산포수들은 골짜기와 바위 사이를 날고 뛰는 산악의 명수였다.

창수가 작전계획을 올렸다.

"지금 해주성 내에는 경군이 도착하지 못했다. 수성군 200명과 왜병 7명이 있을 뿐이다. 영솔 부대가 남문으로 진공하면, 내 휘하의 선봉 부대는 서문으로 공략해 성을 함락시키겠다. 총사령부에서는 정황이 전개되는 것을 보고 아군의 허약한 곳을 응원해달라."

김창수의 작전이 받아들여졌다. 그는 전체 병사의 선두에서 '선봉'이라고 쓴 사령기를 들고 말을 타고 해주성으로 전진했다. 공격하는 동학군으로 인해 산이 새하얗게 변했다. 흰옷을 입은 동학군의 수는 6천 명 이상이었다. 재령, 신천, 문화, 장연, 웅진, 강령 등의 동학도가 모두 몰려와 성문 너머 십 리 밖에 1만 명, 그 너머 취야장엔 1만 3천~1만 4천 명이 있었다. 전체 3만을 넘는 수였다.

조용했던 성에서 포격이 날아왔다. 일본군의 공격이었다. 동학군이 밀려오자 연안으로 가던 일본군이 되돌아 해주성으로 잠입한 것이다. 일본군 20명은 성을 지켰고, 나머지 20명은 성 밖으로 나가 진격하는 동학군에게 총격을 가했다. 네댓 명의 동학군이 쓰러졌다. 그러나 동학군들은 깃발만 흔들 뿐이고 대응 포격을 하지 않았다.

일본군은 동학군에게 총포가 없다는 것을 알았다.

"동학당을 모조리 살육하라."

일본군 본영에서는 청일전쟁 개전 당시 전쟁지도부의 최선두에 섰던 병참총감 가와카미 소로쿠가 인천 병참본부에 전보 명령을 하달한 상태였다. 명령이 내려오자 인천 병참본부에 문의 전보가 쏟아져 들어왔다.

"동학군을 포박했다. 참살해도 좋은가?"

전보에 대한 답전은 모두 같은 것이었다.

"귀관이 문의한 대로 그렇게 실시하라."

조선과 일본은 교전국이 아니다. 조선 농민은 전적으로 조선 정부의 주권 아래 있다. 교전국이라 하더라도 적국의 포로는 살해하지 않는 법이다. 청일전쟁에서 자국이 문명국임을 과장해 선전했던 일본은 동학농민군에 대해서는 국제법을 염두에 두지 않았다.

조선 정부는 수천 명이 민란을 일으켰다 하더라도 주모자 한두 명의 사형으로 그치고 간부들은 유배형에 처했다. 그러나 조선에 아무런 권한이 없는 일본은 동학군을 전원 사살하라는 명령을 하달했고, 일본군은 명령에 따라 닥치는 대로 농민군을 살해했다.

해주성 전투는 치열했다. 5시간가량 전투가 계속됐다. 농민군의 수가 예상을 크게 웃돌아 일본군의 탄환이 거의 떨어질 만큼 위태로운 상황으로 치달았다. 김창수는 선봉 부대를 이끌고 서문을 향해 맹렬하게 공격했다.

그의 곁에서 이용문이 함께 달렸다. 스무 살의 그는 이용선의 친동생이다. 키가 크고 말을 잘 들으며 항상 창수를 우러렀다. 나이는 위였지만 창수를 '대장님'이라고 깍듯하게 섬겼다.

성벽 아래까지 전진했을 때였다. 날아온 일본군의 총탄이 이용문을 꿰뚫었다. 몸이 앞으로 쏠리며 땅에 박히듯 쓰러졌다.

"용문아!"

김창수는 순간 말에서 뛰어내렸다. 피가 가슴 아래로 쏟아져 내렸다. 용문이 피를 뿌리며 소리쳤다.

"대장님! 나를 버리고 가십시오."

"안 된다, 눈을 떠라."

"대장님이 이기면 저는 계속 살아 있는 겁니다!"

숨이 끊어졌다. 눈동자는 열려 있었다. 창수의 손이 그 눈을 덮었다. 창수는 다시 말 위에 올랐다. 전선이 밀리는 와중에도 그는 휘장을 세우고 외쳤다.

"우리는 물러나지 않는다! 나보다 먼저 물러서지 마라!"

바로 그 순간, 총사령부는 퇴각을 명했다.

해주성은 끝내 점령하지 못했다.

화승총은 사정거리가 100보 정도밖에 되지 않았고 추위에 약했다. 일본군의 스나이더 소총은 최대 사정거리가 1,800미터나 돼 농민군이 다가오는 것을 기다렸다가 명중시켰다. 일본군에는 소총이 이미 30년 전부터 보급되어 있었다. 그럼에도 도처의 봉기에서 농민들이 호미와 낫을 들었다는 사실은 만고에 청정한 저항이었다.

몽골이 여덟 차례에 걸쳐 고려를 침략해 나라를 짓밟았을 때, 조정에서는 수도를 강화로 옮겨 피신하는 것이 고작이었다. 당시 몽골군을 맞아 싸운 것은 정부군이 아니라 각 지방의 농민과 천민들이었다.

충주 농민들은 몽골의 침입이 끝날 때까지 목숨을 걸고 항쟁했다. 철은 무기를 만드는 데 쓰였고, 기병의 편자를 만드는 데는 더없이 필요한 재료였다. 충주에는 다인철소 외에도 여러 철산지가 있었다. 몽골군이 충주를 침략하자 다인철소 사람들은 철광석, 제련한 철, 무기, 제철시설 등을 몽골군에게 빼앗기지 않으려고 일치단결해 싸웠다. 지도자도 없었고, 칼과 창마저 떨어지자 철소의 하층민들은 호미와 낫을 들고 싸웠다.

저항의 역사는 피에 스며든다. 동학 농민들 또한 호미와 낫을 들고 일어났고, 대나무를 잘라 죽창을 만들며 제 목숨을 걸기로 맹세한 것이다.

치열했던 남부 지방의 동학농민군 전투는 12월 2일에 전봉준全琫準과 김개남金開南이 체포됨으로써 막을 내렸다. 해주성 공략 이후로 토벌군과 산발적인 전투를 계속하던 황해도 동학농민군도 12월 중순 들어 세력이 급격히 약해졌다.

어느 날 밤 김창수에게 청계동 안태훈 진사의 밀사가 왔다. 안 진사는 동학이 궐기하는 것을 보고 동생과 아들에게 병사를 담당하게 한 뒤 200여 명의 산포수를 모집해 자택에 훈련소를 세워 동학군 토벌에 나서 상당한 실적을 쌓고 있었다.

책사 정덕현이 안태훈의 밀사를 만났다.

그가 두 시간 동안의 만남을 끝낸 후 김창수에게 말했다.

"적군인 안 진사가 사람을 보낸 것은 창수 대장이 나이는 어리지만 대담한 인품을 지녔다는 걸 알고 보호하려는 것입니다. 양군이 전투하다가 창수 대장이 파멸하면 인재가 아깝다는 후의에서 밀사를 보냈다 합니다."

정덕현의 보고를 받고 참모 회의를 열어 논의했다. 이미 동학군의 주력이 패퇴한 상황이었으므로, 우선은 화친을 맺을 필요가 있었다. 양측은 '나를 치지 않으면 나도 치지 않는다. 어느 한쪽이 불행에 빠지면 서로 돕는다'는 밀약을 맺었다.

구월산 주변에 이동엽이란 접주가 이끄는 동학군이 큰 세력을 형성하고 있었다. 이동엽은 황해도 지역 동학농민군 중 가장 과격한 임종현으로부터 임명장을 받은 2세대 접주였다. 이동엽 군대는 해월 최시형에게서 임명받아 정통성을 지닌 김창수의 군인과는 달랐다. 이동엽은 포악하기 그지없었고, 군인들은 촌락에 내려가 재물을 약탈하거나 노략질을 했다.

김창수는 홍역으로 앓아눕게 되었다. 이런 상황에서 이동엽 부대가 김창수 부대를 기습침공해 참모장 이용선을 살해했다. 이동엽은 해월 선생이 임명한 정통 접주 김창수의 목숨은 끊지 못했다. 대신

앓아누운 김창수의 수족을 묶어놓고 달아났다.

복수는 사나이의 표징이었고 의리를 실천하는 한 방법이었다. 김창수는 복수하기 위해 자리를 털고 일어났다. 혼란기에 복수는 사내의 정당함을 과시하고 도덕의 근거를 유지하는 방식이었다. 와신상담하고 있는 김창수에게 정덕현이 권유했다.

"나와 함께 풍진을 피해 유람이나 떠납시다."

"아니요. 결코 떠날 수 없소."

"복수는 의리에 당연하나 관군과 왜병이 아직 구월산을 소탕하지 못하는 것은 외곽에 있는 이동엽의 부대가 크고, 산속에는 정예부대인 우리 부대가 있다고 판단했기 때문입니다. 그런데 두 부대가 전투를 치렀다는 소문이 났으니 관군과 왜군이 먼저 이동엽 부대를 섬멸하러 올 것입니다. 그 후 우리를 정리하려 할 것입니다. 지금은 복수를 계획할 때가 아니라 살아남아야 할 때입니다."

김창수는 정덕현의 권유를 거부했다.

그 대신 장연군으로 옮겨 은거하며 사태를 살폈다. 정덕현의 분석대로 관군이 들이닥쳤다. 이동엽이 사형을 당했다. 각 군의 동학군은 거의 소탕되었다.

정덕현이 김창수에게 청계동 안태훈 진사에게로 가야 한다고 거듭 제의했다.

김창수는 뜻을 접는 것이 싫었다.

"싸움에 졌을지라도 진 사람에게 힘은 있는 법이오. 그 힘을 어떻게 축적하느냐에 따라 이긴 사람보다 강해질 수 있겠지요. 내가 쫓기더라도, 안 잡히고 오래 돌아다녀야 동학의 뜻은 더 오래 지속될 수 있을 것입니다.”

정덕현은 수완이 다양한 책사였다.

“안 진사는 눈이 넓어 세상을 멀리까지 보는 사람입니다. 나이 어린 형의 담대한 기개를 아낀 것이니, 형이 뜻을 펴려면 목숨을 보전해야 합니다.”

정덕현은 김창수를 청계동으로 이끌었다.

*

정덕현과 김창수가 청계동에 도착하니 파수병이 안내해주었다. 곧 본채에서 나온 안 진사가 두 사람을 영접했다.

“김 석사가 위험을 벗어난 후 심히 우려되어 애써 탐색했으나 계신 곳을 모르던 터에 이처럼 찾아주시니 감사합니다.”

“여러 차례 찾으셨다 하기에 들렀습니다.”

“들르는 게 무어요. 여기 오래 계셔야 합니다.”

문간에 붙여놓은 ‘의려소’義旅所라는 현판 글씨가 또렷했다. ‘의려’는 ‘의병’이라는 말이다. 동학군을 불의의 군대라고 여기고 대적하는 사람의 세상에 온 것이다.

안 진사가 말했다.

“부모님이 모두 계신다고 들었는데, 편히 계실 곳이 있습니까?”

“부모님은 본동에 계십니다.”

안 진사는 즉시 총을 가진 병사 30명을 지정하고 말했다.

“오늘 중으로 텃골에 가서 김 석사 부모님을 모시고 우마를 잡아 가산 전부를 옮겨드려라.”

안 진사는 청계동 인근에 김창수의 부모가 기거할 가옥 한 채를 매입해주며 말했다.

"날마다 사랑에 와서 내가 없을 때라도 내 동생들과 놀고 친구들과도 담화하며 마음대로 안심하고 지내십시오."

안 진사 여섯 형제는 태진, 태현, 안 진사 태훈, 태건, 태민, 태순이었다. 모두 학식이 풍부하고 인격이 높았다. 형제 중에서도 안 진사는 탁월해보였다. 안 진사는 중근重根, 정근定根, 공근恭根 세 아들을 두었다. 창수는 매일 사냥하러 다니는 맏아들 중근을 눈여겨보았다. 의려소의 장남이다. 눈빛이 형형했다.

열아홉 나이의 패장 김창수는 청계동 생활이 편치 않았다. 열여섯 살 된 중근은 벌써 결혼해 가정을 이루고 있었다. 중근은 공부를 게을리해도 아버지에게 별다른 말을 듣지 않고 하고 싶은 일을 맘껏 했다. 중근은 자주색 명주 수건으로 머리를 동이고 총열이 짧은 돔방총을 메고 숙부들과 함께 매일 산을 오르내렸다. 그는 여러 군인 중에서 사격술이 제일이었다. 창수는 중근과 비교하고 싶지 않았다. 창수는 삼촌에게 농사나 지으며 살라고 야단맞으며 자랐다.

어느 날 오후, 안중근이 노루 두 마리를 짊어지고 마당으로 들어섰다. 그는 총을 벗어 한쪽에 세우더니, 차가운 샘물을 길어 벌컥벌컥 들이켰다. 마당에 들어서던 김창수가 그 모습을 보았다.

"고라니인가?"

창수가 물었다.

중근은 고개를 끄덕이며 대답했다.

"노루요. 산등성이로 도망치는 놈을 잡았지요."

김창수는 대답 없이 고개만 끄덕였다. 사냥 실력을 인정한다는 표시였다.

잠시 침묵을 사이에 두고 중근이 입을 열었다.

"형님은 책만 보십니까?"

"지금은 책 보는 것밖에 할 일이 없다네."

중근은 잠시 생각하는 눈치를 보이더니 껄껄 웃으며 말했다.

"사냥은 짐승을 죽이는 거지만, 책은 사람한테 질문하는 힘을 주지요. 책이 사냥보다 더 무섭습니다."

창수는 의외라는 듯 중근을 바라보았다.

"정말 그렇게 생각하나?"

중근은 고개를 끄덕였다.

"짐승을 겨누는 건 총이지만, 사람을 겨누는 건 뜻이 아닙니까?"

그날 밤 창수는 묘한 감정에 사로잡혔다. 세 살 아래의 중근은 산 짐승처럼 자유롭고, 말은 군자처럼 조심스러웠다.

'사냥하는 것 못지않게 사람을 보는 눈도 형형하지 않은가!'

안 진사의 여섯 형제는 술과 독서를 좋아해 짐승을 사냥해오면 모두 모였다. 형제뿐만 아니라 여러 문사도 모였다. 김창수는 술 마시고 시를 읊조리는 데 가담하지 않고, 시객들이 읊조리는 시를 들었다.

나이 든 문사 한 분이 자주 안 진사의 사랑방을 찾았다. 회색 상투에 검소한 창호색 도포, 손에는 청려장을 든 그는 단정하고 기품 있는 걸음으로 사랑에 들었고, 안 진사는 몸을 굽혀 그를 맞으며 윗자리에 모셨다. 방구석의 사기그릇에서 향이 타는 연기가 피어올랐다. 벽장 쪽 서재에 가득 꽂힌 『대학』『중용』『주역집주』 등의 서책 들이 오랜 세월의 숨결을 뿜어내고 있었다.

"창수, 이분은 고능선高能善 선생이라 하시네. 세상 사람들은 '고 산림'高山林이라 부르지."

김창수는 허리를 굽혀 인사드렸다.

노신사는 눈매가 깊고 코가 수려하며, 눈빛이 맑고도 엄정했다. 화서학파 성리학자인 고능선은 중암重庵 조중교趙重敎의 문인으로 의암毅巖 류인석柳麟錫과 동문이었다. 그는 안 진사의 초청을 받아 해주부에서 신천군 청계동으로 이주해 아이들을 가르치며 책을 벗 으로 삼아 지내는 사람이었다.

하루는 고능선이 안 진사의 사랑방에서 얘기를 나누고 헤어질 즈 음 창수를 돌아보았다.

"창수, 내 사랑에 구경 한 번 안 오겠나?"

"불러주시니 가보겠습니다."

이튿날, 창수는 고 선생 댁을 찾았다. 후박나무가 서 있는 돌담 안, 대청마루가 낮고 소박한 한옥이었다. 선생은 방에서 나와 반갑 게 맞았고, 맏아들 원명도 나와 인사했다. 원명은 나이가 서른을 넘 었고, 열대여섯 살 맏딸과 네댓 살 된 둘째 딸을 두고 있었다.

사랑방에는 노란 장판 위에 책상이 놓여 있고, 벽에는 『경세유표』 와 『동사강목』에서 뽑은 문장들이 붙어 있었다. 수북한 고서 사이 에는 닳아 윤기 나는 옻칠 목침이 놓여 있고, 백자 필병은 볕을 받아 거울처럼 글을 비춰주었다. 방에 책 내음이 가득했다.

"자네, 매일 안 진사 사랑에 드나들며 시간을 보내나? 거기서 배울 건 적을 것이야. 여긴 어떠한가. 나와 한담도 하고, 학문도 나누고 하세."

김창수는 눈길을 아래로 모으고 조심스레 말했다.

"선생님께서 이처럼 너그러이 저를 받아주시나, 소생은 그릇이 작고 재질이 천박합니다. 과거에 떨어지고, 동학에 몸을 담았다 패주하여… 이렇듯 어지러운 몸이 어찌 선생님을 뵐 면목이 있겠습니까."

진심을 담아 말하는 김창수의 눈에 눈물까지 어렸다. 감수성 넘치는 갓 스물 청년의 마음자리는 가물고 황폐한 밭뙈기 같았다. 그의 입에서 이런 말이 흘러나왔다.

"동학은 눈물이었습니다. 굶주린 자를 먹이라는 가르침에 감복해 뛰어들었지만… 끝내는 상처뿐이었습니다. 저는 산속을 떠돌며 여러 번 체포될 위기를 넘겼습니다. 동학 조직은 허술했고, 지도부는 혼란스러웠습니다. 우리는 조정과 양반 계층에겐 반역자였고, 일반 백성들에겐 위험한 부류였습니다."

일단 입을 열자 오래 고여 있던 그의 마음이 갈피를 잡지 못하고, 계속 말이 되어 흘러나왔다.

"저는 민중과 국가와 저 자신 사이의 간극을 절감했고, 절망과 상처 속에서 허우적거렸습니다. 이렇게 미천한 저를 선생님께서 밝히 보시니 감개무량합니다. 제게 가르칠 만한 면이 있다면 교훈을 주십시오. 그렇지 못하다면 선생님의 높은 덕을 훼손할까 걱정이 됩니다."

방 안은 고요했고, 밖에는 소나무 바람 소리가 흐르고 있었다.

고 선생은 청년의 마음에 고통이 있다는 것을 알고 동정하는 마음으로, 그 역시 우수에 깃든 눈으로 위로를 해주었다.

"창수, 사람은 누구나 때를 기다려야 한다네. 자네의 방황은 헛되지 않았고, 지금은 그 혼란에서 깨어날 고비라네."

고 선생은 서재에서 책 한 권을 꺼내 펼치며 말했다.

"자네, '골상불여심상'骨相不如心相이란 말을 아는가? 뼈와 생김새보다 중요한 건 마음가짐이라는 뜻이지. 마음을 어지럽히면 잘난 얼굴도 어그러지고, 마음을 바르게 쓰면 굽은 몸도 곧은 길로 가게 된다네."

김창수는 스승에게서 올바름과 그릇됨을 분별하고, 바르게 실천하는 유학의 의리를 배웠다. 조선이 처한 상황을 진단하고, 어려운 상황을 극복하는 법도에 관해 밤늦도록 토론했다. 스승은 나라가 망할 때 조정이나 백성이 의를 향해 끝까지 싸우다가 함께 죽는 것은 신성한 것이지만, 조정 신하와 백성이 모두 적에게 아부하거나 꾐에 빠져 항복하는 것은 더럽게 망하는 것이라고 일러주었다.

"백성의 의무는 아주 망하는 순간까지도 나라를 살리기 위해 모든 힘을 다 바치는 것이라네."

스승의 가르침은 일방적인 전수가 아니라 묻고 답하는 토론을 통해 점점 깊어졌다.

"학문이란 무엇인가. 학문이란 배움과 물음이라네. 물음을 통하여 배우고, 배움을 통해 묻는 것이라야 참지식이 되는 법이지. 열린 문답이 오고 감으로써 세상을 넓은 눈으로 보게 되고 인식이 심오해지는 것일세."

품은 생각을 거리낌 없이 터놓고 밤늦도록 문답을 주고받는 날들이 쌓여가면서 두 사람 사이에 싹튼 신뢰는 세상 무엇보다도 두터운 것이 되었다.

스승은 금언이 기록된 책장을 접어두었다가 제자에게 읽어주었다. 사람의 처세는 마땅히 의리에 근간을 두되, 일할 때는 판단, 실행, 계속의 세 단계로 나아가야 성취할 수 있다고 가르쳤다. 스승은 제자에게서 가장 부족한 것이 과단성이라고 생각했다. 눈빛은 신중하고 깊지만 이른 나이에 큰 어려움을 여러 번 겪다 보니 과감하지 못하고 머뭇거리는 것이 보였다.

스승이 말했다.

"무슨 일을 밝게 보고 잘 판단하더라도 실행의 첫 출발이 되는 과단성이 없으면 제대로 일을 할 수 없다."

벼랑에서 나뭇가지에 매달려 있는 것은 대단한 일이 아니다.
움켜잡은 그 손마저 놓아야 대장부라 할 수 있다.
득수반지무족기 得樹攀枝無足奇
현애살수장부아 懸崖撒手丈夫兒

『금강경오가해』에 나오는 야보 스님의 송頌이라고 했다.

스승이 일렀다.

"출격한 장부라면 터럭만큼도 유예하지 말고 집착과 분별의 경계를 놓아버려라. 백척간두에서 한 발을 내딛는 묘수가 될 수 있느니라."

"스승님, 암흑 속에서라도 살 수만 있다면 언제까지나 움켜잡고 견뎌야 한다는 말을 들었습니다. 손을 놓아버리는 것은 포기가 아닌가요?"

선생은 미소 지으며 답했다.

"손을 놓는 것은 떨어짐이 아니라 천 길 아래 숨은 길을 찾는 일이니라. 붙잡고 있으면 한 뼘 시야에 머문다. 놓아야만 온 천지를 밟을 수 있다."

이 문장은 이후 창수 삶의 대명제가 되었다.

창수는 '위정척사'衛正斥邪의 유교 정치사상에 눈을 떴고, 동학농민운동과 청일전쟁을 이해하는 국제적 안목도 넓혀갔다.

5 새야 새야 파랑새야

두 길 반쯤 되는 담장 꼭대기를 오른손이 잡았다. 간신히 매달린 손바닥이 찢어졌다. 떨어질 찰나였다. 숨이 목구멍에 걸렸다.

"탈옥이다!"

뒤에서 경적과 호루라기 소리가 다급하게 울렸다.

마침내 왼손도 담장을 잡는 데 성공했다. 그는 담 꼭대기로 기어 올랐다.

그 순간 물빛 하늘을 보았다. 하늘은 새벽빛을 몰아오고 있었다. 백두산에서 본 바로 그 하늘이었다. 개마고원의 바람이었고, 압록강의 안개였다. 백두산 밀림의 호흡이 그를 일깨웠다. 물빛 하늘의 생명력과 환희가 몸을 휘감았다.

그는 감옥 밖으로 뛰어내렸다.

*

김창수는 스승 고능선의 권유를 받아들여 청나라 여행에 나서기로 했다. 떠나기 전 스승으로부터 여행을 다녀온 후 손녀 인희와 혼사를 치르자는 언질이 있었다.

청나라로 가자고 처음 말한 건 참빗 장수 김형진이었다. 김형진은 행색은 초라했지만, 눈빛이 예사롭지 않았다.

"척양척왜가 아니고는 나라가 다시 설 길이 없소."

그의 첫마디였다.

"참빗 장수가 그게 무슨 소리요?"

"빗질은 머리만 고르게 하는 게 아니오. 나라의 뒤엉킨 사정도 곧게 빗겨야 합니다."

김창수는 그가 보통 장사꾼이 아니라는 것을 알았다. 그날 밤 둘은 주막집 마루 끝에 걸터앉아 달빛 아래서 이야기를 나눴다.

"청나라로 갑시다. 가서 더 넓은 세상을 보고, 조선이 어찌 살아야 할지 길을 찾아봅시다."

김형진이 채근했다.

김창수는 김형진에게 동의하고 돌아와 아버지에게 집에서 기르는 말을 팔자고 했다. 아버지는 노자를 마련하기 위해 말을 팔자는 아들에게 반대하지 않았다. 적갈색 암말은 팔려나갈 때 뒷발질을 했다. 말을 팔아 200냥을 마련했다.

두 사람은 함경도 동해안을 따라 북상해 백두산을 돌아가는 우회로를 택했다. 평양에서 둘은 참빗, 붓, 먹 따위를 잔뜩 사서 한 짐씩 짊어 메고 장사꾼으로 변장했다.

걸어서 도달한 함경도는 못 보던 풍속을 보여주었다. 산세는 거칠었지만, 작은 집에도 서재를 갖추고 있었다. 남루한 집이라도 글 읽는 공간만큼은 정갈하게 유지했다. 어느 집이건 손님이 들면 정성껏 음식을 냈고, 나그네가 하룻밤 묵으러 찾아오면 마을 공금으로 잠자리와 끼니를 마련해주는 풍속이 있었다.

"인심이란 게 참 오묘하군요. 험한 땅일수록 사람의 인정이 더 깊게 배어들다니!"

김형진이 담뱃대를 털며 가난한 고을의 민심에 찬탄했다.

단천과 마운령을 지났고 개마고원을 넘었다. 혜산진 제천당에 들러서 내 나라 땅의 신령스러움에 감동했다. 제천당의 주련에는 '유월에도 눈 덮인 산 백두에 운무가 감돌고, 만고를 소리쳐 흐르는 물 압록이 용솟음친다'라는 글이 쓰여 있었다. 둘은 백두산과 압록강을 향해 절을 올렸다.

두 사람은 천지간을 가득하게 울리는 산천의 소리에 가슴이 저릿해지곤 했다. 대낮에도 어두컴컴한 깊은 산음山陰을 지나며 난생처음 까마득한 수림을 보고는 우리 산간에 원시적인 기운이 용솟음치고 있다는 사실을 깨달았다. 하늘을 향해 일제히 가지를 뻗은 아름드리나무들이 백 리를 넘게 빽빽이 서 있는 풍경은 장관이었다.

길은 없었다. 둘은 오래전 누군가 지나간 발자국을 따라 앞으로 나아갔다. 그 흔적을 따라가면 인간과 자연이 주고받으며 만들어내는 세상을 만날 수 있었다. 밑동을 베어낸 그루터기엔 예닐곱 명이 둘러앉아 밥을 먹고 있었고, 거대한 나무를 통째로 파내어 곡식 창고를 만들기 위해 장정이 나무통 안에 들어가 도끼질을 하고 있었다. 어느 산마루에선 거목 하나가 쓰러져 맞은편 산꼭대기까지 가로질러 누워 있었다. 사람들은 깊이를 가늠할 수 없는 계곡을 가로지르는 그 외나무다리를 타고 건너갔다. 김창수와 김형진도 그 외나무다리를 타고 건넜다. 서대령으로 가는 길은 백 리에 한두 명 만날까 말까 하는 외진 산중인데, 어쩌다 만난 사람들은 중국인 마적 떼가 숨어 있다며 백두산 가는 길을 말렸다.

"요새두 우리 사람 하나가 피살되었수다. 지금 가면 안 되오."

고산지대의 하늘은 수시로 색이 바뀌었다. 청록색이었다가 물색이었고, 푸르다가 잿빛이었다. 바람엔 묘한 기운이 실려 있고, 머리 위로는 안개가 흘러갔다. 골짜기에 들어서면 풀과 나무들이 바람에 쏠리는 메아리가 일어났고, 골짜기를 벗어나면 하늘과 땅이 위잉 이잉 하며 호흡을 주고받는 소리를 들려줬다. 둘은 조선의 마지막 능선을 따라 걷다가 이내 혼강渾江, 훈장이 흐르는 협곡에 다다랐다. 강물은 잔잔했지만, 그 깊이는 짐작할 수 없었다. 먹물을 푼 듯한 회청색 물이 소리를 삼키고 흘렀다.

두 사람은 오래된 나루터에서 작은 배에 올랐다. 배 위에서 김창수는 물 위에 비친 하늘을 보았다. 강물 위로 출렁이는 조선의 하늘과 그 아래 뒤섞이는 만주의 그림자, 창수는 지금 국경을 건너는 것이 아니라 시대를 건너고 있다고 생각했다. 물안개 사이로 통화현通化縣, 통화현이 모습을 드러냈다. 허름한 부두와 낡은 창고들이 있었고, 무채색 거리엔 여러 나라의 말로 쓰인 간판이 있었다.

둘은 서문 밖 동포의 주막에서 후한 대접을 받았다. 이 일대가 고구려의 발원지이고, 발해의 옛터라는 것을 알고는 마음이 뭉클해지기도 했다.

두 사람은 만주를 돌아다니면서 만주어 통역사들의 악행을 보았다. 그들은 만주어를 몇 마디 배워서는 힘없는 동포들을 짓밟고 있었다. 관전寬甸, 콴뎬, 임강臨江, 린장, 환인桓仁, 환런 어디를 가도 통역사의 폐해는 마찬가지였다. 동포들은 청일전쟁을 피해 생소한 땅에 건너와 중국 사람이 포기한 외진 산골을 택해 화전을 일궜다. 동포들은 조나 강냉이로 연명하면서 살림을 가꿨다. 그들은 황무지든 산간이든 조금이라도 물이 있으면 개간해서 논을 만들었다. 중국 사람들은 발 벗고 논에 들어가는 걸 싫어하고 벼와 피를 구분하지도 못했지만, 동포들은 근면하고 억척스러워서 해마다 풍년을 맞았다.

동포들의 인정은 살아 있었다. 어디를 가더라도 동포를 만나면 남쪽 본국에서 온 '앞대 나그네'라 하여 친척과 같이 반가워했고, 집집이 맛있는 음식을 내놓으면서 이야기를 들려달라고 청했다. 중국 사람들은 수수밥이나 옥수수를 먹었지만, 동포들은 쌀밥에 임연수를 냈다.

둘은 강계에서 김이언金利彦이란 사람이 을미사변에 대항해 군사를 일으키려고 의병을 모집하고 있다는 소식을 들었다. 일본이 청일전쟁 개전의 책임을 모면하기 위해 병력 요청을 의뢰하도록 조선 정부를 협박하고, 겁박용으로 1개 대대를 진격시켜 경복궁을 포위한 것이 2년 전의 일이었다. 한밤중에 거사한 일본군은 국왕을 포로로 삼고 조선군을 무장 해제시켰다. 다음 해인 1895년 10월 8일 일본군 한성수비대는 조선 주재 일본공사 미우라 고로三浦梧楼의 지휘 아래 경복궁에 난입해 명성황후를 칼로 찔러 시해하고, 시신에 석유를 뿌려 불에 태운 을미사변을 일으켰다.

김형진과 김창수는 참빗 장수의 행색으로 김이언의 근거지 삼도구三道溝, 싼다오거우에 다다랐다. 세 갈래 길 중앙의 큰집에 사는 김이언은 당년 50세에도 500근 되는 대포를 앉아서 두 손으로 들었다놓았다 할 만큼 장사였다. 그러나 용기와 전력이 부족한 것 같았다. 두 사람은 의병부대에 참가했다.

그들은 장비를 갖출 사이도 없이 출동했다. 의병 선두가 강계 읍내를 향해 진군나팔을 불었다. 그러나 인풍루에도 채 미치지 못하고 국경수비대의 기습공격을 받았다. 제대로 힘을 써보지도 못하고 퇴각하고 말았다.

김창수와 김형진은 며칠을 굶고 헤매다 서금주西金州, 시진저우 변두리에서 깃발이 하나 나부끼는 낡은 영채를 발견했다. 장대 끝에 달린 붉은 깃발에는 금사로 수놓은 '호'虎자가 휘날리고 있었다.

흑마를 탄 장대한 사내가 나왔다. 광대뼈가 드러난 사내는 검은 수염이 갈기처럼 흘러내렸다. 그는 두 사람을 넌지시 바라보고는 입을 열었다.

"조선에서 온 젊은이라고 했나? 먼저 음식부터 들게나."

그는 바로 서금주 일대를 장악한 군벌 마대인馬大人, 마따런이었다. '마대인'이란 '마씨 성을 가진 대인'이라는 뜻의 호칭이었으나, 군벌의 이름처럼 굳어 있었다. 그는 수십 필의 말에 100여 명의 군사를 거느리고 있었다. 김창수는 그의 부대 한쪽 움막에서 지내며, 매일 새벽 마대인이 병사들을 훈련시키는 모습을 지켜보았다.

병사들은 창고 뒤편 황토 벌판에 늘어서서 "좌!" "우!" "퇴!" 하고 외치며 칼을 휘두르고, 마대인은 흙 위에 막대기로 그림을 그리며 진용을 설명했다.

"포위할 때는 아홉을 둘러싸고 하나는 열어둬라."

"물을 먼저 마시는 자를 지켜보라. 허겁지겁 마시는 놈은 두려워할 필요가 없다."

"도망치는 적의 배후에는 복병이 있다."

김창수는 땅 위에서 살아 움직이는 병법을 들었다.『육도삼략』의 구절들이 흙먼지 속에서 살아나고 있었다.

어느 날 저녁 마대인이 김창수를 불렀다.

"자네, 언젠가 의병을 일으킬 생각인가?"

"예. 조선은 싸워야만 합니다."

마대인은 낡은 책 한 권을 꺼냈다. 표지엔『병학지요』라고 쓰여 있었고 그 안에 조그마한 쪽지가 하나 붙어 있었다.

병법비사문야, 출어혈여토야 兵法非死文也, 出於血與土也, 병법은 죽은 글이 아니다. 피와 흙에서 나오는 것이다

"이건 내가 쓴 병법이다. 피 묻은 손으로 쓴 것일세."

김창수는 책을 받았다.

"훗날 자네가 의병을 일으키게 되면 내가 한 말을 기억하게나. 내가 부르면 자네가 조선 땅에서 달려오고, 자네가 조선에서 부르면 내가 달려가겠다."

김창수는 마대인과 의병을 일으키면 서로 돕기로 문서로 기필하고 돌아왔다.

*

김창수는 스승 고능선을 찾아가 그간 있었던 일들을 소상하게 말씀드렸다. 스승은 근심에 쌓여 있었다.

"어제 성이 김가라고 하는 사람이 찾아왔다네. 자네가 어렸을 때

그 집 딸과 약혼했다가 파혼을 했다고 하는데, 그것이 지금에 와서 문제가 되었다네. 그자가 내 앞에다 칼을 꽂아놓고 '들으니 당신 손녀를 창수에게 허혼했다고 하는데, 첩으로 주는 것이오? 정실 결혼하는 것이오?' 하고 따지지 않겠나. 이 일을 어찌하면 좋겠나?"

창수는 그쯤 됐다면 낭패라고 생각했다.

"제가 선생님을 믿고 따르는 의도는 선생님의 손녀사위가 되려는 데 있지 않습니다. 저는 선생님께서 친히 가르쳐주시는 교훈을 마음에 담아 가르침을 실천하려고 맹세해왔습니다. 혼사는 단념하고 의리로만 선생님을 모시겠습니다."

김창수는 마음이 무겁고 섭섭하기 이를 데 없었다. 고능선이 눈물을 머금고 말했다.

"내가 장래에 몸과 마음을 의탁할 사람을 물색하다가 자네를 만났고, 자네가 더없이 마음에 들어 혼사까지 성약한 것인데, 이런 괴변이 어디 있나. 그러면 앞으로 혼사는 다시 거론하지 않기로 하세."

김창수가 고능선의 집을 나올 때 부엌 쪽에 눈길을 주었으나 인희는 보이지 않았다. 대문 밖을 나오니 인희가 고개를 숙인 채 앞마당을 쓸고 있었다. 김창수는 말 한마디라도 건네고 싶었지만, 말이 나오지 않았다.

나중에 알았지만, 김치경이란 자의 딸은 이미 다른 혼처가 있었다. 김창수가 어렸을 때 아버지 김순영과 함지박 장수 김치경이 술김에 혼인을 약조한 일이 있었는데, 그 후로는 흐지부지되고 말았다. 그러나 김치경이 창수의 혼인 소식을 듣고 이 혼인을 방해하면 돈푼이나 얻을 수 있다는 계산 끝에 훼방을 놓은 것이었다.

김창수는 다시 청나라로 가려고 나섰다. 평양은 단발령 소동으로 난리가 벌어지고 있었다. 안주에서 발길을 돌렸다.

작은 배로 안악에서 40리쯤 떨어진 작은 포구 치하포에 도착해 주막집으로 들어갔다. 머무르는 손님들이 방 세 칸에 가득했다.

새벽이 되자 사람들이 길 떠날 준비를 하느라고 부산했다. 아랫방부터 밥상이 들어오기 시작했다. 봉놋방에서 단발하고 말쑥하게 차려입은 사람이 옆 사람과 인사를 나누고 있었다. 그는 장연에 사는 정 씨라고 자신을 소개했는데, 장연 말씨가 아니었다. 김창수가 가만히 살펴보니 일본 사람이었다.

김창수는 옆방과 주막 마당을 동시에 주시하며 곁눈질로 사내를 세밀히 훑었다. 흰 두루마기 사이로 차고 있는 칼집이 슬쩍 보였다. 일본도였다. 김창수의 가슴이 끓어올랐다. 저놈이 혹시 그가 아닐까. 미우라 고로, 조선의 국모를 칼로 난도질하고 불에 던진 놈, 바로 그놈일 것이다. 혹 그놈이 아닐지라도 저 칼은 그 무리가 난도질한 칼이 아닌가.

김창수는 주변을 둘러보았다. 방 세 칸에 가득 찬 손님 수가 40명은 되어 보였다. 놈의 패거리가 몇 명인지는 알 수 없지만, 열일고여덟 살 되어 보이는 총각이 놈의 시중을 들고 있었다.

김창수는 스스로 자문해보았다.

'네가 보기에 저 일본 놈을 죽여 설욕하는 것이 옳다고 확신하느냐.'

그렇다. 왜놈들이 내 나라의 궁궐에 침입해 국모를 살해하고 불태우는데, 국가의 백성이 가만히 앉아 있다는 것은 도리가 아니다.

'너는 마음 좋은 사람이 되기를 소원하지 않았느냐.'

그렇다. 적을 옳게 미워할 줄 아는 사람이 마음 좋은 사람이고, 나라를 사랑하는 사람이다. 그렇게 되려면 무엇보다도 적을 제대로 미워하는 방법부터 배워야 한다.

지난 여행 중 김창수는 깊은 산간에서 보았다. 조선 500년이 쇠잔해진 오늘에 와서도 백성들은 국경 너머 깊숙한 산간까지 들어가 지붕을 올리고 가마솥을 걸고 살아간다. 목숨을 의지하는 것은 희망이자 인간의 권리다. 우리를 짓밟는 왜적에게는 맞서 싸워야 한다. 조선과 조약을 맺고 친선을 도모하기로 약조했으면서도, 우리의 왕실에 침입해 왕비를 살해하고 시신을 불살랐으며, 이에 분노해 일어선 우리 의병을 토벌했다. 이런 만행에 맞서지 않으면 나라와 인민은 존재할 수 없다. 그런 야만에 대한 적개심이 살아 있지 않으면 우리의 미래는 없다.

자문자답 끝에 김창수는 실패에 대한 두려움을 떨쳐버리고 죽음을 각오했다.

'나 하나 죽어 인민의 적개심을 살리리라!'

김창수는 우선 방 안 40명의 손님과 동네 사람들을 압도하기로 했다. 밥상을 받은 그는 네댓 숟갈에 밥 한 그릇을 다 먹어버렸다. 그리고 큰 소리로 주인을 불렀다.

"어느 손님이 불렀소?"

주인은 30대 후반의 남자였다.

"내가 오늘 중에 700리 길을 가야 하니 밥을 좀 더 먹어야겠소. 밥 일곱 상만 더 차려주오."

주위에서 수군거렸다.

"젊은 사람이 미쳤군. 불쌍한 놈일세!"

긴 담뱃대를 물고 있던 노인이 나무라며 말했다.

"함부로 말하지 마시오. 지금인들 기인이 없으란 법이 있소? 이런 말세에는 여기저기서 기인이 나오게 마련이오."

식사를 마친 일본 사람은 별로 주의하는 기색도 없이 문기둥에 기대어 함께 온 총각이 밥값 내는 것을 지켜보고 있었다.

그 순간 김창수는 벽력같이 큰 소리로 호령하며 몸을 날려 왜놈을 때려눕혔다. 왜놈이 거반 한 길이나 되는 마당으로 굴러떨어졌다. 김창수는 쫓아가서 놈의 목을 밟았다. 방 세 칸의 문짝이 일제히 열리며 사람들이 모두 뛰쳐나왔다.

김창수는 몰려나오는 사람들에게 외쳤다.

"누구든 나에게 덤벼드는 자는 죽이고 말리라!"

그사이 일본인이 일어나 칼을 뽑아 들었다. 그의 칼이 새벽 달빛에 번쩍거리며 날아왔다. 그 순간 김창수는 칼을 피하며 날렵하게 허공으로 뛰어올라 왜놈의 옆구리를 공격했다. 놈이 거꾸러졌다. 김창수가 쓰러진 왜놈의 손목을 밟자 칼이 땅에 떨어졌다.

잡아든 일본도의 촉감이 손에 착 감겼다. 새벽 달빛에 번쩍이는 일본도는 손잡이에 세 개의 다이아몬드 형태의 문양이 금빛으로 박혀 있었다. 김창수가 가죽 입힌 칼자루를 손에 쥐자 은색 선단이 부르르 떨었다. 김창수는 높이 치켜든 칼을 놈의 몸뚱어리에 주저 없이 내리꽂았다. 끝부분부터 중간 칼등 경계까지 무찔러 들어간 칼은 간단없이 심장에 내리꽂혔다. 피가 용솟음치며 김창수의 얼굴로 튀었다. 김창수는 솟아오르는 놈의 피로 얼굴에 칠갑을 했다. 놈을 칼로 찌른 것이 애국적 복수심이었다면, 쓰러진 그를 점점이 난도질해 피를 두 손으로 얼굴에 바른 것은 그의 내부에 숨어 우는 짐승의 발작이었다. 적개심의 포효였다. 북방 숲의 바람과 메아리가 온몸에서 함께 울부짖었다.

을미년 10월 8일 새벽에 왕비 민 씨는 경복궁 침전에서 일본의 낭인들에게 참살되어 불태워지지 않았던가!

"아까 나에게 덤벼들려고 한 놈이 누구냐?"

피범벅이 된 김창수가 사람들을 향해 호통쳤다.

사람들이 모두 엎드려서 빌었다. 주인 이화보가 나타나 엎드렸다.

"이놈을 아느냐?"

"진남포로 내왕하는 왜놈들이 여기서 자고 다닙니다. 그러나 한복을 입고 온 왜놈은 처음입니다."

"조선 사람 흉내를 내고 있는데, 너는 어떻게 이자가 왜놈인 줄 알았더냐?"

"어젯밤 황주로부터 목선이 한 척 들어왔는데, 뱃사람들의 말이 일본 영감을 한 분 태워왔다고 하기에 알았습니다."

"그 목선이 아직 포구에 있느냐?"

"그렇습니다."

"그 뱃사람을 당장 이리 데리고 오너라."

왜놈을 싣고 온 뱃사람 7명이 문 앞에 와서 엎드렸다.

"우덜은 황주 사는 뱃사람들인데, 왜놈을 싣고 진남포까지 가기로 허고 뱃삯 좀 받자고 한 죄밖에 없습네다요."

김창수는 뱃사람들에게 명해 왜놈의 소지품 전부를 가져오게 했다. 가져온 소지품을 조사해보니 살해된 일본인의 이름은 쓰치다 조스케土田讓亮였다. 뱃사공 중 하나가 그를 일본 육군 중위라고 말했다. 가진 돈은 엽전 800냥이었다. 그 돈으로 뱃삯을 지불하고, 이화보에게 동장을 불러오라 했다.

"소인이 동장이올시다."

이화보가 말했다.

김창수는 75냥으로 자신이 타고 갈 당나귀를 한 필 사고 나머지는 동네의 극빈한 집에 모두 나눠주라고 명령했다.

"왜놈의 시체는 어찌할까요?"

"왜놈들은 조선 모든 생물에게도 원수다. 물고기와 자라들이 뜯어먹게 강 속에 던져라."

김창수는 이화보에게 쓸 것을 가져오게 하여 포고문을 썼다. 국모의 원수를 갚는다는 뜻으로 '국모보수國母報讐를 위해 이 왜놈을 죽인다'고 밝히고, 다음 줄에 '해주 백운방 기동 김창수'라고 썼다.

김창수는 이화보에게 말했다.

"이 포고문을 사람들이 지나다니는 길거리 벽에 붙여라. 나는 왜놈의 칼을 기념으로 가지고 가겠다."

김창수는 수백 명이 쳐다보는 가운데 나귀를 타고 귀로에 올랐다.

집으로 돌아온 김창수는 아버지에게 그동안 있었던 일을 말씀드렸다. 부모들이 놀라며 피신하라고 권했다. 그러나 김창수는 말했다.

"피신할 마음이라면 애초에 그런 일은 하지도 않았을 것입니다. 집에서 의연히 제 할 일을 하는 것이 도리라 생각됩니다."

김창수는 석 달 후인 6월 21일 체포되었다.

새벽에 30여 명이 쇠 채찍과 쇠 몽둥이를 들고 들이닥쳤다.

"네가 김창수냐?"

"그렇다. 너희들은 뭣하는 사람들인데 이같이 요란하게 들어오느냐?"

그들은 '내부훈령등인'內部訓令等因이라고 적힌 체포장을 보여주었다.

김창수는 해주감옥에 수감되었다. 6월 27일 신문을 받았다.

"네가 안악 치하포에서 일본 사람을 살해하고 도적질을 했다는데, 사실이냐?"

"그런 일이 없소."

김창수는 부인했다.

신문관이 김창수의 주리를 틀라고 했다. 형리들이 김창수의 두 다리를 한데 묶고 다리 사이에 두 개의 주릿대를 끼워 비틀었다. 대번에 정강이뼈가 허옇게 드러났다. 김창수는 기절했다. 잠시 고문을 중지하고 얼굴에 찬물을 끼얹어 정신이 들게 하고는 다시 고문을 가했다.

"이제 순순히 자백하겠는가?"

"본인의 체포장을 보면 '내부훈령등인'이라 하였는즉, 이곳 관찰부에서는 처리할 수 없는 사건인 줄 아오. 내부에 보고해 주시오."

김창수는 모진 고문을 이기고 일본인을 살해한 사실을 자백하지 않았다. 외국인의 생명과 관계되는 사건이므로 외국인 관련 재판을 담당하는 인천감리서에서 신문하는 것이 마땅했다.

김창수에게는 계획이 있었다.

*

해주감옥에 수감되어 있던 김창수는 인천감리서로 압송되어 세 차례에 걸쳐 일본인이 배석한 가운데 합동 신문을 받았다. 1차 신문은 8월 31일 낮 경무청 마당에서 열렸다. 경무청 안에는 죄인을 고문하는 형구를 진열해놓고 있었다. 간수가 김창수를 업어다가 자리에 앉히자 경무관이 물었다.

"어찌하여 죄수의 모습이 저렇게 됐는가?"

"염병을 앓고 있습니다."

간수가 보고했다.

"내가 묻는 말에 대답할 정신이 있느냐?"

경무관이 김창수에게 물었다.

"목이 말라붙어 말이 잘 나오지 않소."

"여봐라, 물 한 사발을 가져와라."

경무관이 명령했다.

김창수가 목을 축이자 경무관이 이름과 나이, 주소를 묻고 나서 사실심리를 시작했다.

"네가 안악 치하포에서 3월 9일 일본인을 살해한 일이 있느냐?"

경무청을 가득 메운 사람들이 김창수의 입을 바라보고 있었다.

"있소."

경무청 안이 조용해졌다. 해주에서는 살해를 부인했다고 소문난 김창수가 당당하게 시인한 것이다. 일본영사관 소속 와타나베 순사가 김창수 옆쪽의 의자에 앉아서 신문을 감시하고 있었다.

"그 일본 사람을 왜 죽였는가? 재물을 강탈할 목적으로 죽였다지?"

"나는 국모 폐하의 원수를 갚기 위해서 왜놈 원수 한 명을 때려죽인 사실은 있으나 재물을 강탈한 일은 없소."

장내의 공기가 이상해졌다. 와타나베가 옆에 있는 통역을 보고 갑자기 조용해진 이유를 물었다.

"이놈!"

김창수가 와타나베를 향해 벼락같이 고함을 쳤다.

"지금 세상에는 만국공법이니 국제공법이니 하는 것이 있거늘, 국제간의 통상 화친조약을 체결한 후 그 나라 임금을 시해하라는 조문이 어디에 있더냐? 왜놈들아, 너희는 어찌하여 우리 국모를 살해했느냐? 내가 이 말을 하려고 해주에서는 입을 다물고 여기까지 왔다. 내가 죽으면 귀신이 되어서라도, 산다면 산 몸으로 너희 임금을 죽이고 왜놈을 다 죽여서 우리 국가의 치욕을 씻으리라!"

경무청 대청이 쩌렁쩌렁하게 울렸다. 와타나베는 "칙쇼畜生, 짐승 새끼, 칙쇼"하면서 대청 뒤쪽으로 사라졌다.

정내가 긴장 속에 빠지자 관원이 경무관에게 와서 말했다.

"사건이 너무 중대하니 감리 영감께 말씀드려 직접 신문하시도록 해야겠습니다."

경무관이 고개를 끄덕거리며 동의를 표했다.

잠시 후 감리 이재정李在正이 들어왔다. 이재정은 경무관에게서 지금까지 신문한 내용을 보고받은 후 김창수를 바라보았다.

김창수가 입을 열었다.

"나 김창수는 일개 천생이올시다. 국모 폐하께옵서 왜적의 손에 돌아가신 국가의 수치를 당하고는 태양 아래 제 그림자가 부끄러워서 왜구 한 놈이라도 죽였거니와, 아직 우리 사람으로서 왜왕을 죽여 복수했다는 말은 듣지 못했소. 지금 나리들은 국상을 당해 상복을 입었거늘, 춘추대의에 원수를 갚지 못하면 상을 치를 수 없다고 가르친 구절을 읽어보지도 못하였소? 한갓 부귀와 국록을 바라는 더러운 마음으로 임금을 섬기시오?"

김창수의 놀라운 능변이었다.

"원수를 갚고서 붙잡히면 어찌하려고 했느냐?"

"죽는 것이 겁이 나서야 어찌 원수를 갚을 수 있겠소?"

김창수의 고함이 대청을 휘감아오자 감리사와 경무관을 비롯한 모든 관리의 얼굴이 홍당무가 되었다. 잠자코 있던 이재정이 침착하게 말했다.

"김창수가 하는 말을 들으니 내 당황스럽고 부끄러운 마음을 감출 수 없소. 그러나 신문해 상부에 보고해야 하니 사실을 상세히 진술하시오."

경무관이 감리에게 김창수의 건강이 아직 위험 상태에 있다고 알리고, 두 사람이 논의한 후 옥사정을 불러 다시 수감하라고 명령했다.

감옥으로 돌아온 김창수는 옥중에서도 한바탕 큰 소동을 일으켰다. 여전히 자신을 도적 죄수 방에 가두고 차꼬를 채웠기 때문이다. 김창수는 감방이 흔들릴 정도로 고함을 쳤다.

"나를 강도로 여기든 무엇으로 여기든, 나는 지금까지 입을 다물고 있었다. 그러나 오늘은 내가 정당하게 내 뜻을 밝혔음에도 아직도 나를 이렇게 홀대하느냐. 땅에 금을 그어놓고 그것을 감옥이라 해도 나는 도망가지 않을 것이다. 내가 당초에 도망쳐 살고자 하는 생각이 있었다면 왜놈을 죽였던 그 자리에 내 주소와 성명을 적어 포고문을 붙이고, 또 내 집에 돌아와 석 달이나 잡으러 오기를 기다렸겠느냐? 너희 관리들이 왜놈에게 잘 보이려고 내게 이런 대우를 하느냐?"

김창수가 얼마나 크게 요동을 쳤던지 같은 차꼬에 발목이 채워져 있던 죄수들이 모두 발목이 부러졌다고 고함을 치며 야단법석을 떨었다. 소동을 듣고 온 경무관은 애꿎은 간수를 책망하면서 김창수를 다른 방으로 옮기고 차꼬도 풀게 했다.

이 소동이 있고 나서 김창수에 대한 대우가 달라졌다.

경무청의 신문에서 죄수가 신문관을 호통친 이야기는 곧바로 감옥 바깥에 널리 알려졌다. 면회 온 어머니 곽낙원은 얼굴에 희색이 돌았다. 김창수의 어머니는 감리서와 가까운 곳에 있는 개성 출신 물상객주 박영문의 집에 부엌데기로 있으면서 매일 아들에게 세끼 사식을 들여주는 조건으로 일하게 되었다.

2차 신문은 닷새 뒤인 9월 5일에 열렸다. 경무관 김순근이 신문을 주재했다. 경무청으로 가는 길에는 김창수를 보려고 몰려온 사람들로 들끓었다. 경무청 담장 꼭대기와 지붕 위까지 경무청 뜰이 보이는 곳에는 어디나 사람들이 올라가 있었다.

신문에서는 범행에 사용한 흉기, 쓰치다를 살해한 뒤에 빼앗은 금전의 액수와 사용처를 추궁했다. 3차 신문은 닷새 뒤 경무청이 아니라 감리서에서 열렸다.

정부는 공식 판결을 내리지 않았다. 김창수는 미결수가 되어 '죽을 날을 당할 때까지 글이나 실컷 보리라'는 마음으로 책을 읽고, 문맹 징역수들에게 글을 가르치며 감옥생활을 계속했다. 일본 영사 대리 하기와라 슈이치萩原守一는 9월 12일 '대명률大明律의 인명모살 인죄'로 김창수를 참형으로 처단할 것을 주장했다. 그러나 법부에서는 임금에게 상주해 칙명을 받아야 할 사안이라는 답전을 인천감리에게 보냈다. 10월 22일 법부는 김창수에 대한 교형을 고종황제에게 건의했다. 그러나 고종은 이를 재가하지 않았다.

11월 어느 날이었다. 김창수가 『황성신문』을 보다가 이런 기사를 읽게 되었다.

인천재판소에서 잡은 강도 김창수는 일본 상인 토전양량土田讓亮을 때려죽여 강에 던지고 재물을 탈취한 죄로 교수형에 처하기로 했다.

김창수는 이 기사를 보고 자신이 교수형을 당한다는 사실을 알게 됐다. 쓰치다가 일본 육군 중위라고 알고 있던 김창수는 일본 상인이라고 한 신문을 믿을 수 없었다.[5]

그러나 자신이 교수형에 처해진다는 것은 분명한 사실이었다. 김창수는 동요를 느끼지 않았다. 창기를 중국에 팔아넘긴 죄로 징역 10년 형을 받은 조덕근이 그 기사를 보고 외쳤다.

"아니, 교수형에 처한다니요! 그런데 왜 그렇게 가만히 앉아 있으시오?"

신문이 배포된 후 감리서가 술렁술렁해졌다. 교수대에 오를 시간이 몇 시간밖에 남지 않았다고 죄수들이 수군거렸다.

그러나 김창수는 미동도 하지 않았다. 사람들이 김창수를 마지막으로 보러 왔다며 계속 면회를 신청했다. 면회 온 사람들은 눈물을 흘렸다.

"우리는 김 서방님이 살아나와서 상면할 줄 알았소. 그런데 이것이 웬일이오?"

김창수는 아침밥도, 점심밥도 잘 먹었다. 저녁 무렵에 끌려 나가 사형장 우각동에서 목이 밧줄에 걸려 죽으려니 했다. 해가 설핏해졌는데도 소식이 없어 야간 집행을 하려는 모양이라고 생각했다. 사식을 넣어주는 어머니도 평상시와 다름이 없었다. 주위 사람들이 아들의 사형집행 소식을 알려주지 않은 모양이었다. 김창수는 저녁을 배불리 먹고 조용히『대학』을 읽었다.

그때 여러 사람이 저벅저벅 소리를 내며 걸어와 옥문을 열었다.

"김창수 어디 있소?"

간수가 옥문을 열어주니 감리서 관리가 김창수를 보고 큰 소리로 외쳤다.

"아이고, 김창수는 이제 살았소! 교수형을 면했소!"

죄수들이 모두 관리에게 다가가 그를 둘러쌌다.

"감리 영감과 각 청사 직원이 아침부터 지금까지 밥 한술 뜨지 못하고 김창수를 우리 손으로 어찌 죽인단 말이냐 하고 끌탕만 하고 있었소. 그런데 대군주 폐하께서 김창수의 사형을 정지하라는 칙령을 내리셨다지 뭐요. 폐하께서는 밤중에라도 감옥에 가서 김창수에게 이를 전하라는 분부를 내리셨다고 하오.”

김창수가 끌려나갈 줄 알고 벌벌 떨던 죄수들은 이 소식을 듣고 좋아서 어쩔 줄을 몰라 했다.

에헤에야 야하어야
개구리집을 찾으려면
미나리논으로 가거라

조덕근이 타령을 뽑았다. 그러자 옆에 있던 양봉구가 신골방망이로 발목에 채워진 차꼬를 두드리며 더 크게 가락을 뽑았다.

에헤에야 야하어야
두꺼비집을 찾으려면
장독대로 돌아라

푸른 바지저고리 차림의 죄수들은 모조리 일어나 둥실덩실 춤을 추고 소리를 했다.

조덕근, 양봉구, 황순용, 강백석 모두 신이 났다. 화개동 기생서방 조덕근은 황순용을 가리켜 “저게 또 도졌구나!” 하며 타령을 뽑고, 나이 든 황순용은 자기의 벽쟁이 강백석의 배코 친 머리를 어루만지며 후렴을 받았다. 양봉구가 “여보, 백석이만 끼지 마오” 하고 황순용을 나무라니, "이 자식아, 말 좀 마라" 하고 황순용이 치받고, "그렇게 하다가는 주먹다짐 나겠소!" 하고 강백석이 말렸다. 그러고는 모두 다 같이 헤헤거리며 타령을 뽑았다.

에헤에야 야하어야
개구리 타령 하여 보자
에헤에야 야해어야
올챙이 수렁에 빠졌네

*

상감의 칙명으로 김창수의 사형이 정지되었다는 소문이 퍼지자 전날 영별 인사를 하러 왔던 사람들이 이번에는 축하 면회를 하느라고 줄을 섰다. 김창수는 법부의 후속 조치를 기다리면서 다른 죄수를 보살피고 어울렸다.

죄수들은 100명 가까이 되었는데 대부분 문맹이었다. 김창수는 그들에게 글을 가르치며 억울하게 갇힌 사람들의 얘기를 듣고 무료로 소장을 써주었다. 김창수가 소장을 써줘 이긴 사람이 나왔다. 김창수가 무료로 써주는 대서가 용하다는 소문이 나자 죄수는 물론 관리까지 대서해달라고 부탁을 해왔다.

김창수에게 가장 재미있는 일은 죄수들의 소리를 듣는 것이었다. 여태 '농군 지심 매는 소리'나 '목동 갈가보다 소리' 한마디 불러본 적이 없던 김창수는 동료 죄수들의 노래에 빠져들었다. 감옥에서는 낮잠을 허락하고, 밤에는 잠을 못 자게 했다. 밤에 잠을 재우면 다른 죄수들이 잠자는 틈을 이용해 도주한다며 소리나 이야기를 시켰다.

김창수는 매일 밤 듣기만 했다. 그러다 어느 날 목청이 열렸다.

새야새야 파랑새야
녹두밭에 앉지마라
녹두꽃이 떨어지면
청포장수 울고간다

그의 낮은 음성에 죄수들이 고개를 들었다. 삽시간에 「새야새야」
는 감옥 안의 합창이 되었다. 무명 수의 아래 쇠고랑을 찬 발이 덩실
덩실 움직였다. 차꼬가 박자를 맞추고 눈물과 웃음이 뒤섞인 흥이
감돌았다.

새야새야 파랑새야
대잎솔잎 푸르다고
하절인줄 알았더니
엄동설한 되었구나

김창수가 소리를 뽑아내면 조가와 황가와 김가들이 박자를 두드
리고 춤을 췄다. 김창수는 민중 속으로 들어가 함께 놀고 함께 웃으
며 섞이는 법을 배웠다. 노래는 죄수들이 자신을 표현할 수 있는 마
지막 자유였다.

김창수는 『세계역사』 『지지』地誌 『중동전기』 『법국혁신전사』 『태서신사』 『만국공법』 『공법회통』 등 신서적도 탐독하며 교양을 넓혔다. 창수는 스승 고능선의 가르침으로 청일전쟁을 비롯한 국제관계에 눈을 뜨게 되었지만, 중국 여행과 감옥 생활을 통해 위정척사에 기초한 화이론華夷論이 폐쇄성에 빠져 있다는 것도 깨달았다.

김창수를 면회 오는 사람 중에 김주경이란 강화도 남자가 있었다. 감리서 주사의 얘기를 듣고 온 그는 김창수의 부모에게 의복과 용돈을 선물하고, 면회와서는 "고생을 잘 이겨달라"며 성심을 보였다. 김주경은 성격이 호방해 책 읽기를 멀리했는데, 부모가 아들을 징계하기 위해 곳간에 감금했더니 투전 한 목을 갖고 들어가 식음을 전폐하고 투전 기술을 연구해서 나왔다. 그 후 강화와 서울을 돌아다니며 투전으로 돈을 수십만 냥이나 벌었다. 그 돈으로 각 관청의 관리들을 매수해 행세를 하고 있었다. 강화에는 유명한 사람이 둘 있는데 하나는 양명학자 이건창이요, 또 하나는 김주경이라는 것이었다.

"반드시 김창수를 살려내겠다. 내 가산 전부를 팔아 김창수가 석방되도록 하겠다."

이렇게 말하고 서울로 간 김주경은 법부대신 한규설韓圭卨을 만나 김창수의 충의를 표창하고 조속히 석방하도록 해야 한다고 간청했다. 그러나 한규설은 일본 공사 하야시 곤스케林權助가 살인자를 표창했다고 국제문제로 만들까 염려가 돼 어떻게 할 방도가 없다고 말했다. 김주경은 분기탱천하여 욕을 퍼부으며 한규설의 집에서 나와 여러 관청에 일일이 소장을 올렸다. 그렇게 1년 가까이 서울을 오르내리며 김창수의 석방에 진력하는 동안 정부에서는 "마땅히 참작할 것이니 물러가 기다려라”는 회답만 되풀이했고, 김주경의 돈은 바닥이 났다.

감옥의 조덕근, 양봉구, 황순용, 강백석이 김창수에게 살려달라고 애원했다. 만기 출소가 가까워진 황순용은 강백석을 앞세워 호소했다.

“김 서방님, 백석이를 탈옥시켜 주신다면 저는 죽음이라도 사양치 않겠습니다.”

“네가 출옥할 기한도 멀지 않았는데 사회에 나가서 좋은 사람이 될 줄 알았더니, 더러운 욕정으로 범죄만 생각하느냐?”

황가는 김창수와 오래 수감생활을 하며 글을 배운 조덕근에게 밤낮으로 김창수에게 매달리라고 부추겼다.

“김 서방님이야 언제든지 상감께서 특전을 내리시기만 하면 나가서 귀하게 되시겠지요. 저는 서방님 모시고 2년이나 고생을 했고 글을 많이 배웠는데, 서방님이 나가시면 간수의 포학이 심해 10년을 다 채우더라도 살아나가지 못할 것입니다. 저를 탈옥시켜 주시면 결초보은하겠습니다.”

김창수는 골똘히 생각했다.

‘대군주가 나를 죽일 놈이 아니라고 생각하는 것은 사형정지 칙명을 내린 것만으로도 증명된 것이다. 그러나 왜놈들은 나를 풀어 주지 않으려고 사생결단을 하고 나올 것이다.’

김창수는 조덕근에게 집에서 200냥을 받아다가 은밀히 감추어 두라고 했다. 죽어도 배신하지 않겠다고 서약한 네 명이 규합했다. 면회 온 부모님에게는 오늘 중으로 배를 타고 고향으로 가시라고 말했다.

조덕근의 돈이 도착하자 김창수는 당번 간수를 불러 150냥을 주면서 오늘 밤에 모두 먹을 수 있도록 쌀과 고기와 모주 한 통을 사다놓으라고 부탁했다. 전에도 그런 적이 있었으므로 간수는 즐거이 받아들였다. 김창수는 그 간수가 아편쟁이라는 것도 알고 있었다.

"그대가 오늘 밤 당번이니까 50전으로는 아편을 사다가 즐기시오."

그날 밤 감옥 안에서는 때아닌 잔치가 벌어졌다. 모두 고깃국과 모주를 실컷 먹었다. 흥이 오를 즈음 김창수는 간수에게 도적들의 노래를 듣자고 말했다.

"이놈들아, 김 서방님 듣게 너희들 장기대로 노래를 불러라."

명령이 떨어지자 죄수들이 노래하느라고 야단이었고, 간수는 아편에 정신이 나간 상태였다. 김창수는 틈을 타서 마루 속으로 들어가 준비해둔 삼지창으로 땅을 파서 마당으로 나왔다. 이제는 외벽을 넘어야 했다.

김창수는 감옥 외벽을 넘을 줄사다리를 매면서 생각했다.

'저들 넷을 데려가려다가 무슨 일이 날지 모르니 그냥 혼자 이 길로 나가버리는 것이 좋지 않을까. 저들은 나의 동지도 아니지 않은가.'

그러나 '하늘을 이고 살면서 어찌 부끄러운 짓을 한단 말인가. 죽을 때까지 그 부끄러움을 견딜 수 있겠는가' 하는 생각이 더 강했다.

김창수는 나온 구멍으로 다시 돌아가서 네 명을 불러 하나씩 다 빠져나오게 했다. 그리고 외벽의 줄을 타고 감옥 밖으로 내보냈다.

마지막으로 자신이 담을 넘을 차례였다.

그때였다.

'쾅!'

담장을 넘던 조덕근이 담에 부딪혀 줄이 끊어졌다.

"탈옥이다!"

경무청과 순검청에서 사람들이 뛰쳐나오며 동시에 호루라기를 불었다. 모든 문이 열리고 불빛이 번쩍거렸다.

김창수만 아직 담을 넘지 못했다. 높이는 두 길 반. 기어오를 수가 없었다. 그때였다. 물통을 메는 긴 나무작대기 하나가 눈에 들어왔다. 그는 내달아 뛰며 작대기를 땅에 꽂고 몸을 튕기며 날아올랐다. 팽팽해진 탄력을 받아 허공으로 솟구쳐오른 그는 오른손 끝으로 간신히 담장 꼭대기를 잡았다. 떨어지기 직전이었다.

'여기서 떨어지면 다 끝이다.'

온몸의 힘을 오른손에 집중해 매달렸다. 마침내 왼손도 담장을 잡는 데 성공했다. 그 순간 물빛 하늘을 보았다. 하늘은 새벽빛을 몰아오고 있었다. 백두산에서 본 바로 그 하늘이었다. 물빛 하늘의 생명력과 환희가 몸을 휘감았다. 그는 담 꼭대기로 기어올라 밖으로 뛰어내렸다.

김창수는 감옥에서 많은 걸 배웠다. 책을 통해 지식을 넓혔고, 민중 속에서 사람들과 함께 사는 법을 배웠다. 그러나 무엇보다 절실하게 깨달은 것은 혁명가는 적에게 체포되어서는 안 된다는 사실이었다. 이것이 감옥이라는 '교과서'에서 얻은 최고의 교훈이다.

6 남도방랑

김창수는 남녘의 들판과 마을을 따라 걸었다. 어디를 가든 산은 황토색 벌거숭이산으로 버려져 있었다. 논은 메말라 갈라져 있고, 사람들의 얼굴에는 그늘이 들어 있었다. 청나라 여행 때 많은 것을 보았지만, 내 나라를 떠돌며 본 사정은 청나라와는 또 다른 참혹함으로 가득했다. 청나라에도 궁핍과 병이 줄지어 있었지만, 광활한 대지에서 오는 여유로움이 있었다. 그러나 내 땅에는 뿌연 황토 바람과 허망한 눈빛을 가진 사람들뿐이었다. 나라를 왜놈에게 빼앗긴 것이다.

전주에서 김창수는 김형진의 매형이 하는 한약국을 찾았다. 오래전 청나라를 함께 여행한 사이라고 밝히고 김형진의 소식을 물었다.

"형진이는 오래전에 황천의 객이 되었소."

김형진의 동생이 곁에서 한마디 했다.

"형님이 별세하실 때 창수를 생전에 다시 못 보고 죽는 것이 한이 된다고 하였소."

김창수는 형진의 동생을 따라 금구 원평리로 가서 김형진의 노모와 부인, 어린 아들을 만났다. 김형진이 동학도였다는 것을 그제야 알았다.

김형진 가족과 헤어져 금구, 원평을 지나다 보니 김창수의 가슴이 저릿해졌다. 이곳은 전봉준이 머물며 집강소를 지휘했던 곳이고, 금구 대접주 김덕명金德明의 근거지가 아닌가! 김덕명과 전봉준의 원혼이 바람결에 실려 들판을 가르며 지나가는 듯했다.

저절로 소리가 흘러나왔다.

새야새야 파랑새야 녹두밭에 앉지마라
녹두꽃이 떨어지면 청포장수 울고간다

바라보고 또 바라보아도 끝이 없는 일망무제의 벌판이다. 한도 끝도 없는 징개맹개 외배미 들을 걸어가노라니 볕은 노랗게 익어 지평에 녹아내리고, 괜스레 눈에 물이 고이는데 멀리서 논 주인이 나그네를 보고는 소리쳐 부른다. 선소리꾼이 장구를 치며 소리를 인도하면 농사꾼들이 폈던 허리를 굽히고 모를 꽂는 중이다.

김창수가 손을 저으며 그냥 가겠다는 답을 보냈으나, 그는 아랑곳하지 않고 나그네를 불러세운다.

"왜 나그네에게 술을 주오?"

김창수가 인사를 했다.

"빨리 가는 것도 길이지만, 쉬엄쉬엄 가는 것도 길이라오."

양재기에 막걸리가 찰랑찰랑 담기고, 유백빛 거품이 살짝 일어난다.

"한잔 들이키고 힘 넣어 가소. 봄볕은 나그네도 쉬게 허는 법이요."

주인의 아내도 참례하며 권하자 선소리꾼은 고장의 자랑을 펼친다.

"농사꾼이 음식을 먹는 자리엔 감사나 수령이라도 말에서 내려 인사를 허고 지나가는 벱이요. 근디 나그네야 말이 있간디, 짐이 있간디?"

막걸리 한 사발에 김창수의 배 속이 뜨뜻해진다.

"한 잔이면 외롭고, 석 잔이면 든든허지라."

아낙네가 양재기를 거푸 내민다.

김창수는 한사코 마다하고 백배 인사하며 물러난다. 그리고 뚜벅뚜벅 걸어간다.

녹두밭에 앉지마라. 새야새야 파랑새야.

광주와 나주를 지났고, 함평에서 며칠을 묵었다. 함평 육모정의 이동범 진사는 과객에게 정성껏 대하는 사람이었다. 김창수가 하룻밤만 지내고 떠나려 하자 만경군수를 지낸 이 진사는 더 묵어가라고 붙들었다. 이 진사의 사랑에는 함께 지내는 과객이 대여섯 사람이나 있었는데, 그 가운데는 이 진사 집에서 과객 노릇을 몇 해나 한 사람도 있었다. 육모정에서 며칠을 묵은 김창수는 목포로 갔고, 해남, 완도, 보성으로 발길을 계속했다.

김창수는 책을 몇 권 가지고 다니면서 틈틈이 읽다가 보성 득량면 쇠실마을의 선계근과 헤어질 때 『동국사기』를 선물로 주었다.

마을 여러 집의 초청을 받아가며 한 달 넘게 보내고 마을을 떠날 때 동갑인 선계근의 아내가 손수 만든 붓주머니를 선물하자 김창수가 『동국사기』를 답례로 준 것이다. 책의 속표지에 시 한 수를 남겼다.

　꽃나무 한 가지를 반으로 나누어
　절반은 종가에 두고 반절은 들고 떠나네

　삼남을 돌아서 계룡산 갑사에 도착했을 때는 가을이 깊어갈 무렵이었다. 그간 다닌 고장은 고을마다 사투리가 다르고, 밥상 위에 오르는 장맛이 달랐다. 산은 서로 다른 빛깔이었고, 강은 제 흐름을 따라 흘렀다.

　홍시가 마당에 툭 떨어졌다. 알맞게 익은 홍시를 보며 김창수는 갑사에서 점심을 먹었다.

　"어디로 가는 길이오?"

　동학사에서 왔다는 이 서방이라는 사람이 김창수에게 말을 걸었다.

　"나는 장사에 실패해 홧김에 근 1년간 남도 유랑을 했소. 감이 떨어지는 것을 보니 이제 개성으로 돌아가야겠소."

　이 서방은 마곡사를 가보았느냐고 물었다. 그는 김창수의 대답을 기다리지도 않고 말했다.

　"여기까지 왔다가 마곡사를 가보지도 않고 유랑을 끝낸다는 것은 장에 갔다가 쌀도 안 사들고 오는 격이오. 거기 가면 홍시도 무진장이니 나와 동행합시다."

유랑자라면 마곡사는 꼭 들러야 한다는 이 서방의 말에, 아니 그보다도 커다란 홍시가 엄청나다는 말에 김창수는 이 서방을 따라나섰다. 홀아비인 이 서방은 사숙의 훈장으로 살다가 이제 마곡사로 들어가 중이나 되어 일생을 편안하게 지내려 한다고 말했다.

"중보다 편한 건 없다오. 장사 걱정이 있나, 사돈 걱정이 있나."

그는 느닷없이 김창수에게 힘든 장사는 그만두고 중이 되라고 권했다. 김창수는 가부를 답하지 않고 생각에 잠겨 40리 길을 걸었다.

마곡사 앞고개에 올라서자 황혼이었다. 멀리서 저녁 예불을 알리는 인경소리가 산자락에 퍼졌다.

"노형, 어찌하려우? 세상사를 다 잊고 나와 중이 됩시다."

이 서방이 다그쳤다.

"일단 절에 들어가 스님과 서로 의견을 나눠봐야 하겠지요."

"그건 그렇소만!"

두 사람은 마곡사 해탈문 앞에 이르렀다. 바람결에 소나무 내음이 실려왔다.

"마곡사는 천년 고찰이오. 저 극락교만 건너면 세속의 번뇌는 세월 속으로 사라질 것이오."

김창수는 말없이 이 서방을 따라 극락교를 건넜다.

김창수는 작은 요사채에서 혼자 절밥을 먹었다. 식사 후 조용히 앉아 있는데, 문이 열리며 한 노승이 들어섰다. 눈썹이 희끗한 노승이 김창수를 살폈다.

"어디서 왔는가?"

김창수는 자리에서 일어나 두 손을 모았다.

"개성 출신입니다. 사정이 있어 집을 떠났다 강산 구경이나 하려 돌아다니는 중입니다."

노승은 고개를 끄덕이며 조용히 웃었다.

"그래, 강산이 좀 보이던가?"

김창수는 할 말이 없었다.

"산천도 사람의 마음 따라가는 법이지. 나도 머리를 깎은 지 사십 년이 지났다네. 자네도 여기 눌러앉게나. 내 상좌가 되지 않겠는가?"

"저는 학식도, 재주도 없는 사람입니다. 어른께 누가 될까 두렵습니다."

노승은 더욱 진중한 눈빛으로 말했다.

"그렇기에 부처님 곁에 있어야지. 삭발하면 내 스승 보경 대사에게 배울 기회가 있을 걸세. 큰스님 곁에서 공부하면 장차 강백講伯도 될 수 있을 것이네."

그날 밤, 김창수는 노승이 던진 말을 떠올려보았으나 무슨 말인지 이해하기 어려웠고, 잠도 오지 않았다.

이튿날 아침, 마당에서 마주친 이 서방은 이미 반질반질하게 머리를 깎고 있었다. 놀란 김창수에게 그는 웃으며 말했다.

"노형, 어제 그 노승 아시지요? 하은당 스님입니다. 보경 대사의 상좌지요. 저더러 노형과 함께 배우도록 하겠다고 하시더이다. 학자금 걱정은 하지 말라더군요. 마음에 들었다는 말씀도 곁들였어요."

김창수는 아무 말도 하지 않았다. 갈 길이 막막하고 마음은 갈팡질팡했다. 하지만 절의 향기와 정적, 부처의 그림자가 희미하게 다가

왔다. 그 길을 따라가보아야 하리라…

잠시 뒤, 사제 호덕삼이 머리 깎는 칼을 들고 왔다. 냇가로 나가자고 하더니 자리를 잡고는 삭발진언을 외우기 시작했다. 뜻은 알아들을 수 없었지만, 그 음률이 낯설지는 않았다. 호덕삼이 칼을 들어올렸다. 칼끝이 김창수의 머리카락을 스치자 '툭' 소리와 함께 상투가 모래 위에 떨어졌다.

그의 눈에서 뜨거운 것이 흘러내렸다. 모래 위에 떨어진 것은 상투 하나였지만 그 안엔 버리지 못한 양반의 꿈, 갚지 못한 부모와 스승의 은혜, 누르지 못한 분노와 허욕이 들어 있었다.

고개를 들어 앞을 바라보니 개울물 속에 산이 들어앉아 있었다. 법당에서 종이 울렸다. 각 암자에서 붉은 가사를 입은 스님들이 모여들었다. 그 속에서 김창수는 검은 장삼에 붉은 가사를 입고 대웅보전으로 인도되었다. 하은당이 법명을 내렸다.

"자, 이제 너의 법명은 원종圓宗이다. 모든 길은 마음에서 비롯되고, 그 끝도 마음에 있느니라."

하은당의 가르침이 계속됐다.

"제일 먼저 마음을 낮추거라. 사람에게는 물론이고, 벌레 한 마리에도 공경을 잊지 말아야 한다. 그렇지 않으면 그대는 자신도 모르는 사이 지옥의 고통을 만나게 될 것이니라."

하지만 다음 날부터 하은당이 달라졌다.

"애, 원종아."

부르는 말투부터 바뀌었다.

"생긴 것이 미련해서 중노릇은 제대로 하겠나? 얼굴이 어쩌면 그렇게 볼품없을까! 나가서 물이나 긷고, 장작이나 패오너라."

　김창수는 때아닌 힐난을 듣고 보니 어질어질했다. 정신을 가다듬었다. 갑자기 자신이 부끄러워졌다. 세상을 탓하고, 양반을 욕하고, 왜놈을 저주했지만, 그 이면에 감춰진 건 내 안의 욕망이라고 생각했다. 남도를 떠돌며 찾은 것은 의로움이 아니라 아집이었고, 정의를 원한 게 아니라 단순한 도피가 아니었을까.

　원종은 매일 장작을 팼다. 모든 잡념을 버리고 일에 몰두했다. 얼마 지나자 도끼를 내리찍어 통나무를 한 번에 가를 수 있게 됐다. 그렇건만 하은당이 어찌나 모멸을 주는지, 보다못해 노스님 보경 대사가 한탄했다.

　"전에도 상좌를 못 견디게 굴어서 다 내쫓았는데, 또 저 모양이니!"

　그 말에 원종은 위로를 받으며 낮에는 일하고 밤에는 예불 절차와 천수심경 등을 외웠다. 수계사 용담 스님이 『보각서장』을 가르쳐주었다. 용담 스님은 원종이 하은당의 괴상한 성품에 눌려 배우려는 뜻을 접지 않을지 염려했다. 그래서 틈나는 대로 교훈이 될 만한 말씀을 들려주곤 했다. '달을 보되 달을 가리키는 손가락은 생각하지 말라'는 견월망지見月忘指의 뜻을 해석해주었고, 참을 인忍이라는 말이 어느 정도까지 참으라는 것인지를 알려주었다.

　"흔들리던 마음이 고요해질 때까지 참아야 하느니라."

　날이 지나면서 원종이 얼마나 행복한 사람인지를 말해주는 스님도 있었다.

　"원종 대사가 지금은 고생하지만, 은사와 노사가 다 칠팔십 노인들이니 그분들만 작고하면 엄청난 재산이 다 원종 대사의 차지가 될 것이오.”

그러나 원종의 마음속에 그치지 않고 스멀거리는 것이 있었다. 원종은 재산을 염두에 두고 승려 생활을 할 생각은 없었다. 인천감옥을 탈출하기 직전 고향에 돌아가 계시라고 했던 부모님은 어떻게 되었는지, 자기를 구출하기 위해 가산을 날리고 어디론가 사라졌다는 김주경의 소식은 알 수 있는지, 고능선 선생님은 안녕하시고 손녀 인희는 시집을 갔는지…, 부지깽이에 불이 옮겨붙듯, 지운 줄 알았던 이름들이 마음속에서 다시 타올랐다.

원종은 한 해의 농사가 끝나 재산 기록 정리를 마쳤다. 경작인에게서 받은 백미만 200석이 넘고, 금전과 기타 상품으로 받은 것도 수십만 냥이 되었다.

원종은 정월을 맞아 보경 대사에게 말했다.

“제가 기왕 중이 된 이상 해야 할 공부를 해야만 할 것 같습니다. 금강산으로 가서 경전의 뜻을 더 연구하고 싶습니다.”

보경 대사는 원종의 속마음을 알고 있었다.

“내가 추측은 하고 있었다. 어쩔 수 있느냐, 네 원이 그런데!”

보경 대사는 즉시 하은당을 불러들였다. 두 사람이 한참 다투더니 마침내 의발衣鉢과 백미 열 말을 노자로 내주었다. 원종은 곧바로 마곡사를 떠났다.

*

김창수는 자기의 구명운동을 한 김주경의 소식이 궁금했다. 강화도 남문 안으로 들어가 김주경의 집을 찾아갔다.

"어디에 사시는 분인데 우리 형을 그렇게 친숙히 아십니까?"

김주경의 셋째 동생 김진경이 김창수를 맞았다.

"나는 김두래라고, 연안에서 살던 사람인데 당신 형님과는 막역한 동지요. 수년간 소식을 몰라 찾아왔소."

"형님은 집을 나간 지 벌써 4년째인데, 소식을 알 수 없습니다. 제가 형수를 모시고 조카들을 키우며 살고 있습니다."

집은 번듯했다. 김창수는 김주경의 동생에게 모든 일을 사실대로 애기해줄 수도 없고, 그렇다고 그냥 나오기에도 발길이 떨어지지 않았다. 사랑에서 노는 일곱 살짜리 사내아이 윤태가 김주경의 아들이라고 했다.

"내가 당신 형님의 소식을 모르고 가기에는 섭섭하오. 당분간 사랑에서 윤태에게 글을 가르치고 지내면서 형님 소식을 같이 기다리면 어떻겠소?"

"형장께서 그같이 해주시면 오죽 감사하겠습니까? 윤태뿐 아니라 둘째 형도 두 아이가 있는데, 다 글을 배울 나이가 되었지만, 촌에서 그대로 놀고 있지요. 조카들이 다 같이 글을 배우도록 하겠습니다."

그날부터 김창수는 김주경 형제의 아이들을 가르치기 시작했다. 아이들 나이대로 『천자문』과 『동몽선습』과 『사략』을 가르쳤다. 김창수가 아이들을 가르치는 열성을 보고 김 씨 사랑에 드나들던 사람들도 아이들을 데리고 왔다. 한 달이 되기도 전에 사랑방 세 칸에 아이들 30여 명이 모여들었다.

석 달이 지났다. 어느 날 김진경이 편지를 보며 혼자 중얼거렸다.

"이 양반도 참 우스운 사람이군. 김창수가 왜 우리 집엘 찾아온다는 말인가!"

"무엇 때문에 그러는가?"

김창수가 물었다.

"유완무柳完茂라는 양반이 여기서 30리쯤 되는 촌에서 한 3년을 살다 갔습니다. 형님과 그분의 교분이 두터웠지요. 그런데 해주 사람 김창수란 청년이 왜놈을 죽이고 인천감리서에 수감돼 있는데, 두 분이 김창수를 살리려고 무진 노력을 했다고 합니다. 형님은 돈만 다 써버리고 나중에는 일이 꼬여 피신을 했지요. 그 뒤에 들으니, 김 창수는 탈옥해서 도주했다고 합니다. 유완무란 분이 김창수의 소식을 아는 것이 있을까 해서 내일 이춘백이라는 사람을 보낸다고 하는군요."

김창수는 김진경의 말을 잠자코 듣고 있었다.

"김창수란 사람이 그동안 여기를 다녀간 적이 있는가?"

김창수는 그들이 밀정이 아닌가 하는 생각에서 김진경에게 물었다.

"여기는 인천과 지척인데, 김창수가 형님도 없는 여길 찾아올 리가 있겠습니까?"

"그럼 유완무라는 그 사람이 왜놈의 염탐꾼인 게지."

"아니요. 유완무라는 이는 그런 양반이 아니오. 우리 형님 말씀으로는, 그는 보통 벼슬하는 양반과는 달라서 학자의 기품이 있다고 합니다."

김창수는 입을 다물었다.

다음 날 아침을 먹고 났을 때였다. 서른 남짓 되어보이는 사내가 사랑으로 들어섰다. 그는 김창수 앞에서 공부하는 아이를 보고 말했다.

"윤태야, 그동안 많이 컸구나. 안에 들어가서 작은아버지 좀 나오시라고 해라."

윤태가 들어가서 김진경을 앞세우고 나왔다.

"그동안 형님 소식 없었나?"

"아직 소식이 없습니다."

"유완무 어른의 편지 받아 보았지?"

"어제 받았습니다."

두 사람은 옆방으로 이동해 미닫이를 닫고는 이야기를 나눴다. 김창수는 아이들 가르치는 것을 멈추고 두 사람의 대화에 귀를 기울였다.

"유완무 어른이 김창수 때문에 별별 애를 다 썼다네. 자네 형님이 김창수를 구하려고 가산을 탕진했지만 끝내 피신한 것을 알고 그분이 김창수를 빼내려고 용감한 청년 열세 명을 뽑았지. 나도 그중 한 명일세. 밤에 감옥에 불을 지르고 김창수를 빼내려고 계획을 세우는 중에 김창수가 탈옥하지 않았겠나! 그 후 우리는 김창수와 자네 형님의 소식을 찾기 위해 노력하는 중일세."

"형님이 편지한 적도 없고, 김창수가 여길 찾아온 적도 없습니다."

두 사람은 거기서 이야기를 그쳤다. 이춘백이 다음 날 들르겠다고 하며 돌아갔다. 김창수는 유완무란 사람이 자신을 구하기 위해 그렇게 노력했다면 정탐은 아니라고 생각했다.

다음 날 김진경과 아침밥을 먹으면서 김창수가 물었다.

"어제 왔던 사람이 오늘 또 오는가?"

"곧 올 것 같습니다."

김창수는 자신의 신분을 밝히고 유완무를 만나기 위해 이춘백을 따라 나서겠다고 말했다.

김진경이 깜짝 놀랐다.

"형님이 과연 그러하시니 제가 어찌 만류를 하겠습니까?"

김진경은 아이들에게 선생님이 오늘은 본댁에 가시니 다들 집으로 돌아가라고 돌려보냈다.

강화를 출발한 김창수와 이춘백은 그날로 서울 공덕리에 있는 박진사라는 사람의 사랑에 도착했다. 먼저 이춘백이 안으로 들어가 한동안 무슨 이야기를 했다. 그러고는 간소하게 의복을 차려입은 선비 한 분을 모시고 나왔다. 바로 유완무였다.

유완무는 김창수를 오래 헤어져 지내다 드디어 만난 사람처럼 각별하게 맞이했다.

"뜻을 굽히지 않으면 이렇게 만나는 날이 오는 법이라오."

유완무는 김창수보다 열다섯 살 많았다.

"저는 아직 아무것도 이루지 못한 사람입니다. 선생께서 실망하실까 두렵습니다."

김창수가 머뭇거리며 말하자, 유완무는 고개를 저으며 천천히 말했다.

"그럴 리가 있겠소. 사람이란 의리로 사는 법이오. 나는 그것을 젊은 시절 김주경에게서 배웠고, 오늘 창수에게서 다시금 확인하는 중이오."

유완무는 침묵을 유지했다. 긴 침묵이었다. 한마디의 말이 요긴한 순간의 긴 침묵은 상대를 존중한다는 의지의 표현이었을까.

한참 후 그가 말했다.

"가세!"

유완무는 김창수에게 충청도와 무주에 사는 동지들을 연결해주었다. 김창수는 전라도 무주, 경상도 김천, 충청도 진천 등지로 옮겨 다니며 유완무가 소개해준 유생들을 만나 상객으로 대접을 받으며 여러 달을 보냈다. 유완무는 김창수가 김천 성태영의 집에 머물러 있을 때 찾아와 함께 지내며 김창수의 이름을 '구'龜로, 호를 '연하'蓮下로 개명해주었다. 김창수라는 이름이 왜의 기관에 등재돼 있어 활동하기 어렵다는 것이었다. 상민 김창수로서 호는 처음으로 얻는 것이었다.

유생조직인 이들 비밀결사대는 여러 달에 걸쳐 번갈아가며 김구를 관찰했다. 그 결과 김구가 조선 사나이 중의 사나이라는 동지들의 결론을 얻어 그를 독립운동가로 만드는 한편, 부모님은 편안히 살 수 있도록 보호해드린다는 '김구 독립지사 육성계획'을 세우고 일을 진척시켰다.

김구는 고향으로 돌아왔다. 아버지가 위독한 상태였다. 1900년 12월 황혼 무렵이었다. 어머니가 부엌에서 뛰어나오며 말했다.

"위중한 네 아버지가 아까 '왔으면 들어오지 않고, 왜 뜰에 서 있느냐' 하시기에 헛소리인 줄만 알았더니 네가 정말로 왔구나!"

김구는 급히 방 안으로 들어갔다. 아버지는 아들을 겨우 알아보았지만 이내 혼수상태에 빠졌다. 김구는 약을 구해 달여드렸으나 효험이 없었다. 할머니가 임종하실 때 아버지가 단지斷指한 일을 떠올려 이번에는 자신이 단지하려고 했다. 그러나 어머니의 마음을 떠올리고는 가운뎃손가락 살을 베어 아버지의 입에 물려드렸다. 목젖이 일렁거리고 볼이 오물오물하며 아들의 손가락을 빠는 아버지의 얼굴은 갓난아기의 얼굴처럼 편안해보였다. 아들에게 생명을 주고, 그 자식을 위해 평생 고난을 짊어진 아버지는 아들의 원천이었다. 그러나 죽음과 삶의 경계인 혼수 상태에서 아들이 주는 생명의 손가락을 빠는 아버지는 아들의 아들이었다. 아버지는 그 생명의 따뜻함 속에서 아들의 손을 잡고 이승의 생을 마쳤다.

장례 행렬이 천천히 산길을 올랐다. 바람이 상여를 스치며 한숨처럼 울었다.

행렬을 묵묵히 따라오는 검은 두루마기 차림의 사내가 있었다. 큰 키에 흰 수염이 바람에 흩날렸다. 어깨가 곧았다.

"선생님!"

두 사람이 서로 허리를 굽혀 곡을 했다. 찾아온 이는 유완무였다. 먼 길을 마다하지 않고 찾아온 것이다. 행렬이 잠시 멈췄을 때, 유완무가 김구의 곁으로 다가왔다.

"실패가 있어도 뜻을 굽히지 않기를 바라네."

그의 목소리는 조문객의 말이 아니라 먼 길을 찾아온 동지의 당부였다.

"오늘 상가에 와보니 자네의 뿌리가 어디서 왔는지 또렷이 보이는구먼."

"저는 아직 아무것도 이루지 못해 부끄럽기 그지없습니다."

유완무는 고개를 저었다.

"그럴 리가 있나. 우리가 강조해온 말이지만, 사나이는 의리로 사는 법일세. 나는 그걸 자네에게서 여러 번 확인했다네."

상여에 드리운 흰 종이꽃이 바람에 흔들렸다. 하관을 마치자 유완무는 작별을 고했다.

"나는 곧 북간도로 가네. 거기서 새로운 근거지를 세울 걸세. 자네에게 다시 연락하겠네."

"다시 뵐 날을 기다리겠습니다."

유완무는 큰 체구로 성큼성큼 산을 걸어 내려갔다. 그날 이후 두 사람은 다시 만나지 못했다.

*

"자네의 뜻에 맞는 배필은 어떤 사람이라야 하는가?"

"재산을 따지지 않고, 학식이 있어야겠지요. 직접 만나보고 마음도 맞았으면 합니다."

김구가 정월에 세배를 드리기 위해 장연 무산의 친척 집을 찾아갔다. 친척 할머니는 김구가 스물일곱이 되도록 아직 미혼인 것을 걱정했다.

"내 당질녀가 올해 열일곱인데 홀어미를 모시고 지낸다네. 학식이 약간 있고, 재산을 따지는 것을 좋아하지 않지. 내가 먼저 만나 물어봄세. 하지만 자네 말처럼 만나서 마음을 털어놓기는 어려운 문제라고 생각되네. 우리 형님께 자네의 됨됨이를 말한 적이 있는데, 자네를 데리고 집으로 와달라고 부탁하더군. 같이 갈 수 있겠는가?”

“가보겠습니다.”

김구와 할머니는 무산 텃골의 조그마한 오막살이 집에 도착했다. 그 집 과부댁은 아들은 없고 딸만 넷을 두었다. 위로 셋을 출가시키고 막내 여옥을 데리고 있는데, 글은 근근이 국문을 익혔고, 바느질과 집안일을 주로 가르쳤다고 했다.

저녁 식사 후 세 사람이 윗방에서 얘기를 나누는 모양이었다. 한참 있다 할머니가 안방으로 내려와 말했다.

“거의 자네 말대로 되었네만, 규수가 남모르는 남자와 대면하기를 어려워하네. 내가 담보하면 되지 않겠는가?”

“저는 꼭 만나보고 싶습니다. 저와 혼인할 생각이라면 제가 탈상할 동안 한문 공부도 시키고 싶습니다.”

할머니가 손녀를 불렀다. 대답이 없자 과부댁이 딸을 불렀다. 규수는 가만가만 걸어들어와 자기 모친 뒤에 앉았다.

“나는 해주 사람 김구라 하오.”

김구가 인사를 해도 규수는 아무 대답이 없었다.

“나와 결혼할 생각이 있소? 그리고 결혼하기 전에 나에게 글을 배울 생각도 있소?”

규수가 답하는 소리는 들리지 않았지만, 할머니와 여자의 어머니는 규수가 “네”라고 답했다고 말했다.

다음 날 집에 돌아온 김구는 어머니와 작은아버지에게 결혼할 여자를 만나보고 왔다고 했다.

김구는 『여자독본』류의 책을 만들고 지필묵까지 준비해 여옥에게 글을 가르쳤다. 여옥은 글자 몇 자를 쓰고는 고개를 들며 웃었다.

"글씨랑 얘기를 나누는 것이 재미있어요."

김구는 여옥을 가르치는 한편 신교육에 헌신하기 위해 장연, 은율, 문화 등지로 다니면서 교육운동에 관심 있는 인사들을 만났다.

그 후 아버지의 대상大祥을 치르고 나서 한참 결혼 준비를 하는 터에 여옥이 위중하다는 급한 기별이 왔다. 김구가 달려가 방문을 열자 여옥은 반가워서 일어나려고 했다. 만성 감기인데 산중에서는 약을 구하기 어려워 위급한 상태였다. 손이 보드라운 여옥은 3일 후에 세상을 떠났다. 허망한 죽음이었다. 김구는 직접 여옥을 염습해서 남산에 안장했다. 배우기를 좋아하고, 한 번 배운 것은 또렷하게 기억했다. 김구는 여옥을 산에 묻고, 저물어가는 빛을 따라 내려왔다.

고향에 돌아와 짧은 기간에 김구는 아버지를 잃고, 약혼녀 여옥을 묻었다. 죽음이 몰고 오는 분위기가 무거웠다. 김구는 분주히 지인을 만나며 돌아다녔다.

김구는 스물여덟 가을에 기독교에 입교했다. 동학농민봉기에 참여했던 우종서가 적극적으로 권유해 기독교를 받아들인 것이다. 황해도는 기독교를 받아들여 신교육을 받는 사람이 늘어가고 있었다. 천주교가 양반 중심으로 확산하는 데 비해, 기독교는 빈한한 사람들에게 전파되었다.

김구는 전도와 교육사업으로 바쁜 나날을 보내다 여름에 평양에서 열린 교사 사경회에 참석했다. 사경회에서 김구는 기독교 운동가로 명성이 있는 최광옥을 만났다. 그는 김구에게 혼인했느냐고 물었다. 김구는 그간 있었던 결혼 실패 이야기를 들려주었다.

"장가들고 싶소?"

"어서 자식을 낳아야 하지 않겠습니까?"

"그런 말을 하는 걸 보니 부인을 꽤나 얻고 싶은 모양이오. 암, 부인이 있어야지!"

최광옥은 한바탕 웃고 나서 안창호의 누이동생인 신호를 만나볼 것을 권했다. 그녀는 매우 활달하고 총명해서 소문이 자자하다고 했다.

김구는 안창호의 서당 선생이자 장인인 이석관의 집에서 최광옥과 함께 안신호를 만났다. 안신호는 눈빛이 맑고, 웃음에는 억지나 꾸밈이 없었다.

김구는 자리에서 일어나 고개 숙여 인사했다.

"해주 사람 김구올시다."

안신호도 짧게 고개를 숙였다. 말을 걸어오는 눈빛이었다. 서로 마주 본 지 채 몇 호흡도 되지 않아 마음속 깊은 곳에서 '이 사람'이라는 느낌이 스쳤다. 첫 모판에 모 잘 난다더니, 안신호와의 대면이 꼭 그랬다. 서로 잘 맞는다는 생각이 들면서 호감이 마음의 모판을 꽉 채웠다. 최광옥은 김구에게 안신호도 승낙의 뜻을 밝혔다며 이튿날 약혼식을 하고 고향으로 돌아가라고 권유했다.

다음 날 새벽 이석관과 최광옥이 김구를 찾아왔다. 두 사람은 안신호가 어젯밤 편지 한 통을 놓고 밤새 고민한 사연을 전했다.

안창호가 미국으로 유학갈 때 상해를 거쳐갔는데, 그때 상해에 있는 양주삼에게 자기 누이동생과 혼인하라고 주선해서 두 사람이 구두로 정혼한 적이 있었다. 당시 양주삼은 상해 중서서원에서 수학하고 있었는데, 학업을 마친 후 결혼하겠다고 안창호에게 약속했다. 그런데 어제 안신호가 김구를 만난 후 집으로 돌아가니 양주삼이 보낸 편지가 와 있었다. 이제 학업을 마쳤으니 결혼 의사를 알려달라는 내용이었다.

안신호는 잊고 있던 구두 청혼에 관한 편지를 받고 밤새 고민했다. 그러다 도의상 두 사람 중 누구를 고를 수 없으니 양쪽 모두 포기하는 선택을 했다는 것이다. 그동안 어려서부터 한동네에서 자란 김성택에게 청혼을 받고 결정을 못 했는데, 어쩔 수 없이 김성택을 택한다는 소식이었다.

조금 시간이 지나 안신호가 김구를 찾아왔다.

"저는 지금부터 선생님을 오라버니로 섬기겠습니다. 제 사정이 그렇게 됐으니 너그럽게 받아주십시오."

김구는 쾌활한 안신호를 보자 더욱 마음이 쏠렸으나 어쩔 수 없는 노릇이었다.

그날 이후 김구는 마음을 다잡는 데 애를 썼다. 안신호의 웃음과 목소리가 문득 떠오르곤 했다. 그래서 아이들을 가르치는 데 더 열성을 쏟았다.

어느 날 예수교회의 양성칙이 말했다.

"김구 선생, 소개해드릴 여학생이 있어요. 우리 교회에 다니는 학생인데, 사람됨이 조심스럽고도 단단합니다. 선생께 잘 어울릴 듯합니다."

이름은 최준례라 했다. 열여덟이고 다소곳하다는 것이다. 어머니 김씨 부인은 젊은 나이에 남편을 여읜 뒤, 홀로 두 딸을 키웠다고 한다. 큰딸은 제중원 의학당 출신 신창희와 혼인해 신천 사평동에서 어머니와 동생 준례와 다 함께 살고 있었다.

어릴 적 준례는 구두 혼약을 했다. 동네 유지 강성모의 집안과 어른들이 서약을 해둔 것이다. 그러나 준례는 자라면서 자기 일은 자기가 정하겠다는 생각을 굽히지 않았다. 어머니는 선교사들과도 의논했지만, 준례 마음은 요지부동이었다. 교회 사람들이 나서서 강성모와의 혼인을 권했지만 준례는 흔들리지 않았다.

며칠 뒤 양성칙이 다시 김구에게 말했다.

"얘기를 넣어보았는데, 준례도 김 선생의 의견을 존중하고 있습니다. 청혼을 해보시지요."

김구는 사평동을 찾아가 준례를 만났다.

"저는 교육사업에 뜻을 두고 있습니다. 양성칙 선생의 얘기를 듣고 준례 씨에게 청혼하려고 왔습니다."

준례는 김구를 말갛게 바라본 후 고개를 숙였다. 거절은 아닌 듯했다.

김구는 그 모습이 더없이 마음에 들었다.

"마음을 정하면 결혼하기 전에 준례 씨가 경성에 가서 공부하고 올 수 있도록 준비하겠습니다."

조용하던 준례가 한마디 했다.

"가라고 하시면 가겠습니다."

김구는 준례의 비단결 같은 마음씨에 빠져들었다.

김구와 준례가 혼인을 약속했다는 소식이 퍼지자, 강성모 측은 이 일을 문제 삼았다. 조혼도 중혼도 아닌데다 두 사람이 서로 마음을 정했는데도 서양 선교사가 조선 사람의 혼사에 이러쿵저러쿵 간섭했다. 교회 권고를 따르지 않았으니 책벌이 있을 것이라는 말까지 나왔다.

김구는 물러서지 않았다.

"개인의 자유를 억누르는 것은 교회의 도리가 아닙니다. 우리 두 사람의 양심을 존중해주십시오."

김구는 준례를 서울 경신학교로 유학 보낼 준비를 마쳤다.

"준례 씨, 약속대로 서울로 가시오. 공부를 마치고 돌아오면 그때 혼례를 치르지요."

"그렇게 하겠습니다."

조용한 대답, 단호한 맺음이었다.

준례는 망설이지 않고 떠났고, 김구는 그녀를 기다렸다.

선교사는 결국 두 사람의 결혼을 승인했다.

서른하나의 김구와 열여덟의 준례, 그들의 혼인은 풍악도 없고 비단옷을 갖춰 입지도 않았지만 서로의 뜻 위에 반듯하게 세워졌다.

사직동에서 시작한 신혼살림은 복숭아가 익어가는 것처럼 향기로웠다. 김구는 부지런히 일했고 준례는 조용히 바느질하며 남편에게 힘을 주었다.

*

을사년(1905년) 11월 17일 이른바 '신조약'(을사늑약)이 체결되었다. 러일전쟁에서 승리한 일본은 미국, 영국, 러시아의 동의를 받아내 한국을 '보호국'으로 만드는 국제적 보장을 확보했다. 중명전에서 5적이 조약에 동의하자, 하늘이 음산하게 바뀌었다. 오전에는 맑던 하늘이 오후 들어 끄무레해지더니 을사년스러운 기운이 짓누르기 시작했다.

어둠이 깔리자 서울은 두 개의 세계로 갈라졌다. 도성 안 기생집에는 자리가 부족할 정도로 복작거렸다. 색싯집 골목엔 붉은 초롱불이 내걸렸고, 벼슬아치들은 "경사요!" "서훈이오!"를 외치며 잔을 주고받았다.

그러나 한 골목만 비켜 돌면 공기가 달랐다. 사람들은 지은 죄 없이도 숨죽이며 집 안에 숨었고, 괜히 벌을 받을까봐 떨었다. 종로통 한성판윤의 집 담장 아래에는 전국의 유생이 속속 모여들었다. 그 옆에 구름 낀 볕뉘도 쬔 적이 없는 무명씨들은 모닥불을 에워싸고 매운 연기를 탓하며 눈물을 닦았다. 11월 20일 자 『황성신문』에는 사장 장지연張志淵의 논설 '시일야방성대곡'是日也放聲大哭이 실렸고, 『대한매일신보』와 『제국신문』이 '을사오적'을 규탄했다. 가평에서 신병을 치료하던 전 의정대신 조병세趙秉世가 상경해 고종을 알현하고, 조약 파기와 5적 처벌을 주장한 것을 계기로 전국에서 유생들의 상소가 봇물 터지듯 쏟아졌다. 전국의 기독교 단체도 격하게 조약 파기를 주장하면서 구국기도회를 전개했다.

남대문 돌계단을 내려와 골목을 지나는 곳에 있는 붉은 벽돌집 상동교회는 불을 지핀 용광로같이 달아올랐다. 조약 체결 이전에 상동청년학원과 엡워스Epworth 청년회가 연합해 첫 기도회를 열자

1,000여 명의 교인들이 서로 부둥켜안고 소리 내어 울었다.

김구는 조약이 체결되자 곧바로 진남포 청년회의 총무로 서울에 파견돼 상동교회 청년회에 참가했다. 엡워스청년회와 상동청년학원의 연합기도회가 열렸고, 기도회는 곧바로 '실천운동'으로 전환했다. 각 도의 청년회 대표들은 교회사업을 토의하는 것처럼 위장했지만 순전히 애국운동을 위해 연합했다. 의병을 일으킨 산림학자들을 '구사상'이라고 한다면, 개신교인들은 '신사상'이었다.

상동교회에는 각지의 청년 지도자들이 모였다. 상당수가 관서 출신이었고, 김구도 함께했다. 회원들은 을사늑약 체결을 반대하는 상소를 올리기로 했다. 상소는 개신교인들을 대표하여 개화 지식인 이준李儁이 작성했다.

"강화도조약 때 일본은 '조선은 자주의 나라로 일본과 평등한 권리를 가진다'고 했고, 러일전쟁 때는 '한국의 독립과 토지주권의 보호가 전쟁의 목적'이라는 명분을 내세웠지만 끝내 한국의 주권을 강탈했다. 또 황제의 서명도 없이 박제순 등 역신이 조약에 날인한 것은 만국공법에도 위배되는 것이다. 고종은 이들 역신을 처단하고 이 조약이 무효임을 세계 열방에 알려 한국의 독립을 지켜야 한다."

상소문에 서명한 사람들은 사형을 각오했다. 1차 상소문에는 최재학崔在學을 대표로 김인즙金仁濈, 신상민申尙敏, 전석준全錫準, 이시영李始榮이 서명했다. 이들이 사형당하면 다섯 사람씩 계속 상소를 이어나가기로 했다.

11월 27일 오후 3시에 상소자 5명은 덕수궁 대한문 앞에서 '대소위신조약변명서'라는 상소를 올리고 엎드려 통곡했다. 그러자 일제 헌병과 순사가 달려와서 간섭하며 이들을 결박하려 했다. 모두 들고 일어나 대항하며 외쳤다.

"왜놈들이 국권을 강탈하고 조약을 체결했다! 우리 인민은 원수의 노예가 되어 살기보다는 죽을 것을 택하겠다."

군중들은 "대한독립 만세"를 계속 외쳤다. 군중들의 필사적인 호위에도 불구하고 5명의 서명자는 모두 체포되었다. 남은 사람들은 대한문에서 종로로 이동하면서 가두 연설을 계속했다. 격앙된 사람들은 일본 경찰의 칼날 앞에서 물러서지 않았다. 종로 거리는 삽시간에 선혈이 낭자한 아수라장이 되었다. 일본 경찰은 상점을 부수고 총을 난사하며 닥치는 대로 사람들을 사살하거나 포박했다.

종로 거리에 민영환閔泳煥이 을사늑약에 한을 품고 자결했다는 소식이 전해졌다. 소식이 퍼진 장안은 삽시간에 흥분의 도가니가 되었다. 조병철이 격한 연설을 하자 일본 헌병이 달려와 그의 열 살짜리 아들까지 군도로 위협해 끌고 갔다. 죽음을 불사하는 저항이 펼쳐졌다.

민영환의 자결은 뒤이어 많은 사람이 순국 자결하는 도화선이 되었다. 상소 투쟁에 앞장섰던 조병세趙秉世와 전 참판 이명재李命宰가 음독자결했고, 학부주사 이상철李相喆, 상소 투쟁을 벌이다 투옥됐던 이설李偰, 역신의 처결을 주장한 송병선宋秉璿이 잇따라 목숨을 버렸다. 민영환 집의 인력거꾼은 경우궁 뒷산 소나무에 목을 매었다.

그러나 상소 투쟁은 일제의 살벌한 핍박으로 군중이 모이지 않아 큰 효과를 발휘하지 못했다. 동지들은 전략을 바꾸어서 당분간 전국에 흩어져 교육사업에 힘쓰며 사람들을 모으기로 했다. 교육을 통해 나라에 대한 깨달음을 높이면 자발적인 참여가 많이 늘어날 것이라 판단했다.

김구는 결혼 후 첫딸을 얻었으나 2년 후 안악으로 오면서 잃었다. 아내와 딸을 가마에 태우고 왔는데, 찬 바람을 쐰 탓에 안악에 도착한 뒤 바로 숨을 거둔 것이다.

안악에 온 김구를 맞이한 건 아이들의 웃음소리였다. 첫 아이를 잃은 아픔을 가르치는 아이들의 웃음소리로 달랬다. 김구는 양산학교와 보강학교, 두 학교를 오가며 가르쳤다. 낮에는 어린아이, 밤에는 청년들을 가르쳤다. 교사를 제대로 건립할 재정과 시간도 없이 지붕에 가까스로 이엉을 얹은 상태로 학교를 연 보강학교 교실에서 아이들이 책 읽는 것을 보면 감격스러웠다.

그런데 밤마다 화재가 발생했다. 김구가 은밀한 곳에 숨어서 동태를 살폈다. 며칠 후 방화범을 잡았다. 동네 서당의 훈장이었다. 훈장은 자기가 가르치던 아이들이 모두 학교에 입학하는 바람에 생활 방도가 막히자 불을 질렀다고 자백했다. 탄식이 절로 나왔다.

'글로 밥을 먹지 못하는 것은 예전과 같은데 서당 훈장이 지붕에 불을 붙이니 교실의 아이들은 어찌해야 하오리까?'

김구는 훈장에게 모르는 일로 할 테니 조용히 마을을 떠나달라고 일렀다.

마을을 떠나기 전날 서당 훈장이 한마디 했다.

"아이들 책갈피에 재만 남기고 갑니다."

그래도 아이들의 교육에 힘을 보태는 사람은 마을의 어른들이었다. 어렸을 때 한학을 공부하다가 집이 가난해 공부를 접었던 김효영은 행상을 하며 돈을 모았다. 장손 김홍량이 태어날 무렵에는 1만 석 부자가 되었다. 김구가 안악으로 오니 김효영은 지팡이에 의지해 바깥출입을 하고 있었다.

"선생님, 밤새 평안하십니까?"

김효영은 김구의 문전에 와서 큰 소리로 인사했다. 노인이 매번 찾아와 그렇게 인사했다. 김구는 몸 둘 바를 몰랐다. 교문 앞에 나가 있다가 인사하러 오는 노인을 붙들고 만류했다.

"노인장, 그런 인사를 받으면 제가 민망하니 그렇게 하지 말아주십시오."

그러자 노인이 더욱 예를 갖추며 말했다.

"선생님을 공대하는 것은 춘추 예의에 조금도 어긋나지 않습니다. 고장의 미풍양속을 위해서도 바람직하오니, 선생님은 부디 인사를 받아주십시오."

해서교육총회는 노백린盧伯麟과 장의택을 고문으로 초대하고 김구를 학무총감으로 선출했다. 학무총감의 임무는 지방을 두루 다니면서 지방 유지들과 접촉하고 학교설립을 권유하는 일이었다.

김구는 송화읍에서 유지들의 요청에 따라 환등회를 열었다. 태황제 고종의 사진이 나오자 김구는 그 자리에 모여 있던 한국인 청중은 물론이고 일본군 장교와 경찰도 모두 일어나 허리를 굽혀 인사하게 했다. 일본이 헤이그 특사 파견을 구실로 그들의 침략에 방해가 되는 고종 황제를 군대로 위협해 강제로 퇴위시킨 것에 대한 저항이었다.

강연에서는 '한인이 배일排日하는 이유는 무엇인가'라는 제목으로 연설했다.

"한국은 역사적으로 일본을 선린우호의 감정으로 대해왔다. 그러나 을사늑약이 강제됨에 따라 나쁜 감정이 점점 격증했다. 문화군 종산에 있을 때 보니 일본 병사들이 산골 마을에 들이닥쳐 닭이며 달걀을 마구 노략질해갔다. 한국인들의 인내심은 바닥이 난 상태다."

연설장은 긴장된 분위기가 감돌았다. 군수 성낙영과 세무서장 구자록의 얼굴이 흙빛으로 바뀌었다. 일본 경찰이 환등회를 중지시켰다. 그리고 김구를 경찰서로 연행했다. 연행된 김구는 순사의 숙직실에서 태연히 잠을 잤다. 학생들이 위문대를 조직해 계속 찾아왔다.

이튿날 김구는 이토 히로부미伊藤博文가 하얼빈에서 '은치안'이라는 한국인에게 피살됐다는 신문 기사를 보았다. 다음 날 기사에는 안응칠安應七이라는 이름이 나왔다. 김구는 그가 10여 년 전, 청계동에서 돔방총을 어깨에 둘러메고 사냥하러 다니던 귀공자 안중근임을 눈치챘다. 눈이 초롱초롱하던 양반가의 청년이었다. 김구는 안중근과 마지막으로 나눈 대화가 생각났다.

형님, 총은 짐승한테 쏘지만, 언젠가는 사람한테도 겨눠야 할 날이 오지 않을까요?

안중근이 돔방총을 손질하며 한 말이었다. 그가 이토를 저격했고, 일본 경찰이 자신에게 관련 혐의를 둔다면 오래 고생할 것이라는 예감이 들었다.

김구는 유치장에 한 달 동안 갇혀 있다 해주 지방재판소로 압송됐다. 검사가 김구를 신문했다. 검사는 김구가 이번 사건과는 아무런 관련이 없다는 것을 확인하고 나서도 신문을 계속했다. 검사는 『김구』라고 쓴 100여 쪽 분량의 책자를 내놓고 신문을 계속했다.

"이 책자는 최근 몇 해 동안 당신의 행적을 경찰이 수집해놓은 것이오."

검사가 득의양양하게 설명했다. 그러나 신문 진행하는 걸 보니 말이 오락가락하고 있었다. 옛날의 김창수가 김구라는 것을 모르고 있었다. 김구는 일제의 허상을 보았다. 그는 남의 나라를 도륙하는 자들의 민낯이 어떤 빛깔로 되어 있는지를 알았다고 확신했고, 당당하게 활동했다. 김구는 불기소로 석방되었다.

7 서대문감옥

안명근安明根의 방문이 있은 지 며칠 후, 그가 체포됐다는 소식이 신문에 나왔다. 사리원에서 일본 경찰에게 체포된 안명근은 서울로 압송됐고 신천, 재령 등지의 연루자들이 일제히 검거됐다.

안명근이 체포된 것은 안중근의 대부인 빌렘J. Wilhem 신부가 안명근에게서 들은 모금과 거사 계획을 서울의 대주교 뮈텔G. C. Mutel 에게 편지로 알렸기 때문이다. 뮈텔은 이 계획을 총독부 경무총감 아카시 모토지로明石元二郎에게 밀고했다.

1911년 정월 닷샛날, 김구가 아직 잠자리에서 일어나기도 전인 이른 아침에 일본 헌병이 그가 묵고 있는 양산학교 사무실로 찾아왔다. 헌병대로 가니 김홍량, 도인권, 이상진, 양성진, 박도병, 한필호, 장명선 등 양산학교 교직원과 지역운동가들이 다 와 있었다. 분견소장이 경무총감부의 명령이라며 전원을 임시 구류시켰다.

날이 밝으며 김구가 구치소의 한 사람 한 사람을 살펴보니 아는 독립운동가는 모두 59명이었다. 이중 안악에서 잡혀온 사람이 18명이었다.

일제는 데라우치 총독 암살미수라는 조작된 사건으로 김구를 비

롯한 전국 700여 명의 기독교계·신민회 간부들을 일제히 체포해 경
성 서대문감옥과 종로경찰서, 남대문형무소 등에 수감했다.

김구는 경무청의 창고를 개조해 만든 임시 감방에 갇혔다. 석탄
냄새와 곰팡이, 쇳내가 짙게 밴 벽돌 방은 낮에도 햇빛 한 줄기 들지
않았다. 천장에서는 습기와 녹물이 떨어지고, 감방 벽엔 핏자국이
번져 있었다.

신문관이 들어왔다. 그는 비늘처럼 번쩍이는 장갑을 끼고 있었다.
뱀의 껍질 같았다. 그는 칠이 벗겨진 곤봉을 바지춤에 찬 채, 일본식
으로 뒷짐을 지고 김구 앞에 섰다.

"그대의 이름은 무엇인가?"

"김창수올시다."

"좋아."

신문관이 입꼬리를 비틀며 낮게 내뱉었다.

신문실 벽은 음습한 석회로 칠해져 있었다. 중앙엔 핏자국이 있
는 두꺼운 나무 탁자가 놓여 있고, 그 양옆으로 피고름에 찌든 채찍,
죽봉, 철편, 죽창, 물통, 두껍고 축축한 바짓가랑이형 목졸림 장치
등이 무질서하게 쌓여 있었다.

"김구, 먼 길 오시느라 수고했네."

신문관이 부드러운 척하며 우위와 조롱을 섞어 상대를 떠봤다.

김구는 그를 똑바로 쳐다보았다. 15년 전 인천감옥에서 치하포
사건을 지켜보다가 "칙쇼!" "칙쇼!" 하면서 나가버린 와타나베가 분
명했다. 그사이 그는 총독부 기밀과장이 되어 있었다.

"그대가 어찌하여 구속되었는지 알고 있는가?"

“잡아오니 끌려왔을 뿐 이유는 모르오.”

“그대는 혈기 있고 강성하다고 자부하는 자라지? 신민회 회원이며 기독교 신자라 하더군. 우리를 ‘왜놈, 왜놈’ 하며, 우리 말은 절대로 듣지 않는 자라 들었네. 그러한가?”

“그렇다 생각하고 묻는 거 아니오?”

“좋아, 내 가슴에 엑스 광선이 있어 그대의 행적과 비밀을 모조리 보고 있네. 털끝만큼이라도 숨긴다면, 이 자리에서 자네 목숨을 끊을 수도 있다네.”

그 순간 김구는 알았다. 이자는 15년 전 국모보수 사건으로 수감돼 있다 탈옥한 김창수가 자기 앞에 있는 것을 모르는 게 분명했다. 모르면서도 거드름을 피우며 겁을 주고 있을 뿐이었다.

옆에 있던 간수가 차가운 표정을 지으며 말했다.

“슬슬 하지 않겠나? 이제 말 좀 듣지 그래. 흐흐흐…”

낮은 조소가 고문실 밑바닥을 뱀같이 지나갔다.

간수가 손에 쥔 것은 끝에 납추를 넣은 소가죽 채찍이었다.

놈은 채찍으로 탁자를 먼저 내리쳤다. 묵직한 울림이 고문실 천장에 부딪혀 되돌아왔다.

“이얏!”

놈이 외마디 소리를 토하며 채찍을 내리쳤다.

“오!”

김구는 고문하는 자를 능멸하듯 기합을 질렀다.

“옷을 입었으니 벗고 맞겠다!”

김구가 옷을 벗어 던지고 맞섰다. 근육질의 우람하고 허연 등짝이 불빛에 번쩍였다.

"미친 척하는구나!"

"내 나라를 강탈하고 폭력으로 다스리는 자들에게 물러서지 않는다는 것을 보여주겠다."

김구는 '철편이 식었구나. 다시 달구어오너라'고 호통쳤던 사육신의 기개를 떠올렸다. 그 기개가 조선 오백 년을 버틴 힘이 아니었겠는가.

간수는 거대하고 하얗게 번쩍이는 등짝을 보고 쩝 하고 침을 삼켰다. 그러곤 이를 악물고 채찍을 휘둘렀다. 두 번째 채찍질은 첫 번째보다 훨씬 가혹했다. 그러나 김구는 비명을 삼키고 기합으로 맞섰다. 저들의 야만에 맞서는 심리전이었다.

간수가 세 번째 채찍을 감아쥐었다.

"좋아!"

간수는 손과 발로 박자를 맞추며 채찍을 내리쳤다. 피가 놈의 얼굴에 튀었다. 그는 옷소매로 얼굴을 훔친 뒤 쩝쩝거렸다. 네 번, 다섯 번, 여섯 번… 채찍이 내리칠 때마다 살점이 터지고 뜨거운 액체가 허공을 날았다. 간수의 얼굴은 광기에 도취해 새빨갛게 물들었다. 간수가 소리를 지를 때마다 김구는 더 크고 단호한 기합으로 맞섰다.

야만의 굉음 속에서 둘의 기백이 팽팽히 맞섰다. 일곱 번, 여덟 번, 아홉 번째 채찍이 이어졌다. 탁자와 채찍, 바닥이 모두 피로 흥건했다. 숨을 몰아쉬던 간수는 비틀거리며 내실로 사라졌다.

김구는 목구멍이 뜨겁게 타들어갔다. 땀인지 진물인지, 등에 맺힌 물이 허리께로 흘러내렸다. 팔과 등 근육이 굳어 돌덩이처럼 뻣뻣했다.

동창이 밝아왔다. 간수 셋이 김구를 유치장으로 끌고 갔다. 신문실에 끌려갈 때는 엊저녁 해가 질 무렵이었다. 그들이 밤을 새워 신문을 하고, 몽둥이로 내려치고, 채찍질한 것이다. 김구는 그들이 그렇게 온 힘을 다해 자신들의 일에 충실했다는 사실에 자괴감이 들었다. 평소 김구는 맡은 일은 무엇이든 열심히 했다고 자부했다. 그러나 저놈들처럼 밤을 새워가며 일한 적이 있는가. 분통이 터지고 약이 올랐다. 김구의 등은 문드러지고, 진물이 흐르고, 퉁퉁 부어올랐다.

며칠 뒤, 김구는 다시 신문실로 끌려갔다.
"그대의 평생 벗은 누구인가?"
"내 평생 친구는 오인형이오."
왜경이 반가운 듯 얼굴을 펴고 물었다.
"그자는 지금 무엇을 하고 있느냐?"
"그 친구는 장련에서 살았으나, 연전에 세상을 떴소."
말이 끝나자 일본인 간수 셋이 순식간에 달려들어 김구의 팔과 다리를 묶었다. 거친 삼베로 짠 포승줄이 차갑게 젖어 있었다. 그 끝을 천장에 달린 도르래 고리에 걸었다. 창밖에는 흰 눈이 바람에 휘날리고 있었다.
"돌려라!"
도르래가 삐걱거리며 돌아갔다. 포승줄이 서서히 감기자 김구의 발끝이 지면에서 떨어졌다. 그 순간 두 팔이 어깨 뒤로 뻑뻑하게 젖혀지며 견관절에서 '뚝' 하는 소리가 났다. 관절이 벌어지자 인대가 비틀리고, 신경줄이 눌려 손끝이 차가워지기 시작했다. 목과 가슴이 서서히 조여들었다.

신체의 무게는 전부 어깨와 가슴 윗부분에 실렸다. 쇄골 아래 근육이 늘어나면서 호흡이 가빠지고, 심장이 터질 듯 뛰었다. 귀에서 '웅' 하는 소리가 커지고, 시야가 터널처럼 좁아졌다. 사방이 희게 번지더니, 형체가 빙글빙글 돌았다.

의식이 끊겼다. 깨어났을 때, 김구는 평상 위에 누워 있었고 얼굴은 냉수에 흠뻑 젖어 있었다. 콧속으로 피와 곰팡내가 밀려들었고, 팔은 마비된 듯 감각이 없었다.

김구는 입술 안쪽을 깨물며 속으로 기도했다.

'하늘님… 살려주십시오. 제가 여기서 죽으면, 이놈들은 저의 저항이 꺾였다고 웃을 것입니다. 저는… 끝까지 굴복하지 않겠습니다.'

간수가 추궁했다.

"안명근과 어떻게 되는 관계인가?"

"서로 아는 사이다."

"무엇을 논의했는가?"

"논의한 적이 없다."

간수가 통고했다.

"다시 시작한다!"

김구는 인천감리서에서 사형선고를 받고 밥을 먹었던 밤을 떠올렸다. 이 고통을 피해 친일의 길로 갔거나 권력욕에 빠져 사邪의 길로 간 자들과 그렇지 않은 자들의 차이를 생각했다. 고능선 스승의 방 벽에 걸려 있던 ‘사무사’思無邪라는 해자楷字가 마음속에 인장을 찍듯 새겨졌다.

‘변절한 자들이 시중에 가득하건만 나는 본심으로 살고 본심으로 죽으리라. 내 마음을 저버리지 않고 왜적에게 끝까지 버티겠다.’

사지가 터질 듯한 고통 속에서 김구의 시야는 하얗게 번지고 의식이 빙빙 돌았다. 김구는 또다시 기절했다.

김구는 그렇게 다섯 번의 ‘비둘기 돌리기’에서 살아났다. 어떤 죄수도 두 번을 못 버티고 백기를 든다는 악명 높은 공중전, 김구는 까무러쳤다가 깨어나기를 거듭하며 끝까지 버텼다.

겨울의 서대문감옥은 천장까지 냉기로 얼어붙었고, 벽에서는 결로가 흘렀다. 문틈으로는 찬바람이 파고들고, 손발은 감각을 잃었다. 정신이 돌아오면 목이 타고 속이 울렁거렸으나, 김구는 입을 열지 않았다.

날이 밝자 간수 주임이 내실로 들어가 하얀 새 수건을 꺼내왔다. 그리고 김구에게 직접 갖다주었다.

“얼굴을 닦아라!”

간수 주임이 손가락을 바르르 떨고 있었다. 그는 벽에 걸려 있는 냄새 나는 수건을 던져주지 않았다. 간수 주임은 야릇한 열패감 속에서 김구를 인간으로 대하고 있었다.

수건을 건네주는 그를 보며 김구는 아무런 반응도 보이지 않았다. 간수 주임은 첫 고문에서 옷을 벗고 맞겠다고 자처해 온전한 살가죽은 남아 있지 않을 만큼 채찍질을 당한 데다 이번에는 ‘비둘기 돌리기'를 다섯 번이나 치르고도 똑바로 서 있는 김구에게서 두려움을 느꼈다. 그 두려움 사이로 일말의 존경심이 솟아났다. 얼굴은 거무칙칙했지만, 목과 등짝은 하얗게 빛났고, 피로 얼룩진 그의 어깨와 등은 지금까지 본 어떤 조선 사내보다도 더 탄력적이고 꼿꼿했다.

김구가 다시 새벽에 유치장으로 돌아왔을 때 안명근이 옆방에서 소리쳤다.

"형님, 나는 내 말만 했습니다. 다른 사람에 대해선 절대 말하지 않았습니다!"

"잘했소. 나도 형에게서 그런 기개를 배우고 있소!"

김구는 국권이 피탈된 직후 자신을 찾아온 안명근을 떠올렸다. 그때 안명근은 해서의 각 부호를 찾아다니며 독립운동 자금을 모으려 했지만, 부호들이 약속은 하면서도 실제로 돈을 내려고는 하지 않는다며 김구에게 도움을 요청했다. 자금을 거둬 동지를 모은 후 전신 전화를 단절하고, 각 군에 산재한 왜구들을 도살할 터이니 사람들을 모아달라는 것이었다. 김구는 그런 일시적인 계획으로는 성공하기 어렵다며 분을 참고 함께하는 청년들과 힘을 더 키우는 것이 우선이라며 돌려보냈다.

여덟 번째 신문에는 각 과장과 주임 경시 일고여덟 명이 전부 나와 위협을 했다.

"그대 하나만 남았네. 동료들은 이미 다 입을 열었어. 그대가 버티는 것은 심히 어리석고 완고한 짓일세. 아무리 입을 다물어도 여러 입을 통해 그대의 죄가 모두 드러났네."

"그대들에 의해서 죽기보다는 차라리 내가 자결을 하겠소."

김구는 머리를 기둥에 들이박았다. 그리고 정신을 잃고 쓰러졌다. 여러 놈이 인공호흡을 하고 얼굴에 냉수를 끼얹었다. 김구가 정신을 차리자 한 놈이 말했다.

"김구는 조선인 중에서 추앙을 받는 인물인데, 이같이 대우하는 것은 적합하지 않으니 내가 일임해 신문하겠습니다."

"그렇게 하게."

상관이 그에게 승낙했다.

그가 김구를 데리고 자기 방으로 갔다. 담배 한 대를 내밀었다. 김구는 받지 않았다.

"내가 황해도 출장을 가서 당신이 한 일을 일일이 조사해보았소. 고장의 여론을 들어보니 당신이 매우 정직한 사람이라는 것을 알았소. 총감부에 와서 여러 사람한테 고문을 많이 당한 모양인데, 매우 유감이오."

"내 말은 달라지지 않소이다."

김구가 답했다.

"이제 검사국으로 넘길 것이오. 그곳에서 사실을 말한다면, 검사가 그대의 충후忠厚를 받아들일 수도 있을 것이오."

"나의 충후를 인정한다면 내가 진술한 것을 인정하면 되오."

*

일제는 안명근과 김구를 포함해 16명을 재판에 회부했다. 안명근이 안악에서 부호들을 습격하자고 회의한 날과 김구가 경성 양기탁의 집에서 서간도 일을 회의한 날짜가 같았다. 김구가 당일 경성에 있었다는 증거가 확실했다. 그러자 일제는 경성 회의 날짜를 '1910년 12월 중순'이라고 어림으로 기록한 후, 14세 학생을 데려다 협박했다. 학생에게 양산학교에서 열린 안악회의 공모 자리에 김구가 동석했다는 '증언'을 얻어냈다.

그 학생의 아버지를 잡아다놓고, 학생에게 '네'라고 말하면 아버지를 풀어준다고 회유한 것이다. 그런 후 검사가 신문 받는 자리로 학생을 불렀다.

"양산학교에서 안명근이 김구와 같이 있는 것을 네가 보았느냐?"

"네."

학생을 내보내고 검사가 김구에게 말했다.

"이런 증거가 있는데도 거짓말을 하는가?"

"같은 날 같은 시간에 500리가 떨어진 두 곳의 회의를 다 참석하는 김구를 만들어내는 것이 거짓말이 아니고 무엇이오?"

"질긴 놈이군!"

김구는 인정하지 않았다.

일제는 김구와 안명근을 포함한 열여섯 명을 기소하고, 다수에게 중형을 선고했다. 김구는 징역 15년 형을 받았고, 안명근에게는 종신형을 내렸다. 안악사건은 신민회와 기독교계 인사들을 소탕하기 위해 일제가 조작한 사건이었다.

김구는 다른 동지들과 함께 마차에 실려 종로구치감을 떠나 서대문감옥으로 이감되었다. 서대문감옥은 1907년에 착공해 다음 해 완공되어 '경성감옥'으로 출발했다가 '서대문감옥'으로 바뀌었고,

그 후 다시 '서대문형무소'로 이름이 바뀌었다.

서대문감옥으로 이감되자 교도소장이 말했다.

"오늘 입고 온 의복을 벗어 보관소에 넣어두는 것처럼, 이제 여기에 너의 자유까지 맡기는 것이다. 수의를 입었으면 관리에게 무조건 복종해야 한다."

간수가 다음 날 복역시킨다면서 김구의 수갑을 풀어주지 않았다. 수갑 검사를 하면서 너무 꽉 조여놓아 밤새 김구의 손목이 통통 부었다.

다음 날 아침 간수장이 검사를 하면서 물었다.

"56호는 어째서 손목이 통통 부었는가?"

"관리가 알지 죄수가 어찌 아는가?"

"손목이 이 정도가 되었으면 수갑을 늦추어달라고 청원해야 할 것이 아닌가?"

"어제 교도소장이 다 알아서 할 터이니 나는 복역만 하라고 했다."

"손목이 이 정도가 되어도 청원하지 않겠다는 것인가?"

"개나 돼지에게 절을 시키면 삼척동자도 노하여 불응하는 법이다."

간수장의 눈동자가 뒤집히더니 얼굴이 벌겋게 달아올랐다.

"칙쇼! 칙쇼!"

"남아는 의로 죽을지언정 구구히 살지 않는다."

김구가 소리쳤다.

이 말은 김구가 어린 학생들에게 누누이 가르쳐온 말이다. 왜놈의 순민順民이 되어 산다면 살아 있는 것이라고 할 수 없다.

김구는 한동안 수갑을 찬 채로 수감생활을 했다.

제13방이다. 노역에 갔던 사람들이 돌아와 김구에게 물었다.

"여보게, 신 참수, 어디 살았으며 죄명은 무엇이고, 역은 얼마나 졌소?"

김구는 묻는 대로 대답했다. 여기저기서 질문이 나오고, 야유를 보냈다.

"똥통을 향해 절해라."

"좌상에게 절해라. 상판을 보니 강도질할 때 무서웠겠는걸!"

김구는 더 이상 대응하지 않았다.

"이게 어디서 굴러먹던 도적놈이야? 사람이 물으면 대답을 해야지!"

조금 있다가 한국인 간수가 와서 김구에게 아는 체를 했다.

"56호는 구치감에서 나왔소?"

"그렇소."

김구가 답했다.

"공판 때도 참관했지만, 심히 애석한 일이오. 운수가 다한 탓이니 어쩌겠소. 마음이나 편히 가지시오."

간수가 김구를 동정하는 빛을 보이고 돌아가자 죄수들이 수군거렸다.

"자네가 박 간수를 잘 아는가? 관리가 죄수에게 존댓말을 쓰는 것은 처음 보겠네."

"나는 박 간수든, 이 간수든 모르는 사람이오."

"자네가 양기탁梁起鐸을 아는가?"

"짐작하지요."

"옳지, 자네가 국사범 강도인가보군! 사흘 전에 신문사 사장 양기탁이가 들어왔다던데. 그러니 대답을 안 하는군. 아니꼬운 놈. 나도 왕년에 허왕산의 참모장이었어. 여기 들어와 교만을 부려봤자 다 소용없느니라."

김구가 차례차례 인사를 나눠보니 죄수의 상당수가 의병이라고 자신을 소개했다. 나는 강원도 의병의 참모장이었소, 나는 경기도 의병의 중대장이었소, 하며 대부분이 의병의 두령이라고 말했다. 김구는 그들을 존경하는 마음으로 교제를 시작했다. 국사를 위해 분투한 의기남아들이니 기개로 보나 경험으로 보나 배울 것이 많을 것이라 생각했다. 그러나 지내면서 보니 행동거지가 순 강도에 지나지 않아 보였다. 참모장이라 하는 사람이 군대의 규율이나 전략을 설명하지도 못했다. 의병을 일으킨 목적이 무엇인지 모르는 사람도 있었다. 그러나 이강년李康秊과 허위許蔿 두 의병장 이야기에는 모두 존경심을 보였다.

이강년과 허위는 일본인에게 체포되어 수사나 재판도 받지 않고 사형당했다. 숨을 거두는 날까지 일본인을 꾸짖다 순국했는데, 허위 선생이 처형당하자 그날로 서대문감옥에서 사용하던 우물 자래정이 핏빛으로 변해 폐정되었다는 것이다.

김구는 그들의 서릿발 같은 의지를 생각했다.

안명근이 통방을 해왔다.

"내가 감옥에 들어온 후 아무리 생각해봐도 하루를 살면 하루가 욕되고, 이틀을 살면 이틀이 욕되니, 굶어 죽으려고 생각합니다."

"단행하시오."

김구가 동의했다. 그날부터 안명근은 단식했다. 자기 음식을 다른 수인에게 나누어주고 굶었다. 며칠 후 안명근이 탈진해 움직일 수 없게 되었다. 간수가 물으면 배가 아프다고 말했다. 병원으로 옮겨 진찰해도 별다른 이상을 발견할 수 없게 되자 간수들이 안명근의 몸을 결박했다. 그러곤 달걀을 풀어 억지로 입에 부어 넣었다. 이런 봉변을 당한 후 안명근이 말했다.

"저는 하는 수 없이 금일부터 음식을 먹습니다."

"감옥에서는 어쩔 수 없으니 자중하시오."

안명근에게는 그렇게 대담하게 말했지만, 사실 김구를 가장 괴롭힌 건 자신이 무력하다는 낭패감이었다. 추위와 굶주림 앞에서 그는 자주 무너졌다. 벽돌은 얼음처럼 차가웠고, 바닥은 물기를 머금어 늘 축축했다. 밤마다 쥐들이 감방을 가로지르는 소리가 귀를 긁어 댔다. 굶주린 배는 끊임없이 울부짖었고, 몸은 이미 몽둥이와 채찍에 찢겨 누더기 같았다. 이와 함께 심하게 흔들리는 건 자신의 의지였다. 김구는 동지들의 얼굴이 눈앞을 스칠 때마다 혹시라도 고통에 못 이겨 입에서 비밀이 흘러나올까 두려웠다.

'나는 지금 무엇을 지키고 있는가.'

그는 수없이 자신에게 물었으나, 그때마다 자신의 나약함에 전율했다. 그 공포는 채찍보다 더 깊이 내장을 후벼팠다. 나약함, 두려움, 자책. 자신과 싸우는 시간이야말로 김구를 가장 괴롭히는 형벌이었다.

그 무너짐을 가까스로 붙들어준 것은 몇 권의 책이었다. 『광학유편』 『태서신사』… 낡고 빛바랜 책장이 그에게는 기둥이었다. 그는 활자를 따라가며 자신을 지탱했다.

서대문감옥에는 진귀한 보물이 있었다. 이승만李承晚이 1899년 1월 박영효 일파의 대한제국 고종 폐위 음모에 가담했다는 혐의로 체포되어 한성감옥에 투옥되었을 때, 그가 옥중에 도서관을 설치하고 비치한 책들이다. 서대문감옥이 신축되어 한성감옥의 주요 비품들이 이관될 때 이 서적실도 함께 옮겨왔다. 서적실에는 국문서적, 한문서적, 영문서적 등 합계 500여 권이 있었다. 김구는 쉬는 날에는 '감옥서'라는 도장이 찍힌 책을 읽으며 말로만 들어온 이승만 박사를 흠모했다.

김구는 제3공장에서 수인에게 원료를 나누어주고 물건 만드는 것을 감시하거나 뜰을 청소하는 일을 맡았다. 수인 중에 눈빛이 남다른 사람이 있었다. 나이는 마흔이 넘어 보였다. 김구가 인사를 청하며 물었다.

"본향은 어디이고, 징역은 얼마나 되시오?"

"나는 괴산에 살았고, 강도 5년이오. 재작년에 들어와서 이제 3년 있으면 출감이오. 당신은 어떻소?"

"나는 안악에 살았고, 강도 15년으로 작년에 입감했소."

자신을 김 진사라고 소개한 그가 물었다.

"추설이오, 목단설이오?"

김구가 가만히 있자 그가 덧붙였다.

"아니면 북대요?"

그는 김구를 일반 강도범으로 생각하는 것 같았다. 김구는 인상이 부리부리하고 험악해서 정치범과는 좀 동떨어져 보이는 구석이 있었다.

"형씨는 북대 소속인 모양이지?"

그러자 옆에 있던 다른 죄수가 김 진사에게 알려줬다.

"이분은 국사범이라서 그런 말을 이해하지 못하오."

김 진사는 다음 날 김구의 방으로 이감해왔다.

야간 점호를 마친 뒤, 두 사람은 동료 수인들에게 간수 발소리가 들리거든 알려달라고 부탁한 후 이야기를 나누었다.

김구가 물었다.

"어제 말씀 말이오. 목단설이니 추설이니… 도적 사이에 그런 계열이 있단 말씀이오?"

"그렇소. 조선 도적 세계엔 세 계통이 있소. 강원도에 근거한 '목단설'이 있고, 남부 지방에는 '추설'이 있소. 나머지는 잡도적인 북대 계열이라고 보면 되오. 목단설과 추설은 비밀결사처럼 움직이며, 탐관오리나 부호의 재산을 빼앗아 백성에게 돌리기도 하오."

그는 오래된 동지들끼리 서로를 식별하는 암호법, 약속된 분배 규칙, 배신자를 단죄하는 규율 등을 설명해주었다. 입단 전엔 가짜로 당국에 검거된 것으로 꾸민 후, 혹독한 고문을 통해 신입의 인내심을 시험한다고 알려줬다.

"노형은 계열에서 상당한 지위에 있는 사람처럼 보였소."

김 진사는 김구에게 관심을 보이며 조직을 꾸려가는 법을 상세히 알려주었다.

김 진사는 어느 날 출감이 가까워지자 자신이 활빈당 당수라고 알려주며 그간 말을 아껴온 몇 가지 수법을 얘기해줬다.

"비록 도적 세계의 수법이지만, 이것은 반드시 알아두시오. 훗날 큰 도움이 될 것이오. 첫째는 동지를 구하는 방법이고, 둘째는 장물을 분배하는 방법이며 셋째는 배신자를 처벌하는 문제요. 그리고 가장 중요한 마지막 비법은 적에게 잡히지 않는 것이오."

김 진사는 특별히 이 마지막 비법이 중요하다며 이야기를 풀었다.

"이것은 누구에게도 알려주지 않는 비결이오. 잡히지 않으려면 한마디로 적의 눈에 띄지 말아야 하오. 낯선 곳에서는 두리번거리지 말고 바람처럼 스치시오. 뒤를 밟히면 곧바로 목적지를 바꾸시오. 평소에는 발자국조차 남기지 마시오. 이게 바로 잡히지 않는 길이오. 눈은 늘 옆과 뒤를 살펴야 하오. 그러나 걸음걸이와 표정은 평범해야 하오. 그 평범함이 당신의 생명을 구해줄 것이오."

그는 한마디를 덧붙였다.

"이 비법은 얘기로만 들으면 싱거울 거요. 그러나 평소에 관심을 두고 연구하면 실제상황에서 생명을 구하는 비결이 될 터이니 잘 터득하시오."

그날 이후 김구는 길을 걸을 때마다 사람의 발자취와 그림자를 살피는 법을 시험했다. 김구가 훗날 조직 운영의 고수가 된 바탕에는 김 진사에게서 배운 것이 많은 도움이 되었다. 상해 프랑스 조계에서 비밀결사를 이끌며 독립운동을 지휘한 방식, 밀정을 결박하는 방식, 한인애국단을 만들 당시 신입 회원을 여러 가지로 시험한 뒤에 일을 맡기고 조직을 가동하는 절차 등은 김 진사가 알려준 수법을 응용한 것이었다. 김구가 특무공작으로 항일투쟁을 전개하면서 한 번도 체포되지 않은 것은 김 진사가 알려준 비결 덕분이었다.

일왕 메이지^{明治}가 죽자 사면이 있었다. 15년 형을 받은 김구는 8년을 감형받았다. 그 몇 달 뒤 메이지의 아내가 타계해 5년으로 더 줄어들었다.

김구는 서대문감옥에서 3년을 보냈다. 남은 기간은 이제 2년이었다. 이때부터 김구는 세상에 나가 무엇을 할 것인가 생각하기 시작했다.

김구는 자신에게 많은 변화가 있다는 것을 깨달았다. 과거에는 와타나베 같은 왜놈을 두려워했으나 이제는 하찮아보였다. 고문을 받으며 일곱 차례나 실신하고 생사를 오락가락하면서 마음이 강해졌다는 것도 알았다. 김구는 사람들이 감옥에서 꺾이고, 잊히고, 스스로를 부정하는 모습을 많이 보았다. 그는 지워지지 않기 위해 먼저 자신의 이름을 지웠다.

'나는 더는 김구^龜가 아니다. 나라의 민적에도, 왜국의 명단에서도 나를 찾을 수 없게 하겠다.'

그는 이름을 김구^九로 바꿨다. 구는 숫자라기보다 결기였다. 그는 다짐했다.

'무어라 단정할 수 없고, 끝을 알 수 없는 숫자 구^九, 그 숫자를 이름에 넣은 사람은 꺾이지 않고 끝까지 견뎌야 한다.'

그리고 연하^{蓮下}라는 호를 백범^{白凡}으로 고쳤다. 백정^{白丁}과 범부^{凡夫} 두 단어의 앞 글자를 따서 '백범'이라고 지었다. 그들 모두 나라를 사랑해야 우리가 나라를 되찾을 수 있다. 그들 속에서 나는 다시 태어나 살아간다.

김구는 유치장 마당을 빗자루로 쓸 때나 유리창을 닦을 때마다

하느님께 기도했다.

"우리도 언젠가 독립정부를 건설해 제가 우리나라 정부 건물 마당을 쓸고, 창문도 닦는 일을 해보고 죽게 해주십시오."

김구는 2년이 채 남지 않은 때 서대문감옥에서 인천으로 이감됐다. 김구가 일본인 간수 제2과장과 싸웠는데, 그가 김구를 고역이 심한 인천 축항 공사장으로 보낸 것이다. 1898년 3월 한밤중에 도주했던 김창수가 17년이 지나 다시 인천감옥에 수감된 것이다. 그동안 감방은 새로 증축했으나 옛날 자신이 글을 읽던 방과 산책하던 뜰은 그대로 있었다.

인천항은 서울과 거리가 가까워 중국이나 일본과의 무역항이 되어 급속하게 발전했다. 무역 중심의 남항은 공업 중심의 북항보다 발전 속도가 빨랐지만, 10미터가 넘는 조수간만의 차이로 계속 토사가 쌓여 만조에도 대형선박이 정박하기가 어려웠다. 그래서 일본인상업회의소는 조선정부에 대형선박이 드나들 수 있는 축항 공사를 요구한 것이다.

죄수들은 매일 쇠사슬로 허리를 마주 매고 축항 공사장으로 일을 나갔다. 지게에 흙을 가득 담아 높은 사다리에 올라갔다. 어깨가 붓고, 등창이 나고, 발이 부어서 움직이지도 못할 지경이었다. 무거운 짐을 지고 사다리에 올라가다가 뛰어내리고 싶다는 충동에 사로잡히기도 했다. 그러나 김구는 강철처럼 단련되어 있었다.

같이 묶인 동료는 인천항에서 가벼운 도둑질을 한 죄로 몇 달 징역을 사는 수인이었다. 김구는 노역에 꾀를 부리지 않고 죽을힘을 다해 그를 도와주었다. 몇 달 후 모범수라며 김구에게 상을 내렸다.

하루빨리 출옥하는 것이 절박했던 김구는 상을 받아들이며 도인권都寅權 목사를 떠올렸다. 도 목사는 서대문감옥에서 상을 주려고 하자 "나는 죄지은 일이 없으니 회개할 일도 없는데 개전할 것을 이유로 주는 상은 받을 수 없다"며 거부했다. 그는 일제가 가출옥시키려 해도 "나를 석방한다면 몰라도, 죄 없는 내가 가출옥한다는 것은 받아들일 수 없다"라고 물리친 후 만기 출옥했다.

1915년, 마흔에 김구는 가출옥했다. 양산학교에서 연행된 지 4년 7개월 만이었다. 안명근은 일왕이 사망했을 때 감형되지 않았다. 몇 달 후 일왕의 아내가 죽자 안명근은 종신형에서 20년 형으로 감형됐지만, 그는 받아들이지 않았다. 일제는 "죄수의 형 집행이나 감형은 수인의 자유에 달린 것이 아니다"라며 안명근을 막 준공한 공덕리 경성감옥으로 보냈다. 이후 김구와 안명근은 만나지 못했다.

*

김구가 여물평으로 돌아오자 마중나와 있던 어머니가 말했다.

"너는 살아 돌아왔지만 네 딸 화경이는 서너 달 전에 죽었다. 죽을 때 일곱 살 난 어린 것이 '나 죽으면 아버지께는 알리지 마세요. 아버지가 들으시면 오죽 마음이 상할까요!'라고 하더구나."

8년 전에 큰딸을 잃었는데 둘째 딸도 잃은 것이다. 김구는 안악읍 동쪽 산기슭 공동묘지에 있는 화경의 무덤을 찾았다. 아비의 마음이 자라지 못한 뗏장만큼 뭉클했다.

김구가 석방되었다는 소식을 듣고 안악 신교육운동 동지들이 모두 돌아왔다. 양산학교는 김구가 서대문감옥에 있을 때 이미 폐교

된 상태였다.

　김구보다 먼저 출감한 동지들은 양산학교 재건의 꿈을 포기하고 있었다. 아무도 기금을 마련할 엄두를 내지 못했다. 일본은 한국인들이 민족의식 교육을 하는 사립학교를 집중적으로 공략했다.

　교육의 꿈이 막히자 김구는 동산평東山坪 농장의 농감農監이 되어서 농촌사업을 펼치겠다고 계획했다. 동산은 궁방에 소속된 토지였는데, 감독이나 소작인이 서로 합세해 수확량을 거짓으로 보고한 후 가로채거나 도적질하는 악습으로 유별난 곳이었다. 이런 실정을 모르고 동산평을 새로 사들인 김홍량의 삼촌 김용진이 애를 먹고 있었다. 김구가 김홍량에게 농촌사업을 펼치겠다고 말하자 김홍량은 산천 좋고 농사짓기 좋은 곳을 골라줄 테니까 농사 감독을 하라고 했다. 그러나 김구는 말썽이 많고 가장 성가신 동산평으로 보내달라고 요청했다. 김용진과 김홍량은 동산평이 도박과 음주가 성행하고 풍기가 문란해 감독하기 어렵다고 극구 만류했다.

　"그런 곳에 가서 농촌 개량에 취미를 붙여보렵니다."

　김용진에게는 여간 고마운 일이 아니었다. 김구는 악습을 뿌리 뽑겠다는 각오로 동산평으로 이주했다.

　소작인들이 닭과 생선 등의 물건을 싸 들고 몰려들었다. 소작인들이 경작지를 얻기 위한 일종의 관행이었다.

　"빈손으로 왔으면 생각해볼 여지가 있으나 뇌물을 갖고 와서 요청하면 듣지 않은 것으로 하겠소. 그러니 물건을 도로 가지고 가시오."

　김구가 뇌물을 들고 온 소작인의 요청을 거절했다.

"이건 뇌물이 아닙니다. 농감님께서 새로 오셨으니, 빈손으로 오기 섭섭해 가져온 것입니다."

소작인들이 가져온 것을 받아달라고 사정했다.

"집에 이런 물건이 많은 모양이구려. 그렇다면 굳이 남의 토지를 소작할 이유가 없을 터이니 다른 사람에게 소작지를 주겠소."

"이 정도는 전에도 농감님께 항상 해오던 것입니다."

"전의 농감은 어떻게 했는지 모르겠소만, 나는 받아들이지 않겠소."

김구는 소작인이 준수해야 할 규칙을 정했다. 도박하는 소작인에게는 소작지를 주지 않겠다. 학령 아동을 입학시키는 사람은 소작지 중 가장 좋은 논 두 마지기를 더해준다. 학령 아동이 있는데 입학시키지 않는 사람은 소작지 중 좋은 논 두 마지기를 거둬들인다. 성실하게 농사짓는 사람에게는 추수 때 곡물을 상으로 준다.

김구는 사람들에게 규칙을 알리고 동산평에 소학교를 설립했다. 교사 한 명을 초빙하고 학생 20여 명을 모아 개학했다. 교원이 부족해 김구도 시간제로 교과를 담당했다. 도박은 서울을 비롯해 전국적인 폐습이었다. 총리대신 이완용의 집에서 거액의 돈이 오가는 노름판이 벌어져 그 소식이 『대한매일신보』에 실릴 정도였다.

김구의 동산평 개혁조치에 대한 반발이 만만치 않았다. 우선 전 농감인 노형극 6형제가 반발했다. 노 씨 형제들은 김구의 규칙을 따르지 않고, 평 내에서 가장 좋은 상등지를 경작하겠다고 버텼다. 김구가 노 형제에게서 소작권을 회수하고 학부모들에게 분배하겠다고 했다. 그러나 노 형제의 패악질이 무서워 경작하겠다고 나서는

사람이 없었다. 그래서 김구가 자신의 소작지를 다른 농민에게 분
배해주고, 노 씨들에게서 회수한 농지를 직접 경작하기로 했다.

어느 날 밤 한 사내가 김구의 집 앞에서 소리쳤다.

"김구야, 좀 보자."

김구가 밖으로 나왔다. 노형극의 아우 노형근이었다.

"밤중에 무슨 일이오?"

노형근이 김구의 팔을 물어뜯으며 달려들었다. 힘이 장사였다.
그가 김구를 붙들고 늘어지며 저수지로 뛰어들려고 했다. 구경 나
온 동네 사람들은 아무도 말리려 들지 못했다. 스무 살 시절의 용기
를 다해 노형근을 제압한 김구는 노 씨 형제가 주변에 숨어 있다는
것을 눈치챘다.

"노가 떼거리는 숨어 있지만 말고 다 나오시오!"

김구가 소리쳤다.

숨어 있던 노 씨 형제가 튀어나왔다.

"애, 김구 놈아! 당당한 경성의 감관도 저수지 물맛을 보고서 쫓
겨간 자가 얼마나 되는지 아느냐?"

"좋소! 이 밤에 저수지 물맛 한번 봅시다."

사람들이 겹겹이 둘러쌌다. 그러자 노 씨 형제가 슬슬 뒤로 물러
섰다.

"바람 부는 날 다시 보자!"

형제가 물러갔다.

김구는 구경 나온 사람들을 향해 말했다.

"여러분, 바람 부는 날 내 집에 불이 난다면 저 사람들의 짓거리

이니 여러분이 증언을 해주셔야 합니다."

다음 날 아침에 소식을 들은 김홍량이 의사를 대동하고 달려와 김구의 상처를 진단해주며 소송 준비를 서둘렀다. 그러자 노 씨 형제가 몰려와 머리를 조아렸다.

"결단코 이런 행위를 다시 안 한다면 용서해주겠소!"

이후로는 규칙이 잘 지켜졌다. 차츰 도박이 사라졌고, 학교에 와서 공부하겠다는 아이들이 늘어났다. 추수 시 타작마당에서 곡물을 채무자에게 다 빼앗기고 빈손으로 돌아가야 했던 소작인들이 각자의 집으로 곡식 포대를 가져가 쌓아두게 되니 사람들은 김구를 집안 어른처럼 대했고, 마을이 더없이 평안해졌다.

김구는 인천감옥에서 나온 직후 얻은 셋째딸 은경恩敬을 잃었다. 딸을 셋이나 잃은 것이다. 그다음 해 11월에 첫아들 인仁을 얻었다. 김구의 나이 마흔셋이었다.

석 달 후인 기미년 3월에 경성 탑동공원에서 독립만세 소리가 울려 퍼졌다. 독립선언서가 각 지방에 배포됐고 평양, 진남포, 신천, 안악, 온정, 문화 각지에서 인민이 궐기해 만세를 불렀다. 3·1만세운동은 지식인 운동으로 시작되었으나 곧바로 민중으로 번져 전국에서 모든 사람이 만세를 부르며 독립을 쟁취하겠다고 나섰다.

3·1운동은 한국 역사에서 처음으로 지도층과 민중이 하나가 되어 봉기한 전국적인 혁명이었다. 사람들은 거리에서 서로를 쳐다보았다. 모두가 뛰쳐나왔다. 한 번도 장터에 나온 적이 없던 순덕 할미가 뛰쳐나왔다는 것이 놀랍고, 낫 놓고 기역 자도 모르는 용길 아재

가 태극기를 흔들며 "대한독립 만세!"를 외쳤다는 것이 신기했다. 사람들은 새로운 세상으로 가는 길이 먼 곳에 있지 않다는 사실을 확인하고 또 확인했다. 자신들이 태어난 이래, 아니 나라가 생긴 이래 이 많은 사람이 거리로 나와 만세를 부르고 서로 한마음으로 뭉친 적은 없었다. 한민족이 단결된 마음으로 즉시독립, 자주독립, 절대독립을 외치고 또 외쳤다.

이 운동의 여파로 독립을 이루기 위해서 임시정부를 조직하고 독립군의 무장력을 강화하려는 움직임이 여기저기에서 나타났다. 국내에서 한성정부, 연해주에서 노령露領국민회의, 상해에서는 임시정부 수립 움직임이 본격화됐다.

3월 1일 파고다공원에서 터져나온 만세 소리는 두 달 넘게 꺼지지 않았다. 감옥에 끌려온 사람이 수천 명, 그 절반 이상이 농민이었다. 목숨을 잃은 이와 피 흘린 이가 하늘의 별처럼 많았다. 백성이 목숨을 내놓고 외친 그 함성은 이 나라가 아직 살아 있음을 증명했다.

안악 지방에서는 온정리에서 3월 11일에 첫 만세 시위가 시작된 이후, 3월 하순경에는 안악 읍내와 문산면 등지로 계속 이어졌다. 장날도 아닌 평일에 장터에서 100리나 떨어진 맹골의 화전민 두 사람이 몽둥이를 들고 나왔다. 김구가 화전민들의 얘기를 들어보니 산골 마을에서 수십 년간 개간한 땅을 일본이 빼앗아갔다고 했다. 양안量案에 올라 있지 않으니 국유지라고 강탈한 것이다. 면에 찾아가 엎드려 빌었으나 욕을 먹고 발로 차이기만 했다는 것이다. 깊은 산골짜기에 사는 사람까지 분노가 폭발했다.

자전거를 탄 사람이 한 통의 서신을 갖고 김구를 찾아왔다.

"대사가 일어났으니 같이 재령에 모여 논의해봅시다."

보강학교 시절 교사로 근무했던 장덕준張德俊이 보낸 서신이었다. 김구는 "기회를 보며 움직이겠다"는 답신을 보내고 바로 진남포로 건너갔다. 평양까지 가보려고 했으나 길이 막혀 있었고, 친구들이 집으로 돌아가 기다리라고 권했다.

김구는 안악사건으로 함께 검거되었던 김용진을 만났다. 김용진이 김구를 보고 다급하게 말했다.

"김홍량에게 상해로 가라고 했더니 10만 원을 달라고 합니다. 지금 상해에는 일할 사람이 급하니 선생부터 먼저 가십시오. 김홍량은 차후에 갈 셈 치고요. 잠시도 지체할 수가 없습니다."

김용진이 김구에게 여비로 500원을 주었다.

집으로 돌아온 김구는 떠날 준비를 하면서 평 내 소작인들을 소집해 제방을 수리했다. 일본 헌병들이 김구를 감시하러 왔다가 봄철 농번기가 찾아오기 전 농사 준비를 착실하게 하는 김구를 보고 별다른 의심을 하지 않았다. 김구는 일경이 사라지자 소작인들에게 일을 잘 끝마치도록 부탁한 후 이웃 마을에 간다면서 농장을 빠져나왔다. 그길로 안악으로 갔다. 1919년 3월 29일이었다.

김구는 사리원에 도착해 김우범의 집에서 하룻밤을 자고 다음 날 신의주행 기차에 올랐다. 기차 안에서는 만세운동 이야기가 뜨겁게 열기를 뿜었다. 평산 금천, 연백, 황주, 봉산… 만세운동이 폭죽처럼 번지고 있었다. 김구는 하루를 꼬박 굶고 신의주역에서 내렸다. 전날 신의주에서 만세를 부르고 21명이 구금되었다고 했다. 개찰구에 헌병이 진을 치고 있었다. 내린 사람을 모두 검문했다. 헌병이 아무런 보따리를 소지하지 않고 여비를 허리띠에 묶고 있는 김구의 허리를 찔러대며 물었다.

"뭐 하는 자냐?"

"나는 목재상이오."

김구가 신의주 시내에 들어가 밥을 사 먹으며 분위기를 보니 공기가 흉흉했다. 오늘 밤에 또 만세를 부른다고 술렁술렁했다. 김구는 중국인 인력거를 타고 안동현의 한 여관에 들어 상인을 가장하고 7일간 상해로 가는 방법을 물색했다. 영국 식민지 아일랜드 출신의 조지 쇼^{Jeorge L. Shaw}가 운영하는 이륭양행^{怡隆洋行}의 배에 올랐다. 이륭양행은 일본영사관의 경찰권이 미치지 못하는 상해 구 시가지에 등록된 회사였기 때문에 한국 독립운동가들이 많이 이용하고 있었다. 쇼는 상해를 오가는 한국 독립운동가들에게 교통편을 제공하거나 숨겨줬다. 상해 대한민국 임시정부가 수립된 후에는 임시정부의 중요 문서나 화물과 우편물 왕래를 담당하는 등 한국의 독립운동에도 많은 도움을 주었다. 일행은 모두 15명이었다.

김구는 밤늦도록 시름에 잠겨 있던 아내를 떠올렸다.

최준례는 깊어진 남편의 표정을 보며 불안했지만, 내색하지 않았다.

"여보, 미안하오"

남편은 언제 집에 올지 알 수 없는 사람이다.

"그런 말씀 안 하셔도 돼요. 딸 셋을 잃었지만, 이제 인이가 태어났으니 걱정 없어요."

아내는 각오한 것 같았다.

“저희 걱정은 하지 마세요.”

그러나 아내는 흘러나오는 한숨을 감추지는 못했다.

“오래 집을 비울 것 같소.”

아내가 새록새록 잠들어 있는 아들을 바라보았다.

“이번에는 어디로 가시려고요?”

“독립투사들이 상해로 결집하고 있소.”

“짐작은 하고 있었어요.”

“이대로 살 수는 없소. 무고한 사람을 잡아다가 죽이는 경우가 다 반사요.”

일제는 죄 없는 사람들을 잡아다가 세상천지에 듣도 보도 못한 고문을 해댔다. 채찍에 맞아 생긴 남편 등의 상처를 아내가 눈물을 글썽이며 어루만져 주었다.

“등이 온통 상처 자국이에요. 성한 곳이 한 군데도 없어요. 부디 몸조심하세요.”

“걱정하지 마시오.”

남편이 아내의 손을 잡았다.

“어머님께서 말씀하시더군요. 당신은 어디를 가든 살아남을 사람이라고요.”

화륜선이 움직이기 시작했다. 김구는 동산평 방향을 바라보았다. 어린 아들을 안은 아내와 아들을 믿고 당찬 소리를 할 어머니를 떠올렸다.

‘나는 애비가 세상 어디를 가도 걱정 안 한다!’

김구는 새로운 환경 속으로 들어가며 자신이 어떤 어려움이라도 극복할 수 있다는 자신감을 가졌다.

대한제국의 외교고문이면서도 오히려 일제가 한국을 병탄하도록 힘쓴 미국인 스티븐스를 저격한 전명운田明雲·장인환張仁煥의 의거, 안중근의 이토 저격, 이재명李在明의 이완용 습격 등 대표적인 반일사건은 서북지방 출신 기독교 민족주의자들에 의한 것이었다. 일제는 서북 기독교 민족주의자들을 제거하기 위해 안악사건과 신민회사건을 조작했다.

김구는 이 사건들로부터 자신의 독립의지와 실행력이 크게 신장했음을 자신했다. 새로운 장소와 시간 속으로 들어가는 김구는 하루속히 상해에 닿고 싶었다.

8 상해 뒷골목

김구는 석고문 앞에서 발을 멈췄다. 사방이 돌로 된 문틀이 크지는 않았지만 상당히 실팍해보였다. 대문 안으로는 천장 중앙에 하늘이 뚫렸고, 좌우로 상방이 이어지는 가정집 구조였다.

대한민국 임시정부.

소박했다. 황포에서 본 건물들과는 달랐다.

배가 황포강을 거슬러 올라가면서 왼쪽으로 윤곽을 드러내기 시작한 도시 상해는 새로운 세계였다. 포동푸둥, 浦東 부두에 배가 정박하는 동안 황금색의 진단 국제빌딩이 번쩍거리며 나타났고, 그 옆으로 나란히 치솟은 건물들과 수많은 인파가 기이한 소리를 내며 별천지를 만들었다.

김구는 크게 심호흡했다. 겉모습이 중요한가. 이 안에 담긴 뜻과 무게가 천하의 무엇보다도 귀중하지 않은가. 김구는 나라 독립을 위해 물 건너 이곳까지 찾아왔다는 사실을 떠올렸다. 여기가 내 나라의 정부다. 그렇게 생각하자 마음속에서 감격이 밀려왔다.

사흘 전 김구는 배에서 내려 여자 뱃사공이 앞뒤에서 긴 노를 것는 삼판선을 갈아타고 강 건너 외탄外灘, 와이탄 십육포의 영국계 무역상사 스와이어Swire 전용 부두에서 내렸다. 강 연안에는 여러 여객선 회사가 늘어서 있었다. 하늘은 탁한 물빛이었고, 갈매기가 요란한 소리를 내며 날아다녔다. 칙칙한 부두 옆으로 온갖 색깔의 크고 작은 간판들이 건물에 빽빽이 나붙어 있고, 펄럭거리는 일장기 아래서 차림이 각양각색인 사람들이 와글와글 떠들고 있었다. 여자, 남자, 노인, 아이, 군인, 경찰, 상인, 서양인, 동양인, 백인, 흑인… 사람들은 서서, 앉아서, 걸어가며, 인력거를 부르며 요란한 도시를 만들어내고 있었다.

사리원에서 경의선 열차를 타고 망명길에 오른 김구는 국경도시 안동安東, 현 단둥현에서 좁쌀 장사를 가장해 7일을 머물며 망명 준비를 했다. 마침내 이륭양행과 연결됐다. 영국 상선 비숍 호는 중국 북부 항구 특유의 비린 냄새와 석탄 연기가 뒤섞인 가운데 천천히 강을 떠났다. 김구는 배 밑창에 마련된 삼등칸에 몸을 숨겼다. 선창 안에는 조선인 몇 명과 중국인 인부 십여 명이 뒤섞여 있었다. 누구도 자신이 누군지 밝히지 않았고, 서로의 사정을 묻지도 않았다. 검거됐을 때를 대비한 마음 씀씀이었다.

'반드시 독립을 이루어 돌아가리라.'

김구는 다짐했다. 조선에서의 삶을 버리고 떠난 것이 아니라, 조선으로 돌아가기 위한 먼 길이 시작된 것뿐이다. 상해의 불빛이 희미하게 수평선 위로 드리워지기 시작했다.

상해에 도착한 김구는 일행들과 함께 인력거를 타고 장빈長濱, 창빈로 공승서리公昇西里, 공승시리 15호 동포의 집으로 갔다. 말쑥하게 양복을 입고 신한청년당 당원이라고 자신을 소개한 동포는 독립운 동가들이 나날이 상해로 들어오고 있다고 알려주었다. 빈한한 저 녁상이었고, 마땅히 덮을 만한 이부자리도 없었지만 개운한 마음 으로 잠을 잤다.

새벽에 제자 김보연金甫淵이 찾아왔다. 김구가 장연에서 학교 사 무를 총괄할 당시 존경하고 따르던 청년이었는데, 몇 년 전 처자를 데리고 상해에 와 살고 있었다.

"선생님이 상해에 계시면 저희에게 큰 힘이 될 것입니다."

김 군은 김구에게 절을 올렸다.

"김 군을 여기서 만나니 더없이 든든하네. 하루빨리 독립을 이루 어 고향으로 가자꾸나!"

"누추하지만 저희 집으로 가시지요. 제 아내와 아이가 선생님을 기다리고 있습니다."

그날부터 김구는 김보연의 집에서 숙식을 함께하며 아는 사람들 을 수소문했다. 이동녕李東寧, 이광수李光洙, 김홍서金弘敍, 서병호徐丙 浩와 연락이 닿았다.

사람들을 만날 준비를 마친 김구와 김보연은 아침 일찍 집을 나 섰다. 4월 하순의 상해는 마치 꿈속 같았다. 거리에는 흐르는 듯한 사람들과 번쩍이는 건물, 광고판이 뒤섞여 만화경 같은 세상을 이 루고 있었다.

두 사람은 김신부로金神父路, 진선푸로에 도착해 황포차에서 내렸다.

"오후에 다시 모시러 오겠습니다."

김보연이 말했다.

"아니, 그럴 필요 없네. 내 걱정하지 말고 자네 밥벌이에 신경 쓰게. 이제 내가 살 곳을 찾아왔으니 아무 걱정 없네."

건물은 상해 시민의 작은 집 두어 칸에 해당하는 것이 전부였다. 직선으로 난 골목 안쪽, 이롱履弄에 연립으로 들어선 주택 한 채가 대한민국 임시정부였다.

김구는 터번을 쓴 경비에게 다가가 말했다.

"조선에서 이동녕 의장을 뵈러 왔소."

옆에 있던 동포가 안으로 뛰어 들어가고 잠시 후 이동녕이 나왔다. 10여 년간 궁금해했던 사람이었다.

"백범, 그대를 일각이 여삼추로 고대해왔소!"

엊그제 통화를 했음에도 이동녕은 눈물까지 글썽거렸다.

"선생님을 뵙고 인사드리니 감개무량합니다."

넉넉해보였던 석오石吾 이동녕의 풍채는 10년이 넘는 고생 끝에 노쇠한 기운이 역력했고, 얼굴에는 주름이 많이 잡혀 있었다. 그러나 눈빛은 여전히 깊었고, 표정은 따스했다.

"백범이 대한민국 임시정부에 오셨으니 더없이 마음이 놓이는구려."

"선생님을 뵈니 기쁘고 희망이 생깁니다."

"독립이란 그냥 할 수 있는 것이 아니고 피 흘리는 혈전을 해야 쟁취할 수 있는 것이오. 옛말에도 '산류천석'山溜穿石이라 했는데, 백범이 합류했으니 기필코 독립의 길이 열릴 것이라는 믿음을 가지게 되오! 상동교회에서 처음 만난 이래 이게 얼마나 대단한 인연이오?"

석오가 김구의 큰 손을 다시 한번 움켜잡았다.

엡워스청년회에서 만난 석오는 김구를 남다르게 감싸주었다. 청년회 동지들은 험상궂게 보이는 김구를 경계부터 하고 나섰다. 그러나 석오는 "나는 백범의 우락부락한 인상이 마음에 드오. 백범은 보통 사람의 열 몫은 일할 사람이오" 하고 동지들의 경계를 가라앉혔다. 그게 석오의 인품이었다.

"선생님의 지도를 따라 일하겠습니다."

"여기에 있는 한인들은 대략 500명쯤 되오. 그중 약간의 상인과 유학생, 그리고 십여 명 남짓한 전차 검표원을 제외하면 나머지는 대부분 독립운동을 위해 본국, 일본, 미주, 중국, 러시아 등지에서 모여든 지사들이오. 함께 힘을 모으면 우리의 뜻을 이룰 수 있을 것이오. 궁벽한 항구나 시골에서도 대한독립 만세를 부르지 않은 곳이 없을 정도로 우리나라의 독립 열기가 뜨거운 것을 백범도 잘 아시지요? 프랑스와 영국이 안남安南, 베트남과 인도를 식민지로 삼으려고 했을 때에는 저항하는 사람들이 소수였지만, 우리나라는 그렇지 않았어요. 우리는 모든 백성이 일제에 저항한 남다른 민족이오."

이동녕은 1906년에 북간도로 가서 이상설李相卨 등과 함께 서전서숙瑞甸書塾을 설립해 동포 2세들을 가르쳤다. 나라가 일제에 합병된 후에는 서간도로 가서 이회영李會榮·이시영 형제와 이상룡李相龍 등과 함께 신흥무관학교를 설립하고 교장이 되었다. 그 후 이동녕은 블라디보스토크에서 대종교 포교에 전념하다 무오독립선언에 참여한 후 3·1운동이 일어나자 상해로 왔다. 나이는 쉰으로 김구보다 여섯 살 위였다.

이틀 후 김구는 임시의정원 회의에 참석해 의원으로 당선됐다. 이어 이동녕 의장의 추천으로 내무위원으로 선임되었다. 김구는 임시정부의 문지기가 되고 싶었다. 감옥에서 내 정부 청사의 마당을 쓸고 유리창을 닦는 것을 꿈꿨던 그였다. 청사를 경비하고, 밀정들을 잡고, 독립지사들을 보호하고, 먼 타국에서 죽은 사람들의 시신을 염습해 묻어드리는 궂은일은 잘할 수 있다는 자신감이 있었다.

김구는 내무위원으로서 곧바로 임시정부를 지키는 일을 자처했다. 경무국 책임자도 없었고, 구성원도 갖추어지지 않았지만, 당장 해야 할 일은 많았다. 임정 청년들과 함께 경찰 업무를 하는 것이 무엇보다 급선무였다. 찾아오는 사람이 많았다. 기강을 잡아야 했다. 일제 신문기자가 임정에 잠입해 취재한 기사를 신문에 싣는 일까지 있었다. 찾아오는 사람들을 다 받아들이기도 어려웠고, 그들이 어디서 온 누구인지를 가려내기도 쉽지 않았다. 그래서 김구는 임정 청년들을 데리고 청사와 상해 교민 사회의 치안을 유지하는 경찰 업무를 수행했다.

김구는 5월 25일에 안창호가 상해에 도착한다는 것을 알았다. 대한청년단을 조직하고 있는 이규갑李奎甲을 찾아가 말했다.

"도산島山이 상해로 들어온다고 하는데 신변이 위태로울 것이오. 대한청년단 대원들을 동원해주면 내가 도산의 경호를 맡아보겠소."

"백범, 도산이 오는 게 사실입니까?"

"그렇게 알고 있소. 이미 한 달 전에 샌프란시스코를 떠났는데,

안전하게 도착하는 것이 중요한 문제인 것 같소. 도착하더라도 임정이 여러 갈래로 분열돼 있어 어려움이 클 것이오. 상해에 무사히 도착해 일하도록 도와주면 정착하는 데 큰 도움이 되지 않을까 생각되오."

"백범이 직접 맡아주신다면 든든합니다. 저희 대원들도 끝까지 따르겠습니다."

청년단 대원들은 상해 각지의 부두와 여관, 교포 거처를 살피며 밀정들의 동정을 탐문했다. 김구가 지시했다.

"행인으로 가장해 수상한 자의 뒤를 따르고, 교대로 주요 길모퉁이를 지켜라."

5월 25일, 도산이 배에서 내리자 밀정들이 부두에 서성이고 있었다. 김구와 청년단원들은 평상복 차림으로 군중 사이에 숨어들어 다른 사람이 안창호에게 접근하지 못하도록 차단했다. 도산이 걸음을 옮길 때마다 앞뒤 좌우에서 청년들이 자연스레 둘러싸 환영 행렬처럼 만들었다. 이후에도 청년들이 안창호의 숙소 주변과 회의 장소에 교대로 경비를 섰다. 청년들의 경호는 도산이 새로운 임무를 맡아 일할 수 있게 하는 안전망이 되어주었다. 김구는 안창호가 모르게 경호 업무를 진행했다.

내무총장에 취임한 안창호는 블라디보스토크의 대한국민회의와 상해 임시정부와 한성정부를 하나로 통합시키기 위해 힘썼다. 또 '국무원령' 1호로 국내와 외국의 동포 거류지를 연결하는 연통제와 교통부를 설치하고, 한일관계의 역사와 일본의 식민지정책의 잔혹성을 담은 한일관계사료집 편찬을 시작했다. 임시정부 기관지 『독립』을 발행하고, 차장이 각부의 업무를 관장하도록 정부조직을 개편했다.

내무차장에 현순玄楯, 외무차장에 여운형呂運亨, 재미차장에 윤현진尹顯振, 법무차장에 신익희申翼熙, 군무차장에 이춘숙李春塾, 교통차장에 김철, 그리고 국무원 비서실장에 최창식崔昌植을 임명하니 상해 임시정부에 새로운 바람이 돌았다.

때맞춰 김구는 안창호와 면담했다. 백범보다 두 살 아래인 도산은 오래전 혼약 직전까지 갔던 안신호의 오라버니였고, 을사늑약 이후 신민회의 구국 항일운동 당시 만난 적이 있었다.

"도산, 나는 독립운동을 위해 상해로 왔습니다. 대한민국 임시정부의 문지기를 하고 싶소."

"백범이 문지기를 하신다고요? 겸손하신 말씀입니다."

"아닙니다. 나는 본국에 있을 때 내 자격을 측정해보려고 순사 시험문제를 혼자 풀어보았는데 합격 점수가 나오지 않았소. 나의 실력을 넘어 허영을 탐하면 실무에 소홀해질 것이오. 서대문감옥에 있을 때 내 나라 정부의 문을 지키고 유리창을 닦는 것이 내 꿈이었소."

김구는 서대문감옥에서 호를 '백범'으로 고친 연유를 설명하면서 정부의 문지기가 평소의 소원이라는 뜻을 거듭 밝혔다.

"내가 미국에서 백악관을 지키는 관원들의 늠름한 기상을 보고 부러워한 적이 있습니다. 백범 같은 분이 우리 정부 청사를 수호해주신다면 참 고맙지요. 제가 내일 국무회의에 안건을 제출하겠습니다."

다음 날 도산이 백범에게 내민 것은 경무국장 임명장이었다.

"사양하지 말고 받아주십시오. 아직 각부 총장들이 다 취임하지 않아 차장들이 총장의 직권을 대리해 국무회의를 진행하고 있습니다. 윤현진, 이춘숙 같은 청년 차장들이 백범이 문지기를 하면 드나들기가 미안하다고 합니다. 국무회의에서는 모두 백범이 여러 해 감옥 생활을 해 일본인의 실정을 잘 알 터이니 경무국장이 적합하다고 동의했습니다."

"어제 말씀드렸듯, 순사의 자격도 되지 못하는 제가 경무국장을 어찌 감당할 수 있겠습니까?"

"그 얘긴 안 들은 것으로 하겠습니다. 백범이 거절해 피한다면 여러 사람이 청년 차장들의 부하가 되기 싫다는 것으로 생각할 것입니다. 거절하지 말고 부디 공무를 맡아 집행해주십시오."

김구는 응낙하고 경무국장에 취임해 일을 시작했다. 아래층 앞면의 오른쪽 방은 내무부와 교통부가 함께 쓰고, 왼쪽 방은 재무부가 썼다. 위층의 큰 방은 국무총리실이었다. 앞방은 법무부와 국무원 비서실장이 함께 썼으며, 뒤쪽 방은 외무부와 군무부가 썼다. 긴 복도 건너편 방이 김구가 정사복 경호원 20명을 거느리고 사용하는 경호실이었다.

안창호는 미국에서 지원한 돈으로 하비로霞飛路, 샤페이로 321호에 번듯한 임시정부 청사를 얻었다. 붉은 벽돌로 아담하게 지은 2층 건물이었다. 건물 외벽에 태극기가 나부꼈고, 정문에는 머리에 터번을 쓴 시크교도 인도인이 경비를 섰다. 나무숲이 울창한 청사에 들어서면 넓은 정원과 온실 화원이 나왔다.

프랑스 조계의 중심지 하비로와 공공조계의 중심지인 남경로南京路, 난징로는 상해의 유행을 선도하는 명소였다. 약 4킬로미터에 달하는 이 거리에는 양식당과 베이커리, 양복점과 일용백화점이 즐비했고 영화관, 출판사, 학교와 교회 등 각종 문화시설이 집중되어 있었다. 여기서 프랑스의 개방적 문화를 맛본 중국의 예술가들은 작품 속에 이 거리를 담았다.

혼돈의 도시였다. 상해에는 서양과 동양, 전통과 신문명이 부딪혔고, 부와 향락이 한꺼번에 쏟아져 들어와 마성의 공간을 만들었다. 외탄 제방에는 고층 건물들이 늘어서 밤낮없이 불을 뿜어냈다. 호텔과 은행, 클럽과 술집, 그사이에는 여인의 얼굴을 내건 간판이 번쩍였다. 난징로와 하비로의 유행은 중국 젊은이들을 사로잡았고, 향락의 거리는 밤마다 사람들로 메워졌다. 네온 아래서 웃음을 흩뿌리는 무희들의 자태는 남자들이 눈을 어디에 둬야 할지 힘들게 만들었다. 캐세이호텔 꼭대기 층의 카바레를 선전하는 네온과 그 옆에 내걸린 사진을 통해 보여주는 무희들의 하얀 허벅지는 뭇 사내를 자극하는 시대의 기호학이었다. 유혹은 시대와 화해할 수 없는 한국 독립운동가에게 등을 내리치는 죽비의 경책과도 같은 일격이었다.

나라를 찾겠다고 망명을 선택한 두 사내는 계단을 올라가자마자 여자에게 둘러싸였다. 대여섯 개의 기둥이 서 있는 넓은 2층에는 몇백 명인지도 모를 손님이 들어차 있었다. 그 혼잡한 소란스러움에 익숙해지기도 전에 두 여자가 사내들의 팔을 잡았다. 오른쪽 몸집이 실팍한 사내를 선택한 여자는 나이가 조금 들어 보였고 동그란 얼굴에 눈이 큰 편이었다. 왼쪽 바짝 마른 사내를 잡은 여자는 나이가 열여섯쯤 되어 보이는 작은 아이였다. 양쪽 다 미인은 아니었지만, 기분을 좋게 만드는 향내로 가득했다. 사내들은 여자를 떼어버리려고 했으나 그녀들은 좀처럼 떨어지지 않고 어느새 가슴에 매달렸다. 테이블에 앉아 차를 마시고 있는 사람, 여자에게 농담을 걸면서 시시덕거리는 사내, 여자의 귓불을 쓰다듬어주는 남자… 그 안에서 무수한 여자가 눈을 반짝이고 있었다. 손님에게 찰싹 붙어 있는 여자, 말을 주고받으며 몸을 꼬고 웃는 여자, 남자의 무릎에 올라앉아 다리로 그의 허리를 감고 있는 여자… 자욱한 담배 연기 속에서 남자와 여자들은 야하게 얽혀 있었다.

한국의 독립운동가들은 조선에서는 결코 볼 수 없었던 이런 유혹적인 여자들을 일별할 뿐, 걸음을 늦추지 않았고 열정을 빼앗기지 않았다. 뒷골목에 자리한 임시정부는 넘쳐흐르는 유행이나 일탈과는 괴리된 딴 세상이었다. 프랑스 조계에는 여러 국적의 외국인이 섞여 살았다. 상당수가 망명자였다. 볼셰비키 혁명을 피해온 백계白系 러시아인들, 3·1운동 이후 상해로 온 한인 독립운동가들, 유럽에서 흘러온 유대인들… 프랑스 조계가 정치 망명자들에게 피난처로 유명한 것은 입국을 위한 비자가 필요하지 않았기 때문이었다. 망명자와 그 가족의 삶은 비극적이었다.

*

상해에 먼저 도착한 한국인은 대한제국 군인 출신인 예관睨觀 신규식申圭植이었다. 한쪽 눈을 잃은 그는 상해 남창로의 허름한 이층

집에 자리를 잡았다. 을사년, 외교권을 빼앗기자 예관은 독약을 마셨다. 목숨은 건졌지만, 오른쪽 눈은 빛을 잃었다.

상해는 낯선 도시였으나 조선에서보다 숨통이 트였다. 프랑스 조계, 영국 조계, 중국인들의 시장통… 상해는 제국이 교차하는 도시였다.

신규식은 손문孫文, 쑨원, 진독수陳獨秀, 천두슈, 진기미陳其美, 천치메이 등 중국 대륙에 바람을 일으킨 인사들을 만나 교류했다. 그는 중국의 신해혁명이 도화선이 되어 언젠가 상해가 조선 독립의 기지가 될 것이라 믿었다. 그가 세운 작은 단체 동제사同濟社에 조선의 피난자들이 하나둘 모여들었다. 글을 가르치고, 외국어를 익히고, 무기를 손질했다. '박달학원'이 피난자들의 새 학교가 되었다. 모인 조선인들은 "독립은 박달학원의 공책에 쓴 잉크의 양에 달려 있다"고 말했다.

1919년 봄, 3월의 바람이 예사롭지 않았다. 조선 땅에서는 만세의 물결이 일고 있었다. 서울에서, 평양에서, 진남포에서… 기미년의 함성이 바다를 건너오자, 상해로 오는 발걸음도 잇따랐다.

상해 김신부로의 어스름한 봄밤, 프랑스 조계의 한 양옥에 사람들이 하나둘 모여들었다. 마루는 반들반들했고, 천장은 높았으며, 커다란 창틀은 화려해보이기까지 했다. 마당엔 잔디가 뿌리를 내리고 있었다. 그러나 아직 한 나라를 대표할 기관의 공식 사무실이라 부르기엔 초라했다. 4월 10일 오후 10시, 모인 사람은 모두 29명이었다.

현순, 손정도孫貞道, 신익희, 조성환曹成煥, 이광李光, 이광수, 최근

우崔謹愚, 백남칠白南七, 조소앙, 김대지金大地, 남형우南亨祐, 이회영, 이시영, 이동녕, 조완구, 신채호申采浩, 김철, 선우혁鮮于爀, 한진교韓鎭敎, 진희창秦熙昌, 신철申澈, 이영근李渶根, 신석우申錫愚, 조동진趙東珍, 조동호趙東鎬, 여운형, 여운홍呂運弘, 현장운玄彰運, 김동삼金東三.

이들이 대한민국 임시정부의 창립 멤버다. 세계 어디에도 없던 공화국이 이날 밤 여기서 태어났다.

회의 명칭은 조소앙의 동의와 신석우의 재청에 따라 '임시의정원'이라고 부르기로 결의했다. 의장에는 이동녕, 부의장에 손정도가 선출됐다. 임시정부의 국호는 '대한민국'으로 하자는 신석우의 동의와 이영근의 재청이 이어졌다.

모두가 찬성했다.

국호가 '대한민국'으로 가결되었다. 대한제국의 '대한'을 잇되, 군주제인 '제국'을 버리고 민주공화제인 '민국'을 채택한 것이다. 황제가 비워둔 권좌를 백성이 이어받는 순간이었다.

2년 전의 대동단결선언은 이미 그 방향을 예고하고 있었다. 병합조약으로 황제가 통치권을 행사할 수 없게 된 이상, 남은 권한은 국민이 맡아야 한다는 것이 선언의 핵심이었다. 군주권이 사라진 자리에 국민주권이 서야 한다는 이 논리가 '제국' 대신 '민국'을 선택한 국호 결정의 사상적 밑바탕이 되었다. 1910년의 병합조약은 황제가 스스로 주권을 내려놓은 사건이 아니라, 일본의 강압 아래 통치권을 빼앗긴 사건이었다. 독립운동가들은 바로 그 공백을 국민주권의 출발점으로 삼았다. 대한제국이 황제가 대한의 주권을 가진 나라였다면, 대한민국은 국민이 대한의 주권을 가진 나라로 다시 태어난 것이다.

회의는 잠시 휴회했다. 옆방에서 내온 커피잔이 사람들 앞에 놓였다. 쓰고 고소한 향이 방 안에 퍼지자 사람들은 웃었고, 몇몇은 얼굴을 찡그렸다. 이광수가 설탕을 타며 말했다.

"커피에는 설탕을 타야 문명에 어울리는 법이오."

몇 사람은 '오오' 하는 반응이었고, 한두 사람은 고개를 절레절레 흔들었다. 잠시 가벼워진 공기가 금세 가라앉았다. 회의는 곧 임시정부 수반인 국무총리 선출 문제로 접어들었다.

"국무총리는 이승만을 만장일치로 추대합시다."

신석우가 제안했다. 그는 이승만의 외교력을 누구보다 높게 평가하는 사람이었다.

"이승만은 한반도 바깥에서 우리의 존재를 증명할 수 있는 유일한 인물이오."

순간, 신채호가 탁자를 짚고 벌떡 일어났다.

"이승만은 이완용보다 더 큰 역적이오!"

회의장 안의 공기가 바뀌었다. 그의 얼굴엔 분노가 가득 차 있었다.

"이승만은 파리강화회의가 열리자 윌슨 대통령에게 서한을 보내 한국을 국제연맹의 위임통치 아래 두고 일본의 통치 아래서 해방해달라고 청원했소. 독립을 외치는 자가 열강의 식민지를 자처하다니, 스스로 주권을 내던지는 게 반역이 아니고 무엇이오? 이승만은 미

국 눈치만 살피지, 우리의 독립운동은 전혀 생각하지 않아요. 이완
용은 있는 나라를 팔았지만, 이승만은 아직 찾지도 않은 나라를 먼
저 팔아먹었소.”

정적이 흘렀다.

외교파와 자주파 간의 대립이었다.

안창호는 눈을 감고 침묵을 유지하고 있었다.

이동녕은 사람들을 둘러보며 관조하고 있었다.

긴 침묵 끝에 누군가 말했다.

“표결로 합시다.”

회의는 이승만, 안창호, 이동녕 세 사람을 놓고 무기명 단기식 투
표로 결정했다. 결과는 이승만의 당선이었다. 정적이 길었다.

이어서 6부의 국무원 총장을 선출했다. 안창호가 내무총장에, 김
규식이 외무총장에, 최재형이 재무를, 이시영이 법무를, 이동휘가
군무를, 문창범이 교통을 맡았다.

밤새워 회의한 끝에 다음 날 새벽 이동녕 의장이 우리나라 최초
의 성문법인 임시헌장 10개 조를 공포했다.

제1조 대한민국은 민주공화제로 한다.

제2조 대한민국은 임시정부가 임시의정원의 결의에 의하여 이
를 통치한다.

제3조 대한민국 인민은 남녀 귀천 및 빈부의 계급이 없고 일체
평등하다.

제4조 대한민국 인민은 종교·언론·저작·출판·결사·집회·통

신·주소 이전·신체 및 소유의 자유 등을 향유한다.

제5조 대한민국 인민으로 공민 자격이 있는 자는 선거권 및 피선거권을 가진다.

의장이 대한민국 임시정부가 수립되었음을 선포했다.

"이제부터 우리는 대한제국의 신민臣民이 아니고 대한민국의 국민입니다. 국민이 나라의 주인이 되는 엄숙한 순간입니다. 얼마나 기다린 일입니까. 이제 우리 대한민국은 정식으로 수립된 것이나 다름없습니다. 일본에 승리하고 환국해서 정식으로 태극기를 게양하고 건국 선포식을 할 때까지 우리는 '대한민국 임시정부'라고 부르겠습니다."

의장이 말을 멈췄다. 그의 눈에서는 눈물이 흘러내렸다.

누군가 외쳤다.

"노래를 부릅시다."

'올드 랭 사인'의 멜로디에 가사를 붙인 애국가가 방 안에 울려 퍼졌다. 나이 든 29명의 대한민국의정원 의원 전원이 손수건으로 눈물을 훔치며 함께 애국가를 불렀다.

이 땅의 역사는 단군에서 대한제국에 이르기까지 왕의 이름으로 호흡해왔다. 그 오랜 질서가 무너졌다. 왕의 자리에 국민이 앉았고, 명령의 언어는 약속의 언어로 바뀌었다. 대한민국 임시정부의 수립은 반만년 동안 이어진 군주의 시대를 끝내고, 민주공화국이라는 낯설고도 새로운 시간을 이 땅에 불러온 사건이었다.[6]

임시정부는 질서가 잡히지 않았고, 일제의 사소한 공작으로도 요동을 쳤다. 임시정부의 주 업무는 일제를 피해 이사 다니는 일이 될 만큼 뿌리가 약했다. 요인들도 낯선 집에 찾아온 사람처럼 다리를 뻗지 않다가 이내 떠나갔다. 조직이 중심을 갖추지 못한 상태였기에 모든 것이 들떠 있었다.

그러나 경무국만큼은 기강이 잡혀 바쁘게 돌아갔다. 처자식을 고향인 황해도 안악에 두고 혼자 상해로 온 김구는 이 도시에서 유별난 사내였다. 상해의 현란함에 눈길을 주지 않았고, 경무국장으로 대한민국 임시정부의 까다로운 일을 도맡아 하면서 새벽부터 밤늦게까지 일했다. 그는 상해 거류민을 보호하고 밀정을 단속하는 일에 열정과 용맹을 불태웠다.

경호원에게는 양쪽 가슴에 깃을 부착한 제복을 입혔다. 일제 치하의 경찰은 '순사'나 '하수인'의 이미지로 각인된 친일파였지만, 임시정부 경찰은 달랐다. 김구는 임시정부의 초대 경무국장으로 2년, 경무국장에서 내무총장으로 승진한 뒤에도 경무국의 직무에 깊이 관여하며 임시정부의 기강을 세우고 정부가 흔들리지 않도록 기초를 다졌다. 김구는 문 파수에서 경찰, 신문관, 검사, 판사의 일까지 도맡았다. 가장 중요한 업무는 홍구에 있는 일본영사관의 공작에 맞서 싸우는 것이었다.

김구는 매일 오전 8시 30분에 경무국 직원들을 회의실에 집합시켜 '무궁화가'를 제창하고 총리의 훈시를 들은 후 근무하도록 했다. 단체 훈련소 같다는 불평이 있었지만, 누구도 입 밖으로 꺼내 말하지 못했다.

경무국의 임무는 청사 경비 등의 행정경찰 업무뿐이 아니었다. 일제의 정탐 활동을 분쇄하고 독립운동가를 보호하며, 일제의 마수가 어느 방면으로 침입하는가를 살피는 고등경찰의 사무가 더 중요했다. 반민족행위자 처단 임무도 수행했고 출판 및 저작권에 대한 사무도 총괄했다.

인력은 정·사복 요원을 포함해 20명이 넘었다. 김구는 중심을 잡을 수 있는 규범을 하나하나 세워나갔다. 그는 먼저 경무국 경호원을 훈련시켰다. 브라우닝, 콜트, 모젤, 리볼버 등 모든 권총을 능숙하게 다룰 수 있도록 만들었다. 서대문감옥에서 복역할 때 활빈당 당수였던 김 진사로부터 배운 활빈당의 체계와 활동, 체포 방식과 배신자 처리, 교살 방식 등을 응용해 가르쳤다.

김구는 경무국장으로 임정의 골치 아픈 일을 도맡았고, 밀정을 잡아 족치는 등 임정에서는 없어서는 안 될 인물이 되었다. 그는 단기간 내 임시정부를 지키는 실력자로 부상했다. 카이저 수염을 기르고 백색 정장을 즐겨 입었다. 조계 밖 골목에는 유흥가가 많았고, 여자들이 넘쳐났다. 일제의 수법을 간파한 김구는 프랑스 조계지를 한 걸음도 넘어서지 않았다.

프랑스영사관은 그런 김구를 임정에서 가장 신뢰했다. 영사관 측은 일제가 김구의 소재를 알려달라고 요구하면 "김구는 치안을 해치는 자가 아니라 오히려 조계의 질서를 지키는 인물이다"라고 응대했다.

김구와 프랑스영사관 사람들의 친밀한 관계를 안 일제는 프랑스

영사관 공무국에 김구 체포를 요구하지 않고, 정탐꾼들이 김구를 유인하도록 하는 방법으로 전환했다.

김구는 막강한 힘을 가졌지만, 국장이라서 직급으로는 요인 중에서 낮은 위치였다. 임정은 매년 새해 첫날에는 신년 축하회를 열고 정원이 있는 인근 영안永安, 융안백화점 옥상을 빌려 기념사진을 찍었다. 엽서로도 만들어진 이 역사적인 기념사진을 찍을 때 사십 대 중반의 김구는 서열이 낮아 맨 앞 열 끝부분의 땅바닥에 털썩 주저앉았고, 이십 대 후반에서 삼십 대 초반의 차장급 요인들은 중앙의 이승만 옆에 서서 팔짱 끼고 포즈를 취했다.

상해에는 조선총독부와 내무성, 육군, 해군, 외무성 등 일제 주요 부서의 첩보기관이 파견되어 있었다. 이들 첩보기관이 가장 심혈을 기울여 탐색하는 대상이 임정 경무국과 김구였다. 김구는 경무국에서 접수한 본국 보고를 통해 일제가 치하포 사건을 일으킨 김창수가 김구라는 사실을 24년이나 지나서야 파악했다는 것을 알았다. 그 많던 밀정과 정탐들도 오늘의 김구가 치하포 사건의 주인공인 김창수라는 사실만큼은 일제에 밀고하지 않고 24년간 감춰준 것이다. 김구가 상해로 망명한 다음에야 일제가 비로소 그 보고를 접했다는 사실을 안 이후, 김구는 밀정조차도 내 동포라는 생각으로 다시 무장했다.

김구를 암살하러 왔다가 동지가 된 사람이 있었고, 처음에는 동지였으나 일본의 돈에 무너진 사람도 있었다. 상해의 골목은 복잡했고, 사람의 마음은 그보다 더 복잡했다.

'거류민 보호와 밀정을 색출해 내 민족을 지키는 것이 내 임무다.

밀정은 내 동포이기에 사랑해야 하지만, 그 행위만큼은 반드시 처단한다.'

김구는 자신의 업무에 있어서는 피도 눈물도 보이지 않았다. 김구는 밀정을 인간으로 보지 않았다.

김구를 그렇게 만든 세 가지 사건이 있었다. 첫 번째는 밀정 김도순의 일이다. 그는 너무 어린 밀정이었다. 가슴 아픈 일이었다.

"청년 밀정 김도순을 체포해왔습니다."

경호원 김희준과 전재순이 김구에게 보고했다.

17세 김도순은 본국에 파견된 임시정부 특파원의 뒤를 따라 1921년 상해에 잠입한 청년이었다. 그는 일본영사관의 지원금을 받은 후 임시정부의 기밀을 빼내고 임정 요인들을 암살하려고 시도하다 경호원들에게 체포되었다. 체포될 당시 그는 일본영사관에서 지급한 현금 50원을 갖고 있었다.

"살려주면 너의 잘못을 시인하고 국가에 은공을 세워 보답하겠느냐?"

김구가 물었다.

"나는 어떤 경우라도 물러서지 않습니다. 나의 목표는 임시정부를 파괴하고 요인들을 암살하는 것입니다."

"그 정신으로 나라에 충성할 생각은 없느냐?"

"이미 돈을 받았고, 여러 경로로 얽혀 있습니다. 절대로 물러서지 않겠습니다."

김구는 김도순을 사흘 굶겼다.

"다시 생각해보았는가?"

"오래전에 맹세한 대로 임시정부에 복수할 생각뿐입니다."

긴 시간에 걸쳐 세 번이나 회유했지만 끝내 돌아서지 않았다.

"시신은 고향에 보내주겠다."

두 번째는 나창헌 사건이다.

상해의 한인 실력자 황학선은 일제의 사주를 받고 상해에 들어오는 한인들을 자기 집에 숙식시키면서 임시정부 파괴운동에 앞장섰다. 황학선은 일본영사관의 밀정으로 활동하면서 깡패 두목 장대지를 매수해 임정 요인들에게 맞서면서 동포를 협박했다.

나창헌은 경성의학전문학교 재학 때 3·1운동에 참여한 후 의친왕 망명을 꾀한 대동단 사건에 연루돼 복역한 지사였다. 1922년 초, 출옥 후 곧바로 상해로 건너온 그에게 황학선이 왜곡된 정보를 제공하며 접근했다.

"무도한들이 가정부假政府에 우글거리고, 우리 동포는 나날이 이중 삼중으로 허덕이고 있소. 중국 사람을 모아줄 터이니 같이 힘을 써봅시다."

나창헌은 황학선의 말에 분기가 차올라 임정을 습격하는 선봉에 섰다. 경무국의 청년들과 맞서 싸우다가 나창헌이 중상을 입었다. 임시정부에서는 그를 병원에 보내 치료를 받게 해주며 설득했다. 그러나 그는 끝내 고개를 저었다.

김구가 병원으로 나창헌을 찾아갔다.

"미안하게 됐소이다. 빨리 회복되기를 바라오."

"선생은 내가 빨리 회복되기를 바란다고 했지만, 나는 임정이 빨리 사라지기를 빌고 있습니다."

나창헌의 반응이 매웠다.

"임정이 미흡한 것은 많지만, 나라 독립을 위해 일하고 일제와 맞서 싸우는 데는 모두가 한마음이오. 악선전에 휩쓸려 임시정부를 흔드는 것은 일제를 편드는 죄악이오."

김구가 꾸짖었다.

"저는 사탕발림에 오락가락할 사람이 아닙니다. 돌아가시오."

김구는 두 번째 방문에서는 황학선이 철혈단鐵血團을 통해 어떻게 임시정부 분열공작을 획책했는지, 신문기록을 비롯한 자료를 보여주며 설득했다. 한동안 눈을 감고 있던 나창헌이 눈물을 떨어뜨렸다.

"백범 선생님, 저는 그렇게 이용되는 줄 몰랐습니다. 악선전만 듣고 황학선이 주는 돈으로 양옥을 세 얻어 민생의원을 운영해왔습니다. 저는 선생님을 유인해 암살하려고 했습니다. 저를 그 수렁에서 나오도록 해주셨으니 공을 세워 이 대역부도한 행위에 대해 속죄하겠습니다."

김구는 나창헌의 사정을 임시정부에 보고했다. 임정은 나창헌에게 대양大洋 100원을 주고 병원을 차리게 해 독립운동가와 가족들을 치료하게 했다. 나창헌은 임시정부에 참가해 안창호와 적극적으로 국내 조직 확산에 앞장섰으며, 5대 경무국장으로 임명되어 정위단, 병인의용대 등을 조직하며 독립운동을 이끌었다.

마지막으로 김구의 기억에 남은 이름은 장덕진이었다. 장덕진은 상해 교민사회에서 조용히 일하던 젊은이였다. 체구는 크지 않았으나 위험한 일을 맡기면 피하지 않는 성정이었다. 동지들 사이에서는 자연스레 앞장을 섰다.

어느 날 밤, 그가 총상을 입었다는 소식이 전해졌다. 교민단 의경대원들이 마작을 하는 중국인들을 덮쳤으나 일제 밀정이 보낸 자객에 의해 저격당한 것이다.

김구가 광자병원으로 장덕진을 찾아갔다. 위독한 상태였다.

"백범 선생님, 저의 한을 풀어주십시오."

"말해보게."

김구가 장덕진의 손을 잡아줬다.

"저의 형 장덕준은 저에게 아버지와 같은 존재였습니다. 형의 조언 때문에 저는 도쿄에서 공과대학 진학을 포기하고 독립운동의 길로 들어섰습니다. 『동아일보』 기자인 형은 청산리 전투에서 패배한 일본군이 잔학하게 우리 동포를 살해하는 현장을 취재하기 위해 간도에 갔다가 거기서 일본군에게 살해됐습니다."

장덕진은 형의 한을 풀어주기 위해 오늘까지 진력을 기울였으나 이제 그 목적을 다하지 못할 것 같다고 말했다.

"선생님께서 부디 저를 대신하여 형과 저의 한을 풀어주십시오."

"자네가 추송秋松의 동생이란 말인가? 세상에 이런 일도 있구나!"

자신보다 젊은 사람의 유언을 들으며 김구는 안쪽 입술을 세게 깨물었다. 김구는 눈물을 이겼다.

“부디 편안히 눈 감으시게. 반드시 일제를 무찔러 나라의 독립을
찾겠네.”

추송 장덕준은 김구가 황해도 재령 보강학교 교장으로 있을 때
배우던 학생이었다. 얼마나 총명한지 통신부에 ‘오리’乙는 단 한 마
리도 없이 모조리 ‘넉가래’甲만 올라 있었다. 그래서 상급반에서 배
우는 학생이자 하급반에서는 아이들을 가르치는 교사로 활동했다.
장덕준은 그때 어린 동생 덕수를 학교에 데리고 와 함께 공부를 시
켰다.

장덕진의 장례식이 황가남 기독교 묘지에서 열렸다. 관 위로 흙
을 뿌리고 나서 김구가 최천호에게 말했다.

“자네가 고국으로 들어가게나.”

한국노병회의 의경대원 최천호는 장덕준의 절친한 친구였다.

“그렇지 않아도 제가 준비하고 있었습니다. 들어가서 사이토 마
코토齋藤實의 목을 날려 복수하겠습니다.”

다음 날 최천호는 입수한 사제폭탄을 깊숙이 감추고 고국으로 들
어갔다.

이 세 사건 이후, 김구는 더는 사람의 선의에 기대지 않았다. 대
신 규율, 경계, 단련으로 임시정부를 지켰다.

보경리 24호 김구의 2층 방은 구차한 생활의 냄새가 배어 있었지
만 매일 밤늦게까지 불이 꺼지지 않았다. 김구는 사람을 끌어당기
는 힘이 있었다. 일제에 세 번 검거됐고, 두 번이나 혹독한 감옥살이
를 하는 동안 김구는 죄수 누구와도 잘 놀고, 타령도 잘하고, 사식이
들어오면 어떻게 해서라도, 심지어는 자기의 입속에 잔뜩 고기를

넣고 가서 배고픈 사람의 입속에 넣어주는 민중친화적인 사람이 되었다. 사람들은 그의 텁텁한 이야기에 밤이 깊도록 빠져들었다. 누구라도 들어오면 되고, 가고 싶으면 가면 되는 것이었지만, 사람들은 쉽게 자리에서 일어날 줄을 몰랐다. 김구는 어머니 곽낙원을 닮아 얘기 솜씨가 있었다. 그는 동학경전인 『동경대전』東經大全의 구절을 사람들에게 들려주기를 좋아했다.

"사람이 곧 하늘이니라. 세상이 얻기도 어렵고 구하기도 어려운 것 같으나 실제로 어려운 것은 아니다. 마음이 화하고 기운이 맑아서 봄같이 화해지기를 기다려라."

그렇지만 삼백예순 날을 마냥 나라 사랑과 고결한 정신만으로 살 수 있는 것은 아니었다. 장난기와 농담이 더 필요했고, 그런 것이 야생마같이 들판을 달려온 김구 본래의 분위기였다. 상해에서 사는 사람들은 마음 붙일 곳이 없어 서로 들쑤시기 마련이었다. 나라를 찾겠다는 의지 하나로 모여들었지만, 시도 때도 없이 벌떡거리는 젊음에 자극돼 격정적으로 변하기 일쑤였다. 유혹도 많았고, 밀정들이 던지는 달콤한 제안을 받아들이면 향락과 안전이 보장되는 세상이었다.

김구는 바깥세상에서 오는 사람들의 마음을 푸근하게 해주는 투박한 조선의 품이 있었다. 김구가 그들에게 제공할 수 있는 것은 남양형제공사에서 만든 50개비가 들어 있는 값싼 백금룡百金龍, 바이진룽 담배통에서 뽑아주는 궐련 한 대가 고작이었다. 김구 이야기의 결론은 매번 이런 것이었다.

"나는 뽐낼 줄도 모르고 거짓말도 못 해. 그래도 일본과 싸우지 않으면 우리가 살 수 있는 길은 없어!"

김구의 방에서는 서로 토론하고 말살에 쇠살에 하며 밤늦도록 이야기판을 벌였다. 김구는 골방을 사람들이 모이는 연대의 방으로 만들었다. 그래서 사람들은 김구의 방에 찾아와 억세고 어눌한 이야기를 들었고, 자신의 이야기를 내놓았다. 이야기가 미진한 사람들은 "이제 고대 꺼지라우" 할 때까지 늘어졌다. 그래도 물 덤벙 술 덤벙 하는 놈에게는 궐련을 한 대 더 던져주었다.

"너이 참 이상하구나야! 옛다, 백금룡이나 한 대 더 먹고 니야기 들어라."

그러면 덤벙이들은 한밤을 옳게 지내고 돌아갔다. 김구는 서로 으르딱딱거리는 사람들 사이를 풀어주고, 자녀들을 이어주고 주례를 서주었다. 그래서 사람들은 허우대 좋고 사람도 좋은 김구의 푼푼함에 쏠려 그와 함께 갔다.

9 문지기는 집을 지킨다

임정은 한솥밥을 먹으면서도, 식구들끼리 등을 돌리는 살림이었다. 문패에는 '대한민국 임시정부'라 적혀 있지만, 안에 들어가보면 딱 네 글자의 형국이다.

'각자도생.'

기호파가 있는가 하면 서북파가 있었고, 아래층은 북경파, 위층은 미국파였다. 공산주의자들도 두 쪽이었다. 이르쿠츠크파와 상해파.

자기들의 말은 길게 했고, 남의 말은 도중에서 잘랐다. 회의는 매일 열렸다. 의자가 모자랄 지경이었다. 그러나 누구 하나 논리로 남을 설득하고 이해시키려 하지 않았다.

"내 얘기를 들어보시오."

과거의 무용담과 지금도 안 늙었다는 자부심. 그게 임정의 현주소였다.

이승만이 국무총리로 선출되었을 때 환호성은 없었다. 그가 펼칠 외교에 대한 기대는 처음부터 빛이 바랬다. 그가 선출된 자리의 최우선 임무는 요인들의 생각을 모으는 것이었지만 그는 상해에 오지도 않았다. 그가 미국에서 자신을 '대통령'이라 칭하고 다닌다는 소식이 이어졌다. 신채호는 계속 이를 문제 삼았고, 손정도와 현순도 못마땅해했다.

처지가 난처해진 사람은 국무총리 대리 안창호였다. 안창호가 워싱턴의 이승만에게 전보를 보냈다.

"1919년 8월 25일 상해발 전보

워싱턴 이승만 각하

상해의 임시정부는 국무총리 제도이고, 서울의 한성정부는 집정관 총재 제도이며, 어느 정부에서나 대통령 직명이 없으므로 각하는 대통령이 아닙니다. 각하가 상해의 임시정부를 대표하시려면 국무총리 직명을, 한성정부를 대표하시려면 집정관 총재 직명을 사용하셔야 합니다. 헌법을 개정하지 않고 대통령 행사를 하시면 헌법 위반이며, 정부의 신조를 배반하는 것이니, 대통령 행사를 하지 마십시오.

대한민국 임시정부 국무총리 대리 안창호"

다음 날 곧바로 워싱턴발 전보가 왔다.

"1919년 8월 26일 워싱턴발 전보

상해 안창호 씨

우리가 정부 승인을 얻으려고 전력하는데, 내가 대통령 명의로 각국에 국서를 보냈고, 한국 시정을 발표한 까닭에 지금 대통령 명칭을 변경하지 못하겠소. 만일 우리끼리 떠들어서 행동이 일치하지 못한 소문이 세상에 전파되면 독립운동에 큰 방해가 있을 것이며, 그 책임이 당신들에게 돌아갈 것이니 떠들지 마시오.

　　워싱턴 이승만"

전보를 받은 안창호는 이승만을 수용해야 한다고 사람들을 설득했다. 안창호는 말썽을 수습하기 위해 대통령제를 도입하는 헌법 개정을 추진했다. 한 사람을 위해 헌법을 고쳐서는 안 된다는 반대 목소리가 높았다. '차라리 임시정부를 없애자'는 극단적인 말도 나왔다. 그래도 안창호는 끝내 이승만을 지켰다.

안창호의 노력으로 갈등은 임시정부의 헌법을 개정[제1차 개헌]하는 것으로 일단락됐다. 1919년 9월 11일 블라디보스토크의 대한국민회의, 상해의 대한민국 임시정부, 국내의 한성 임시정부가 '대한민국 임시정부'로 통합되었다. 대통령중심제를 채택한 통합정부는 이승만을 대통령으로 선출했다. 9월 24일에는 의정원 결의에 따라 '대한민국 임시헌법' 개정을 공표했다.

그러나 조용한 아침은 오래가지 않았다. 새 헌법은 "임시 대통령은 임시의정원의 승낙 없이 국경을 벗어날 수 없다"고 규정했으나, 대통령은 여전히 태평양 건너에 있었다. '국경'을 정확히 규정하자고 주장하는 이도 없었다. 모두 정부가 소재한 '상해'라고 믿었다.

이승만을 향한 불신은 오래전부터 누적돼 있었다. 1919년 초 그가 윌슨 대통령에게 위임통치를 청원한 사실이 알려지자, 국무총리 이동휘李東輝는 상해 부임을 미뤘다. 그의 말은 직설적이었다.

"이승만의 대가리는 썩었소. 그의 밑에서는 총리가 될 수 없소."

갈등의 골은 외교와 무장이라는 운동의 방법에서, 이상과 실제라는 행위의 실천성에서 더 깊어졌다. 이동휘는 독립전쟁을 주장했고, 이승만은 외교에 매달렸다.

임시정부에는 독립은 말이 아니라 총으로, 외침이 아니라 실천으로 쟁취해야 한다는 믿음이 오래전부터 자리 잡고 있었다. 임정의 직제에는 군사 체제가 상세하게 적혀 있음은 말할 필요도 없었다. 대본영, 참의부, 군사참의회가 있고, 그 밑에는 육군·해군은 물론 군사·군수·군법을 담당하는 부서까지 모두 갖춰져 있었다. 만주와 시베리아에는 강력한 무장부대들이 오래된 진영을 구축하고 있었다. 북로군정서, 서로군정서, 광복군총영… 그들은 임시정부의 명령을 따르며 몸으로 싸웠다.

이런 그들에게 무장투쟁을 배제한 외교론은 공허한 메아리로 들렸다. 무력이 뒷받침되지 않는 외교가 어떻게 힘을 발휘할 수 있을 것인가. 더 큰 문제는 대통령 이승만 한 사람이 무장투쟁을 도외시했다는 사실이다.

자금 문제도 절박했다. 임정의 수입은 구호금과 애국금, 공채 판매, 그리고 미주의 후원금으로 겨우 연명하는 수준이었다. 이승만은 워싱턴에 구미위원부를 설립하고 재정을 관할했다. 그가 공채를 발행했으나 사용처는 불투명했다. 워싱턴 구미위원회와 안창호의 영향력 아래 있던 샌프란시스코 대한인국민회의 갈등은 깊어졌다. 이동휘는 국무총리의 이름으로 자금을 요구했다. 그러나 돌아오는 것은 침묵과 지연뿐이었다.

시간이 흐를수록 임시정부 안엔 고단한 표정들이 늘어갔다. 담배 연기는 늘 자욱했다. 사람들은 각자의 파벌과 출신지를 고수하려 애썼고, 통합이란 말은 갈수록 허망한 구호처럼 느껴졌다. 그렇게 상해의 임시정부는 꿈과 분열, 이상과 현실의 미묘한 경계 위에서 하루하루를 살았다.

"나 좀 보기요."

어느 날 이동휘가 김구에게 말했다.

"예. 무슨 일이 있으십니까?"

"젊은이, 시간이 된다면 공원 산책이나 합시다."

분위기가 이상했다.

"제가 경무국장으로서 총리를 보호하는 처지인데, 무슨 잘못이 있습니까?"

"그런 것이 아니오. 나를 좀 도와주시오."

밖으로 나오자 이동휘는 적극적으로 김구를 설득했다.

"혁명이란 결국 유혈 사업이 아니겠소? 우리의 독립운동은 민주주의 혁명에 불과하니 독립하고 나면 다시 공산혁명을 해야 할 것이오. 이렇게 되면 두 번의 혁명은 우리 민족에게 불행한 일이 될 터이니 젊은이도 나와 같이 공산혁명을 하는 게 어떠하오?"

"처음 듣는 소리라 저는 못 알아듣겠습니다."

"쉬운 말인데 어찌 그러시오? 공산혁명이 우리의 길이란 말이오, 내 말은."

"못 들어볼 소리가 다 없소. 우리가 공산혁명을 한다면 제3국제당의 지휘명령을 받지 않고 독자적으로 할 수 있단 말입니까?"

"그건 불가능하오."

"그렇다면… 우리 독립운동이 한민족의 독자성을 떠나서 어느 제 3자의 지도 명령을 받는 것은 자존성을 상실한 의존적 운동입니다. 선생은 지금 우리 대한민국 임시정부의 헌장에 어긋나는 말씀을 하신 겁니다. 공산주의는 민족주의를 배격하고 통일과 융합을 주장하며 국제주의를 내세웁니다. 우리는 독립을 이루기 위해 민족주의를 버릴 수 없습니다. 자중하시기를 권고합니다."

김구가 단호하게 말했다.

"그렇소? 그렇다면 적은이는 낡은 깃발 아래서 살아보시오."

이동휘는 불만스러운 표정으로 헤어졌다. 김구는 공산혁명이 조국을 살릴 것이라는 그의 단언에 동의할 수 없었다.

김립金立이 죽었다.

총알이 먼저였는지, 성토문이 먼저였는지는 논쟁거리지만, 한 가지는 분명했다. 돈 냄새가 나기 시작하면 혁명도 목이 마른다는 사실이다.

김립을 쏜 이는 오면직과 노종균이었다. 김구와 함께 목숨을 걸었던 황해도 동지들이었다. 김구는 침묵을 지켰다.

그러나 침묵 이후의 결과는 세월과 더불어 명징해졌다. 침묵은 사실을 가리지 못한다는 것을 역사는 보여주기 때문이다.

금괴가 문제였다. 정확히 40만 루블의 금화. 러시아혁명 후 들어선 소련의 레닌 정부는 대한민국 임시정부의 중요한 외교 상대였다. 1920년 1월 임정은 국무회의에서 소련의 자금을 지원받기 위해 안공근과 여운형을 파견하겠다고 결정했지만, 이동휘 국무총리는 비밀리에 자기 심복인 한인사회당 당원인 한형권韓馨權을 모스크바로 보냈다. 한형권은 레닌을 만나 러시아 정부가 대한민국 임시정부를 승인할 것, 한국독립군의 장비를 충실하게 해줄 것, 독립군 양성을 위한 사관학교를 시베리아에 설치해줄 것, 상해 임정에 독립운동자금을 크게 원조해줄 것 등을 제안했다.

레닌은 한형권의 제의를 호의적으로 받아들여 먼저 금화 200만 루블을 지원하기로 약속했다. 한형권은 즉석에서 60만 루블을 먼저 받았다. 레닌은 지폐는 환전이 어렵기 때문에 국제적으로 사용할 수 있는 금화로 지급했다. 그러나 한형권은 금화를 상해까지 운반하기 힘들었기 때문에 20만 루블을 모스크바에 남겨두고 40만 루블[7]만 운반했다. 총 무게는 약 330킬로그램. 이것을 일곱 상자에 나뉘 담았다.

이동휘는 국무원 비서장 김립을 보내 도중에 한형권을 만나 돈을 인수해오라고 지시했다. 시베리아 횡단열차에 금괴 상자를 싣고 오던 한형권은 몽골 베르흐네우딘스크에서 김립을 만났다. 한형권은 남겨둔 20만 루블을 마저 가져오기 위해 6만 루블을 활동비로 떼어들고 모스크바로 되돌아갔다. 김립이 가져온 34만 루블을 손에 쥐게 된 이동휘 등 공산당 계열 간부들은 그 돈을 임시정부에는 한 푼도 내놓지 않았다.

임시정부는 노선과 향후 진로 문제를 두고 창조파와 개조파로 분열되어 갈등을 겪고 있었다. 사회주의 세력 역시 소수인 이르쿠츠크파와 다수인 상해파로 나뉘어 주도권 싸움을 벌이고 있었다. 소련의 지원 자금이 유입되자 이를 둘러싼 갈등은 더욱 격해졌다.

이동휘는 담배 연기를 길게 내뿜으며 말했다.

"그 돈은 임정과는 무관하오. 상해 청년들의 활동비일 뿐이오."

이동휘의 말은 사실을 밝힌 것이 아니라 자신을 보호하려는 방어선이었다. 자금의 출처를 인정하면 그가 모스크바의 대리인으로 몰려 정치적 파국에 빠질 것이 분명했다. 그러나 모두가 알고 있었다. 이동휘의 정치적 뿌리는 상해가 아니라 모스크바의 혁명 노선에 닿아 있다는 것을.

민족주의자들은 그의 말을 배신으로 받아들였다. 김구는 돈의 경로를 더듬었다. 임시정부는 성토문을 발표했다. 신규식, 이동녕, 김구, 손정도… 모두가 이름을 올렸다.

"국가공금을 횡령하고 공산의 이름으로 음모를 꾸민 죄는 극형에 처할 만하다."

성토문이 발표된 날 밤, 총성이 있었다.

그것이 이 도시의 방식이었다.[8]

*

이승만은 태평양을 건너기로 했다. 초대 대통령으로 추대되었지만, 정작 상해에는 한 번도 발을 들이지 않았다. 이승만은 상해로 가지 않은 것을 회피나 무시가 아니라 구미외교 때문이라고 말했다. 이승만에게 '외교'란 생존이었고, 그 무대는 미국이어야 했다. 그는 워싱턴에서, 하와이에서 독립을 위한 외교를 펼쳤다. 그러나 국제적으로 얻은 성과는 없었다. 상해에서는 "이승만의 외교에는 행동이 없다"고 성토했다.

이승만은 임시정부 내부의 혼란을 알고 있었다. 그럼에도 그것을 무시해왔다. 신익희가 쓴 한 통의 문서가 그의 결단을 재촉했다.

"패거리의 폐습을 혁파하기 위한 개혁이 필요합니다. 그 묘책은 자금에 있습니다. 상해에 오시려면 기밀비를 포함해 5만 원은 가져오셔야 합니다."

개혁이 필요하다는 충고였지만, 실은 돈을 가져오라는 압박이었다. 상해에 오려면 사람을 모으고 움직일 돈이 필요하다는 것, 지금 개혁을 늦추면 기회를 놓치게 될 것이라는 일종의 통첩이었다.

하지만 이승만에게는 그런 돈이 없었다. 하와이 동포들의 기부금이 바닥나 워싱턴에서의 회의비도 쪼들리는 형편이었다. 그는 답신을 보냈다.

"나는 가진 건 없으나 성력誠力은 다하겠소."

호놀룰루의 바닷바람은 어느 때보다 차가웠다.

이승만은 미국 여권도 비자도 없었다. 1904년 미국 유학 당시에는 대한제국 여권이 있었지만, 1910년 조국이 없어진 뒤 조선인에게 대한제국 여권은 실효가 없었다. 일본 여권은 받을 수도 없었고, 감시망 앞에서 극동으로는 한 걸음도 움직일 수 없었다. 태평양을 건너는 모든 배는 일본 항구를 거쳐야 했다. 요코하마, 고베, 시모노세키… 일본총영사관의 감시가 철통같았다. 더구나 그는 일본의 요시찰 인물 명단에 올라 있었다.

이승만은 일본 항구를 피해 상해로 가는 길을 찾아냈다. 미국인 지인의 알선으로 중국 직행 선편에 올랐고, 임병직林炳稷과 함께 중국인 노동자로 변장해 부자 행세를 했다. 두 사람은 상자에 실려 철제 창고로 옮겨졌다. 둘은 출항 후에야 주변의 궤짝들이 고향으로 돌아가는 중국인 시신의 관이라는 사실을 알았다.

둘은 새벽에 한 선원에게 발각되었다. 임병직이 사정하고, 이승만은 말을 알아듣지 못한다는 표정을 지었다. 선장은 쫓아내는 대신 일을 시켰지만, 이등항해사는 병실을 내주는 대가로 600달러를 챙겼다. 상해까지 가는 일등실 요금과 같은 액수였다.

20일간의 항해 끝에 배는 12월 5일 상해에 도착했다. 도착한 포동항은 영국 조계지였다. 선원들의 상륙 수속이 진행되는 동안 두 사람은 문을 잠근 방에 숨어 있었다.

사전에 받은 비밀 통지대로 밖에서 누군가 시차를 두고 문을 세 번 두드렸다.

문이 열리고 검은 외투를 걸친 사내가 걸어 나왔다. 미국에서 온 우남雩南 이승만, 그는 김구의 인사를 받자마자 가볍게 아는 체를 했다.

"백범 김 선생이오?"

"예, 경무국장 김구입니다. 준비한 마차로 모시겠습니다."

마차는 조계지의 돌길을 달렸다. 김구는 좌석 가장자리에 앉아 이승만의 옆모습을 보았다. 깔끔하게 머리를 빗은 신사는 입을 굳게 다물고 있었다. 그가 무릎에 올려놓은 묵직한 여행 가방은 마차의 품격까지 높여주는 것 같았다.

이승만은 상해 도착 후 일주일이 지난 12월 13일 임시정부 인사들을 처음 접견했다.

"당파 간 알력을 그치고 단결합시다. 형제가 싸우는 동안 적은 웃고 있습니다."

그의 첫마디였다.

국무회의에서는 위임통치를 청원한 동기가 자주독립을 부인하려는 고의가 아니었다는 성명서를 발표해 일반 동포의 의혹을 풀어야 한다고 의견을 모았다. 그러나 이승만은 성명서 발표를 거부했다. 또 대통령이 상해에 없을 때 국무총리에게 행정결재권을 위임해달라는 이동휘의 요청도 거부했다.

이동휘는 결국 총리직을 사직하고 임정을 떠났다.

새해가 밝고 열흘이 지난 아침, 임정 청사 2층 회의실에서 회의가 열렸다. 임정의 투쟁 방향을 점검하고 재설정하는 회의였다. 회의실은 여느 때보다 조용했다.

창틀의 갈라진 틈새로 바람이 스며들고, 석탄 난로 위의 주전자는 조용히 김을 뿜었다. 마호가니 책상들은 삐걱대는 의자와 짝을 맞추었다. 벽엔 빛바랜 태극기가 걸려 있고, 그 아래엔 날짜 지난 『독립신문』이 핀으로 고정되어 있었다.

무거운 분위기 속에서 이동녕이 좌중을 둘러보며 한쪽 다리를 꼬고 앉아 있었다. 조소앙은 눈을 감은 채 손가락으로 책상 위를 톡톡 두드리고 있었고, 김구는 구석에 서 있었다. 모두 겨울 코트를 벗지 않은 채였다.

이승만이 자리에서 일어섰다. 단정한 그의 양복 깃에서는 미국 성조기 배지가 빛났다.

"이제는 결단의 시기입니다. 독립을 이끌 외교의 시간이 왔습니다. 미국이 세계의 중심이니 무력투쟁보다는 그 힘을 도구로 삼아야 합니다."

이승만은 워싱턴과 하와이에서 영어 연설로 미국 정계와 교회 지도자들을 설득해온 경험이 있었다. 미국에서 한 연설을 과시하는 듯한 그의 발언은 무장투쟁을 포기하고 외교투쟁에 나서자는 전략의 재조정 선언에 가까웠다. 회의실은 한동안 침묵에 잠겼다. 그 침묵은 무력한 동의도, 수동적 경청도 아니었다.

이윽고 양기탁이 먼저 말을 받았다.

"이 박사, 우리는 무장투쟁만을 고집한 적이 없습니다. 박사께서 믿는 외교노선 방략이 과연 이 땅의 고통과 피를 이해하고 나오는 것입니까? 파리강화회의에서 우리가 어떤 대우를 받았습니까? 거기서 푸대접을 받았다는 사실이 외교의 한계를 말하는 것이 아닌가요?"

이승만이 곧바로 대답했다.

"한두 번으로 포기할 수 없습니다. 지금 나는 미국 내 정치인들과 교섭할 새로운 실마리를 갖고 있소. 워싱턴 정계 안에 우리를 돕겠다는 교회 지도자들도 있습니다."

이시영이 침착한 어조로 그의 말을 끊었다.

"주교 한 사람이 조선을 구할 수 있다는 말입니까? 우리는 여기서 뼈를 묻을 각오로 투쟁하고 있습니다. 청원서는 말로 쓰지만, 독립은 말로는 되지 않습니다."

조소앙이 조심스레 입을 열었다.

"박사의 외교 전략은 부정할 수 없는 자산입니다. 그러나 단독으로 추진하기보다는 국내의 무장세력과 연계를 모색하는 것이 더 낫지 않겠습니까? 우리는 지금 아무것도 없습니다. 외교력은 분명 힘입니다."

이승만이 조소앙을 흡족한 시선으로 바라보았다.

안창호가 낮고 조심스러운 목소리로 대화를 이어받았다.

"외교는 결과로 증명해야 합니다. 미국이 지금껏 한 번이라도 우리를 주권을 가진 존재로 대우한 적이 있었습니까? 임시정부는 목적을 위해 수단을 정당화하는 기관이 아닙니다. 수단이 당당하지 않다면 그 결과 또한 그럴 것입니다."

이승만의 눈썹이 미세하게 흔들렸다.

"나는 미국을 통한 독립의 가능성을 믿습니다. 조선처럼 분열된 민족은 외세 없이 독립을 이루기 어렵습니다. 국제연맹이든, 청원 외교든, 우리는 무엇이든 시도해야 합니다."

듣고 있던 김구가 입을 열었다.

"각하의 애국심을 부정할 수는 없습니다. 그러나 외세의 손에 의해 얻은 해방은 진정한 해방이 아닐 것입니다. 독립이란 외세가 베푸는 은전이 아닙니다. 우리가 쟁취해야지요."

박은식朴殷植이 김구의 말끝을 이어받았다.

"독립은 정신에서 나와야 합니다. 미국의 전쟁은 미국의 정의를 위한 것이지, 조선을 위한 것이 아닙니다. 그들의 전쟁에 우리에 대한 인식이 있었습니까?"

이승만은 턱을 내리누르며 반격하기 위해 숨을 골랐다.

그사이 차리석車利錫이 벌떡 일어났다.

"그러면 이 박사 말씀은 우리가 지금까지 해온 모든 것이 무의미하단 말씀입니까? 외교만이 해법이라는 그 생각은 우리가 보기에… 독립이 아니라 또 다른 복속입니다."

조완구가 공격에 나섰다.

"좋습니다. 외교도 길이지요. 그러나 우린 군대도 없고, 영토도 없고, 돈도 없습니다. 이런 형편에 강대국 문 앞에 청원서 하나 들고 가서 '독립을 내놓으시오' 한다고요? 그건 얻어오는 게 아니라 스스로 종노릇할 길을 여는 겁니다."

엄항섭은 회의록을 정리하다가 펜을 내려놓았다. 이동녕이 회의를 정리했다.

"대통령 각하의 고견은 충분히 들었습니다. 그 진심 또한 압니다. 그러나 임시정부는 다수의 뜻에 따라 움직입니다. 오늘은 무장투쟁을 내려놓을 수 없다는 의견이 대세를 차지했습니다. 그러나 외교도 하나의 길입니다. 다음에 더 구체적인 제안이 있다면, 다시 논의합시다."

이승만은 창밖으로 시선을 던졌다. 하늘은 잿빛으로 흐려 있었고, 작은 증기선이 황포강을 떠나고 있었다.

회의실을 나갈 때 이승만이 김구에게 한마디 했다.

"백범 아우님, 시간 내서 내 사무실에 들렀다 가시오."

다음 날 김구가 이승만의 사무실을 찾아갔다. 미국 신사풍 차림을 한 비서 임병직의 태도가 불안해보였다.

"각하, 무슨 할 말이 있으십니까?"

김구가 인사를 건넸다.

"백범! 부탁하오."

"부탁할 게 뭐가 있습니까? 가시지 않으면 됩니다. 불안해하지 마십시오. 각하는 갓 붙들려온 사슴처럼 마음이 늘 숲속에 가 있는 듯합니다."

김구는 진심으로 이승만을 지켜주고 싶었다. 김구는 북경에서 활동하는 신철, 김원봉金元鳳 등 10여 명이 비상사태에 대비해 폭탄과 권총을 지니고 상해로 잠입했다는 사실을 알고 있었다.

"부탁하오. 백범에게 맡기고 가겠소! 임정 요인 몇몇이 외부와 연대해 임정 불신임안을 제출하고, 국민대표회의 소집을 결정했소. 대체 그자들이 위임통치가 무슨 뜻인지나 알겠소?"

이승만은 화가 나서 책상을 주먹으로 치고 일어나서 사무실을 왔다 갔다 했다.

"이 문제를 제일 극성스럽게 자꾸 들쑤시며 다니는 게 누군 줄 아시오? 경무국장이 왜 그 장본인들을 그냥 두는 거요? 당장 그들을 잡아오시오!"

그러고는 혼잣말처럼 말했다.

"신채호와 박용만朴容萬이라고? 아니야, 진짜 배후는 도산이야! 교활한 안창호는 나를 몰아내고 실권을 잡으려고 별별 음모를 꾸미고 있단 말이야!"

김구가 분위기를 가라앉히기 위해 의자에 털썩 주저앉으며 말했다.

"각하! 분노는 올바른 판단을 막습니다. 앉아서 차분히 말씀하시
지요."

이승만이 임병직에게 소리쳤다.

"임 비서! 성토문을 꺼내 읽어보게나!"

임병직이 검은 가죽가방의 지퍼를 열어 서류를 꺼냈다. 그가 소
리 내어 서류를 읽었다.

"성토문. 2천만 형제자매에게 알린다. 이승만, 정한경 등이 대미
위임통치를 청원한 사실을 고발하며 그 죄를 규탄한다…"

문건은 '매국매족' 같은 거친 표현을 담고 있었다. 임병직이 읽어
내려가는 동안 이승만의 입술은 굳게 닫혔지만 떨림을 감추지 못
했다.

"백범! 난 그대를 알다가도 모르겠소. 임시정부가 이렇게 난장판
이 되어가는 것을 왜 지켜보고만 있소?"

"제가 부족한 것은 사실입니다. 그러나 분노로 현 사태를 풀 길은
없습니다."

"백범, 어째서 경무국은 암과도 같은 존재인 안창호와 그 일파를
두고 보기만 하고 비상조치를 취하지 않느냐는 말이오. 경무국도
도산에게 동조하고 있는 것이오?"

"각하께서는 임정의 파국을 원하십니까? 도산 선생이 임정 초기
부터 지금까지 임정을 위해 심신을 바쳐왔다는 것은 누구나 인정하
고 있습니다."

"이보시오, 백범! 과거의 공로가 있다고 해서 현재 파탄을 내는
인사를 감싸겠다는 말이오? 아닐 때는 분명히 아니라고 해야 하오.

그게 국제적인 행동방식이오.”

“큰일을 하려면 작은 창피는 참아야 합니다.”

“백범, 나를 가르칠 생각은 마시오. 당신까지 그렇게 말한다면, 난 그만두겠소. 임 비서에게 지시했소만, 내가 국무원과 임시의정원에 사임 의사를 표시했다고 통고할 거요.”

*

4월 16일 열린 한인구락부 만찬회의에서 이승만은 이동녕에게 말했다.

“석오, 이제 저는 미국으로 돌아가렵니다. 상해에 있어봤자 논란거리만 생기고 도움을 주지 못하니 송구스럽습니다. 그럴 바에는 할 일이 많은 미국으로 가는 게 좋겠습니다. 석오께서 최선을 다해 이곳 정부를 보호 유지하시면 제가 미국에서 힘껏 돕겠습니다.”

“6개월도 되지 않아 떠나시면 앞으로 임정과의 관계는 회복되기 어려울 듯합니다.”

이동녕이 만류했다.

“미국도 사정이 나쁩니다.”

이승만은 미국을 떠나올 때 현순에게 구미위원부 위원장 대리를 맡기면서 일을 벌이지 말고 서재필徐載弼과 상의해 현상 유지만 하라고 지시했다. 그러나 현순은 한국공사관 개설을 추진하면서 서재필과 마찰을 빚었다. 이승만은 서재필을 구미위원부의 임시위원장으로 임명하고 현순에게 사직을 권고하는 전보를 쳤다. 그러나 현순은 “나라와 2천만을 위하여 해임을 받아들이지 않겠다”고 불복

선언을 한 상태였다.

"꼭 미국으로 가시겠다면 그 뜻을 사람들에게 말하지 마십시오. 말이 누설되면 상해를 떠날 수 없을 것이고, 큰 분란이 일어날 것입니다."

석오는 길게 한숨을 쉬며 덧붙였다.

"떠나간 뒤에 여기 있는 각료들이 임정을 위해 협력할 것이라고 기대하지는 마십시오. 결국 임정은 분리되고 말 것입니다."

이승만은 1921년 5월 17일 짤막한 교서를 남기고 잠적했다.

"외교상 긴급과 재정상 절박한 문제로 부득이 상해를 떠난다. 임정의 안녕과 민족의 단합을 기원한다."

이 교서는 그가 떠난 뒤에야 의정원에 전달되었다. 29일에는 마닐라행 기선 콜럼비아호를 타고 미국으로 떠났다. 대한민국 임시정부 대통령으로서 그가 상해에 머문 기간은 6개월 정도였다. 미국으로 돌아간 뒤 이승만은 임시정부를 힐난했다. 그러나 김구에 대한 평가는 박하지 않았다. 교포들을 대상으로 한 연설에서 이승만은 이렇게 말했다.

"경무국장 김구 씨는 조용히 앉아 경찰 사무를 잘 보는 동시에 선전까지 잘한다."

국내와 연계하기 위해 설치한 연통제와 교통국이 일제의 검거로 활동이 어려워지고 내부적으로도 파벌과 독립운동의 방법을 둘러싼 여러 문제가 대두했다. 조직 개편이 필요하다는 주장이 제기되기 시작했다.

김구는 회의장으로 향하며 잠시 걸음을 멈췄다. 손에는 임시정부 헌장 초본을 들고 있었다. 곁의 조소앙이 조용히 말했다.

"백범, 새살이 돋으려면 헌 살은 떨어져야 하지 않겠습니까."

김구는 마지못한 듯한 표정으로 답했다.

"헌 살이라도 남아 있어야 새살이 보호되지 않겠소?"

그는 초본의 모서리를 만지작거리며 중얼거렸다.

"나는 외양을 지키려는 것이 아니라 이 문서의 혼을 지키려는 것이오."

회의가 열렸다. 임정의 존폐론까지 등장하는 상황이어서 회의장이 후끈 달아올랐다.

안창호가 자리에서 일어나 담담하게 말했다.

"우리는 4년을 흘려보냈습니다. 임정은 이름뿐이고, 국민은 굶주리고 있습니다. 새 길을 내야 합니다. 해체든 개조든, 변화 없이는 한 걸음도 나아갈 수 없습니다."

김구가 곧장 자리에서 일어섰다.

"도산, 그 말씀은 곧 선혈로 세운 임정을 부정하는 것입니다. 해체든 개조든, 서로 다를 게 없습니다."

잠시 말을 멈춘 그는 방 안을 둘러보았다.

"뼈대를 무너뜨리는 순간, 우리의 피는 무엇이 됩니까?"

회의장이 침묵으로 가라앉았다. 김구는 스스로에게 말했다.

'나는 싸우는 것이 두렵지 않다. 그러나 타협이 두렵다. 타협은 언제나 무너짐에서 시작된다.'

이동녕이 곁에서 고개를 끄덕이며 김구를 거들었다.

"임정이야말로 독립운동의 정통한 맥을 이어받은 곳입니다. 임정을 부정하는 순간, 우리는 제각기 망명객으로 흩어질 뿐입니다."

신규식申圭植이 일어섰다.

"김구, 이동녕 선생. 선생들이 지켜온 정통의 무게를 모르는 바 아니오. 그러나 묻겠소이다. 임정이 지난 세월 무엇을 보여주었습니까? 국민이 보고싶어 한 것은 단결과 진척이었는데, 돌려준 것은 분열과 퇴보가 아니었습니까? 책임이 어찌 임정을 비판하는 자들에게만 있겠습니까."

웅성거림이 일었다. 김구의 얼굴이 붉어졌다.

여운형이 손을 들어 방 안을 진정시켰다.

"나는 어느 쪽에도 서고 싶지 않습니다. 창조파든, 개조파든, 임정 유지파든… 모두 조선의 독립을 위하는 마음은 같을 것입니다. 그러나 밖의 현실은 냉혹합니다. 동포는 굶주리고, 청년들은 헤매고 있습니다. 우리가 오늘 이 자리에서조차 합의하지 못한다면 역사는 누구를 탓하겠습니까?"

안창호가 고개를 끄덕이며 말을 이었다.

"그 말씀 맞습니다. 합의를 위해서라도 임정은 변해야 합니다."

김구는 험한 인상으로 소리를 질렀다.

"변한다는 말은 달콤하지만, 그 끝은 배신입니다."

방 안의 열기가 차갑게 가라앉았다.

하나둘씩 회의장을 떠났다. 밤공기가 차가웠다. 안창호는 모자를 눌러쓰고 서쪽 골목으로 향했다. 뒷모습이 단호했다. 이동녕은 김구 곁에 잠시 서 있다가 숙소로 발길을 옮겼다. 어느새 신규식, 여운형의 모습도 보이지 않았다. 홀로 남은 김구는 가장 늦게 발걸음을 옮겼다. 회의에서 들은 말이 여전히 귓가에서 맴돌았다.

'변화를 거부하는 임정이 가장 큰 책임이오. 백범은 유연성이 부족하오. 고집이 세서 연대에 실패하고 있지 않소? 연대가 실패하면 분열하는 법이오.'

도산의 목소리였다.

박은식, 김창숙金昌淑 등이 먼저 북소리를 울렸다.

"이대로는 안 된다. 한번 크게 모여 판을 다시 짜보자."

그게 국민대표회의였다.

1923년 새해 벽두, 상해 목은당 예배당으로 사람들이 몰려들었다. 국내, 만주, 북경, 간도, 노령, 미국… 조선이라는 이름을 빌려 쓸 수 있는 곳에서는 웬만한 단체가 하나씩 다 모였다. 명함만 세어도 100이 훌쩍 넘었다.

판은 곧 둘로 갈라졌다. 개조파와 창조파.

개조파 쪽은 대체로 이런 생각이었다.

"임정이 죽 쑨 건 인정한다. 그래도 그릇은 그대로 두고 안에 든 걸 갈자."

안창호, 여운형, 김동삼…, 각자 길은 달랐지만 임정 간판을 즉각 내릴 수는 없다는 뜻이었다.

창조파는 달랐다.

"이 집은 처음부터 기초가 잘못됐다. 헐고 새로 짓자."

박용만, 신채호, 북경파, 이르쿠츠크 공산계, 대한국민의회 계열…, "이름만 정부지 실력은 동네 계 모임 아니냐"는 독한 말도 서슴지 않았다.

개조파와 창조파는 복잡하게 얽혔지만, 간단히 말하자면 '남은 기둥을 살려서 갈 것인가, 다 부수고 새로 세울 것인가'의 차이였다.

대회는 5월 15일 결렬될 때까지 총 63회에 걸쳐 계속될 만큼 엄청난 규모로 진행됐다.

'조선 제1의 연설가'라는 평가를 받는 도산은 창조파의 격렬한 주장에 맞서 뛰어난 웅변으로 분위기를 역전시키는 수완을 발휘했다.

"나라 없는 슬픔은 우리 모두 안고 있소이다. 임시정부는 그 슬픔 속에서 하나의 등불이었소. 지금 우리가 할 일은 등불을 끄는 일이 아니라, 그 빛을 더 밝히는 일이외다. 임정 안에는 부끄러움도 많고, 고치지 않으면 안 될 결함도 있소이다. 우리에게 필요한 것은 임정의 해체가 아니라 개조요, 포기가 아니라 각성이어야 하오. 임정은 수단이요, 목적은 조선의 독립이외다. 목적을 이루기 위해 수단을 바꾸는 일은 가능하되, 수단을 버리고 서로를 배척하는 일은 민족의 미래를 스스로 꺾는 것이오."

도산은 잠시 말을 멈추고 회의장을 둘러보았다. 그리고 흔들림 없는 목소리로 외쳤다.

"나라를 잃은 건 일본의 칼 때문이었소. 그러나 우리가 스스로 갈라져 또 한 번 무너진다면, 그건 일본의 칼이 아니라 우리의 칼이 한 일이오."

오랜 기간 팽팽히 맞섰던 동력이 쇠퇴해지기 시작하자 의장 김동삼이 만주로 돌아가고, 개조파는 대회에서 탈퇴했다. 결국 대회에는 창조파 80여 명만 남아 6월 2일 '조선공화국' 혹은 '한'韓이라는 새 정부를 블라디보스토크에 세우기로 결의했다.

창조파의 독단적인 신정부 수립 소식이 전해지자 각지의 독립운동가는 이를 규탄하는 경고문을 잇달아 발표했다. 상해의 독립운동가 사회는 혼돈에 빠졌다. 한국노병회에 전념하며 국민대표회의의 추이를 지켜보고 있던 김구는 임시정부의 내무총장에 취임했다.

김구는 목은당에 찾아갔다. 오랜 기간 예배당을 회의장으로 빌려준 데 대해 감사의 인사를 드린 후 곧바로 '내무부령 제1호'를 공포했다.

"국민대표회의가 연호와 국호를 달리 정한 것은 민국에 대한 모반이다. 갑자기 헌법을 제정한 것은 조국의 권위를 침범한 것이다. 본 내무총장은 2천만 민족이 공동 위탁에 의한 대한민국 임시정부의 치안책임과 4천 년 유업의 신기神器를 유지하는 직권을 맡았기 때문에 소수만이 정한 6월 2일 이후 일체의 불법행위를 금지하고 대표회 자체의 즉각 해산을 명한다."

같은 날 임시정부는 국무총리 노백린盧伯麟, 내무총장 김구, 외무총장 조소앙, 법무총장 홍진洪震, 재무총장 이시영의 연명으로 창조파의 독자적인 연호와 국호 제정행위를 규탄하고, 내외 국민의 각성을 촉구하는 '국무원포고 제3호'를 포고했다.

격랑의 연속이었다. 국민대표회의 실패 이후 임시정부는 하나의 독립단체 수준으로 전락했다. 이동녕, 이시영, 김구, 조완구, 엄항섭,

차리석 등 임시정부를 옹호하는 고수파는 산하 조직도 없이 임시정부를 지켰다. 마랑로에 청사를 마련해 간판을 내걸고 태극기를 휘날리면서 임시정부의 정통성을 유지하려 무진 노력을 기울였으나 이승만, 이동휘, 안창호 등 초기 임시정부를 삼분하던 정치적 거두들이 퇴진한 임시정부는 무주공산이 되어가는 형편이었다.

김구는 "타협을 모르는 백범의 태도가 임정의 고립을 심화시켰고, 자기 확신이 지나쳐 독립운동 세력의 분열에 한몫했다"는 외부 비판을 수용할 겨를이 없었다. 민족주의 진영은 깊은 고민에 빠졌다. 임시정부가 고비를 넘기기 위해서는 체제 개편과 대통령 이승만 해임 문제를 해결해야 했다.

체제 개편은 자체적으로 논의할 수 있었지만, 이승만을 물러나게 하려면 당사자의 동의가 필요했다. 이승만은 사임하지 않겠다고 버텼다. 임기 규정이 없으니 언제까지 기다릴 수도 없었다. 탄핵이 마지막 선택이 될 수밖에 없다는 것이 중론이었다.

1924년 9월 임시의정원은 대통령이 유고 상태에 있다고 결정하고 국무총리 이동녕에게 대통령직을 대리하도록 결정했다. 이승만은 크게 반발해, 하와이민단장에게 자금 송금을 중단하라고 지시했다.

"도무지 낯바대기가 있어야지, 가시아비 돈 떼어먹은 자처럼 뻔뻔하게…"

이승만에 대한 험담이 빗발쳤다. 12월 11일 박은식이 임시 대통령 대리로 선임되면서 임시헌법 개정과 이승만 대통령 탄핵 문제가 본격적으로 추진되기 시작했다.

1925년 3월 13일 곽헌, 최석순, 문일민 등 10명의 의정원 의원이 '임시대통령 이승만 탄핵안'을 제출했다. 3월 21일 탄핵 심판서가 보고되었다. "임시대통령 이승만을 면직함"이라는 짧은 주문과 함께 그 이유가 덧붙여졌다. 탄핵 사유로는 크게 다섯 가지가 제시됐다. 상해에 부재하며 정부 운영에 소홀했던 점, 구미위원부 운영과 재정 집행의 불투명성, 의정원을 무시한 권한 행사, 국내외 독립단체들과의 갈등으로 정부를 고립시킨 점 등이었다.

3월 23일 임시의정원이 탄핵심판서를 통과시켰다. 이승만이 대응하지 않아 탄핵이 공고되었다.

이승만은 임시의정원의 탄핵 사유에 승복하지 않았다. 그는 임시의정원이나 국무원의 요구가 자신의 의사와 배치될 때마다 한성정부의 정통성을 근거로 들었다. 이시영과 조소앙은 그에게 한성정부 이야기를 더 이상 하지 말라고 거듭 건의했다. 이 주장은 상해-블라디보스토크-한성정부를 통합한 임시정부의 헌법을 부인하는 행위였다.

*

제2대 임시대통령으로 뽑힌 박은식은 3월 24일 취임했고, 바로 내각을 구성했다.

이승만은 탄핵 직후 대통령 선포문을 발표하여 자신이 한성정부의 대통령이라고 주장했다. 임시대통령 면직처분은 파괴를 시도한 상해 일부 인사들의 망령된 태도라고 비난했다. 그는 구미위원부를 유지하면서 외교 선전사업을 계속하겠다고 천명했다.

임시정부는 구미위원부 폐지령을 내리고 대미 외교 사무를 맡을 외교위원을 새로 파견하기로 했다. 재정업무는 대한인국민회와 하와이교민단에게 넘기도록 명령했다. 그러나 이승만은 이 명령에 응하지 않고, 1928년까지 구미위원부를 그대로 두고 동포들에게 거둬들인 애국금과 각종 성금을 관장했다.

박은식이 제일 먼저 손댄 건 헌법이었다. 이 상태로는 대통령이란 명칭이 아깝다는 판단이었다. 그래서 4월 2차 개헌에서 대통령제를 접고 국무령제로 바꿨다.

첫 번째 인물은 서간도 원로 석주石洲 이상룡李相龍이었다.

"석주 선생 정도면 모두 받아들일 것이다."

생각은 좋았지만, 막상 뚜껑을 열어보니 아무도 응하지 않았다. 국무령이 혼자 책상을 지키는 내각, 그게 첫 번째 실험의 결론이었다.

다음 인물은 양기탁, 또 다음은 안창호.

"선생이 한번 맡아주십시오."

사람들이 이렇게 부탁하면 당사자들은 하나같이 이렇게 답했다.

"지금은 때가 아니오."

결국 내각은 뜨거운 감자가 됐다. 아무도 오래 쥐고 있지 못했다.

홍진이 가까스로 국무령 자리에 앉아 내각을 꾸렸지만, 그도 6개월 만에 손을 털었다.

사정이 이렇게 되자 의정원 이동녕 의장이 김구에게 국무령을 맡아 조각을 하라고 강권했다. 김구가 이동녕 의장에게 말했다.

"첫째, 저는 해주 서촌의 존위를 지낸 김순영의 아들로서 정부가 아무리 상황이 어려워졌다고 하더라도 일국의 원수가 되는 것은 국가와 민족의 위신 문제로 불가합니다. 둘째는 이상룡, 홍진 같은 분들도 응하는 인재가 없어 내각 조직에 실패하는데 제가 조각을 한다면 더욱 응할 인물이 없을 것입니다.”

이동녕의 강권은 계속됐다.

“첫 번째는 이유가 될 수 없소. 다음 것은 백범만 나서면 지원자들이 있을 것이오. 그러니 쾌히 승낙해 임시정부의 무정부 상태를 면하게 해주시오.”

김구는 단호했다.

“저는 자격이 안 됩니다.”

거리에는 매일 스산한 바람이 불었다. 상해는 비정한 도시였다. 북경을 떠나 상해로 내려온 중국 작가 노신魯迅,루쉰은 이 도시를 “자비 없는 외국의 도시”라고 표현했다. 프랑스 조계에 은신하며 청년 혁명가들을 숨겨주던 노신은 겉모습은 네온이 화려하고 전차가 달리지만, 뒤편에서는 학생과 노동자가 박해받고 끌려가는 상해의 현실에 분노했다. 상해 토박이 노신조차 상해의 몰인정을 이렇게 비판했으니, 망명객에게 이 도시의 냉혹함은 더 말할 나위가 없었다.

프랑스 조계의 낡은 임시정부 청사 벽에는 습기가 번지고 천장에는 냉기가 가시지 않았다. 김구의 개인 사정도 최악이었다. 하루에 한 끼로 버티는 날이 많았다.

“백범, 더는 망설이지 마시오.”

좁은 방의 낡은 난로를 헤집던 이동녕이 말했다. 연기 속에서 석오의 눈빛은 이날따라 맑았다.

"제 역량으로는 둑 위에 성루를 쌓을 자신이 없습니다."

김구는 창가에 앉아 임시정부의 회계 장부를 뒤적였다. 누렇게 바랜 장부엔 '쌀 한 가마, 십 전, 미수'라고 적혀 있었다. 직원들의 월급도 몇 달째 밀려 있었다.

"백범이 못하면 누가 하오?"

이동녕이 조용히 김구 앞에 무언가를 내밀었다. 빛이 바랜 천에 붓으로 그린 태극기였다. 한구석은 실로 꿰맨 자국이 선명했다.

"이 태극기는 서상돈徐相敦 선생으로부터 내려온 것이오. 대구에서 국채보상운동을 할 때 한 여성이 이 태극기에 쌀을 담아왔다고 하오. 찢긴 부분은 선생의 어머니께서 꿰맨 것이오. 선생은 이 태극기를 받는 사람은 꼭 다시 조선을 찾아야 한다는 유언을 남기셨소."

김구는 태극기를 받아 손끝으로 천을 어루만지며, 실밥 하나하나의 숨결을 읽었다. 단순한 깃발이 아니었다. 태극기는 시들어가는 불씨였다.

김구는 다음 날 임정 요인들이 모인 회의실에서 입을 열었다.

"국무령이란 자리는 제가 맡을 자리가 아닙니다. 그러나 아무도 나서지 않는다면 제가 이어가겠습니다. 영광이 아니라 책임으로 맡겠습니다."

의정원 의원 19명이 출석한 회의에서 김구가 13표를 얻어 국무령으로 선출됐다.

김구는 문지기를 하겠다며 임시정부에 참여한 지 7년 8개월 만에 임시정부의 수반이 됐다. 김구는 윤기섭을 내무장, 오영선을 국무장, 김갑을 재무장, 김철을 법무장으로 임명해 내각을 조직했다. 새로 선출된 국무원 가운데 김구와 동향 출신은 한 사람도 없었다.

김구는 헌법 개정에 착수해 1927년 4월 11일 개정헌법3차 개헌을 '대한민국 임시약헌'이라는 이름으로 공포했다. 국무위원제를 채택하고 국무령제는 폐지했다. 국무위원제는 국무위원 가운데 한 사람을 주석으로 선출하되, 주석은 대통령이나 국무령과 같이 특별한 권한을 갖지 않고 회의를 주재하는 권한만 갖는 것이었다. 단일지도체제에서 집단지도체제로 바뀐 것이다.

정부의 재정 상태는 말이 아니었다. 정부청사의 집세 30원도 못 내는 형편이었다. 한번 멀어진 국민의 관심을 다시 끌기는 어려웠다. 사람들의 관심은 임시정부에서 독립한 만주의 독립군에게로 옮겨 갔다.

이승만과의 관계가 단절된 뒤 재미동포의 지원도 끊겼다. 이승만이 탄핵된 뒤 미국의 대한인국민회는 1926년에 임시정부에 세 차례에 걸쳐 총 250달러를 보냈고, 그 후로는 송금을 중지했다. 임시정부는 갖고 있던 권총 네 자루 중 두 자루를 팔아 써야 했다.

임시정부라는 이름마저도 보존할 길이 보이지 않았다. 미주, 하와이, 멕시코, 쿠바에 만여 명의 동포가 살고 있었다. 그들은 대부분 노동자였다. 김구는 그곳 동포들에게 사정을 알리는 편지를 보내 도움을 받기로 계획을 세웠다.

"정부가 아직 버티고 있습니다. 부끄럽지만 도와주실 수 있겠습니까."

그의 편지는 짧았지만 꾸밈이 없었다. 영어를 몰라 영어 주소는 엄항섭과 안공근이 썼다.

어떤 봉투는 '수령인 불명' 도장이 찍혀 되돌아왔다. 그러나 시카고에서 첫 답장이 왔다. 김경이라는 동포였다.

"김 선생 편지를 읽고 교민회를 열었습니다. 이 돈이 적더라도 받아주십시오."

봉투 속에는 219달러가 들어 있었다. 김구는 그 돈을 바로 쓰지 않았다. 전대 속에 넣고 실로 꿰맸다. 굶는 일이 있어도 사사로이 꺼내 쓰지 않겠다는 다짐이었다.

어느 날 하와이에서 임성우라는 이름으로 편지가 왔다.

"정부를 지키고 계셔서 감사합니다. 민족에게 보람이 될 사업이 있다면 자금을 보내고 싶습니다."

김구는 곧장 송금을 요청하지 않았다.

"때가 오면 통지하겠습니다. 그때까지 모아두십시오."

곧바로 보내라는 재촉 대신 '아직은 때가 아니다'라는 말, 동포들은 그 말에 큰 신뢰를 보냈다.

상해의 차가운 방에서 김구는 태극기를 꺼내 경건하게 바라보았다. 그것은 깃발이 아니라 멀리 떨어진 사람들 사이를 잇는 믿음의 가교였다.

IO 밤에 쓰다

늦은 밤이다. 김구는 상해 마랑로 보경리 4호 임정 청사의 2층 집무실에 홀로 앉아 있다. 한때 천 명에 가까웠던 동지들이 하나둘 자취를 감춘 뒤, 지금 상해에 남은 이는 고작 수십 명뿐. 임시정부를 해체하자는 말까지 들려온다. 뿌리 없이 흔들리는 대나무처럼 바깥 세상의 지원도, 내부의 충심도 꺾여가는 중이다.

집무실 아래 1층 회의실은 조용하다. 조금 전까지만 해도 들리던 경비원의 발소리도 사라지고, 청사 전체가 정적에 잠겼다. 골목의 적막이 벽을 타고 2층까지 스며든다.

창문 너머로 희끗희끗한 기척이 보인다. 초저녁부터 하늘이 내려 앉더니 진눈깨비가 날린다. 김구는 자리에서 일어나 창가로 다가갔다. 사선을 그으며 떨어지는 빗줄기와 바람에 흩날리는 눈송이들이 골목과 오래된 지붕 위를 휘젓고 있다. 가로등만이 사위의 어둠 속에서 제빛을 지키고, 대부분의 집은 불을 끈 채 어둠에 잠겨 있다.

김구는 스무 살 청년 시절, 청나라를 헤매던 기억을 떠올렸다. 통화현의 환인, 관전, 임강, 집안… 고구려와 발해, 금과 요, 여진의 역사가 거듭 솟았다 사라졌던 땅, 그곳 대지에 집칸을 세우고 살아가던 동포들. 땅을 일궈 옥수수를 심고 조를 타던 그들은 가난했어도 마음은 넉넉했고, 남쪽에서 나그네가 오면 가족처럼 맞았다. 살기 위해 국경을 넘어갔지만, 조국이 그리워 밤새 고국 이야기를 듣고는 새벽이면 고맙다며 음식을 냈다. 나라를 건너간 백성이었으되, 조국에 대한 사랑만은 세상 누구보다 깊고 뜨거웠다.

김구는 흐려진 창밖을 바라보다 다시 책상 앞의 의자에 반듯하게 앉았다. 결의를 담아 만년필을 들었다.

'내가 죽거든 자식들에게 무엇을 남겨줄 수 있단 말인가…'

아무도 없는 집무실 한복판, 나무 책상 위에서 그는 묵직하게 한 줄을 적었다. 후세를 위한 유서와 같은 글이었다.

두 어른의 얼굴이 떠올랐다. 고능선과 김효영.

조선의 기운이 꺼져갈 때 젊은 동학 접주로 일본군과의 전투에 나섰다가 실패한 후 안태훈 진사의 배려로 그의 청계동 집에 얹혀 살 때, 당시 이름이 창수였던 김구는 고능선 선생에게서 '의義로써 나라를 지킨다'는 교훈을 배웠다. 이 말을 가르쳐준 스승의 인품에 감화를 받았다. 말의 의미를 깨친 청년 창수는 뜻을 곱씹어가며 서럽게 울었고, 스승은 청년의 순수함에 함께 울었다. 안악의 김홍량[9]의 할아버지 김효영은 김구가 안악에서 학생들을 가르칠 때 손주뻘 되는 젊은이의 문전에 와서 "선생님 평안하시오?" 하고 인사를 했다. 김구는 어른의 인사를 받는 것이 부끄럽다고 한사코 말렸다. 그러나 노인은 그것이 나라 잃은 시대에 정신과 지식을 가르치는 이에 대한 예의라며 계속하겠다고 고집했다. 그것은 한 글자라도 더 배워 일어서야 한다고 절치부심했던 어른과 젊은이가 젊은이와 어른에게 서로 고개를 깊이 숙여 인사한 독특한 역사의 한 장면이었다.

김구는 상해 대한민국 임시정부가 흔들리는 어려운 시절에 그 어른들이 사랑방에서, 또 문간에 와서 몸으로 보여준 나라 사랑에 대한 의기를 다시 한번 되새겼다. 반드시 독립을 이루어 그런 분들이 묻힌 내 나라 내 땅으로 돌아가야 한다는 생각 때문에 허투루 살아서는 안 된다는 생각에 몸을 떨었다.

김구는 그들의 눈빛을 떠올리며 스스로 다잡았다. 임시정부가 흔들리는 지금 한시도 허송해서는 안 된다. 그래서 그는 또박또박 써 내려갔다.

"우리는 안동 김씨 경순왕의 자손이다. 우리 조상은 대대로 서울에 살아서 글과 벼슬로 가업을 삼고 있었다. 그러다가 우리 방조 김자점金自點이 역적으로 몰려서 멸문지화를 당하게 되었다. 그 길을 피하는 길이 오직 하나뿐이었으니, 그것은 양반의 행색을 감추고 상놈 행세를 하는 일이었다."[10]

이렇게 시작하자 원고지 빈칸에서 푸르른 힘이 솟아올랐다. 240자 칸이 새겨져 있는 원고지에 붓으로 또박또박하게 빈틈도 없고 띄어쓰기도 없이 국한문으로 써나갔다. 백범은 막힘없이 솟아오르는 문장을 주체할 길이 없었다. 그래서 글자들의 주장을 따라가느라 조밀하게 썼다. 빽빽하게 쓰는 것은 하나의 세상을 만드는 창조자가 그 세상을 다스리는 효과적인 방법이었다. 조밀한 문자들은 각자의 형태와 의미를 지니고 전체의 질서를 잡아나갔다. 원고 용지의 칸에 구애받지 않으면서도, 칸을 무시하지 않는 쓰기는 마치 검객이 검선을 벗어나지 않으려 애쓰는 초식招式의 한 수, 검법의 일훈一訓과 같은 것이었다. 절제 속에 깃든 치밀함, 형식 속에서 피어나는 진심의 기백은 그 촘촘함 속으로 정렬되고, 그것은 의식과 사유의 정밀함과 맞물려 어둠마저 소리를 죽인 시간에 고통과 인내의 결과물이 되어 흘러나왔다. 지사들이 구름같이 모여들어 한때는 천 명을 넘기도 했으나, 이제 불과 몇 사람만이 남아 있다. 이름도 빛도 없는 시대의 사람들이다.

'밤은 왜 이리 고요한가!'

김구에게는 한밤중의 쓰기가 그 절망을 넘어서는 최고의 방법이었다.

어린 시절, 상놈으로 자라난 한이 깊거늘, 글은 그런 사실을 건너뛰어 허투루 쓸 수 없는 노릇이었다. 정확한 기억력을 살려내 반듯하게 자신이 살아온 하루하루를 쓰려고 했고, 또렷한 기억의 회복력으로 유서를 쓰듯 이어 나갔다. 하루의 일과를 마치고 매일 깊은 밤에 대하는 원고지와 만년필은 농부의 밭과 쟁기같이 소중했다.

김구는 글로 쓸수록 조선 사람은 불의 앞에서 결코 유순하지도 않고, 체념적이지도 않다는 것, 나라를 강탈당한 이래 조선 사람이 왜놈과 싸우지 않은 날이 단 하루도 없다는 사실에 입이 말랐다. 그러나 쓰는 열기에 빠지지 않고 덤덤히 쓰려고 했고, 미심쩍은 부분은 오랫동안 되풀이해 곱씹으며 정확한 기억을 살려내려고 힘썼다. 사소한 것도 미심쩍은 것이 있으면 대충 넘어가거나 어물쩍 기록하지 않았다. 윗세대가 알 만한 일은 어머니에게 캐묻고 확인해 정확히 쓰고자 했다.

서른여섯에 김구는 안악사건으로 헌병대에 잡혀갔을 때 만난 독립운동가 59명의 이름을 하나하나 전부 기록했다. 그중 황해도에서 잡혀온 49명은 모두 군郡별로 분류해 기록했다.[11]

글을 써내려가는 일은 단순한 노동이 아니었다. 그것은 인간 내면에 잠든 기억의 암반을 깨뜨려 오래 묻혀 있던 수원을 끌어올리는 일이었다. 무정형으로 흘러다니던 기억은 글이라는 수원에 닿을 때 비로소 형상을 갖추고 살아났다. 종이 위에 펼쳐진, 말해진 적 없는 기억은 사라진 시간을 다시 불러내는 자기 존재 증명의 매개가 되었다.

원고지의 네모 칸은 비밀을 간직한 구획이었고, 끝없이 흩어지는 사유에 체계를 세우는 틀이었다. 세상은 무궁했고, 글은 그 무궁을 감당하지 못했기에 김구는 언어라는 도구로 사유를 붙잡으려 했다. 그럴 때 네모 칸은 '혼돈과 질서 사이의 협약'이 되었다. 작은 칸 속은 감옥 같았으나, 동시에 자유의 공간이었다. 절제가 없다면 무궁처럼 흩어지는 자유는 글을 통해 결코 살아날 수 없었다.

펜을 쥔 김구의 손은 바윗덩어리처럼 억세었고, 내면의 용암은 그 틈새로 끊임없이 분출하려 했다. 그러나 그는 그 용암을 원고지 위에 그대로 흘려보내지 않았다. 글쓰기는 뜨거움을 다스리는 작업이었다. 그것은 폭발이 아니라 정情을 다스리는 과정이었고, 분출이 아니라 조율이었다. 깊은 밤, 그는 자기 내면의 불길을 네모 칸이라는 규칙 속에 들여놓으며 스스로 단련했다. 칸은 억압 같았지만, 오히려 표현을 잉태하는 형식이 되었고, 그 속에서 사유는 회임의 기간을 거쳐 존재로 태어났다. 글은 혼자 지새운 밤이 그에게 남기는 선물이 되었다.

김구는 쓰면서 자기 연민과 감정의 과잉을 경계했다. 바위처럼 단단하게 여무는 생각을 안으로 공글리면서 그것들이 쉽사리 밖으로 튀어나오지 않도록 조심했다. 김구는 사적인 감정을 최대한 배제하면서 수수하고 덤덤하게 썼다. 그래서 『백범일지』는 개인의 기록치고는 감정이 드러나는 부분이 드문 글이 되었다.

김구는 얘기 솜씨가 있었다. 마곡사를 떠나 평양 영천사까지 가서 방주 노릇을 하며 지낼 때 그 고을 훈장과 시인들이 영천사에 와서 김구를 힐난하고 방자히 놀며 김구에게 시를 한 수 짓게 했다. 그때 "그들을 놀려주기를 겸해서 즉흥시로 지은 시 한 수가 평양에 알려져 평양 기생들이 노래로 만들어 부르며 '시승詩僧 원종'이라는 말까지 돌게 되었다"고 썼다. 시가 저절로 기생들에게 알려질 리는 만무하니, 원종이 기방에 나가 말해서 알려졌을 것이다. 그러나 그는 스님이 기방에 출입한 것은 쓰지 않고 건너뛰었다.

스승 고능선의 죽음에 관해 쓴 부분에서는 개인적인 감정이 짙게 드러난다. 김구가 인천감옥을 탈출해 쫓기던 시절 고능선 선생을 찾아가 하룻밤을 지냈고, 훗날 부음을 들었다. 김구는 일지에 스승의 죽음을 기록했다.

"전하는 바에 의하면 고 선생은 그 후 충청도 제천의 어느 일갓집

270

에서 객사하셨다 한다. 슬프고 슬프다. 이 말을 기록하는 오늘날까지 30여 년에 나의 마음가짐이나 행동에 하나하나 옳은 것이 있다고 하면 그것은 온전히 청계동에서 받은 선생의 교훈의 힘이다. 다시 이 세상에서 그 자애가 깊으신 존안을 뵈올 수 없으니 아아 슬프고 아프다."

1919년 8월, 상해의 밤은 눅진눅진했고 불쾌했다. 여름의 끝자락, 열기와 습기가 골목마다 배어 있었다. 김구는 숨을 곳, 눈을 붙일 자리가 필요했다. 목숨을 담보로 하루하루를 살아가는 그에게 안식이란 말은 사치였다. 밀정은 그림자처럼 따라붙었고, 안심할 수 있는 순간은 없었다. 그는 혼자였다.

그날 밤 프랑스 조계 외곽, 작은 이발소 옆의 뒷골목에서 김구는 누군가의 시선을 느꼈다. 누군가 뒤를 밟고 있었다. 발걸음을 재촉하다가 방향을 틀었다. 앞에 펼쳐진 골목은 환했다. 붉은 등과 인공의 웃음이 흘러나오는 창기들의 거리였다.

낯선 피난처였다. 멈추지 않았다. 낡은 구두에 묻은 진흙을 털지 않은 채로 빠르게 걸었다.

한 여자가 말을 걸었다. 조선말이었다.

"손님, 주무시고 가세요. 편하게 해드릴게."

붉은 입술 사이로 권태와 친절이 섞여 흘렀다. 여자의 눈매는 옆으로 찢어졌고, 긴 속눈썹은 어두운 불빛 아래에서 살짝 떨렸다.

"하룻밤만 재워줄 수 있소? 돈은 없소."

김구는 대답을 듣기도 전에 문턱을 넘었다. 책임 때문이었다. 살아야 했다. 그리고 싸워야 했다.

방은 작았다. 합판으로 막은 벽 너머로 술잔 부딪는 소리, 킬킬 거리는 웃음소리, 낮고 들뜬 한숨이 스며들었다. 벽지는 군데군데 벗겨졌고, 희미한 거울에는 수염이 거칠게 자란 김구의 얼굴이 비쳤다.

"조선 오라버님이니까 돈은 안 받을게요. 필요하면 불러요."

여자가 이불을 갖다주며 말했다. 김구는 고개를 끄덕였다. 그는 다짐했다. 내일도 싸운다. 나는 잡히지 않는다.

옆방에서 남자의 탄식과 여자의 교성이 들려왔다. 김구는 옷도 벗지 않고 널브러져 잠들었다.

이튿날 이른 아침, 김구는 아직 밝지 않은 거리로 나왔다. 새벽에 밀정은 활동하지 않는다. 골목은 조용했고, 햇살이 먼지를 비추고 있었다.

1920년 8월 마흔다섯의 김구는 아내 최준례와 아들 인을 상해로 불렀다. 2년 뒤에는 어머니도 상해로 왔다. 9월에는 임시정부 내무 총장이 되었고, 차남 신[信]이 태어났다. 그러나 1924년 1월에 아내 최준례가 상해 홍구 폐병원에서 사망했다. 당시의 사정을 김구는 이렇게 썼다.

"내 본의는 독립운동 기간 중에는 혼례나 장례를 극히 검소하게 할 생각이었으나, 여러 동지들이 내 아내가 나를 위하여 평생 크게 고생한 것이 곧 나랏일이라 하여 돈을 거두어 성대하게 장례를 치르고 묘비까지 세워주었다.

아내가 입원할 무렵에는 신이는 겨우 걸음마를 익힐 때요, 아직 젖을 떼지 아니하였으므로 우유를 먹었으나 잘 때에는 어머님의 빈 젖을 물었다. 그러므로 신이가 말을 배우게 된 때에도 할머니란 말을 알고 어머니란 말을 몰랐다.

민국 8년(1926년)에 어머님은 신이를 데리고 환국하시고 이듬해에는 인이도 보내시라는 어머님의 명으로 인이도 내 곁을 떠나 본국으로 갔다. 나는 외로운 몸으로 상해에 남아 있었다."

당시 그들의 숙소는 영경방永慶坊, 융칭팡 10호 2층이었는데, 둘째 아들을 해산하고 몸조리를 하던 아내 최준례가 계단에서 굴러떨어져 크게 다쳤다. 시어머니가 해산한 며느리 산후조리를 위해 세숫물을 떠오고 내가는 것을 황송하게 생각해 직접 물을 버리러 가다가 계단에서 미끄러져 크게 다친 것이다. 폐병까지 겹쳐 1년 넘게 고생하다가 상해 보륭의원에서 서양 시설을 갖춘 홍구 폐병원으로 옮겨가게 되었다. 김구는 보륭병원에서 아내와 작별해야만 했다. 홍구 폐병원은 프랑스 조계 밖에 있어 그를 노리는 일경 때문에 조계 밖으로 나갈 수 없는 처지였기 때문이다. 아내의 임종을 지켜본 사람은 여성 독립투사 '후동이 엄마' 정정화였다.

임시정부는 한때는 거액의 후원으로 버텼으나, 세월이 흐르자 곳간이 텅 비어갔다. 청사의 집세 30원을 내지 못해 집주인에게 쫓겨날 위기였다. 김구는 책상 위 원고지에 마음을 쏟아 넣으면서도, 아래층 문을 두드리는 집주인의 발소리를 늘 두려워해야 했다.

다행히 김구는 건강하고 튼튼했다. 그는 "내 일생에서 제일 행복이라 할 것은 기질이 튼튼한 것"이라고 썼다.

*

김구는 『일지』에서 안중근 가문과의 세의世誼를 여러 곳에서 피력했다.

황해도 신천 청계동을 떠나기 전 당시 이름이 창수였던 김구는 고능선 선생과 함께 자신을 돌봐준 안중근의 부친 안 진사를 찾았다.

함께했던 날들을 생각해 그냥 떠날 수는 없는 일이었다. 안 진사는 여전히 평온한 안채에 앉아 있었다. 창수가 말했다.

"진사 어르신, 단발령이 내려졌습니다. 고능선 스승과 상의해 의병을 일으키고자 합니다. 조선의 상투가 잘려나가고 있는데, 누구라도 일어서 막아야 하지 않겠습니까?"

안 진사는 마른기침을 한 번 하고는 고개를 저었다.

"아직 때가 아닐세. 괜한 피를 흘려선 안 되네. 천주님께 맡기고, 세상 흐름을 보는 게 좋을 걸세!"

옆에 있던 고능선이 벌떡 일어섰다.

"진사, 어찌 그런 말씀을 하시오? 서학을 믿고 때를 보자 하시면, 이 나라는 누가 지킵니까?"

안 진사는 헛웃음을 지었다.

"그래도 뜻을 이루려면 살아남아야 하지요. 머리 깎는 문제로 나라가 망하는 건 아니지 않습니까?"

고능선은 더 이상 참지 못했다.

"진사, 오늘부로 연을 끊겠소!"

창수는 돌아선 고능선의 뒤를 묵묵히 따랐다. 한참 뒤 창수가 혼잣말처럼 한마디 했다.

"동학은 토벌하고, 서학은 믿으신답니다."

의는 끊겼고, 길은 멀었다.

청계동을 떠난 지 몇 해 뒤, 김구는 안중근의 이름을 들었다. 그리고 1910년, 순국 직전 여순감옥에서 남겼다는 유묵이 세상에 전해졌다. 의연한 필체로 쓴 '위국 헌신 군인본분'爲國獻身 軍人本分, 나라를 위하여 헌신하는 것이 군인의 본분이다이라는 글을 마주했을 때, 김구는 그것이 곧 안중근의 심장이자 칼끝임을 알 수 있었다.

"짐승을 겨누는 건 총이지만, 사람을 겨누는 건 뜻이 아닙니까?"

청계동에서 몸을 의탁했을 때 안중근이 던진 말이 다시금 귀에 울려왔다. 그날 이후, 김구는 안중근의 형제들과 함께 걸었다.

안중근의 바로 아래 동생 안정근은 형을 대신해 가족을 이끌었다. 김구가 흑룡강의 혹한을 지나 남만주에서 다시 상해로 내려온 안정근을 만났을 때, 그의 어깨엔 가족의 무게만이 아니라 '의'義의 무게까지 얹혀 있었다. 의사義士의 동생이 진 거룩한 부담 혹은 가문의 빚이었다. 한국 사람들은 물론 손문을 비롯한 중국의 모든 지도자가 '죽어 천년을 살리라'생무백세사천년, 生無百歲死千年고 추모했던 안중근의 삶은 당시 스러져가는 동양의 새로운 정신이자 빛이었다. 안정근은 임시정부의 내무차장과 적십자 부회장을 지냈고, 청산리 전투의 병참선을 맡았다. 안정근은 자신이 져야 할 책임을 모두 맡았다.

그의 둘째 딸 안미생은 중국 연합대학을 나와 김구의 비서가 되었고, 김구의 맏아들과 백년가약을 맺었다.

안중근의 형제 중에서 김구가 가장 깊이 마음을 붙인 사람은 셋째 안공근이었다. 그는 조용하고 단단했다. 늘 김구를 반 발짝 뒤에서 묵묵히 따르던 그림자 같은 동지였다. 1931년 김구가 한인애국단을 결성했을 때 단장 자리를 맡긴 이도 안공근이었다. 윤봉길 의거 뒤 모든 연락망이 끊겼을 때 김구는 안공근의 손에 임정의 모든 것을 맡겼다. 안공근은 김구와 함께 군관학교와 간부학교를 설립하고, 인재를 키우며 임정의 보이지 않는 뼈대를 쌓는 일을 해냈다.

사람들이 돈을 마구 쓴다며 안공근의 험담을 늘어놓았다. 그럴 때마다 김구는 안공근을 감쌌다.

"내가 안공근을 믿지 않으면 임정은 굴러가지 않는다. 안공근은 내 손이자, 눈이고, 입이다."

상해가 함락된 직후였다.

김구는 안공근에게 상해에 있는 그의 가족과 안중근의 부인을 적지에서 피난시켜 데리고 오라고 부탁했다.

안공근은 김구의 어머니 곽낙원 여사는 모시고 왔지만, 안중근의 가족은 데려오지 못했다.

"길이 끊겼습니다. 그곳은 이미 왜군 점령하에… 죄송합니다, 선생님."

김구는 안공근을 책망했다.

"화재가 난 양반집에선 먼저 사당으로 달려가 신주를 안고 나오는 법이다. 그런데 의사의 가족을 왜군의 손에 두고 오다니… 그것이 혁명가의 도리인가?"

안공근은 고개를 숙인 채 아무 말도 하지 않았다. 안공근은 다시 상해로 갔으나 소식이 끊겼다. 중경에는 곧 수군거림이 퍼졌다.

"밀정에게 당했다더라."

"일제에 잡혔다더라."

"여색과 술에 빠졌다더라."

"김구가 끝내 용서치 않았다더라."

말은 꼬리를 물었으나, 누구도 진실을 확인하지는 못했다. 김구는 웬만한 개인적 일탈에는 관대한 상관이었다. 그는 안공근의 이름을 다시 입 밖에 꺼내지 않았다. 그러나 밤마다 궐련을 물던 손끝이 허공을 더듬을 때 그는 깨달았다. 안공근은 늘 가까이 있었을 뿐 아니라 한 걸음 뒤에서 움직이던 수족 같은 동지라는 것을.

안공근은 말 없는 미궁이 되었다. 그의 발자취는 소문 속에 사라졌다. 김구의 곁에는 거기서 생겨나는 어둠이 있었다. 그것은 동지를 끝내 지켜내지 못한 자의 아픔이었다. 고난의 때를 함께했던 자의 책임이었다. 안중근의 사촌 동생 안명근은 안악사건으로 김구와 같은 서대문감옥에 갇혀 있다가 17년 만에 풀려나 신천 청계동으로 갔다. 고향엔 부모 형제가 모두 떠난 뒤였다. 안명근은 가족을 이끌고 중국과 러시아 접경지대인 중아령^{中俄嶺}으로 이주했다. 그러나 오랜 세월 동안 감옥에서 혹독하게 당한 탓에 심하지도 않은 신병으로 불귀의 객이 되고 말았다.

안중근의 큰아들 안분도는 가족을 따라 망명해 흑룡강성 목릉현
穆陵縣에 살다가 일곱 살 때 일제 밀정에 의해 독살됐다.

둘째 아들 안준생安俊生은 1907년 봄 부친 안중근이 국외 망명을
위해 집을 나갈 때 6개월 된 태아였고, 평생 아버지를 직접 만난 적
이 없다. 1910년 3월 아버지가 32세로 순국할 때는 세 살배기 아기
였다. 1919년 임정이 탄생하자 가족을 따라 상해 프랑스 조계지로
이주한 아이는 상해에서 청소년기를 보냈고 대학을 다녔다.

1939년 서른셋이 된 안준생은 '상해조선인 민선시찰단' 14명에
포함돼 서울에 왔다. 그는 10월 15일 조선총독부 관리들과 함께 이
토 히로부미를 기리기 위해 건립한 박문사博文寺를 방문했다. 박문
사에는 하얼빈재판에서 안중근의 통역을 맡았던 소노키 스에키園木
末喜가 기다리고 있었다. 안준생은 박문사에 안치된 이토 히로부미
와 안중근의 위패에 합장 공양하고, 아버지의 위패를 받았다.

공양을 마친 안준생은 "이토의 명복을 빈다"고 말했다. 소노키는
안중근이 처형 직전 자신의 행위가 "오해로 인한 폭거"라고 인정했
다고 기자들에게 발표했다.

다음 날, 조선호텔의 응접실에서는 이토의 아들 분키치와 안준생
이 만났다.

"사죄하러 왔습니다."

안준생이 그렇게 말했다는 것이다.

분키치는 머뭇거림이 없었다.

"황도를 함께 보필하는 길에 개인의 사죄는 필요하지 않소."

다음 날 두 사람은 다시 박문사로 향해 합동 참배를 마친 뒤, 분키

치는 일본으로 돌아갔다. 이로써 3일간의 '화해극'은 끝났다.[12]

이 드라마는 조선과 일본의 신문에 연일 대서특필됐다. 경성의 신문들은 "조선통치의 위대한 변전사變轉史"라거나 "부처의 은혜로 맺은 내선일체"라는 보도를 쏟아냈다.

막장도 이런 막장이 없었다. 여순감옥의 안중근 통역이 '우연히' 박문사에 와서 근거가 불분명한 말을 언론에 전한 점도 그렇고, 일본에 사는 이토 히로부미의 아들이 그 시점에 한국에 와서 안준생을 '우연히' 만난 점도 그렇다. 분키치가 했다고 하는 "개인적 사죄는 필요 없다"는 말은 작위의 극치를 보여준다.

해방 직후인 1945년 10월 29일 김구는 중경을 떠나기 전 장개석蔣介石, 장제스을 면담하는 자리에서 일본에 항복한 안준생을 처벌해 달라고 부탁했다. 김구는 안준생을 직접 만난 적은 없으나 안 의사의 핏줄이라는 이유만으로 그를 자식처럼 생각하고 있었다. 그러나 안준생이 이토의 아들을 만나 사죄했다고 보도된 이후에는 단호했다.

"한국의 혁명선열 안중근의 자식이 변절해 일본에 항복해 상해에서 여러 가지 불법행위를 하며 아편을 매매하므로 실로 유감입니다. 대한민국 임시정부에 도움이 되지 않으므로 엄중하게 처리해야 할 것입니다. 위원장께서 직접 상해 경비사령부에 명령을 내려 안준생을 구금해주기를 바랍니다."

백범은 물러서거나 모른 체할 수 없었다. 그가 장개석에게 안준생의 처벌을 부탁한 것은 대한민국 임시정부의 주석으로 나라 잃은 백성이 지켜야 할 자세를 점검하고, 엄준한 기준을 제시해야 할 필요가 있었기 때문이다.

시대의 어려움은 가혹했지만, 가치는 엄정하다.

그러나 안준생에 대한 처벌은 이루어지지 않았다.

안준생은 조국이 해방됐어도 조국 땅을 밟을 수 없었다. 그의 어머니 김아려金亞麗 여사도 마찬가지였다. 김아려는 1946년 2월 27일 상해에서 69세로 세상을 떠났고, 안준생은 1950년 6월 6·25전쟁 중 폐결핵이 발병해 부산항에 정박 중인 덴마크 병원선 안에서 치료를 받다가 1952년 11월 46세로 사망했다. 안준생의 부인 정옥녀는 "남편은 경성 방문 후 상해로 돌아갈 때 바다에 투신하지 못한 것을 평생 한스러워했다"고 말했다.

안중근 가문과의 인연은 김구 생애에 짙은 그늘을 드리웠다. 안공근의 실종, 안준생의 처벌 부탁, 아들 인의 사망 후 며느리 안미생의 미국행 등 세월이 오래 지나도 쓰린 상처는 쉽게 아물지 않았다. 아름답게 시작됐던 안·김 가문의 오랜 정이 흔들렸다.

효창공원에 안중근의 가묘를 조성할 때 김구는 가묘 아래 석축에 '유방백세'流芳百世, 꽃다운 이름이 후세에 길이 전한다라는 글을 새겼다.

*

김구의 『일지』는 이야기 전개가 재미있고 활달하다. 말에 리듬이 있고, 궁금한 대목에서 얘기를 생략해 독자들을 궁금하게 만드는 묘미도 있다. 사형 집행일의 이야기를 이렇게 담담하게 쓴다.

"인천감옥 죄수의 사형 집행은 언제나 오후에 하게 되었고, 처소는 우각동이란 것을 알므로 나는 아침과 저녁을 잘 먹었다. 나는 이렇게 아무렇지도 아니하건마는 다른 죄수들이 나를 위하여 슬퍼해 주는 정상은 차마 볼 수 없었다. 그들이 애통하는 양은 자기의 부모상에 그러하였을까 의심하리만큼 간절하였다.

차차 시간은 흘러 저녁 때가 되었다. 나는 내 목숨이 끊어진 순간까지 성현의 말씀에 마음을 가라앉혀 성현과 동행하리라 하고, 몸을 단정히 하고 앉아 『대학』을 읽고 있었다.”

김구는 조용한 집무실에서 임시정부를 지키며 그림자를 벗 삼아 『일지』를 흔들리지 않고 썼다. 그런 과정에서 주목할 만한 말이 나온다.

“프랑스 조계 생활 14년 동안 한 걸음도 조계 밖으로 나가지 않았다.”

“해주 서촌 김 존위의 아들로서 일국의 원수가 되는 것은 국가와 민족의 위신에 큰 관계가 있기에 불가하다.”

“개인이 나고 죽는 중에도 민족의 생명은 늘 있고 늘 젊은 것이다.”

여기서 소개할 안창호와의 일화가 있다.

상해 임정 청사는 기름 냄새와 담배 연기가 뒤섞여 있었다. 밤이면 청년들이 모두 흩어지고 복도엔 희미한 전깃불만 남았다.

김구는 『일지』를 써나가다 고개를 들었다. 복도에서 조용히 발소리가 났다.

안창호였다.

"백범, 아직도 일을 하오?"

"도산, 이밤에 웬 일이오?"

안창호는 방 안을 한 바퀴 둘러보았다. 책상 위의 서류들, 손때 묻은 장부, 펜촉 옆에 떨어진 초 한 조각. 그는 조용히 입을 열었다.

"백범… 우리는 텅텅 비어가오. 상해 올 때 내가 준비해온 돈도 다 이렇게 녹아 없어졌구려."

말투는 담담했지만 그 속에는 비감이 어려 있었다. 안창호가 한 걸음 다가서며 말했다.

"나는 언젠가부터, 백범이 두렵소."

김구가 놀라 고개를 들었다.

"내가… 무엇을 그리 두렵게 했단 말이오?"

도산은 한숨을 길게 내쉬었다. 며칠 전 낮에 있었던 말씨름의 내막을 도산은 알고 있었다.

"백범이 잘못했다는 말이 아니오. 백범은 원한과 정의를 한 주먹에 쥐고 살아가는 사람이오. 그런 사람은 조금만 기울어도 제 몸부터 태워버리지."

김구는 눈을 내리깔았다.

안창호가 의자를 끌어와 김구 맞은편에 앉았다. 말을 이었다.

"백범, 내가 미국에서 한 교포와 다툰 적이 있소. 그분이 내게 이런 말을 했지. 화를 잘 내는 사람은 그만큼 사람을 사랑하기 때문이다. 그러나 화를 다스릴 줄 모르면 그만큼 사람을 잃는다… 라고요."

방 안에 잠시 침묵이 흘렀다.

도산은 차 한 모금 마시고는 잔을 내려놓으며 진지하게 말했다.

"백범, 당신은… 사람을 너무 사랑하오."

그 말은 진심 어린 걱정으로 들렸다. 김구의 어깨가 조금 떨렸다.

다시 도산이 낮게 말했다.

"나는 백범에게 바라는 게 하나요. 밀어붙이는 기개 말고… 사람을 살리는 기개요. 그 기개가 임정을 다시 일으킬 것이오."

안창호는 자리에서 일어섰다. 그리고 문을 나서기 전, 잠시 멈춰 서서 뒤돌아보았다.

"백범, 내 부탁 하나 들어주시오."

말투가 유난히 낮았다.

"임정이 다시 한번 일어서는 날이 온다면… 그땐 백범이 나서주시오. 임정에는 백범 같은 불꽃이 필요하오."

안창호는 어둑한 복도로 사라졌다.

훗날 김구는 깨달았다. 도산이 남긴 그 당부는 이동녕이 국무령을 맡으라고 했던 그 말과 하나의 선으로 이어져 있었다. 김구는 이런 일화도 적었다.

"민국 8년이었다. 하루는 나석주羅錫疇가 조반 전에 고기와 반찬거리를 들고 우리 집에 와서 어머님을 보고 오늘이 내 생일이라 옷을 전당 잡혀서 생일 차릴 것을 사왔노라 하여서 처음으로 영광스럽게 내 생일을 차려 먹은 일이 있었다. 나석주는 나라를 위하여 동양척식회사 경성지사에 폭탄을 던지고 제 손으로 저를 쏘아 충혼忠魂이 되었다.

나는 그가 차려준 생일을 영구히 기념하기 위하여, 또 어머님의 회갑잔치를 못 해 드린 것이 황송하여 평생에 다시는 내 생일을 기념치 않기로 하고, 이 글에도 내 생일 날짜를 기입하지 아니한다.”

1928년, 쉰셋의 김구는 마랑로 청사에서 일기 상권을 완성시켰다. 만년필 끝에서 번져 나오는 잉크를 따라가며, 마지막 장에 적었다.

“이 글을 쓰기 시작한 지 일 년 넘은 대한민국 11년 5월 3일에 임시정부 청사에서 붓을 놓는다.”

그는 훗날 두 아들이 이 글을 읽을 날을 떠올리며 붓끝을 놓았다.

“내가 내 경력을 기록하여 너희에게 남기는 것은 결코 너희더러 나를 본받으라는 뜻은 아니다. 내가 진심으로 바라는 바는 너희도 대한민국의 한 국민이나 동서와 고금의 허다한 위인 중에서 가장 숭배할 만한 이를 택하여 스승으로 섬기라는 것이다. 너희가 자라더라도 아비의 경력을 알 길이 없겠기로 내가 이 글을 쓰는 것이다.

다만 유감되는 것은 이 책에 적는 것이 모두 오랜 일이므로 잊어버린 것이 많은 것은 사실이나, 하나도 보태거나 지어넣은 것이 없는 것도 사실이니 믿어주기를 바란다.”

상권을 마치고 김구는 원고를 등사해 멀리 미국에 있는 동지들에게 보냈다. 그 책들은 바다를 건너가 흩어졌고, 그 가운데 한 권이 뉴욕 컬럼비아대학 도서관에 보존돼 있다.

다시 중경 화평로和平路, 허핑루 오사야항吳師爺巷, 우스예상의 좁은 골목에 자리한 임시정부 청사. 예순일곱의 김구는 밤마다 작은 방 책상 앞에 앉아 붓을 들었다. 상권은 오래전 만년필로 썼고, 이제는 붓을 들어 하권을 이어가고 있다. 잉크의 부드러운 선과 달리 먹물은 느리고 무겁게 종이에 스며든다. 지나온 세월의 깊이가 종이에 스며드는 데에는 시간이 걸리는 것이다.

『일지』는 다섯 차례나 죽음의 문턱을 넘어온 한 인간의 기록이다. 그러나 망명지에서 오로지 기억에만 의지해 쓴 까닭에 날짜가 엇나가거나 이름이 틀린 것도 있다. 그럼에도 그 글은 '투철한 삶의 증거'라는 점에서 결코 빛이 바래지 않았다.

이시영이 백범의 글씨를 들여다보며 고개를 끄덕였다. 붓끝에는 힘이 서려 있었으나 전혀 거칠지 않았다.

"통통하게 뻗은 필선에서는 인자하고 후덕한 인품이 묻어나오지 않소?"

군더더기 없는 획은 꾸밈을 모르는 성정을 드러내고 있었다. 반듯하게 놓인 글자들은 정사각형에 가까웠으며, 종이 위에서 곧장 시작된 첫 획에서는 주저함 없는 기질이 고스란히 드러났다.

"백범답소."

이시영은 흡족한 미소를 지었다. 글씨 한 줄에서 김구의 뚝심과 성정을 읽어내는 눈썰미는 오랜 세월을 함께한 동지가 아니고서는 얻기 어려운 감흥이었다.

1947년 12월 15일 아들 김신金信이 아버지의 원고를 안고 인쇄소 문을 두드렸다. '국사원'에서 출판된 초판본은 곧 세상에 나왔다. 그 뒤로 수많은 출판사를 거쳐 국내외에서 10여 차례나 다시 간행되었고, 세월이 흘러 1997년 6월 12일, 문화재청은 『백범일지』를 보물로 지정했다.

밤마다 원고지 위에 시름겨워한 붓의 기록은 그렇게 나라의 보물이 되었다.

『백범일지』가 출간된 후 김구는 탈장증으로 경성의전 외과 동관에 입원하게 되었다. 어지간하면 약조차 먹기를 거부하는 그에게 수술은 여간한 일이 아니었다. 마취 수술은 경과를 장담하기 어려웠고, 환자는 늙었기에 부작용을 걱정하지 않을 수 없었다. 의사들은 마취 없이 수술하기로 의견을 모았다. 담당 의사인 박종완 박사가 김구의 병실로 들어갔다.

"선생님, 탈장은 배에 힘을 많이 주는 데서 발단이 되는데, 웅변가나 씨름꾼 같은 사람에게 많이 생깁니다. 마취하지 않고 수술하면 마취 수술보다 안전하고 수술 후의 경과도 좋은데요. 선생님은 힘이 좋으니 마취하지 않고 수술하는 것이 어떻겠습니까?"

"좋소이다. 나를 장사라고 알아주니 아프더라도 참겠소. 아프면 얼마나 아플라구!"

간호사들이 걱정스러운 얼굴을 하고 의구를 챙겨 수술실 3층 3호실로 들어갔다. 환자를 눕히니 수술대 길이가 짧아 김구의 다리가 수술대 밖으로 삐져나왔다. 서울 최고의 병원인 경성의원의 사정이 그랬다.

김구의 어깨가 넓은 만큼 복부 또한 대단히 컸다. 크기만 한 것이 아니라 복부의 부피가 두터워 가로로 절단하지 못하고 세로로 절단해야 했다. 수술 후 백범은 아프다는 소리를 하지 않았다. 의사들이 찾아가 "아프시면 아프다고 말씀해주십시오" 하고 말해도 "괜찮겠지" 하는 대답이 전부였다. 의사와 간호사들이 와서 "기침을 하시니 약을 복용해야 회복이 빠르다"며 약을 드시라고 성화였다. 평생 약을 복용한 적이 없는 백범은 기침약 3일분을 머리맡에 쌓아두고만 있었다.

의사가 와서 권고하면 "먹지 않으면 안 되오? 나는 약이 필요없는 사람이오" 하고 말할 뿐이었다. 다음 날 아침 간호사가 와보니 약이 하나도 보이지 않았다.

"선생님, 약은 다 어디 있습니까?"

"다 먹었소."

"3일분을 다 먹었단 말입니까?"

"의사의 말에 복종한다는 것을 알려주기 위해 한꺼번에 먹었소."

간호사가 깜짝 놀라 체온을 재보니 아무런 이상이 없었다. 간호사와 의사들이 수시로 병실에 들러 점검했으나 어떤 부작용도 보이지 않았다.

처음에는 무서운 분이라고 김구의 병실에 가기를 꺼리던 간호사들이 담당의를 찾아가 말했다.

"백범 선생님 입원실에 자유롭게 출입해도 괜찮겠습니까?"

"간호사들이 백범 선생님이 재미있는 분이라는 걸 알았구나! 그렇게 하세요. 자주 찾아가 이야기를 나누고 위로도 해주세요."

간호사들이 서로 김구의 입원실을 찾아갔다.

"선생님 정말 아프지 않으셨어요? 아프시면 말씀해주세요."

"아프면 참으면 되는 걸 갖고 뭘 그래?"

간호사들이 모두 김구가 좋아하는 좁쌀미음을 쑤는 데 익숙해지
자 환자가 퇴원하게 됐다. 보통 사람은 2주가 넘어 퇴원하는데, 김
구는 경과가 좋아 열흘 만에 퇴원하게 된 것이다. 김구가 간호사와
의사들에게 자필로 서명한 『백범일지』를 한 권씩 선물했다. 헤어지
는 게 섭섭해서 한 간호사가 눈물을 보이며 말했다.

"선생님, 또 오시라고 하면 안 되나요?"

『백범일지』가 발간되고 오랜 세월 읽히는 동안, 이 책을 놓고『논
어』자한편子罕篇의 '삼군의 장수는 빼앗을 수 있어도, 필부의 굳
센 뜻은 빼앗을 수 없다'[13]고 한 말이 떠오른다고 말하는 사람들이
있다.

필부의 뜻은 빼앗을 수 없다. 만약 빼앗긴다면 그건 '뜻'이라고
할 수도 없을 것이다. 『백범일지』는 나라 독립과 통일에 대한 흐트
러짐 없는 뜻으로 이루어진 기록이다. 이 일지는 완결됐다고 할 수
없다. 조국이 분단된 고통의 시대를 사는 사람의 의지는 지금도 이
어진다. 『백범일지』는 처음부터 끝까지 민족의 투쟁에 바쳐져 있다.

II 김구 암살작전

어느 날 새벽 댓바람에 노백린이 김구를 찾아왔다.

"도로변에 시신이 하나 있습니다. 중국인들이 한인이라 떠드네요."

김구는 외투를 걸치고 따라나섰다. 새벽 가로등 모퉁이 아래 젊은 여자가 쓰러져 있었다. 백범이 아는 명주라는 여자였다. 숨진 지 몇 시간은 지난 듯, 몸은 굳고 입술 끝이 잿빛으로 변해 있었다. 상해로 흘러들어와 잡일을 하던 여성이었다. 풍문을 몰고 다녔고, 주위에 젊은 남자들이 많았다. 김구는 어느 날 경무국 협력원이었던 한태규와 명주가 함께 밤거리를 지나가는 것을 본 적이 있었다.

시신은 피살의 흔적이 분명했다. 머리엔 검붉은 핏덩이가 굳어 있었고, 목덜미엔 노끈이 조여져 있었다. 교살이었다. 노끈을 홀쳐매는 방식이 눈에 들어왔다. 서대문감옥에서 배운 활빈당의 사형법, 김구가 경호원들에게 가르쳐준 것이었다.

김구는 곧 프랑스 경찰에 알렸다. 합동조사를 시작했다. 의심은 한태규에게로 옮겨졌다.

김구는 한태규를 불러 물었다.

"요즘 어디서 묵는가?"

"방이 없어 여기저기 떠돕니다."

"명주가 살해됐네. 짚이는 것이 없는가?"

한태규의 눈동자는 김구를 바로 보지 않았다. 프랑스 경찰이 들이닥쳤다. 한태규를 체포했다. 신문은 3주간 이어졌다. 한태규는 처음엔 폭탄 소지만을 시인하고, 명주와의 연관은 부인했다. 그러나 경찰이 두 사람의 동거 자료를 내밀었다.

"함께 살았습니다. 7~8개월쯤이요. 명주는 백범 선생님을 존경했습니다. 순진했지만, 애국심이 있었습니다. 그년이 저를 의심하기 시작했습니다. 밀정이라고. 명주가 두려웠습니다."

그는 명주가 자신을 김구에게 고발할까 염려해 목을 졸랐다고 자백했다. 한태규는 이미 국민대표회의 관련 문서를 일본 경찰에 넘기고 있었다. 김구는 한태규가 경무국 협력원이었다는 자괴감에 머리를 들지 못했다.

상해에는 일제의 개가 되어 첩자 노릇을 하는 밀정이 너무 많았다. 처음에는 독립운동을 했지만, 어느새 밀정이 되어 일제에 굴복하고 협조하는 자들이 거리를 꽉꽉 채우고 있었다. 일제의 세력권 안에서 아편 장사와 여자 장사를 하는 자들, 그들은 이름만 '동포'였지 모두가 동포를 고자질해 먹고사는 밀정이었다. 그들은 일제 경찰보다 치명적인 존재였다. 서로를 믿지 못하게 만들었고, 동지들을 서로 의심하게 했다. 정보가 유출되기 이전에 안에서부터 금이 갔다. 시간과 장소, 인물과 조직을 구별할 수 없을 정도로 밀정이 내부를 갉아먹었다.

상해 임시정부가 세워진 지 스무 날도 되지 않았던 1919년 4월 29일, 밀정 한경순은 이미 한인청년회에 침투해 있었다. 그는 청년회 안에 단체를 꾸려 '경찰과장'이란 명함을 차고, 상해 한인과 독립운동가들을 총독부에 밀고하고 있었다. 그런 시대였다.

한태규는 프랑스 공동법정에서 종신형을 선고받았다. 얼마 뒤, 김구에게 편지가 도착했다.

"감옥에서 탈옥을 모의한 자들을 밀고해 형을 면하고 나왔습니다. 용서해주십시오. 다시 일하고 싶습니다."

김구는 답장을 보내지 않았다. 좀 더 지켜보려고 했다. 그러나 김구를 두려워한 한태규는 결국 귀국했다.

선우갑은 형 선우순과 함께 악명 높은 고등밀정이었다. 선우순은 조선총독 사이토 마코토가 기르는 고급 정탐이었다. 친일파 귀족 가운데 제일 면회가 잦았던 백작 송병준보다 더 자주 그를 만난 공개적인 친일파였다.

'난형난제'였다. 선우순은 평양에 뿌리 내리고 활동하는 고정형이었지만, 선우갑은 일본, 상해, 북경, 미국 등을 종횡하는 이동형 밀정이었다. 일본 경시청 경부보로 재직하던 1919년에는 상해로 가 안창호를 만나 대한민국 임시정부 핵심 인물에 대한 정보를 수집했고, 1920년에는 미국으로 가서 재미 독립운동가에 대한 정보를 수집했다.

임시정부는 1920년 2월 15일 『독립신문』에 '칠가살'七可殺을 공표했다. 선우갑이 친일 경찰인 김극일, 김태석과 함께 칠가살의 대상으로 꼽혔다.

선우갑이 김구의 유인에 의해 임시정부 경무국에 잡혀왔다. 경무국 대원들이 프랑스 조계 내 사창가를 탐문해 선우갑의 행방을 찾아낸 것이다.

"민족의 칠가살로 꼽혔는데 마땅히 죽어야 하지 않겠는가?"

김구가 선우갑을 신문했다.

"마땅히 죽어야 하오. 사형 집행을 해주시오."

선우갑은 배포를 보였다.

"소원이라면 그렇게 해주겠다."

"저의 소원대로가 아니라 법대로 해주시오."

"법에도 저울의 눈금이 있지 않으냐? 만약 살려주면 큰 공을 세워 나라와 민족에 속죄할 마음이 있느냐, 아니면 초지일관 집행을 원하느냐?"

김구가 선우갑을 떠봤다.

"나라와 민족에 속죄하는 것이 저의 소원입니다."

김구가 선우갑의 결박을 풀고 방면해주었다. 선우갑이 아무리 날아다니는 밀정이라 하더라도 김구는 그를 제압할 자신이 있었다. 일단 굴복한 자는 다시 맞서지 못하는 법이다. 그게 사내들의 세계다.

선우갑은 그날 밤 사창가로 가서 밤새도록 폭음했다.

"애란아, 백범이 너를 찾아왔다고?"

"오라버니, 넘겨짚지 말아요."

"백범도 사내인데, 널 찾아오는 게 당연하지!"

선우갑이 여자를 괴롭혔다.

"오라버니, 백범 선생님은 바닥이 다 해져서 너덜너덜한 신발을 신고 있었어요. 그분을 보는 순간 눈물이 나더라니까요! 오라버니가 경성에서 돌아왔는지 소식을 알려고 찾아왔던 거예요."

"백범이 널 감동하게 했구나! 내가 졌다."

다음 날 선우갑은 김구에게 정탐한 문건을 바치겠다는 뜻을 밝혀왔다. 김구는 시간을 약속하고, 김보연과 손두환을 가츠다여관으로 보냈다. 선우갑은 약속을 지켰다. 그 후로 김구가 전화로 호출하면 시간을 어기지 않고 곧바로 출두하곤 했다. 그러다 얼마 후 자취를 감췄다. 그 후 김구는 선우갑이 서울에서 임시정부의 덕을 칭송하고 다닌다는 소문을 들었다. 이후 선우갑의 행적은 사라졌다.

상해사변 이후 상해 한인사회의 판도가 크게 달라졌다. 많은 독립투사가 떠났고, '상해조선인친우회' 같은 친일단체는 늘어났다. 민족주의자와 공산주의자가 떠난 상해에서 가장 활발하게 움직인 독립운동단체는 무정부주의자의 조직인 남화한인청년연맹이었다. 남화연은 일제 기관 파괴와 요인 암살 및 친일 분자 숙청, 항일 선전 활동을 펼쳤다.

옥관빈玉觀彬은 안창호가 실질적 교장으로 활동한 대성학교 학생이었으며 신민회 회원이었다. 105인 사건 때는 일제 경찰에게 체포돼 심한 고문을 받은 독립운동가였다. 풀려난 옥관빈은 상해로 가 중국에 귀화했다. 옥관빈은 안창호 세력과 친밀하게 지내며 많은 지원금을 보냈지만, 김구 세력은 그를 테러의 대상으로 몰았다.

쫓기는 김구는 남화한인청년연맹을 활용했다.

연맹의 정화암鄭華岩이 옥관빈의 신원 추적에 나섰다. 두 달 만에 옥관빈이 이 아무개의 집에 가끔 찾아온다는 것을 알아냈다. 이 아무개는 한구漢口, 한커우에 세발자전거 공장을 갖고 있어 대부분 집을 비워뒀다. 옥관빈이 그 집에 찾아오는 날을 알아냈다. 암살은 연맹의 오면직과 엄형순이 맡았다. 8월 1일 밤 10시 무렵, 옥관빈이 어둠 속에서 나타나 익숙한 동작으로 문을 열고 들어갔다. 사살조가 대기했다. 안에서는 여자의 교성이 두 시간 동안이나 이어졌다. 일을 마친 옥관빈이 밤 12시쯤 뒤쪽 사잇문을 열고 날렵하게 빠져나갔다. 그 순간 엄형순의 총알이 그의 심장을 갈랐다.[14]

옥관빈이 쓰러진 다음 날 새벽 김구는 보고를 받았다.

"옥관빈 사살을 확인했습니다. 총알이 심장을 관통했습니다."

보고하는 의경대 요원 이경산의 목소리는 낮았지만 조금도 흔들림이 없었다. 안공근은 물샐틈없이 김구의 곁을 지켰다.

옥관빈이 암살되고 2주 후에는 밀정 이진룡이 사살됐다. 이진룡은 나남羅南헌병대 무산茂山분대 소속의 헌병보로 홍구공원 폭파사건 직후 상해로 파견돼 김구의 소재를 탐색 중이었다. 이진룡은 공동조계에서 인삼장사나 서적판매상으로 위장해 프랑스 조계를 드나들었다. 처음에는 조심스럽게 활동했으나 곧 분별을 잃었다.

안공근이 보고서를 올렸다.

피살자: 이진룡.

위치: 프랑스 조계 3번가 골목.

암살자: 교민단 의경대 이경산·이운환.

수거된 탄피: 1점.

특이사항: 인삼장사로 위장했으며, 민족단체 인사들에게 접근 중이었음.

김구는 고개를 끄덕였다.

"우리의 비극이다."

옥관빈과 이진룡의 피살로 한인사회는 긴장에 휩싸였다. 다음 차례는 친일파인 상해조선인친우회 간부라는 소문이 나돌았다. 친우회 위원장 유인발은 앉아서 기다리기보다는 적극적으로 대처하기로 했다. 8월 27일 밤 권총을 숨겨 프랑스 조계로 가 계획의 입안자로 알려진 의경대장 박창세를 찾아갔다.

"무슨 일이오?"

"프랑스 조계의 한인들이 조선인친우회를 불쾌하게 여긴다고 하오. 나를 암살한다고 주둥이를 놀린다기에 좀 알아보려고 왔소."

"그럴 리가 있겠소?"

박창세가 유인발을 안심시켜 주었다. 그러면서 말했다.

"그러나 누가 그런 주둥이를 놀린다면 낸들 어쩌겠소?"

"어찌하면 좋겠소?"

유인발이 박창세 가까이 다가앉았다.

"옥관빈 암살은 안공근, 박찬익, 엄항섭이 무정부주의자들과 손잡고 감행한 것이오. 김구 선생은 어딘가 잠복해 있다 남경에는 가끔 왕래하는 모양이나 상해에는 오는 일이 없소."

잠시 뜸을 들인 후 박창세가 이어 말했다.

"형은 유럽대전에 참가한 경험도 있고 권총도 잘 다루니 뭐든지 할 수 있지 않소?"

의미심장한 말이었다.

"상대는 거물이오. 엄청나게 많은 돈이 있어야만 해요."

'거물'이라는 말은 힌트였다.

자정이 넘어 박창세와 헤어진 유인발은 그길로 옥성빈을 찾아가 자금이 필요하다고 말했다. 육촌 아우 옥관빈을 잃은 옥성빈은 유인발이 말하는 맥락을 눈치 채고 다시 만날 것을 약속했다.

나흘 뒤 새벽 6시쯤 유인발이 옥성빈의 집으로 가는 도중에 한 청년이 그를 저격했다. 총알은 왼쪽 가슴을 관통했다. 사건 현장에서 입수한 탄피를 확인한 결과 이진룡 암살에 사용된 것과 같은 것이었다. 의경대가 한 일이었다.

김구가 안공근에게 말했다.

"밀정은 오늘은 인삼장수, 내일은 서점주인, 모레는 독립운동가 얼굴을 하고 다닌다. 세 건이면 상해는 지금 숨이 막힐 것이다. 놈들이 총독부에 보고서를 올릴 것이고, 총독부는 본격적으로 움직일 것이다."

8월 한 달 동안 세 건의 암살사건이 발생하자 상해 한인사회는 공포에 휩싸였다. 친일단체인 조선인친우회 관계자들은 피신했고, 일본총영사관은 대응에 나섰다. 안공근, 엄항섭, 박찬익 세 사람을 살인 및 강도 피의자로, 박창세, 이수봉, 이경산 세 사람을 살인미수자로 지목하고 구인장을 프랑스총영사 앞으로 송부해 그날로 프랑스

총영사의 집행승인을 받았다. 그러나 사람들은 이미 몸을 숨긴 뒤였다. 교민단 사무소는 폐쇄됐다.

상해 한인사회는 얼어붙었다. 선우갑, 감달하, 옥관빈, 유인발… 이름값을 하는 자들이 줄줄이 쓰러졌다. 돈과 권세로 무장한 자들도 민심의 총구 앞에서는 힘을 과시할 수 없었다. 그러나 더 무서운 건 그 죽음을 따라온 공포와 의심이었다.

사람들은 밤이 되면 일찍 불을 껐다. 동지라 불리던 자도 골목에서는 잠재적 밀정이었다. 이름을 크게 부르는 일조차 위험했다.

불안이 도시를 잠식하자 제국은 곧바로 다음 수를 꺼냈다. 총칼보다 교묘한 두뇌를, 밀정보다 더 세련된 관료 엘리트를 상해에 파견해 한인들의 우두머리를 잡아들인다는 계획이었다.

상해는 피가 튀는 암살의 무대에서, 머리와 머리가 맞부딪히는 두뇌의 전쟁터로 바뀌고 있었다.

*

상해 일본총영사관, 정오.

나카노 가쓰지中野勝次는 은제 티스푼으로 식은 커피를 저으며 보고서를 펼쳤다.

피살자: 옥관빈, 이진룡, 유인발.

암살 주체: 대한민국 임정 계열.

직접 지시자: 김구.

말미엔 이렇게 적혀 있었다.

'김구는 내부의 배신자를 먼저 솎아낸다. 그다음은 대일본제국이다.'

노크 소리가 나고 잠시 기다린 후 곧바로 문이 열렸다. 젊은 서기가 들어와 봉인된 서류 봉투를 내밀었다. 봉투 상단에는 붉은 글씨로 '극비'라는 인장이 찍혀 있었다. 내용은 간단했다.

'임정 간부 동향. 김구 은신처 확인 중. 암살 지휘 체계는 공고함.'

극비 문서치고는 그만한 내용이 없었다. 나카노는 봉투를 접어 서랍 둘째 칸에 넣었다. 상해 일본총영사관은 백방으로 김구의 은신처를 확인하고 있지만, 행방은 오리무중이라는 것이다.

나카노는 도쿄제국대학 출신의 관료였다. 32세. 남만주철도주식회사만철 조사부에서 식민지 통치 설계를 실습하고, 조선총독부로 파견된 엘리트였다. 만철은 1906년부터 중국 동북지역에서 군림한 일본 최대의 주식회사로, 명칭은 주식회사였지만 실상은 식민지 위에 건립된 하나의 '지휘체계'였다. 이 회사의 조사부는 '만주국'이라는 괴뢰정부를 설계했다. 철도노선을 침략로로 설정했고, 전시체제 속 '미래의 일본' 모형을 완성해가고 있었다. 겉으론 문장으로 치장하지만, 속으로는 무력으로 밀어붙이는 방식, 즉 '문장적 무비'文裝的武備였다. 명문대학 출신 두뇌들이 정벌의 사령탑으로 있었다.

나카노가 부임해온 상해의 전선은 수렁이었다. 김구는 윤봉길 의거 이후 종적을 감췄다. 그를 추적하던 모든 특무조직은 갈피를 잡지 못하고 있었다. 남자 밀정, 여자 밀정, 정보 조작, 미끼 작전… 모든 시도는 번번이 실패했다.

일제가 추적한 것은 매번 '지나간 김구의 뒷자리'였다. 일제의 특무기관은 김긍호, 박춘산, 김철, 김석 등 많은 연락원과 독립운동가를 체포했고, 이들을 미끼로 유인작전을 펼쳤다. 그러나 김구의 도피 경로와 연락원과의 접촉 방법은 일제 특무기관들의 분석과 예측을 벗어났다. 5월 9일 여자 연락원 김긍호를 안동에서 체포한 일제는 그녀를 이용해 김구 유인작전을 펼쳤다. 두 사람이 주고받는 편지로 김구의 소재지를 파악하기 위해 일제는 김긍호 체포를 극비에 부치고 위장 편지를 보냈다. 김구는 그녀에게 답신을 보냈다.

그러나 답신은 분석과 조작 전문인 일제 특무기관도 알아챌 수 없을 정도로 지능적이었다. 4월 초에 보낸 편지의 답신이 6월에 오는가 하면 4월 말에 보낸 편지의 답신이 5월 초에 왔다. 이름과 주소가 매번 바뀌어 혼란스러웠다. 전달 경로가 뒤엉켜 퍼즐을 맞출 수 없었고, 가까스로 퍼즐이 맞춰지면 이미 김구는 그 퍼즐 위에 있지 않았다.

나카노는 새로운 정보를 입수했다.

'김구는 남경의 삼민의원에 입원해 있다. 간호사의 제보다.'

나카노는 공산주의자 출신의 밀정 오대근을 호출했다.

"체포가 어려우면 사살해도 좋다."

그는 남경 암살공작을 위해 한인 밀정 오대근과 중국인 공작원 두 명을 투입했다. 한중 연대를 뒤흔드는 것도 목적 중의 하나였다. 암살이 성공하면 중국과 조선 양측을 모두 범죄자로 만드는 데 용이했다. 오대근은 남경에서 현지공작원 다섯 명을 추가했다.

하지만 김구는 한 걸음 앞섰다. 순찰대가 남경 입구 공자묘 앞까지 진출한 것을 확인한 후 곧바로 가흥의 주애보를 호출했다. 두 사람은 남경 진회강 다리 입구에서 고물상 부부로 위장해 지내며 모든 순찰을 따돌렸다.

나카노에게 보고가 들어왔다.

'김구는 사흘 전 삼민의원에서 이동했음. 인근의 여러 병원을 조사하고 있으나 김구는 존재하지 않음.'

총독부와 상해 총영사관에 일대 혼선이 생겼다. 대대적으로 준비한 체포작전이 수포로 돌아갔다.

'건강이상설'은 김구 측에서 흘린 역정보였다. 역정보가 작동하는 동안 김구는 수월하게 다른 활동을 할 수 있었다.

며칠 뒤 오대근을 체포했다. 중국국민당 특무기관 '남의사'藍衣社는 오대근과 중국 공작원을 공개 처형했다. 오대근은 '중국 수도에 잠입한 일본계 암살공작원'으로 규정됐다.

밀정 조직은 무너졌고, 상해 일본총영사관은 실패를 거듭했다.

나카노는 현황을 분석했다.

'범인은 왜 잡히지 않는가. 왜 죽일 수 없는가.'

그날 저녁 그는 보고서를 밀봉했다.

기밀 / 상해 총영사관 특무과(사건번호 32-4-G)

1. 협력선 단절: 현지 연락선 붕괴.

2. 오대근 제거 관련: 현지 치안 사정에 따름.

3. 범인 소재 파악: 비정형 보호망에 은폐되어 있어 정보 교란이 반복됨.

4. 평가: 상위급 전문 요원 파견 요망.

보고서는 도쿄에 전달됐다. 열흘 후 히토스키 도헤이^{一杉藤平}가 상해에 도착했다.

*

히토스키 도헤이는 날카로운 인상을 풍겼다.

스물셋에 고등고시 사법과와 행정과를 동시에 통과한 뒤 내무성과 사법성, 조선총독부를 거쳤다. 총독부 사법관 시보로 처음 조선 땅을 밟았을 때 그는 '법과 논리'라는 이름의 지배 방식을 배웠다. 조선을 다루는 법을 익힌 뒤, 그는 마침내 밀명을 받고 상해에 투입됐다.

거울 앞에 선 히토스키는 자신을 응시했다.

'나는 비범한 사람이다. 조선을 굴복시키는 일은 제국의 명령이다. 그 명령을 집행하는 일, 그것이 곧 나의 특권이다.'

그의 신념은 서늘하고 완고했다.

히토스키는 밀정을 동원해 김구에 관한 정보를 수집하고 분석했다. 그는 한국인들이 일본인보다 훨씬 복잡한 성격을 갖고 있다는 것을 아는 관리였다. 일본의 사케는 담백하고 쌉쌀했다. 한국의 막걸리는 텁텁하고 둔탁했다. 한국인들은 비합리적이었고, 목숨을 아까워하지 않았고, 청결하지 못했고, 오락가락했으며, 기이할 만큼 애국적이었다.

그는 무정부주의자를 암살자로 이용하는 계획을 세웠다.[15]

무정부주의는 정부를 인정하지 않고 권위에 저항하며 매혹을 찾아 오늘을 사는 자들의 세계였다. 히토스키가 파악한 조선의 아나키스트들은 유행에 민감했고, 날것의 언어로 세상을 뒤엎으려 했다. 그들은 '흑우회'나 '흑풍회' 같은 그로테스크한 이름의 조직을 만들어 회합을 가졌고, 화류병에 걸리는 것을 사나이의 훈장으로 자랑스러워하는 부류였다. 히토스키는 그들의 무질서에 기대를 걸었다. 그 무질서가 만들어내는 역동성과 예측 불가능성에는 미처 주목하지 못했다.

히토스키는 작전의 최적임자로 정화암을 점찍었다.

"상해에 거주하는 조선인 가운데 가장 주목할 만한 아나는 정화암이다."

전임자 나카노로부터 정보를 얻은 그는 정화암에 대해 집요한 탐문을 펼쳤다. 사진과 각종 자료를 통해 파악한 그는 이지적이면서도 날이 서 있었다. 언뜻 보기엔 조선인 독립운동가지만, 어딘가 일본의 '오야붕' 같은 위압감이 풍겼다. 특히 누구에게도 고분고분하지 않다는 점에서 히토스키는 묘한 연대의식을 느꼈다. 정복해야 할 대상보다 다루어보고 싶은 상대라고 생각했다.

정화암은 마흔을 갓 넘긴 나이로 '운동'의 명암을 경험한 인물이었다. 3·1운동 당시 김제에서 시위에 앞장섰고, 이듬해 미국의원단의 한반도 시찰 때는 일제 침략의 부당함을 폭로하다 일본 경찰에 쫓겨 북경으로 망명했다. 그곳에서 이회영, 신채호를 만나 혁명적 무장투쟁이 해방의 유일한 길임을 확신한 후, 만주로 가 왕성하게 활동했다. 그러나 김좌진金佐鎭 장군이 쓰러진 뒤 그의 처제 나혜정의 도움으로 만주를 탈출해 상해로 나왔다. 상해로 온 그는 '만주

벌판 고독의 해열제'였던 나혜정을 잊고 날렵한 무정부주의자의 길을 걸었다.

히토스키는 공작에 뛰어난 재능을 가진 밀정 임영창을 불러 정화암과의 접촉점을 찾도록 했다. 며칠 뒤 임영창은 정화암과 첫 만남에 성공했다.

그날 밤 김오연이 체포되었다. 히토스키가 조작한 보고서의 힘이었다. 프랑스 조계 경찰은 별 의심 없이 김오연을 일본총영사관으로 넘기는 데 협조했다.

정화암은 임영창을 만나 물었다.

"김오연은 내 친구요. 누가 그를 넘겼소?"

임영창이 미끼를 던졌다.

"임정 측에서 손을 썼다는 말이 돌고 있소. 임정이 프랑스 쪽과 내통 중이라는 소문도 있소."

정화암의 눈썹이 꿈틀거렸다.

며칠 뒤 임영창을 다시 만난 정화암은 담담하게 말했다.

"김오연을 돌려주시오. 대신… 내가 움직이겠소."

임영창에게 보고를 들은 히토스키는 쾌재를 불렀다. 정화암이 작전에 가담한다면 성공률은 월등히 높아질 것이었다. 특무공작 총책 히토스키가 정화암을 직접 접선해선 안 된다. 그대신 그는 임영창을 통하는 방식으로 작전을 치밀하게 조율했다.

8월 12일. 정화암은 임영창을 사교 단봉루로 불러냈다.

"남경에 다녀왔소. 남경에서 핵심 인사의 의사를 타진했소. 형도 신당파들의 입장을 잘 알 것이오. 둘 다 동의했소. 반대파가 동의했다는 비밀은 엄수해주시오.”

임영창은 정화암이 말한 ‘핵심 인사’를 김원봉과 이청천[16]으로
확신했다.

히토스키는 이 정보를 듣고 작전이 일제의 수많은 비밀 작전 중
에서도 가장 정밀하게 진척되고 있다는 것을 확신했다.

‘핵심 인사들이 동의한다면 작전은 이미 반쯤 성공한 것이다.’

임영창이 정화암에게 물었다.

“자금에 대한 계획을 알고 싶소.”

정화암은 정중하게 말했다.

“나의 맹약은 돈에 기대지 않소. 이 일을 거래로 취급하고 싶지는
않소!”

그는 잠시 멈췄다가 말을 이었다.

“과거 이광복이 체포되었을 때 김구와 안공근은 중국인 변호사
를 매수해 집요하게 석방운동을 펼쳤소. 그러나 김오연에게는 냉혹
하기 짝이 없소.”

임영창은 히토스키에게 올리는 보고서에 이렇게 적었다.

‘정화암, 돈에 흔들리지 않음. 대상자를 응징하려는 원한이 깊음.’

8월 16일. 정화암과 임영창이 만났다. 정화암이 말했다.

“작전 실행에 앞서 남경에 다시 다녀오겠소. 경비는 남경 쪽에서
마련하고 있소. 대상자는 항주를 떠나 지금은 서주徐州, 쉬저우에 있
소. 이번 이동은 중국 여인이 동행하며 부부로 위장하고 있소.”

정화암은 그 증거라며 입수한 남자와 여자의 소지품을 보여주었
다. 임영창은 작전이 결정적인 고비를 넘어가고 있다고 판단했다.

"사례비는 두둑이 준비 중이오."

정화암이 임영창의 말을 받았다.

"우리는 주의主義에 따라 움직인다는 원칙을 지키고 있소."

임영창은 히토스키에게 정화암이 제공한 정보를 보고했다. 9월 하순 김오연이 한국으로 호송되면 정화암이 더 이상 움직이지 않을 듯하며, 금전에 좌우되지 않는다고 한 정화암의 언급도 덧붙였다. 실행자는 3명이라는 사실과 도주 경비 등을 합쳐 3,000원 이하로는 진척시킬 수 없다는 판단도 곁들였다.

늦은 밤, 히토스키는 담배 연기 속에서 깊은 생각에 잠겼다. 이 작전의 성공은 정화암에게 달려 있다. 히토스키는 결코 금액을 언급하지 않는 정화암의 태도에 마음이 쓰였다. 다른 밀정이나 일본의 특무기관은 김구의 행방을 전혀 쫓지 못하고 있다. 정화암의 정보와 실행력은 압도적이다. 히토스키는 돈 문제에 초연한 거물급 조선 아나의 담백함을 마음속으로 상찬했다.

'9월이 빠르게 지나가고 있지 않은가. 김오연이 한국으로 호송되기 이전에 작전을 실행해야 한다!'

9월 하순, 히토스키는 3,000원의 지급을 승인하고, 조선총독부에 여덟 번째 특별보고를 올렸다. 보고를 마친 히토스키는 허기와 희열에 사로잡혔다.

정화암은 북경행 열차에 올랐다. 아무것도 생각하지 않았다. 이런저런 생각이 떠올랐고, 상념을 몰고왔지만 깊이 생각하지 않았다. 잡다한 생각들이 질서 없이 스쳐 지나갈 뿐이었다.

정화암은 야간열차의 창문에 팔꿈치를 괴고 흘러가는 풍경을 바라보았다. 만주였던가? 허름한 주막 앞에 놓여 있던 손수레, 해바라기씨를 봉지째 팔던 여자, 바람 불면 흙먼지가 허공에 일어났다가 이내 눈썹과 콧등에 내려앉던 그 황량함 속에 방랑의 기운이 흘러다니고 있었다. 남만주철도 역전에선 일본 헌병이 과장된 몸짓으로 누군가에게 호통을 쳤고, 곁에서는 중국 상인들이 장사꾼 특유의 억센 억양으로 흥정을 벌였다. 삐쩍 마른 말이 끄는 짐마차가 비틀비틀 지나갔고, 그 위에 실린 건 석탄이었는지, 밀가루 자루였는지 분간도 되지 않았다.

그는 기억을 곱씹을 생각도, 향수에 젖고 싶지도 않았다. 삶이란 이역만리 낯선 풍경을 슬쩍 훔쳐보고 지나가는 일과 같은 것이었다. 달라진 건 없었다. 굳이 다른 점을 찾는다면 사력을 다해 상해로 건너왔던 때와 달리 검고 큰 가방을 들고 유유히 상해를 떠난다는 사실뿐이었다.

상해의 9월 말은 일찍 저물었다. 허기에 시달리는 히토스키는 위로받고 싶었다.

늦은 밤, 히토스키는 요정 히카리로 향했다. 싸구려 향수와 등유 냄새가 뒤섞인 오래된 요정의 냄새가 히토스키의 폐부를 찔렀다. 미야코가 기다리고 있었다. 은빛 가부키 머리 장식이 흔들리고, 붉은 조명 아래에서 그녀의 미소는 기묘하게 히토스키를 자극했다.

브랜디가 히토스키의 위장을 어루만졌다. 미야코가 그의 무릎에 앉아 잔을 채웠다.

"히토스키 님…"

그녀가 귓가의 바람처럼 속삭였다.

"히토스키 님은 특별한 분이에요. 님은 법 위에 있어요."

그 순간, 그의 심장이 쿵 하고 내려앉았다. 말하지 않았던 자신의 집념을 여인의 입술이 대신 말하고 있었다.

'나는 비범한 사람이다. 라스콜리니코프가 말했듯 평범한 인간은 희생되어야 한다. 나는 그 권리를 가진 자다. 조선을 정복하는 것은 제국의 의무다. 살상은 제국이 부여한 특권이다.'

그는 잔을 들어올렸으나 손끝이 떨렸다. 술이 흘러내렸다.

머릿속에 번개처럼 정화암의 얼굴이 스쳤다.

그 강렬한 눈빛. 돈이 아니라 신념으로 움직이는 자. 그렇다. 정화암이야말로 비범하다.

히토스키는 입술을 깨물었다. 그는 미야코를 난폭하게 끌어안으며 외쳤다.

"나는 정복자다."

그러나… 정화암이야말로 진정 '비범한 사람'으로 행동하는 자다. 그는 돈에 흔들리지 않고 생사를 주사위처럼 던지는 사내다. 그는 위험하지만 동시에 매혹적이다. 그에게는 도무지 종잡을 수 없는 묘한 광기가 있다.

요정의 조명이 노랗게 사선으로 떨어지고 있었고, 창문 쪽에서 정화암의 턱선이 명암을 새기며 떠올랐다. 정화암의 강렬한 눈은 히토스키의 마음속을 바라보고 있었다.

히토스키는 혼란한 상태로 미야코를 학대하며 중얼거렸다.

'피정복자에게 매혹되어서는 안 된다.'

그러나 감정은 일종의 신체 반응이었다. 그는 자신의 내부에 불가해한 색정이 존재한다는 것을 깨달았다. 그것은 미학이자 공포였다.

'그는 나를 지배하고 있다. 나는 그를 돈으로 포섭했지만, 나는 그에게 굴복하고 있다. 정화암은 내 식민지가 아니다. 오히려 나 자신이 그의 식민지가 되었다. 그는 돈에 의해서가 아니라 신념에 따라 행동하는 주의자가 아닌가. 나는 그의 지배를 받고 싶다.'

*

해가 저무는 세모에 정화암은 북경의 카페 '천만'에서 안공근을 만났다. 벨벳 소파 위로 붉은색 조명등이 매달려 있고, 타오르는 벽난로의 연기와 담배 연기가 가득해 숨을 쉬기도 어려울 정도로 폐쇄된 곳이었다.

"안 선생, 저는 9월 하순에 곧바로 상해에서 북경으로, 북경에서 합이빈哈爾濱, 하얼빈으로 이동했습니다."

"정 동지 수고했소. 동지가 적을 교란한 연기는 압도적이었소. 그러나 임영창은 이후 사라졌소. 지금은 소식이 끊겼소. 누구에게 사살된 건지도 모르겠소."

안공근이 말했다.

"임영창은 수완이 대단한 이중 첩자입니다. 백범 선생이 일본의 정보를 얻은 것은 임영창이 밀탐을 선생께 연결해줬기 때문입니다. 그래서 백범 선생은 밀정보다 빨리 움직일 수 있었지요. 임영창은 사살돼서 해골이 어느 산모퉁이에 버려질 작자는 아닙니다. 김봉환처럼 말이에요. 임영창은 '사라지나 죽지 않는다'는 신화를 기록한 정탐입니다."

정화암은 임영창의 생존을 확신했다.

"김봉환이 누구요?"

안공근이 물었다.

"백야白冶 김좌진 장군을 살해한 공산주의자 김봉환 말이오. 한족총련에서 사람을 풀어 해림海林, 하이린에서 김봉환을 찾아내 사살한 후 시체를 산시진 모퉁이에 버렸어요. 그 1년 후 내가 북만주 해림으로 가다가 바로 그곳에서 바위 옆에 뒹구는 김봉환의 해골을 보았어요. 시체를 덮어둔 거적때기와 살은 다 썩어 없어졌고, 뼈만 나뒹굴고 있더군요. 보기 흉하고 불쌍해서 내가 인부를 사서 땅에 묻어주었습니다. 참 기가 막힙디다. 도대체 뭘 위해서 이역만리에서 이렇게 동족상쟁하는지…"

"왜놈과 밀정들이 아무리 날뛰어도 백범에게는 손댈 수 없소!"

안공근이 말했다.

정화암이 양주를 입에 털어 넣은 후 말했다.

"지당한 말씀입니다. 백범은 누구도 손댈 수 없어요. 백범이 흔들린다면 우리의 독립정신이 흔들리는 거지요. 몇 년 전에 국내에서 호서은행을 털어 큰돈이 왔을 때입니다. 우리 아나키스트들이 북경에 다 모였지요. 그때 백범이 만나자고 연락이 와서 상해로 갔어요. 백범이 내 두 손을 꼭 잡고 무련無聯, 중국조선무정부주의자연맹과 임정 사이의 사소한 문제는 모두 덮어두고 앞일이나 의논하자고 합디다. 백범은 프랑스 공무국에 압수된 『독립신문』의 인쇄활자를 찾아 인쇄소를 차려 조그만 간행물이라도 시작하자고 하더군요. 마다할 수가 없었습니다. 그때 백범의 손을 잡았는데, 그의 손에는 사람을 잡아끄는 힘이 있더군요."

안공근이 잔을 비웠다.

정화암이 말을 이었다.

"상해와 북경, 남경과 항주 같은 여러 도시에는 백방의 한인이 오가고 있습니다. 그들이 모두 백범을 따르는 이유는 바로 백범의 악력 때문입니다."

서울과 도쿄와 북경과 하바롭스크에서 상해로 흘러들어온 독립운동가, 반제국주의 단체, 온갖 비밀결사, 공산주의자, 한중동맹단체, 교민단의 각종 이권단체와 이와 결탁한 정치 세력, 유민遊民, 폭력단과 깡패들… 나라를 빼앗긴 울분과 한으로 수를 헤아릴 수 없게 많은 혁명가가 나왔다. 독립운동가와 투사, 그 아류와 난류들은 저마다의 목적을 달성하기 위해 목숨을 걸고, 실력을 겨루고, 칼을 꽂거나 총을 난사했다.

이런 삼각파도의 한복판에서 백범은 모두의 중심이었다. 마마 자국이 있고 광대뼈가 발달한 고집스런 얼굴, 두툼한 손바닥의 힘으로 상징되는 김구의 열정과 고집, 이런 것이 하나의 서사를 이루고 있었다. 모든 혁명 난류는 김구의 그 힘을 민족 의기의 표상이라고 인정했다.

"그건 식지 않는 민족의 체온이오."

김구를 향한 안공근의 충성심은 고집스러웠다.

"그건 그렇고, 이 돈을 임정 자금으로 백범 선생께 헌납하고 싶습니다. 백범 선생은 1933년 3월 육삼정 의거를 앞두고 저에게 폭탄

두 개를 주셨습니다."

정화암이 탁자 아래의 가방을 안공근 쪽으로 옮겨놓았다.

안공근이 답했다.

"정 동지, 이 돈은 사양하겠소. 백범은 자신을 겨냥한 돈으로 사는 양반이 아니오. 그러나 백범에게 보고는 하겠소."

I2 지켜낸 사람들

남경에 봄이 왔다. 해체를 요구하는 봄이다. 언 땅을 밀고 올라온 새 기운은 낡은 뿌리를 뽑아내는 냉혹한 바람이 되어 불어왔다.

1934년 3월, 남경 중화문 밖 독립운동가의 비밀회합 장소인 취운사聚雲社, 쥐윈서 회관에서 열린 한국대일전선통일동맹 2차회의. 강당 바닥에는 삐걱대는 걸상과 의자가 뒤섞여 있고 벽에는 붉은 글씨로 쓴 표어가 걸려 있다.

'새 하늘, 새 땅, 새 민족.'

희망을 외치는 표어의 속뜻은 누구도 구체적으로 설명할 수 없다. 다만 짐작할 뿐이다. 노병들과 작별하자는 것이다.

한국독립당의 조소앙·이광제, 조선혁명당의 최동오, 신한혁명당의 홍진·이청천, 의열단의 김원봉, 대한독립당의 김규식金奎植 등 핵심인사들이 모였다. 각기 다른 명분을 내세우고 있지만, 대부분 목적은 같다. 서로를 끌어안는 제휴가 아니라 각 당을 해산하고 새로운 대동맹으로 다시 나서자는 것이다. 임시정부를 먼저 해체한 뒤에야 성립할 수 있는 통일안이다. 그 중심에 김원봉과 의열단이 있었다.

회의는 처음부터 격렬했다. 의열단과 조선혁명당 계열은 단일 대동맹을 만들자며 목소리를 높였고, 신한혁명당과 대한독립당도 일정 부분 호응했다. 그러나 한국독립당 측은 고개를 저었다. 회의는 통일을 위한 자리가 아니라, 오히려 분열의 심연을 드러내는 자리가 되고 말았다.

임시정부 원로들은 회의를 소집해 논의했다. 송병조宋秉祚, 차리석, 조완구, 이동녕, 이시영 등 노장들은 한목소리로 말했다.

"공산주의인 김원봉 일파와 통일을 논의한다면 이용만 당할 뿐이오. 단일당 참가를 강력히 반대하오."

그러나 양기탁, 문일민, 김홍서 등 젊은 기류는 달랐다.

"독립을 위해선 힘을 합쳐야 합니다. 색깔보다 더 중요한 건 나라의 해방입니다."

파열음은 그다음에 일어났다. 각 당 소속으로 임정 국무위원인 김규식, 조소앙, 양기탁, 유동열, 최동오가 임시정부 해체를 전제로 한 통합운동에 참여하면서 줄줄이 사임한 것이다. 일곱 명의 국무위원 중 다섯 명이 떠나 임정은 더 이상 회의를 열 수 없는 상태가 되었다.

남경의 대한민국 임시정부의 임시 사무실은 텅 비어 있었다. 김구는 그 사무실 한가운데 홀로 앉아 있었다.

'누군가는 정부를 지켜야 한다. 대한민국 임시정부, 이 간판을 내리면, 조선 민족의 혼도 함께 사라진다.'

1935년 4월 8일, 김구는 임시정부 명의의 포고문을 발표했다.

"임시정부는 완전치 못했으되, 일본의 무단통치에 맞선 우리 민족의 자주통치기관이다. 이를 해체한다는 것은 독립의 혼을 뿌리째 뽑는 일이다.”

김구는 남경 금릉호텔金陵大飯店 2층의 조용한 방에 초대받았다. 붉은 카펫이 깔린 복도는 고요했고, 응접실 벽에는 장대천張大千, 장다첸의 연꽃 그림 족자가 걸려 있었다. 방 안에는 은은한 전등이 빛났다. 김원봉이 중국국민당 고위층의 도움으로 준비한 방이었다.

김구가 들어서자 김원봉이 정중히 맞으며 자리에 모셨다.

“요즘 시작된 통일운동에 선생님도 참여해야 하지 않겠습니까?”

“통일하자는 대원칙에는 찬성하오. 그러나 내용이 동상이몽인 것 같은데, 군의 의견은 무엇이오?”

김원봉은 먼저 차를 접대할 여자를 불렀다. 한 여자가 다반을 들고 왔다. 비단 치맛자락이 카펫 위에서 사각거렸다. 그녀는 고개를 숙인 채 김구 앞에 다가섰다.

김구가 손을 내저으며 말했다.

“필요 없소. 나는 대접을 받으러 온 것이 아니오.”

여자는 순간 움찔했다. 옆으로 몸을 틀어 몇 걸음 비켜서더니 고개를 숙이고 천천히 문 쪽으로 물러났다.

김원봉의 눈이 붉어졌다. 그가 직접 잔을 들어 차를 따랐다.

“중국 정부와 사회 각계로부터 신뢰를 얻으려면, 분열을 극복하고 단일한 목소리를 내야 합니다. 선생님이 함께해야만 무게가 실립니다. 또 솔직히 말해, 저는 중국인에게서 공산당이라는 혐의를 벗어날 필요도 있습니다.”

“서로의 목적이 다른 듯하오. 군은 사회주의를 신봉하고 있잖소?

나는 목적이 다른 통일운동에는 참가하기를 원하지 않소.”

“만주사변, 상해사변 이후로 독립운동은 새로운 활기를 얻고 있습니다. 중국은 일본과의 전쟁을 준비하고 있고, 세계의 눈도 동아시아를 주목합니다. 지금이 아니면 언제 우리가 하나로 설 수 있겠습니까? 단체를 해산하고서라도 단일한 대동맹으로 모여야 합니다. 그것이 시대의 요구지요.”

“군의 애국심과 열정은 이해하오. 그러나 생각이 다른 조직은 통합하더라도 오래가기가 어려울 것이오. 내 생각에는 각자의 길을 지키면서 독립운동을 이어가는 것이 좋겠소. 임시정부 해산이라니, 그건 안 될 말이오. 임정을 지키지 못하면 어떤 독립운동도 자리를 잡을 수 없소.”

김원봉은 잠시 김구를 바라보다가 목소리를 낮췄다.

“선생님, 청년들이 제 곁으로 모여들고 있습니다. 황포黃埔, 황푸 군관학교를 거친 동지들과 의열단에서 단련된 동지들 수백 명이 훈련을 마쳤습니다. 이들을 선생님의 깃발 아래 묶으면 강력한 세력이 생깁니다.”

김구의 눈빛은 여전히 차가웠다.

“총과 청년은 앞으로도 얻을 길이 있소. 그러나 임정의 간판은 잃으면 끝이오. 임정이 사라지면 민족의 혼도 함께 사라지는 것이오.”

“간판만으로 나라를 세울 수는 없습니다. 시대는 이미 변했습니다. 낡은 틀에 매달리면 청년들은 다 떠날 것입니다.”

“나는 정통을 지켜야 하오. 나는 그 끈을 놓을 수 없소.”

김원봉이 벽에 걸린 족자 그림을 가리키며 말했다.

"연꽃은 뿌리를 나누어도 다시 꽃을 피웁니다. 민족도 마찬가지 아닙니까?"

김구는 그림을 바라보고는 고개를 저었다.

"뿌리가 아니라 줄기가 꺾이면 꽃은 흩날려 사라질 것이오. 임정이 그 줄기요."

김구는 타협을 몰랐다. 민족통합의 기운이 확산하고 있었지만, 그는 임정의 간판을 사수하는 쪽을 택했다.

김원봉은 결국 노완고老頑固의 고집 앞에 말을 잃었다. 두 사람의 비밀회동은 끝내 결실을 보지 못했다. 오히려 두 노선의 평행선이 더욱 뚜렷하게 그어졌다.

7월 5일 남경에서 의열단, 조선혁명당, 신한독립당, 미주한인독립당 등 5개 단체가 통합해 조선민족혁명당이 결성되었다. 김원봉이 실질적 중심이었다.

김구의 처지는 더욱 외로워졌다. 윤봉길 의거 직후 도피 생활이 길어지면서 국무위원 임기도 연장되지 못했고, 한독당 이사회에서도 오랜 불참 끝에 제명 처리되었다.

낙양洛陽, 뤄양군관학교 한인특별반, 한인애국단, 특무대, 학생훈련소… 김구는 독자적으로 무장세력을 키우며 임정의 실체를 붙들고 있었다.

조완구가 항주에서 남경으로 김구를 찾아왔다.

"백범이 재정을 투명하게 공개하지 않고 안공근 이외의 사람 말은 듣지 않으니 사람들이 임시정부에 등을 돌리는 것이 아니겠소?

내가 이제껏 백범을 믿었으나 실망이 크오."

체구가 작달막한 조완구는 딱 버티고 서서 거구의 백범을 올려다보며 한쪽 손으로 팔자수염을 비틀어가며 따졌다.

"완구 형이 그렇게 나를 나무라는 것은 달게 받아들이겠소. 재정을 공개하지 않은 것은 중국 측과의 관계도 있고, 일본과 중국 간에 국제문제를 일으킬 수 있어 비밀로 할 수밖에 없었소. 안공근은 중국인 사이에 신용이 좋으니 의지하게 되기 마련이오. 내가 가장 믿는 사람이니 의지하는 것을 양해해주시오."

"핑곗거리도 많소. 백범을 조심하라는 사람들의 말을 흘려들은 내가 잘못이오. 나는 가겠소이다! 혼자 잘해보시오."

조완구는 한 손으로 뒷짐을 짚고 깐죽거리듯 말했다.

"우째 인심이 그러우? 차라도 한잔하고 가시오!"

김구가 조완구를 잡았다.

"하나 물어보겠소. 백범은 통일동맹의 신당 조직에 대해서는 어떻게 생각하오?"

"내 경험상 통일 문제는 소리만 클 뿐이고, 내실이 없으니 찬동하기 곤란하오."

"그렇다면 백범은 왜 자기 목소리를 내지 않소?"

"완구 형의 충정을 받들어 앞으로는 할 말을 하겠소. 임시정부를 지키는 건 나라를 지키는 것이나 매한가지요."

"그렇다면 이번에는 백범의 말을 믿고, 그렇게 알고 가겠소이다!"

'찬물 냉수도 씻어 먹는다'고 할 만큼 꼬장꼬장한 조완구가 일단 김구를 믿어보겠다며 항주로 돌아갔다.

김구는 임시의정원에 '임시의정원 제공諸公에게 고함'이란 서한
을 보내 통일동맹의 신당 조직에 대한 반대의사를 밝히고 임시정
부로 복귀하겠다는 뜻을 밝혔다.

*

1935년 늦가을, 가흥 남호.

목선 한 척이 안개 속을 헤치며 미끄러지듯 나아갔다. 노를 젓는
소리가 조용해지자 하나둘 선실 탁자 위로 회의록을 꺼내놓았다.

이동녕이 말했다.

"우리 정부는 그동안 물안개 속에 떠 있는 배처럼 실체가 불분명
했습니다. 우리는 그동안 쫓겨왔고, 이탈자가 있어 회의할 수 없었
습니다."

조완구가 빈틈을 주지 않고 정리했다.

"오늘 국무위원을 보선하고 정부의 틀을 다시 짜야 합니다."

대한민국 임시정부는 항주에서 가흥으로 옮겨온 뒤, 국무위원
7명 중에서 5명이 민족혁명당으로 떠나버려 국무회의를 진행할 수
없었다. 남은 사람은 송병조와 차리석 둘뿐이었다. 바위를 앞에 두
고 나아가는 배 같았다. 둘은 정국 수습을 위해 가흥에 있는 이동녕
과 소통한 후 김구에게 협조를 요청했고, 김구는 호수 위에서 국무
회의를 주선했다.

"신암新巖, 송병조과 동암東巖, 차리석 두 분의 용기와 신의로 회의를
열 수 있게 돼 감사드립니다. 오늘은 잔치도 못 하고 차 한 잔뿐이지
만, 반드시 군대를 만들어 성대한 전례식을 열겠소이다."

김구가 말하자 사람들은 펜을 들어 회의록을 펼쳤다.

배는 물자를 싣던 화물선을 어업용으로 개조한 것이다. 갑판 위에는 널빤지가 깔려 있고, 안쪽 공간엔 다다미와 나무 책상이 놓여 있었다. 뱃사공이 대나무 노를 저으며 조용히 물살을 갈랐다. 그녀는 물결을 가르면서도 선실 안의 대화에 귀를 기울였다.

선미 아궁이에서는 따뜻한 연기가 피어올랐고, 찬장 위엔 흑차와 간장, 두부, 국수 사리, 얇은 고기와 파채가 나무 그릇에 담겨 있었다. 낡은 양은 냄비에선 강소성江蘇省, 장쑤성식 육수가 보글보글 끓고 있었다.

배는 곡선을 그리며 북쪽으로 돌았다. 선두에 앉은 뱃사공이 물살을 읽어 노를 저었다. 멀리 사당산의 능선이 안개 속에서 실루엣을 드러냈고, 뱃전 아래 햇살을 받은 호수는 은빛으로 반짝였다.

국무회의는 정식 국무위원으로 이동녕, 이시영, 김구, 조완구, 조성환을 선출하며 다시 항로를 정비했다.

배가 중간 지점에 이르자 송병조가 뱃사공을 도와 흑차를 찻잔에 나누어 따랐다. 뱃사공은 국수를 내왔다. 고명과 파를 얹은 소박한 국수였다. 사람들은 젓가락을 들어 국수를 후루룩 들이켰다. 은은한 국물맛이 몸과 마음을 데웠다.

"오늘 우리는 다시 돛을 펼쳤습니다. 배를 탈 때까지만 해도 방향은 보이지 않았지만, 이제는 방향을 분명히 찾았습니다."

차리석이 말했다.

"동암의 말씀이 바로 우리 정부의 복귀 선언입니다."

이동녕의 목소리가 뱃전을 따라 번졌다.

송병조가 콧수염을 쓰다듬으며 말했다.

"이제는 누구도 임정을 무시하거나 없애려고 하지 못할 것입니다."

국무회의는 결론에 도달했다.

주석 이동녕, 내무장 조완구, 외무장 김구, 군무장 조성환, 법무장 이시영, 재무장과 비서장에는 송병조와 차리석이 유임되었다.

이시영이 손바닥으로 이마를 쓸며 조용히 말했다.

"한때 뿌리가 약했던 나무가 더 잘 자란다는 걸 우리가 증명해야 하오."

조성환이 무겁게 응수했다.

"싸움터는 밖이 아닙니다. 내부가 단단해야 어떤 적이든 이겨낼 수 있습니다."

이동녕이 회의를 마쳤다.

"이 배를 탔다는 사실 자체가 역사가 될 것이오. 역사는 책임지는 사람들의 것이지요!"

배는 남서쪽으로 방향을 틀었고, 안개가 완전히 걷혔다. 육지의 사당루와 오래된 회랑이 모습을 드러냈다. 회랑 기둥 끝에 앉아 있던 비둘기 몇 마리가 배가 가까워지자 일제히 날아올랐다.

김구는 임정에 복귀한 뒤에도 청년들을 훈련시키고 각지로 파견하는 데 힘을 기울였다. 며칠 뒤 그는 송병조와 협의해 한국국민당을 창당했다. 당의 기반은 한인애국단, 한국특무대독립군, 학생훈련소였다.

11월 하순 항주에서 열린 창당식에서 김구는 이사장으로 선출되었고, 이동녕, 조완구, 차리석, 김봉준, 안공근, 엄항섭 등이 이사로 참여했다. 노장들은 임시정부의 실질적 '여당'을 자처하며, 김원봉의 조선민족혁명당과 남화한인청년연맹이 주도한 연합세력에 맞섰다.

이들에게 젊은 층의 급진적 기세는 무모하고, 쉽게 이용당할 수 있는 위험한 불씨처럼 보였다. 그러나 젊은이들의 눈에는 노장들의 완고함이 시대의 속도를 따라잡지 못하는 그림자로 비쳤다.

그러던 중 뜻밖의 일이 터졌다. 특무대독립군 훈련을 맡고 있던 김동우·오면직·한도원이 안공근의 운영 방식에 불만을 품고 이탈해 아나키스트 계열로 넘어갔다. 특히 김동우와 오면직은 황해도 안악 출신으로 김구와 오랫동안 고락을 함께한 인물들이었다. 과거 김립을 처단했던 과격파이기도 했다.

큰 손실이었다. 김구는 한동안 말을 잇지 못했다. 지금껏 동지가 등을 돌리는 일은 거의 없었다. 그는 수첩을 펼쳐 남경군관학교 졸업생 17명과 학생훈련소 훈련생 20명의 이름을 하나씩 적었다. 무너진 틈을 메우기 위해, 다시 시작해야 했다.

작은 회의실은 습기로 벽이 부풀어 있었고, 벽에 걸려 있던 지도는 바닥에 떨어져 있었다. 김구는 지도를 들어 벽에 붙였다. 힘없이 못이 빠져버리자 그는 공구함에서 작은 못과 망치를 가져와 벽에 단단히 박았다.

그때 조소앙이 문턱으로 들어섰다.

“아하, 한반도 지도가 버티는 건, 백범이 자리를 지킨 덕분이오.”

지난해 임정을 떠나 민혁당에 가담했던 사람들이 다시 돌아온 것이다.

이청천이 낮게 웃었다.

“붙잡아줄 손이 필요할 때가 있는 법이오.”

유동열은 지도를 바라보며 말했다.

“살아남은 건 지도가 아니라 버틴 쪽이었소.”

최동오가 고개를 끄덕였다.

“우린 기댈 곳을 고르는 게 아니라… 가야 할 길을 찾아오는 겁니다.”

김구는 동지들을 얼싸안으며 말했다.

“어서들 오시오. 지도든 사람이든… 떨어지면 다시 붙이면 되오.”

그날 이후 나갔던 네 사람의 발걸음은 한 방향으로 모이기 시작했다. 이들이 김구 계열로 다시 돌아올 수 있었던 것은 독립운동에 관한 생각이 같았고, 김구에게 인간적 신뢰가 있었기 때문이었다.

민족혁명당의 통합은 오래가지 못했다. 민혁당을 결성하는 데 주도적인 역할을 했던 김규식도 김원봉을 떠나 학생들을 가르치러 사천대학으로 갔다.

김원봉이 이들을 붙잡지 못한 건 돌이킬 수 없는 손실이었다. 김규식, 이청천, 조소앙과 민족혁명당이 결렬된 이유는 독립운동의 노선과 방법의 차이에 있다기보다 인간관계가 깨졌기 때문이었다. 김원봉이 선배인 이들을 부하처럼 대우한 게 결렬의 직접적인 원인이었던 것이다. 게다가 최창익崔昌益을 받아들임으로써 내부의 균형이 틀어져버렸다. 최창익은 민족혁명당을 조선공산당 재건운동의 도구로 삼고자 했다.

1937년 7월 7일 밤 북경 서남쪽 노구교盧溝橋, 루거우차오 위, 주위는 야음이 짙고 개구리 소리만 들릴 뿐이었다.

일본군 한 중대가 동북쪽 중국 관할구역을 미끄러지듯 침투했다. 군화로 자갈 밟는 소리조차 들리지 않았다.

야간 훈련. 명목은 비밀침투였다. 실은 경계를 시험하는 중이었다.

칠흑 같은 어둠 속에서 총성이 울렸다.

탕-, 탕-.

누가 먼저 쏜 것인지, 어느 편에서 날린 것인지 분간조차 되지 않는 사격이었다. 중대장은 곧바로 점호를 실시했다.

"한 병사가 없다."

중대장은 곧바로 사태를 키웠다.

"중국군이 우리 병사를 납치했다!"

날조된 한마디가 곧 명분이 되었다. 일본군은 노구교를 지키던 중국 제29군을 향해 기습 포화를 퍼부었다.

20분 뒤, 실종됐다던 병사는 바지를 추스르며 대열로 돌아왔다. 변소에 다녀온 것뿐이었다. 역사의 물줄기를 비틀어놓은 노구교 사건은 그렇게 한 병사의 '대변'에서 시작되었다.

일본군은 곧 속전속결을 내세운 전면전 준비에 들어갔다. 본토에서 3개 사단, 만주에서 2개 여단, 조선에서 1개 사단을 더 끌어와 병력을 채웠다. 그리고 7월 28일, 화북華北, 화베이지방을 향해 전면 침공을 개시했다.

중일전쟁이 일어나자 중국 관내 독립운동가들은 분산된 독립운동 세력의 결집을 서둘렀다. 김구가 이끄는 한국국민당, 조소앙의 재건한국독립당, 이청천의 조선혁명당이 먼저 나섰다. '한국광복운동단체연합전선'이라는 깃발 아래 세 정당이 손을 맞잡았다. 그들은 선언했다.

"당은 임시정부의 두뇌요, 임시정부는 당의 몸체다."

8월 17일, 연대는 더욱 넓어졌다. 미주의 대한인국민회, 하와이의 대한국민회, 대한인부인구제회, 대한인동지회 등 9개 단체가 연합해 '한국광복운동단체연합회', 약칭 광복진선光復陣線을 조직했다. 사방에서 온 이들이 하나의 깃발 아래 모이니 중구난방이었다.

김구는 혀를 찼다.

"팔도강산이 한자리에 모인 꼴이구나! 서둘러 모여서 하나로 만듭시다."

그는 조선혁명당 조경한에게 10원을 건넸다. 조경한은 합당 만찬을 준비했다. 장소는 조선혁명당이 사용하던 장사 시내의 남목청楠木廳, 난무팅으로 정했다. 음식은 이청천 장군의 부인과 현익철의 부인이 준비했다.

1938년 5월 7일 저녁, 남목청 2층 가장 큰 방에 상이 차려졌다. 된장국이 끓고, 황주가 상에 올랐다. 모인 이는 열 명 남짓. 조선혁명당의 이청천·조경한·현익철, 재건한국독립당의 조소앙·홍진, 한국국민당의 김구와 조완구가 참석했다. 뒤이어 유동열, 이복원, 임의택도 자리를 함께했다.

"이렇게 옛 동지들이 다 모였으니, 오늘 술은 빚 갚는 술이오."

김구가 인사했다.

"빚이야 어디 한두 푼이오? 살아서 다시 얼굴 본 것만 해도 천 냥 빚이지."

조완구의 입담이 식탁을 풍성하게 만들었다.

술잔이 오가는 사이, 한 젊은이가 노루 같은 뜀박질로 마당을 가로질렀다. 2층으로 달려온 그는 회의장 문을 박차고 뛰어들어와 권총을 발사했다.

탕! 탕! 탕! 탕!

첫 발에 김구가 쓰러졌다. 의자가 밀리고 상 아래로 그의 몸이 꺾였다.

현익철이 무너졌다. 가슴을 움켜쥐고 그의 손이 떨렸다. "아" 하는 소리가 중도에서 끊겼다.

유동열은 비명을 질렀다. 총탄에 하복부를 맞은 그는 벽을 붙잡으려다 손이 미끄러지며 그대로 쓰러졌다. 마지막 총성은 이청천의 손등을 스쳤다. 비명이 터지고, 실내는 화약냄새가 피어오르는 아수라장이 되었다.

김구는 피를 토하며 쓰러졌고, 의식을 잃었다. 현익철은 병원에 도착하자마자 숨을 거뒀고, 유동열은 생사의 경계를 오갔다.

인근 상아의원. 피투성이로 실려온 김구를 본 의사는 고개를 저었다.

"가망이 없습니다."

병원에서는 저격당한 환자를 응급실 바닥에 놓아두었다. 입원 수속도 하지 않았다. 처연하게 세 시간이 흘렀다. 그러나 죽음은 김구를 데려가지 못했다.

의사는 중얼거렸다.

"이런 경우는 처음입니다. 우등병실로 옮기세요."

무한武漢, 우한에서 전황을 지휘하던 장개석은 진과부陳果夫, 천궈 푸의 보고를 받았다. 장개석은 사람을 시켜 3,000원을 보내 김구를 위문했다. 한·중 독립운동의 연대는 김구의 피를 매개로 하나가 되었다.

위중한 상태로 김구가 상아의원 침대에 누워 있던 사흘째 오후, 병원 복도에서 유리창 너머로 눈물을 닦으며 김구의 병실을 지켜보는 여인이 있었다. 그녀에게 두 남자가 다가왔다.

엄항섭은 김구가 회복되자 총격 사건의 내막을 알려주었다. 회의장에 뛰어들어 총을 난사한 범인은 조선혁명당 중앙집행위원이었다가 얼마 전 당에서 제명당한 이운환이었다. 남경에 있을 때 특무공작을 하겠다면서 김구에게 돈을 얻어가기도 했던 이운환은 성격이 우직하나 판단력이 부족한 청년이었다. 그가 일을 저지를 것이라는 말이 나돌아 조선혁명당은 이운환을 제적시키고 1년 동안 근신하도록 했는데, 일제가 상해에서 활동하던 친일분자 박창세를 포섭해 이운환을 사주한 것이었다.

'남의 나라 땅에서 총 맞아 죽은 것보다 더 비극적인 일은 없다. 내가 이렇게 죽어가는 것을 안다면 애보가 실망할 것이다.'

그날 김구는 일어섰다.

한 달 동안 치료를 받고 퇴원한 김구는 어머니를 찾아갔다. 어머니에게는 사실을 알리지 않고 있다가 김구가 퇴원할 무렵 큰손자가 사실대로 알려드렸다. 어머니는 살아 돌아온 아들을 앉혀놓고 말했다.

"하느님께서 자네 목숨을 보호하시는 줄 아네. 사악한 것은 옳은 것을 이기지 못하지. 그러나 유감스러운 것은 이운환도 한인이니, 동포의 총에 맞고 산 것은 일본 놈의 총에 맞아 죽은 것보다 못하네."

퇴원 후 어느 날 김구는 신기가 불편하고 구토가 나며 오른쪽 다리가 마비돼 상아의원을 찾아갔다. 진찰한 서양의사가 말했다.

"심장 곁에 있던 탄환이 대혈관을 통해 오른쪽 갈비뼈 쪽으로 옮겨갔습니다. 수술하는 것은 어렵지 않지만, 그대로 두어도 생명에는 문제가 없어요. 오른쪽 다리의 마비는 탄환이 대혈관을 압박하기 때문인데, 점차 소혈관들이 확대되면서 해소될 것입니다."

김구는 이 총탄을 평생 몸속에 지니고 살았다.

김구는 얼마 지나 미국의 교포들에게 사건의 경과와 자신의 심정을 밝히는 편지를 보냈다.

"저는 애국운동을 시작하던 그날부터 구구한 일신의 생명은 심중에 두지 아니했으니 언제든지 이러한 죽음이 있을 수도 있다고 미리 각오했습니다. 그러므로 이러한 변을 당했다고 분한 것도 없고 낙심하지도 않습니다. 저는 오직 최후 목적을 관철하기 위해 더욱 분투하고 노력할 뿐입니다. 저는 광복이라는 대업을 완성하기 위해 먼저 3당 통일을 실현하기에 배전 노력할 것이고, 이것이 완성된 뒤에는 첫째 광복전선의 통일, 둘째 해외 한인 전체의 통일, 셋째 민족적 대동단결을 완성하기 위해 남은 생을 바치겠습니다.”

김구의 편지가 전해지자 미국 동포들은 상머리에 수북이 쌓일 정도로 많은 위문 편지를 보냈다.

“총에 맞고도 같은 민족에게 무한한 신뢰를 보내는 선생의 편지를 보면서 우리는 큰 감동을 받았습니다.”

이 사건의 주모자는 박창세로 밝혀졌다. 그는 일제의 밀정이었다. 히토스키가 총독부 경무국장에게 올린 보고서 ‘상해 일본 총영사관 경찰부의 특종공작’에서 실마리가 풀렸다.

“당지 총영사관 경찰부에서는 헤로인 밀매로 출입하고 있는 박제도를 통해 아버지 박창세를 회유하고, 동인同人은 김구를 처치하려고 획책 중이다. 박창세는 백범의 특무대장이 되어 김구에게 쉽게 다가갈 수 있는 인물이다. 그의 차남 박제건이 여운형의 주선으로 권투선수가 되어 형 박제도와 함께 조선에 들어가기를 희망하고 있으므로 총영사관과 협력해 귀국의 편익을 주고 박창세를 회유하려고 한다.”

회복한 김구는 상아의원의 침상에서 원장과 외국인 의사와 함께 기념 촬영을 했다. 환자복을 활짝 열어 가슴을 드러낸 김구는 시원하게 올려 친 상고머리와 씀벅씀벅하게 사람 좋은 표정으로 뒤에 서 있는 의사들을 미소 짓게 했다. 명치 부분에 총탄의 상처가 크고 선명했지만, 그 상처를 보호하고 있는 흰 가슴팍과 반짝이는 어깨, 그리고 다부진 체구에서는 꿈이 뽀얗게 살아나고 있었다. 백범, 뽀얀 꿈이 그를 살린 듯했다.

총격에서 살아난 이후, 김구는 달라졌다. 독립운동단체들의 통합에 더욱 적극적으로 나섰다. 그는 병실에 찾아온 동지들의 손을 힘껏 잡으며 말했다.

"우리는 다투면 안 됩니다. 우리끼리 흩어지면 왜놈들이 웃을 뿐이오."

남목청의 총탄은 그에게 하나의 결론을 남겼다.

'조각난 세력이 모여야 한다. 민족끼리 불신할 여유가 없다.'

김구는 누구보다 앞장서 연합을 밀어붙였다. 3당을 주축으로 한 광복진선은 그의 흉터 위에서 태어났다.

중국이 한국 독립운동자들의 통합된 역량을 대일항전에 이용하기 위해 단합을 강력히 요구한 이유도 있었다.

*

1938년 가을, 중경 청사로 소식이 올라왔다.

"한구에서 김원봉이가 군대를 만들었다카더이다. 이름이 조선의용대라나…"

김구는 말없이 고개만 끄덕였다. 임정의 장부에는 예산이 바짝 말랐는데, 한구전선에서는 젊은이들이 남의 나라 군복을 입고 총을 쥐었다는 말이다.

김구는 보고를 받고 한마디 했다.

"군대를 잘 키워다오! 어디서든 조선만 잊지 마라."

회합도, 창립식도 없었다. 전시의 도시에서 형식을 갖출 여유는 없었다. 그러나 명령체계를 갖췄고, 질서가 잡혀 있었다. 김원봉은 한구 장강長江, 창장 남안의 좁은 강변 초소에 깃발 하나를 세웠다. 물안개 사이로 '조선의용대'라는 다섯 글자가 펄럭였다.

조선의용대의 창설은 일본 공산주의자인 아오야마 가즈오青山和夫가 제안했고, 장개석이 승인해 가능했다.

아오야마는 김원봉에게 말했다.

"일본인이라고 해서, 모두 천황의 총알은 아닙니다."

김원봉이 물었다.

"왜 조선을 지지하오?"

"일본이 조선을 대하는 방식은 곧 일본을 대할 방식이지요."

"당신은 총을 들 수 있소?"

"아니오. 그러나 총을 제대로 쓰는 법을 알지요."

아오야마는 종이 위에 썼다. 인원, 훈련, 지휘선. 부대 편제였다.

"백 명뿐인 군대로 단독 행동은 못하니 절반씩 중국군에 참가해 활동하는 것이 좋겠습니다."

김원봉이 말했다.

"이건 조선의 군대요. 일본인을 믿으란 말이오?"

아오야마가 답했다.

"믿지 마시고, 쓰십시오."

중국 군사위원회의 인가를 받은 최초의 조선인 무장부대는 그렇게 움직이기 시작했다. 대원은 고작 백여 명. 숫자만 보면 '군'軍이라는 말을 붙이기 어려워 '대'隊라고 했지만, 사기는 웬만한 군단보다

충천했다. 황포군관학교, 조선혁명간부학교, 성자분교… 각 학교 교정에서 전략·전술의 기초를 닦은 청년들이 의용대 완장을 차고 전선으로 나갔다.

첫 집합 날, 김원봉은 낡은 연단 위에 올라섰다. 김원봉의 목소리는 굵지 않았다. 대신 또렷했다.

"우리는 이름 없는 망명자가 아니다. 조선의 흙과 피 위에 선 의용대원이다. 오늘 이 자리에서 남의 전쟁에도 의義로 응답하는 조선 최초의 군대임을 선언한다."

옆에 서 있던 대원이 격문을 이어 읽었다.

"우리 총은 중국 땅을 지키는 동시에 대한독립군이 살아 있음을 세상에 알린다. 한 발의 탄환, 한 줄의 선전문장은 모두 '조국 광복'을 위해 사용한다. 쓰러져도 다시 일어날 것이다."

젊은이들이 목청껏 '독립'을 외쳤다. 김원봉은 잠깐 고개를 돌려 강물을 보았다. 그는 예감하고 있었다. 이 군대가 지금은 국민당 깃발 아래 서 있지만, 언젠가는 길이 갈라질 수 있다고.

의용대의 열기는 한구에만 머물지 않았다.

"황하를 건너자."

청년들은 국내 진공을 염두에 두고 동북·만주 진출을 주장했다. 화북에는 20만 명이 넘는 조선인이 뿌리를 내리고 있었다. 중국공산당인 팔로군八路軍이 버티는 태항산太行山, 타이항 일대엔 이미 조선 청년들이 무한과 계림桂林, 구이린에서 보여준 기개에 관한 칭송이 자자했다. 청년들은 외쳤다.

"남의 전쟁을 돕더라도 결국은 내 나라가 있는 북쪽으로 가서 일본 놈의 심장에 칼을 꽂아야 한다."

의용대의 내부 구호는 자연스레 하나로 모였다.

"황하! 북으로!"

이듬해 봄, 강물이 풀리자 대원들은 네 번에 걸쳐 야밤의 나룻배에 몸을 실었다.

김원봉은 이들의 출발을 말리지 못했다. 의용대의 팔할이 황하를 건너 북방 산맥 쪽으로 밀려가듯 떠났다. 김원봉은 청년들의 비판 대상이자 최창익 등 공산주의자들의 선명성 경쟁의 표적이 되면서 보수주의자로 전락했다. 의열단 창립 이래 애국 청년들의 선망 대상이자 가장 치열한 삶의 전형으로 알려진 김원봉의 몰락이었다.

북행의 선두에는 김두봉金枓奉이 서 있었다. 그는 산을 넘을 사람이 아니었다. 상해 시절, 그는 양옥 2층 방 한 칸에 쭈그리고 앉아 어린애 딱지장 같은 공책에 '날' '달' '말' '밥' 같은 글자를 한 자 한 자 새겨놓고 뜻을 연구하던 한글학자였다. 넓은 이마로 머리칼이 흘러내리는 모습이 '우수태산'憂愁泰山이라 불릴 만큼 우수가 넘치는 선비였다. 그러나 강연 때는 달랐다. 깡마른 몸 어디에서 힘이 솟는지 두 팔을 흔들며 강당이 떠나갈 듯한 고함을 쳤다.

"민족의 말이 죽으면, 독립도 죽는 거요!"

그 하얀 샌님이 말 대신 총을 택했다. 임정의 보수파들과 싸우던 논객이었는데, 사생활 문제로 말 못 할 어려움에 놓이자 연안을 향했다.

최창익은 제2구대와 함께 연안으로 향했다. 민족혁명당을 집단

탈당한 49명을 이끌고 조선청년전위동맹을 결성한 최창익은 중국 공산당과의 연결 창구가 되었고, 태항산에서 조선의용군이 뿌리를 내릴 골격을 설계했다.[17]

태항산 아래의 민중은 천년만년 그 산자락에 뿌리박고 살아온 사람들이었다. 조선의용대원들이 개천가에 나가 아침 세수를 하면 근처 집들을 막사로 쓰던 팔로군 병사들이 하나둘 수건을 들고 나왔다. 상관과 졸병 구분이 없었다. 먼저 일어난 놈이 밥을 짓고, 손이 먼저 닿은 놈이 총을 닦았다. 밤에는 한 이불을 덮었다. 코 고는 소리로는 누가 상관인지 분간할 수도 없었다.

팔로군 18집단군 부총사령 팽덕회彭德懷, 펑더화이가 의용대 앞에서 소리쳤다.

"우리 팔로군은 조선 동지들의 투쟁을 마음으로 지지한다! 무기고도, 식량창고도, 피복창고도 동지들에게 연다. 가난한 선물이나 가난한 마음으로 받지 말고 넉넉한 마음으로 받으라!"

그의 연설은 상관과 졸병 모두를 웃게 했다. 동시에 조선 청년에게는 분명한 약속이었다.

'중국의 전쟁과 조선의 전쟁은 이 산 위에서 하나다.'

화북에서 이화림은 뛰어난 여전사로 이름을 날렸다. 그녀는 평양에서 태어나 상해로 와 김두봉을 통해 김구의 비서가 되었다. 한인애국단에서는 이봉창의 팬티 허벅지 안쪽에 수류탄 주머니를 달아주었다.

그 밤을 기억하는 사람은 셋뿐이다. 김구, 이봉창, 이화림.

"동해(이화림의 가명)야, 부끄러워하지 마라. 혁명하는 놈이 부끄러워하면 안 된다. 네가 이봉창 동지 빤스에 주머니를 만들어라."

김구의 말을 들은 이화림은 밤새도록 바느질해 이봉창의 팬티 허벅지 부분 양쪽에 좁고 긴 주머니를 달았다. 이봉창은 그 주머니에 두 개의 수류탄을 넣고 도쿄로 가 일왕의 마차에 던졌다.

윤봉길 의거 후 이화림은 광주로 가 혁명의 다른 얼굴을 보았다. 민혁당의 강연을 듣고 노선을 바꿔 중산대학에 입학해 법학과 의학을 공부했다.

훗날, 곽낙원의 빈소에 이화림이 찾아왔다.

"동해야, 너 아직도 공산주의자냐?"

김구가 물었다.

"저는 공산주의를 믿습니다. 저는 공산주의자입니다."

"그렇다면 우리가 앞으로 만나기는 어려울 것이다."

그 말이 이별 인사가 되었다.

이화림은 태항산 자락을 뛰어다니며 삐라를 뿌리고, 일본 초소 앞까지 들어가 확성기를 들고 연설했다. 그녀는 조선의용대 여자복무단 부대장으로 활약하며 조선의용대의 얼굴이 되었다.

1941년 겨울 하북河北, 허베이성 원씨元氏, 위안스현. 김세광金世光이 이끄는 조선의용대 화북지대 제2대 대원 스무 명 남짓이 호가장胡家莊 마을에서 잠을 잤다. 그들은 전날 삐라를 뿌리고 구호를 외쳤다. 다음 날 아침, 민중대회를 열어 일본군의 만행과 조선·중국의 연대를 알릴 계획이었다.

새벽에 총성이 날아왔다.

일본군 300명이 마을을 포위했다. 대원들은 짐을 챙길 틈도 없이 총만 들고 뛰어나갔다. 북쪽 고지를 잡으려 했으나 이미 적의 사격선 안이었다. 탈출에는 성공했지만, 네 명이 숨졌다. 살아남은 대원들은 전우의 시신을 들것에 뉘었다. 산 위에서 조촐한 장례식이 열렸다.

산에나는 까마귀야 시체보고 우지마라
몸은비록 죽었으나 독립정신 살아있다

대원들은 노래를 부르며 무덤가에 흙과 돌을 얹고, 주위에 무궁화를 심었다.

이듬해 봄 일본군은 팔로군을 소탕하기 위해 스무 개 사단 사십만 명을 태항산에 투입했다. 팔로군 총사령부와 조선의용대 지대본부가 있던 마전馬田, 마톈까지 포 사정권 안에 들었다.

공중에서 폭격기가 낮게 돌고, 산비탈에는 포탄이 쏟아져내렸다. 대장 팽덕회와 등소평鄧小平, 덩샤오핑, 조선의용대 간부들이 한 줄로 피난길에 올랐다.

정신없이 달리던 팔로군 정치 간부 류청화劉靑華는 아내의 손을 놓치지 않으려 안간힘을 썼다. 왕혜련王惠蓮의 발은 이미 망가져 있었다. 찢어진 신발 사이로 피가 배어나왔다.

"나를 두고 가세요. 더는 못 가겠어요."

"조금만 더 버티면 돼요!"

"아닙니다. 일본군 포로가 되어 욕을 보느니 여기서 당신 손으로 끝내주세요. 이 배낭은 지켜야 합니다."

그녀는 혁명문서가 든 배낭을 내려놓았다. 남편은 한참을 서 있다가 권총을 들었다. 그 광경을 본 조선의용대원들이 이를 갈았다.

박효삼朴孝三 지대장이 소리쳤다.

"동지들! 우리가 막아야 한다. 사령부가 빠져나가지 못하면, 조선 독립도 아시아 해방도 없다!"

삼십 명 남짓한 조선 청년들이 전위부대를 자처했다. 그들은 산을 내려가 일본군 포위망 한쪽으로 몸을 던졌다. 총성이 협곡을 울렸다. 일본군이 밀려왔지만, 의용대는 끝까지 물러서지 않았다.

그사이 팔로군 총사령부는 간신히 포위망을 벗어났다.

마흔두 살 윤세주尹世胄와 서른한 살 진광화陳光華가 전투에서 숨졌다. 동료들은 돌처럼 굳은 땅을 맨손으로 파서 두 사람을 나란히 묻었다.

남의 전쟁에 뛰어든 의용군, 그러나 그들의 정신은 오로지 하나였다.

"중국을 지키는 길이 곧 조선을 살리는 길이다."

중경에 남은 김원봉을 비롯한 20퍼센트의 조선의용대는 중경 본부에서 화북지방까지 지휘할 생각이었다. 그러나 화북지방에는 김무정金武亭과 최창익이 있었다. 무장 부대를 조직했던 김원봉은 밤새워 술을 마시곤 결정을 내렸다.

"우리는 임정과 한길을 가겠다."

중경의 조선의용대원들은 대한민국 임시정부에 합류해 한국광

복군 제1지대로 편성됐다. 김구 주석이 환영 연설을 했다. 다음으로
는 40대의 김원봉이 연설했다.

"우리가 오늘 이 자리에 서게 된 것은 임정을 지켜온 분들이 있
었기 때문입니다. 우리는 어디서든 조선 독립을 위해 총을 들겠습
니다."

김원봉이 임시정부의 2인자 자리로 올라선 것이다.

임정 대가족이 기강綦江, 치장에 자리 잡자 김원봉의 아내 박차정
이 병으로 쓰러졌다. 총알과 바람은 피해 다녔는데 병은 피하지 못
한 것이다. 민족혁명당 감찰부장 최석순의 딸 최동선이 박차정의
병간호를 맡았다.

어느 날 저녁 김원봉이 국민당 군부 선후배들과 식사를 하고 있
을 때 최동선이 뛰어 들어왔다.

"사모님이 위급해요. 빨리 집으로 가보세요. 의사 선생님이 응급
조치는 하셨는데, 장군님을 급히 모셔오라고 했어요."

차가 집 앞에 멈추기도 전에 김원봉은 문을 열고 뛰어 들어갔다.
박차정의 손을 잡았을 때, 아내는 마치 그 손을 기다리던 사람처럼
숨을 고르며 이내 조용히 떠났다. 그렇게 한 시대의 전사가 눈을 감
았다.

김원봉이 혼자 사는 데 익숙해질 무렵 다른 고민이 생겼다. 최동
선이 매일 집에 와 청소하고 빨래를 했다. 폭격 경보가 울리는 날에
도 마찬가지였다.

"동선아, 일하는 사람을 구할 테니 이제 오지 마라. 폭격도 잦고

위험하다. 나는 집을 남안南岸, 난안 쪽으로 옮길 작정이다."

"장군님이 오시기 전에 얼른 일하고 갈게요. 오지 말라고 말씀은 하지 마세요."

스무 살 처녀의 눈에 눈물이 고였다. 김원봉은 마흔일곱이었다.

"나는 네 아버지와 평생 동지다. 어서 돌아가거라."

"장군님이 좋은데 어떻게 해요? 그냥 오기만 할게요."

"동선아, 너는 아직 스물이다. 앞으로 좋은 사람 또 만나 스무 번은 더 사랑하게 될 거야."

"아니에요. 저는 장군님밖에 안 보여요. 앞으로도 장군님만 생각할 거예요."

"그럼 안 돼. 내일부터 나는 이 집에 없을 거다."

그날부터 최동선은 단식에 들어갔다. 스무 살 처녀의 단식 소식은 삽시간에 중경 한인사회로 번졌다. 의열단 단장이 딸 같은 여자를 울려서 그녀가 죽어가고 있다는 말까지 돌았다.

결국 김구가 나섰다. 김원봉이 불려갔다. 김구는 본론부터 꺼냈다.

"게니께 진즉 들은 소문이구먼. 그 움파 같은 애가 좋다고 하면 그만이지."

"면목이 없습니다. 홍제원 인절미처럼 늘어져서 말입니다…"

"잘코사니! 움파는 아무리 잘라도 또 싹이 나는 법이오. 홀아비로 사는 게 얼마나 힘든 줄 아오?"

"그래도…"

"뭘 무춤무춤해? 즉시 날을 잡으시오!"

역시 김구였다. 질질 끌지 않았다.

그해 1월 21일, 중경 남안구 농원에서 조용한 결혼식이 열렸다. 주례는 주석 백범이었다.

신부 옆에는 눈물짓는 어머니가 서 있었다. 하객으로는 이시영, 이동녕, 조완구, 차리석, 엄항섭, 송병조가 나란히 자리를 채웠다.

모두가 조선의 독립을 향해 나아간 사람들, 그야말로 임정을 '지켜낸 사람들'이었다.

13 남의 땅, 남의 하늘 아래

초저녁부터 시작된 회의는 돌고 돌아 제자리다. 새벽 다섯 시, 책상 위엔 수북이 쌓인 자료와 찻잔들, 구겨진 종이와 연필들이 흩어져 있다.

기강 나루터에 자리한 대형 소금가게 보흥룽保興隆, 바오싱룽 뒤편 벽돌 건물 2층 회의실. 바람이 종이창을 물어뜯으며 들이친다. 여명이 번졌지만, 방 안의 공기는 밤의 침묵에 눌려 있다. 바람이 창을 흔들었다. 잠시 침을 흘리며 고개를 꾸벅이던 김구가 눈을 떴다. 이청천, 유동엽, 김의한, 이범석李範奭, 김학규金學奎, 조경한도 모두 밤을 꼬박 새웠다.

김구가 낮은 목소리로 입을 열었다.

"중국이 뭐라 하든, 광복군은 세워야 하오. 내가 말하는 건 중국을 거스르자는 게 아니오."

이청천이 조심스럽게 받았다.

"백범, 군대는 의지로만 서지 않습니다. 전쟁은 계산입니다."

이범석도 고개를 끄덕였다.

"지휘계통, 병참, 외교… 어느 하나 중국과의 관계를 떠나선 불가능합니다. 중국의 신뢰를 잃으면 임정 전체가 흔들립니다."

유동엽이 말을 이었다.

"지금은 힘을 모으는 방식이 중요합니다. 독립을 서두르다 외교를 잃으면, 되돌릴 수 없습니다."

김구는 고개를 숙인 채 끝까지 들었다. 그리고 한참 후에야 천천히 말했다.

"말씀들은 다 옳소. 나도 모르는 게 아니오."

사람들의 시선이 김구에게 모였다.

"그러나 더 묻고 싶은 게 있소. 우리가 중국의 신뢰를 얻기 위해, 지금까지 포기한 것이 얼마나 많소?"

그는 손을 들어 책상 위에 흩어진 종이들을 가리켰다.

"시간을 포기했고, 기회를 포기했고, 싸울 수 있는 사람들은 흩어졌소. 그 결과가 지금이오."

이청천이 자리에서 일어서 실내를 뚜벅뚜벅 걸었다.

"백범, 성급함은 독이 됩니다. 실패한 군대는 상징조차 남기지 못합니다."

김구가 고개를 들었다.

"나는 오늘 당장 싸우자는 말을 하는 게 아니오. 군을 세우되, 중국을 돕는 군으로 세웁시다. 명분은 중국의 전선에 두고, 뿌리는 우리의 독립에 두는 거요."

이범석이 손에 쥔 몽당연필을 책상 위에 놓았다.

"사령부부터 꾸리자는 말씀이십니까?"

"그렇소. 실전 군은 아니더라도 구조를 먼저 세우자는 거요."

유동엽이 조심스레 끼어들었다.

"그렇다면… 중국도 완전히 반대하진 못할 겁니다."

김학규가 덧붙였다.

"중국군관학교 출신들과 만주의 전투 경험자들을 묶을 수 있습니다."

조경한이 고개를 끄덕였다.

"중경은 매일 공습 중입니다. 일본에 대한 중국 민심도 예전과 다릅니다. 중국 전선을 돕는 군이라고 한다면 명분은 생깁니다."

김구는 등을 폈다.

"나는 여러분과 함께 무너지지 않을 뼈대를 만들고 싶소."

방 안의 공기가 달라졌다. 대립하던 기운이 서서히 한 방향으로 모였다.

참석자들은 더 깊이 구상하기 위해 사흘을 심사숙고하기로 했다.

오래된 항아리에서 묵은 된장처럼 깊은 시간이 흘러갔다.

사흘 뒤, 이범석이 가장 먼저 회의실에 도착했다. 그 뒤로 김구가 들어섰다. 곧이어 도착한 유동엽이 먼저 입을 열었다.

"총사령부부터 구성합시다."

진척이 빨랐다. 사흘 전의 냉기 대신 결정을 앞둔 긴장이 감돌았다.

"중경을 중심으로 사령부를 세우고, 병력을 점차 확대합시다. 군의 생명은 병사지만, 병사를 모으는 건 사령부입니다."

김학규가 말했다.

"간부 인선은 제가 맡겠습니다."

조경한도 덧붙였다.

"중국 전선을 돕는 역할을 명확히 합시다."

김구는 말없이 서류를 꺼내 책상 위에 펼쳤다. 표지에는 '한국광복군 임무와 계획'이라 적혀 있었다.

"어젯밤 쓴 초안이오. 다 같이 논의해봅시다."

이범석이 읽어 내려갔다.

"나라가 없으면 사람이 짐승이 된다. 우리는 짐승으로 살지 않겠다."

그는 고개를 들었다.

"백범답습니다."

"초안이 마련되면 곧바로 계획안을 중앙당 통계국에 넘기겠소. 주가화朱家驊, 주자화가 장개석에게 전달해줄 거요."

오랜 회의 끝에 초안을 마련했다.

"한국광복군 편성계획.

1개 사단으로 광복군을 편성해 중한연합작전을 펼치며, 한국광복군 총사령부가 관할하되, 군사최고영수는 중한연합군의 최고사령관이 통솔한다. 준비 비용은 50만 원으로 한다."

한국독립당은 김구 명의로 한국광복군 편성에 관한 계획대강을 중국국민당에 제출했다.

며칠 후 중국 측에서 통보가 왔다. 한 줄짜리였다.

"조건 미성숙, 후일 논의 요망."

김구는 통지서를 앞에 놓고 중얼거렸다.

“조건이 성숙하기를 기다려야 했던 게 몇 해였소?”

이범석이 새로운 제안을 내놨다.

“우리가 그 조건을 충족시키면 되지 않겠습니까. 총사령은 이청천 장군이 맡으십시오. 참모장은 제가 하겠습니다. 조직은 백범이 짜십시오.”

김구가 창문을 열어젖혔다.

“좋소. 그렇게 합시다. 우리가 먼저 선언합시다.”

김구는 중국군사위원회와 추가 협의 없이 ‘한국광복군 선언문’을 발표했다.

“대한민국 임시정부는 대한민국 원년에 정부가 공포한 군사조직법에 의거하여 중화민국 총통 장개석 원수의 특별 허락으로 중화민국 영토 내에서 광복군을 조직하고 대한민국 22년 9월 17일 한국광복군 총사령부를 창설함을 선언한다. 한국광복군은 중화민국 국민과 합작하여 우리 두 나라의 독립을 회복하고자 공동의 적인 일본 제국주의자들을 타도하기 위해 연합군의 일원으로 항전을 계속한다.

1940년 9월 15일

대한민국 임시정부 주석 겸 한국광복군 창설위원회 위원장 김구.”

김구는 1919년 제정된 군사조직법을 바탕으로 한국광복군 창설을 대내외에 쏘아 올렸다. 누구의 허락도, 어떤 절충도 없이 중국과의 협의도 생략된 일방 발표였다. 김구는 필요할 때 먼저 과감하게 쏘는 사람이었다.

한국독립당이 제동을 걸었다.

"중국군이 국민당의 당군이듯, 광복군도 한국독립당의 당군이어야 한다!"

하지만 김구는 한독당의 제안을 거부했다.

"광복군은 임시정부의 국군이어야 한다. 한 당파의 깃발 아래 세우는 군대는 민족의 힘을 하나로 모으지 못한다."

광복군은 '정치의 군대'가 아니라 '조선 전체의 군대'라는 이름을 얻었다.

9월 17일 임시정부는 중경의 가릉빈관嘉陵賓館, 자링빈관에서 한국광복군 총사령부 성립 전례식을 열었다. 전례식은 임시정부 주석이며 한국광복군창설위원장인 김구의 주관으로 총사령부 직원을 비롯하여 임시정부, 한국독립당, 임시의정원 인사들, 중국 측의 중경 위수사령관 유치劉峙,류즈, 국민당 중경시 당부장 왕관지汪觀之, 왕관즈, 중경시 경찰국장 동방백東方白, 둥팡바이 등의 인사들과 중경 외교사절단, 내외신 기자 등 200여 명이 참석한 가운데 개최되었다. 중국국민당 요인뿐 아니라 국공합작으로 중경에 와 있던 주은래周恩來, 저우언라이, 동필무董必武, 둥비우 등 공산당 관계자들도 상당수 참석했다.

김구가 미주국민회에서 송금한 돈과 그동안 저축한 4만 원을 모두 털어 중경에서 가장 크고 화려한 호텔 가릉빈관을 선택한 데에는 계산이 있었다. 온종일 일본의 공습이 이루어지는 중국의 수도 중경에서 일본에 대적하는 한국 임정의 군대가 창설된다는 것을 드러내놓고 선전하고, 각국 요인들을 초청하는 것은 적의 목표가 되는 위험한 방략일 수도 있었다. 그러나 김구는 정보의 유출을 차단하기는커녕 오히려 최대한 널리 알리는 방식을 채택했다. 한국광복군 창설을 그만큼 분명하게 대내외에 인식시킬 필요가 있다는 계산 때문이었다. 식장 입구에는 보라색 무궁화가 가득 핀 대형화분 여덟 개가 향기를 내뿜고, 정문 위에는 태극기와 청천백일기靑天白日旗가 교차해 펄럭이고 있었다. 입구 양쪽에는 대련對聯을 내걸었다.

초나라는 세 집만 남아도 진나라를 망하게 할 수 있고
단군의 자손은 마침내 고국으로 돌아가고야 말리라
초수삼호가망진楚誰三戶可亡秦
종견단민환고토終見檀民還故土

오전 7시 정각이다. 일본 공습을 피하려고 이른 아침을 선택했다. 애국가를 불렀다. 김구는 개회사에서 대한민국 임시정부의 역사를 간략히 소개하고 나서 강조했다.

"한·중 양 국민은 죽고 사는 것이 한 운명에 매인 민족으로 서로 긴밀히 협조해야 합니다. 한국광복군은 우방 중국의 항일대군과 함께 어깨를 나란히 해 적을 무찌를 수 있게 되었습니다. 싸울 태세를 갖춘 동북의 대한건아와 화북의 백의민중을 동원할 수 있을 뿐 아니라 국내의 삼천만 혁명대중을 동원해 왜적을 쳐부수고, 거룩하고 깨끗한 직분을 이행할 수 있게 되었습니다."

조소앙 외무부장은 한국광복군 총사령부 성립경과보고에서 역사의 유장함을 보탰다.

"한국광복군은 일찌감치 1907년 8월 1일 군대 해산에 이어 바로 성립한 것이다. 적들이 우리 국군을 해산하던 날이 곧 우리 광복군 창설의 때인 것이다."

이어 중국 측 유치·왕관지·동방백의 축사, 장개석 중국군사위원회 위원장에게 보내는 치경문 낭독 등 세 시간에 걸친 전례식이 펼쳐졌다.

전례식의 감동은 전시수도 전체로 퍼졌다. 장개석의 부인 송미령宋美齡, 쏭메이링이 이끄는 중국부녀위로총회에서 축의금 10만 원을 보내왔다. 단순한 후원을 넘어 국제적으로 연대한다는 증표였다.

김구는 이틀 뒤 주가화에게 서신으로 보고했다.

"총사령부 성립 전례식을 순조롭게 마쳤으니 이후 훈련과 편제에 관한 사항은 귀국의 검토와 지시를 기다려 따르겠습니다."

그는 총사령부 인사 명단을 첨부하며, 이를 정식으로 승인하고 중국 당국에 등록해줄 것을 요청했다.

새로 조직된 광복군 총사령부는 명실상부한 무장독립운동의 본진이었다. 지휘체계는 이청천 총사령, 이범석 참모장을 중심으로 채군선·황학수·조소앙·홍진 등 경험 많은 인물들로 참모부를 구성했다. 네 개 대대를 편성해 240명의 병력을 목표로 삼았지만, 다 채워지지 않은 상태에서의 '출정'이었다.

한국광복군은 남녀를 가릴 것 없이 한 사람 한 사람 누구나 시대의 지맥 속에 들끓는 활화산 같은 의지를 가진 사람들이었다. 신정숙^{申貞淑}은 독립운동을 하는 남편을 찾으러 나섰다가 최초로 여성 한국광복군이 되었다. 1938년 말, 일본군이 남경을 함락하고 무한까지 진격해 들어왔을 때, 국민당 군의 상덕^{商德,}창더 포로수용소에 수용된 수백 명의 포로 가운데 31명이 한국인이었다. 이 중 8명이 여성이었다. 신정숙은 그중 한 사람이었다. 남편을 따라 중국으로 왔다가 포로로 잡힌 것이다. 신정숙은 수용소에서 조사관에게 거듭 요청했다.

"어떻게든 김구 선생과 연락하게만 해주십시오. 그분이 알기만 하면 저를 구해주실 것입니다."

그녀의 의지는 강했고, 유창한 일본어로 항일 논리를 펴는 그녀의 태도에 감명받은 중국 관리들은 김구와의 연락을 성사시켰다. 1941년 3월 1일, 임시정부 청사에서 신정숙은 제3분처 징모위원으로 임명되었다. 그녀의 군번은 한국광복군 여성 1번이 되었다. 붙임성 좋고 시원한 일 처리로 동료들 사이에서 인기가 좋았다. 곧바로 임시정부 군사위원회의 명령을 받고 중국 중앙군의 유격전에 투입되었다. 그녀는 맹렬한 전투요원이었다. 징모위원에서 유격전 사령부까지 늘 전선 한가운데 있었다.

*

중국군사위원회가 각지의 군사장관들에게 지침을 내렸다.

'한국광복군의 모든 활동을 엄밀히 제한하라.'

한국광복군 활동에 첫걸음부터 제동이 걸렸다.

서안 총사령부에서 광복군 2지대를 이끌고 있던 김학규 지대장이 보고를 했다.

"산서山西, 산시성, 하북성, 수원綏遠, 쑤이위안성, 산동山東, 산둥성 등 전방에 공작 인원을 파견했으나, 해당 지역 중국기관들이 통행증 하나 내주지 않고 발을 묶어놓고 있습니다. 작전은커녕 이동조차 어렵습니다."

설상가상이었다. 중국군사위원회 정치부의 지원을 받아 활동하던 조선의용대 일부가 1941년 3월 하순부터 5월에 걸쳐 비밀리에 화북으로 이동했다. 화북은 이미 중국공산당이 깊게 뿌리내린 지역이었다. 한국군 일부가 중국공산당과 연계함으로써 중국국민당 군은 큰 배신감을 느끼게 됐다.

이 소식을 접한 장개석은 격노했다.

"한국광복군과 조선의용대를 모두 군사위원회에 예속시켜라. 참모총장이 직접 장악하고 운용하라."

곧이어 이청천 한국광복군 총사령에게 중국군사위원회의 공식 서신이 도착했다. 두 장의 문서가 담겨 있었다. 하나는 한국광복군을 중국군사위원회의 직속 지휘하에 둔다는 통지였고, 다른 하나는 '한국광복군 행동 9개 준승'이라는 새로운 규제였다.

9개 조항은 단순한 행정지침이 아니었다.

-광복군의 작전, 조직, 훈련, 군사 모집과 병력 편성까지 모두 중국군사위원회의 지시를 따라야 한다.

-대한민국 임시정부의 통수권은 인정하지 않는다.

-한국광복군이 조선 땅으로 진입하더라도, 그 지휘권은 중국이

가진다.

　ー전쟁이 끝난 후 조선에 들어가지 못하면, 광복군의 해체 여부는 중국이 결정한다.

　규제의 정도가 강했다. 내 나라 독립을 위해 싸우려고 만든 군대가 우리 정부에 속하지 않고, 외국 군대의 지시를 받는 기이한 역설이었다. 심한 불만이 터져 나왔다. 조소앙이 말했다.

　"조선의용대는 순수한 의용대일 뿐입니다. 민족의 독립성을 대표할 수 없는 단체지요. 그들이 중국군사위를 상대로 우리를 방해하고 있습니다."

　유동열 광복군 참모총장도 참지 못하고 입을 열었다.

　"조선의용대는 한국광복군을 한독당의 무장부대일 뿐, 각 당 연합체의 군대가 아니라며 중국군사위에 예속시키라고 요청했다고 하오. 그런 험담에 휩쓸리는 중국국민당의 정치는 도무지 이해할 수 없습니다. 중국공산당보다도 못하오."

　김구가 입을 열었다.

　"한국광복군은 민족사의 군맥軍脈을 잇는 대한제국 국군의 계승체요. 우리의 핵심 인력은 모두 만주독립군 출신으로 구성돼 있소. 그런 우리는 조선의용대와 위상이 다르오. 우리는 조선의용대를 상대로 다투는 무장부대가 되어서는 안 되오. 우리가 조선의용대와 말다툼을 하면 중국군사위는 한국광복군이 일개 무장부대일 뿐 단합된 군대가 아니라는 소문을 확신하게 될 것이오."

　김구의 말이 길어졌다.

　"중국군사위가 9개 준승을 통보했으니 일단 받아들입시다. 이건

신의와 자신감의 문제요."

순간 모두가 고개를 들었다.

"말도 안 되는 처사요!"

이청천 총사령의 목소리가 공간을 흔들었다.

"말씀한 대로 한국광복군은 대한제국 군대의 유맥遺脈을 이은 정통 군대요. 어찌 그 지휘권을 타국 군사위원회에 내맡길 수 있소? 우리가 창설한 군대의 머리 위에 중국 참모총장을 앉힌다는 것이 말이 됩니까? 언제는 광복군을 만들자고 하더니 이제는…"

김구는 앞에 놓인 물잔을 들어 단숨에 비웠다. 그리고 이 총사령을 바라보고 나서 말했다.

"이제 우리는 두 번째의 투쟁을 해야 하오. 첫 번째 투쟁이 광복군 창설을 밀어붙이는 것이었다면, 두 번째 투쟁은 우리가 한국광복군의 통수권을 확보하는 것이오. 그러나 앞으로의 문제는 간단하지 않소. 분명히 말하자면, 광복군의 위상은 한·중의 대일연합작전을 위한 연합군에 속해 있지만, 엄연히 우리 정부의 군대요. 우리는 논리와 지략을 총동원해 광복군의 통수권을 확보해야 하오. 이것이 두 번째 투쟁이오. 지금 우리는 남의 땅, 남의 하늘 아래 살고 있소. 나는 애초부터 두 단계의 전략을 생각해왔고, 지금은 그 두 번째 전략을 펼쳐야 하오. 목표가 분명하면 성취할 수 있소. 우선은 참고 이겨냅시다."

"우리는 위원장을 '천하의 백범'이라고 믿어왔소. 그런데 여기까지 와서 굴복하자는 거요?"

이청천이 분노를 삭이지 못했다.

"소인만이 아니라 우리는 모두 천하의 재목이고, 천하의 사나이요. 그러니 지금은 참아야만 하오. 우리는 이겨내야 하오."

회의장이 조용해졌다.

임정은 11월 19일 중국군사위원회가 제시한 '9개 준승'을 받아들였다. 인통접수忍痛接受, 문자 그대로 아픔을 참고 받아들인 것이다. 가장 현실적인 문제는 재정적 어려움이었다.

즉시 중국군사위의 가혹한 통제와 간섭이 시작됐다. 한국광복군은 중국군사위 관리 감독을 받게 됐다. 중국군사위는 사람을 파견해 광복군을 장악하려 했고, 기구를 축소했다. 광복군 총사령부의 70퍼센트가 중국군 장교로 채워졌다.

임시의정원 회의에서 격론이 벌어졌다.

"우리의 정신까지 죽어서야 어떻게 독립하겠습니까. 우리가 부모 처자 버리고 해외에 나올 적에 이따위 준승 받으러 왔습니까? 이 자리에서 죽더라도 망국노 노릇은 더이상 못하겠습니다. 광복군이 근무병 하나도 마음대로 처리하지 못할 만큼의 자유조차 없어서야 어찌 일할 수 있습니까?"

문일민 의원이 소리쳤다. 문 의원은 한국노병회, 광복군 총사령부 등 군사 조직에 관여했지만, 굴욕적인 9개 준승 때문에 광복군에 들어가는 것은 거부하고 있었다.

"9개 준승은 반드시 고쳐야 합니다. 중국에게 원조받지 않고 굶어 죽을 각오를 해야 합니다. 남의 밥 먹으면서 자존심 찾겠다고요?"

조완구 의원의 발언이 뼈아프게 다가왔다. 중국 정부를 상대로 굽히지 않으려면, 당장 원조받고 있는 모든 것을 포기하는 결기가 필요했다.

그로부터 보름 뒤인 1941년 12월 7일 일본군이 진주만을 습격했다. 인구와 국토가 몇 배가 되고, 전력이 열 배가 넘는 미국을 상대로 한 무모한 전쟁. 이는 이성에 기초한 싸움이 아니라 제국주의의 광기가 연출한 자살극이었다. 일본이 석유 수출 금지국이 되자 내각 총리대신 겸 육군대신인 도조 히데키東條英機는 "2년 뒤에 우리에게는 군용석유가 한 방울도 남아 있지 않을 것이다. 우리가 아무것도 안 하고 있다가 2~3년 안에 삼류국가가 될까 걱정이다"라며 전쟁을 부추겼다.

진주만 사태는 대한민국 임시정부에 결정적인 전환점이 되었다.

9개 준승에 대한 내부의 반감이 고조되던 와중에 임정은 12월 9일 국무회의를 열었다.

조소앙 외무부장이 "지금이야말로 일본 제국에 정식으로 선전포고를 할 때"라고 주장하자 모든 국무위원이 동의했다.

같은 날 의정원회의에서도 대일 선전이 만장일치로 의결되었다.

이튿날인 10일, 중경 임시정부 청사 회의실. 김구 주석과 조소앙 외무부장 명의로 역사적인 '대일 선전 성명서'가 발표됐다.

"우리는 3천만 한인과 정부를 대표해 성명한다. 중국, 영국, 미국, 캐나다, 네덜란드, 오스트리아와 여러 나라가 이미 일본에 선전을 선포했으니, 이는 일본을 격패시키고 동아시아를 재건하는 가장 유효한 수단이다. 우리는 이를 축하하며 다음과 같이 선언한다."

글자를 따라가던 김구의 손끝이 선언서를 힘주어 움켜쥐었다.

"제1항. 한국의 전체 인민은 이미 반^反침략 전선에 서 있으며, 이제 하나의 전투 단위로서 축심국^{軸心國}에 전쟁을 선포한다!"

회의실의 눈빛이 일제히 번뜩였다.

그는 이어 제2항을 또렷하게 낭독했다.

"1910년의 합방조약과 일체의 불평등조약은 무효다. 아울러 반침략국가가 한국에서 합리적으로 얻은 기득권익은 존중될 것이다."

"그렇소! 불법은 무효요!"

참석자들이 외쳤다.

김구는 곧장 제3항을 읽었다.

"우리는 한국과 중국 및 서태평양에서 왜구를 완전히 구축하기 위해 최후의 승리까지 항전할 것이다."

종이창 너머로 햇살이 환하게 번져왔다.

경술국치 31년 만에 대한민국 임시정부가 일본에 공식 선전포고를 한 것은 단지 외교상의 형식이나 행동이 아니었다. 선전포고에는 독립지사의 생명이 들어 있었다. 독립지사들은 '대일 선전성명서'라는 단어에 모든 것을 쏟아부었다. 그들의 말은 살아 있었고, 살아 있는 말은 그들을 움직였다. 독립지사들은 그의 말과 글에 삶의 의미를 담아 진력으로 나아갔다. 대일 선전포고는 의식만이 아니라 행동이고 피였다. 말과 글은 그만큼 절실했다.

조선인에게는 동해물과 백두산이 있고, 내 땅을 향한 그리움이 있었다. 조국을 향한 그리움은 일본의 무조건적인 애국주의와는 확연히 달랐다. 일본은 '천황'^{天皇}이라는 절대적 존재를 만들어 젊은이들이 전장에서 죽는 것을 미화했다. 이런 극단적 애국주의에 오도된 일본인들은 후세대가 목숨을 버리는 것을 숭상하는 단계로 나아갔다. 일본 무사들이 학습해온 가학^{加虐}과 피학^{被虐}의 혼돈이었다. 그러나 조선의 애국주의는 어떤 이의 강요 없이 나를 사랑했던, 내가 사랑하는 사람들을 지키기 위해 기꺼이 목숨까지 바칠 수 있는 순결한 마음이었고 투쟁이었다.

임정이 대일 선전포고를 한 후 김구는 주가화를 찾아가 말했다.

"지금까지 우리 임시정부와 광복군의 일체 비용은 미국과 호놀룰루에 있는 동포들이 매달 보내오는 3,000달러와 특별의연금에 의존해왔소. 이제 미일전쟁으로 교통이 끊겨 모든 경상비가 단절된 상태요. 지금은 양국이 역량을 강화해 승리를 쟁취해야 하고, 우리는 나라를 다시 세워야 할 때요. 임시정부와 독립당과 한국교민의 생활비로 매달 6만 원이 필요한 상황이오. 말씀을 장개석 위원장에게 전해서 도와주시기를 바라오."

"침략에 반대하는 국가들이 지금 일본을 포위공격하고 있습니다. 한국 지사들도 힘을 합쳐 협동작전을 펴야 합니다. 선생의 요청대로 지원하는 것이 타당하다는 건의서를 보내겠습니다."

주가화는 김구의 요청을 선뜻 받아들였다. 장개석은 주가화의 건의서를 받고 중국 군사위원회에 특별비 명목으로 매달 6만 원을 지급하라고 지시했다.

임정은 9개 준승의 취소를 위해 적극적으로 나섰다. 임시의정원에서도 9개 준승의 취소를 강력하게 요청했다. 국무회의에서는 조소앙, 김규식, 조성한, 유동열, 박찬익 등 5명을 선정해 9개 준승의 수정방안을 마련했다. 광복군을 대한민국 임시정부에 예속하도록 하고, 광복군 인원의 임면 및 정치훈련은 임시정부가 담당하며, 광복군에 대한 지원은 차관으로 한다는 내용이었다.

임시의정원은 1943년 12월 8일 결의안을 채택했다.

"신임 국무위원은 3개월 내에 평등 호조의 원칙 아래 새로운 협약에 근거해 중국 정부에 9개 준승을 대체할 신협약을 요구하라. 새로운 협약을 이끌어내지 못할 경우에는 임시정부에서 즉시 9개 준승의 무효를 선언한다."

임시정부는 중국과 교섭에 나섰다. 조소앙, 박찬익, 최동오, 민석린, 김원봉, 최덕신이 나서 네 차례에 걸쳐 회합했고, 당·정·군을 총동원해 중국 측에 압박을 가했다.

중국 내부에 균열이 일어나기 시작했다.

1944년 8월 28일, 중국 군사위원회는 오철성吳鐵城, 우톄청에게 비밀 통지를 보냈다.

"광복군은 임시정부에 예속되는 것이 마땅하다. 행동 준승은 취소한다."

9월 8일, 장개석은 공식 지시를 내렸다.

"광복군을 대한민국 임시정부에 귀속시킨다."

중국은 더 이상 광복군을 통제할 이유도, 실익도 없다고 판단한 것이다. 마침내 1945년 5월 1일. 이청천 장군은 광복군 총사령부 대례당에 걸린 청천백일기를 내릴 것을 명령했다. 한국광복군은 더 이상 중국의 통제를 받지 않는 독립된 군대가 된 것이다. 이날 장개석의 서명이 담긴 '원조한국광복군판법'이 발효되었다. 임시정부는 광복군에 대한 실질적 통수권을 회복했다.[18]

*

김구는 김원봉과의 통합을 논의하기 위해 중경의 조선의용대와 민족혁명당 본부를 방문했다.

논의가 길어지자 두 사람은 기강으로 옮겨 홍빈여관에 방을 잡고 기거하면서 이견을 좁혀나갔다. 김구는 말이 막히거나 의견이 통하지 않으면 침묵을 유지했다. 그의 침묵은 상대의 속을 비추는 거울이 되어 스스로 더듬어보게 했다. 김구가 찻잔을 앞에 놓고 눈을 감고 있으면 김원봉은 손가락으로 문지방을 쓸어내렸다.

마침내 두 사람은 공동명의로 '동지동포에게 보내는 공개신公開信'을 발표했다.

"한중 연대를 통한 효과적인 독립운동을 전개하기 위해 관내에 현존하는 일체의 독립운동단체를 해체하고 공동의 정강政綱 아래 재편할 것을 제창한다."

그러나 미주 교포로부터 서신이 왔다.

"김원봉은 공산주의자이니 백범이 공산당과 합작해 통일하는 날에는 미국 교포와 인연이 끊어지는 줄 아시오."

좌우의 완전한 통합이 어려워지자 김구는 우선순위로 우익 단일 정당에 힘을 쏟았다. 그러나 오래 나뉘어 있던 독립운동가들의 배타의식은 강하고 집요했다. 좀처럼 이견이 좁혀지지 않았다.

김구는 회의를 열어 한국국민당 간부들을 적극적으로 설득했다.

처음엔 같은 말을 계속 반복해야 했다. 사흘째엔 탄식이 나왔다. 나흘째엔 모두 입을 닫았다. 그다음부터는 싸늘한 침묵만 떠돌았다. 하지만 김구는 물러서지 않았다. 김구는 8일간 매일 회의를 열어 간부들을 설득했다.

"조국이 식민지로 전락한 이래 20여 년이 지났소. 우리의 광복사업에 수확이 적은 까닭은 무엇이겠소? 동지들이 산발적으로 흩어진 모래처럼 투쟁했기 때문이오. 삼천만 동포를 위해서 눈물을 흘린다고 말하면서도, 가까이 있는 다른 조직에는 양보하지 않고, 조그만 것을 놓고 서로 다퉜기 때문이오."

김구의 진심이 어느 정도 받아들여졌다. 이번에는 한국독립당과 조선혁명당 간부들을 찾아다니며 설득을 이어갔다.

"작은 나를 버리고 다시 일어섭시다. 20년을 당하고도 여전히 그대로란 말이오?"

김구는 지칠 여유가 없었다. 김구의 설득은 한 달 동안이나 계속되었다. 이범석이 '김구는 물방울로 바위를 뚫을 수적석천水滴石穿의 사람'이라고 한 말 그대로였다.

"우리 3당은 혁명노선과 주장에 공통점이 많소. 누룩이 오래 발효돼 벌써 숙성된 단계에 도달했소. 이제 술을 거르기만 하면 되오."

조소앙이 중얼거렸다.

"쇠도 녹이겠군! 백범의 말에는 이치가 있소."

그다음 날, 이청천도 침묵을 깨뜨렸다.

"2차대전이 벌어진 지금이야말로 우리가 호응할 기회입니다. 각당이 제각각 정치를 하면 아무것도 못 합니다. 백범의 말에 일리가 없지 아니한 줄로 생각하오."

결국 3당의 동의를 얻었다.

1940년 5월 기강 영산빈관에서 한국국민당, 한국독립당, 조선혁명당의 3당 통일회의가 열렸다. 김구, 조소앙, 이청천 등 3당 대표는 3대 정당 해산선언을 하고 새롭게 한국독립당의 창립선언을 발표했다. 대한민국 임시정부도 개편되었다. 주석 김구, 내무부장 조완구, 외무부장 조소앙, 재무부장 이시영, 군무부장 조성환, 참모총장 유동열, 법무부장 박찬익, 비서장 차리석이 임명됐다.

사천대학 교수로 있던 우사尤史 김규식이 국무위원으로 뽑히며 임정에 공식 합류했다. 몇 년 전 민족혁명당 내부 분열로 임시정부를 떠나 사천대학에서 영문학을 가르치며 후학을 양성해왔으나, 전시 상황에서 독립운동의 최고 기관을 중심으로 힘을 모으기 위해 다시 정치 일선으로 복귀한 것이다.

김규식이 중경으로 온 것은 임정이 '외교언어'를 가질 수 있다는 것을 의미했다. 그가 도착하자 김구는 중경의 이름난 이지시頤之時, 이즈스반점에서 환영 연회를 열었다. 조소앙과 박찬익이 함께했다. 젊은 시절 함께 상해에서 동제사同濟社를 결성하고 독립운동을 했던 실력자들이 오랜만에 다시 만나니 회포가 바다처럼 풀려나갔다.

"우사, 우리가 모두 오랜 친구요. 오랜 풍파를 이기고 다시 만났으니 기쁘기 그지없소. 내가 한 잔을 올려 선생이 중경에 오신 것을 환영하니, 자, 함께 마십시다."

김구가 환영 인사를 했다.

"저는 중한민중대동맹 대표로 미국에 갔다가 돌아온 후 복단대학, 국립북양대학, 중앙정치학교, 사천대학에서 교수를 지내다 항일투쟁을 위해 중경으로 돌아왔습니다. 기쁘게 맞아주셔서 감사합니다."

김규식이 답례를 했다.

"언제 다시 돌아가십니까?"

박찬익이 농담 삼아 물었다.

"다시는 가지 않으려고 합니다."

"좋습니다, 우사 선생. 2차대전이 터진 후 독일은 맹렬한 기세로 유럽을 장악했지만, 전선이 길어지다 보니 이제는 수렁에 빠진 기운이 역력합니다. 일제의 중국 침략도 우리의 광복투쟁에 매우 유리한 국면이 돼가고 있습니다."

조소앙이 외교관다운 분석을 내놓았다.

"백범 선생, 제가 중경에 온 것은 임시정부를 지지하기 위한 것인데, 어떤 일을 맡기시렵니까?"

김규식이 또렷한 눈빛으로 말했다.

"우사, 이제는 독립운동 진영의 대동단결이 그 어느 때보다 절실하오. 선생께서 그 중심을 맡아주시길 바라오. 민족혁명당이 한창 꾸려지던 그때와는 다르오."

"그때는 동상이몽이라며 손을 내젓지 않으셨습니까. 이제는 생각이 바뀌신 겁니까?"

김규식의 물음에는 지난날의 섭섭함이 묻어 있었다.

김구는 잠시 말을 고르더니 담담히 답했다.

"그땐… 우리가 서로를 너무 몰랐습니다. 나 또한 눈이 어두웠고, 마음이 좁았습니다. 이 몇 해를 지나며 그걸 새삼 통감합니다. 부족한 것을 너그럽게 이해해주시오."

김규식은 지난 기억을 차분히 내려놓을 수 있었다. 속을 있는 그대로 내보이는 백범의 담백한 태도는 처음이었다. 단단했던 이마의 주름이 서서히 풀리며, 오래 잠겨 있던 빗장이 열리는 듯했다.

"저도 대학으로 돌아갈 수 있는 선택의 여지가 있었기 때문에 독립운동에 목숨을 바치겠다는 각오가 부족했습니다."

김규식이 자신의 속마음을 털어놓았다.

"우린 망한 나라의 자손입니다. 그러니, 서로를 다시 믿어야겠지요."

백범의 말에 자리에 있던 모두의 가슴이 철렁하며 울렸다.

익숙한 냄새였다. 커다란 접시에 담긴 두부 요리가 상에 올랐다. 사천 특유의 후추와 초피가 혀끝을 얼얼하게 찌르며, 뜨겁게 달군 기름에 튀겨낸 마늘과 파의 향이 순식간에 자리를 지배했다. 얼큰하고 향긋한 맛은 입을 열게 하고 차갑던 마음을 녹여냈다. 부드러운 두부의 온기는 혀와 입에 스며들고, 사람과 사람 사이의 거리를 가깝게 만들었다. 같은 음식을 함께 나누는 일이 하나의 연대가 되었다.

김규식의 합류는 임시정부가 우파와 좌파를 모두 아우르는 좌우합작 정부의 면모를 갖추는 데 결정적인 계기가 되었다.

김원봉을 중심으로 한 좌파 세력은 임시정부에 관여하지 않는다는 원칙을 유지하고 있었다. 그러나 중국국민당 정부가 좌우합작을 권유하면서 한국독립운동에 대한 지원 창구를 일원화하자 조금씩 분위기가 바뀌기 시작했다.

김구가 김원봉을 다시 찾아갔다.

"약산若山, 7당 통일회의는 실패했지만 그렇다고 우리가 길을 가지 못하는 것은 아니오. 우리 민족은 동일한 역사와 문화를 갖고 있고 같은 언어와 혈통을 갖고 4천 년을 이어오고 있지 않은가 말이오. 3·1만세운동 때의 단결정신을 생각해보시오."

"백범 선생님, 각 당파의 개성이 너무 강합니다. 연장자는 젊은 사람을 유치하고 아는 것이 없다고 하고, 젊은 사람은 연장자가 우둔하고 무능하다고 말합니다."

김원봉이 말하는 연장자의 우둔과 무능은 임정 사람들을 공격한 것이다. 그러나 김구는 비판을 감수했다.

"약산, 난 군의 비판을 받아들이겠소. 현재 우리는 적과 싸우고 있소. 민족 대의를 중시해서 늙은이들의 우둔함에 젊은이들의 강력함을 보태 서로 같은 목표를 찾아 나아갑시다."

좌측도 서서히 변하기 시작했다. 조선민족해방동맹의 김성숙金星淑이 공산주의자들과 결별하고 중경으로 돌아와 '임시정부 옹호선언'을 발표했다.

임정 청사 앞에는 낙엽이 수북했다. 김구가 김성숙의 손을 잡아 청사 안으로 끌어들였다.

"이 계절이 지나면, 또 다른 계절이 시작될 것이오."

김성숙이 화답했다.

"백범, 모두를 이끌어갈 구심점이 필요하오. 그 구심점은 임정이어야 합니다."

"나를 낙엽처럼 밟으시오. 그래서 새 계절을 맞읍시다."

민선의 주축 세력 중 하나였던 해방동맹이 임시정부 지지를 선언하고 나서자 흩어진 세력 사이에 단결의 조짐이 보이기 시작했다.

1944년 4월 21일에는 제36회 의정원회의에서 헌법개정안인 '대한민국 임시헌장'5차 개헌을 통과시켰다. 개헌은 야당 의원들이 요구한 것으로, 좌우익을 망라한 독립운동 정당들이 한자리에 모여 이룬 최초의 '정치적 합의 개헌'이었다.

1919년 3·1운동 이후 수립된 연해주, 상해, 서울의 세 임시정부가 통합한 이래 네 번의 결렬 끝에 간신히 이뤄낸 좌우통합운동이었다.[19]

김구·조소앙·조완구의 한국독립당, 김규식·김원봉·장건상의 조선민족혁명당, 유동열의 조선민족혁명자통일동맹, 김성숙의 조선민족해방동맹, 유림·유자명의 조선무정부주의자연맹 등 모든 세력이 참여했다. 여야가 세력 균형을 이뤘고, 의정원은 독립운동 진영의 거의 모든 세력을 아울렀다. 무소속 인사들까지 가세해 유례없는 정치적 공존이 실현되었다.

헌법은 전문에 선포했다.

"3·1 대혁명에 이르러 전 민족의 요구와 시대의 추향에 순응하여 정치, 경제, 문화, 기타 일체 제도에 자유, 평등 및 진보를 기본정신으로 한 새로운 대한민국과 임시의정원과 임시정부가 건립되었고 아울러 임시헌장이 제정되었다."

최초로 "3·1운동으로 건립된 대한민국 임시정부"라는 말이 들어간 것이다.[20]

4월 24일, 임정은 주석·부주석·국무위원을 뽑았다. 회의가 끝나고 사람들이 찻잔을 내려놓으며 숨을 돌릴 때, 조완구가 한마디 던졌다.

"오늘 좌우가 한데 모여 국무위원을 나눴소. 숫자만 보면 우스운 형편이지만… 우리 역사에 이런 내각은 단 한 번도 없었소. 이봉창·윤봉길 의거 두 방 터지고 나니까 중국 놈들 눈이 휘둥그레졌지. '조선 놈들이 저런 것도 하나?' 그때부터 우리가 사람 대접을 받았소. 오늘 좌우합작 내각? 허허… 백범이 아니면 못 만들었소."

조완구의 말이 끝나자 잠시 침묵이 흘렀다.

그때 김규식이 조용히 입을 열었다.

"단일당 운동 당시를 생각하면 함께하지 않은 백범이 두고두고 원망스럽기도 했소."

사람들의 시선이 그에게로 모였다. 그가 말을 이었다.

"그때는 모두 뭉치지 않으면 안 된다고 믿었지. 임정을 지키겠다는 백범의 고집은 시대를 읽지 못한 완강함처럼 보였던 것이 사실이오. 하지만 지금 와서 보면 누군가는 끝까지 임정의 자리를 지켜야 했던 것 같소. 그걸 백범이 했지. 덕분에 늦었지만 온전한 통합이 가능해진 거요."

회의실 안에는 더 이상 이견이 없었다. 1935년의 균열은 1944년에 와서야 비로소 하나의 선으로 이어지고 있었다.

청사 앞에서 새 내각 구성원들이 사진을 찍었다.

김구는 단호한 얼굴 뒤에 시골 노인의 소박함이,

김규식은 작은 체구에서 뿜어져 나오는 묘한 중량감이,

신익희는 도회적 미소 속에 기지가 번뜩였고,

조소앙은 국제 감각으로 한껏 여유를 풍겼다.

김원봉은 검은 눈빛에 불꽃이 튀었고,

최동오는 넉넉함을,

조완구는 번뜩이는 매서운 눈을,

엄항섭은 일을 척척 해내는 부드러운 기질을,

최석순은 의협심을,

노장 이시영은 백과사전 같은 침묵의 무게를 품었다.

비바람을 헤치고 여기까지 흘러온 사람들. 그들의 눈빛엔, 오래
버틴 자만이 지닌 자부심과 다짐이 번뜩였다.

I4 대가족

밥은 하늘이 낸 음식이다.

땅의 힘과 인간의 땀으로 만들어진 밥은 생명을 살리는 하늘을 닮았다. 밥은 순리이기에 고맙다. 밥이 입에 들어올 때 사람들은 그 오묘함을 생명의 맛이라고 여긴다. 오랜 시간 굶은 사람이 한 그릇의 밥을 먹을 때 가장 먼저 느끼는 것은 너그러움과 감사함이다. 밥심으로 너그러워지고, 전신으로 퍼지는 혈관의 생동함에 감사한다. 밥을 먹은 나그네는 노동으로 그 고마움에 답한다. 밥은 하늘을 닮아 인간을 자랑스럽게 만든다.

김구는 감옥에서도 밥을 잘 먹었다. 나라가 위태로워진 시절에 백성이 살아남기 위해서는 밥을 잘 먹고 생명을 보존해야 한다고 배웠다. 교수대에 오르게 된 날에도 김구는 밥 한 그릇을 깨끗하게 비웠다. 죽더라도 밥은 고맙게 먹어야 하는 법이다.

아내를 잃고 홀로 된 백범은 정부 청사 건물 안에서 잠을 자고, 낮에는 돈벌이하는 동포의 집을 전전하며 끼니를 해결했다. 임시정부 일을 맡은 사람들은 대부분 생활이 어려웠다. 임시정부의 살림은 석오 이동녕과 백범이 다 짊어지다시피 했다. 백범은 돈이 바닥

날 때가 많았고, 그럴 때면 이 집 저 집 돌아다니며 한 술씩 얻어먹었다.

식사 때마다 누군가의 집을 찾아가는 것은 어려운 일이었다. 한두 번도 아니고, 매일 같았으니 거지 중의 상거지 꼴이었다. 그러나 백범은 스스럼이 없었다. 얻어먹는 것을 부끄러워하지 않았다.

그런데도 김구는 무던히도 굶었다. 바위처럼 단단하고 물러서지 않는 백범이었지만 속으로는 영양실조로 인한 각기병에 시달렸다. 이동녕이나 이시영이 아침저녁에 간이음식점에서 7원짜리 포장 음식을 숙소로 날라 오면 김구는 자리를 떴다.

"백범, 같이 식사합시다."

이동녕과 이시영이 함께 식사하자고 권했다.

"아닙니다. 먼저 식사하세요. 저는 초대를 받았습니다."

김구는 그렇게 둘러대고 나가서 일하다 식사 시간이 지나면 얻어먹을 만한 동포의 집을 찾아갔다. 식사 때 들이닥치면 괜스레 눈치만 더 얻는 법이었다. 동포들은 김구를 푸대접하지 않았고, 오히려 그가 오는 것을 반겼다. 새로운 반찬이라도 만들면 진지 잡수러 오시라고 사람을 보냈다.

김구는 밥을 참 달게 먹었다. 밥을 해준 사람이 고맙다고 생각할 정도였다. 김구는 이 집 저 집 다니며 걸식하는 고통쯤은 나라 잃은 독립운동가로서 당연하게 생각했다. 얻어먹는 일을 곤혹스러워한다면 대한민국 임시정부는 투쟁할 수도, 앞으로 나아갈 수도 없었다. 김구는 동포들의 집을 천진하게 방문했고, 동포들은 김구를 귀한 손님으로 모셨다.

상해 초기 임정에는 두 '독립둥이'가 있었다. 하나는 김의한과 정정화의 아들 후동이였고, 또 하나는 그다음 해 태어난 엄항섭의 아들 기동이였다. 정정화가 후동이를 얻었을 때는 남편 김의한이 직장이 있어 형편이 조금 나았을 무렵이었다.

"후동 어머니, 나 밥 좀 줄라우?"

오후 서너 시가 돼서 백범이 나타나면 정정화는 혀를 찼다.

"아무럼요. 아직도 점심을 안 하셨군요. 풍찬노숙이라고, 바람을 먹고 이슬에 잠자는 백범 선생님인데, 쯧쯧! 애 좀 봐주세요. 제가 얼른 장을 봐서 좋아하시는 찬을 해서 밥을 지어드릴게요."

"지금 뭔 장을 봐? 그냥 아무거나 넣어서 부글부글 끓여주오."

"아니에요. 선생님께 부글탕을 끓여드리면 나중에 저는 눈물이 나와요."

김구는 아이를 잘 데리고 놀았다. 후동이가 낯을 가려 아무한테나 가지 않았는데, 백범의 품에 가면 까르륵까르륵하며 잘 놀았다. 왜놈 잡는 일에는 그렇게 무섭고 철저한 사람이었는데도, 아이들은 백범을 무서워하지 않았다.

김구는 된장찌개, 도토리묵, 나물무침, 메밀국수, 냉면같이 담백한 음식을 좋아했다. 밥을 지어드리면 어떻게나 달게 자시는지, 정정화는 다음엔 좀 더 나은 걸 해드리고 싶었다.[21]

정정화는 3·1운동이 일어난 후 친정아버지에게서 800원을 얻어 혼자 시아버지 동농^{東農} 김가진^{金嘉鎭}과 남편 김의한의 뒤를 따라 상해로 건너왔다. 구한말 대한제국에서 농상공부대신과 법부대신, 충청도 관찰사 등 고위 관직을 지냈으며, 합병 직후에는 총독부로부터 남작 작위까지 받은 김가진이 상해로 망명한 것은 대단한 사건이었다. 총독부 경무국은 김가진을 데려오기 위해 역공작을 펴 정필화를 상해로 파견했다. 정필화는 정정화의 팔촌 오빠였다. 상해에 온 밀정 정필화는 경무국장 김구의 정보망에 들어왔다. 김구는 정필화를 검거해 심문했다. 정필화는 사실을 자백했다. 김구는 가차 없이 교수형을 내렸다. 그럼에도 정정화는 평생 김구를 존경했다.

상해에 도착한 정정화는 독립운동이 얼마나 처참한지 진저리를 쳤다. 임시정부 가족들은 주먹밥과 한두 가지 반찬으로 끼니를 때웠고, 누구나 값싼 천으로 만든 장삼을 걸치고 헝겊신을 신고 다녔다. 모두 명예와 긍지가 대단한 사람들이었지만, 하루하루를 겨우 버티는 삶이었다. 여자들이 부엌에 들어가 불을 붙이고 물을 끓이고 나면 밥을 안칠 쌀이 없었다.

홀몸으로 중국에 건너왔듯이 정정화는 중국에 온 지 겨우 달포쯤 지난 후 홀로 독립운동 자금을 구하러 국내로 잠입하겠다고 선언했다.

"부인, 지금 국내는 사지死地나 다름없어요. 더구나 동농의 망명으로 시댁은 왜경이 겹겹이 둘러싸고 있어요. 들어가면 큰일 납니다."

그래도 정정화가 뜻을 굽히지 않자 임시정부에서 회의를 열었다. 대부분 정정화의 국내 잠입을 반대했다. 그러나 김구와 조완구는 임정의 지시를 따라 연통제 조직을 이용해 공적 임무로 귀국하면 된다고 찬성했다.

시아버지가 국내에서 접촉할 사람들에게 보일 암호 편지를 써주었다. 백반 물로 종이에 편지를 썼다. 글을 쓴 종이를 노끈 꼬듯이 꼬아 물건을 묶는 노끈 편지도 만들었다. 연통제를 따라 6년근 인삼 판매상으로 위장해 서울로 들어갔다.

신규식의 조카 신필호申弼浩가 백반 물로 쓴 비밀 편지를 촛불의 열기에 쬐어 글자를 해독한 후 도움을 주었다. 소금 행상으로 위장한 정정화는 어머니를 만나 도움을 받았다. 정정화는 임정의 지시를 따라 여러 사람을 만난 끝에 꽤 많은 돈을 구해 중국으로 돌아왔다.

"잔 다르크가 돌아왔구려. 고생 많았지요?"

백범이 무사히 돌아온 정정화를 반겼다.

"고생은 누구나 하는 것이고요. 기분만은 좋았답니다."

"기분 좋은 일이 뭔지 들어봅시다."

"서울서는 어느 공중변소를 가나 '이완용 식당'이라고 씌어 있었습니다. 개만도 못한 놈! 잘코사니지요."

"허허, 그놈은 변소에서도 대접 못 받아. 그래도 이름값은 허네. 사람들이 뒷간에 갈 때마다 그놈 생각하니, 하늘도 통쾌하겠다."

정정화는 얼마 후 다시 서울로 가 돈을 구해 무사히 귀환했지만, 세 번째에는 일제에 붙잡히고 말았다. 인력거를 타고 압록강을 건너다 체포돼 신의주 경찰서로 끌려가 이틀 동안 고초를 당한 후 풀려난 것이다. 그로부터 얼마 후인 1922년 7월 4일 일흔이 넘은 나이에 독립운동에 투신했던 시아버지 김가진이 세상을 떴다.

네 번째로 국내에 들어왔을 때는 독립운동을 도와주던 친정아버지마저 별세했다. 정정화는 상을 치른 후 다시 상해로 가서 외아들 김자동을 낳았다.

백범은 궁하기 짝이 없어도 언제나 꿋꿋했다. 속상한 일이 있으면 온종일 말 한마디 없이 궐련만 뻑뻑 피웠다. 그러다 하루아침에 담배를 끊었다. 안공근이 말썽을 일으키고 홍콩으로 잠시 피한 일이 있었다. 홍콩이 일본 손에 넘어갔는데도 안공근이 무사히 홍콩을 빠져나와 중경으로 돌아왔다. 백범이 안공근을 불러 야단쳤다.

"이제 사람이 돼라. 지금 이 자리에서 결심해라. 나도 너와 함께 하겠다는 의미에서 인이 박였다마는 이 담배를 끊겠다."

그 후로 백범은 그렇게 좋아하던 담배를 끊었다.

*

김구의 아내 최준례는 김두봉이 묘비에 쓴 표현을 따르자면 ㄹㄴ ㄴㄴ해(단기 4222년, 서기 1889년) ㄷ달(3월) ㅊㅈ날(19일) 서울에서 태어나 대한민국 ㅂ해(대한민국 6년, 서기 1924년) ㄱ달(1월) ㄱ날 (1일) 세상을 떴다. 35년의 짧은 생애였다. 열여섯 살인 1904년에 김 구와 결혼했으니 꼭 20년의 동반이었다. 5남매를 낳아 위로 세 딸을 잃었고, 인(仁)과 신(信) 형제를 키웠다.

결혼생활 20년 중 신혼 4년과 김구가 인천감옥에서 가출옥하여 농장에서 일하던 4년, 그리고 김구가 상해로 건너간 다음 해 남편을 찾아가 산 상해에서의 4~5년은 과일이 익어가듯 포동포동한 삶이 었다. 나머지 기간은 남편이 쫓기거나 감옥생활을 해야 하는 시절이었다.

1919년 3·1운동이 전국으로 확산되자 백범은 상해 망명길에 올랐다. 맏아들 인이 겨우 백일을 지난 때였다. 준례는 남편이 떠나는 먼 길을 만류하지 않았다. 다음 해 준례도 인을 데리고 상해로 왔다. 그리고 1922년에는 시어머니 곽낙원을 상해로 모셨다. 그해에 백범이 대한민국 임시정부의 내무총장이 되었고, 둘째 신이 태어났다. 김구는 1922년부터 1926년까지 상해 프랑스 조계 패륵로 영경방 10호에 거주했다. 어머님 곽낙원을 모시고, 아내 최준례, 그리고 두 아들과 이곳에서 살았다.

독립운동을 위해 남의 나라에 망명한 삶이었지만 패륵로 좁은 골목에는 행복이 있었다. 개인적인 감정을 내비치지 않는 백범이지만 그는 『백범일지』에서 "재미있는" 가정을 이루었다고 회고한다.

그러나 그런 행복도 잠시였다. 아내는 둘째의 백일이 되기 전에 세상을 떴다. 1924년 상해에서 국민대표회의가 부산스럽게 끝나고 맞는 새해 첫날이었다. 최준례는 둘째 신을 낳고 몸조리도 제대로 하지 못했다. 이층집을 빌려 방 둘을 다시 세주고 다섯 식구가 작은 방 하나에서 함께 살았다. 옹색한 삶이었다. 그녀는 시어머니에게 세숫대야를 맡기는 것도 조심스러워했다. 그래서 불편한 몸으로 아이 세숫물을 버리러 층계를 내려가다 삐걱이는 나무계단에 발을 헛디뎌 가파른 층계에서 굴렀다.

그녀가 거동할 수 없게 되자 정정화가 와서 갓난아이를 돌보아 주었다. 최준례는 낙상으로 늑막염이 발병했고, 폐병까지 악화돼 홍구 폐병원에 입원하게 됐다. 외국선교회에서 운영하는 홍구 폐병원은 일본 조계지였으므로 김구는 한 번도 가볼 수 없었다.

문병을 온 김의한, 정정화 내외가 김구에게 연락하려고 했다.

"그분은 프랑스 조계지를 떠나 여기로 와서는 안 돼요."

최준례는 막았다. 위독하다는 연락을 받고 시어머니가 달려갔을 때 최준례는 이미 영안실로 옮겨져 있었다. 남편도 아들도 없는 이국의 병실에서 외롭게 눈을 감았다.

김구는 아내를 이겨본 적이 없었다. 보통 가정에서는 부부 사이에 다툼이 생기면 어머니가 아들 편을 들어주기도 하지만, 김구의 어머니 곽낙원은 그렇지 않았다. 고부 사이에 귓속말이 오가면 그 뒤에는 반드시 김구에게 불리한 어머니의 불호령이 내려졌다.

"네가 감옥에 들어가 있을 때 네 처가 얼마나 고생한 줄 아느냐? 다른 여자들은 이혼하느니, 도망을 가느니 하지만 네 처의 절행^{節行}은 모든 사람을 감동하게 했다. 이놈아, 네 처를 박대하면 절대로 안 된다."

프랑스 조계지의 숭산로 공동묘지에서 장례식이 있었다. 김구는 아내의 먼가래를 단출하게 치르고자 했다. 나라가 독립되기 전에는 어떤 큰일도 조촐하게 치르겠다는 생각이었다. 그러나 가까운 사람들이 갖은 고생을 다 겪은 정절부인이라 하여 장례비를 마련하고 묘비까지 세울 준비를 했다. 달구질꾼들이 구슬픈 소리를 먹일 때, 안공근이 분위기를 띄우려고 한마디 했다.

"선생이 빨리 새 여자를 얻으셔야 할 텐데…"

사람들은 멋쩍게 웃었고, 김구는 대꾸하지 않고 흙 한 삽을 떠 묘 위에 뿌렸다.

김구의 어머니 곽낙원은 키가 작았다. 기골이 장대한 김구의 어머니로 보이지 않았다. 그러나 배짱은 보통이 아니었고 말도 잘했다.

"김구 놈은 사람도 아녀. 겁도 없고 고집이 얼마나 센지… 한번 울고 떼를 쓰면 날이 저물어야 그친다니까!"

곽낙원이 전하는 아들의 모습은 세상 무슨 일이 있어도 입을 꾹 다물고 지내는 김구와 한치도 다르지 않았다.

며느리 최준례가 세상을 뜬 후 곽낙원은 둘째 손자 신을 우유로 길렀다. 할머니 손에서 자란 아이는 '어머니'라는 말도 몰랐다. 손자는 할머니의 빈 젖을 물고 잤다.

상해에서 밥도 제대로 먹지 못하자 곽낙원은 죽더라도 고향 산천에 가서 묻히겠다며 황해도로 돌아가겠다고 했다.

"거기가 어딘데 혼자 가시려고 해요?"

김구와 젊은이들이 말려도 어머니의 고집을 꺾을 수는 없었다. 여비를 제대로 드리지도 못했다. 둘째 손자 신을 데리고 상해를 떠난 곽낙원이 인천에 도착하자마자 여비가 떨어졌다. 곽낙원은 누가 가르쳐준 것도 아닌데 인천『동아일보』지국에 가서 사정을 얘기했다.『동아일보』인천지국에서는 곽낙원에게 서울 갈 여비와 차표를 사주었다. 서울에 도착한 곽낙원은 다시 동아일보사를 찾아갔고, 동아일보는 그들을 황해도 안악까지 보내주었다. 안악에 정착한 곽낙원은 2년 후 큰손자 인이도 보내라고 해 두 형제를 고국에서 키웠다.

안악으로 돌아와 구월산 자락에서 옥수수와 콩을 일궈 먹고 산 지

9년이 지났다. 곽낙원은 이봉창, 윤봉길 의거의 배후로 아들이 상해를 떠나 쫓겨 다니는 몸이 됐다는 것을 알고 다시 중국으로 건너갈 계획을 세웠다.

곽낙원은 안악경찰서에 출국원을 냈다. 다행히 안악경찰서에서 도청의 허가를 받아왔다. 그러나 떠날 준비를 마쳤을 즈음에 총독부 경무국에서 제동을 걸었다.

"상해에서 우리 일본 경관들이 당신 아들을 찾으려 해도 꼭꼭 숨어 있는 터에 노인이 어찌 거길 간단 말이오? 상부 명령으로 출국을 허락하지 않겠으니, 고생하지 말고 집에 돌아가서 안심하고 지내시오."

"내 아들을 찾는 데는 당신들보다 내가 낫소. 언젠가는 출국을 허가한다고 해서 살림살이를 다 처분했는데, 인제 와서 가지 말라는 거요?"

"다 노인네의 사정을 생각해서 그러는 거요."

"남의 나라를 빼앗아놓고, 이따위로 대하면 오래갈 것 같소? 왜놈들은 한 입으로 두말하는 것이 버릇이오?"

곽낙원은 계속 소리를 지르고 싸우다 분을 못 이겨 끝내 기절하고 말았다. 일경은 그녀를 진정시켰다. 곽낙원이 집을 정리해서 돌아갈 곳이 없다고 하자 일경은 안신학교 옆에 있는 기와집으로 이사를 하게 하고는 계속 감시했다. 매일 경찰이 와서 물었다.

"아직도 힘들게 출국할 의사가 있으시오?"

"왜 자꾸 성가시게 굴어? 네놈들이 보내줄 턱이 없으니 그따위 출국은 단념했어."

곽낙원이 가옥을 수리하고, 살림살이를 다시 장만하자 일경이 마음을 놓고 감시도 제대로 하지 않았다. 그러던 어느 날 곽낙원은 송화에 사는 동생 병문안을 간다며 둘째 손자 신을 데리고 신천읍을 벗어났다. 그리고 평양으로 가서 숭실중학에 다니는 큰손자 인을 불러 안동현 단둥행 직행열차를 탔다.

곽낙원은 두 손자를 데리고 상해를 거쳐 가흥 엄항섭의 집까지 찾아갔다. 주애보와 피신해 있던 김구가 찾아왔다. 김구는 어머니와 아이들을 9년 만에 상봉했다. 감동은 이루 말할 수 없이 컸다. 그러나 두 아들의 머리를 쓰다듬어주며 "이놈들 많이 컸구나!" 하고 한마디 하는 것이 다였다.

백범이 남경에서 활동하고 있을 때 어머니의 생일이 되어 한국국민당 청년단과 동지들이 곽낙원에게 생일상을 차려드리려고 했다. 곽낙원은 그 눈치를 채고 말했다.

"나는 남이 차려주는 음식은 못 먹어. 내 생일상을 차리겠다면 그 돈을 나에게 주시게. 내가 내 입맛대로 차릴 테니까."

곽낙원은 한마디를 더 했다.

"줄 바에는 좀 더 많이 주시게. 생일상을 차려서 혼자 먹겠나. 여러 어른과 청년들을 다 먹여야지."

동지들이 돈을 모았다. 나도 1원, 너도 1원…, 모은 돈이 수십 원이 되었다. 곽낙원은 그 돈으로 상해 가는 사람 편에 만년필 세 다스를 사왔다.

"이거 낙양군관학교에서 공부하는 학생들에게 나누어주게. 내 생일상은 내년에 차리면 되니까."

그 이듬해였다. 곽낙원의 생일이 또 돌아왔다. 작년 그 방법대로 생일 잔칫돈을 받았다. 이번에는 만년필이 아니라 콜트 38구경 권총 두 자루였다. 곽낙원은 청년단 간부들에게 권총을 주면서 말했다.

"이거 내 생일잔치 총이다. 이 총을 갖고 가서 왜놈을 쏘아라."

일본의 공습으로 임정 대가족이 여러 차례 이동하는 과정에서 곽낙원은 인후염을 얻어 1939년 4월 중경에서 숨을 거뒀다.

"어서 독립에 성공해서 귀국할 때는 나의 유골과 먼가래한 인이 어미의 유골까지 가지고 가서 고향에 묻어라. 독립된 내 나라의 고향 땅을 밟아보지 못하고… 가는 것이… 원통하구나!"

여장부 곽낙원이 남긴 유언이다.

백범이 말년의 어머니를 위해 일하는 사람을 들이려 하면 어머니는 말했다.

"우리가 일본인의 노예가 되었는데, 내가 어찌 같은 동포를 집에서 부리겠느냐?"

곽낙원은 세상을 뜰 때까지 손수 옷을 꿰매고 밥을 지으며 평생 남의 손에 자기 일을 맡기지 않았다.

성격이 찰찰한 평생의 동지 이시영은 곽낙원이 돌아가시자 '얽은 낯의 우정'이란 글로 백범의 어머니를 기렸다.

"나는 백범과 오랜 세월 같이, 혹은 떨어져 있으면서 같은 목적을 위해서 같은 일을 했고, 한방에서 자고 또는 한 상에서 된장국을 같이 나누어 먹었다. 그의 어머니는 한글 한 자도 알지 못했지만, 예수를 믿기 시작한 후에는 이야기도 조리 있게 하고 날마다 밤 깊은 시간에 오랫동안 기도를 드리곤 했다. 내가 7, 8개월 동안 동거하고 있을 때 날마다 '병이 어서 물러가고 조국이 하루빨리 해방되게 하여 주소서' 하는 기도를 들었다. 그의 어머니는 같이 살면서도 내 이름을 알려고도 하지 않았고, 그저 '재무총장 이 선생'으로만 알고 있었다. 백범의 어머니는 아들을 항상 어린애같이 취급했다. 그런 어머니에게 효성을 다하는 백범은 중후하고 과묵했다. 백범은 가난했지만, 돈에는 관심이 적었다. 꼭 필요해서 돈을 빌렸다가도 구차한 동지를 보면 그 돈을 내줬다."

1949년 초 곽낙원 여사의 동상이 만들어졌다. 경기중학교 미술 교사로 있던 박승구가 만들었다. 일반 동상과는 달리 작고 소박하다. 온종일 힘든 일을 해서 얻은 찬밥을 바가지에 담아 아들이 갇혀 있는 인천감옥으로 가져오는 모습으로 만들었다. 김구는 "어머니의 동상을 보면 내가 어머니의 바람처럼 바른길을 가고 있나?" 하는 생각이 든다고 말하곤 했다.

*

음산한 가을날이다. 바람이 소용돌이치고, 먹장구름이 빠르게 몰려간다. 비가 대각선으로 내리치다가 멎고 다시 내리치곤 한다. 비가 멈추면 냉기가 서린 수풀에서 휘휘하는 소리를 내며 바람이 달려 나온다. 질척거리는 들길을 따라 사람들이 걸어간다. 우산을 쓴 사람, 보자기를 머리에 쓴 여자, 비를 통째로 맞는 사내아이, 지팡이를 짚은 노인, 엄마를 찾으며 우는 아이… 임시정부 요인과 그 가족

150여 명이 남경에서 장사長沙, 창사로 피난하기 위해 이동하는 길이다.

중일전쟁은 시간이 흐를수록 중국에 불리하게 전개되고 있었다. 상황이 위태롭게 전개되자 남경의 장개석은 천도를 발표했다. 국민당 정부는 한구漢口, 한커우를 거쳐 중경을 임시수도로 삼았다. 대한민국 임시정부는 장사를 거친 다음 사정을 봐서 광주廣州, 광저우로 내려갈 계획이었다.

사람들은 바람이 거세게 불면 가던 길을 멈추고 등을 돌리거나 주저앉아서 바람이 멎기를 기다렸다가 바람이 잦아들면 다시 휘청거리며 걸어갔다. 늦가을의 궂은 비바람 속에서 가로수가 심하게 흔들렸다. 키가 작은 녹나무의 가지가 부러지고, 이파리가 땅에 떨어져 바람에 휩쓸렸다.

걸어서 이동하는 행렬은 속도가 더뎠다. 그러나 한 사람도 빠지지 않고 모두 남경 양자강揚子江, 양쯔강 하관부두에 모였다.

대가족은 중국인의 목선 두 척에 나누어 탔다. 각 가정의 이부자리와 의복, 소반과 그릇, 베개와 요강 따위의 살림살이, 임시정부와 한국국민당, 한국독립당, 조선혁명당 등 3당의 각종 서류와 비품을 상자에 넣거나 끈에 묶어 목선에 싣고 물살 센 양자강을 거슬러 올라갔다. 뱃길로만 3,000리나 되는 이동은 힘들었지만, 모두가 이겨내야 한다는 일념으로 버텨냈다. 언제 어느 곳에서 무슨 일이 일어날지 아무도 몰랐고, 시도 때도 없이 불안과 절망이 몰려왔지만, 그럴 때마다 대가족은 '거국가'를 부르고 '대한독립 만세'를 외쳤다.

남경을 떠난 지 50여 일 만인 12월 초 목적지인 장사에 도착했다.

임시정부 청사는 개복^{開福}, 카이푸 구 서원북^{西園北}, 시위안베이 골목 끝
인 2호에 자리를 잡았다. 골목은 한 사람이 겨우 지날 만큼 좁았다.
기와 몇 장이 깨진 낮은 지붕 아래 세 칸짜리 초라한 가옥이었다.

장사는 곡식이 풍부하고 물가가 쌌다. 임시정부는 남경, 진강뿐
아니라 각 지역에 흩어져 있는 요인에게도 여비를 보내 장사로 오
도록 했다. 한 달쯤 지나자, 대가족이 수십 명 불어났다.

김구가 장사에 모인 임시정부 대가족을 모두 불러모아 말했다.

"자, 다들 똑똑히 들우오다. 이제 더는 흩어지지 맙시다. 석오 선
생님을 기둥 삼고 죽어도 한자리에 붙어 있읍시다. 임정이 무너지
면 조선도 끝이우다. 누가 뭐래도 버티고 싸워서 기어이 독립 한 번
해냅시다. 알겠소?"

사람들이 고개를 끄덕였다.

김구는 대가족 명부를 손에 쥐고 다녔다. 그는 임시정부 가족 한
사람 한 사람이 어떻게 살아가고 있는지를 소상하게 파악했다. 연
필심에 침을 묻혀 명단을 점검하면서 '새야새야 파랑새야' 가락을
흥얼거리는 게 하루의 주요 일과였다. 아무 소리 없이 이름 옆에 뭐
라고 적을 때는 누가 아프거나 문제가 생긴 경우였다.

그러다가 장사에도 일본군의 폭격이 심해졌다. 남목청 사건에서
목숨을 건진 김구는 다리를 절룩이며 장치중^{張治中}, 장즈중 호남성 주
석을 찾아가 도움을 요청했다. 장치중은 광주로 가는 기차 한 칸을
무료로 이용하도록 주선해주고, 광동성 주석 오철성에게 친필로 소
개장을 써주었다.

기차가 준비되자 대가족은 마침내 광주로 가는 기차를 탈 수 있

었다. 갓난아이를 광주리에 담아 가지고 온 사람도 있었고, 주먹밥을 만들어와 노인들에게 드리는 사람도 있었다. 피난 생활에 꼭 필요한 짐도 많이 버려야 했다. 가다가 공습을 받으면 기차가 멈췄고, 사람들은 날래게 숲속으로 뛰어들어가 몸을 숨겼다.

숲속에서 울음소리가 들렸다. 풀더미 뒤에 김상덕金尙德의 딸 길성이가 발목을 붙잡고 울고 있었다. 억센 풀잎에 베인 상처에서 피가 뚝뚝 떨어졌다.

"어머니와 동생들은 어디로 갔지?"

김구는 주위를 휘둘러보았으나 아무도 없었다.

"먼저 나갔어요. 전 뒤에서 오줌을 누고 나오다가 넘어져서 발을 베었어요."

"아이고, 안 됐구나! 그래도 혼자 울고 있으면 안 된다. 내 손을 잡아라."

"할아버지, 다리가 너무 아파요. 저는 못 걷겠어요."

길성이가 엉엉 울었다.

"길성아, 너는 용감한 아이잖아? 울어도 안 되고 가족을 놓쳐서도 안 된다. 애야, 내 등에 업혀라. 내가 업어주마."

"할아버지도 다치셨잖아요."

"이제는 아프지 않다. 얼른 업혀라."

길성이는 냉큼 김구의 등에 업혀 두 팔로 그의 목을 꼭 감았다.

김구는 갈비뼈 근처에 박혀 있는 총알 때문에 가슴이 뜨끔거렸지만, 발을 절룩이며 길성이를 업고 숲에서 나왔다. 그러다 풀뿌리에 발이 채여 나자빠졌다.

등에 있던 길성이가 허공으로 날아가 뒹굴었다. 김구는 머리를 땅에 부딪혔다. 허공에서 별이 번쩍거렸다. 김구는 길성이를 돌보기 위해 얼른 몸을 일으켜 땅바닥에 앉았다.

쓰러진 길성이는 울면서 김구에게 엉금엉금 기어왔다.

"할아버지 많이 아프세요?"

길성이가 김구의 얼굴을 만지며 물었다.

"너는 어떠냐? 나는 아프지 않다."

"할아버지 정말 아프지 않아요?"

김구는 길성이를 꼭 끌어안았다.

길성이가 작은 두 손으로 김구의 얼굴을 닦아주었다.

김구의 눈에서 계속 빗물이 흘러내렸다.

새야새야 파랑새야, 녹두밭에 앉지마라.

정륙이가 달려왔다.

"엄마, 누나를 찾았어요! 백범 할아버지가 데리고 오시네요!"

어린 얼굴이 환하게 빛났다. 누나를 찾은 기쁨도 컸지만, 백범 할아버지가 누나를 업고 오는 모습은 더욱 놀라웠다.

아이의 엄마가 달려왔다. 김구와 김상덕네 가족이 기차 안으로 들어오자마자 소나기가 차창을 때리기 시작했다. 젖은 숲에서 새가 날아오르고, 바람에 쏠리는 나뭇가지가 요란한 소리를 냈다. 언덕이 울고 녹나무가 떨었다.

기차가 달리기 시작했다. 차창 밖에서 가로수들이 휘휘 지나가며 요란한 소리를 냈다. 기차는 가다가 서다가 하며 달렸다.

일행은 사흘 후 목적지인 광주에 도착했다.

모두 무사했다. 김구는 중국국민당 정부와 중국교포, 재미교포들이 보낸 돈을 생활비로 나누어주었다. 그는 모은 돈을 개인적인 비용에는 일절 쓰지 않고 공적인 일에만 지출했다.

광동에서의 3개월간은 독립운동가들에게는 힘든 날이었지만 대가족에게는 소풍 온 것처럼 즐거운 날이었다. 샤워실이 있어 호강스러운 피난살이였고, 청년들은 강으로 수영하러 다녔다. 수영하다 배가 오면 배에 올라가 군것질하는 즐거움도 있었다. 그러나 얼마 후 광주도 일본 공군의 폭격이 개시돼 집이 불타고 희생자가 나오기 시작했다.

다시 또 이동했다. 광시성과 광동성을 가로지르는 중국 3대 강의 하나인 주강株江, 주장을 따라 유주柳州, 류저우를 향해 떠났다. 대가족은 목선 하나를 빌렸다. 200여 명이 넘는 대가족이 목선 안에서 먹고 자는 것을 해결해야 했다. 밤이면 목선 위에 모기장을 쳤고, 어린이들은 낮에 갖고 놀던 고무래 옆에서 뒹굴며 잠들었다.

중간에 인원이 늘어 더 큰 목선을 빌렸다. 목선은 모두 편하게 잠을 잘 수 있을 정도로 넓었다. 그러나 중간에 물살이 거세서 목선 자체로는 강을 거슬러 갈 수 없어 기선이 끌고 가야 했다. 며칠간 목선을 끌던 기선이 어느 날 도망쳐버렸다. 뱃값을 미리 다 준 것이 화근이었다. 새로 기선을 구하는 데 며칠이 걸렸다. 주강의 지류 용강龍江, 룽장에서는 물살이 더욱 빨라 기선으로도 배를 끌 수 없게 됐다. 청년들이 배에서 내려 밧줄을 몸에 묶고 강변을 따라 목선을 끌고 올라갔다.

11월 24일은 음력으로 10월 3일 개천절이었다. 피난 중에도 임정 대가족은 이날을 기념하기 위해 술과 고기를 준비해 모두가 한국인임을 기렸다. 대가족은 이동 중 폭격을 당하거나 풍랑에 휩쓸리면서도 임시정부 문서는 몸으로 지켰다. 배에 짐을 실으면 배 안이 임시정부였고, 짐을 풀면 푸는 곳이 임시정부였다.

"이 배 안이 임시정부입니다."

이동녕이 말했다.

그 말에 모두 고개를 끄덕였다. 임시정부는 사람의 뜻과 의지 속에 있었다. 대가족은 모두 '대한민국 임시정부'의 물건을 자신의 생명보다 귀중한 보물로 여기며 피난 짐 속에 간직했다. 그것이 대한민국의 법통성을 이어간 현장이었다.

대가족은 배 위에서 꼬박 40일을 보내고 마침내 유주에 도착해 짐을 풀었다. 하지만 다섯 달 후에는 다시 중경을 향해 이동해야 했다. 김구는 중경으로 이동하기 위해 중국 정부에 도움을 요청했다. 중국 정부도 군수품 수송 문제로 차량이 부족한 실정이었다. 중국 정부는 중경으로 이동하는 데 도와주고 싶어도 도와주기가 어렵다고 했다. 군수품 운송에 차량 1,000대도 부족한데 당장 운행할 수 있는 차량은 100대뿐이라는 것이었다. 그런데도 김구는 계속 요청했다. 어떻게 해서라도 대가족을 모두 무사히 데려와야만 했다. 결국 차량 여섯 대와 여비를 조달받았다.

김구는 어려움을 밖으로 드러낼 처지가 아니었다. 얻어먹는 걸 어려워하면 임시정부를 이끌고 갈 수 없는 날들이 있었듯이, 김구가 길고 오랜 이동 과정을 힘들어하면 대가족이 받아들이는 고통은 훨씬 커질 수밖에 없었다. 김구는 한 사람 한 사람을 손에 연결하고 서로 감은 동아줄이 되었다.

기강에서 대가족은 임정의 어른 이동녕을 잃었다. 석오는 타만가 8호의 작고 초라한 집에서 눈을 감았다. 1940년 3월 13일이었다. 임시정부를 돕던 의사 유진동과 임의택이 손을 썼지만 죽음을 예감한 석오는 곡기를 끊었다. 일흔두 살이었다.

석오는 상해 임시정부가 분열되고 책임질 사람조차 없는 막다른 골목에 놓이자 임정의 장래를 위해 누구도 생각하지 못했던 김구를 앞세웠다. 김구가 자신은 "미천한 김 존위의 아들로 임시정부의 대표인 국무령을 맡을 수 없다"고 사양했고, 주위에서도 반대하는 목소리가 나왔지만 석오는 "임정을 강하게 이끌 사람은 백범밖에 없다"며 흔들리지 않았다. 석오는 상대를 포용할 줄 아는 인품을 지녔으면서도 뜻을 굽히지 않는 강직한 선비였다. 그가 동지들에게 당부한 마지막 말은 '대동단결'이었다.

석오는 숨을 거두는 순간 김구를 애타게 찾았다. 그러나 김구는 석오의 임종을 지키지 못했다. 김구에게는 큰 상실이었다.

"통합을 위해 광복전선 세 단체가 통합하도록 해주시오."

석오가 남긴 유언이었다.

장례식에는 기강에 거주하는 모든 한국인이 참석했다. 사람들은 흰 베옷을 입고 흰 허리띠를 두르고 손에는 흰 꽃을 들었다.

김구는 임시정부를 대표해서 추도사를 했다.

"선생은 조국과 민족에 충성했으며 조국의 독립을 위해 일생을 바치셨습니다. 선생은 재덕이 출중하나 일생을 자기만 못한 동지를 도와서 선두에 내세우고, 스스로는 남의 부족을 보충하고 고쳐 인도하는 일을 일생의 미덕으로 삼으셨습니다. 선생은 우리 모두의 스승이었습니다. 선생의 돌아가심은 우리 독립운동의 대손실입니다.”

임정 요인들은 영구 위에 흙을 덮고 묘소 주변에 일곱 그루의 잣나무를 심었다.

*

기강에서 1년 4개월을 지내고 대가족은 중경에서 20킬로미터 떨어진 토교土橋, 투차오로 이동했다. 임시정부는 국민당 정부의 구호기관으로부터 지원받은 6만 위안 중 5,000위안으로 동감폭포 위쪽의 2,000평 땅을 15년 기한으로 임대했다. 기와집 3동을 새로 짓고, 도로변의 2층 기와집 하나를 사들여 아래층은 임정의 집무실로, 위층은 임정 요인 가족들의 거처로 사용했다.

토교는 중경 시내에 비해 주택난이 덜하고 공기도 맑았다. 열 가구 남짓 모여든 교민들은 마을 이름을 ‘신한촌’이라 불렀다. 낯선 땅에서 새로운 조선을 다시 세우겠다는 뜻이 담긴 이름이었다. 중경 동포들은 이곳을 ‘한국 조계’라 불렀다. 임시정부가 정식으로 중국 정부와 교섭해 한국인 거류지로 조차한 땅이기 때문이다.

이로써 임시정부와 대가족은 강소성을 출발해 안휘성, 강서성, 호남성, 광동성, 광서성, 귀주성을 거쳐 사천성 기강과 토교에 이르는 5,200킬로미터의 피난길을 마쳤다. 임시정부 20년의 세월이 그렇게 흘러갔다.

김상덕의 아내 강태정은 이동 중에 세상을 떴다. 김상덕은 약 한 번 제대로 못 쓰고 아내를 잃은 후 어린 삼 남매를 데리고 양자강 건너편 남안구 손가화원孫家花園, 쑨자화위안으로 갔다. 손가화원에는 민족혁명당 대가족이 살았고, 멀지 않은 곳에 조선의용대를 중심으로 재편성된 한국광복군 제1지대의 본부가 있었다. 김상덕은 일본 와세다대학을 다니다 2·8독립선언에 참여해 1년간 옥살이를 했다. 그 후 상해로 망명해 독립운동에 투신해 민족혁명당 창당 멤버가 되었다가 임정에 합류함으로써 좌우합작 내각의 상징적 인물이 되었다.

김상덕은 중경에서 차로 한 시간이 넘게 걸리는 손가화원에 2주에 한 번씩 아이들을 찾아가 돌본 후 중경으로 돌아왔다. 아버지가 강에서 빨래하면 어린 삼 남매는 강에서 미역을 감았다.

하루는 김상덕이 급한 연락을 받았다. 며칠 후 중경으로 돌아온 김상덕은 말이 없었다. 항상 해맑던 그였다.

"영주瀛洲 동지, 오늘은 얼굴에 구름이 많이 끼었소."

"아닙니다."

"늘 쾌활하던 분이 왜 그러오? 좀 알고 지냅시다."

백범이 채근하자, 김상덕은 긴 한숨을 내쉬었다.

"아이 둘을 고아원에 맡기고 왔습니다."

"둘을 고아원에 맡겼단 말이오? 자녀가 셋이 아니던가요?"

"집에 갔더니 큰딸 길성이가 울면서 막내 아이 고무신을 닦고 있더군요. 사내아이 정륙이는 구석에 앉아 한마디 말도 없이 멍하니 있었고요. '왜 신발을 닦느냐'고 물으니, 막내가 신고 갈 거라면서… 그때야 알았습니다. 막내는 이미 싸늘해져 있었습니다."

"막내딸이 죽었소?"

"영양실조라고 합디다."

"여섯 달 사이에 부인을 잃고, 또 막내딸을 잃었군. 그 여식 이름이 영이 아니오?"

"그렇습니다. 영이입니다. 선생님이 어떻게 영이를 아십니까?"

"알고말고! 여부가 있나. 다 우리 임정 가족 아니오?"

막내 영이를 묻고 돌아온 김상덕은 다음 날 아침 아이들에게 푸짐한 상을 차려주었다. 배고픔에 시달리던 아이들은 평소에 보지 못한 반찬과 밥을 실컷 먹었다. 두 아이는 아침을 먹은 후 아버지의 손을 잡고 양자강 가를 걸어갔다. 평소 아버지가 빨래하던 곳이었다. 아버지는 아이들의 작은 손을 꼭 쥐었다. 아이들은 아버지가 자신들을 고아원으로 데려가는 것을 몰랐다.

백범의 눈가에 눈물이 고였다. 그런 백범은 이제껏 볼 수 없었다.

"영주! 아이들을 찾아오시오. 우리 집에서 함께 키웁시다. 우리 아이들이 다 컸으니 돌봐주며 함께 잘 지낼 수 있어요."

그러나 김상덕은 2년간 아이들을 고아원에 맡겼다가 정륙이가 학교 갈 나이가 되어서야 데려왔다. 김상덕은 임시정부의 문화정책 책임자로 특히 아이들의 한글 교육에 치중했다. 1945년 봄 개학이 되자 임시정부에서는 일요 교실을 마련해 어린이들에게 한글 교육을 시작했다. 일제의 패망을 내다본 임시정부는 제나라 말과 글을 모르는 아이들에게 교육을 서둘렀다. 한글 교실에서 처음 보는 이상한 글자와 처음 듣는 이상한 발음 때문에 아이들은 킥킥 웃었다.

중국의 전시 수도 중경은 장강과 가릉강이 합류하는 지역의 산기슭에 자리 잡았다. 시내에 공습경보가 울리면 붉은 일장기를 단 일본의 폭격기가 하늘을 가로질렀다. 도시 전체가 경련하듯 흔들렸다. 노인, 아이, 여자, 남자 가릴 것 없이 모든 이가 달렸다. 경찰차, 소방차, 인력거, 마차까지 움직일 수 있는 모든 것이 재빠르게 흩어졌고, 폭탄은 도시의 어느 곳에나 떨어졌다.

김구의 숙소는 장강변 부두 곁의 홍빈여관 3층 25호실이었다. 중국군사위원회와 위원장 사무실이 있고, 사자상 두 마리가 입을 다문 채 문을 지키는 금자문과 가까웠고, 남안 교민촌으로 가는 배를 타기에도 편리했다.

중경은 1년 중 반 이상 비가 내리거나 안개로 뒤덮였다. 10여만 명이던 인구는 중앙정부의 입성과 함께 백만 명 가까이 불어났다. 급조된 집들은 턱없이 부족했고 길거리에서 노숙하는 사람들이 태반이었다. 임정이 중경에 머문 6~7년 동안 약 80여 명의 동포가 숨져 화상산에 안장되었다.

임시정부는 중경에서 네 차례나 청사를 옮겨야 했다. 폭격 피해로 양류가에서 석판가로, 다시 화재로 인해 화평로 오사야항 1호로 옮겼다. 오사야항은 중경 번화가에서 조금 벗어난 빈민촌이었고, 건물 안은 햇볕이 들지 않아 낮에도 어두웠다.

마지막으로 옮긴 연화지의 청사는 언덕배기에 자리한 계단식 건물로, 한때 호텔로 쓰이던 곳이었다. 언덕을 오르는 좁은 돌계단을 밟고 올라가면 어두운 복도가 나오고, 곰팡내가 감도는 양쪽 끝에 작은 방들이 붙어 있었다.

김구는 언덕배기 청사 2층 방에서 『백범일지』 하권을 집필했다.
붓끝에서 흘러나오는 문장마다 죽은 자들의 숨결과 살아 있는 자들
의 발자국이 들어 있었다.

그들은 발걸음을 멈추지 않았다.

길은 삶이고, 그 발자취는 역사가 되었다.

15 정직한 거부

'미·영·중·소 4개국이 조선을 공동관리하게 될 것이다.'

『소탕보』掃蕩報를 펼친 김구의 눈썹이 흔들렸다.

"이번에는 4대국이 우리나라를 관리한다고 달려들다니, 내가 꼭 죄인이 된 듯한 기분이오."

김구가 조심스레 신문을 들여다보는 김규식에게 말했다.

"백범, 이건 아직 확정된 것이 아닙니다. 근거가 희박한 외신 기자의 전언일 수 있소."

보도 내용은 1943년 4월 27일 자 『시카고 선』지가 미 국무부 관리의 말을 인용한 것으로, 중국 신문들이 이틀 뒤 재인용했다.

조소앙이 머리를 끄덕이며 말했다.

"공동관리라면 국제사회가 드디어 우리 문제를 다루기 시작했다는 신호일 것입니다. 방법이야 어떻든 독립으로 가는 문이 열리고 있다는 건 아닐까요?"

김구는 고개를 흔들었다.

"남들이 내 나라를 나눠 관리한다고 서로 콩이야 팥이야 한다면 좋은 결과가 나올 수 없을 것이오."

그는 신문을 집어치우며 중얼거렸다.

"남의 나라 입김 속에서 산 것이 지금까지 몇 년인가?"

김규식이 낮게 말했다.

"어떤 식으로든 조선을 세계 여론에 연결해야 합니다. 그래야 우리가 살아날 구멍이 생깁니다. 우리가 장개석을 움직여야 합니다. 그와 루스벨트의 회담이 열린다면, 회담 의제에 조선 독립이 포함되게 해야 합니다."

"지금으로선 그것이 최상의 방법이오."

조소앙이 동의했다. 그는 중국 정부가 소련의 영향력을 차단시키기 위해서, 또 한국 독립운동가들의 자치 능력을 의심하고 있기 때문에 공동관리를 지지하고 있다고 분석했다. 그리고 덧붙였다.

"그러니 빨리 중국 정부가 입장을 바꾸도록 노력해야 합니다. 영국은 기대할 수 없습니다. 처칠은 인도를 비롯해 자국의 여러 식민지 중 하나도 포기하지 않을 사람입니다. 미국도 자국 이익을 따를 겁니다. 오직 중국 장개석에게 승부를 걸어야 합니다."

김규식이 확신을 하고 말했다.

"그게 우리가 할 수 있는 전부란 말이지요?"

김구는 창밖을 바라보며 중얼거렸다.

"좋소. 장개석 총통을 움직입시다. 만납시다."

방이 잠시 가라앉았다.

김구는 아무 말도 하지 않았다. 신문을 접었다. 손끝에서 종이가 구겨졌다.

한인대회가 펼쳐졌다. 국제공동관리에 반대한다고 호소했지만 효력이 나타나지 않았다.

다음 날 김규식은 보고서를 내밀었다. 서류에는 루스벨트, 장개석, 처칠, 세 사람의 이름이 들어 있었다.

임정 청사 회의실에서 대책 회의가 열렸다. 김구, 조소앙, 김규식, 이청천, 김원봉이 참석했다. 긴 탁자 위엔 국제신문 기사들과 군사 정보 문건, 그리고 외교 인맥 리스트가 빼곡히 펼쳐져 있었다.

김규식이 먼저 말을 꺼냈다.

"우리는 반드시 장개석 총통을 움직여야 합니다. 중국은 스스로를 문명의 주역이라 자처합니다. 조선이 독립한다면 대륙 재편의 명분이 될 수 있어요."

조소앙이 조용히 고개를 끄덕였다.

"중국이 영국보다 앞장서도록 만들어야 하겠지요?"

"그게 우리가 지켜야 할 외교의 최소 선이오."

김구가 고개를 돌렸다.

"그래서 조선을 또다시 저들의 계산 도구가 되게 하자는 말이오?"

방 안의 공기가 흔들렸다. 조소앙이 말했다.

"독립운동도 결국엔 외교와 전략입니다."

"좋소. 그러나 독립운동을 흥정거리로 만들어선 안 되오."

이청천이 군복 자락을 정리하며 앞으로 나섰다.

"광복군은 아직 미약하지만, 중국군과 연합해 일본군 후방을 교란하는 작전을 구상할 수 있습니다. 조선의 독립이야말로 중국에 유리하다는 걸 명확히 전달합시다. 그래야 총통이 우리를 전우로 받아들일 겁니다."

침묵을 지키던 김원봉이 미소 지으며 거들었다.

"총통은 우리를 형제처럼 대할 겁니다. 그 형제라는 자리에 앉으려면 우리가 스스로 무슨 힘을 내세울 수 있는지 분명히 보여줘야 합니다."

김구가 묵묵히 듣다가 결론을 내렸다.

"갑시다. 총통을 만나러."

7월 25일 오전 9시. 김구, 조소앙, 김규식, 이청천, 김원봉이 중국 군사위원회 2층 접견실에서 장개석을 만났다. 중국국민당에선 비서장 오철성이 배석했고, 통역은 안원생安原生이 맡았다.

"지금 조선의 독립은 단지 한 민족의 문제가 아니라, 동양 전체의 정의를 가르는 시험대가 되었습니다. 정의가 패하면 우리가 싸워온 전쟁은 허사가 됩니다. 중국이 앞장서주셔야 합니다. 중국이 일본을 막아주고 있는 것이 아닙니까? 중국의 적극적인 주장이 필요합니다."

김구가 적극적으로 나섰다.

"중국혁명의 최후 목적은 조선과 태국의 완전 독립을 돕는 데 있습니다. 이 일을 이루는 데는 어려움이 매우 큽니다. 한국혁명동지들이 한마음으로 단결하고 노력 분투해 독립운동을 완성하기를 바랍니다."

장개석이 화답했다.

"미국은 소련과의 전략적 이익을 위해 한국을 국제적으로 공동 관리하자는 방안을 선호하고 있고, 영국은 전쟁 전의 식민통치를 유지하기 위해 한국의 독립을 반대하고 있는 것이지요. 중국은 이런 상황에 흔들리지 말고 한국의 독립 주장을 지지하고 관철해주기를 바랍니다."

"미국과 영국 양국은 그런 생각을 하고 있을 것입니다. 그래서 한국 내부에서 한목소리로 통일을 주장해야 합니다. 그래야만 중국도 일을 추진해나가기 쉽습니다."

이날 회담에서 김구는 이외에도 대한민국 임시정부를 승인해줄 것과 한국광복군 행동준승을 개정해 원만하게 발전하도록 도와줄 것, 경제 원조를 늘려줄 것도 요구했다.

회담을 마치고 조소앙이 말했다.

"장 위원장이 중국의 입장을 명확히 하지는 않았지만, 한국의 독립을 지지한 것은 큰 성과입니다."

며칠 후 아침, 임시정부 청사로 『중앙일보』 한 부가 배달되었다. 굵은 활자 제목이 눈길을 끌었다.

"워싱턴, 전후 처리 논의에 중국 참여 검토… 모스크바는 반대 입장. 영국도 중국 동석에 불쾌감. 루스벨트, 4개 경찰국가 체제 구상—미·영·소·중."

김규식이 조용히 말했다.

"관제 기사로군! 흥미롭습니다."

그의 분석이 이어졌다.

"이건 권력이 흘리고 신문이 받아 옮긴 관변 논설입니다. 중국을 4대국 반열에 올리고 싶은 장개석의 희망을 담았지요. 어쨌거나, 영국과 소련은 중국을 동등한 자리에 앉힐 생각이 없습니다. 스탈린은 중국공산당을 뒤에서 조종하면서 겉으로는 손을 털고 있지요. 2년 전 일본과 비밀 불가침조약을 맺어 중국 침략을 방조한 게 바로 소련입니다."

그는 손가락으로 활자를 짚었다.

"장개석을 회의 테이블에 앉히려는 건 미국 하나입니다. 루스벨트의 4개 경찰국가는 세계를 네 나라가 관리한다는 발상입니다."

김원봉이 말했다.

"다음에 벌어질 판이 볼 만하겠네요. 우리가 자리를 요구해야 할 때 아닙니까?"

신문을 들여다보고 있던 김구가 입을 열었다.

"저들은 한국을 계산하지만, 우리는 한국을 지켜야 하오. 남이 베푸는 독립은 독립이 아니오. 그런 날이 온다면 나는 누구보다 먼저 반대의 깃발을 들 것이오."

김규식은 신문을 덮으며 중얼거렸다.

"송미령은 루스벨트를 사로잡을 외교적 재능을 가졌지요. 그러나 우리는 회담장 밖에서 무력합니다."

조소앙은 『시카고 선』의 편집자 칼럼을 가리키며 말했다.

"여기 보십시오. 미국 내 여론도 조선을 '보호의 대상'으로 보고 있습니다. 회담장은 바로 여론전입니다."

김규식이 말했다.

"우리는 카이로 밖에 있지만, 최대한 여론전을 전개해야 합니다."

회의를 마치고 조소앙은 미국 『뉴리퍼블릭』에 영문 투고문을 작성해 보냈다. 제목은 '코리아는 보호대상이 아니다'였다.

*

장개석의 통역은 미국 웰즐리칼리지 졸업생이자 지난 2월 미국
의회에서 영어로 연설한 첫 중국 여성으로 장개석의 아내 송미령이
맡았다. 그때 그녀는 미 의회에서 연설을 마친 후 백악관을 방문해
루스벨트에게 우표책을 선물했다. 우표에 대한 높은 감식안을 갖
고 있던 루스벨트는 중국의 국보급 선물을 받고 흥분했다.

휠체어에 탄 루스벨트는 불편한 몸으로 송미령에게 은제 커피잔
에 손수 커피를 부어주었다. 이어진 두 사람의 대화에서 루스벨트
가 또 한 번 놀란 것은 송미령이 미국의 외교장관에 비교할 수 있는
수준의 영어와 국제감각을 갖고 있다는 사실이었다.

장개석·송미령 부부가 카이로에 도착하자 처칠이 이들 부부를
만나러 와 한 시간 정도 이야기를 나누었다. 처칠은 계속 여송연을
피워대며 송미령에게 추근거렸다.

"숙녀께서는 평소 나를 어렵게 생각하고 있지는 않나요?"

처칠은 송미령의 환심을 사고 싶어 했다.

"각하께서는 스스로 자신을 친숙하지 않은 사람이라고 생각하
나요?"

송미령이 되물었다.

"나는 나쁜 사람은 아니오."

"저도 그렇게 생각한답니다."

장개석은 이날 일기에 "처칠은 교활하고 완고한 인간"이라고 기
록했다.

날씨는 매우 더웠고 타원형의 실내는 모두 창문이 열려 있었다. 회담장인 메나하우스Mena House 호텔 바로 옆에는 쿠푸왕의 거대한 피라미드가 장관을 연출하고 있었고 그 너머에는 나일강과 완만한 언덕이 펼쳐졌다.

개회식은 간단하게 끝났다.

장개석과 송미령은 내일 있을 정식회의 준비를 점검했다.

"우리는 일본을 물리쳐야 할 뿐만 아니라 동북지방과 대만·팽호澎湖, 평후제도 수복을 요구해야 하오."

장개석이 송미령에게 말했다.

"처칠이란 작자는 대만을 유엔에 맡겨 관리하자고 할 것이오."

"위원장님, 회의석에만 희망을 걸지 마세요. 연회석은 회의석보다 더 실제적이고 중요해요. 돈은 가장 중요한 곳에 사용해야 한답니다. 우리가 먼저 이 사막을 떠들썩하게 만드는 파티를 열자고요."

송미령은 외교는 남편보다 한 수 위였다.

"국내에서는 당신이 내 말을 들어야 하오. 그러나 국외에서는 내가 당신 말을 듣겠소."

남편이 아내 의견에 동의했다.

그날 밤 파티가 열렸다.

중국의 최대 갑부 가문인 송미령의 큰언니 송애령宋藹齡, 송아이링·공상희孔祥熙, 쿵샹시 부부가 주최한 연회였다. 음식이 바뀔 때마다 이집트의 소녀들이 금사金絲를 감아 장식한 최고급 자기 그릇으로 바꾸어주었다. 스무 번 넘게 접시가 바뀌는 식탁에는 전취덕全聚德의 북경오리가 향을 퍼뜨렸고, 일본이 점령 중인 대만·팽호제도에서 산 채로 급송한 활어, 그리고 사흘 밤낮 약불로 고아 만들었다는 황실요리 불도장이 각자의 앞에 놓였다.

회담 관계자와 각국 외교관, 세계의 언론인이 감탄을 금치 못하고 있는 파티장에 루스벨트는 시간이 다 되도록 모습을 드러내지 않았다. 그때 펄럭이는 성조기를 단 검은색 승용차 한 대가 달려왔다.

차에서 내린 사람은 루스벨트 대통령이 아니라 아들 일리오 루스벨트였다. 일리오는 예의 바르게 허리를 굽혀 인사한 후 말했다.

"아버지께서 동맹군 총사령관을 접견해야 하기에 오시지 못하게 되었습니다. 위원장과 부인의 열정적인 초대에 감사드리기 위해 내일 위원장과 부인을 연회에 초청하겠다고 말씀하셨습니다."

파티가 끝난 후 장개석은 화가 풀리지 않아 송미령에게 툴툴거렸다.

"내가 초청한 파티에 오지 않았으니, 나도 내일 가지 않겠소."

"그건 루스벨트의 책략이에요. 그런 책략에 당하면 안 되지요. 작은 걸 참지 못하면 큰일을 그르쳐요. 우리는 만주 지방과 대만과 팽호 제도의 소유권을 확보해야 해요. 위원장님, 저에게 묘안이 있어요."

다음 날 부부는 루스벨트가 주최한 연회가 열리기 두 시간 전에 그의 거처로 찾아갔다. 루스벨트가 깜짝 놀랐다.

"우리 비서관이 시간을 잘못 통지했군요!"

"아닙니다. 대통령 각하, 정말 대단히 죄송합니다. 오늘 저녁 우리는 급한 일이 있어 연회에 참석하지 못할 것 같아 특별히 미리 와서 인사를 드리는 것입니다."

송미령은 우아한 공작새 같았다.

"마침 지금이 오후 차 시간이니 위원장과 부인께서 차를 함께 마시는 것이 어떻겠습니까?"

송미령은 남편을 쳐다보며 의향을 물었고, 장개석은 정중히 머리를 끄덕였다.

차를 마시며 장개석 부부는 루스벨트의 중국 방문 약속을 얻어냈다. 송미령은 루스벨트가 셰익스피어의 희극을 즐긴다는 사실을 알고 『베니스의 상인』 중의 한 단락을 인용했다.

"자비로운 힘은 권력 위에 있죠."

장개석, 송미령 부부는 루스벨트에게서 중국 문제에 대한 약속을 얻어낸 후 조선의 독립을 약속할 것을 제안했다.

장개석 부부와의 만남이 끝난 후 루스벨트는 보좌관 홉킨스에게 방금 전의 논의를 근거로 선언문 초안을 작성하도록 지시했다. 24일 초안을 쓴 홉킨스는 이를 루스벨트에게 보여주고 수정을 받았다.

홉킨스는 초안이 쓰여진 종이를 두 장 들고 장개석의 비서 왕총혜王寵惠, 왕충후이에게 갔다.

"이 문장을 장 위원장께 전해주십시오. 미합중국 대통령의 최종 의견입니다."

루스벨트는 처칠을 만나 장개석의 제안을 언급했다.

"어제 장 위원장은 매우 만족한 것 같다. 중국이 만주와 한국의 재점거를 포함한 광범위한 희망을 품고 있는 것은 의심의 여지가 없다."

그러나 처칠은 한국의 독립을 선언서에 명기하는 것을 내켜 하지 않았다. 영국이 아시아의 식민지를 현상 유지하기 원했기 때문에 일본이 탈취한 만주, 대만 등 중국 영토의 반환이나 한국의 독립을 바라지 않은 것이다.

26일 합의안을 확정 짓기 위해 3국의 실무자가 모였다. 영국의 외무차관 카도간은 카랑카랑한 목소리로 말했다.

"우리는 한국의 독립을 공식 문서에 넣을 권한이 없습니다. 그 문구는 삭제해야 합니다."

그는 초안에 들어 있는 '한국의 자유독립을 보장한다'는 내용을 '일본의 통치에서 벗어나게 한다'로 수정할 것을 제의했다.

왕총혜는 미소 지으며 말했다.

"영국은 1910년, 조선이 일본에 강제 병합될 때 아무런 반응을 보이지 않았습니다. 그때부터 전쟁은 시작된 것입니다."

카도간은 영국의 수정안을 받아들일 수 없다면, 초안에 들어 있는 '한국의 자유독립'이란 문구를 전부 빼버리자고 맞섰다.

카이로선언에 한국 조항을 삽입하는 것 자체를 반대한 영국은 미국과 중국의 반대로 시도가 무산되자 가급적 모호하고 불명확한 용어를 사용하는 방향을 선택했다.

최종 조정 과정에서 처칠은 보다 외교적인 표현을 요구했다. 그는 가해자를 특정하는 문구와 지배의 참혹함을 드러내는 표현을 삭제하고, 시기도 구체성을 걷어낸 "적절한 시기"로 바꾸었다.

"위의 3대 강국은 한국 인민의 노예상태에 유의해 적절한 시기에 한국이 자유롭고 독립되게 할 것임을 결의했다."

강대국들이 한국의 독립에 관해 언급한 최초의 선언이었다. 세계 열강들이 한국 인민이 노예 상태에 있다는 것을 인식하고 자유롭고 독립되게 할 것을 선언한 것이다. 그러나 카이로선언은 미·영·중 3국의 외교 타협으로 마련된 것인 만큼 각국의 입장에 따라 전혀 다른 문맥으로 해석할 여지가 있었다.

*

11월 26일 카이로선언이 채택되었지만, 연합국이 이를 곧바로 발표하지는 않았다. 미국과 영국이 카이로에 이어 테헤란에서 소련의 스탈린과 회담하기로 되어 있었기 때문이다.

테헤란에서 미·영·소 3국 정상들이 회담했다. 이때 스탈린은 카이로선언을 확인하고 이에 동의한다고 했다. 이로써 카이로선언은 미·영·중·소 4개국 영수들의 동의를 얻어 12월 1일에 발표되었다.

카이로에서 열강들이 "한국의 독립을 약속했다"는 소식이 들려오자 중경의 한국 지식인 사회는 벌집처럼 들끓었다. 신문사마다 큰 활자로 "독립 약속" "해방의 문 열려" 등의 제목이 뽑혔다. 많은 사람이 하늘이 열린 듯 환성을 터뜨렸다.

카이로선언의 전문이 12월 2일 밤 임시정부 청사에 도착했다. 김구의 눈은 문장 가운데 하나, "적절한 시기에"에서 멈췄다.

그는 신문지를 양손으로 접어들고 한동안 말이 없었다.

"아리송하오!"

백범은 오랜 유랑과 도피, 망명과 피신 속에서 남의 나라 조약이 어떻게 조선의 목덜미를 쥐고 흔드는지를 뼈로 익혀왔다. 서대문감옥의 차가운 쇠창살, 모진 배고픔, 도피와 추적, 나라 잃은 백성들의 울부짖음… 이런 지옥도 속에서 말 이전에 냄새로 상황을 읽는 야생의 눈을 길렀다.

그는 천천히 입술을 떼었다.

"독립을 보장한다면서 함정을 놓고 있군! '적절한 시기'라는 말, 그건 우리 땅에 대한 꿍꿍이요. 겉에는 꿀을 발랐지만, 속에는 독이 들어 있소."

임정은 즉각 당·정·군 최고회의를 소집했다.

김규식이 말했다.

"그들이 말하는 '적절한 시기'가 언제인지 기약이 없습니다. 루스벨트를 설득해야 합니다. 미국은 원칙으로 움직이는 나라입니다."

조소앙이 말했다.

"국제정치는 원칙이 아니라 냉혹한 이익이 지배합니다. '적절한 시기'라는 말은 국제 공동통치의 암호입니다."

김구는 고개를 끄덕였다.

"우리가 노예처럼 살고 있다는 것을 저 사람들이 인정하는 데 사십 년이 걸렸소. 남의 손으로 주겠다는 독립은 독립이 아니오. 지금 우리가 일어나지 않으면 이 싸움은 백 년을 더 끌 것이오."

조소앙이 덧붙였다.

"국제정치에 이상한 말버릇이 있소. 우리는 강대국 외교의 말버릇을 알아야 하오. 영국은 인도에 자치를 약속한 지 수십 년이 지났지만, 지금도 말만 하고 있소. 미국도 필리핀 독립을 약속했으나 전쟁이 터지자 다시 미뤘소. '적절한 시기'라는 말은 언제든 바뀔 수 있다는 뜻이오."

백범은 12월 5일 카이로선언에 대한 공식 입장을 발표했다.

"만일 연합국이 제2차 세계대전 끝에 한국에 무조건 자유독립을 부여하지 않을 때에는 우리는 역사적 전쟁을 계속할 것을 결심했다. 우리는 우리 조국을 지배할 지력과 능력을 가졌다. 우리는 이것이 비록 야만적일지라도 국제정치의 이상한 말버릇에는 순종하지 않겠다. 정직하게 거부한다. 우리는 '적절한 시기'라는 말을 어떻게 해석하든지 그 표현을 좋아하지 않는다. 우리는 일본이 붕괴하는 그때에 반드시 독립되어야 할 것이다. 그렇지 않으면 우리의 싸움은 계속될 것이다."

샌프란시스코 교민 단체인 국민회의 기관지 『신한민보』는 이 성명이 "카이로 의정서에 이해관계를 가진 각국 간에서 처음으로 정식 발표된 반대의견"이라고 설명했다. 『뉴욕 타임스』 역시 "이해당사자에 의해 표명된 첫 공식 반응"이라고 평했다.

한국의 독립을 언급한 역사적인 카이로선언에 대해 반대의견을 처음 발표한 사람이 김구였다는 사실은 많은 것을 의미했다. 김구는 나라의 독립을 그만큼 철저하고 예민하게 인식하고 있었다.

"우리는 다시는 누구의 노예도 되지 않을 것이다. 일본이 물러난 그날, 우리는 바로 일어서야 한다."

김구는 위임통치라는 새로운 지배에 굴하지 않고 싸움을 계속하겠다는 태도를 분명히 밝혔다. 싸움의 의지를 실제 전쟁의 실행력 유무보다 훨씬 더 강조한 것이다. 한국은 50년 이상 독립의 의지를 잃지 않았고, 세계적으로도 드물게 망명정부를 유지하고 있었다.

그렇기에 신탁통치나 정치적 후견에 의한 열강들의 타락한 민주주의를 받아들이기에는 독자성이 선연했다. 선연했을 뿐만 아니라 강렬했다.

미국의 이승만은 '적절한 시기'라는 문구를 편리하게 해석했다. 그는 참모 올리버에게 '적당한 시기에'라는 말은 별 의미가 없다고 설명했다.

"5년도, 50년도, 심지어 무기한일 수도 있는 말이오."

그 말은 선언의 모호성을 인정하는 듯했지만, 극동으로 보내는 미 정보국의 단파방송에서는 다른 어조를 썼다.

"동포 여러분, 기쁜 소식을 전합니다. 카이로 회의는 우리의 완전 독립을 선언했습니다."

그는 사석에서는 "의미 없는 구절"이라고 평가했고, 공석에서는 선언을 "기쁜 소식"이라 선전했다. 비판과 환영을 편리하게 내세웠다. 이승만에게 카이로선언은 외교적 기회였다. 그는 그 모호한 구절을 끝까지 물고 늘어질 생각이 없었다. 그보다는 국제정치의 틈바구니에서 미국의 힘을 끌어내는 것에 더 무게를 두었다.

카이로선언에 대한 재미동포사회의 반응이 좀처럼 정돈되지 않자 이승만은 '주미외교위원부통신'을 통해 카이로선언을 환영한다고 말하면서 그 이유를 다음과 같이 설명했다.

"이번 카이로에서 미·영·중 3개국의 협의로 대한독립을 담보해 선언한 것을 우리가 환영하는 이유는 이 3개국이 우리 독립을 찾아줄 것을 믿고 의뢰하는 것이 아니요, 다만 우리의 막힌 길을 열어서 독립전쟁을 찬성한다는 의미를 우리가 환영하는 것이다."

카이로선언은 이승만과 김구의 독립에 대한 인식의 차이를 보여주는 시발점이 되었다. 김구는 '적절한 시기'라는 한마디 속에서 약소국의 희생과 예속을 감지했고, 독립이 아니면 끝까지 싸우겠다고 천명했다. 이승만은 그 불편한 구절을 희석시키고, 외세에 기대면서 살피는 길을 선택했다.

카이로선언이 발표되고 며칠 후 김구는 주가화로부터 반산파牛山坡, 반산포 관저에 초청을 받았다. 차가 산허리 비탈길을 올라가자 주가화가 직접 나와 김구와 비서 민필호를 반갑게 맞이했다. 주가화는 김구의 손을 이끌고 응접실로 들어갔다. 작고 아담한 응접실이었다. 상아색 벽 오른편에는 묵매도墨梅圖가, 왼편에는 풍죽도風竹圖가 걸려 있었다. 그 외에는 아무런 치장이 없는 벽이 공간을 그윽하게 만들었다.

김구는 두 화폭의 그림을 살펴보았다. 묵매도에는 매화 수십 송이가 피어나 있었다. 맞은편 풍죽도에서는 바람이 대나무 사이로 스미듯 지나가고 있었다. 꽃이 피고 바람이 부는 산수는 혼탁한 중국의 정계와는 다른 기운을 뿜어냈다.

"세속이 아닌 깊은 청정의 세계에 들어온 것 같습니다."

김구가 잔 덮개로 찻잎을 걷어내면서 말했다.

"과장이십니다. 그저 혼자 즐기는 누추한 곳입니다."

"'외로운 산에 머무는 선비의 정은 변함이 없다'는 시문은 선생의 마음인 듯합니다."

"제가 좋아하는 구절입니다."

"한국에 깊은 관심을 가져주셔서 감사드립니다."

김구가 그동안의 고마움을 표했다.

"백범 선생의 성명을 뉴스에서 보았습니다. 일본이 붕괴할 때 한국도 반드시 독립해야 마땅합니다. 나라를 위해 애쓰시는 선생께 차 한잔이라도 드리고 싶어서 모셨습니다."

"반드시 그렇게 되어야 합니다. 한국 사람들은 '적절한 시기'라는 보류 결정을 견딜 수 없습니다."

"백범 선생의 강력한 말씀을 들으니 저도 안정감을 느끼게 되는 군요. 꼭 이른 시기에 독립을 이루시기를 기원합니다."

주가화의 초청과 위로는 진심에서 우러난 것이었다.

그는 헤어지기 전에 마음에 있던 말을 꺼냈다.

"대한민국 임시정부가 지난 수십 년간 혁명운동을 전개했던 목적이 이제 달성될 것입니다. 이런 때에 경비 문제로 분쟁이 생기면 안으로도 장애가 되고, 밖으로도 임정이 큰 타격을 입게 될 것입니다. 제가 동남 지역으로 출장 중이어서 지원금이 늦게 전달된 것을 양해해주시기 바랍니다. 한국 임정의 내부 분쟁에 있어서는 조국 광복의 큰 뜻을 이루기 위해 선생께서 더 관대하게 아량을 베푸는 것이 바람직할 것이라고 사료됩니다."

김구는 그의 말뜻을 이해할 수 있었다. 주가화는 자신의 출장으로 지원금이 늦게 전달된 것에 대해 양해를 구하기 위해 김구를 관저로 초청한 것으로 보였지만, 진의는 한독당과 민혁당이 격렬하게 충돌하는 임정 내부 문제를 관대하게 풀어가달라고 김구에게 부탁하는 데 있었다.

며칠 뒤, 임정 청사 회의실.

여러 차례 충돌을 빚어온 문제의 소책자가 배달되었다. 중국 정부가 지원한 자금의 용처를 문제삼은 문건이었다. 임정 지도부가 돈을 사적으로 유용했다는 의혹을 부풀린 내용이 적혀 있었다.

김구는 소책자를 받아들고 여러 사람 앞에서 말했다.

"앞으로 이런 식으로 임정을 흔드는 일은 받아들이지 않겠소."

그는 천천히 일어났다.

"이건 돈 문제 이전에 대한민국 임시정부의 이름 문제요."

김구는 소책자를 내려놓고 임정의 장부를 펼쳤다. 페이지를 한 장 한 장 넘기며 말했다.

"이 소책자에 적힌 내용은 사실이 아니오. 우리는 군사, 외교, 구호… 모든 부분에서 더욱 원칙대로 집행하겠소. 그리고 원칙을 다시 강조하는 것으로 이 논쟁을 끝내겠소."

방 안이 조용해졌다. 김구는 소책자를 탁자 한가운데 올려놓았다.

"이 책자는 여기 두겠소. 앞으로 이 책자는 우리 모두에게 교훈이 될 거요."

그날 밤 소책자는 사라졌다.

*

1945년 2월 초, 크림반도 얄타. 혹한의 바람이 리바디아 궁전 벽을 타고 몰아쳤다. 막 우린 홍차의 향이 테이블 위로 번졌다.

루스벨트가 말했다.

"유럽의 전쟁은 끝이 보입니다. 이제 태평양의 장막을 걷을 때가 되었지요."

스탈린이 차 한 모금을 삼켰다. 마치 보드카를 마시는 듯했다.

"소련이 일본에 칼을 들라는 말씀이군요. 대가는 무엇입니까?"

루스벨트의 미소는 부드러웠다.

"종전 후 남사할린과 쿠릴열도 문제는 합당하게 해결될 것입니다."

처칠의 시선이 두 사람 사이를 오갔다.

"대통령 각하께서 제국 전체를 체스판처럼 움직이려 하시는군요. 제국은 많은 피를 흘리며 지켜왔습니다. 그렇게 가볍게 이동되는 말이 아닙니다."

루스벨트가 조용히 말했다.

"존경하는 총리 각하, 우리는 제국의 과거가 아니라 세계의 미래를 의논하는 것입니다."

스탈린의 담배 연기가 천장으로 올라갔다.

"세계의 주인은 바뀌는 법이지요. 역사는 감정이 아니라 계산으로 움직입니다."

처칠이 돌기둥처럼 움직이지 않고 있다가 이윽고 말했다.

"그러나 제국은 계산의 기술을 잊지 않고 있습니다. 영국은 누가 무엇을 어떻게 나누는지 끝까지 지켜볼 것입니다. 누가 제국의 해가 진다고 말하겠습니까?"

루스벨트가 조용히 새로운 제안을 했다.

"좋습니다. 그러면 한국 문제는 어떻겠습니까? 미국, 소련, 중국이 일정 기간 신탁통치를 맡고."

처칠이 말을 잘랐다.

"미국이 말하는 장기간의 신탁이라… 그것은 독립이 아니라 지연일 뿐입니다."

스탈린이 담배 연기를 천천히 내뿜었다.

"군대를 주둔시킬 필요는 없다고 했지요?"

루스벨트가 가볍게 고개를 끄덕이며 말했다.

"문제는 내 친구 처칠의 자존심이오."

처칠이 잔을 들었다.

"자존심은 제국을 지켜온 힘입니다. 그러나…"

그는 찻잔을 내려놓았다.

"영국은 언제나 최후의 순간에 정확히 돌아옵니다."

루스벨트가 결론을 내렸다.

"일단 미국, 소련, 중국이 맡고, 필요하다면 다른 연합국도 참여시키는 것으로 하지요."

논의 시간은 30분이 넘지 않았다.

1945년 8월 6일, 히로시마에 원자폭탄이 떨어졌다.

8월 8일, 소련은 일본에 선전포고를 했다.

8월 11일, 소련군은 함경북도 웅기에 상륙했다. 한국 진주를 담당한 부대는 치스차코프 대장이 지휘하는 제25군이었다. 제25군은 태평양함대와 연합작전을 펼쳐 웅기·나진·청진과 나남을 점령했다.

소련군의 진격 속도가 예상보다 빠르자 미군은 소련군이 한반도 전체를 장악할 수 있다고 판단했다. 미국은 급하게 지도를 꺼내들었다.

그날 밤 미군 장교의 연필 끝에서 삼팔선이 그어졌다. 단숨에 그어진 선은 한 민족의 운명을 반으로 갈랐다. 그 선은 철조망이 되었고, 분단의 이름이 되었다.

중경 임정 청사.

백범은 탁자 위 지도를 한동안 바라보다 창밖으로 고개를 들었다. 밤하늘에 작은 별 하나가 가늘게 빛났다.

"우리는 선을 따라 나뉘지 않는다."

그는 혼자서 중얼거렸다.

"조국은 갈라질 수 없다."

같은 시각, 남안 한국인 마을 끄트머리 집의 좁은 방, 소년 김정륙이 창가에 앉아 있었다.

누나는 불을 끄며 말했다.

"창문을 닫고 자자."

정륙은 머리를 흔들었다.

"아냐. 별이… 보여."

누나는 정륙의 옆으로 다가왔다.

남매는 함께 별을 바라보았다.

"누나… 저 별은 왜 저렇게 흔들릴까?"

16 길 위의 젊은이들

나라 잃은 젊은이들은 미래를 찾아 집을 떠난다.

그러나 청춘의 절반을 길 위에서 떠돈다. 갈 곳이 마땅치 않고, 일본 경찰을 피해 다녀야 한다.

선우진鮮于鎭은 무순撫順, 푸순중학교를 졸업한 후 잡화점에서 일하다 1년간 모은 돈으로 친구의 형을 찾아 천진天津, 톈진으로 갔다. 어려서 같이 생활한 삼촌이 서안에서 광복군으로 있다는 걸 어렴풋이 알고 있었다. 친구 형의 도움을 받아 삼촌을 만난 후 자신도 광복군이 되어 고향을 찾아오겠다고 각오했다. 그러나 그것으로 끝이었다. 다시는 가족을 만나지 못했다.

천진까지 가는 동안 통행증이 없어 철도경비원에게 잡혔고, 대기실에서 돌아가는 기차를 기다리다가 창문을 열고 도망쳐서 간신히 산해관山海關, 산하이관을 넘었다. 천진에서 황해도 동포가 운영하는 곡물 가게에 취직했다. 선우진은 가끔 가게에 찾아오는 중국인 약장수를 통해 임천臨泉, 린취안에서 조선인들이 훈련받고 있다는 이야기를 들었다. 선우진은 그들이 광복군이라는 것을 직감했고, 임천에 가면 자기도 광복군이 될 수 있다고 생각했다.

임천에 같이 가주겠다는 약장수가 나타나지 않자 선우진은 임천을 향해 홀로 떠났다. 나이 스물셋이었다.

길가에 좌판이 있었다. 선우진은 날달걀을 몇 개 사서 배를 채웠다. 중국인들이 뒤따라와 그를 끌고 옆길로 들어갔다. 날달걀을 먹은 게 화근이었다. 중국인들은 날달걀을 먹지 않는다는 것을 그제야 알았다. 중국인들이 선우진의 손을 묶고 보리밭으로 끌고 들어갔다. 중국 군벌 유격대였다. 선우진은 사실대로 말했지만, 유격대는 그를 첩자로 보고하는 공문을 써서 상부에 올렸다. 자신들의 실적을 부풀리기 위해 일본 밀정으로 꾸민 것이다. 선우진은 몇 차례 상부 유격대로 인계된 후 임천에 있는 국민정부군 제10전구 사령부 참모부로 이송됐다.

며칠 후 한국광복군 제3지대 책임자인 김학규 장군이 선우진을 찾아왔다. 김학규 장군은 한국광복군 제3지대장으로 취임한 후 안휘성 부양阜陽, 푸양에 근거지를 두고 대일 선전과 광복군을 모집하는 중이었다.

선우진은 김학규를 따라 중국중앙군관학교 내 한국광복군 훈련반한광반이 있는 임천으로 와 한성수韓聖洙를 만났다. 한성수는 정주에서 오산학교를 졸업하고 일본 센슈대학 경제학과를 다니다 일본군에 끌려갔다고 했다. 끌려간 한성수는 입대한 후 20일간 간단한 훈련을 받고 군용열차를 타고 평양을 출발해 사흘 후 중국 중부 강소성 서주 인근의 일본군 부대에 배속됐다. 그는 한 달 넘게 기회를 엿보다 목숨을 건 야간 탈출에 성공했다.

많은 한인 학병 청년들이 목숨을 건 탈출을 시도했다. 일본군의 추격을 따돌린 뒤에도 곧바로 안전이 보장되는 것은 아니었다. 각 지에 포진한 중국군의 검문소를 통과할 때마다 위험을 감수해야 했고, 때로는 지방 군벌 패거리들로부터 온갖 횡포를 당해야 했다. 그렇게 수많은 위기를 겪고 나서야 겨우 광복군의 품에 도달할 수 있었다.

한인 학병들은 부양에 있는 한국광복군 징모 제6분처에 입대했다. 김학규 지대장은 모병에 수완을 보였다. 모여든 한인 청년들은 대부분 우수한 젊은이들이었다. 선배들이 빼앗긴 나라를 되찾기 위해 독립운동에 뛰어든 만큼 지력이나 행동력이 남달랐다. 김 지대장이 면접하면서 청년들을 달랬다.

"집 생각은?"

"하루도 안 하는 날이 없습니다."

"애인 생각은?"

청년이 울상이 되었다.

"헤어졌나?"

"그렇습니다."

"잘 왔다. 대한의 이름으로 환영한다."

청년들은 한광반에 입교했다. 한광반은 김 지대장이 중국군과 교섭해 임천 중국중앙육군군관학교 제10분교에 설치한 임시훈련소였다. 훈련소에 들어가기 위해서는 머리를 빡빡 깎아야 한다고 하자 청년들은 완강하게 버텼다.

"머리는 청춘의 자유입니다."

"지금은 머리를 생각할 때가 아니다. 나라의 독립을 생각할 때다."

김 지대장은 단호했다.

"머리가 긴 군인은 전투에서 승리하지 못한다."

하는 수 없이 청년들은 바리깡으로 머리를 밀었다. 빡빡머리가 된 청년들은 서로 바라보며 웃고 말았다.

선우진은 전에 만났던 약장수도 만났다. 그의 약국에 찾아갔더니, 약장수가 깜짝 놀라며 약속을 지키지 않은 것을 미안해했다. 그와의 약속은 선우진에게는 생사가 걸린 문제였다. 그러나 어쩌겠는가. 선우진은 약장수의 얼굴을 보자마자 화가 사라졌다. 그래서 웃었다. 선우진이 웃으니까 그도 따라 웃었다. 소화가 잘 안 되는 선우진을 위해 그는 가끔 약을 보내주었다.

한광반 청년들은 하루에 두 끼만 먹어 늘 배가 고팠지만, 한국광복군이라는 자부심으로 당당함을 잃지 않았다. 신흥무관학교 출신인 김 장군의 조선혁명군 전투 경험 강의는 청년들에게 강한 인상을 남겼다. 왜적과 200여 회의 실전 경험이 있었고, 대부분의 전투에서 승리한 김 장군의 강의는 젊은이들에게 불멸의 노래처럼 들렸다.

한성수는 노래를 잘했다. 외국 명곡을 근사하게 부르는 그는 반원들에게 독일 군가를 가르쳐 졸업할 때 합창하기도 했다. 청년들은 「광복군 아리랑」과 「용진가」를 김 장군에게서 배웠고, 취침 점호를 할 때는 안익태 작곡의 「애국가」를 함께 불렀다.

*

1944년 7월 7일, 중일전쟁 발발 7주년 기념일. 소주蘇州, 쑤저우에서 동쪽으로 20리가량 떨어진 일본 쓰카다柄田 부대.

일왕이 하사한 술과 음식으로 이른 저녁부터 부대 분위기가 느슨해져 있었다. 학도병 장준하, 김영록金永錄, 윤경빈尹慶彬, 홍석훈洪錫勳 네 사람은 말없이 흩어졌다. 각자 보초와 보초 사이, 외등과 외등 사이의 어두운 지점을 골라 3미터 높이의 철조망을 넘었다.

모두 네 동지가 한자리에 모였다. 자신들의 탈출 때문에 부대에서 큰 곤경을 치를 학도병들이 눈에 밟혔다.

'이것은 우리 개인의 문제가 아니다. 우리의 탈출을 용서해다오.'

네 사람은 달렸다. 끝나지 않을 듯 계속 뻗어 있는 옥수수밭을 지나자 돌산이 나타났다. 넷은 돌산을 기어올랐다. 도무지 방향을 분간할 수가 없었다. 동북쪽으로 방향을 잡고 달렸지만, 얼마 되지 않아 길을 잃었다.

청년들은 하루를 헤매다 친일 성향의 중국 군벌 왕정위汪精衛, 왕징웨이 군대의 추격을 받았다. 넷은 중국중앙군 소속 유격대에 붙잡혀 작은 건물로 안내되었다. 그들이 불안을 삼키고 있을 때 한 사람이 나타났다. 중국 군복을 입은 젊은 청년이었다. 그의 입에서 이런 말이 나왔다.

"한국 분들이죠?"

"그렇습니다. 한국 사람입니다."

그는 와락 달려들어 한 사람씩 껴안았다.

"탈출하신 거죠?"

"그렇습니다."

그의 이름은 김준엽金俊燁, 한국학도병 제1호 탈출병이었다. 김준엽은 신의주고등보통학교를 졸업하고 일본 게이오대학 동양사학과를 다니다 2학년 때인 1944년 학도병으로 징집됐다. 서주의 쓰카다 부대에 배치되었다가, 거기서 탈출해 중국 중앙군 소속 유격대에 합류한 것이다.

쓰카다 부대에서는 김준엽에 대해 "탈출했다가 곧바로 중국군에 붙잡혀 죽창에 찔려죽었고, 그 시체가 10일 동안이나 길에 걸려 있었다"고 선전했다. 그러나 김준엽은 혼자 탈출에 성공한 후 중국 중앙군의 유격대에 발각돼 사령부에 넘겨졌지만 사령관으로부터 항일 학병이라고 환대를 받았고, 참모에게서 중국어를 배워 부대의 통역관이 되었다.

김준엽은 참모에게 일행을 소개했다.

며칠 후, 유격대 본부에 한 통의 서신이 도착했다.

"귀 부대의 병사 30여 명을 포로로 잡아 잘 대우하고 있다. 정확을 기하기 위해 명단을 보내드린다. 그런데 유감스럽게도 우리 부대에서 이탈한 자들이 귀측에 억류되어 있다는 정보가 있다. 이들을 즉시 교환할 것을 제의한다."

쓰카다 부대장의 서명이 담긴 문서였다.

일본어와 중국어에 능통해진 김준엽이 중국군 복장을 하고 쓰카다와의 회담에 사령관의 통역자로 대동했다.

"귀 부대의 병사 30여 명과 우리 부대에서 이탈한 군인 5명을 즉시 교환할 것을 제의한다. 만약 이에 응하지 않는다면 본관으로서는 부득이 특별대책을 세우지 않을 수 없다는 것을 명백히 밝힌다."

쓰카다가 말했다.

5대 30이다. 통역을 하는 김준엽은 불안감을 느꼈다.

"잘못된 소문인 듯하다. 우리 부대에는 단 한 사람도 귀대의 군인이 없다. 항상 이런저런 소문이 떠돌아다니는 것을 귀관은 잘 알고 있지 않은가?"

김준엽은 사령관의 말을 또박또박 일본말로 통역하면서 그의 대인다운 태도에 감탄했다.

"혹시 앞으로 일본 병사를 억류하는 일이 있으면 중국 포로와 교환할 용의가 있으니 유념해주기 바란다."

그렇게 말한 후 쓰카다는 헤어지는 김준엽에게 말했다.

"대단히 훌륭한 일본말을 하는데 어디서 배웠습니까?"

"저는 대만 태생의 중국인입니다."

쓰카다가 김준엽에게 고개를 숙여 인사하면서 "제발 잘 부탁합니다"라고 말했다. 중국군이라고 생각해 그렇게 인사했겠지만, 김준엽으로서는 일본 장교에게서 그런 인사를 받는다는 것은 상상도 할 수 없는 일이었다.

돌아오는 벌판에 해가 지고 있었다. 모든 물체가 긴 그림자를 드리우고 있었다. 김준엽은 자기의 그림자를 보며 조국이 없다는 서러움을 절감했다.

'가자, 중경으로, 중경 대한민국 임시정부로!'

그는 속으로 부르짖었다.

'우리는 또다시 못난 조상이 되지 않기 위해 피눈물을 삼키며 투쟁해야 한다.'

그날 밤 중국군 유격대는 비상조치를 내렸다. 일본군에게 위치가 노출됐기 때문에 한밤에 부대 이동을 해야 하는 것이다. 한국 청년들은 숨을 죽이고 대열을 따라 이동했다. 목적지가 어딘지 모르고, 어떻게 될지도 알 수 없었다. 부대원을 따라 안개 낀 길을 가는 한밤중의 이동은 막막하기만 했다.

며칠 이동한 후 새로운 부대에 도착한 젊은이들은 아침을 먹고는 쓰러졌다. 중국군은 청년들이 잠을 자도록 배려해줬다. 저녁을 먹으라고 깨워서 저녁을 먹고 다시 잠 속으로 떨어졌다.

청년들은 아침 햇살이 떠오르는 강으로 나갔다. 불로하不老河, 사철 마르지 않는다는 강이었다. 한국 청년들을 옷을 벗고 불로하 속으로 들어갔다. 물은 차가웠다. 물결이 태양에 부딪혀 반짝거렸다. 알몸의 청년들은 절망과 피로를 강물에 씻어버렸다. 백옥같이 된 청년들은 동북쪽 조국을 항해 거수경례를 했다. 청년들의 눈에는 물기가 어렸지만, 모두가 꾹 참고 애국가를 불렀다. 모두 잃어버리고 있던 애국가 가사가 가슴 밑바닥에 남아 있던 말처럼 솟구쳐 올라왔다. '동해물과 백두산이 마르고 닳도록'을 부를 때는 늠연했다. 산 설고 물 선 중국 땅에 애국가가 울려퍼졌다. '대한 사람 대한으로 길이 보전하세'를 부를 때는 노래가 눈물 속으로 스며들어 제대로 이어지지 않았다. 중국 대지에 떨어진 그 눈물은 새로운 생기로 날아올랐다. '대한 사람 대한으로 길이 보전하세'는 하늘 높이 솟구치지 못했으되, 드높은 염원과 푸르른 각오는 불로하 강물 속으로 흘러갔다.

부대로 돌아온 청년들은 참모장을 찾아갔다. 전쟁통에 다섯 명이 사령부를 따라다녀도 별 도움이 안 되고 폐만 끼치고 있으니 대한민국 임시정부로 보내달라고 호소했다.

"기회를 봐서 중경으로 보내주겠다."

청년들은 중국사령부에 도움이 되기 위해 하루하루 최선을 다했다.

마침내 부대를 떠나는 날, 참모장은 청년들에게 아버지와 같이 깊은 마음씨를 보여주었다.

"가는 지역에 공비부대와 일본군 지역이 많으니 조심해야 한다. 6천 리를 걸어간다니 마음을 놓을 수가 없구나."

청년들은 7월의 불덩이 같은 태양이 수그러들고 저녁노을이 질 무렵 부대를 출발했다. 거듭된 패전으로 경황이 없는 중에도 참모장과 간부들은 청년들을 정성스레 배웅해주었다. 청년들은 목적지에 대해서는 아는 것이 거의 없었다. 아는 것이라고는 대한민국 임시정부가 있는 중경까지는 6천 리라는 것, 벌판을 가로질러 서쪽으로 가야 한다는 것 정도였다. 참모장은 그런 청년들을 위해 40대의 수수한 안내자를 붙여주었다. 쉬지 않고 나흘을 꼬박 걸었다. 천진에서 포구浦口, 푸커우로 달리는 철로를 넘어야 했다.

점과 선으로 중국을 지배한 일본군은 철도만큼은 철저하게 장악했다. 일행은 철로를 넘기 위해 안내자가 정해준 마을에 들어가 사흘을 묵으며 장날이 오기를 기다렸다. 장날이 오자 안내자는 청년들을 장사꾼으로 위장시켰다. 용의주도한 안내자였다. 낡은 농부옷과 밀짚모자, 수건과 바구니를 준비했고, 나무장대 앞뒤에 무거운 바구니를 메고 흔들리지 않고 걷는 법까지 연습시켰다. 철로를 넘는 날은 중국인 세 명을 데려와 청년들을 그들 사이에 넣었다. 한 꺼번에 검거될 수도 있으므로 중국말에 익숙한 김준엽을 제외하고 는 중국인 한 명과 청년 한 사람을 한 조로 짠 후 시차를 두고 조별 로 철길을 넘게 했다.

"일본 놈이 말을 붙이면 벙어리처럼 입을 꾹 다무시오. 옆에 있는 중국인이 알아서 응수해줄 거니까."

청년들은 가슴이 뛰었지만 들키면 끝이라는 생각에 숨을 죽였다.

김영록이 작게 속삭였다.

"형, 우린 살아 돌아갈 수 있을까요?"

김준엽이 고개를 돌리지 않은 채 대답했다.

"우리는 돌아가는 게 아니라 앞으로 가는 거요."

완벽한 준비 탓인지 일본 보초병들은 자세히 쳐다보지도 않고 일 행을 통과시켰다.

철길을 넘자 벌판이 펼쳐졌다. 산 하나 없는 망망한 들판이었다. 사흘을 걷자 풍경도 감정도 바스러졌다. 희망마저 먼지처럼 뿌옇게 흩어졌다. 누구도 먼저 말을 꺼내지 않았다. 말하는 데도 체력이 필 요했다.

안내자는 준비도 철저했지만, 말주변도 있는 편이었다. 청년들이 졸면 말을 붙였다.

"이 넓은 중국 땅에는 어딜 가든지 세 가지는 꼭 있는 법이오. 땅 콩과 배갈이 있고…"

안내자는 잠을 깨우려는 것인지 마지막 말을 아꼈다.

"나머지 하나는 뭐요?"

김영록이 물었다.

"마음씨 고운 미녀요."

"아! 어여쁜 미인!"

모두 힘을 내어 웃었다.

모처럼 웃고 나서 안내자가 앞에 서고 한 줄로 서서 자신의 그림자를 끌고 하염없이 걸어갔다. 그렇게 엿새를 걸어 다른 유격대 사령부가 주둔한 관할지역으로 들어갔다. 안내자는 갖고 온 서신과 함께 청년들을 새 사령부에 인계했다. 청년들은 안내자에게 고맙다고 인사했지만, 선물이라고 줄 것은 하나도 없었다.

"부디 목적지까지 무사히 잘 가서 소망을 이루기를 빕니다."

안내자는 이 말을 남기고 돌아갔다. 안타까운 작별이었다.

새 사령부에서 다른 안내자를 붙여 다음 사령부까지 인계했다. 그런 식으로 여러 차례 사령부를 거쳐 임천의 어느 부대 앞에 도착했다. 잠시 후 산천이 흔들리는 듯한 함성과 함께 청년들이 쏟아져 나왔다.

"얼마나 고생들 했소?"

도착한 곳은 중국 중앙군관학교 임천분교의 한광반이었다. 김학규 장군이 주임이었고, 이평산李平山, 진경성陳敬誠 두 교관이 주임을 돕고 있었다.

"동지들 참 장하고도 장하오!"

김학규 장군은 온화하고 믿음직했다. 청년들의 용기를 치하해주었다. 그들은 이곳에서 '동지'라는 호칭을 처음 들었다.

한국 청년이 80명이나 있었다. 탈출 학병이 50명이었고, 여성 동지들도 있었다. 그러나 특별반의 군사교육은 나라 없는 민족의 모습을 잘 보여줬다. 목총 한 자루도 없어 제대로 훈련이 이루어지지 않았다. 목숨 걸고 일본군에서 탈출한 학도병들은 점점 실망했다.

하루의 중요 일과가 중국 국기 게양식과 하기식에 참가하는 것과 하루 두 시간 정도의 교련을 하는 것이었다. 실제 항일전투를 소개하는 김학교 장군의 한국독립운동사 강의는 흥미로웠지만, 그 외는 늘 답보 상태였다.

졸업에 앞서 교육생들은 앞으로의 진로를 위해 여러 차례 토론했다. 훈련받을 때부터 젊은이들은 중경으로 갈 생각을 하고 있었다. 김학규 장군은 적 후방 공격에 나설 의향이 있는 사람은 남으라고 자원을 받았다. 내심 부양의 병사모집처에서 활동해주기를 기대하면서 잔류하라고 강요하다시피 했다. 그는 광복군 부대를 편성해 통솔하고 싶어 하는 눈치였다.

1944년 10월 22일 학도병 출신 33명, 일반인 출신 11명 등 모두 48명의 교육생들이 한광반 제1기를 졸업했다. 한광반은 광복군 전체 모집 부대 중 최고의 성적을 기록했다. 입교생 전원은 졸업과 더불어 중국군 소위의 임명장을 받았다. 졸업생 가운데 장준하張俊河, 김준엽, 선우진 등 36명은 중경을 선택했고 한성수, 김우전金祐銓, 전이호全履鎬 등 12명은 전방 근무를 위해 현지에 남았다. 잔류한 이들은 광복군 제3지대 주역이 되었다.

선우진은 삼촌을 만나기 위해 임천까지 온 것인 만큼 중경으로 가서 서안에 있는 삼촌을 만날 방법을 찾겠다고 생각했다.

한광반 훈련을 마치고 대기 중이던 그날 비가 억수로 쏟아졌다.

시간이 길게 늘어지는 날이었다. 김학규 장군은 중경 희망자를 소집했다.

"짐을 싸라. 너희들은 이틀 후에 중경으로 출발한다."

김 장군은 중경을 희망한 청년들이 적 점령지역을 통과하기 위해 중국군 지원병 부대와 합류한다고 알려주었다. 장군은 덧붙였다.

"한 명의 낙오자도 없이 무사히 임시정부에 도착해야 한다. 물론 어떤 고난이든 극복하리라고 믿는다."

중경 희망자들은 11월 21일 임천을 떠났다. 한광반을 졸업하고도 한 달 가까이 기다렸던 것은 적 점령지역을 통과하는 데는 중국군 지원병 부대와 합류하는 것이 유리하다는 판단 때문이었다. 일본군이 점령하고 있던 철도를 건너가기 위해서는 중국군 대대 규모의 호위가 필요했다. 식량을 마차에 실은 청년들은 중간에서 중국 지원병 부대를 만나 함께 이동했다.

김 장군은 사탕수수를 사서 포대에 담아주며 말했다.

"신흥무관학교 시절에는 식량도, 무기도 없었다. 그런데도 우린 매일 산에 올라 훈련했다. 그들 중 많은 동지가 지금은 별이 되었다. 너희들은 선배들의 꿈을 이어 반드시 조국 독립의 주역이 되어야 한다."

김 장군은 중경으로 가는 젊은이들을 한동안 동행해주었다.

청년들은 걸어가면서 사탕수수를 꽈둑꽈둑 씹어먹었다.

그들은 김 장군과의 날들을 추억했다. 그는 부족한 가운데 젊은 광복군을 키워내기 위해 혼자서 모든 것을 꾸려간 교장이자 젊은이들의 삼촌이었다.

그리고 한성수, 그 이름을 기억하지 않을 수 없다.

*

한광반 청년들에게 김학규는 전설적인 존재였다. 말이 적었고, 스스로를 자랑하는 일은 더더욱 없었다. 하지만 그와 마주한 사람은 누구나 그 안에 깃든 절제된 용기와 깊이를 느꼈다. 그는 격식을 차리지 않았고, 호통을 치지도 않았다. 조용히 지켜보고, 꼭 필요한 때에만 입을 열었다. 청년들은 그를 '장군'이 아니라 '삼촌'이라고 부르고 싶어 했다.

흙길 위에서 신발을 벗게 한 것도 그였다.

"흙을 밟는 느낌을 기억해야 한다. 총검술보다 중요한 감각을 키워줄 것이다."

흙과 땀의 감각이 살아 있는 병사, 그런 군인이라야 싸움터에서 끝까지 살아남는다는 것이 그의 철학이었다.

장준하가 물었다.

"장군님, 처음 전투에 나가셨을 땐 어땠습니까?"

"내 옆엔 열다섯 살 중국 소년 병사가 있었다. 매복 전술을 펼치다 적탄에 쓰러졌지. 그 아이가 죽는 걸 보고 나는 물러서지 않고 끝까지 싸워 결국은 적들을 물리쳤다. 그때 깨달았다. 전쟁의 비극은 늘 어린 병사로부터 시작된다고."

"어린 병사의 죽음과 전투에서의 승리는 어떤 관계가 있습니까?"

"직접적인 관계라고는 할 수 없지만, 총검술 같은 기술만으로 전장에서 살아남을 수 없다. 흙과 땀에서 살아 있는 감각을 익혀야 승리할 수 있다. 생명의 감각은 그래서 중요하다. 어린 병사를 잃게 되면 그때부터 전쟁에 임하는 자세가 달라진다."

고개를 끄덕이는 청년들에게 그는 어린 시절 이야기를 들려주었다. 만주 산골에서 형을 따라 나무를 하며 도끼를 쥐었고, 땅을 일구며 손에 물집이 생겼다. 밤이면 링컨이 어릴 적 통나무집에서 책을 읽었다는 이야기를 떠올리며 등불 아래서 글을 익혔다.

열다섯에 신흥무관학교에 입학했다. 절벽을 기어오르며 지형학을 배우고, 총검술을 익히며 아침마다 땀을 쏟았다. 졸업 후 한국의용대 소대장으로 파견되었지만, 왜병의 만주 대학살 이후 부대를 잃었다. 방황 끝에 영국인 목사의 추천으로 봉천奉天, 펑톈의 중국학교에서 6년을 공부했고, 삼원보三源浦 동명학교 교장이 되었다. 그러나 그는 장군이 되고 싶었다. 다시 짐을 꾸려 조선혁명군 본부로 향했고, 끝내 양세봉梁世奉 장군의 참모장이 되었다.

김학규가 광복군 지대장이 되기 전의 이야기로 거슬러 올라간다. 전투가 장기화되면서 만주 조선혁명군 인력과 물적 자원이 점차 고갈됐다. 남경에 있는 임시정부에 도움을 요청하기로 했다. 김구는 낙양군관학교에 한국청년훈련반을 개설했고, 김원봉 역시 중국의 도움으로 남경에서 간부훈련반을 운영 중이었다. 만주에서 김학규 참모장을 남경에 파견하기로 했다.

김학규와 오광심吳光心이 남경길에 올랐다. 둘은 각자 결혼해 가정을 이뤘지만 김 장군이 동명학교 교장으로 지낼 당시 같은 학교 교사였던 오광심은 이혼한 상태였다. 그때부터 두 사람은 정을 통하는 사이가 되었다. 남경으로 가는 노상 위에서 둘은 현실의 부부로 맺어졌다. 남자는 낡은 한복을 입고 두건을 썼으며 지팡이와 담뱃대를 들었고, 여자는 수건을 쓰고 머리에 보따리를 이었다. 그렇게 농부 부부로 위장해 산해관을 통과했다.

어렵게 남경에 도착한 부부는 큰 환영을 받았다. 남경에는 임시정부를 비롯해 많은 독립운동단체가 있었다. 만주 조선혁명군에서 직접 일본 군대에 대항해 싸운 김학규에게 가는 곳마다 사람이 몰렸다. 많은 사람이 만주 동지들의 고투에 경의를 표했다. 그러나 각 진영이 나뉘어 있어 만주 지원에는 별다른 관심을 기울이지 않았다.

각 진영의 통일이 우선이었다. 그러나 김 장군이 만주에서 받은 사명에 독립운동단체의 통일문제는 포함되지 않았다. 김 장군은 이런 사정을 본부에 알리기 위해 보고서를 작성했다.

책 한 권이 되는 분량의 보고서가 만들어졌다. 이 책자를 어떻게 만주 산간의 본부까지 전달할 것인지가 문제였다. 보고서를 숨겨 산해관을 넘어가다가 적에게 발견되는 날에는 본인의 생명은 물론 독립운동단체들의 비밀을 고스란히 적에게 넘겨주는 꼴이 될 것이었다.

김학규가 오광심에게 제안했다.

"당신이 이걸 외워서 본부로 갈 수 있겠소?"

"장군님이 원하는 것이라면 뭐든지 마다하지 않겠어요."

오광심은 기억력이 특별했다. 그날부터 김 장군의 보고서를 한쪽 한 쪽씩 암송하며 외우기 시작했다. 밤낮을 쉬지 않은 오광심은 5일 만에 숫자 하나, 구절 하나 틀리지 않게 책을 외웠다. 쪽 하나하나가 그녀에게 스며들어 '보고서' 그 자체가 된 오광심은 남경을 출발했다.

그녀는 산해관을 넘어 만주 본부에 도착했다. 사랑의 힘은 위대했다. 본부에 도착한 오광심은 김 장군의 보고 내용을 글씨 하나 틀리지 않게 서류에 옮겨 적어 서명해 제출했다. 책 한 권 분량의 보고서를 완벽하게 머릿속에 담아와 전달한 오광심의 열정에 모두 감탄할 수밖에 없었다. 그녀의 보고서는 '역사적인 기록'이 되었다.

보고서에서 제안한 통일안이 본부의 비준을 받게 되자 김 장군은 다음 해부터 통일회의에 정식으로 참가했다. 통일회의를 위한 조선혁명당의 대표가 된 만큼 그는 만주로 군인과 물자를 보내야 한다고 더 힘차게 호소했다. 그러나 통합문제로 들어가자 약속과는 달리 어떤 단체도 이 문제에 주목하지 않았다.

서로의 이견 끝에 '한국' 혹은 '조선'이라는 명칭도 달지 못한 채 '민족혁명당'이라는 신당이 창당하자, 만주 조선혁명당 본부에서는 이 통일안에 대한 비준을 불허했다. 김학규는 만주 본부에서 통일안 비준을 불허했음을 선언하고 중앙간부직을 내려놓았다. 만주 본부의 명령에 따라 다시 훈련받는 기간을 가졌다. 그 후 광복군 창설 후 부양으로 파견되어 조선 청년들의 광복군 참여를 위해 힘썼다.

*

청년들이 한광반을 졸업한 후 중경으로 가는 길은 고난이었다. 노하구老河口, 라오허커우에서 파촉령巴蜀嶺, 바슈링을 넘어 파동巴東, 바둥으로 가는 길은 극적이었다. 해발 3,000미터가 넘는 산을 넘어 양자강까지 가려면 2주일이나 걸렸다. 험난한 길을 넘어가던 도중 호랑이를 만나는 위기를 겪기도 했다. 대원이 산속에서 쓰러지면 짝을 지은 조원이 옷을 뒤집어쓰고 알몸으로 몸을 비벼 체온을 회복시켜 살려냈다. 졸면 뺨을 때려 졸음을 쫓아냈다. 몸과 입이 얼어붙고, 생각이 얼어붙으며 눈이 감기면 곧바로 죽음이었다.

"우리는 못난 조상이 되지 말아야 한다. 이런 고생을 후대에 넘겨주면 안 된다."

청년들은 고함을 치며 수마睡魔의 유혹을 버텨냈다. 조국의 해방을 위해 자신을 바치기로 각오한 청년들은 동지애라는 게 목숨까지 나누는 것이라는 사실을 이해했고, 죽음으로부터 삶으로 건너왔다.

"만주에서 무장투쟁할 때 왜놈 토벌대 일곱 놈이 소로를 한 줄로 서서 걸어오더란 말이지."

장준하가 이야기를 시작했다. 이야기와 허풍과 공상이 없이는 갈 수 없는 길이었다.

"그놈들을 가만뒀냐?"

"가만두긴! 길가 덤불 속에 납작 엎드려서 다 지나가도록 기다렸지. 그리고 소총 한 방을 갈긴 거야. 그 순간 일곱 놈이 일제히 나가떨어진 거야. 꼬챙이에 꿴 북어처럼 일렬로 말이지."

"누가 총을 쐈지?"

432

"누구긴. 이청천 장군이지."

"야, 그 뻥 너무 세다. 총 한 방으로 일곱 놈을 북어처럼 일렬로 쓰러뜨렸다고?"

"두 말이 왜 있어? 광복군 총사령인데! 김구 영감님은 더 하대."

이청천과 김구를 이야기의 소재로 하는 통에 졸며 걸어가던 사람까지 모두 귀를 쫑긋 세우고 모여들었다. "김구 영감은 별명이 '노완고'老頑固래. 고집이 그렇게 세다고. 미국 대통령 루스벨트를 '라사복'羅斯福이라고 부르고, 일본 천황을 '왜왕 유인裕仁이'라고 부른다는군."

"아무튼 항일의지는 최고지. 임정에서는 그 영감이 최고야. 루스벨트가 자기 이름을 라사복이라고 부르는 걸 들으면 기절초풍하겠지만."

"라사복은 못 당하지. 장개석도 영감에게는 고개를 숙였다는데."

"장개석이 뭣 때문에 영감에게 고개를 숙여?"

"총 몇 방을 맞아도 끄떡없다잖아. 이운한인가 하는 놈이 총을 쐈는데, 영감을 명중시켜 몸속에 총알을 몇 발 박았는데도 아무 일 없이 살아났대. 체력이 엄청난 장사라고 하던걸."

"아무튼 대한의 장사야. 힘내자! 우리가 그 영감을 만나러 가는 길이니까."

11월 21일 임천을 떠난 청년들은 6천 리 길을 71일간 걸어서 중경에 도착했다.

중경에 도착한 청년들은 조천문朝天門, 차오톈먼에서 대열을 정비

하고 대한민국 만세를 불렀다. 그리고 교관의 인도에 따라 「용진
가」를 부르며 대한민국 임시정부 청사로 걸어갔다.

"독립군아 용감력을 더욱 분발해

삼천만 번 죽더라도 나아갑시다."

청사가 옮긴 것을 몰라 오사야항으로 찾아갔다가 오후 2시가 되
어서야 연화지 청사에 도착했다. 옥상 위에 태극기가 게양돼 있었
고, 문에는 '대한민국 림시정부'라는 한글과 그 밑에 'The Porvisional
Korean Government'라는 영어가 쓰여 있었다. 청년들은 줄을 맞춰
태극기에 경례를 하고 애국가를 불렀다.

일행은 임시정부 청사 앞에서 차렷 자세로 서서 광복군 총사령관
이청천의 사열을 받았다. 누런 군복 차림의 이청천 장군은 이마가
툭 튀어나와 고집스러운 인상이었다. 일본군 탈출 대선배이자 독립
군 대선배인 그는 청년들 한 사람 한 사람과 강렬한 눈빛을 주고받
고 나서 강철같은 목소리로 훈시했다.

"수고들 많이 했소. 동지들이 무사히 도착하기를 기원하고 있었
소. 동지들은 총사령인 나보다도 훌륭하오. 곧 우리 정부의 주석이
신 김구 선생께서 나오실 것입니다."

다음 순간, 청년들은 보았다.

단단해보이는 체구에 광대뼈가 두드러져 강인한 인상을 주는 노
인! 청년들이 흠모해왔던 검은 두루마기 차림의 전설적인 독립운
동가 백범이었다.

청년들은 신송식 교관의 구령에 맞춰 일제히 거수경례했다.

김구 주석은 경례를 받은 후 잠시 침묵했다. 검은 안경 속에서 빛나는 눈매와 엷은 미소를 담은 김구는 청년들을 압도했다. 이분을 만나기 위해 머나먼 길을 걸어온 것이다.

"기다렸소. 여러분이 온다는 소식에 나는 밤잠을 설치고 기다렸소. 여러분을 보니, 내가 고국산천에 돌아온 듯하오."

감격에 찬 목소리였다.

"무사無辭로써 환영사를 대신하겠소. 멀리 오느라고 피곤할 테니 좀 쉬시고, 이따 저녁에 정부에서 동지들에게 환영회를 준비했으니 거기서 또 만납시다."

김구는 좀 쉬라는 배려에서 하고 싶은 말을 참았다. 이어 그는 좌우에 서 있는 임시정부 인사들을 한 사람씩 소개했다.

김규식! 키가 작고 어깨는 동그스름했지만, 눈빛이 서릿발 같았다.

이시영! 가장 연로해 보였지만 강력한 이마를 갖고 있었다.

조소앙! 우람한 체구에 중저음의 목소리가 청년들을 압도했다.

최동오! 넉넉한 수염에 교장 선생님을 방불케 하는 근엄한 모습이었다.

박찬익! 동그란 안경 속에서 상대를 들여다볼 듯한 안광이 빛나고 있었다.

신익희! 백발이었지만 목소리가 쩌렁쩌렁했다.

김원봉! 미남형에다 다부진 턱과 강인한 분위기 속에 우수가 있었다.

조완구! 아주 민첩해보였고, 잠시도 쉬지 않고 눈동자를 움직였다.

엄항섭! 유순해 보이는 표정 속에 예민한 기운이 흐르고 있었다.

유림! 류동열! 황학수! 차리석!

청년들은 생명을 다해 겨우 찾아온 대한민국 임시정부 청사의 펄럭이는 태극기 아래서 정부 요인들을 한 사람 한 사람 총총하게 바라보았다.

저녁에 열린 환영회에는 김구를 비롯한 임시정부 각료 전원과 광복군 총사령부 간부들, 중경 동포들을 포함해 300명가량이 한 자리에 모였다. 1층 회의장이 사람으로 꽉 찼고, 자리가 모자라서 많은 사람이 뒤쪽에 섰다. 식탁 위에는 전병을 담은 그릇이 군데군데 놓여 있고, 그 옆에는 배갈을 담은 뚝배기가 있었다.

김구가 격려사를 했다.

"우리는 오랫동안 해외에 나와 있었기 때문에 그동안 조선 땅에서는 일제의 폭정 아래 모든 국민이 일본인이 다 된 줄 알고 있었습니다. 그러나 그것이 한낱 기우라는 것을 알게 됐습니다. 왜놈들은 한국의 젊은이들이 한국말도 할 줄 모른다고 선전하고 있지만, 한국인은 조금도 변하지 않는다는 것을 여러분은 보여주었습니다. 조국의 혼과 정신이 살아 있다는 증거가 아니고 무엇이겠습니까? 여러분 한 사람 한 사람은 살아 있는 한국의 혼입니다. 독립은 내가 하는 것이지 따로 어떤 사람이 하는 것이 아닙니다."

김 주석의 연설이 끝나자 장내는 기침 소리 하나 없이 숙연했다. 청년들을 대표해 장준하가 답사에 나섰다.

"저희는 왜놈들의 통치 아래서 태어나 그 밑에서 자라고 교육받았기 때문에 우리나라의 국기조차 본 적 없었습니다. 그러나 우리의 가슴속에는 한국인의 정신이 한순간도 쉬지 않고 흘렀습니다. 오늘 오후 이 청사에서 높이 휘날리는 태극기를 보고 우리는 속으로 울었습니다. 우리는 태극기를 바라보면서 경례를 하지 않고는 견딜 수 없었습니다. 우리는 대한민국 임시정부를 바라보며 6천 리 길을 걸어왔고, 마침내 총사령 앞에서 사열을 받았습니다. 이제 저희는 아무런 한도 없습니다. 조국을 위해 무엇이든지 하라면 하고, 어디든지 가라면 갈 것입니다."

전율이 일어날 것 같은 숙연함 속에서 백범이 "흑!" 하고 참고 있던 울음을 터뜨렸다. 긴장이 뜨거운 용광로처럼 끓어오르던 순간에 터져나온 울음은 모든 사람의 감정을 폭발하게 했다. 모두가 소리 내어 엉엉 울고 말았다.

"이 기쁜 날 어찌 울고 있기만 하오리까!"

신익희가 장내 분위기를 바꿨다. 모두가 애국가를 불렀다. 뚝배기에 든 배갈을 한 모금씩 돌려가며 마셨고 마른 전병을 안주로 먹었다.[22]

*

임천에 남은 한성수는 김학규 장군의 특명으로 일본군 최고사령부가 있는 상해로 침투했다. 적 점령지역 내의 초모 및 첩보공작 임무였다.

한성수는 거침없었다. 위험을 무릅쓰고 한인 청년들과 접촉하며 공작거점을 확보했고, 3개월 만에 한 청년의 집을 비밀 아지트로 만들었다.

상해에서의 적의 공작은 생각보다 훨씬 까다로웠다. 13년 전 윤봉길 의사의 의거 이후 일제는 상해 한인사회를 쑥대밭으로 만들었고, 대부분의 한인들을 친일파로 바꾸어놓았다. 대동아공영권, 황국신민화운동에 동원된 상해의 한인들은 현지 일본군 특무기관, 헌병대, 일본총영사관, 조선총독부 출장소의 지휘 하에 정내회^{町內會}·인조^{隣組}·보갑제^{保甲制} 따위의 그물망 같은 상호 감시체제를 구축하고 외부인들을 철저하게 경계했다.

한성수는 군자금 모집에 착수했다. 목표는 재계의 큰손 손창식^{孫昌植}, 속을 알 수 없는 사람이어서 그의 사무실을 방문하는 것은 여간한 담력으로는 어려운 일이었다.

한성수는 김학규 장군의 친필 메모를 들고 손창식의 사무실을 방문했다.

"젊은이, 담력이 좋소!"

손창식은 자기를 찾아온 한성수에게 자신의 위상을 그런 식으로 과시했다.

"독립운동 자금이 필요합니다."

"김 장군에게 안부를 전하게."

거절이었다.

"자금과 함께 전달되면 더욱 의미 있을 것입니다."

"패기가 좋군!"

"나라를 잃은 민족으로서 당연한 것 아니겠습니까?"

"우리가 만난 것은 비밀로 하겠네."

"다시 찾아오겠습니다."

마고다라는 이름으로 활동하는 손창식이 민족주의 단체에 자금을 제공한 사실이 있다는 것은 지난 시절의 풍문일 뿐이었다. 중일전쟁 이후 마고다는 상해의 친일단체인 상해거류조선인회와 계림회鷄林會 이사장을 지내며 일제에 거액의 국방헌금을 바치고 있었다.

며칠 뒤 한성수는 일본 헌병대에 체포되었다. 1945년 3월의 일이다. 일본 헌병들의 혹독한 고문이 이어졌다. 한성수는 일본군을 탈출한 전력 때문에 더욱 잔혹한 고문을 받았다. 하지만 한성수는 끝내 광복군 관련 기밀을 말하지 않았다. 그는 일본군 7330부대 임시군법회의에 회부되었다.

한성수는 비공개로 열린 일본군 군법회의 재판정에 업힌 채로 출두했다. 혹독한 고문 때문에 몸을 움직일 수 없었다. 그는 일본어 사용을 거부했다.

"너는 일본에서 대학을 다닌 학병 출신인데 왜 국어를 쓰지 않는가."

재판장이 일본어로 꾸짖었다.

"나는 한국인이다. 당신들이야 일본어가 국어지만, 내게는 원수의 말이다. 나의 국어는 오직 한국말뿐이다."

일본말로 대꾸한 한성수는 이후 입을 닫았다. 재판이 진행되지 않았다.

법정에 통역이 등장했다. 재판이 속개됐다.

"대동아전쟁에서 대일본 제국이 승리하지 않겠는가?"

재판장이 물었다.

"일본은 기필코 패전할 것이다. 미국·영국·중국·소련의 합동작전으로 태평양은 물론, 인도·버마 전선과 중국 전선에서도 참패할 것이다. 그때 가서는 대한민국을 독립시켜주지 않은 것을 후회할 것이다. 한국 독립군이 엄청난 희생을 당한 것과 같은 고초를 침략자인 너희들도 당하게 될 것이다."

일본 군법회의는 한성수에게 사형을 선고했다. 죄목은 '분적이적군기밀누설'奔敵利敵軍機密漏泄과 '치안유지법 위반'.

한성수는 남경 일본육군형무소로 이송된 후 5월 13일 참수형을 당했다. 일본군의 사형 방식은 으레 총살이었지만, 일본군에서 탈출해 한국광복군 공작책임자가 되었으며, 군법회의에서 조금도 물러서지 않은 청년에게 일제는 참수형을 내렸다.

한성수의 나이 스물다섯이었다.[23]

I7 빛의 방향으로

하늘이 어떤 결심을 굳힌 듯 낮게 내려앉아 있다. 중경대공습은 멈췄지만, 그 흔적은 벽돌 사이에 잠복해 있다. 비만 퍼부으면 금 간 벽돌들이 주저앉는다.

장준하와 청년들이 대한민국 임시정부 청사로 들이닥쳤다. 청사 유리창엔 비닐이 덧대어져 있고, 임정의 살림꾼 김붕준金朋濬이 조각쐐기를 박고 일일이 손본 덕분에 흔들리던 오래된 탁자들이 단단히 버티고 있다. 그 위에는 손때 묻은 문방구와 낡은 지도, 몇 통의 서류가 흩어져 있다.

1945년 2월, 임시정부의 주간 회의가 열리는 날이다.

장준하와 청년들은 며칠째 준비를 단단히 하고 왔다. 임정에 찾아온 후 지난 보름간 청년들이 겪은 일은 처음 하루이틀의 감격을 제외하면, 온갖 것이 실망스러울 뿐이었다. 의욕이나 분노조차도 쪼그라드는 나날이었다. 장준하가 발언하기 위해 자리에서 일어서자 방 안의 공기가 긴장으로 굳어졌다.

"우리는 선생님들께 힘이 되고자 임천에서 중경까지 육천 리 길을 걸어왔습니다. 나중에는 절뚝거리며 한 걸음 한 걸음을 내디뎌야 했고, 서로 끌고 밀며 걸었습니다. 존경하는 분들과 함께할 수 있다는 기쁨이 있었으니까요. 그러나… 솔직히 요즘은 하루라도 빨리 떠나고 싶어졌습니다. 차라리 오지 않고 존경만 했더라면 더 나았을 것입니다.”

그는 숨을 고르며 외쳤다.

“선배님들, 왜놈들에게 당한 수모를 정말 잊으신 겁니까? 어찌 이렇게 당을 갈라 서로를 향해 의심의 눈길을 보내는 겁니까? 우리는 중경에 온 이래 조선의 정신을 보지 못했습니다.”

아무도 입을 열지 않았다. 한숨인지 경멸인지 한쪽에서 쿵! 하는 소리만 흘러나왔다. 그때 책상 앞에 앉아 있던 김구가 몸을 일으켰다. 그는 오래된 공책 한 권을 들고 있었다.

“면목이 없소이다. 그러나… 우리가 서로를 의심하며 밤을 새워도, 아침에 남는 건 결국 한 가지뿐이오. 하나도 독립, 둘에도 독립이오. 그럼 셋에는 무엇이냐?”

김구의 어눌한 말을 듣는 젊은이들의 얼굴에 당혹스러움이 번져 갔다. 뜬금없이 하나, 둘, 셋 세고 있는 늙은 독립투사! 젊은이들은 입을 굳게 다물고 실눈으로 김구를 바라보았다.

김구는 고개를 끄덕이며, 마치 서로의 마음을 확인한 듯 말했다.

“셋에도 마찬가지로 독립이오.”

그는 번쩍이는 눈빛으로 청년들을 바라보았다. 그 눈빛은 장준하가 대표한 발언에 대한 변명도, 질책도 아니었다. 그렇다고 훈계를 하고자 하는 것도 아니었다. 김구의 말은 오랜 세월 자기 자신에게 계속해온 주문처럼 들렸다. 그는 주전자의 따뜻한 물을 찻잔에 붓고는 그것을 장준하에게 내밀었다. 다른 청년들에게도 따뜻한 차를 한 잔씩 따라주었다.

"하나, 둘, 셋, 모든 게 독립이오. 독립은… 우리에게 있어 모든 것이오."

장준하는 받은 찻잔에 고정했던 눈을 들어 사람들을 바라보았다. 그가 고개를 든 것은 임정이 못마땅했을지라도, 김구의 말은 긍정하고 싶다는 마음이 들었기 때문이었다. 그래서 부끄러웠고, 그 부끄러움의 이유를 알고 싶기도 했다.

청년들은 임정을 떠나 자기를 부르는 정당에 개별적으로 가입하려고 생각했었다. 그러나 누구도 자리에서 일어나 뛰쳐나가지 않았다. 백범의 말은 독립을 위해 모든 것을 바친 늙은 투사의 독백이었다. 그가 저음으로 '독립'을 말하는 순간 청년들은 깨우쳤다. 아니, 깨우치기 전에 보았다. 선배 독립운동가들의 늙은 등허리를! 청년들은 그 야윈 등허리가 조국의 독립을 위해 이국에서 바친 고통의 시간이라는 것을 알았다.

백범에게는 젊은이들을 사로잡는 힘이 있었다. 그에게는 조선 사람의 품이 있었다. 대부분 사람이 '일본물' 든 걸 은근히 자랑하는 시절에, 백범은 일본적인 건 손톱만큼도 섞이지 않은 풋풋한 조선의 가슴을 갖고 있었다. 청년들은 백범이 밥을 얻어먹으며 독립운동을 했고, 하도 굶주려서 영양실조로 고통을 겪은 적도 있지만, 누구에게도 내색하지 않았던 심지 굳은 사람이라는 것을 알고 있었다.

며칠 후 광복군과 OSS(미국 특수작전부대)의 합동훈련 소식이 나오자 청년들은 다시 희망을 품었다.

OSS는 조선이 일본군의 중국 침략 통로이자 대륙 간 수송로라는 전략적 중요성을 인식했다. 게다가 한국 청년 중에 일본어와 중국어에 능통한 사람이 많다는 것을 알고 '냅코NAPKO 작전' '북중국 첩보작전', 그리고 '독수리 작전'Eagle Project을 기획했다.

독수리 작전은 광복군을 첩보 요원으로 훈련시킨 후 비밀리에 한반도에 침투해 일제의 거점을 타격한다는 수준 높은 공작이었다. 작전은 두 경로로 추진되었다.

하나는 제3지대장 김학규가 부양에 있는 대원들을 활용해 OSS와 첩보훈련에 합의한 것이다. 그는 곤명昆明, 쿤밍의 OSS 본부에서 "광복군이 정보를 제공하고 미국은 무기와 훈련을 지원한다"는 협약을 맺은 후, 먼저 휘하의 김우전에게 임무를 맡겼다.

"조선의 이름으로 충성을 다하라."

"조국의 이름을 남기겠습니다."

김학규가 할 일을 지시하고 임천으로 돌아간 뒤 김우전은 책 속에서 봉투를 발견했다. 안에는 돈 1만 원이 들어 있었다. 김학규가 임무를 맡은 부하에게 가진 돈 전부를 털어주고 간 것이 틀림없었다. 김우전은 상관의 정성을 마음속의 책갈피에 간직했다.

훈련은 곤명에서 3개월간 실시됐다. 먼저 한·미 군사합동작전을 위해 체결한 양측의 합의 사항에 따라 그는 미군 측으로부터 무전통신 기술을 습득했다. 밤이면 불을 낮춘 어두컴컴한 막사에서 도표와 기호를 만들었다. 숫자와 구두점, 영문자와 한글의 짝을 찾고, 혼동을 줄이기 위해 같은 소리를 여러 번씩 시험했다. 그렇게 미세한 오류를 바로잡아나갔다. 한 획이 어긋나면 누군가 산속에서 목숨을 잃을 수 있는 일이었다.

김우전은 한 달 만에 숫자, 구두점, 영문자를 포함하는 한글 암호표를 만들었다. 한반도 진입작전에 반드시 필요한 도구였다. 이 암호는 제작에 도움을 준 미 공군 대위 웜스Weems의 'W'와 김우전의 'K'를 붙여 'W-K 한글 무전 암호표'로 명명되었다. 김우전은 한국어·영어·일본어를 자유로이 구사하는 유일한 대원이었다.

작전의 또 다른 경로는 제2지대장 이범석이 개척했다. 그는 한국광복군훈련반에서 교육받은 조선 청년들을 투입하겠다는 계획을 갖고 OSS와 협상했다. 미군들은 테스트를 거친 조선 청년들의 단결력과 사기를 높게 평가했다.

OSS의 사전트 대위는 이범석에게 말했다.

"이들은 내가 본 군대 중 가장 지적인 집단입니다. 미군 장교들과 견주어도 뒤지지 않습니다. 전원 독수리 작전에 투입 가능합니다."

훈련 장소는 제2지대 본부가 있는 서안의 두곡杜曲, 두취으로 결정됐다.

1945년 4월 29일, 새벽안개가 내려앉은 중경 임시정부 청사 앞. 19명의 청년이 출정하게 되었다. 아침 7시, 김구 주석과 임정 요인들이 모두 마당으로 나와 청년들을 사열했다. 비장한 결의가 모두의 가슴을 뿌듯하게 했다.

김구는 두루마기 안주머니에서 둥근 회중시계를 꺼냈다. 낡았지만 유리알은 맑았다.

"오늘은 4월 29일. 윤봉길 의사를 홍구공원으로 떠나보낸 날이오. 정확히 이 시간, 윤 의사는 내 시계와 자기 시계를 바꿔주며 이렇게 말했소. '선생님은 앞으로 큰일을 하셔야 하니까 좋은 시계가 필요합니다.'"

그는 청년들을 바라보았다. 눈망울엔 활기가 넘쳐흘렀다.

"윤 의사의 그 눈빛이 지금 여러분의 눈동자에 담겨 있소. 나는 마음이 든든하오. 열아홉 명의 동지가 열아홉 개의 조선으로 싸우게 될 터이니 말이지요. 여러분의 젊음이 부럽소. 훈련이 끝나기 전에 내가 서안에 한번 가보리다."

8월 7일, 섬서성陝西省, 산시성 두곡.

뜨거운 여름 햇살이 대지 위에 내려앉은 오후, 광복군 제2지대 본부에는 군기가 펄럭이고, 회의장에는 성조기와 태극기가 나란히 걸렸다. 김구, 이청천, 이범석이 착석했고, 맞은편에는 윌리엄 도노반 장군과 사전트 대위, 그리고 헬리웰 대령이 앉았다.

김구는 도노반의 손을 굳게 잡았다. 뼈마디가 드러나는 크고 투박한 손이었다.

"김구 주석, 미합중국과 대한민국 임시정부가 적국 일본을 향해 첫 비밀공작을 시작하게 되었습니다. 귀국의 광복군은 애국심으로 무장된 최강의 전력입니다."

62세의 도노반은 정보통이었다.

"이 합동작전이 성공적으로 마무리될 것을 희망합니다. 우리는 이번 작전을 계기로 미국 정부가 대한민국 임시정부를 승인해주시기를 바랍니다."

일흔의 김구는 몸이 꼿꼿한 야전사령관 같았다.

도노반이 선언했다.

"미합중국과 대한민국 임시정부의 협동부대가 적 일본에 항거하는 비밀공작을 시작한다."

8월 10일 김구는 섬서성 주석 축소주祝紹周, 주샤오조우의 자택에서 열린 초대연에 참석했다. 축 주석은 김구가 한국 청년들의 군사교육을 위탁했던 낙양군관학교 분교의 교장이었다. 한국 청년의 놀라운 훈련 성과에 대한 찬사가 식탁을 지배했다.

저녁 식사를 마치고 과일을 먹으며 회포를 푸는 중에 전화벨이 울렸다. 축소주는 자리를 박차고 나갔다가 환한 얼굴로 돌아왔다.

"김 선생! 일본이 항복했답니다!"

순간, 김구는 웃지도 말을 잇지도 못했다. 방 안의 공기가 멈췄다. 김구는 입술을 꾹 다문 채 회중시계를 꺼내 시간을 확인했다. 시계는 9시 30분을 가리키고 있었다.

속에서 뜨거운 것이 올라왔다.

'연합군에 참전하려고 군대를 만들어 지금까지 준비했는데, 이것이 모두 허사란 말인가! 서안훈련소와 부양훈련소에서 훈련받은 우리 청년들이 각종 비밀무기와 전기 기기를 휴대하고 산동반도에서 미국 잠수함으로 고국에 침투하기로 했는데, 그런 계획을 한 번 실행하지도 못한다는 말인가! 이것이 물거품이 된다면 우리는 새로운 시험을 견뎌내야 한다. 연합국에 가담해 싸운 공로가 없다면 독립을 하더라도 우리에게는 발언권을 주지 않을 것이다. 이렇게

독립을 맞으면 혹독한 시련이 닥쳐올 것이다.'

김구가 축 주석에게 말했다.

"불남市南 선생, 즉시 두곡으로 돌아가야 하겠습니다. 교통편을
마련해주십시오. 음식은 다음에 금강산에서 갚겠습니다."

김구가 두곡으로 돌아오니 중경에서 민필호가 보낸 전보가 와 있
었다.

"정부를 해산하자는 논란이 일고 있습니다. 주석님, 속히 돌아오
십시오."

김구가 이범석 장군을 급히 찾았다.

"철기鐵驥! 이곳의 일은 그대에게 맡기겠소. 중경이 혼란스러운
모양이오. 국내 진공 작전을 잘 완수해주시오."

"주석님, 이곳의 일은 걱정하지 마십시오."

*

13일 중국 서안, 이범석은 제2지대 구대장과 선발대 지휘관들을
불러 모았다. 작은 회의실에 들어선 병사들의 눈빛이 초롱초롱했
다. 이범석이 단호한 음성으로 입을 열었다.

"중국 전구 미군사령부가 곧 사절단을 서울로 보낼 계획이다. 조
국으로 침투하는 대규모 작전은 아니지만, 우리도 소수의 정진대를
꾸려 사절단에 편승한다. 금명간 작전이 이루어진다."

환호를 머금고 긴장으로 절제하는 정적이 흘렀다.

"국내에 진입하는 대로 일본군에 징집된 병사들을 인수하고, 국
민자위군을 조직한다. 정치 혼란이 번지지 않도록 조선의 기반을

우리가 먼저 다져야 한다.”

청년들의 비장한 각오가 눈빛으로 드러났다. 이범석이 조국에 첫
발을 내디딜 ‘정진挺進대원’을 호명했다.

“장준하, 김준엽, 노능서魯能瑞 이상 3명.”

8월 16일, 서안비행장을 이륙한 C-47 수송기는 산동반도 상공
에서 회항했다. 일본 특공대의 공격 가능성이 있다는 무전이 날아
왔다.

이틀 후 C-46 수송기로 바꿔 다시 출발한 일행은 한반도에 진입
해 영등포 상공을 순회하며 한글과 일본어로 된 전단 살포를 시작
했다. 약 1시간 후 일본군의 답신이 왔다. 수송기는 여의도 비행장
에 착륙했다.

수송기가 착륙하자 일본 병사 수십 명이 착검한 총을 들고 돌격
자세를 취하며 일행을 포위했다. 중형전차의 기관포가 수송기를 향
해 배치돼 있고, 그 뒤에는 중대급 병력이 도열해 있었다.

일본군 제17방면군 사령관 고즈키 요시오上月良夫 중장이 나왔다.

“무슨 일로 왔는가?”

“웨드마이어 장군의 명령이다.”

책임자인 OSS 중국지부 부책임자 버드 중령이 영등포 상공에 뿌
렸던 전단을 보여주었다. 전단에는 웨드마이어 장군의 명의로 ‘미
군 진주를 위해 사전 준비차 가는 사절단에게 편의를 제공해주기
바란다’는 글이 인쇄돼 있었다.

“사절단의 임무는 무엇인가?”

"연합군 포로들의 후송 문제를 준비하기 위한 것이다."

"잠깐만 기다려주시오."

고즈키는 날카로운 눈매로 미군과 한국군 일행을 쏘아보며 자리를 떴다.

일본군 대좌가 대화를 이어받았다. 그는 자신을 여의도 경비사령관이라고 소개했다.

"연합국 포로들은 안전하다."

대좌는 목각 인형과 같이 굳은 표정으로 말했다.

"포로들의 인원과 상태를 구체적으로 알고 싶다."

"더 이상의 정보는 제공해줄 수 없다."

그의 말이 끝나자 일본군들이 일행을 포위하며 공격적인 자세를 취했다.

버드가 외쳤다.

"전쟁은 끝났다. 일본군들을 물러가게 해달라!"

대좌가 군인들을 제지하면서 버드에게 말했다.

"우리 병사들이 극도로 흥분해 있다. 돌아가주길 바란다."

잠시 후 일본 연락병으로부터 전달 사항을 보고받은 대좌가 말했다.

"우리 군은 귀군의 임무를 허락하지 않는다. 다만 귀환에 필요한 가솔린은 공급해줄 수 있다."

여의도 비행장에는 C-46 수송기에 필요한 가솔린이 없었다. 사절단은 여의도에서 하룻밤을 머물러야 했다. 숙소는 비행장 안의 장교 집합소였다. 다다미 수십 장이 깔려 있었다. 일본 헌병대 1개

소대가 사절단을 경호했다.

저녁 식사를 마친 후 여의도 경비사령관 시부자와澁澤 대좌와 참모장 우에다上田 중좌가 맥주와 계란부침과 튀김을 들고 왔다.

시부자와가 꿇어앉은 자세로 맥주를 따랐다. 잔을 가득 채웠지만, 맥주는 한 방울도 넘치지 않았다.

"준비하느라고 했으나 이것뿐이다."

우에다가 말했다.

경비사령관인 대좌는 무릎을 꿇고, 참모장인 중좌는 술을 권했다. 정진대원들은 일본이 항복했다는 것을 실감했다.

"물자가 그렇게 귀한데, 뭣 때문에 국민의 희생을 강요하며 전쟁을 한 것인가?"

이범석이 물었다.

"지금 이것이 우리 군의 실상이다."

우에다는 또박또박 말했다.

"공군이라고 했지? 일본 공군가를 한번 불러줄 수 있는가?"

이범석이 거만하게 제안했다.

"물론!"

우에다는 공군가 「하늘의 용사」空の勇士를 불렀다.

황실에서 내린 담배를 받아들고서
내일은 죽으리라 결심한 밤은

건조하게 부르는 노래였다. 1절만 불렀다. 비장한 느낌은 없었다.

승자는 침묵했고, 패자는 노래했다. 일본인은 자랑스러워했고, 조선인은 동경했던 군가 「하늘의 용사」, 우에다는 더 부르라면 5절까지 다 부를 기세였다. 이범석은 그 가사를 능멸하면서 끝까지 다 부를 듯한 일본군의 호기를 충족시켜주지 않았다.

이튿날 아침 정진대원들은 물통에 물을 가득 채우고 흙도 한 줌씩 종이봉투에 넣은 다음 애국가를 불렀다.

버드는 전쟁 포로 명단과 그들이 수용된 위치를 알려달라고 요구했다. 일본군은 요구를 거절했다. 버드는 숫자와 국적 분류만이라도 알려달라고 요구했다. 일본군은 이 요구도 거절했다.

"정오가 되기 이전에는 이곳을 떠나달라."

일본군은 어제와 똑같은 형태로 박격포를 사절단 쪽으로 향하게 하고, 전투기까지 발진시킬 준비를 하고 있었다. 일행은 오후 4시에 여의도 비행장을 이륙했다.[24]

*

김구는 중경을 떠나기 전 조소앙과 함께 기강으로 갔다. 둘은 배를 타고 강을 건너 생기산生基山, 성지산 언덕에 있는 석오 이동녕의 묘지에 도착했다. 석오 장례 때 심은 일곱 그루의 잣나무가 울창하게 자라 있었다. 꽃과 과일을 올리고 김구가 읊조렸다.

"선생님, 일제가 투항했습니다. 조국이 광복을 맞았습니다. 저희는 곧 조국으로 돌아갑니다. 가서 급한 일을 처리한 후 선생님을 조국으로 모셔가겠습니다."

이어 두 사람은 건너편 묘역으로 가서 조소앙의 부모 조정규 부부의 무덤에 예를 올렸다. 조소앙은 절을 올리고 나서 무릎을 꿇고 큰 소리로 울었다.

중경으로 돌아온 김구는 화상산 공동묘지인 도산공묘를 방문해 어머니와 장남의 묘지에 가서 축문을 읽었다. 부모님이 세상에 계시지 않는다는 사실이 뭉클하게 다가왔다. 백범은 묘지기를 불러 공묘에 안장된 묘 하나하나를 모두 잘 돌봐달라고 부탁했다.

묘지기가 말했다.

"여부가 있을 수 있나요? 구절초도 잘 피어나고 있답니다. 우리 동포들에게 만발한 하얀 구절초는 위안의 꽃입니다."

중경은 일년 내내 습도가 높고 기압이 낮아 공기 소통이 원활하지 못한 분지다. 게다가 한인들은 영양 상태가 좋지 않아 중경에 거주하는 동안 많은 사람이 기관지나 폐질환으로 세상을 떠났다. 한인들이 사는 곳은 변두리 지역으로 사람들이 사망하면 묻힐 만한 장소가 마땅치 않았다. 그래서 동포들이 돈을 모아 화상산의 토지를 매입해 공동묘지로 만들었다. 한인들은 고인의 마지막 길을 꽃가마에 태워드리지 못하는 슬픔에 구절초 씨앗을 뿌렸다. 묘역에는 구절초가 지천으로 하얗게 피어나 있었다.

"이 꽃을 우리는 '조선화'라고 부른답니다. 묘역에 가득 피어난 하얀 조선화의 배웅을 받으며 묘지를 내려가는 사람들은 마음이 가볍다고 하지요."

1945년 9월 3일, 중경 임시정부 청사.

김구는 유리창 너머로 번지는 늦여름 햇살을 등지고 앉아 서류를 검토한 후 세필을 내려놓았다. 책상 위에는 서류 여러 장이 펼쳐져 있었다. 긴 탁자 위에는 '임시정부 당면정책 14개항' 초안이 놓여 있었고, 벽에는 말아둔 지도 두 장이 세워져 있었다.

김규식이 안경을 고쳐 쓰며 말을 꺼냈다.

"8월 8일, 소련이 대일 선전포고를 했고 그다음 날 바로 만주를 침공했소. 관동군은 저항하지 못했어요. 옥쇄저항이라는 말은 허사였소. 히로시마와 나가사키에 원자폭탄이 떨어진 뒤였으니까. 소련군은 12일엔 웅기를 점령했소. 그 속도라면 스무 시간이면 서울까지 침공했을 것이오."

조소앙이 한반도 지도를 펼쳤다. 김규식이 지도를 보며 설명을 이었다.

"그 시각 워싱턴 펜타곤에선 한밤중 회의가 열렸소. 국무부, 육군부, 해군부의 고위 간부 6명이 참석한 합동위원회 회의에서 한반도를 분할 점령하자는 협상안이 나왔다고 하오. 국무부 대령이 연필로 지도 위에 선을 그었소. 그게 삼팔선이오. 아무도 반대하지 않았소. 선 아래 남쪽과 일본 지역은 미군이 점령하고, 선 위쪽과 만주 지역은 소련군이 점령한다는 계획이었소. 중국 본토는 중국군이, 싱가포르는 영국군이 점령한다는 계획이었지요. 미국은 다음 날 소련에 북위 삼팔선을 군사분계선으로 확정한 안을 통고했어요. 원자탄이라는 신형 무기가 일본에서 엄청난 파괴력을 과시하는 것을 본 소련은 미국의 제안을 군말 없이 수락했어요. 삼팔선 분할안은 사흘 후 연합군 일반명령 1호로 발표됐소."

김구가 비통한 낯으로 고개를 끄덕였다.

"내 나라를 저희 맘대로 찢고 붙이고…"

조소앙의 손끝이 지도 위를 가리켰다.

"이 선이 우리 강토를 찢었습니다. 12개의 강, 75개가 넘는 샛강, 수백 개의 마을, 국도와 철로가 잘렸습니다."

김규식이 가방에서 오래된 외국 신문 뭉치를 꺼내 펼쳤다.

"대서양헌장은 '영토 변경은 해당 국민의 자유의사 없이 이루어질 수 없다'고 했어요. 그 후 카이로선언과 포츠담선언은 '조선의 자유와 독립'을 약속했고요. 그러나 삼팔선은 국제법의 정신과 약속을 짓밟은 선이오. 저들의 행위는 국제정의를 짓밟은 것이자, 선언한 자신들을 스스로 욕되게 한 짓이지요. 민족의 자결권을 박탈하고, 주권을 불인정하고 말이오."

김구가 팔짱을 풀며 앞으로 몸을 기울였다.

"말이 좋아 국제정의지, 결국 힘센 자들이 마음대로 한 거요. 이 '원한의 선'을 지우는 건 남이 아닌 우리 손으로 해야 하오. 이제부터 시작이오. 오늘 발표할 14개 항, 이것이 그 길의 첫걸음이 돼야 하오."

그는 서류에 절하듯 고개를 숙였다.

"임시정부는 오늘 해방 조국의 앞날을 위해 다음과 같이 14개 항의 당면정책을 밝힌다."

조소앙은 자신이 기초한 당면정책 머리말을 소리 내 읽고 나서 말했다.

"백범, 발표하시지요. 해방된 임정의 법통을 분명히 알려야 합니다."

김구는 곧바로 임정 주석 명의의 성명을 발표했다.

"국내외 동포에게 고함!"

대한민국 임시정부 당면정책 14개 항. 해방 이후 처음 내놓는 임시정부의 공식 입장이었다. 성명은 먼저 임시정부의 법통을 강조했다.

"본 임시정부는 독립운동의 역사적 계승자며, 해방 조국의 정당한 주체다."

향후 방향도 제시했다.

"본 임시정부는 최단 시간 내에 국내로 입국할 것이며, 정식정부가 수립되기까지는 과도정권을 국내외 각계와 함께 수립하기 위해 노력할 것이다."

정치적 욕심은 처음부터 배제했다.

"과도정권이 수립되는 즉시, 본 정부는 임무가 완료된 것으로 인정하고 과도정부에 모든 직능과 소유물을 넘길 것이다."

그러나 분명한 경고를 잊지 않았다.

"독립운동을 방해한 자, 일제에 협력한 자에 대해서는 반드시 공개적으로 엄중히 처벌할 것이다."

임시정부는 귀국을 서둘렀다. 김구가 계속 국민정부 관계자에게 서신을 보내고 조소앙이 중국외교부와 미국대사관을 찾아다녔다. 그러나 임시정부 요인들의 귀국 교섭은 가시적으로 진척되지 않았다.

김구는 연합군의 중국전구 웨더마이어 미군 사령관을 찾아가 임정의 빠른 귀국을 요청했다.

"대한민국 임시정부의 귀국을 도와주시오."

김구가 고개를 숙였다. 이전에는 볼 수 없는 모습이었다.

"어렵더라도 조금 더 기다려주시오."

"시간이 급하오. 우리는 조국의 정당한 대표요."

"그 점 때문에 더욱 어렵습니다."

김구는 놀라웠지만 불쾌한 기색을 보이지 않았다. 2차전에서 연합군에 참여해 성과를 내지 못한 대한민국 임시정부로서는 시련을 이겨낼 수밖에 없다고 각오하며 괴로운 나날을 보냈다.

미국 정부의 방침은 9월 21일 주중 미국대사에게 통달되었다.

김구에게 웨더마이어의 전화가 왔다.

"김구 선생, 조선 반도는 처음에 중국전구에 속했지만, 지금은 태평양전구의 관할이 되었습니다."

"알려줘서 고맙소. 우리의 귀국 날짜는 잡혔소?"

"태평양전구에서 알려온 소식을 전해드리지요. 서울에는 이미 미군정이 실시되고 있으니 귀 단체는 임시정부 자격으로는 귀국할 수 없다고 합니다. 개인 자격으로만 입국할 수 있다고 합니다. 개인 자격이라면 군 당국의 작전에 방해를 받지 않는 선에서 교통편을 제공할 수 있다고 합니다."

"대한민국은 우리나라 땅이오."

"다시 말씀드립니다. 군정이 있으므로 귀 단체는 개인 자격으로 귀국해야 한다고 합니다."

국제 관계의 현실이었다.

9월 26일, 김구는 중경에서 장개석 총통과 마주 앉았다. 통역은 박찬익, 장개석 측에서는 오철성 비서장이 맡았다.

김구는 회담에서 중국 내 400만 동포의 귀국, 일본군 관할 지역에 있는 한국 병사의 광복군 편입, 자금 3억 원 지원, 대한민국 임시정부 중심의 정부 수립 등 네 가지를 요청했다.

장개석은 고개를 끄덕였다.

"귀국 경비 20만 달러와 정부 운영비 1억 원을 지원하겠소. 다만, 임시정부 승인 문제는 미국·영국과 협의하겠소."

김구는 물러서지도 않았고, 논의를 다음으로 미루지도 않았다.

"총통 각하, 미국·영국과의 협의는 중국 측이 주도해야 할 사안입니다. 대한민국 임시정부는 27년간 멈추지 않고 활동해온 독립정부이며, 중국은 그 전 과정을 직접 목격한 유일한 국가입니다. 조선은 수천 년간 독자적 정체성을 유지해왔고, 지금은 그 계승을 분명히 해야 할 때입니다. 한국의 정치적 대표성을 논의하려면 임정 외에 대안은 없습니다."

장개석은 묵묵히 듣기만 했다.

김구는 말을 이었다.

"국제 승인 문제는 정치적 판단 영역입니다. 승인 여부는 사실상 신뢰의 표현이 아니겠습니까? 중국이 먼저 입장을 명확히 한다면 미국과 영국도 그 판단을 무시하기 어려울 것입니다. 실질적 행동으로 동맹국의 대응을 끌어내주십시오."

통역 박찬익은 김구의 논지를 정확히 전달했다. 감정적 언사는 자제되었고, 내용은 단호하고 논리적이었다.

다음 날 장개석은 5천만 원을 우선 집행했고, 나머지 금액도 기한 내 지급하겠다고 확약했다.

10월 29일 김구는 다시 장개석의 관저를 찾았다. 지원에 대한 감사 인사와 함께 대한민국 임시정부의 국제적 승인과 한국광복군의 법적 지위 보장을 거듭 요청했다.

"정치적 기반 없는 평화는 유지될 수 없고, 국제적 승인 없는 정부는 작동하지 않습니다. 중국이 힘써서 얻어낸 카이로선언을 실천하게 해주십시오."

김구의 말은 더 이상 간청이 아니라, 국제정의에 입각한 당당한 주장이었다. 그는 중국이 책임져야 할 부분을 언급했고, 동맹국의 역할을 정중히 촉구했다. 임정 승인은 국가 자존의 문제였다. 그러나 장개석은 분명한 태도를 밝히지 않았다. 3년 전 중국 국민정부는 국방최고위원회 상무회의에서 한국임정 수립 23주년 기념일에 맞춰 임정승인결의안을 통과시켰었다. 하지만 장개석은 미국과 사전 협의가 없다는 이유로 승인을 보류한 바 있었다.

*

11월 3일 중경 연화지 38호 임시정부 청사 계단 앞. 환국을 기념해 태극기 두 개를 엇갈리게 걸었다.

앞줄에 임정의 노장들이 섰다. 웃지 않는 기념사진을 찍었다.

"웃으십시오!"

선우진이 외쳤지만, 누구도 웃지 않았다.

"이 계단을 기억해야 하오! 우리의 책무와 사명을 가볍게 생각하지 맙시다."

백범이 다짐하는 말로 분위기를 누그러뜨렸다. 사진 촬영 이후 중경 임정 청사 계단은 '백범의 계단'으로 불렸다.

서늘한 바람이 불었다. 고국으로 돌아가 새 나라를 세우려는 이들의 마음도 바람처럼 서늘했다. 조국에 돌아가 선열과 국민 앞에서 당당히 말할 수 있을까.

'우리는 조국을 떠나 27년 동안 하루도 쉬지 않고 싸웠습니다. 많은 동지가 세상을 떴고, 살아남은 우리는 목숨을 두려워하지 않고 싸우다 돌아왔습니다.'

그렇게 말할 자격이 과연 우리에게 있을까.

모두 빈손으로 계단 위에 서서 지난날을 반추했다. 동해물이 밀려와 계단 아래에서부터 차오르고 있었다. 투명한 물결은 발목을 적시고, 무릎까지 차오르고 있었다. 독립은 멀고, 배고픔은 너무 절실해 쓰러지려 할 때 죽은 동지들이 손짓해주었다.

나석주가 부르짖었다.

'일어서시오, 백범. 제가 죽더라도, 백범은 일어서주시오.'

태극기가 펄럭였다.

중경을 떠나며 김구는 중국 국민정부에 인사를 전했다.

"중국 정부와 중국 인민이 조선의 독립운동에 대해 다년간 협력해준 데 대해 감사를 드린다. 한국의 정책은 전 한국인의 의사로 결정하나, 한국은 이미 충분히 독립의 자격을 갖고 있다. 이 짐 우방의 깊은 이해를 바란다. 국내 실제상황으로는 단기간 내에 연합정부를 성립할 가능성이 있는 것으로 알고 있다."

아울러 임시정부는 정부 환국 후 사무처리를 위해 중경에 대한민국 임시정부 외교변사처辨事處, 사무국를 설치해 남파 박찬익을 책임 자로 임명하고, 대륙 방면, 남양南洋 버마 방면 등 태평양전쟁에 출전한 학병, 지원병, 징병 등 대한민국 군인들을 흡수해 이청천 장군의 지휘 아래 광복군을 확대 편성했다.

11월 5일 백범 일행 29명은 장개석이 내준 수송기 두 대에 나누어 타고 중경을 출발해 상해에 도착했다. 비행기가 착륙한 곳은 13년 전 윤봉길 의사가 수류탄을 던진 홍구공원이었다. 6,000여 명의 교포들이 아침 6시부터 김구 일행이 오기를 기다렸다. 13년 동안 상해에 살면서도 프랑스 조계 밖을 나가지 않았던 김구는 운집한 동포들에게 인사말을 하기 위해 윤봉길 의사가 수류탄을 던진 바로 그 연단에 섰다. 교포들이 모두 만세를 불렀다.

인사말을 하는 김구는 목이 메어 몇 번이나 말이 끊겼다. 그러나 백범은 눈물을 흘리지 않고 감정을 다잡을 수 있는 사람으로 단련되어 있었다. 다음 날 교민신문 『대한일보』는 이렇게 보도했다.

"옛날에 홍구공원에서 우리의 선열 윤봉길 의사에게 시라카와 대장이 죽는 것을 보았는데, 오늘은 바로 이 자리에서 우리의 애국지사가 월계관을 쓴 것을 보게 됐다. 이것은 하늘의 법칙이다."

김구는 상해에서 장개석에게 숙소 마련을 부탁했다.

"귀국까지 시간이 짧으나 숙소가 마땅치 않아 곤란합니다. 각하께서 상해시장에게 부탁해주신다면 감사하겠습니다."

그는 스스럼없이 청했다. 이것은 두 사람의 신뢰에서 비롯된 의리였다. 개인 간의 의리였다면 두 사람은 관에 들어가기까지 서로 마주할 수 있었을 것이다. 김구에게는 중국의 그런 은인이 많았다.

김구와 장개석 두 사람이 처음 만난 것은 중일전쟁 발발 후였다. 당시 윤봉길의 홍구공원 의거 이후 사방으로 흩어졌던 동지들이 다시 모였고, 정무를 맡을 사람들은 항주에 집결했다. 박찬익의 교섭으로 장개석 장군과의 만남이 중앙군관학교 교내에 있는 장개석 장군의 관저 '게로'憩盧, 치루에서 이뤄졌다.

키가 껑충한 장개석의 눈동자는 옅은 갈색이었다. 그의 손가락은 희고 길었다.

"누추한 곳으로 초청한 것을 양해해주십시오."

장개석이 환영했다.

"아주 훌륭하고 편안한 관저로군요."

김구는 장개석이 안내한 내실로 들어갔다. 안공근과 엄항섭은 응접실에 남아 있고, 진과부와 박찬익이 뒤따랐다.

김구의 뒤에는 박찬익이, 장개석의 뒤에는 진과부가 자리했다.

"중국인들은 한국인의 용맹에 다들 놀랐습니다."

좌우대칭의 팔각 창살 너머로 햇살이 흘러들어 바닥 위에 영롱한 문양을 그려냈다.

"일제의 탄압이 멈출 때까지 우리의 투쟁은 언제든 어디서든 멈추지 않을 것입니다."

박찬익의 통역이 방 안을 더욱 부드럽게 했다.

"백범 선생께서는 양명학, 특히 왕수인王守仁의 지행합일설을 좋아하신다고 들었습니다. 저는 지도자가 '대중지정'大中至正해야만 모든 이에게 올곧은 힘이 될 수 있다고 생각합니다."

'대중지정'은 어느 한쪽으로 치우치지 않고 지극히 공정하다는 뜻이다. 장개석의 조부는 이 뜻을 아명兒名에 담아 손자를 '중정'中正이라 불렀고, 장개석은 그 이름처럼 균형과 중심을 중시했다. 한국 독립운동가들의 분열을 걱정한 그는 이 말을 빌려 에둘러 비판한 것이다.

김구는 강직하게 답했다.

"정의 없는 단결은 망국의 길입니다. 저는 정의와 투쟁을 먼저 세우려 합니다."

장개석은 김구의 당당함이 마음에 들었다.

"일본군의 병력과 동향, 시설 현황에 대해 좀 더 구체적인 정보를 공유해주실 수 있겠습니까? 중국 측이 큰 도움이 될 것입니다."

"우리에겐 그런 일을 할 자원이 많이 있습니다."

그러면서 김구는 좌우를 물려주시면 필담으로 몇 마디를 올리겠다고 했다. 진과부와 박찬익이 밖으로 나갔다. 장개석이 붓과 벼루를 갖다주었다.

김구는 붓으로 썼다.

'선생이 돈 백만 원을 지원해주면 2년 안에 일본, 조선, 만주 세 방면에 폭동을 일으켜 일본 대륙침략의 교량을 끊어버리겠다.'

과감한 발상이었다.

장개석이 필을 들었다.

'청이계획서상시'請以計劃書詳示, 계획서를 상세하게 제시해주시오

회담이 끝나고 김구는 곧바로 계획서를 보냈다. 조선 및 만주 방면 요처의 파괴 계획서였다. 다음 날 저녁에 진과부가 그의 별장에서 잔치를 베풀었다.

정원의 나뭇가지마다 노란 불이 열리고, 하늘에서는 빨간 폭죽이 터졌다. 동생 진립부陳立夫, 천리푸가 일행을 환영하는 바이올린 연주를 했다. 박찬익이 연주곡은 '장성을 축성한 남편을 맞는 아내의 노래'라고 소개했다. 연주가 끝나자 진과부가 환영사를 했다.

"장개석 특급 상장 각하께서는 김구 선생의 높은 기상에 큰 감명을 받으셨다고 하셨습니다. 중국 정부에서는 김구 선생을 위해 세 가지 원칙을 정했습니다. 첫째, 한국독립운동 지도자 김구 선생의 안전을 도모하고 일본인의 추적으로부터 보호한다. 둘째, 선생 계열의 간부 인재 배양을 돕는다. 셋째, 선생을 위수로 하는 한국 임시정부에 경비를 원조한다."

"은혜에 감사합니다. 조선의 독립으로 보답하겠습니다."

김구가 답했다.

"장개석 각하의 말씀을 대신하겠습니다. 보내주신 계획서는 대단히 주도면밀하나 당장 일본과 전면전을 치를 수 있는 형편은 아닙니다. 일황을 죽이면 일황이 또 있고, 대장을 제거하면 대장이 또 있기 마련이니 우선 군인을 양성하는 것이 더욱 바람직하지 않겠습니까?"

군인 양성! 김구가 그동안 고민하고 또 고민해왔던 문제였다.

논의 끝에 양측은 중앙육군군관학교 낙양 분교에 한인훈련반을 개설하기로 합의했다. 장개석은 진과부에게 매달 5,000원의 경상지

원비와 필요 시 임시 사업비의 추가지출을 요구했다.

김구는 1934년 2월 28일 하남성 낙양에 있는 중국국민정부의 중국중앙육군군관학교 낙양 분교 안에 한인특설반을 개설했다.

그 이후로 김구와 장개석의 사이는 형제보다도 돈독했다. 그러나 임시정부에 필요한 것은 사람 간의 의리보다 나라와 나라 사이의 신의였다.

중국이 임시정부를 '정부'로 인정할지의 문제는 두 사람의 우정으로 결정될 일이 아니었다. 의리는 눈빛으로 약속하지만, 신의는 문서로 남는다. 장개석의 우정으로도 넘을 수 없는 벽이 바로 그 차이였다.

임정의 요인들은 이를 알고 있었다. 김구 역시 감정에 기대지 않았다. 그는 임시정부가 조선을 대표하는 유일한 정부임을 강조하며, 중국과 세계에 그 당위를 알리고자 했다. 그러나 해방의 소식이 전해진 뒤에도, 그들의 발은 여전히 상해에 묶여 있었다. 한국에 진주한 미군정은 여운형이 주도한 조선인민공화국을 부정했고, 곧이어 귀국을 준비하던 임시정부의 정통성 문제에 부딪혔다. 미국은 해방 이전부터 임정을 공식 정부로 인정하지 않았다. 하지 사령관은 김구를 활용하고 싶어 했지만, '국가 원수'로는 대우하지 않았다. 그는 OSS 보고서를 참고했다.

"김구는 현대적 교육은 받지 않았지만, 용기 있고 진지하며 전국적으로 알려진 인물이다. 정부의 수반으로는 부적합하나, 과도기적 기구의 의장은 맡을 수 있을 것이다."

하지는 김구가 미군정에 협조하기를 원했고, 임정 인사들에게 '개인 자격 입국 서약서'를 요구했다. 임정은 분했다.

회의장은 한숨으로 가득했다. 모두가 다급했다.

엄항섭이 조용히 말했다.

"결국 우리가 가야 할 길은 빛이 있는 조국입니다. 누가 막아도 그쪽으로 걸어가야 합니다."

결국 임정 요인들은 개인 자격으로 귀국하는 데 동의했다. 김구는 웨드마이어에게 편지를 썼다.

"나와 동료들은 공인 자격이 아닌 개인 자격으로 입국하며, 정치적 권력을 행사하지 않겠음을 서약합니다. 우리는 미군정의 질서 확립에 협조할 것입니다."

서신의 말투는 정중했다. 서약은 강요된 것이었다.

전범국도 아닌 식민지 피해국 임시정부의 귀국을 막고 서약서를 요구하는 것은 군사 점령이라는 명분으로도 정당화되기 어려운 일이었다.

임정은 법보다는 먼저 양심에 기대어 세워졌다. 그 합법성은 문서가 아니라 역사 속의 정당성에 있었다. 3·1혁명의 열기로 태어난 임정은 무능한 왕정을 대신해 새로운 공화의 꿈을 품은 인민 의지의 소산이었다.

귀국 보따리를 싸며 김구는 되뇌었다.

"끝나지 않았다."

18 고향 개도 만나면 반갑다

1945년 8월 15일 정오. 라디오에서 일왕의 음성이 흘러나왔다. 전날 저녁 도쿄 왕궁에서 레코드에 녹음해 일본 및 식민지 전역에 송출한 옥음玉音방송은 잡음이 심했고, 절반은 궁중어였다. 사람들은 어려운 용어를 이해할 수 없었지만, 분위기만으로도 일본이 항복했다는 것을 알았다.

"… 여사如斯히 되면 짐은 무엇으로 억조의 적자를 보하며 황조황종의 신령에 사謝할 것인가. 이것이 짐이 제국정부로 하여금 공동선언에 응하게 한 소이이다. …… 신민은 짐의 의意를 체體하라."

정오가 조금 지나자 통곡 소리가 서울과 평양을 메아리쳤다. 을지로에는 일본 여자들이 나와 엎드려 사죄하며 울었다.

8월 21일, 총독부는 새로운 내용의 전신을 받았다. 소련군이 아니라 미군이 삼팔선 이남에 진주한다는 것이었다. 다음 날 본국으로부터 그 사실을 공식 확인했다.

치안유지를 건국동맹에 일임하겠다는 엔도 류사쿠遠藤柳作 조선총독부 정무총감의 여운형과의 약속은 ‘사흘짜리 손님’이었다. 총독부는 곧바로 서울 시내에 문서를 살포했다.

“일본군이 다시 치안을 담당한다.”

9월 8일 인천항, 미 제24군단장 하지John R. Hodge 중장이 회색 전함을 타고 상륙했다. 그는 조선에 대한 이해도, 준비도 없었다. 하지는 일본군 17방면군 사령관 고즈키 요시오와 80여 통의 전문을 주고받았다. 그로부터 들은 보고는 일관된 메시지를 담고 있었다.

“조선인은 위험하다. 공산주의자들이 건준을 장악했다.”

일본은 미군이 조선을 부정적으로 인식하게 만드는 공작의 목적을 달성했다. 조선은 해방됐지만, 다시 점령당했다. 남한은 태평양 전역에서 유일하게 군사정부가 설치된 해방국이 되었다.

하지는 사령관이자 사법부이고 행정부였다. 그의 명령이 곧 법이었다. 그러나 그는 몰랐다. 관심도 없었다. 이 땅이 어떤 상처를 입고 해방을 맞았는지, 이 민족이 어떤 희망으로 그를 맞이했는지. 그는 군정명령서를 들고 내려온 점령자일 뿐이었다.

해방된 공간을 가장 먼저 건너온 사람은 이승만이었다.

아직 김구는 오지 않았다.

사람들은 김구가 오면 뭔가 바로잡힐 것이라고 기대하고 있었다.

태평양전쟁 중 이승만은 국내에서 잊힌 인물이었다. 그의 외교는 주목받지 못했고 성과도 없었다. 그가 다시 사람들에게 알려진 계기는 1942년 8월 말 ‘미국의소리’VOA를 통해 한국어 연설 방송을 한 것이었다. 외교협상론을 주장했던 이승만은 민심을 얻기 위해 방송을 통해 처음으로 무력투쟁을 호소했다. 이 방송을 몰래 들은 사람들이 그 내용을 유포했다.

일본이 항복하자 이승만은 지체하지 않았다. 그러나 미 국무부는 여권을 내주지 않았다. 그는 반소련 성향이 너무 강했다. 국무부를 통한 여권 발급이 어려워지자 이승만은 육군성 OSS의 도움을 얻어 여행증명서를 받았다.[25] 이 과정에서 하지의 정치고문 굿펠로 Preston Goodfellow 대령이 일본의 현지 사령관 맥아더를 연결해줬다. 맥아더는 소련과의 타협을 통한 한국 문제의 해결보다는 강력한 반공정책을 추진했다.

이승만은 군용기를 타고 10월 10일 도쿄 인근의 아쓰기厚木 군용 비행장에 도착했다. 비행장에는 맥아더사령부 연락장교가 마중 나와 이승만을 총사령부로 안내했다.

대기실에서 잠시 앉아 있으니 사진에서 본 맥아더 원수가 미군 장성을 대동하고 나타났다. 이승만을 만나려고 서울에서 온 하지 중장이었다.

세 사람은 긴 테이블에 마주 앉았다.

맥아더가 먼저 가볍게 웃으며 말을 던졌다.

"태평양전쟁을 이제 끝냈는데, 내 책상 위의 지도가 어수선하다. 나는 그 지도를 말끔하게 정리할 사람을 찾고 있다."

이승만은 미소로 받았다.

"사령관의 지도는 세계를 움직이고 있다. 그 지도 위에 내 이름을 기록하기 위해 내가 여기에 왔다."

맥아더가 이승만을 다시 쳐다본 후 입을 열었다.

"당신이 민족통일의 결집체를 만든다면 시간이 얼마나 걸리겠는가?"

이승만은 맥아더가 신속하게 조직을 만들기를 원한다는 사실을 눈치챘다. 그는 맥아더가 소련과의 협상을 중시하는 국무부와는 다른 구상을 한다는 것을 알 수 있었다.

"3개월이면 충분하다."

이승만의 발음에는 미국식 억양이 살아 있었고, 태도는 오랜 망명 생활의 노련함을 드러냈다. 맥아더는 파이프를 입에 물며 앞에 앉은 한국인이 미국식 정치 언어를 구사한다는 사실에 잠시 고개를 끄덕였다.

하지가 질문을 보탰다.

"조선인들이 질서를 지킬 수 있는가? 치안과 행정 경험이 없지 않은가."

이승만의 눈빛이 번쩍였다.

"내가 그 사람이다. 나는 친일 잔재와 공산 세력 모두를 제어할 수 있다."

맥아더가 흡족한 표정으로 말했다.

"우리는 소련에 끌려가지 않는 조선인을 원한다."

10월 16일, 이승만은 맥아더의 전용기 '바탄'Bataan을 타고 김포 비행장에 도착했다. 하지는 이승만에게 '국민적 영웅의 귀국 환영 행사'를 제안했지만, 이승만은 아무도 모르는 입국을 선택했다. 이승만은 환영 행사가 아니라 비밀스런 도쿄 회담을 실천할 속도가 필요했다. 그에게는 임정보다 먼저 조선 땅에 들어왔다는 사실, 정치적 무주공산을 먼저 밟았다는 사실이 중요했다.

하지 사령관은 조선호텔 3층 스위트룸을 이승만의 거처로 제공하고, 순종이 타던 리무진을 사용하도록 했다. 국왕급 예우였다.

다음 날 아침, 반도호텔 군정청 회의실.

미국 헌병 두 명이 먼저 들어와 자리를 잡았다. 이어 노신사가 들어왔다. 하지가 그를 직접 안내했다. 붉은 가죽의자가 두 개 놓여 있었고, 노신사가 망설이지 않고 먼저 앉았다. 하지보다 먼저 자리에 앉는 노신사를 보고 기자들이 술렁거렸다.

하지가 장내를 정돈했다.

"오늘 진귀한 정객 한 분을 소개합니다."

이승만이었다.

"삼십 년 만에 이 땅을 밟았습네다. 그러나 인사는 짧게 하겠습네다. 오늘부터 나는 말이 아니라 행동으로 보여줄 것이외다."

질문이 쏟아졌다. 삼팔선이 언급되자 그는 짧게 답했다.

"그것은 결국 우리가 해결할 문제요."

그날 이후 이승만은 멈추지 않았다.

귀국 일주일 만에 200명을 모았다. 대한독립촉성중앙협의회^{독촉}^{중협}가 만들어졌다. 우익을 묶고 미군정을 끌어안기 위한 기구였다. 설계는 도쿄에서 끝났고 실행만 남아 있었다.

이승만과 송진우가 조선호텔 3층에서 만났다.

"고하古下, 중경 임시정부가 귀국하면 우리는 김구 선생을 중심으로 정부를 조직해야 합니다."

"박사님의 말씀이 옳습니다. 독촉중협 중앙집행위원 선임권을 모두 이 박사께 위임하겠습니다. 중경 임시정부를 대리해 정당 통일운동에 힘써주십시오.”

“나는 우리 국가를 하루빨리 세워야겠다는 생각밖에 없소. 우리만 잘 단결되면 내일이라도 우리의 국가를 세워 우리에게 산적한 모든 문제를 의논할 수 있다고 나는 믿고 있소. 김구 선생으로부터 연락을 받은 게 있소?”

“아무것도 없습니다. 제가 박사님께 여쭤보려 했던 바입니다.”

이승만은 짐작했던 대로 한민당과 임시정부가 별다른 선을 갖고 있지 않다는 것을 알았다.

“임시정부가 귀국하면 한민당은 김구 선생에게 국정을 이끌 권한을 넘겨드려야 할 줄로 아오!”

이승만이 한민당의 입장을 떠봤다.

“임시정부를 지지하지만, 한민당이 임정에 권한을 넘겨야 할지는 미지수입니다.”

이승만은 한민당의 ‘임정봉대론奉戴論’은 일시적으로 내건 슬로건이라는 것을 간파했다. 당을 주도적으로 이끌어갈 지도적 인물이 없었다.

“임정을 봉대할 준비는 잘 되오?”

“예. 임시정부는 3·1운동으로 세운 우리나라의 법통을 지니고 있습니다. 그 법통이 이제 국내로 들어오는 것이니 임정봉대는 우리 국민의 당연한 의무라고 생각합니다.”

“임시정부가 정부 자격이 아니라 개인 자격으로 귀국한다고 하오. 미군정의 책임 있는 발표가 있을 때까지 지나친 환영 소동은 그만두어야 할 것이오."

송진우는 미군정이 임정의 정통성을 부정하고 있고, 이승만도 유사한 입장이라는 사실을 알았다. 두 사람은 임정법통론을 내세우면서도 일단 임정이 귀국해 정국이 정리되면 임정을 해체하고 새로 독립정부를 수립하려는 비슷한 속셈을 갖고 있었다. 좌파의 경우 여운형과 박헌영朴憲永이 주도하는 인민공화국이, 우파의 경우 이승만과 한민당이 중심이 되는 국내 정계에서 임정이 정국을 장악할 수 없으리라는 데 의견이 같았다.

10월 29일. 이승만은 박헌영을 돈암장으로 불렀다. 돈암장은 원래 윤치호尹致昊 소유의 저택으로 귀국 후 이승만이 거처와 집무실로 삼은 곳이다. 기와 대문을 지나 언덕을 오르니 본채와 별채, 사랑채가 줄지어 있고, 정원수와 기암들이 길을 따라 놓여 있었다. 윤치영尹致暎이 앞섰고, 박헌영은 그 뒤를 따랐다.

"미스터 박, 아주 환영이오!"

박헌영은 이승만의 호칭에 불편함을 느꼈다. 박헌영이 테이블을 마주하고 소파에 앉자 김이 솟아오르는 커피가 나왔다.

"오늘은 특별히 일정을 비워뒀소. 특별 커피요. 향 좋지 않소?"

"고맙소."

이승만이 말을 이었다.

"미스터 박도 알다시피 지금은 내부 통일이 가장 중요하오. 통일을 위해 만들어진 독촉중협은 이미 각 정파를 망라하고 있소. 이제 남은 건 공산당뿐이오. 독촉중협이 3천만의 총의를 모아서 통일된 기관으로 나가는데, 귀당에서도 힘을 합쳐야 하지 않겠소?"

이승만의 말에는 압력이 들어 있었다.

"이 선생, 독촉중협을 인정합니다."

이승만은 말을 멈췄다. 박헌영의 말투와 '이 선생'이란 호칭이 거슬렸지만, 참고 넘어갔다.

박헌영이 말을 이었다.

"선생의 그런 무원칙한 단결에는 동의할 수 없소. 일의 순서와 방법이 중요합니다. 독촉중협이 건국기관이 되려면 먼저 친일파를 소탕해야 할 것이오. 그렇지 않으면 친일파와 민족반역자들이 장차 수립될 정부에 들어와 독버섯처럼 세력을 뻗칠 텐데, 그때 어떻게 소탕을 하고 무슨 일을 한다는 말이오?"

"미군정 아래에서 누굴 처단한단 말이오? 법이 있어야 하지 않소? 정부가 생긴 다음에 처리할 일이오."

박헌영은 말을 잘랐다.

"그런 순서로는 안 됩니다. 독촉중협이 건국기관이 되려면 친일파부터 솎아야 합니다. 안 그러면 뿌리부터 썩습니다."

"그러나 지금은 내부 통일이 더 시급하오."

"그렇다면 최소한 친일파 배제의 원칙은 있어야 합니다."

더 참는 것은 이승만의 소질이 아니었다.

"그 말버릇은 어디서 배운 거요?"

박헌영이 자세를 똑바로 하고 말했다.

"이 자리는 독촉중협 대표가 인공 대표를 만나는 자리 아닌가요?"

"그런 말은 집어치우시오. 하지 중장이 인공은 군정청에 대립하는 조직이라며 해산명령을 내리려 했지만, 내가 설득해 유예했소.

스스로 해산하는 게 나을 거요.”

박헌영은 고개를 저었다.

“이해할 수 없군요. 첫째, 인공이 미군정에 대립한다는 근거는 뭡니까. 둘째, 미군정 하에서 조선인이 정부를 만들 수 없다는 조항이 있습니까? 셋째, 인공이 선생의 정치에 무슨 방해가 된다는 겁니까?”

이승만은 말을 끊었다.

“당신 뜻대로 하시오.”

박헌영이 자리에서 일어섰다.

“나는 인공 주석직을 거부하겠소.”

이승만이 말했다.

*

1945년 11월 23일 오전 11시 상해 강만江灣, 장완 비행장, C-47 프로펠러 비행기 한 대가 비행 준비를 시작했다. 바람이 차고 흐린 날씨였다. 교민들이 활주로 끝에 모였다.

열 살배기 소년 이종찬李鐘贊이 꽃다발을 들고 김구 앞으로 나왔다. 아이는 두 손으로 꽃다발을 떠받치듯 내밀었다.

그때 이시영이 중얼거리듯 말했다.

“날씨가 꾸무럭한 게 참 을사년스럽소. 고국을 떠난 지가 벌써 서른여섯 해요.”

소년의 작은할아버지 성재省齋 이시영의 물기 어린 목소리에 일행 모두의 가슴이 철렁했다. 선조 때 명재상이었던 백사白沙 이항복

李恒福의 10대손으로 대대로 문벌이 높은 집안이라 '삼한갑족'三韓甲族이라고 꼽던 이시영 6형제는 나라가 망하자 전답 270만 평과 전 재산을 정리해 독립운동에 바쳤다. 여섯 형제가 만주로 망명했다가 다섯은 굶어 죽거나 일제의 감옥에서 죽었다. 다섯째 이시영 혼자 살아남아 고국으로 돌아가는 길이었다.

"엊그제 조카를 만났다 하셨지요?"

백범이 물었다.

"둘째 회영 형님의 아들 규학이가 찾아왔어요. 상해에서 전차 검표원을 하며 살고 있지요. 형님이 친 묵란墨蘭 한 폭을 가져와 내게 글을 써서 기념으로 삼게 해달라고 합디다. 석파石坡 이하응李昰應의 난을 이어받은 우당은 배고픈 겨울밤에 묵란을 쳐서 내다 팔아 독립자금으로 썼어요. 난초가 먹을 받아 이파리를 내미는데, 그저 그리면 풀잎이요, 뜻이 스며나야 비로소 묵란이라 했지요. 5형제는 모두 세상을 뜨고, 나 혼자만 만리 하늘 아래서 그림자를 늘어뜨리고 있으니, 사람이 목석이 아닌 이상 어찌 괴롭지 않겠소? '네가 우리 형제의 뜻을 잘 계승해 죽은 사람이 유감이 없게 하라'고 글을 써줬지요."

김구의 가슴 안쪽에서 무언가 툭 하고 떨어졌다.

오후 1시 탑승이 시작됐다. 프로펠러 비행기에 탑승한 사람은 대한민국 임시정부 김구 주석, 김규식 부주석, 이시영 국무위원, 김상덕 문화부장, 엄항섭 선전부장, 유동열 참모총장, 유진동 의무관과 수행원 안미생, 김진동, 선우진, 민영완, 이영길, 백정갑, 장준하, 윤경빈 등 15명이었다.

C-47은 중국 동북해 연안을 거쳐 청도에서 서울로 직선 비행하는 코스를 잡았다. 무거운 분위기였다. 김구의 어깨는 이제껏 지고 온 임시정부 무게만큼 내려앉아 있었다.

인솔자인 미군 대령이 수행원들에게 호신용 권총을 신고하라고 했다. 경위대 수행원들이 모젤 3호 권총 4정과 콜트 3정을 신고했다.

아무도 입을 열지 않았다. 침묵은 오래된 생활방식이었다. 평생을 바쳐 대한민국 임시정부를 이끌고 온 투사들은 늙어 있었다. 김구가 일행에게 한마디 했다.

"우리는 개인의 자격으로 환국하는 것이지만 마음은 정부로 들어가는 것이오. 누구도 우리를 흩어놓지 못할 것이오."

모두 창밖을 내다보았다. 바다가 누워 있었다. 창파만리, 저 너머에는 돌아갈 고국이 있다고 망명의 고달픔을 견디게 했던 황해였다.

세 시간쯤 지났다.

"보인다!"

누군가 소리쳤다. 손바닥만 한 창밖으로 초겨울의 서해가 푸른 잠을 자고 있었고, 바다 사이로 섬들이 나타나기 시작했다.

누군가 선창을 했다.

"동해물과 백두산이 마르고 닳도록…"

노래는 합창이 되었다가 눈물이 되었다. '목석한'木石漢이라고 불렸던 백범의 두꺼운 안경알에도 물이 한 방울 뚝 떨어졌다.

비행기는 강화도를 넘어 김포 비행장에 착륙했다. 하사관이 문을 열었다. 시야에 들어온 것은 벌판뿐이었고, 앞에 나타난 사람들은 미군 GI들뿐이었다. 동포의 반가운 모습을 기대한 건 호사스런 꿈이었다.

조국의 11월 바람은 쌀쌀했고, 하늘도 청명하지 않았다.

백범은 비행기 트랩에서 내려 고국의 흙 한 줌을 움켜쥐고 냄새를 맡았다. 어린 시절의 여름날, 소나기가 몰려올 때 나던 바로 그 흙냄새였다. 날씨는 흐렸고, 하늘은 어두워지려고 하고 있었다. 김구를 따라 정렬한 사람들이 고개를 숙이고 잠시 묵념의 시간을 가졌다.

김구는 두 의사를 기렸다.

'이봉창과 윤봉길을 보낸 나는 혼자 살아 돌아온 장수처럼 부끄럽다.'

지프 한 대가 달려왔다. 미군 헌병이었다.

오후 5시, 다섯 대의 자동차가 숙소인 서대문 경교장으로 미끄러져 들어갔다. 조심스러우면서도 팽팽한 긴장이 가득했다.

김구는 즉시 요원들을 불러세웠다.

"이제부터 말을 아껴야 하오. 우리가 '개인'이 되는 순간 우리의 법통은 흐트러질 것이오. 기자 상대는 내가 하겠소. 미군정과의 접촉은 '대한민국 임시정부'의 이름으로만 해야 하오."

오후 6시, 미국 조선주둔군 하지 사령관의 발표가 라디오를 통해 흘러나왔다.

"오랫동안 해외에 망명 중이던 애국자 임시정부 주석 김구 이하 14명은 금일 오후 경성에 도착했다."

곧 시가지에 만세 소리가 울려 퍼졌다. 환영준비위원회는 라디오를 통해 임시정부 요인들의 환국 소식을 알았다.

돈암장에 머물던 이승만 박사가 밤에 찾아왔다. 방송에 앞서 하지 장군이 이 박사에게 임시정부 요인들의 귀국 소식을 알려준 것이다.

"백범, 오랜만이오."

"우남 형, 24년이나 됐습니다."

두 사람은 손을 맞잡았다. 이승만의 손에는 힘이 있었고, 김구의 손은 단단했다. 한쪽은 능란했고, 다른 한쪽은 고집이 있었다.

오후 8시, 기자들이 모였다. 김구가 먼저 소감을 겸한 인사말을 올렸다. 회견은 짧았으나 방향은 분명했다.

"27년간 꿈에도 잊지 못하던 조국 강산을 다시 밟으니 감흥이 이루 말할 수가 없습니다. 독립을 위해 희생하신 무수한 선열과 우리 조국의 해방을 위해 피를 흘린 연합국 용사들에게 조의를 표합니다. 3천만 부모 형제자매 및 우리나라에 주둔하고 있는 미·소 등 우방군에게 위로의 뜻을 보냅니다. 옛말에 '고향 개도 만나면 반갑다'고 했습니다. 하물며 내 조국이야 더 말할 것이 있겠습니까? 삼천리 산천이 다 내 손을 잡고 반겨주는 듯합니다."

문(기자): 삼팔선에 대해 어떻게 생각하나요?

답(김구): 조선이 남북의 2개 점령지대로 분할돼 있는 것을 좋아하지 않소이다. 한 허리에 두 띠를 맬 수 없다고 했소. 사람 몸뚱이 하나에 허리띠를 두 개 둘러매면 숨이 막혀 살겠소? 장차 분단선은 철폐되어야 할 것이외다.

문: 어떤 자격으로 입국했나요?

답: 우리는 개인 자격으로 환국했소. 당장 연합국에 대해 대한민

국 임시정부의 승인을 요구하는 것은 아니나 장차 승인을 요구할지 모르겠소. 정부는 구걸하는 것이 아니라 세우는 것이오.

문: 국내에는 정당이 많은데?

답: 정당 수를 줄일 필요가 있다고 생각하오. 대한민국에 정당은 하나로서는 안 되겠지만, 많은 정당이 떡 해놓고 싸워서도 안 될 일이오.

문: 장차 어떻게 정당을 통일할 생각입니까?

답: 일단 각 정당 대표와 회견해 전반적 정세에 관해 상의하고, 각 정당 간의 통일을 이룰 것을 기대하오. 우리말에 장맛이 좋으면 파리도 모인다고 하지 않소? 기다려봅시다. 다들 지혜로운 분들이니 잘 해결될 것이라고 믿고 있소.

다음 날 신문이 나왔다. 여러 인사들의 기고, 축사, 성명이 지면을 촘촘히 덮었다. 홍남표 조선인민공화국 중앙위원은 기고를 통해 백범과의 우정을 회고했다.

"백범은 민족주의자요, 나는 공산주의자니 서로 다른 바가 있다. 그러나 나는 혁명가로서 그의 시종일관한 지조를 좋아한다. 백범은 간혹 나하고 이견이 생길 때에는 '나는 일강一剛을 좋아해도 일강의 주의는 싫다'고 말했다. 백범은 우리 독립운동의 가장 비타협적이고 투철한 투장이며 노련한 지도자다."

신문은 마지막 부분을 굵은 활자로 뽑았다.

'비타협'이라는 말은 찬사이면서도 경고였다.

이승만, 여운형, 허헌, 송진우, 김준연, 홍명희洪命憙, 백남운 등의 축사가 신문에 등장했다. 이승만 귀국 후 그와 가까워진 한민당 송진우 수석총무가 '기꺼이 김구 선생에게 복종하겠다'고 한 축사가 특히 눈길을 끌었다.

11월 24일 오전, 김구는 미군정청으로 가서 하지 사령관과 아널드 군정장관을 예방했다. 그 후 출입기자단을 회견하고 짧은 문답을 나눴다.

문: 친일파와 민족반역자에 대한 문제를 어떻게 해결하려고 하나요?

답: 통일전선 결성에 불량한 사람이 섞이는 것을 원하는 사람은 없을 것이오. 여기에는 통일하고 불량 분자를 배제하는 것과 배제해놓고 통일하는 것의 두 가지만이 있을 것이오.

문: 악질분자가 중요한 자리를 차지한다면 통일한 후 배제하는 것은 혼란스럽지 않을까요?

답: 중대한 문제요. 가벼이 말할 수 없소.

문: 맥아더 장군과는 연락이 있었나요?

답: 지금 조선에 군정이 있는 이상 완전한 우리의 정부가 있을 수 없다고 한 말은 이해한다고 전했소. 우리 일행이 온 만큼 임시정부도 함께 들어왔다는 뜻이오.

문: 인민공화국과 군정과의 관계에 대해 어떻게 생각합니까?

답: 그것은 말하지 않겠소.

문: 이승만 박사의 독립촉성중앙협의회에 대해서는요?

답: 모르는 것은 말하지 않는 것이 원칙이오.

11월 28일 밤, 이승만이 라디오에 나왔다. 귀에 익은 음성이 전파를 타고 흘렀다.

"임시정부가 지금까지 유지되어온 것은 모두 김구 주석의 공로라고 생각합네다. 그는 찬란한 명예를 바라지 않고, 오로지 애국심과 열성으로 사리사욕을 초월해 나라의 독립을 위하여 싸워온 분입네다."

말은 따뜻했고, 평가에는 인색함이 없었다. 그러나 그 찬사는 다음 수를 향하고 있었다.

12월 2일 임시정부의 영수 제2진 일행 22명이 환국했다. 조소앙, 김성숙 등 그들의 귀국 과정은 1진 때보다 더 참담했다. 같은 미군 수송기로 귀국했지만, 쏟아지는 눈 때문에 김포 비행장에 착륙하지 못하고 옥구 비행장에 착륙했다. 그리고 방한도 되지 않는 미군 트럭을 타고 시골길을 달려 서울 경교장에 도착했다.

"풍우 속에 무사히 오시는구려."

김구가 나와 돌아오는 동지들의 손을 하나하나 잡아주었다.

일행이 들어서자 한 젊은이가 응접실 바닥에서 홍진 의정원장에게 큰절을 올렸다.

"해외 풍상과 싸우시느라 얼마나 힘드셨습니까?"

"내가 너를 이렇게 만나는구나!"

1919년 아내와 장남 기택을 남겨두고 상해 망명길에 올랐던 대한제국의 검사 홍진이 그로부터 9년이 지나 길림에서 아들을 잠시 만났다 돌려보낸 후 17년 만에 상봉한 것이다. 홍진은 의자에 앉아 있고 아들 기택은 아버지의 발치에 앉아 눈물을 닦았다.

다음 날 경교장에서 회의가 열렸다. 뒤늦게 온 임시정부 요인들이 한미호텔에서 하룻밤을 보내고 오전 11시 경교장에 모였다. 홍진이 가장 먼저 장남을 대동하고 나타났다.

이시영, 조소앙, 조완구를 비롯한 국무위원 14명 전원이 배석했다. 이승만 박사도 참석했다. 이승만이 김구에게 말했다.

"나라의 통합을 위해 결성한 협의회에 임시정부도 함께하는 것이 좋을까 하오."

"임시정부가 다른 협의회에 가입하라는 말씀이오?"

김구가 의아해했다.

"통합을 위해서는 그래야 할 줄 아오. 협의회도 임시정부를 절대적으로 지지하고 있소."

목에 털이 있는 줄무늬 코트, 일명 '한민당 코트'를 입은 이승만과 흰 동정이 달린 회색 두루마기를 입은 김구가 대조적이었다.

조완구가 끼어들었다.

"독촉중협은 미군정이 세워놓은 간이천막 아닙니까? 임시정부가 그 간이천막으로 들어가라는 말씀이오?"

이승만은 못마땅한 시선을 거두고 웃으며 말했다.

"모두가 임시정부를 지지하오. 군정도, 한민당도. 물론…"

그는 김구의 눈을 쳐다보았다.

"지지하는 방향은 각자 조금 다르지만 말이오."

"대한민국 임시정부는 스물여섯 해나 버텨왔소. 그런 임정이 미군정이나 다른 개인의 조직체로 들어갈 수는 없소."

김구가 분명하게 말했다.

"하지 장군을 만나보시오. 할 일은 우리가 해야 하오."

이승만이 손가락을 입김으로 후후 불었다. 당황할 때 나오는 그의 버릇이었다.

국무회의를 마치고 임시정부 요원들이 반도호텔로 가 하지 중장과 아널드 장관을 방문했다. 하지 사령관도 이승만 박사와 같은 의견이었다.

"미군정은 한반도 전 민족의 통일에 전력을 다하고 있소. 곧 각국 대표들이 모스크바에서 회담을 가질 것으로 예상되는데, 그 이전에 국내의 모든 세력이 하나의 협의회로 뭉치는 것이 좋겠소. 그래야 미국에서 지도하기 쉽소."

김구는 말을 아꼈다. 마음속에서는 경보가 울리고 있었다.

'수면 아래서 이미 판이 짜이고 있다.'

"다른 세력의 대표들을 만나보았소?"

김구가 물었다.

"만나고 있는 중이오."

하지는 아주 적극적이었다.

김구가 말했다.

"협력할 것이 있으면 군정과 협력할 것이오. 우리는 무엇보다 전 민족의 통일에 전력을 다하겠소."

환영의 시간은 끝났다.

다음 날, 경교장에서 환국 이후 첫 국무회의가 열렸다. 오전부터 오후까지 이어진 회의였으나 결론은 나오지 않았다. 기자들은 성명이 나오기를 기다리고 있었고, 침묵의 무게가 회의장을 압박했다.

그 침묵 속에서 정국의 윤곽이 짜여지고 있었다. 승자들의 새로운 질서는 오케스트라처럼 2중, 3중으로 겹겹이 포진해 있었다. 지휘봉을 쥔 미군정이 선두에 섰고, 양복 차림의 한민당 인사들이 중간부의 선율을 맡아 뒤를 받쳤다. 그 옆에선 각종 신흥 세력이 금관악기의 화음을 얹었다.

그러나 오랜 세월을 버텨온 임정은 단순한 관객이 아니었다. 유랑의 세월을 버텨온 그들은 오래 단련된 목관악기처럼 무게 있는 존재감을 풍기고 있었다. 연주가 살아 움직이려면 그들의 숨결이 필요했다. 겉으로는 늙고 수가 적어 보였지만, 숨을 불어넣는 그들의 소리 없이는 생명력이 살아나기 어려웠다.

오후에 회의장을 나온 김구와 조소앙 외무부장이 마당 끝 기자단 앞에 섰다. 먼저 조소앙이 '대한민국'이란 말에 관해 설명하기 시작했다.

"우리가 '대한'이라는 용어에 애착을 갖고 즐겨 쓰는 이유는 '한'韓이라는 문자가 자주독립을 상징하기 때문입니다. 이것은 역사적 사실로 고찰하면 명백합니다. 중국에서는 '기자조선'이라고 했지만 우리는 그런 식민지적 명칭을 버렸습니다. 우리는 일제가 자주독립의 기상을 파괴하기 위해 고의로 말살한 '한'이라는 글자를 지키려고 했습니다. 대한민국 임시정부는 독립운동의 공구公具로서, 독립운동을 하는 사람들의 집결체입니다. 우리는 국토 위에 정권을 세우기까지 매개가 되기 위해 임시정부를 유지했습니다. 정부의 주인은 민중입니다. 민중을 위한 정부여야 할 것이고, 민중 전체가 지지하는 정부여야 합니다. 대한민국 임시정부의 정책은 어느 나라의 정책보다 진보적입니다. 일부에서는 구성 인물이 노령이라 적절하지 않다는 소리를 하는 모양이지만, 이것은 인식 착오입니다. 정부는 정치기관으로 활동하는 것이지, 개인으로 활동하는 것이 아닙니다."

한 기자가 손을 들었다.

"말씀을 듣다 보니 임정이 중국에서 버텨온 세월이 눈앞에 그려집니다. 하지만 국내 민심은 '임정이 너무 늙었다'고들 합니다."

김구가 질문에 답했다.

"우리는 늙었소이다. 그래서 젊은이들을 귀하게 여기지요. 수십년 동안, 우리는 청년을 기다렸습니다. 우리가 수십 년의 해외 생활에서 겪은 가장 큰 고통은 조국의 중심이며 맥박인 청년에 굶주렸다는 것이오."

그는 기자들을 천천히 둘러보았다.

"이제 청년 여러분 앞에 오게 되니 수십 년의 주림이 풀리는 것같습니다."

"두 분의 고심에 찬 말을 듣고 보니 가슴이 후련합니다. 임정의 정책이 어느 나라보다 더 진보적이라고 하는 것은 무슨 뜻입니까?"

조소앙이 대답했다.

"대한민국 임시정부의 건국강령은 개인과 개인, 민족과 민족, 국가와 국가 간에 균등생활을 실시하려는 '삼균주의'입니다. 그러려면 정치적·경제적·교육적 균등이 이뤄져야 합니다. 경제적 균등은특정 계급이 아닌 한국 민족 전체의 균등 생활을 보장하기 위해 국가가 토지와 대규모 생산기관을 소유해 관리하는 주체가 되자는 것입니다. 이 정책은 영국 노동당보다 훨씬 진보적입니다."

"드디어 임정이 환국했다는 사실이 실감납니다. 두 분의 말씀을 듣는 동안 벅찬 감정을 주체하기 어려웠습니다."

하지 중장은 이승만, 김구, 여운형, 박헌영, 안재홍安在鴻, 송진우 등 남한의 정치지도자들을 속속 만났다. 김구는 하지가 누구를 만나는지보다 누구를 만나지 않았는지를 파악하고 있었다.

임시정부는 대중의 환영을 받았지만, 하지 중장의 생각은 달랐다. 그가 만나는 인물들은 민족통일전선이 아닌 또 다른 그림을 예고하는 것이었다.

하지 중장은 아널드 군정장관의 권유로 여운형을 만났다.

그는 여운형을 만나자 대뜸 쏘아붙였다.

여운형은 해방정국의 별이었으나 하지 중장에게는 공산주의자로 규정돼 있어 막말을 해도 괜찮은 상대였다.

여운형은 하지 중장의 질문을 받고 능글능글하게 웃었다. 여운형의 별명은 '은도끼'였다. 은도끼는 고분고분하지 않았다.

19 비밀문서

여운형은 호출을 받자 곧장 하지의 사무실로 찾아갔다. 훤한 이마와 반듯한 가슴, 살짝 번지는 미소가 군정청의 무거운 공기를 누그러뜨렸다.

"사령관, 부르셨다기에 지체하지 않고 달려왔소이다."

여운형은 격식은 갖췄으나 투박한 영어를 사용했고, 목소리는 걸걸했다.

하지는 예고 없이 직구를 던졌다.

"당신, 일본놈들한테 돈을 얼마나 받았소?"

여운형은 능청스레 웃었다.

"사령관, 그런 소문을 어디서 들었소이까? 나도는 풍문은 무시하는 게 상책이오. 나는 일왕의 비원도 구경했고, 제국의회에서 '칼로 흥한 자는 칼로 망한다'고 충고도 했소."

하지는 불쾌함을 감추며 물었다.

"그런 선생이 왜 고문직을 거절했소?"

"민생에 한해서라면 군정에 협조하려고 했소. 그러나 고문 중엔 지탄받는 이가 많았소. 회의만 열리면 열 명 중 아홉이 자기편을 밀더이다. 그런 회의가 민생을 바로잡겠소? 미군정은 이 땅에 온 손님이라 도와주려고 했소만…"

하지가 말을 끊었다.

"말이 권력보다 먼저 움직이는 법은 없소."

하지는 자신이 결정권을 갖고 있다는 말로 여운형의 수단 좋은 언변을 제압하려고 했다.

"그럼…"

여운형은 중절모를 집어 들고 또박또박한 걸음으로 방을 나갔다.

문이 닫히자 하지가 메모를 했다.

'말은 번지르르함. 군중을 끌어당기지만, 그것이 동시에 위험 요소임.'

여운형이 나간 뒤 하지는 잠시 벽에 걸린 서울 지도를 바라보았다.

'이 도시에는 말이 빠른 사람이 많다.'

하지는 움직이지 않으면서 판을 바꾸고 있다는 평이 있는 한 사람을 생각했다.

김구.

여운형이 나가자 하지의 통역 겸 개인비서 이묘묵李卯默이 들어왔다.

"여운형이 고문직을 사양한다는군요. 자신은 일본 돈을 받지 않았다면서 말이지요."

"사령관님, 조선에서 일본의 도움 없이 정치한 사람이 있을 거라고 믿으십니까? 여운형은 좌우 양쪽에서 줄타기하며 괴뢰극을 펼치고 있어요."

"그렇다면 그냥 두고 볼 수만은 없지요."

이묘묵이 나가자 하지가 아널드 군정장관을 호출했다. 둘은 짧게 의견을 주고받았다.

이틀 후, 아널드 장관의 성명이 발표됐다.

"남한에는 미군정 외에 어떤 정부도 존재할 수 없다. 괴뢰국가 수립을 시도하는 자들은 즉시 중단하라."

한민당은 여운형의 인민공화국에 대해 때로는 총독부의 후원을 받는 친일 단체라고, 때로는 소련의 지령을 받는 공산주의자 단체라고 공격했다. 하지는 양립하기 어려운 이런 주장을 그때그때 사정에 따라 편리하게 받아들였다. 하지는 인민공화국을 부정하고 지방인민위원회를 해체했다.

이승만은 정국이 혼란할수록 자신의 입지를 넓혔다.

워싱턴발 '극비문서'가 사령부에 도착했다.

하지는 서류를 훑어보고는 곁에 서 있던 정보참모 니스트 대령에게 건넸다.

"국무부의 판단은 우리와 다르군."

하지의 미간이 좁아졌다. 니스트가 서류를 꼼꼼하게 살폈다.

"장군님, 국무부와 사령부는 애초에 다른 시각을 갖고 있습니다."

"어디서 어긋난 거요?"

"국무부는 이승만 박사를 '통제 불가능한 인물'로 봅니다. 맥아더 사령부는 그를 '즉시 투입 가능한 지도자'로 평가하고 있고요."

그는 문서를 한 번 더 살펴보고 낮은 목소리로 말했다.

"한민당이 재빠르게 이승만에게 결집하고 있습니다. 사법·검찰·경무·행정까지… 한국 관료층의 상당수가 그쪽입니다. 이승만은 돌아오자마자 정국을 장악하고 있습니다."

하지가 물었다.

"그래서 국무부는 우려하는 거고?"

"예, 장군님. 국무부는 신중론이고 맥아더는 속전속결로 해결하길 바라지요. 한국 세력은 이승만에게 몰리고… 그사이에서 미군정이 꼬이고 있습니다."

니스트는 서랍에서 파일을 꺼냈다. 파일에는 네 사람의 이름이 적혀 있었다.

TOP SECRET
한국인 4거두에 대한 예비 평가

1. 김구
[요약 평가]
항일 저항과 민족적 순교의 상징. 통제 불가능, 그러나 배제 또한 불가능.
[강점]
독립운동 세력 내 도덕적 권위 압도적.
대중적 신뢰와 상징적 자본이 상당함.
반일·반공 노선 모두 일관됨.
[리스크]

주권 문제에서는 타협 의사 거의 없음.

현실계산보다 감정·신념에 의해 결정.

소외될 경우 대중적 저항·혼란을 촉발할 소지 있음.

[부속 정보 항목]

a. 내부 보고서상 별칭 '블랙 타이거'—검은 차림과 사나운 눈빛, 무장투쟁 세력에게 두려움과 존경의 대상.

b. 무장투쟁 그룹과 망명 네트워크 내 절대적 존경.

c. 결정적 국면에서 충동적 성향.

d. 좌익 세력과 화해 가능성 거의 없음.

e. 임시정부 법통의 핵심 상징 보유.

f. 과도한 외세 개입을 '매국'으로 인식하는 경향.

g. 현대적 행정조직 기반 취약.

h. 정치적 순교 발생 시 파장 예측 불가.

2. 이승만

[요약 평가]

대중 인지도가 가장 높은 민족주의 지도자. 강력한 반공 상징으로 활용 가능하나, 독선적 성향이 강하고 외부 통제를 거의 수용하지 않음.

[강점]

남한 내 대중 인지도 최상.

반공 노선 선명한 일관성.

관료·사법·한민당 등 보수 엘리트 인맥 직통.

[리스크]

독재적 성향 두드러짐.

협상보다는 일방적 결정을 선호.

미국 국무부 내 신뢰도 낮음.

[부속 정보 항목]

a. 내부 보고서상 별칭은 '울뚝밸 버번'―성질 급한 왕족풍 인물.

b. 보수진영 내 위상 탁월.

c. 강경 보수·반공.

d. 한민당과 상호 이용 관계.

e. 행정 능력에 비해 야심 과다.

f. 구 친일경찰·우익 청년단 등 강력 지지 기반.

g. 현 시점 총선 실시 시 최유력 후보.

h. 정적 다수, 이면 정치·책략에 능함.

i. 실질적 타협에는 소극적.

j. 미 여론·외교 환경에 민감한 기회주의자.

3. 김규식

[요약 평가]

서구 기준으로 가장 완성된 정치가이나, 권력을 쥐고 유지할 능력은 가장 약함.

[강점]

서구 교육·외교 실무에 능숙.

온건·합리·입장 변화가 적음.

중도 좌파를 포함한 여러 세력과 대화 가능.

[리스크]

위기 상황에서 우유부단.

국내 정치기반 취약.

성격이 강한 인물에게 주도권을 내줄 위험성.

[부속 정보 항목]

a. 내부 보고서상 별칭 '골골 샌님'—병약하지만 원칙적인 인물, 존경은 받으나 두려움의 대상은 아님.

b. 오래된 친미 성향, 미국에 대한 이해도 높음.

c. 지식인으로 존경받으나, 정치적 두려움의 대상은 아님.

d. 조직된 대중 기반 거의 없음.

e. 이승만·김구 같은 강한 인물에게 존재감 밀림.

f. 다자협상·국제회의의 대표·의장 역할에 적합.

4. 여운형

[요약 평가]

대중 기반과 전술 감각이 뛰어난 정치가이나, 동맹과 충성의 방향이 유동적이며 예측이 어려움.

[강점]

노동자·농민·청년층에 강한 영향력.

복잡한 사안을 대중 언어로 풀어내는 능력 탁월.

좌·우 양측과 동시에 연락망 유지 가능.

[리스크]

좌익 성향 의심이 지속됨.

소련 계열을 포함한 이중 접촉 정황.

정세 변화에 따라 동맹이 빠르게 변할 위험성.

[부속 정보 항목]

a. 내부 보고서상 별칭 '은도끼'—군중을 가르며 파고드는 언변, 행동이 빠르며 여기저기로 잘 빠져나감.

b. 노동자·학생·좌익 청년층에 압도적 인기.

c. 탁월한 연설가이자 전략가이나, 노선이 일정치 않음.

d. 북측·소련 계열과 빈번한 접촉 보고.

e. 정세 안정과 혼란 모두 유발 가능한 인물.

f. 거의 모든 주요 세력이 잠재적 경쟁자로 인식함.

하지는 파일을 덮었다. 방 안에 잠시 정적이 흘렀다.

"블랙 타이거라!"

하지는 검은 두루마기와 검은 뿔테 안경, 그리고 눈빛까지 검게 번뜩이던 김구의 인상을 떠올렸다. 니스트가 설명했다.

"독립운동가들에게 절대적 신뢰를 받고 있습니다. 다만 타협을 모르는 성격이라 협상 상대로는 쉽지 않습니다."

하지는 서류의 한 구절을 읽었다.

"단기정권을 맡기엔 최적, 장기비전은 불투명."

하지의 정치고문이자 정치분석가인 버치Leonard Bertsch가 조심스레 부연했다.

"하지만 그를 기대하는 민심은 큽니다. 임정의 법통은 그에게서 시작됩니다. 상징성은 무시하기 어렵지요."

하지의 머릿속에 한 문장이 떠올랐다.

'신화와 정통성의 상징, 그러나 동시에 고립자.'

그는 김구와의 첫 만남을 떠올렸다.

"하지 사령관, 나 백범 김구요. 귀국 인사차 들렀소."

칠십 노인 같지 않은 목소리였다. 오히려 전선에서 돌아온 장교 같았다. 그를 소개한 이는 이승만이었다.

"김구 선생, 이렇게 만나니 반갑습니다."

하지가 일어서며 악수를 청했다. 김구는 자세를 낮추지 않았다. 두꺼운 아랫입술을 꽉 다문 채 묵직한 손을 내밀었다. 눈동자에는 흔들림이 없었다. 김구는 하지의 눈을 피하지 않은 몇 안 되는 조선인이었다.

"자리에 앉으십시오."

세 사람이 자리에 앉자, 이승만이 영어로 통역을 시작했다.

"백범은 평생 공산주의자와 타협하지 않고 싸운 항일 민족주의자입니다."

하지는 고개를 끄덕이면서도 김구에게서 시선을 거두지 않았다.

"귀국하는 데 불편한 점은 없었는지요?"

하지가 물었다.

"없었소. 미군 수송기로 편하게 왔소."

짧고 단단한 말투였다.

하지가 다시 물었다.

"선생께선 조선의 장래를 어떻게 보십니까? 우리는 안정과 질서를 우선시하고 있소."

김구가 곧바로 대답했다.

"조선의 장래는 우리 스스로 세워야 하지요. 귀국은 손님이지 주인이 아니오."

이승만이 서둘러 통역하면서 말끝을 다듬었다.

"선생의 뜻은 조선인 스스로 정부를 세우는 것이 가장 중요하다는 말씀입니다."

"그러나 현실은 혼란스럽소. 우리는 공산주의 확산을 막아야 하고, 당신네 내부 분열도 우려스럽소."

하지의 목소리는 단단했다. 하지는 김구의 첫인상을 '강직한 사람'이라고 생각했다. 그러나 거기까지였다. 친밀감은 들지 않았다.

그다음은 이승만.

"울뚝밸 버번이라…"

그는 이승만 파일의 첫 줄을 다시 보며 중얼거렸다.

니스트가 설명했다.

"'울뚝밸'은 성격을 못 참고 벌컥 화를 내는 사람을 말합니다. '버번'은 왕족 흉내 내는 자를 조롱할 때 쓰는 말이지요. 부르봉 왕조에서 따왔습니다. 스스로 조선 왕조의 후손이라 내세우니 딱 맞는 별명입니다."

하지가 피식 웃었다. 니스트의 설명에 덧붙여 옆에 있던 장교 버치가 말했다.

"청년 시절부터 왕이 될 꿈을 품어왔지요. 하지만 왕족은 다루기 쉽습니다. 원하는 대접만 해주면, 대개 길들여집니다."

"좋소, 내게도 생각이 있소."

하지가 웃음을 거두고 말했다.

이어 하지의 눈길이 김규식 파일에 머물렀다.

"골골이라… 건강이 약하다는 말인가?"

하지가 눈살을 찌푸리며 물었다.

"맞습니다. 하지만 미국이나 중국을 비롯한 국제무대 경험도 풍부합니다. 파리강화회의에도 나갔지요."

니스트가 대답했고, 버치가 덧붙였다.

"학자적인 고고함을 정치적으로 높이 평가하지는 않지만, 합리적이라서 무리하지 않는 것이 장점입니다. 중도 좌파와도 소통할 수 있습니다. 미국을 이해하는 데 탁월하지요. 한국정치 지형에서 보기 드문 인물입니다."

하지는 서류 끝의 문장을 읽고 김규식에 대한 소감을 정리했다.

'자기 소신에 따른 책임감이 강함. 소련도 완전히 거부하지 않을 인물.'

하지는 문서를 밀어내며 말했다.

"힘이 약해보이는 것이 걸리네. 그러나 징검다리로 쓰기엔… 괜찮을지도 모르지."

니스트와 버치는 김규식을 신뢰할 수 있는 인물로 보았다. 미국과 소련을 이해하고, 좌우 모두와 대화가 통하는 인물이라는 장점이 있었다. 대립을 중재하고, 외국어를 통역하며, 불신을 징검다리로 바꾸는 데에 능했다.

그러나 아쉬운 점은 어느 진영에도 뿌리내리지 못한다는 것이었다. 이승만은 그를 경계했고, 김구는 그를 신뢰했지만 함께 정치를 하지는 않았다. 김규식의 국가건설 방안은 김구의 임정법통론과도 거리가 있었다. 그는 정계의 폭넓은 통합을 통해 국가를 건설하고자 했다. 이 생각은 굿펠로가 주도한 민주의원, 버치가 구상한 좌우합작과 더 가까웠다. 그러나 그에게는 조직이 없었다. '통합'이라는 절박한 이상만이 있었을 뿐이었다.

이어 하지가 여운형에 대해 말했다.

"은도끼라고?"

니스트가 설명했다.

"전국에 건국준비위원회를 세운 인물입니다. 조직을 인민공화국으로 바꿨지요. 소련은 그를 수상 후보로 거론하고 있습니다. 그러나 결정력이 부족합니다. 은도끼처럼 믿음이 가지 않아요."

하지가 파일의 중간 부분을 체크하며 물었다.

"자유주의자이자 공산주의자라니, 이런 인물을 어떻게 신뢰하란 말이오?"

버치가 끼어들었다. 정치공작 전문가답게 차분한 어조였다.

"그의 중도적 가치에 주목해야 합니다. 일본의 패망을 가장 정확히 예견했고, 국내에서 주체적으로 해방을 준비한 인물입니다. 대중적 호감도도 높습니다."

하지의 눈빛에는 경계와 호기심이 교차했다. 그러나 버치는 여운형의 가치를 높이 평가했다. 모스크바에서 여운형을 수상감으로 거론하고, 김일성金日成이 그를 몇 차례 만났다는 사실은 분명 주목할 만했다. 여운형은 단순하지 않았다. 소련과 북한 역시 그를 완전히 규정하지 못하고 있다는 사실은 그 자체로 변수였다.

여운형의 건국준비위원회^{건준}가 명칭을 조선인민공화국으로 바꾼 뒤, 인공을 지지하는 공산주의 계열과 임정을 지지하는 민족주의 계열의 대립은 더욱 거세졌다. 미군정은 인공을 인정하지 않았다.

"남한에는 미군정만 있을 뿐, 다른 정부는 존재할 수 없다."

정부를 자칭하는 시도는 어떤 형태로든 용납할 수 없다는 것이 미국의 공식 입장이었다.

하지는 맥아더에게 보낼 전문을 직접 타이핑했다. 타자기로 두드린 문장들은 은근히 자신을 과시하고 있었다.

-이승만이 좌우익 통합을 효과적으로 이끌고 있음.
-김구와의 연합을 통해 통일정부의 기초가 마련되고 있음.
-본 사령부는 이승만·김구를 비롯한 지도자들과 협력 중임.
-정부 실무자 선임을 위한 통합 고문회의를 가동 중임.
-일정 시점 이후 총선거를 통해 정부 수립 예정.
-이러한 조치를 북한 지역으로도 확대할 계획.

전문은 맥아더를 거쳐 국무부로 올라갔다. 곧바로 답신이 왔다. 내용은 짧았다.

"한국은 자치가 허용된 지역이 아니다. 군사 점령지일 뿐이다. 사령부에서 정부를 세울 권한은 없다."

결정권은 국무부와 3부 조정위원회에 있었다. 한국은 태평양 전역에서 유일하게 군정이 실시된 지역이었다. 그래서 하지의 재량이 곧 정책이었다. 국무부의 답신은 종이 한 장이었지만 그 무게는 결코 가볍지 않았다.

지휘봉은 하지의 손에 있었다. 그러나 그에게 악보는 없었다. 이승만은 그 틈에서 자신의 기회를 노리고 있었다.

*

1945년 11월 경교장. 매일 수십 명의 방문객이 몰려왔다. 외출을 마치고 돌아온 김구에게 엄항섭이 조심스레 보고했다.

"몽양께서 다녀가셨습니다. 그런데 경비가 몸수색을 했습니다."

"몽양의 몸수색을 했다니! 그건 실수네. 그래, 몽양이 뭐라고 하던가?"

"조금도 불쾌해하지 않으셨습니다. 웃으며 몸수색을 받은 뒤 사람들과 담소를 나누고 가셨습니다."

김구가 고개를 끄덕였다.

"그게 몽양의 그릇이오."

다음 날 아침, 여운형이 다시 경교장을 찾았다. 넥타이는 바람에 휘날리고, 걸음은 예전처럼 활달했다.

"백범 선생, 어제는 고향에 다녀온 줄만 알았습니다."

김구가 손을 내밀었다.

"몽양, 세월이 우리를 참 멀리까지 데려왔소."

1922년, 김구가 상해에서 한국노병회를 조직할 때 여운형은 자연스럽게 그 한가운데에 있었다. 둘은 독립운동뿐 아니라 사적인 일에서도 서로를 의지했다. 여운형이 상해 야구장에서 체포되어 본국으로 압송된 뒤, 김구는 한동안 그의 빈자리를 아쉬워했다.

"그러니 말입니다. 머리카락이 죄다 하얘졌군요."

잠시 웃음이 오간 뒤, 김구가 솔직히 말했다.

"많은 이들이 몽양을 피하라고 말합디다."

여운형이 미소를 거두지 않고 답했다.

"백범 선생이 그런 말에 흔들릴 분이라면, 저는 여기 오지 않았을 겁니다."

둘은 찻잔을 사이에 두고 한동안 앉아 있었다.

"제가 우리 민족을 위해 일을 벌이고 있습니다. 이 땅에 혼자 설 사람은 없습니다. 백범 선생께서 함께 손을 잡아주셔야 합니다."

김구는 차를 앞에 놓고 조용히 말했다.

"몽양의 그릇은 큰데… 그 안이 아직은 혼탁하오. 사람들이 몽양을 조심하라고 한 것은 그런 뜻이오."

여운형이 웃었다.

"그래서 백범 선생이 필요합니다. 혼탁한 것을 맑게 만드는 힘이 있으시니까요."

1946년 가을, 김규식과 여운형이 좌우합작 7원칙을 추진하자 김구는 뜻밖에도 이를 지지했다.

"합작은 통일이오. 통일은 곧 독립이오."

비타협적인 투사라는 이미지와는 다른 선택이었다. 좌익은 냉소했고, 우익은 맹공을 퍼부었다. 사람들은 물었다.

"그토록 비타협적인 김구가 왜 좌우합작을 지지하는가?"

김구는 짧게 대답했다.

"나는 사람을 보고 판단하오. 우사와 몽양, 두 사람은 내 믿음을 저버리지 않았소."

상해에서 이승만과 김구가 처음 마주했을 때, 이승만은 임시정부 대통령이었고 김구는 경무국장이었다. 김구는 온 힘을 다해 그를 지켰다. 경호를 맡고, 출입을 관리하고, 대통령의 안전을 책임지기 위해 최선을 다했다.

20여 년 뒤, 해방 직전 중경에서 역할은 뒤바뀌어 있었다. 임정 주석은 김구였고, 이승만은 미주 외교위원장으로 먼 곳에 있었다.

그러나 김구는 젊은 시절 서대문감옥에서 품었던 신뢰를 버리지 않았다. 태평양전쟁 이후 구미위원부를 둘러싼 논란이 있었지만, 그는 끝내 이승만을 정치적으로 복권시켰다. 그 결정이 없었다면 해방 후 이승만이 그렇게 빠르게 전면에 등장하기는 어려웠을 것이다.

두 사람이 귀국해보니 정국의 중심에는 오히려 여운형이 서 있었다. 건준과 인민공화국, 거리의 군중, 좌우의 재편…

이승만과 김구는 서로를 필요로 했다. 둘은 여운형과 좌익에 대응하기 위해 공동전선을 폈다. 그들이 나라를 사랑하는 마음은 같았다. 차이가 있다면 김구는 '나라'에 모든 걸 바치는 혁명가였고,

504

이승만은 '국가'를 계산하는 정치인이었다는 점이다.

돈을 놓고 갈등이 있었다. 1945년 10월 한국에 돌아왔을 때 이승만에게는 현금이 거의 없었다. 미국 교포로부터 모금이 어려웠다. 반면 11월에 환국한 김구는 중국국민당의 지원을 받아 상당한 돈이 있었다. 김구는 그 돈을 임정과 독립운동자금으로 써야 한다고 믿었고, 철저히 공적 목적에만 사용했다.

돈이 넉넉했던 시기는 잠깐이었다. 순국의사 유해 봉환과 독립운동가들의 생계, 임정 유지에 쓰다 보니 다음 해 여름에 바닥이 보였다.

1946년 여름, 하지의 정치고문 굿펠로가 서울에 도착하면서 판이 바뀌었다. 그의 조정 아래 친일 기업인과 고관들이 모인 '대한경제보국회'가 결성됐다. 이승만은 유력 회원들을 돈암장으로 불러 이렇게 말했다.

"나라가 새로 설립되거나 큰 난국을 당했을 때, 그 나라 지도자들은 재산 있는 분들에게 협조를 받는 것이 세계의 관례요. 우리 조선에도 그런 전통이 있어야 합네다."

경제보국회 회원들은 거액을 모아 이승만에게 정치자금으로 넘겼다. 미군정의 규정은 사실상 무시된 거액의 대출 모금이었다.

이 자금이 두 사람 사이에 새로운 골을 만들었다.

"그 돈을 함께 나눕시다."

김구의 제안에 이승만은 단호하게 말했다.

"이건 내 정치자금이오."

일부를 떼어주겠다는 말에 김구는 손을 내저었다. 푼돈을 주겠다는 제의를 받아들이지 않았고, 따지지도 않았다. 다만, 서로 다른 길을 걸을 것이라는 예감은 또렷해졌다.

투쟁 방식의 차이는 그보다 더 깊었다. 김구는 무력과 자기 희생의 힘을 믿었다. 열여덟에 동학군에 가담했다가 실패를 맛보았고, 치하포에서는 원수를 갚는다며 일본인을 쳐죽여 옥에 갇혔다. 상해 임시정부를 지키기 위해 모두가 떠나는 도시에서 끝까지 남았고, 이봉창·윤봉길의 거사를 추진해 조선인의 의지를 세계에 알렸다. 그 일로 임시정부가 해체되는 지경까지 이르렀으나, 끝내 임시정부를 살려냈다. 남의 나라 땅에서 광복군을 조직했고, 청년들을 연합군의 전선으로 내보냈다.

이승만은 외교를 무기로 삼았다. 조미수호조약의 거중조정을 근거로 국제 사회의 중재를 통해 일본의 손에서 조선을 떼어내겠다고 계산했다. 그의 청원 외교는 국제사회에서 수십 년 동안 주목받지 못했지만, 그는 방향을 바꾸지 않았다.

직선과 곡선. 김구는 '나라'를 위해 모든 걸 바치는 직선의 혁명가였고, 이승만은 '국가'를 계산하며 판을 읽는 곡선의 정치인이었다.

점령군의 지배, 김구의 혁명의 기개, 이승만의 외교의 책략이 맞부딪히는 무대에서 세 축이 얽혀 만들어낸 균형은 언제든 흔들릴 수 있는 불안한 삼각형이었다. 미군정은 이 흔들리는 삼각형 위에 저울을 올려놓고 재며 계산했다. 누구에게 힘을 실어주고, 누구를 견제할 것인가.

'이승만은 결단력은 있으나 위험하다.'

‘김구는 강직해 협상에 맞지 않는다.’

그래서 하지 사령부는 김규식을 이렇게 평가했다.

‘김규식은 말을 알아듣는다. 그리고 자기의 언어가 있다. 가장 합리적인 협상가다.’

이런 계산의 틈에서 이승만은 자신의 기회를 만들기 위해 모든 걸 바치며 빠르게 나아갔고, 김구는 ‘나라를 바로 세우는 길’이 무엇인지 스스로에게 묻고 있었다.

20 갈라지는 땅에서

"완구 형, 이게 무슨 소리요? 큰 소리로 좀 읽어보시오."

1945년 12월 26일 오후에 배포된 다음 날짜 석간 『동아일보』는 1면 톱뉴스로 "외상회담에 논의된 조선독립문제"라는 가로 제목을 달고 있었다.

조완구가 잉크 냄새 풀풀 나는 신문을 쭉 훑다가 벌떡 일어섰다.

"백범! 해방돼서 조국 땅을 다시 밟은 게 바로 어젠데 이게 뭡니까? 세상천지에 이런 법이 어디 있소. 세상이 요물단지요!"

신문은 모스크바에서 열린 미·영·소 삼국 외상회의에서 조선에 대한 5년간의 신탁통치가 결정되었다는 소식을 전하고 있었다. 12월 16일부터 27일까지 모스크바에서 열린 회의에서 미국의 번즈 국무장관, 소련의 몰로토프 외상, 영국의 베빈 외상이 토의한 내용이었다.

김구는 선우진 비서를 불렀다.

"급히 한미호텔과 운현궁에 달려가 국무위원들에게 알리게. 경교장에서 긴급 야간 국무회의를 열겠다고 말이오!"

겨울 해가 일찍 저물었다. 임정 국무위원들이 황급하게 경교장에 도착했다.

20명의 국무위원이 김구 주석을 중심으로 타원형으로 둘러앉은 야간 국무회의는 격렬한 분위기 속에서 시작되었다.

김구가 자리에서 일어섰다.

"위원 여러분, 모스크바에서 조선 문제를 논의한 삼국 외상회의 결과가 방금 신문에 났소. 그 핵심은 5년간의 신탁통치랍니다. 미국, 소련, 영국이 합의했고, 우리 민족은 다시금 외세의 손에 운명을 맡기게 되었소."

말이 끝나기도 전에 고함이 터져 나왔다.

"천부당만부당이오!"

고함은 계속 이어졌다.

"이제 독립이 됐나 했는데, 다시 외세의 고삐를 채운단 말이오?"

"백성들이 이런 날벼락에 가만히 있겠소?"

조소앙이 나섰다.

"여러분, 감정을 거두고 이성적으로 들여다봅시다."

그는 두 손을 펴서 흥분을 가라앉히는 시늉을 했다.

"미국은 이미 테헤란 회담에서 40년간 신탁을 주장했어요. 이 결정은 단지 소련의 책략이 아닙니다. 영미도 공범입니다. 그러나 다른 측면에서 보자면, 5년은 긴 것 같지만 카이로선언의 '적절한 시기'보다는 명확해졌습니다. 미·소·영 3상이 합의한 사항을 일방적으로 거부한다면 국제적으로 고립될 수도 있습니다. 외세를 물리칠 수 없다면 길을 찾는 수밖에 없지요."

김원봉이 벌떡 일어섰다.

"소앙 선생, 그런 말이 지금 입에서 나온단 말이오? 5년이 10년 되고, 10년이 30년 되는 건 그들 마음이오. 우리는 외세를 겪어본 사람들 아닙니까?"

김규식 부주석이 말했다.

"지금 중요한 것은 통일정부를 어떻게 세우느냐이지, 말 한마디에 감정적으로 대응하는 게 아닙니다. 민족 전체의 의사가 무엇보다 중요합니다. 우리는 그 뜻을 살펴야 합니다."

말이 서로 부딪히자 김구가 좌중을 정리했다.

"우리는 조국을 빼앗기고 36년을 지냈소. 이제 다시 외세에 순응하자는 소리를 들을 때마다 심장이 터질 듯하오."

국무회의가 들끓는 중에 한 노인이 젊은이의 등에 업혀왔다.

"심산心山 김창숙 선생님이 오셨습니다!"

엄항섭의 외침과 함께 장내가 일순 조용해졌다.

"신탁통치라니… 절대 안 되오."

일제의 고문으로 다리를 못 쓰는 김창숙은 몸이 여월 대로 여위어 가랑잎처럼 가벼워보였다. 그러나 그의 카랑카랑한 목소리는 회의장을 천금의 무게로 짓눌렀다.

"우리가 언제 강대국의 잔치에 초대받은 적이 있었소? 이 나라, 이 백성의 정신은 우리 그릇에 담아야 하오."

김원봉이 심산을 부축했다.

"선생님, 고맙습니다. 20년도 더 됐지만, 황포탄 의거를 전개하던 열사들의 떨리는 손끝이 기억납니다."

김구가 말했다.

"구한말 외세를 이용해 독립을 보전하려다 망국의 비애를 맛본 역사를 우리는 지금 다시 새겨야 할 것이오. 또 외세를 이용하려는 건 어리석은 생각이오. 우리는 세계를 향해 선언해야 하오. 나는 이 길 말고는 모르오."

"찬성이오!"

국무위원들이 일제히 자리에서 일어서며 결의문 채택을 지지했다. 밤샘 회의에서 국무회의는 '4국 원수에게 보내는 결의문'을 채택했다.

"완전한 자주독립을 획득할 때까지 3천만 전 민족은 신탁통치 반대운동을 결사적으로 계속할 것을 미·영·중·소 4개국에 통고한다."

신탁통치를 반대하는 목소리가 전국에 메아리쳤다. 여러 기관·단체들이 반탁을 천명했고, 공무원들이 운동의 물결에 합세하기 시작했다. 상가는 일제히 문을 내렸다. 전차가 멈췄고, 서울시는 하루 만에 마비되었다. 서울만이 아니었다. 경기도청 공무원들이 단체로 근무를 거부했다. 요정과 댄스홀까지 모두 문을 닫아 난봉질을 못하게 된 양놈들이 벽에 낙서하며 불만을 터뜨렸다.

임정은 '신탁통치 반대 국민총동원위원회'를 결성했다. 이를 계기로 임정이 공식적으로 정부 역할을 수행하고자 나섰다. 군정청의 행정권을 임시정부가 접수하자는 말까지 나왔다.

좌우익을 막론하고 국내의 모든 세력이 반탁 투쟁에 나섰다. 12월 31일에는 눈 덮인 서울운동장에서 수만 명이 참여하는 대규모 시위가 열렸다.

먼저 단상에 오른 김구는 주체적인 독립을 외쳤다.

"다른 나라가 주는 독립이 아니라, 우리의 피와 땀으로 지켜낸 독립이 되어야 한다."

다음으로 무대에 오른 이승만이 외쳤다.

"우리가 신탁통치를 단호히 거부한다면, 열강은 우리의 독립을 인정할 수밖에 없다."

신익희 임정 내무장관은 국무회의 의결 없이 서울 시내 8개 경찰서장을 불러 반탁운동에 호응할 것을 명령하고, 임시정부 포고문인 '국자'國字 1, 2호를 발령했다.

국자 제1호-현재 전국행정청 소속의 경찰기관 및 한인 직원은 전부 본 임시정부 지휘하에 예속케 함.

국자 제2호-이 운동은 반드시 우리의 최후 승리를 취득하기까지 계속함을 요하며, 일반 국민은 금후 우리 정부 지도하에 제반 사업을 부흥하기를 요망함.

군정청 본관 2층 회의실.

1945년 12월 마지막 날 밤늦은 시간에 대책 회의가 열렸다. 회색 코트의 미군 장교들과 민정장교, 통역관, 정보장교들이 착석했다.

"임시정부가 정권을 탈취하려는 쿠데타를 일으켰소. 김구가 우리를 농락하는 겁니다."

하지 사령관이 손바닥으로 테이블을 거칠게 내리쳤다. 아널드 민정장관이 덧보탰다.

"속히 임정을 제압해야 합니다."

하지가 턱을 매만지며 말했다.

"내가 직접 김구를 만나겠다."

1946년 1월 1일 낮, 김구는 반도호텔 3층 하지의 집무실로 걸어 올라갔다. 김구는 하지 사령관에게 예의를 갖춰 인사했다. 기다리고 있던 하지가 앉은 자세 그대로 김구를 위아래로 훑었다.

"귀하는 귀국할 때 미군정의 법과 질서유지에 협력하겠다고 서약하지 않았소?"

김구는 흔들리지 않았다.

"신탁 반대는 우리의 자유로운 의사표시요."

하지가 손바닥으로 책상을 밀치듯 내리쳤다.

"그건 미군정에 대한 쿠데타요!"

김구의 목소리는 오히려 낮고 단단했다.

"반탁운동은 질서 있게 했소. 폭력도, 약탈도 없었소."

김구는 한 발 앞으로 다가섰다.

"협력과 복종은 다른 것이오."

그 말에 하지가 벌떡 일어섰다.

"그건 반란이야! 당신들은 군정을 뒤엎으려 하고 있어!"

김구의 입가에 가늘게 선이 그어졌다.

"우린 우리의 주장을 했소."

순간, 하지는 허리춤의 권총집에 손을 가져갔다.

"지금도 나를 속일 작정이오? 그렇다면 쏴버릴 수 있어!"

공기가 얼어붙었다.

김구는 책상 위의 라디오를 쳐다보며 말했다.

"사령관, 총은 여기에서 사용할 물건은 아니오."

김구는 천천히 두 팔을 벌리며 양탄자 위를 가리켰다.

"사령관이 총을 쏘겠다면… 나는 이 자리에서 죽겠소. 나는 조국의 독립을 위해 죽을 준비가 되어 있소."

둘의 시선이 한가운데서 부딪쳤다.

문가에 서 있던 조병옥趙炳玉이 숨을 삼키며 눈만 굴렸다. 한마디만 삐끗하면 방 안에서 진짜 총성이 날 기세였다.

하지가 먼저 눈을 깜빡이며 숨을 고르고 말했다.

"좋소… 그렇다면 라디오에서 분명히 밝히시오. 당신들의 시위가 군정을 겨냥한 것이 아니었다는 점을."

그날 저녁, 엄항섭 선전부장이 라디오 방송을 했다.

"우리는 신탁통치를 반대합니다. 그러나 연합국 군정에 반대하거나, 백성의 생활을 해치기 위함은 아닙니다. 모든 국민은 다시 일터로 돌아가주십시오."

미군정은 임정의 반탁운동이 미군정을 향한 것이 아니라는 점을 홍보하는 데 주의를 기울였다. 미군정과 임시정부의 급박한 갈등은 수습되었다. 포고문을 발표한 신익희는 미군정에 연행되어 신문을 받았다.

미군정은 반탁운동을 계기로 경찰을 장악했다.

서울의 공기가 달라졌다. 반탁운동이 '민족의 절규'에서 점차 '진영의 구호'로 바뀌어갔다.

1946년 1월 2일, 조선공산당 중앙위원회가 성명을 발표했다.

"삼국 외상회의의 결정은 정당하다. 김구 일파의 반탁운동은 민족의 해악이다."

성명 발표와 동시에 사흘 전까지만 해도 통일전선을 제안하던 좌익이 박헌영이 평양을 다녀온 후 찬탁으로 돌아선 것이다. 1월 3일, 서울운동장에선 반탁 시민대회가 열렸고, 남산에선 찬탁의 깃발이 세워졌다. 두 대열이 남대문에서 부딪쳤다. 고함이 오가고, 젊은이들은 치고받았다. 신탁통치 문제는 '민족 대 외세'의 싸움에서 '좌 대 우'의 싸움이 되었다.

김구는 '비상정치회의'를 제안했다. 임시정부가 과도정부를 구성해 민족을 이끌자는 구상이었다. 뜻밖에도 이승만이 호응했다. 그는 비서 임병직을 조용히 불러 말했다.

"정말로 신탁 자체가 문제라기보다 누가 이 판을 주도하느냐가 중요하다."

김구와 이승만은 함께 정치회의 최고정무위원 28명을 선출했다. 바로 얼마 전까지만 해도 이승만이 주도했던 독립촉성중앙협의회는 한껏 기세를 올렸으나, 좌우가 이탈하며 힘을 잃어가고 있었다. 새로운 판을 짜야 했다.

그러나 바로 다음 날, 일이 이상하게 진행됐다.

아침 신문을 펼쳐들고 읽던 조소앙이 굳은 얼굴로 중얼거렸다.

"비상정치회의 인사들을… 군정자문기구 '민주의원'으로 임명한다?"

바로 이틀 전, 서울 남산 언덕의 일본식 저택 안. 굿펠로 대령과 이승만이 고요한 햇살 속에 마주 앉았다. 굿펠로가 물었다.

"박사님, 비상정치회의는 누가 주도합니까?"

이승만이 미소를 지었다.

"김구와 내가 발표는 했지만… 그 틀은 언제든 전환 가능하오."

굿펠로는 펜으로 명단을 체크하며 말했다.

"그럼 이들을 '민주의원'으로 초빙하면 어떻겠습니까. 군정의 자문기구로 흡수하는 거지요."

이승만은 커피 한 모금을 마셨다. 그리고 맑은 목소리로 말했다.

"스마트한 고등 전략이오."

그날 '비상정치회의'는 '민주의원'이라는 이름으로 교체되었다.

임정 국무회의에 '비상정치회의가 민주의원 인선을 추진한다'는 정보가 보고되었다. 보고된 내용은 이승만을 민주의원 원장으로, 김구 주석과 김규식 부주석을 부원장으로 내정하고, 국무위원 몇 명을 위원으로 초빙한다는 구상이었다.

이를 들은 김성숙은 격분했다.

"임정의 정正·부副 주석이 미군정의 민주의원에 가담한다는 것은 정치적 위신과 대의명분으로도 도저히 찬성할 수 없소. 민족의 대표로 국내외에서 독립을 외쳐온 임시정부의 주석과 부주석이, 외국 군정의 자문기관에 불과한 민주의원의 부원장이나 의원으로 들어간다니, 그것이 말이 됩니까? 그것은 민족 대중에 대한 배신이오."

"맞는 말이오. 임정 수뇌부가 민주의원에 소속된다면 임정 기치旗幟 아래서 투쟁하다가 숨진 동지들의 영령에 대해 부끄러운 짓이 될 것이오. 만약 임정이 민주의원에 가담하기로 결정하려면 무엇보다 먼저 임정의 자진 해산을 만천하에 공포해야 할 것이오."

김원봉, 장건상, 성주식도 강력하게 대응했다. 그러나 이런 주장들은 묵살됐다. 하지의 의도대로 김구와 김규식이 2월 14일 탄생한 군정자문기관 민주의원에 참여했다. 이승만은 민주의원의 탄생을 공짜로 얻은 "무상의 영광"이라고 표현했다. 김구는 "칭찬과 비난에 연연하지 않고 건국 대업에 정진하려 한다"고 말했다.

*

3월 20일, 덕수궁 석조전 앞마당에 미군 아널드 소장과 소련군 스티코프 중장이 거의 동시에 도착했다. 회색 대리석 기둥 사이로 아널드가 먼저 성큼성큼 들어섰다. 키가 크고 어깨가 넓어 석조전의 복도를 꽉 채웠다. 뒤이어 스티코프가 들어왔다. 구두 굽이 바닥을 찍는 소리가 딱딱 울렸다. 차갑고 계산적인 눈빛이었다.

모스크바 삼상회의에서 합의된 '한국 임시정부 수립'과 '4개국 신탁통치'의 실행을 위해 마침내 문을 연 첫 미소공동위원회다. 그러나 두 강대국의 계산은 첫 악수를 나누기 전에 이미 엇갈려 있었다.

회의가 시작되자마자 스티코프가 꺼낸 말이 공기의 흐름을 갈랐다.

"모스크바 협정을 지지하는 단체만 협의 대상입니다."

아널드가 곧바로 반박했다.

"신탁을 반대했다는 이유만으로 협의에서 배제될 수는 없습니다. 우리는 한국인을 처벌하러 온 것이 아닙니다."

미소공위의 첫 장은 '개시'가 아닌 '정지'로 시작되었다.

그날 밤, 경교장에서 이시영, 김구, 김규식 세 사람이 공위의 향방을 논의했다.

"신탁이란 말만 들어도 백성들은 분노합니다. 해방 넉 달 만에 또다시 '통치'라니… 아무리 임시라 해도 사람들에겐 새 족쇄로 들릴 뿐이오."

이시영이 말했다.

"국제정치는 민족감정을 수용하지 않습니다. 미·소가 한반도에서 바로 손을 뗄 리도 없고요. 신탁은 결국 미·소 두 강대국이 서로를 견제하기 위해 만든 장치입니다. 단독 지배도 원치 않고, 상대의 우세도 허락하지 않으려는 것이지요."

김규식이 설명을 보탰다.

"외세가 들어와 정권을 좌지우지한다면 독립은 허울뿐이오."

이시영이 걱정했다.

둘의 얘기를 듣던 김구가 말했다.

"신탁은 강대국의 계산이지만, 우리 민족에게는 모욕일 뿐이오. 국제정치와 민족의 감정이 어긋나면 협의될 수가 없소. 지도 위의 선이 민족의 가슴속에도 그어질 것이 염려되오."

며칠 뒤, 민주의원 의장 이승만이 느닷없이 사퇴를 발표했다. 표면적인 이유는 "이승만의 지나친 반소 발언에 미군정이 피로감을 느꼈기 때문"이라고 했다. 그러나 실제 이유는 따로 있었다. 소련 공산당 기관지 『프라우다』가 이승만의 오래된 의혹을 폭로한 것이다.

"1945년 봄, 이승만이 미국에서 임시정부 대통령을 사칭하며 사무엘 돌베어에게 100만 달러를 받고 조선의 광산채굴권을 넘겼다."

극단적 반소 지도자인 이승만을 협상 테이블에서 제거하려는 소련의 계산이 깔린 보도였다.

보도는 미군정에 부담을 주었다. 군정은 이승만을 활용하고 있었지만, 명성에 흠을 입은 사람을 전면에 세울 수는 없었다.

군정청 내부 공기가 달라졌다. 하지는 김규식 쪽을 저울질했다. 김규식은 미군정으로선 소련도 미국도 자극하지 않는 가장 안정적인 중도 카드였다.

사퇴한 이승만은 잠시 물러난 듯 보였지만, 곧 새로운 판을 짜기 시작했다. 그는 물러난 적이 없었다.

삼청장의 골목으로 햇살이 골고루 퍼지는 오전이었다. 김규식이 삼청장 자택 대청마루 기둥에 거울을 세워놓고 긴 배코칼로 면도를 하고 있었다. 그때 혼자 삼청동 계단을 올라오는 이승만의 얼굴이 거울에 나타났다.

"형님, 웬일로 이 골짜기를 찾아오셨습니까?"

삼청장은 해방 후 임정 요인이 귀국할 때 민영휘의 아들 민규식이 김규식의 사저로 내놓은 집이었다.

"이번 좌우협상만큼은 아우님이 해주시오. 미소공위가 제대로 진척이 되지 않고 있으니, 이제 아우님이 나설 차례요."

김규식으로서는 이승만의 방문을 예상하지 못했고, 그의 말 또한 예상치 못한 것이었다.

"좌우협상은 어려운 문제 아니겠습니까? 형님께서 그런 말씀을 하시니 뜻밖입니다."

"미군정에서도 아우님과 민주의원 활동을 함께 해보고는 매우 흡족해하는 것 같소. 자, 이걸 받으시오."

이승만이 김규식에게 건넨 것은 보자기에 쌓인 돈다발이었다.

"50만 원이오. 협상을 아우님이 해줘야 하오."

김규식은 선뜻 받지 않고 담배를 피워 물었다. 그는 담배를 몇 모금 마시고는 비벼 끈 다음, 다른 통에 들어 있는 담배에 다시 불을 붙였다.

"형님이나 대통령 하시오. 나는 대통에 있는 담배나 즐기겠소."

"이번에는 아우가 맡아야만 하오. 우리가 시험도 해보기 전에 거절할 순 없지 않소."

"제가 나무에 올랐다가 떨어지면, 그때는 형님이 책임져주시겠습니까?"

"그거야 당연하지요. 내가 끝까지 보증하리다."

돈은 두툼했다. 김규식은 출처를 묻지 않았다. 묻지 않는 쪽이 서로에게 편했다. 그는 직감했다. 이 돈은 이승만의 돈이 아니라 군정의 회유자금이라는 것을.

오후에 김규식이 비서 송남헌宋南憲을 불렀다.

"경심耕心, 오전에 이승만 박사가 찾아왔다오."

"그래요?"

송남헌이 의외라는 듯 고개를 갸웃갸웃했다.

"나에게 좌우협상을 맡으라며 이 돈을 주고 갔소."

김규식이 이승만에게서 받은 돈을 내밀었다.

"이승만 박사가 선생님을 나무 위에 올려놓은 후 나중에 나무를 흔들지 않을까요?"

"이 박사가 나무를 흔들 것에 대비해 노트에 이 박사의 서명을 받아두었소. 잘 간수하시오."

미소공위가 시작됐으나 양측이 자국의 입맛에 맞는 정부를 세우려는 치열한 대립으로 공전을 거듭했다. 미소공위가 지지부진하자 이승만이 지방순회라는 새로운 전략을 들고나왔다. 이승만은 평생 일본과 싸우고 돌아온 임시정부 사람들과는 달랐다. 그는 대중 동원의 중요성을 알고 있었다.

이승만이 경호를 위해 동행하는 조병옥에게 말했다.

"국민들은 접촉하면 하는 만큼 지지를 보내주는 법일세. 반대했던 사람일지라도 악수를 한 번 해보고, 연설을 한 번이라도 듣게 되면 생각이 달라지게 마련이지."

칠십을 넘긴 노인의 엄청난 정력이었다. 그는 두 달간 남부 전 지방을 돌며 바람을 일으켰다. 잠시도 쉬지 않았다. 서면 연설하고, 앉으면 설득했다.

6월 3일 정읍. 천 명이 넘는 사람들이 모였다.

"삼팔선 북쪽은 이미 공산 세상이 되었소. 우리가 아무것도 하지 않으면 이 나라는 지도에서 지워질 것이오."

이승만이 말을 끊고 손을 한 번 들었다. 그는 진짜 하고 싶은 말은 마지막 피날레로 장식했다.

"우리는 남방만이라도 임시정부 혹은 위원회 같은 것을 조직하여…"

그는 청중들의 반응을 집중시켰다.

"38 이북에서 소련이 철퇴하도록 세계 공론에 호소해야 될 것이니, 여러분도 결심해야 할 것이올시다."

군중들은 의미를 파악하기도 전에 먼저 환호를 터뜨렸다.

남한만이라도 단독정부를 구성하자는 '단정론'이었다. 역사상 처음 나온 남북분단정부 발언이었다.

정읍 발언으로 정국이 뒤틀리기 시작했다. 한반도를 둘러싼 네 방향의 권력이 동시에 진동했다.

워싱턴 국무부 회의실.
관리의 손끝이 지도를 가리켰다.
"신탁통치. 그걸로 충분하다."
한반도는 그의 책상 위에서 거우 손톱만 한 크기였다.
"5년 뒤 독립? 그건 이미 문서에 적혀 있다."
말투는 무심했고, 그의 관심은 이미 다른 지역으로 넘어가 있었다.

서울 미군정청 하지의 집무실.
하지는 철제 서류철을 쾅 하고 닫았다. 눈두덩을 문지르며 말했다.
"좌익은 소련, 극우는 이승만… 둘 다 위험하다."

니스트가 조심스럽게 덧붙였다.

"중간 세력이 필요합니다. 김규식, 안재홍… 둘이 균형을 잡을 수 있습니다."

하지가 고개를 갸웃했다.

"하지만 이 땅에서 균형은 허락되지 않아."

미군정은 '관리'를 원했지만, 조선은 '정치'를 요구하고 있었다.

돈암장.

이승만은 읽던 신문을 덮었다. 표정 변화는 거의 없었다.

"미국은 결국 단정을 피할 수 없을 것이오."

임병직은 귀를 의심했다. 낮지만 확신에 찬 이승만의 목소리가 이어졌다.

"내가 반탁에 가담한 이유는 정국의 무게중심이 어디로 쏠리는가… 그걸 보려는 거였지."

이승만은 혼란을 싫어하지 않았다. 혼란 속에 기회가 있었다.

서울운동장.

김구는 연단 앞에 섰다.

"신탁은 분단이오. 반탁은 제2의 독립운동이오."

떨리는 깃발, 거친 함성. 단상에서 내려오는 그의 걸음은 결코 가볍지 않았다. 원칙은 선명하지만, 원칙만으로 너무 버거웠다. 김구는 그 사실을 알고 있었다.

네 축은 서로를 보지 않았지만, 예리하게 서로를 의식하고 있었다.

워싱턴은 냉담했고, 미군정은 주저했고, 이승만은 세를 불렸고, 김구는 기치를 들었다. 힘은 네 방향으로 갈라졌다. 그 힘은 서로를 설득하지 않았다. 그 구조 자체가 이미 분단의 그림자였다.

*

계동 골목 흙담 너머의 넓은 한옥 마당. 여운형이 우물에서 손을 씻고 있었다. 팔을 걷어붙인 팔뚝이 단단했다. 그때 인기척이 있었다. 대문께에 흰 제복의 미군 장교가 서 있었다.

"버치 대위 아니오?"

버치가 작은 케이크 상자를 들어 보이며 웃었다.

"미스터 여, 생일 축하합니다."

여운형도 웃으며 그를 마루로 이끌었다. 부엌에서 막걸리·떡·산적, 그리고 익숙지 않은 미국식 케이크를 상에 올렸다.

"오늘이 내 환갑이오. 막걸리에 케이크라니. 기묘한 조합이오."

버치는 막걸리 잔을 새끼손가락으로 저으며 바로 본론으로 들어갔다.

"곧 미소공위가 재개됩니다. 정국이 굳어 있습니다. 선생님의 도움이 필요합니다."

여운형은 술잔을 내려놓으며 담담히 말했다.

"내 도움이 뭔 필요가 있겠소? 백범이나 이 박사에게 가보시오."

"두 분은 스스로 문을 걸어 잠갔습니다. 좌우를 이어줄 분은 선생님뿐입니다."

"미소공위가 어떻게 열리는지 먼저 보겠소. 그걸 보고 얘기합시다."

버치가 방향을 돌렸다.

"김규식 박사는 어떻게 보십니까?"

"귀한 분이오."

여운형에게 느낌이 왔다. 버치는 굿펠로나 니스트와는 결이 달랐다. 정치를 '압박'이 아니라 '구도'로 보는 사람이었다.

며칠 뒤 낙원동. 버치, 김규식, 여운형 세 사람이 자리를 같이 했다. 여운형이 먼저 말을 꺼냈다.

"이 박사의 단정 발언은 미군정과 교감하고 나온 구상이오?"

버치는 웃으며 고개를 저었다.

"이 박사의 감각은 탁월하지요. 하지만 이번엔 앞질렀습니다. 하지 사령관이 그렇게 쉽게 끌려갈 분은 아닙니다."

김규식과 여운형 두 사람의 눈빛이 스쳤다. 그 순간, 삼십 년 넘는 세월이 만든 신뢰가 서로의 마음속으로 이어졌다. 아니, 결심에 가까웠다. 김규식이 정면을 보며 말했다.

"몽양, 어떤 일이 있어도 합작을 성공시킵시다. 우리는 좌우에서 공격받을 겁니다. 하지만 우리가 쓰러지면 나라가 무너집니다."

김규식이 이렇게 깊이 찬성하는 발언을 하는 것은 드문 일이었다. 여운형이 흔쾌히 고개를 끄덕였다.

김규식이 다시 말했다.

"새 입법기관 구상을 받아들이겠습니다."

여운형이 말했다.

"좋소. 목적은 하나요. 미소공위를 다시 움직여 삼팔선을 없애는 것. 남북 통일정부. 그 길뿐이오."

이날의 대화는 좌우합작의 척추를 세웠다.

가을 초입에 좌우합작 7원칙이 정리됐다. 해방 후 처음으로, 좌우가 같은 문장에 도장을 찍었다.

'민주 임시정부 수립' '친일파 단죄' '토지개혁' '정치범 석방' '테러 금지' '표현의 자유', 그리고 '미소공위 재개 요청'.

합의문을 뽑아낸 건 타협이 아니라 더 이상 쪼개져서는 안 된다는 결의였다.

그러나 극우와 극좌 진영에서는 비난을 퍼부었다. 나머지는 대부분 입을 다물었고, 힘 있는 자들은 침묵을 가장한 냉소를 보냈다. 그때 김구가 입을 열었다.

"7원칙은 해방 이후 최대의 수확이오. 부분적으로 마음에 안 드는 게 있어도, 나는 끝까지 지지하겠소. 이 원칙이 무너지면 남는 것은 분열뿐이오."

조선공산당의 불참으로 좌우합작이 흔들리기 시작했고 여운형의 입지가 좁아지고 있을 때였다. 김구의 지지로 정국에 새바람이 일어나기 시작했다.

*

하지의 집무실 공기는 서늘했다. 이승만의 셔츠에는 땀이 송골송골 맺혀 있었지만, 하지는 커피잔을 들고 느긋하게 의자에 기대 있었다.

"하지 사령관."

이승만의 목소리는 낮았지만 결기가 묻어 있었다.

"입법의원이라면 국민이 뽑아야 하지 않소? 어찌 절반을 군정청이 임명합니까?"

하지는 커피잔을 탁, 하고 내려놓았다.

"이 박사."

하지의 목소리는 낮고, 단단하고, 냉기가 서려 있었다.

"미국은 당신에게 권력을 줄 생각이 없습니다."

이승만은 표정을 바꾸지 않았다.

"뭐라고 하셨소?"

"우리는 미소공위를 통해 좌우연립정부를 세울 겁니다. 그 이상 파고들지 마시오."

"내가 그 말을 들으려고 여기 온 줄 아시오? 앞으론 사령관의 정책을 공공연히 반대할 것이오."

그 말에 하지의 눈빛이 단번에 바뀌었다. 그는 의자를 밀치며 벌떡 일어섰다.

"나는 당신을 감옥에 보낼 수도 있고, 목숨을 앗을 수도 있소!"

사무실의 시계 초침이 재깍재깍 소리를 냈다. 이승만은 흔들리지 않았다.

"나는 이 민족의 자유를 위해 싸우는 사람이오. 공산주의에 맞서는 건… 당신네를 위한 일이기도 하오."

하지가 비웃었다.

"이 박사! 정신과 진료나 받으시오."

이승만은 낮은 목소리로 대꾸했다.

"미군정에서 가장 위험한 공산주의자는… 하지 장군과 버치 중위요."

그날 이후, 미군정은 결론을 내렸다.

'이승만을 정국에서 배제한다.'

그날 밤, 이승만은 비서를 불렀다.

"미국으로 간다."

이승만의 전략은 사령관과 싸우기 위해 사령관이 없는 곳으로 가는 것이었다.

그를 추종하는 단체들은 전국에서 돈을 모았다. 환영단, 여비 모금단, 후원회가 생겨났다. 2억 원을 모으겠다는 계획이 공공연히 떠돌았다.

12월 4일, 미군이 제공한 비행기가 이승만을 태우고 이륙했다. 서울에 두기엔 위험했고, 억압하기엔 부담스러운 인물의 출국에 미국이 비행기를 제공한 것이다.

도쿄에서 이승만은 집요한 시도 끝에 맥아더를 잠시 만났다. 대화는 짧았고, 대화의 의미도 모호했다. 그러나 이승만은 그 모호함을 국내 정치용으로 활용했다.

'일본에서 맥아더와 이승만 사이에 모종의 합의가 이루어졌다.'

이승만은 미국에 도착하자마자 기자들 앞에서 하지를 정면으로 공격했다.

"하지는 공산주의자입니다. 미군정 사령관직에서 해임되어야 합
니다."

이승만은 칼튼호텔에 작전본부를 구성했다. 규모는 작지만 진영
이 튼튼했다. 미국 측은 굿펠로, 스태거즈, 윌리엄스, 레이디. 한국
측은 임병직, 임영신, 김동성. 책상 위엔 신문 스크랩과 주간지 기사,
정책보고서가 쌓여 있었다.

굿펠로가 말했다.

"하지는 신탁통치를 속으로 지지합니다. 연립정부 구상으로 한국
문제를 주도하려는 거죠."

이승만이 고개를 끄덕였다.

"그래서 갈아엎어야 하오. 입법위원 90명 중 절반을 군정이 임명
했소. 이건 비민주적이라고 미국 언론을 흔들면 되오. 나머지 민선
45명 중 43명은 우리 측이오. 우리가 반탁을 결의하면 하지는 설 자
리를 잃게 됩니다. 그다음은… 김규식을 흔드는 겁니다."

임영신이 우려를 표했다.

"국무부 설득은 쉽지 않습니다."

"그래서 내가 뛰는 겁니다."

이승만은 세 가지 목표를 제시했다. 첫째, 한국 문제를 유엔에 상
정한다. 둘째, 총선을 실시하되 먼저 이남에 단독정부를 수립한다.
셋째, 미국 여론으로 하지를 밀어낸다.

이승만은 미국의 극우 반공 세력을 빠르게 묶어냈다. 언론계, 종
교계, 보수 의원들이 냄새를 맡고 달려들기 시작했다. 방미 막바지
기자회견에서 이승만은 승부수를 감춘 도박사처럼 말했다.

"30일에서 60일 이내에 남한에 과도정부가 들어설 것이다."

사실 여부보다 중요한 건 기선을 잡기 위한 '선언'이었다.

이승만이 귀국하자마자 우익 진영이 일제히 재정렬됐다. 그의 발언은 과감했다. 공산주의자들의 분열과 좌파 간 갈등은 이승만의 발언에 날개를 달아주었다.

1948년 3월, 이승만은 조기 총선을 요구하며 단독 선거와 단독정부 수립을 공공연히 밀어붙였다. 김구는 이 흐름을 지켜보고 있었다. 그는 움직이지 않았다. 비난도 지지도 하지 않았다.

그의 침묵은 아직 판이 끝나지 않았다는 신호였다. 이승만은 빠르게 달리고 있었고 김구는 좌우합작과 이승만의 움직임을 지켜보고 있었다.

*

1947년 7월 19일 낮 1시 50분, 명륜동 정무묵鄭武默의 집. 비서 김기영金基榮은 식탁을 치우며 여운형을 바라보았다. 여운형은 더운 날씨에도 흐트러짐이 없는 자세였다.

김기영은 물을 마신 후 땀을 닦는 여운형의 손수건 자락이 조금 떨리는 것을 느꼈다. 여운형은 해방 후 2년 동안 12차례나 테러를 당했을 만큼 계속 극단주의자들의 표적이 되었다.

"몽양 선생님, 요즘 너무 자주 밖에 나가시는 것 같습니다."

여운형은 은신처인 정무묵의 집에서 계동 본가에 들렀다가 서울운동장으로 갈 예정이었다. 조선올림픽 위원장인 그는 우리나라가 국제올림픽위원회 회원국이 된 것을 기념하는 영국과의 친선 축구 경기를 관람하기로 되어 있었다.

"기영 군, 사람이 풀처럼 엎드리기만 한다고 살아남는 건 아니오. 사람이 바람을 속이기 위해서는 몸을 세워야 하오."

오후 2시 여운형이 차에 올랐다. 운전기사 이종학은 운전대에 앉으며 등줄기를 한 번 쭉 폈다. 몽양이 옷을 갈아입기 위해 계동으로 가는 것이 마음에 걸렸다. 축구경기 참석은 그다지 신경 쓰이는 일정은 아니었다. 그래도 이종학은 룸미러의 뒷좌석에 자주 눈이 갔다.

오후 2시 7분, 혜화동 로터리. 차가 로터리를 향해 들어서는 순간 김기영은 싸한 느낌을 받았다. 도로 건너편 모퉁이에 세워진 트럭 한 대가 이상하게 보였다. 창문으로 고개를 내민 남자의 눈빛이 매서웠다. 그 눈빛이 이쪽을 정확히 향하고 있다는 걸 직감한 순간이었다.

끼이이익! 트럭이 앞으로 튀어나와 차의 앞을 가로막았다.

"멈춰!"

이종학이 급히 브레이크를 밟았고, 차가 휘청거렸다. 그때였다. 왼쪽 골목에서 검은 셔츠에 모자를 눌러쓴 남자가 튀어나왔다. 오른손에 권총을 들고 있었다.

탕! 첫 번째 총성이 차창을 깨며 여운형의 어깨를 스쳤다.

탕! 두 번째 탄환은 여운형의 복부를 꿰뚫었다. 김기영은 그 순간 모든 것이 멈춘 것처럼 느껴졌다. 피비린내가 확 끼쳐왔다.

이종학은 문을 박차고 뛰쳐나갔다. 범인이 골목을 향해 달아나고 있었다.

"이 자식! 거기 서라!"

그러나 누군가가 그를 가로막았다. 경찰이었다.

"누구야! 너 뭐 하는 놈이야!"

경찰이 이종학의 허리를 붙잡았다.

"범인을 쫓고 있어요! 지금 놓치면 안 됩니다!"

이종학이 애타게 외쳤지만, 동대문서 소속 외근 경찰 최태화 경위는 이종학의 말을 믿지 않았다. 경찰이 경호원을 범인으로 착각하는 사이, 진짜 암살자는 골목을 돌아 사라졌다.

송진우에 이어 해방정국 두 번째로 거물 인사가 살해됐다. 미소공동위원회가 성공과 실패의 기로에 있을 때 여운형이 암살됐다.

이틀 후 수도청장 장택상張澤相이 담화를 발표했다.

"여운형 씨 사살 범인은 현장 체포가 가능한 절호의 조건을 갖추었는데, 여운형 경호원의 무지로 인해 범인에게 도주할 여유를 주어 성과를 거두지 못하게 돼 유감이다."

여운형 타계 후 제2차 미소공위는 삼국 외상회의 결정을 고수하는 소련 측과 의사표시의 자유를 보장해야 한다는 미국 측의 마찰로 제1차 공위의 대립점으로 되돌아갔다. 경찰은 여운형 암살을 한지근이라는 청년의 단독범행으로 결론 내리고 수사를 종결했다.

암살 당시 제2저격수로 일제 99식 권총을 겨눴던 김훈은 나중에 이렇게 말했다.

"몽양은 너무 잘생겼다. 인기가 대단했다. 종로 YMCA에서 강연을 끝내고 길을 가는데 길 건너편 사람들까지 몰려와 악수를 청할 정도였다. 저렇게 인기가 좋은 사람이 왜 평양까지 가서 김일성을 만나고 온다는 말인가. 몽양 개인에게는 미안한 일이지만, 국가와 민족을 생각하면 후회는 없다."

미군정은 김규식이 삼팔선 이남의 선거에 참여한다면 그를 대통령으로 만들기 위해 다양한 수단을 동원할 계획이었다. 그러나 김규식은 단독정부 수립은 안 된다는 신념을 갖고 있었다. 김규식은 돈과 정치조직에서도 엄청난 열세였다. 김규식은 이승만 계열이 경찰과 공무원을 장악하고 있고, 테러 집단과 연결되어 있어 자신이 수반으로 나선다면 지지자들과 가족들이 위험할 수 있다고 판단했다.[26]

정치적 동반자를 잃은 김규식은 대안으로 1947년 10월 8일 홍명희, 윤기섭, 안재홍, 박건웅, 원세훈 등 30여 명과 함께 민족자주연맹을 결성했다. 민주주의 민족통일을 지향하고, 당파적 쟁점을 넘어 광범위한 정책을 주장하기 위해 연맹의 형태를 취했다. 정치조직이지만 정당은 아니었다. 김규식은 연맹의 주석으로 추대되었고, 홍명희는 연맹의 중추적 기구인 정치위원회의 위원장을 맡았다.

결성식에서 김규식은 단상에 올라 말했다.

"우리는 위대한 혁명 투사를 잃었습니다. 신국가 건설을 위해 최후까지 노력하던 공동 진영의 한 용장을 상실했습니다. 여운형의 죽음은 민족 전체의 비극입니다."

결성식이 끝난 뒤 그는 낙원동 좌우합작위원회 사무실로 돌아왔다. 좌측 대표석, 여운형의 의자가 비어 있었다. 그는 잠시 손끝으로 의자의 먼지를 털어주었다.

그리고 우측 대표석에 앉아 펜을 들었다.

"하지 사령관 귀하. 좌우합작위원회는 12월 6일 해체하기로 했습니다. 결산보고서는 곧 도착할 것입니다. 위원회를 도와준 사령관과 동료들에게 감사드립니다."

편지는 곧 봉해졌다. 방 안은 조용했다.

빈 의자만이 끝까지 자리를 지키고 있었다.

여운형은 죽었고, 김규식은 후퇴했다. 이승만은 단정을 위해 질주했다.

여운형이 쓰러진 지 사흘 뒤였다. 김구는 출타를 마치고 밤늦게 경교장에 돌아왔다. 차에서 내리자 한 청년이 다가와 머리가 무릎에 닿도록 절을 했다. 짙은 어둠 속이라 얼굴은 보이지 않았다.

"선생님, 단정에 참여하십시오."

목소리는 낮았으나 땅을 짓누르듯 무거웠다.

"젊은이는 누구인가? 그 길은 내 길이 아니네."

"여운형 선생님도… 돌아가셨습니다. 선생님까지 잃으면 우리는 어디로 갑니까?"

김구는 말하지 않았다. 어둠 속에서 알 수 없는 얼굴을 한참 바라보았다.

"돌아가게. 밤이 깊었네."

밤벌레 소리가 가까이서 들렸다. 청년의 등이 미세하게 떨렸다.

"선생님은 옳은 것을 지키십니다. 그러나 우리 곁에 오래 계시는 것이 더 옳은 일입니다."

김구는 짧게 대답했다.

"오래 살기 위해 옳지 않은 길을 갈 수는 없네. 돌아가게."

김구는 더 말하지 않고 몸을 돌렸다.

뒤에서 청년이 말했다.

"그러면… 선생님, 검은 옷은 입지 말아주십시오. 흰옷으로 남아주십시오. 우리는 백의민족입니다."

김구가 뒤를 돌아보았다. 그러나 아무도 없었다. 캄캄한 어둠이 배회하고 있었다.

21 삼천만 동포에게 읍고함

1948년 1월 8일 아침, 김포 비행장에 눈발이 내리다 그쳤다. 멀리서 은빛 날개를 단 비행기가 요란한 소리를 내며 날아와 착륙했다. 유엔한국임시위원단을 태운 수송기였다. 경비병들이 정렬했다.

정장을 입은 몇 개 나라의 위원단이 비행기에서 내려 서울 시내로 향했다. 호위 차량 앞에는 미군 깃발과 유엔기가 함께 꽂혀 있었다. 남대문 부근에서 행렬이 잠시 멈췄을 때 이들을 본 시민들은 그들이 누구인지, 뭐 하러 오는 것인지 서로 수군거렸다.

1947년 10월 21일 50여 명의 소련 대표단 일행이 평양을 떠남으로써 제2차 미소공위회는 막을 내렸다. 미소공위가 진전을 이룰 가능성이 없게 되자 미국은 한국 문제를 국제연합으로 이관시켰다. 유엔은 결의안을 통과시켰다.

"유엔한국임시위원단을 설치해 늦어도 1948년 3월 31일까지 유엔 감시하에 남북이 하나 되어 선거를 치르고, 중앙정부가 수립되는 대로 미·소 점령군은 완전히 철수한다."

결의안은 지나치게 이상적이었다. 누구 하나 동의하지 않은 상태에서 3개월 만에 남북한의 전국 선거를 통해 중앙정부를 수립한다는 계획이었다. 그럼에도 이들을 위해 서울운동장에는 환영 군중이 운집했다. 한국인들은 그만큼 순진했거나, 아니면 완전 독립에 대한 열망이 그렇게 대단했다.

국제정세는 얼어붙고 있었다. 중국에서는 국민군과 공산군 간의 전세가 역전되고, 미국은 중국 개입정책을 버리고 일본을 중심으로 공산주의의 외곽을 봉쇄하는 작전으로 전환했다. 소련은 북에서 인민공화국 헌법 초안을 준비했다. 사이에 낀 한반도는 엄동설한이었다.

유엔한위는 먼저 이승만, 김구, 김일성, 박헌영을 협의 대상으로 선정했다. 그러나 소련과 북한은 위원단이 삼팔선을 넘는 자체를 거부했다. 그들은 유엔이 미국의 편에 서 있다고 보았다. 위원단이 삼팔선을 넘는 순간 자신들의 정권은 감시와 심판을 받게 되고, 미국의 영향력이 평양까지 들어오는 꼴이 된다고 판단했다. 그들에게 유엔은 공정한 심판자가 아니라 체제를 부정하는 외세의 또 다른 얼굴이었다.

이승만은 무지개를 바람에 펄럭이겠다는 유엔한위의 과도한 이상을 눈치채고 단독정부 수립을 향해 과감하게 내달았다.

김구는 남한 단독선거를 주장하는 이승만과 결별을 선택했다. 독립촉성국민회의와 한민당에서는 김구를 맹렬하게 비난했다.

김규식은 유엔한위와의 협의에서 자신의 견해를 표명했다.

"조선은 역사적으로 남북이 분할된 적이 없었다. 그러므로 나는 '단독정부'라는 말을 모른다. 세계 어느 나라든지 중앙정부는 있으나 단독정부라는 것이 정부 행세를 하는 일은 없다. 삼팔선은 미국과 소련 양국이 만든 것이지 한국인이 만든 것은 아니다. 그러므로 이 삼팔선 경계는 결자해지로 만든 자가 제거해야 한다."

남한의 정치 지형이 세 가지로 정립되었다. 이승만·한민당의 남한만의 조기선거 및 단독정부 수립, 김구·김규식의 유엔 협조하의 남북회담에 의한 전국총선, 좌익진영의 미소 양군 철수와 유엔을 배제한 전국총선의 삼각파도였다.

유엔한위는 진흙탕에 빠진 수레가 되었다. 평양은 문을 닫았고, 서울은 초조했다. 위원단은 세 갈래로 나뉘었다.

"철수하자."

"남한만이라도 선거하자."

"유엔의 지시를 다시 받자."

유엔한위는 유엔총회 정치위원회의 자문을 구하기로 하고 남한만의 단독선거도 타개책 중 하나로 포함시켰다.

의장인 인도 대표 메논K. P. S. Menon은 위원회의 입장을 보고하려고 뉴욕으로 떠날 참이었다. 이승만은 기회를 포착하기 위해 움직였다. 심야에 모윤숙毛允淑에게 전화를 걸었다. 지난 1월 창덕궁 인정전에서 열린 유엔한위 환영 연회에서 모윤숙은 조병옥의 소개로 메논과 대화를 나누었다. 그 후, 이화여전 영문학과를 졸업한 시인 모윤숙은 문학을 좋아하는 메논을 사로잡았다.

"박사님, 메논에게 전화하기에는 너무 늦은 시간입니다."

"아무리 늦은 시간이라도 꼭 불러내야 하오. 지금이 아니면 기회가 사라지오."

모윤숙은 결국 메논에게 전화를 걸었다.

"달빛 아래 잠든 금곡릉을 보셔야만 해요. 한국에도 타지마할 같은 곳이 있습니다. 금곡릉은 달빛 아래서 보아야 제멋이랍니다."

"달빛 속의 한국 타지마할을 보여준다는데 마다할 수 있나요? 더구나 미스 모와 함께 한다면!"

메논이 차를 몰고 나왔고, 모윤숙이 옆에서 안내했다. 그러나 차가 도착한 곳은 이화장이었다. 메논이 모윤숙에게 여기가 금곡릉이냐고 화를 내는 사이, 이승만이 뛰어나와 과장 섞인 몸짓과 최상급 찬사로 두 사람의 밤 나들이를 칭송했다.

"미스 모가 달구경을 가자고 한 곳은 여기가 아닙니다."

메논이 불평을 터뜨렸다.

이승만이 능숙하게 분위기를 바꿨다.

"여기서도 금곡릉 못지않게 달구경을 할 수 있소. 달은 하늘에 있고, 시의 뮤즈까지 옆에 있지 않은가. 여기서 차를 마시면 최상의 밤이 될 것이오."

그사이 이승만의 부인 프란체스카는 모윤숙을 부엌으로 데리고 가 두루마리를 그녀의 가방에 넣어주었다. 유엔에 제출하기 위해 이승만을 지지하는 저명인사의 서명을 받아 급히 만든 두루마리였다. 이화장에서 밤늦게까지 시간을 보내고 두 사람이 나올 때 모윤숙은 두루마리를 메논의 코트 주머니에 넣어주었다.

한국을 떠난 메논은 뉴욕 레이크석세스의 유엔소총회에 가서 유엔한위의 세 가지 의견을 보고했다. 초조한 이승만은 자신이 원하는 안을 통과시키기 위해 메논이 레이크석세스에서 머무는 일주일 동안 열 통이 넘는 전보를 보냈다. 모윤숙의 이름만 빌리고 이승만

이 직접 타자한 전보였다. 메논은 전보를 받을 때마다 모윤숙의 집으로 답전을 보냈다.[27]

메논은 2월 20일 유엔소총회에서 장시간에 걸친 연설을 통해 한국의 정세에 대해 보고했다. 그의 연설은 문학과 철학을 사랑하는 외교관의 품격을 보여주는 언어로 구성돼 있었다.

한국에서 한 달 넘게 활동한 유엔한국임시위원단의 경험을 바탕으로 그는 한국의 분단 현실이 인위적 장벽 위에 놓여 있다고 통탄스러운 어조로 강조했다. 한국이 본래 하나의 나라라는 점을 상기시키며 남과 북이 서로를 떠나서는 온전할 수 없다는 사실을 지성적으로 강조했다.

"신의 뜻 아래 한국은 하나의 나라입니다. 북은 남 없이는 살 수 없고, 남 또한 북 없이는 온전할 수 없습니다."

그는 독립이 한국인에게 부여된 자연권임을 분명히 하면서 한국인이 스스로 민주정부를 수립할 능력을 충분히 갖추고 있다고 말했다. 반세기 동안 그들에게 군림했던 일본과 견주어도 한국의 역량은 결코 뒤지지 않는다고 평가했다.

"그 진전을 방해하는 것은 삼팔선입니다."

이어 메논은 조선의 상황을 구체적으로 소개하기 시작했다. 그런데 조선의 현실문제에 들어서자 그는 서두에서 유지했던 품격에서 벗어났다. 메논은 지난 일주일간 전보를 보낸 한 여성 시인을 향한 열정에 빠져, 그 시인이 언급한 단어들을 그대로 반복하며 남조선의 한 정치인에 대한 찬양을 토해냈다.

"이남에서 단독정부 수립을 주장하는 정당은 이승만 박사가 이 끄는 독촉국민회의와 김성수金性洙의 한국민주당입니다. 이들이 지 닌 힘은 수치로 헤아릴 수 있는 재산이 아니라 한 사람의 이름이 지 닌 권위에서 비롯됩니다. 이승만이라는 이름은 거의 마술과도 같은 영향력을 지니고 있습니다. 이 박사는 한국의 영구적 분할을 옹호하 거나 그것을 숙명으로 받아들이기에는 너무도 위대한 이름입니다. 그는 유엔이 승인한 이남의 정부를 토대로 이북까지 하나로 끌어안 을 수 있을 것입니다."

메논의 연설에 유념한 유엔소총회는 2월 26일 남한만의 총선거 를 의결했다. 미국이 제안한 남한지역 선거 결의안에 찬성한 나라 는 미국, 중국, 필리핀, 엘살바도르, 인도였다. 인도의 입장이 달라 진 것은 두말할 것도 없이 이승만의 메논 설득 덕분이었다.

메논의 이런 변심에 대해 "우리 민족에 대한 비열한 배신행위다. 한국 건국의 진짜 아버지는 인도인 메논"이라는 냉소까지 나왔다.[28] 2월 26일에 열린 유엔소총회는 미국이 제출한 남한만의 '단독 총선 거안'을 찬성 31, 반대 2, 기권 11로 채택했다.

*

"남한에서만 단독선거를 한다면 민주주의의 파산을 세계적으로 선고하는 것과 다름없다. 단정을 하면 우리 민족은 영영 갈라진다. 미국은 우리 독립을 보장하지 못한다."

김구는 남한 단독선거안이 유엔소총회를 통과하기 전 반대의 뜻 을 분명하게 밝혔다. 일제 식민 치하에서 수십 년 만에 해방된 나라가 남과 북으로 분단됐다. 그러나 이를 극복하기는커녕 각각의 정권이 들어서는 위기를 맞은 것이다. 그의 분노는 불에 달군 쇳덩이만큼이나 강렬하게 이글거렸다. 김구는 밤마다 창밖의 남산을 바라보며 외쳤다.

'이대로라면 남과 북은 영영 나뉠 것이다. 결국 전쟁을 피할 수 없을 것이다.'

김구는 성명 '삼천만 동포에게 읍고함'을 발표했다. '읍고^{泣告}한다'는 말은 '울면서 호소한다'는 뜻이다. 예로부터 남자의 눈물은 수치로 취급받아왔다. 그러나 백범은 나라의 위기를 맞이해 삼천만 동포에게 민족의 앞날을 호소하는 눈물을 수치가 아니라 당위라고 생각했다.

"친애하는 삼천만 자매형제여! 전쟁이 끝나자마자 이 세계는 다시 두 개로 갈라졌다. 우리가 기다리던 해방은 우리 국토를 양분했으며, 앞으로는 그것을 영원히 두 나라로 만들 위험성을 내포하고 있다. 유엔은 한국에 임시위원단을 파견했다. 위원단은 그들의 감시 아래 자유로운 선거에 의해 남북통일의 완전 자주독립 정부를 수립할 것과 미소 양군을 철퇴시킬 것을 약속했다. 그러나 미군 주둔 연장을 자기네의 생명 연장으로 인식하는 무지몰각한 일당들은 박테리아가 태양을 싫어하듯 통일정부 수립을 두려워한다.

삼천만 자매형제여! 우리의 자주독립적 통일 정부를 수립하려 하는 때에 어찌 개인이나 집단의 사리사욕을 탐하며 국가 민족의 백년대계를 그르치려 하는가. 마음속의 삼팔선이 무너지고야 땅 위의 삼팔선도 철폐될 수 있다. 나의 연령이 이제 70 하고도 3인데 나에게 남은 것은 금일 금일 하는 여생이 있을 뿐이다. 나의 염원은 삼천만 동포와 손을 잡고 통일된 조국 독립의 달성을 위해 공동 분투하는 것뿐이다. 나는 통일된 조국을 건설하려다가 삼팔선을 베고 쓰러질지언정, 일신의 구차한 안일을 취해 단독정부를 세우는 데는 협력하지 않겠다.”

이와 더불어 김구, 김규식, 김창숙, 조소앙, 조성환, 조완구, 홍명희는 통일 독립을 위해 여생을 바치겠다는 내용의 ‘7거두 성명’을 발표했다. 이승만·한민당 진영의 단선을 위한 ‘민족대표단’ 구성에 대응한 것이다.

“미소 양국이 군사상 필요로 일시 설정한 삼팔선을 국경선으로 해 양 정부 또는 양 국가를 형성하게 하면 남북의 우리 형제자매가 미소전쟁의 전초전을 개시해 총검으로 서로 적대하게 될 것이 불보듯 뻔한 일이니, 우리 민족의 참화는 더 말할 것이 없다. 우리는 반쪽 강토에 정부를 수립하려는 선거에는 참가하지 않는다. 그리고 통일 독립을 달성하기 위하여 여생을 바칠 것을 맹세한다.”

밤마다 단독정부를 외치는 목소리와 이에 대항해 북을 찬양하는 청년들의 목소리가 창밖에서 부딪쳤다. 김구는 부르짖었다. 남과 북이 이렇게 가면 조선 땅에서 미소 대리전이 치러질 수밖에 없다. 반쪽 독립은 없다. 반쪽 통일은 더더욱 없다.

한국독립당과 민족자주연맹은 통일문제를 논의하기 위한 남북 요인회담의 개최를 요구하는 서신을 북조선인민위원회 김일성 위원장과 북조선노동당 김두봉 위원장에게 보내기로 결정했다. 방식은 김구, 김규식이 서명해 사신 형식으로 유엔한위를 통해 영국에서 소련, 소련에서 북한으로 전달하는 것이었다.

김일성에게 보낸 서한

"우리 민족의 영원 분열과 완전 통일을 판가름하는 최후의 순간에 민족국가를 위해 40~50년간 분주치력奔走致力한 애국적 양심은 수수방관을 허하지 않습니다. 아무리 외세의 제약을 받는 우리의 현실일지라도 우리의 일은 우리가 해야 할 것입니다. 남북 정치지도자 간의 정치협상을 통해 통일정부 수립과 새로운 민주국가 건설에 관한 방안을 토의하고자 합니다."

김두봉에게 보낸 서한

"남이 일시적으로 분열해놓은 조국을 우리가 관념이나 행동으로써 영원히 분할해놓을 필요야 있겠습니까. 우리가 우리의 몸을 쪼개낼지언정 허리가 끊어진 조국을 어찌 차마 더 보겠나이까. 수십 년 한곳에서 공동 분투한 구의舊誼와 4년 전에 해결하지 못하고 둔 현안 해결의 연대책임과 애국자에게 호소하는 성의와 열정으로 조국의 땅 위에서 남북지도자회담을 최속한 시일내에 이루기를 간청합니다."

김구와 김규식의 서한을 받은 북한노동당은 사흘간 정치위원회 확대회의를 개최했다. 논의 과정에서 허가이許哥而 등 소련파는 김구·김규식의 제의를 '미군정의 입김이 개입된 것'이라고 경계했고, 김두봉·최창익 등 연안파는 '애국적 결단'이라고 주장했다. 김일성·김책金策 등 빨치산파는 연안파를 지지했다. 정치위원회는 2월 22일 대남연락부장 임해任海를 서울로 파견해 남북회담 제의에 관한 진의를 조사했으며, 이를 토대로 회담 제의를 애국적 행위라고 평가했다.

*

장덕수張德秀 살해사건에 대한 공판 시국이 전개됐다. 3월 2일 장덕수 피살 사건 1차 공판에서 미군 검찰은 권총, 사진 등과 함께 김구가 관련되어 있다는 내용의 피고인 진술서를 증거로 제출했다. 검사는 사건의 경위를 발표했다.

"국민의회 김종목, 조상환, 박광옥, 배희범 등은 미소공위에 협력한 장덕수, 안재홍, 배은희 등을 처치하기로 공모했다. 이들은 혈서를 배에 붙이고 수류탄과 권총을 들고 태극기 앞에서 사진을 찍은 다음 그 사진을 그들이 숭배하는 김구 앞으로 보냈다. 장덕수 살해에는 박광옥, 배희범 두 사람이 나섰다. 공범을 수배하던 경찰은 1월에 체포된 김석황에게서 김구에게 보낼 편지를 찾아내 김구 관련 증거로 제출했다."

한민당 정치부장 설산雪山 장덕수의 피살은 송진우, 여운형에 이어 해방정국에서 세 번째의 테러 사건이었다. 해방되던 해 12월

30일 서울 원서동 자택에서 자객들에게 피습당한 한국민주당 수석 총무 송진우의 암살은 민족의 커다란 손실이었고, 해방정국에 드리운 암운이었다. 송진우 암살의 주범은 임시정부 추종자 한현우와 유근배 두 사람이었다. 송진우 암살 당시 김구 계열을 의심했던 한민당 과격파 조병옥과 장택상은 김구가 이번 사건의 배후라고 강력하게 주장했다.

3월 초 미군정 재판위원회는 트루먼 대통령의 명의로 김구에게 증인비 250원을 첨부해 3월 12일 오전 9시에 출정하라는 소환장을 전달했다. 미국 검찰은 권총, 사진 등과 함께 김구가 관련되어 있다는 내용의 '피고인 진술서'를 증거로 제출했다. 김구가 증인으로 법정에 나설 것이냐, 아니면 거부할 것이냐 하는 문제로 정국의 관심이 집중된 가운데 김구는 군사법정 출석을 선택했다.

3월 12일, 특별재판부에 출석한 김구는 검은 두루마기에 자줏빛 토시를 끼고 한 단 높게 설치된 증인석에 앉았다. 피고석에는 박광옥, 신일준, 조상항, 배희범, 김중목, 최중하, 김석황이 착석했다.

검사는 미국 공군대위 라만이었다. 그는 통역을 거쳐 신문을 시작했다. 김구는 직업을 묻는 질문에 짧게 '독립운동가'라고 대답했다. 검사 측에서 증인의 편의를 위해 커피나 음료를 제공하겠다고 했으나 김구는 '그럴 필요는 없다'고 답했다.

신문은 장덕수와의 관계로 옮겨갔다.

김구는 장덕수를 잘 알고 있다고 답했다. 황해도 재령 보강학교에서 교장으로 재직하던 시절, 장덕수의 형 장덕준과 함께 교편을 잡았고, 그 인연으로 일곱 살이던 장덕수를 학교에 데려와 가르쳤다고 말했다.

검사는 장덕수 암살과 관련해 피고인들이 모의를 했다는 점을 알고 있느냐고 물었다. 김구는 단호하게 부인했다.

-1947년 8월이나 9월 중에 장덕수 씨가 증인을 찾아온 적이 있는가.

-종종 찾아왔다.

-무슨 목적으로 찾아왔는가.

-장덕수와는 사제 간이니까 병문안으로 온 적도 있었다. 그의 방문 목적을 다 기억하지 못한다.

-장덕수가 증인을 찾아간 목적은 임시정부가 미소공동위원회에 참가하도록 해달라고 부탁하려는 것이 아니었는가.

-임시정부는 기능이 없는데 그런 말을 할 이유가 있겠는가.

-작년 8월이나 9월에 김석황, 조상항, 손정수, 신일준 4명이 찾아왔을 때 장덕수를 없애버리라고 말한 적이 있는가.

-없다.

-다른 것은 기억에 없다면서 이 기억만은 확실한가.

-사람을 죽이라고 하는 것은 중대한 문제인 만큼 확실하지 않을 수가 없다.

-그렇다면 증인의 제자 격인 피고인들이 진술한 것마다 왜 한결같이 선생과 관련된 내용이라고 하는가.

-모략이라고 생각한다.

-누구의 모략인가.

-말하지 않겠다. 어쨌든 내가 왜놈 이외의 사람을 죽일 리가 없

다.[29]

　두 번째 증인 신문은 3월 15일 아침 9시부터 시작됐다. 검사와 김구 사이에 격렬한 논쟁이 오가자 암살범 박광옥이 피고석에서 검사가 김구 선생을 모욕한다고 고함을 지르며 난동을 벌였다. 헌병들이 달려들어 제지했으나, 박광옥은 막무가내로 저항하며 고함쳤다.

　"나는 사형을 각오한다. 그런데 저분은 모른다. 왜 죄 없는 사람을 붙들어다 놓고 해치려 하느냐. 법정에 태극기를 달아라. 조선을 먹으려면 깨끗이 먹어라!"

　방청객들도 흥분해 법정이 열기로 달아올랐다. 김구에 대한 증인 신문이 끝나고 오후 공판에서 피고 배희범은 진술했다.

　"정권을 잡기 위해 신탁을 시인하는 미소공위에 참가한 것, 일제 때 일본헌병대 촉탁 국민총연맹의 고문으로 학병을 장려하는 등 친일적 행동을 한 것 등 때문에 장덕수를 암살했다."

　김구를 살인 혐의로 기소하고, 이를 바탕으로 김구를 비난하는 소련과 미국의 관계를 풀어나가겠다는 미국의 계산은 뜻대로 되지 않았다.

　김구는 3월 21일 『신민일보』 신영철 사장과 대담을 했다. 대담에서 『신민일보』는 대중들이 궁금해하는 김구 정치노선의 애매모호함과 약점에 대해 질문했다. 법정에서의 날 선 긴장과는 다른 성질의 긴장이 요구되는 대담이었다. 김구는 까다로운 질문이더라도 민족의 열정으로 묻는 것이라고 생각하고 진지하게 대답했다.

　신영철: 지난번 성명 중에서 한민당을 가리켜 일진회 같은 매국

적 반역자라고 했다. 그렇다면 환국 이후 그들과 왜 합작했으며, 2년 여의 세월이 지나도록 아무런 불만도 없다가 오늘에 와서야 왜 그런 말씀을 하는가?

김구: 나는 그 당만을 지적해서 일진회와 같은 매국노 집단이라고 한 것이 아니다. 어느 정당이든 실제 행동에서 민족을 팔고 국가를 망하게 하는 집단이라면 그것은 곧 일진회인 것이다. 임시정부가 환국할 당시는 감격과 흥분 속에 있었기 때문에 누가 반역자이고 애국자인지 분별하기가 어려웠다.

신영철: 선생은 단정을 배격하고 통일정부 수립을 위해 싸우고 있는데, 이점에도 의문이 있다. 이승만 박사가 미국으로 건너가 단정운동을 전개할 때는 시종 침묵을 지키다가 연말 당정협의회가 무산되면서는 단정에 참여할 의사가 있는 듯한 태도까지 보였다. 선생의 노선에는 이같이 확연하지 않은 점이 있다. 지금은 대중의 인기를 끌기 위해 통일정부 수립을 주장하는 것이 아닌가?

김구: 이승만 박사가 미국 가서 단정운동을 전개할 때 그 부당성을 성명을 통해 반대할 수도 있었지만, 그렇게 한다는 것은 너무 괴로운 일이었다. 많은 정당이 난립해 국정이 극도로 혼란한 가운데 나와 이 박사의 충돌을 겉으로 드러내면 대내외적으로 큰 영향력을 미칠 것이 명확한 상황이었다. 나는 이 박사가 귀국할 때 비행장에까지 나갔다. 그 이유는 이 박사가 기자단에 단정 추진을 말하면 곤란하다고 판단했기 때문이다. 그러나 이 박사는 나의 권고를 듣지 않고 단정 노선으로 돌진했다. 반쪽 정부는 미소 양국이 획정한 삼팔선을 국제적으로 합법화하는 것이고, 민족을 분열시켜 동족끼리

싸우게 하는 비극을 초래할 것이다. 9개국으로 구성된 유엔위원단에서도 애초에 단정에 찬성했던 나라는 두 나라 정도밖에 되지 않았다.

신영철: 미소 양국을 철수시키고 자주통일 정부를 세우는 구체적인 방법은 어떤 것인가. 단정론자들도 원칙적으로는 그것이 옳은 줄 알지만, 비현실적인 공염불로 보는 것이 아닌가.

김구: 복잡하고 어렵더라도 그것이 옳은 길이라면 그 길을 택해야 한다. 외국의 간섭 없고 분열 없는 자주독립을 전취하는 것은 민족의 지상명령이니 이에 순종해야 한다. 외국군 주둔이 연장되면 연장될수록 온갖 해악이 커져 우리의 국운을 소멸시킬 것이다. 외국군이 2차 대전의 적국이 아닌 우리나라에 계속 주둔하는 것은 국제헌장에 어긋나고 정의와 인도에 배치되는 일이다.

법정의 신문과 『신민일보』의 질문은 모두 까다로웠지만, 그 의도는 확연히 달랐다. 하나는 그를 옭아매려는 공판의 쟁론이었고, 다른 하나는 조국의 양심으로 묻는 논단의 질의였다.

김구는 신문을 읽는 사람들이 두 개의 대답을 비교할 수 있기를 희망했다. 법정에서는 싸늘한 조롱을 이겨내려고 분노의 의지를 갖고 노력했다. 『신민일보』 대담에서는 민족적 의지를 갖고 최대한의 성의로 대답하려고 노력했다.

김구는 경교장의 창가에 앉아 남산을 바라보며 생각했다.

'마음속의 삼팔선이 무너지고야, 저 남산 위의 소나무도 더 푸르게 될 것이다.'

이승만은 우익 각계 대표들을 이화장으로 불러 날마다 총선 준비를 점검했다. 김구는 결심 끝에 이화장을 찾아갔다.

"백범, 때를 놓치면 큰 화를 당하오. 단독정부를 세울 준비를 서두르시오."

"꼭 그렇게 해야만 합니까?"

"그렇소, 우리가 먼저 손을 써야 하오."

김구는 이승만의 목소리가 떨리는 것을 느꼈다. 남쪽에 단독정부를 세운다면 북쪽도 그럴 것이고, 그렇다면 통일 민족으로 살아온 우리는 어떻게 되는가. 이승만의 떨림은 그런 질문을 방어하는 비극성을 지니고 있었다.

"백범, 왜 말이 없소?"

이승만은 추궁하는 기세였다.

"먼저라고요? 뜻밖이오. 이남과 이북이 전쟁하는 건 아니잖소?"

이승만이 창밖 북한산을 바라보고 있다가 김구에게로 고개를 돌려 소리쳤다.

"백범, 내 말을 들어보시오. 소련의 사주를 받아 북한이 평양에 공산정부를 세우려 하는데 우리가 가만히 있어야 한다는 말이오?"

"북에서 단독으로 공산정부를 세운다는 걸 어찌 아셨소? 그래서 정계나 국민의 동의도 없이 이남에 별도의 정부를 세우자고 말씀하시는 겁니까?"

"백범, 지금 그렇게 말할 정도로 사태를 파악하지 못하시오?"

"그런 중차대한 일을 얼렁뚱땅하게 할 얘기는 아니지 않소? 그런 말을 먼저 꺼내는 사람은 나라를 두 동강 내는 무서운 비극을 초래하는 장본인이 될 것이오.”

“백범, 나를 믿고 따르시오!”

“나는 지금껏 우남장을 믿고 따라왔소. 다른 사람이 나쁜 소리를 해도 형님을 신뢰하겠다는 마음은 버리지 않았소. 그런데 형님은 다른 사람이 되었소. 우리가 일제 아래서 36년을 피눈물 속에서 살아왔는데, 이제 해방되자마자 다시 나라를 두 동강 내겠단 말이오? 우리가 지금껏 싸워온 것이 나라를 독립해 통일된 우리의 정부를 세우자는 것이 아니었소? 그런데 그게 좀 어렵다고 남한만이라도 단독정부를 세우겠다는 생각이 온당한 것이오?”

“여보시오, 백범 아우! 당신은 옛날 꿈속에 빠져 있소. 현실을 보지 못하는 완고한 자라는 말이오. 지금은 다른 세상이 되었소. 미국과 소련이 서로 남과 북을 삼키기 이전에 우리가 손을 써야 하는 다급한 상황이오. 낡아빠진 옛날 투쟁 방식을 지금까지 고집하지 마시오. 현실을 똑바로 보시오.”

“이승만 박사!”

김구가 낮고 굵은 목소리로 외쳤다. 목소리의 엄청난 공명으로 실내 전등과 유리창이 흔들거렸다.

“현실을 본다는 게 나라를 두 동강 내자는 것이오? 그 길은 민족의 비극을 초래하는 길이오! 우리가 미국과 소련의 신탁통치 반대운동에 나섰을 때, 나는 순수한 생각으로 탁치를 반대했소. 일제 아래서 수십 년을 고생하고 해방이 됐는데, 다시 외국의 통치를 받는다는 건 받아들일 수 없었소. 평생 독립운동을 한 사람은 누구나 그

렇게 생각했소. 그러나 이 박사, 형님의 생각은 달랐소. 딱 한마디만
더 하겠소.”

김구가 잠시 말을 멈췄다.

“말주변이 상당하오.”

이승만이 못마땅해했다.

“이 박사, 당신은 반탁운동을 이용했소!”

“뭐요?”

이승만이 악에 받친 표정으로 고함을 질렀다.

“반탁운동이 임정봉대로 발전할 줄 알았소? 권력이 임정으로 갈
줄 알았소? 그대는 어차피 남북이 분단된다는 것을 모르고 있었소?
아둔한 사람 같으니!”

실내에 침묵이 찾아왔다. 잠시 후 이승만이 침묵을 깨고 말했다.

“시대를 바로 보는 사람과 그렇지 못한 사람이 서로 논쟁하는 것
은 부질없는 짓이오. 소련을 믿으면 배반당할 것이오. 난 남한만이
라도 정부를 세워 그 정부를 통해 통일정부를 만들어내겠소. 백범,
당신의 꿈은 나와 처음부터 맞지 않았소.”

김구는 입을 굳게 다물고 있었다. 조금 전 ‘딱 한마디만’이라고 했
던 것에서 한 발짝도 나가지 않았다. 이승만이 말했다.

“커피 한 잔 더 하시겠소?”

“냉수나 한 사발 주시오.”

이승만이 일어나 주방에 가서 직접 냉수를 가져왔다. 김구는 냉
수를 받아 단숨에 한 대접을 다 마셨다.

“이제 좀 눅어졌소?”

아무 대답이 없는 김구의 어깨가 완강한 느낌을 주었다. 그는 두툼한 아랫입술을 꽉 다물고 낙산 자락을 바라보았다. 두 사람은 더이상 말을 나누지 않았다.

결별이었다.

미군정은 총선거일을 5월 10일로 정했고, 단정 세력은 환영했다.

김구, 김규식 두 사람이 제안한 남북요인회담에 대해 3월 25일 북한은 평양방송을 통해 4월 14일부터 전조선제정당·사회단체자 연석회의를 개최하겠다고 알렸다. 두 사람에게는 3월 27일이 되어서야 김일성·김두봉이 연서한 서한이 전달되었다. 답신이 오는데 40여 일이 걸린 셈이다.

서신은 지극히 사무적이었고, 필요한 만큼의 격식을 갖추지 못했다. 회의 순서도 일방적으로 정한 것이었다. 북한의 서한에 대해 여러 잡음이 나왔다. 그러나 김구는 평정을 유지했다.

"분단은 민족상잔을 부를 터인즉, 남들이 갈라놓은 삼팔선으로 나뉘어 동족끼리 논의도 못 해본 미욱한 민족이 되기는 싫소. 이를 극복하기 위해 노력을 했다는 기록은 역사에 남겨야 할 줄 아오."

김구가 북행을 발표하자 온 나라가 흥분에 휩싸였다. 김구를 지지하지 않는 측에서는 김구가 북조선에 투항하는 것이라며 북행을 반대했다. 김구를 지지하는 측에서는 살아서는 못 돌아온다고 반대했다.

4월 3일 민족자주연맹이 결의문을 발표하고 남북협상을 지지했다. 14일에는 설의식薛義植, 이병기李秉岐, 손진태孫晉泰, 이극로李克魯,

이양하李敭河, 정구영鄭求瑛, 유진오俞鎭午, 이관구李寬求, 송지영宋志英, 고승제高承濟, 최문환崔文煥, 김기림金起林, 정지용鄭芝溶, 염상섭廉想涉, 박태원朴泰遠, 박계주朴啓周, 박용구朴容九 등 학계와 문화계의 108명이 남북협상 지지 성명을 발표했다.

"조국은 지금 독립의 길이냐 예속의 길이냐, 또는 통일의 길이냐 분열의 길이냐 하는 분수령의 절정에 서 있다. 이 아슬아슬한 고비에서 우리는 민족의 '진정한 소리'를 들었다. 민족 자체의 '자기 소리'를 들었다. 남방의 제의를 들었고 북방의 호응을 들었다. 치면 응하는 북소리를 들은 것이다. 이는 해방 후 첫소리다. 외력 의존의 허무감에서 터져 나온 자력의 우렁찬 소리다. 우리의 지표와 우리의 진로는 가능 불가능 문제가 아니라 옳고 그름의 당위론인 것이니, 올바른 길일진대 사력을 다해 진군할 뿐이다."

다음 날 저녁 경교장 정원에서 한독당 인사들이 회담에 참여할 대표들을 위한 가든파티를 베풀었다. 김규식이 또박또박 걸어 입장했고, 김구는 뚜벅뚜벅 걸어 들어왔다. 준비하는 사람들이 의자를 권하자 김규식은 서둘러 앉았고, 김구는 천천히 걸터앉았다. 나이로는 김구가 다섯 살 위였지만, 김규식이 더 늙어 보였다. 김규식은 회색 두루마기 차림이었고, 김구는 흰색 두루마기를 입었다. 김규식이 단아한 탁구선수라면 김구는 거친 권투선수 같았다. 김규식이 왼쪽 발을 오른쪽 무릎 위에 올리자 김구는 오른쪽 발을 왼쪽 무릎 위에 올렸다. 김규식의 발은 보통 사람들보다 훨씬 작았고, 김구의 발은 보통 사람들보다 훨씬 컸다. 서로 다른 태도와 입성이 두 사람의 차이이자 조화이기도 해보였다.

파티가 시작되자 김구가 고뇌를 토로하는 연설을 했다.

"지금 우리는 최대의 난관에 봉착해 있습니다. 남조선에서 총선거를 실시해 정부를 수립하는 것이나 북조선에서 헌법을 통과시켜 정부를 세우는 것이나 각각 중앙정부라고 할 것이로되 단독 정부임에 틀림없습니다. 조상이 같고 피부가 같고 언어와 피가 같은 우리 민족끼리 서로 앉아서 같은 민족정신을 가지고 서로 이야기나 해보자는 것이 나의 진의입니다. 앞으로 얼마 남지 않은 생을 깨끗이 조국통일 독립에 바치려는 것이 이번 이북행을 결정한 목적입니다. 어떤 경우라도 민족은 만나야 합니다."

김규식은 마른기침을 한 번 하고 자리에서 일어났다. 정원에 가로등 불빛이 비스듬히 쏟아졌다.

"백범의 말씀에 전적으로 동의합니다. 이 길을 결코 가볍게 여겨서는 안 됩니다. 북행은 단지 정치협상이 아니라, 민족의 마음을 다시 이어 붙이려는 시도입니다. 분열은 외세가 만들었는데, 우리가 그 분열을 고착시키는 선택을 하면 안 됩니다. 우리는 지금 역사 앞에 섰습니다. 한때 외교를 통해 조국의 독립을 호소했듯, 이제는 민족 내부의 대화로 평화를 만들어야 합니다."

김규식이 연설을 마치자 박수가 터져나왔다. 두 노인의 그림자가 나란히 잔디 위로 겹쳤다.

기자들이 질문을 했다.

문: 대화 상대가 미국보다 믿을 만한가?

김구: 삼상회담이니 미소공위니 유엔위원단이니 해서 좋은 성과가 있지 않을까 하고 몇 해를 기다렸으나 혼란만 가증되었다. 이렇게 어렵게 된 상황에서 비록 생각은 다르더라도 내 동포가 낫다는 것을 느낀다. 우리 과거 4천 년 역사를 뒤져보더라도 다른 민족에게 의뢰해서 우리 민족의 활로를 타개해본 적은 없다. 우리가 길을 개척해야 한다.

김규식: 외세는 필요하지만, 그들이 우리 운명을 대신 결정해줄 수는 없다. 나는 미국이 자유민주주의의 원칙을 중시한다는 점에서는 신뢰한다. 그러나 그들의 이해관계가 언제나 우리와 일치하는 것은 아니다. 반면, 북측은 같은 언어를 쓰고 같은 땅에 살아온 동포다. 견해는 다를지언정, 이 땅의 미래를 놓고 대화할 책임이 있는 사람들이다. 현실의 이해관계와 민족의 감정, 이 두 가지를 모두 헤아리는 것이 지금 우리에게 주어진 과제다.

문: 이번 협상이 실패하면 어떻게 하실 건가? 단독정부 수립이 기정사실화될 가능성도 있는데, 그 경우 어떤 선택을 할 것인가?

김구: 우리는 실패를 전제로 가지 않는다. 협상이 열매를 맺지 못하더라도, 나는 이 만남 자체가 민족사에 길이 남을 일이라고 믿는다. 단독정부가 세워진다면 그것은 민족을 동강 내는 일이다. 나는 끝까지 하나 된 나라, 하나 된 정부를 고집할 것이다. 그 길에 고통이 따른다면 감내하겠다.

김규식: 협상이 실패한다면 원인을 냉정히 분석해야 한다. 감정이나 자존심으로 민족의 미래를 결정해서는 안 된다. 지금의 정치 현실은 냉혹하다. 그러나 어떤 체제가 세워진다 해도, 그것이 민족

전체의 동의 없이 추진된다면 오래가지 못할 것이다. 협상은 끝이 아니라 시작일 수 있다. 우리는 민족을 위해 어떤 다리든 놓을 준비가 되어 있어야 한다.

4월 19일 아침, 김구는 설렁탕을 받았다. 평소 좋아하는 국밥이었다. 그러나 김구는 숟가락을 들었다가 내려놓았다.

"젊었을 때, 인천감옥에서 교수형을 기다리며 밥 한 그릇을 다 비운 적도 있었지. 그런데 오늘은… 밥숟갈이 잡히질 않는구나."

독백 같은 낮은 목소리가 경교장 식구들의 마음을 아프게 했다.

"이 길은 나 하나만의 길이 아니다. 나는 민족의 내일을 짊어지고 그 길을 가려고 한다."

김구의 평양행이 알려지자 이를 만류하려는 사람들의 반대 시위가 벌어졌다. 대동청년단, 전국학생연맹 등 각종 청년단체들이 경교장으로 몰려왔다. 김구의 북행이 단정 노선에 장애가 된다고 본 이승만이 동원한 학생들도 있었다.

105인 사건으로 서대문감옥에서 김구와 옥살이를 같이했던 도인권 목사를 비롯해 김구의 고향 사람들이 나타났고, 독립군 총사령관으로 활동했던 이청천도 경교장으로 와 북행을 만류했다. 앞마당에는 청년들이 드러누웠다.

김구는 경교장 현관 위쪽 베란다로 나가 청년들에게 소리를 쳤다.

"칠십 노인이 이제 마지막으로 통일 독립운동에 나서는데 어째 길을 막는 거요? 유엔은 한국의 내부 문제에 대해 간섭할 권한이 없는 기관이오. 우리 의사와는 아무 상관도 없이 외세가 삼팔선을 그어났는데, 남북이 서로 한 번 만나지도 못하고, 미국과 소련이 하라는 대로 그냥 갈라져서 살아야 한단 말이오? 백이 백 소리를 하고, 천이 천 소리를 해도 옳은 것은 양보할 수 없소. 어렵지만 가지 않을 수는 없는 길이오.”

그래도 학생들은 드러누워 일어나지 않았다. 김구는 학생들에게 소리쳤다.

“백 마리 소를 모아서 나 김구를 끌려 해도 나는 꼼짝하지 않소. 내가 한 번 간다고 결심하면 누가 말려도 쓸데없는 법이오. 북한의 빨갱이도 김일성도 다 우리와 같은 조상의 피와 뼈를 가진 사람들 아니오? 학생들은 미래의 주인공이오. 그런 까닭에 정의를 위해 싸우는 용사가 되어야 할 것이오. 어서 집으로 돌아가 책이라도 한 장 더 보시오.”[30]

김구는 옆에 있는 아들 신에게 말했다.

“오늘 없어서 안 될 것은 최명길崔鳴吉의 화친론이지만, 백세百歲에 없어서 안 될 것은 김상헌金尙憲의 척화론이니라.”

김구는 방으로 들어와 창을 열었다. 남산에서 바람이 불어왔다. 그는 책상 앞에 앉아, 작은 수첩을 꺼내 짧은 메모를 남겼다.

“1948년 4월 19일.

오늘 나는 마음의 삼팔선을 넘는다. 이 선은 땅 위에만 그어진 것이 아니다. 사람들 마음속에도 깊이 새겨졌다. 우리는 그 선에 익숙해졌다. 그 선 너머를 적으로 본다. 동족끼리 대화 한 번 못 해보고 갈라서는 일이야말로 가장 큰 죄다. 통일은 먼저 마음에서 시작되어야 한다."

　김신은 목숨을 걸고 북행하려는 아버지 김구에게서 깊은 계곡의 절벽 앞에 서 있는 아름드리 노송의 청정함과 왠지 모르는 두려움을 느꼈다. 아들이 절벽 앞의 노송이 일으키는 바람 소리의 근원을 이해하는 데는 시간이 필요했다.

　두 시간 후 김구는 비서의 권유에 따라 지하실 식당 옆 보일러실의 문을 통해 경교장 뒷길로 나와 운전기사 정태훈이 적십자병원 뒷골목에 시동을 걸어놓고 있는 뷰익 서울 2331호에 올랐다. 김구가 북행했다는 소식을 듣고 민주독립당의 홍명희도 그날 저녁 서둘러 북행했다.

　미군정 하지 사령관은 매일 정치고문 버치 중위를 보내 김규식의 북행을 만류했다. 버치는 누구보다 김규식을 존경하고 아끼는 미국인이었다. 그러나 김규식은 단독선거를 막고 미소 양군을 철퇴시키며 남북 통일정부를 수립하는 길은 남북협상밖에 방법이 없다는 신념이 분명했다.

　김규식의 비서 송남헌은 21일 오전 서울경찰청으로 찾아가 장택상 청장에게 출발 인사를 했다. 장택상은 원세훈도 같이 가는지를 물었다.

　"춘곡春谷의 딸이 아파 아직 결정되지 않았습니다."

　장택상은 총무과장을 불러 5만 원을 갖고 오라 했다. 총무과장이 돈을 가지고 오자 그 돈을 송남헌에게 주며 말했다.

"원 선생이 가지 않으면 말이 안 되지. 이 돈으로 딸을 입원시키고 다녀오도록 하시오."

송남헌은 '골수 반공주의자에게도 이런 면이 있구나' '남북협상을 반대하는 사람들도 속으로 기대하는 바가 크구나' 하고 생각했다. 원세훈은 딸을 입원시키고 남북협상에 참석했다. 김규식은 원세훈, 송남훈을 비롯한 민족자주연맹 대표 및 수행원 12명과 함께 종로경찰서 지프의 에스코트를 받으며 삼팔선을 넘었다. 김규식의 월북 직후인 이날 정오부터 삼팔선을 넘는 것은 금지되었다.

22 겨레의 약속

3년 전 설치된 말뚝은 바람과 비에 색이 바랬다. 그러나 그 위에 새겨진 글자는 또렷했다.

'WARNING, 38°N 境界線.'

이질적이었다. 황혼빛이 녹슨 철로를 타고 멀리까지 번지고 있었다. '서울 2331' 번호판을 단 자동차가 삼팔선을 넘는 순간, 차 안의 공기가 잠시 멈춘 듯했다. 적막했다.

어두운 초소에서 소련군 두 명이 나왔다. 그 뒤에는 북한 보안대원 몇 명이 보였다. 그들의 거친 말소리가 새어나왔다.

차에서 내린 선우진이 말을 붙이며 소련군에게 담배를 건넸다. 소련군은 미소를 짓더니 망설이지 않고 담배를 받았다. 선우진이 불을 붙여주었다. 말이 필요 없었다. 담배를 뻑뻑 빠는 소련군에게 긴장감 같은 건 없었다. 사내들은 서로 담배를 나누어 피우는 순간에는 인간의 얼굴, 형제의 얼굴로 돌아간다.

담배를 피운 소련군이 기록을 마치고 삼팔선 차단기를 열었다. 고요한 북녘 땅에 어둠이 내려앉았다. 이북 마을에 하나둘 등불이 켜지고 있었다. 달이 뜨고 별이 반짝였다.

4월 20일 아침 8시 30분, 김두봉이 상수리 특별호텔로 김구를 찾아왔다. 북조선인민위원회 부위원장인 김두봉은 여전히 선이 가늘고 동그란 얼굴이었지만 표정은 꽝꽝했다.

김두봉이 두 손을 모으고 정중히 허리를 굽혔다.

"백범 선생님, 오랜 세월… 강녕하셨는지요?"

김두봉의 얼굴엔 반가움과 긴장의 두 감정이 서려 있었다.

김구가 미소를 띠며 답했다.

"여전하지요. 평양까지 와보니… 세월이 참 기막히게 가는구려."

그리고 낮게 덧붙였다.

"태항산 소식은 가끔 들었더랬지. 보내준 서한엔 세월의 무게가 고스란히 배어 있더이다."

"협상 답장을 올릴 때, 가장 먼저 선생님이 떠올랐습니다."

정치적으로나 개인적으로 감회가 없을 수 없는 만남이었다. 해방 전 일제의 패망이 임박하면서 민족통일세력의 단결을 위해 중경 임정과 연안 독립동맹이 연대를 시도한 적이 있었다. 김구의 대리인이 연안을 방문했고, 김두봉이 중경 방문을 약속하기도 했다. 그러나 그 약속은 성사되지 못했다. 두 사람은 되돌릴 수 없는 시간의 무거움을 침묵으로 받았다.

"두말할 것도 없이 김일성 씨께서 이곳으로 찾아와서 선생님을 모셔가야 할 것인데, 이쪽 사정상 그렇게 되지 못해 부득이하게 제가 선생님을 모시러 왔습니다. 죄송하지만 김일성 씨가 계신 관방은 매우 조용합니다. 그쪽으로 선생님을 모시는 것이 어떠십니까?"

"개의치 않겠소. 손이 찾아가야지요."

김두봉은 김구를 평남도청 건물이었던 인민위원회 위원장실로 안내했다. 아침 10시, 회색 두루마기를 입은 김구가 인민위원회 위원장실에 들어섰다.

책상과 의자, 책장만 놓인 검소한 방. 그 앞에 서 있던 30대 후반의 청년이 활기찬 걸음으로 다가왔다. 해방 전, 두 사람 역시 연대를 시도한 적이 있었다.

"나 김구요."

백범이 두툼한 손을 내밀었다.

김일성은 잠시 눈길을 고정시킨 뒤, 두 손으로 맞잡았다. 허리를 깊이 굽히면서도, 입꼬리는 귀까지 치솟았다.

"김일성입니다. 선생님, 뵙게 되어 영광입니다."

그의 웃음은 환했다. 그러나 눈빛은 잠깐 흔들렸다.

"김 장군 이야기를 많이 들었소. 늦게나마 만나 반갑소."

김일성은 김구에게 자리를 권하고 맞은편에 앉았다. 올백으로 넘긴 머리를 곧추세우고 걸걸한 음성으로 말했다.

"로령의 몸으로 이 먼 길을 와주셔서 감사합니다. 어제 도착하셨다는 소식을 듣고 회의를 하루 미뤘습니다. 저의 보고는 이 책으로 대신하겠습니다. 불편한 점은 없으셨습니까?"

"나를 위해 회의를 미루고 세심히 살펴주니 고맙소."

김일성은 의제를 나열했다.

"리승만과 김성수를 제외한 수십여 개 정당과 단체 대표가 연석회의에 참가했습니다. 의안은 정세와 미소 양군 철퇴, 단선·단정 반대입니다. 선생님 의견이 다르시다면 다시 토론해 상정하겠습니다.”

“다른 안건은 없소. 그러나 나는 주석단에 들어가지 않을 것이오. 네 사람이 직접 회담하는 것이 좋겠소.”

“우리의 근본 과제는 독립입니다. 당 대표도 회의에 참여해야 합니다.”

“아무튼 나는 들어가지 않을 것이오. 나는 4김회담을 하러 여기에 온 것이오.”

김두봉이 애써 웃으며 끼어들었다.

“미군은 나갈 것 같습니까?”

“나가지 않을 것이오.”

김구는 짧게 응답한 후 덧붙여 물었다.

“북의 헌법은 단독정부를 하자는 것 아니오?”

김두봉이 헛웃음을 지었다.

“신문 보고 태아의 성별을 점치는 셈이지요. 확정된 것은 없습니다.”

김일성은 비서를 불러 백범에게 인사시키고는 직접 현관까지 나왔다.

“평양에 머무는 동안 불편한 일이 있으면 언제든 말씀하십시오.”

21일 아침, 호텔 복도 끝에서 단아한 여인이 걸어왔다. 흰 치마저고리, 검은 가방, 희끗희끗한 머리카락. 김구의 눈빛이 흔들렸다.

안신호였다. 한때 혼인을 약속했던 여자. 45년 만의 재회였다. 세월은 두 사람을 멀리서 돌았다. 그녀가 북에서 산다는 것은 알고 있었다.

"신호 씨는 여기서 어떻게 지내시오?"

"김일성 장군님 덕분으로 온 집안이 다 행복하게 살고 있습니다. 저는 지금 로동당원입니다. 얼마 전까지 남포시 녀맹위원장으로 있다가 지금은 녀맹중앙위원회 부위원장의 중책을 지니고 일하고 있지요. 자식들은 대학에 다니고… 생활에 아무 불편과 걱정을 모르고 잘 지내고 있습니다."

"잘 되었소."

"장군님께서는 안창호 선생을 잘 알고 있다면서 오빠가 조선독립을 위해 싸운 분이니 동생도 나라를 위해 큰일을 해야 한다며 육친적 배려를 해주셨습니다."

안신호는 목사였던 남편과 사별하고 진남포에 살고 있다고 했다. 예순이 넘은 그녀는 말끝마다 '장군님'을 붙이는 열성 공산당원이 되어 있었다.

"신호 씨, 여기서는 종교를 마음대로 믿게 하오?"

"신앙을 믿고 안 믿고 하는 것은 사람들의 자유지요. 그러나 여기서는 하늘을 믿어도 미국의 하늘을 믿는 것이 아니라 조선의 하늘을 믿지요."

백범은 묵묵히 그녀를 바라보았다. 과거의 안신호가 아니었다.

22일 오전 11시, 김규식이 김일성을 만났다. 김일성이 인사했다.

"먼 길 오시느라 수고 많으셨습니다. 우리 민족의 장래를 위해 허심탄회하게 말씀 나눌 수 있어 기쁩니다."

김규식의 얼굴은 굳어 있었다.

"우리가 없는 상태에서 회의를 연 것은 유감이오. 그리고 미국을 왜 '미제국주의'라 합니까? 그냥 '미국'이라 하면 될 일을."

김일성은 미소를 잃지 않고 듣고만 있었다. 시선은 상대의 얼굴과 서류를 번갈아 오갔다.

"연석회의라 하지 말고, 남북지도자회담이라고 해야지요. 대표단을 무례하게 맞은 것도 서운합니다."

김일성은 고개를 끄덕였으나, 대꾸는 하지 않았다.

"부디 회의에 참석해주십시오. 오늘은 정세보고 토론이 이어집니다."

옆에 있던 김두봉이 끼어들었다.

"몸이 불편하오. 연석회의에는 불참하겠소."

김일성은 여전히 미소를 지었지만, 손끝은 팔걸이를 두드리고 있었다.

김구는 일행과 상의한 끝에 연석회의에 참가해 인사말을 하기로 했다. 정오를 조금 지나 호텔에서 1킬로미터 정도 떨어진 모란봉극장에 도착했다. 회의장에서는 토론이 진행되고 있었다. 일행이 회의실로 안내되자 사회를 보던 백남운은 토론을 중단시키고 김구 선생 일행이 회의장에 도착했다고 알렸다. 참석자들이 모두 일어나서 박수를 보냈다. 김구를 비롯한 일행이 박수를 받으며 입장했다.

700명가량 들어선 회의장 벽에는 흰 바탕에 붉은 글씨로 쓴 표어가 걸려 있었다. 정면 무대에는 30명가량의 자리가 마련되어 있었다. 주석단 배경에는 한반도 지도 모형을 중심으로 태극기 2기가 엇갈려 걸려 있고, 녹색 월계수로 테를 둘렀다. 참석자들이 모두 일어났다.

"집행부의 위임에 따라 김구, 조소앙, 조완구, 홍명희 네 분을 주석단에 추대할 것을 제의합니다."

백남운이 말하자 대표자들이 박수로 승인했다. 구릿빛 얼굴에 연한 자줏빛 국민복을 입은 김일성이 백범을 소개한 후 인사말을 부탁했다. 모란봉극장을 가득 메운 남북 인사들이 백범의 연설을 주목했다.

"본인은 일찍이 글을 배우지 못해 무식하고, 따라서 말을 할 줄 모르기 때문에 몇 마디 글을 적어 왔습니다."

김구는 또박또박한 목소리로 말했다. "글을 배우지 못해 무식하다"는 보고에는 20여 년 전 임정의 대표를 맡아달라는 석오 이동녕에게 "해주 김 존위의 아들로서 대한민국 임시정부를 대표하는 사람이 될 수 없다"고 했던 순수함이 들어 있었다. 그 고백은 남북 동포에게 성실하게 보고하는 늙은 몸의 이력서이자, 지금까지 흔들리지 않고 버텨왔으며 앞으로도 그러하리라는 민족주의자의 심정을 담은 인사였다. 백범은 일제에서 교육받고, 문명인임을 과시하는 식민지 지식인을 멸시했을지언정, 자신이 교육을 받지 못했음을 숨기는 일이 없었다. 청중들은 그의 담백한 기개에 숨을 죽였다.

김구의 카랑카랑한 목소리가 식장에 울려퍼졌다.

"조국이 없으면 민족이 없고, 민족이 없으면 무슨 당, 무슨 주의, 무슨 단체가 존재할 수 있겠습니까? 그러므로 현 단계에 있어서 우리 전 민족 유일 최대의 과업은 통일 독립의 전취인 것입니다. 그런데 바로 지금 통일 독립을 방해하는 최대의 장애는 소위 단선·단정입니다. 조선 문제는 조선 사람이 해결해야 합니다."

연설을 끝내고 김구는 곧바로 호텔로 돌아갔다.

*

26일 밤, 북방의 바람이 잠들고 지붕 위에는 눈빛 같은 은광이 내려앉았다. 낮은 담장 너머로 적산가옥 한 채가 조용히 몸을 숨기고 있었다. 잘 손질된 마룻바닥은 반질거렸고, 방들은 장지문으로 이어져 있었다.

벽 한편에는 짙은 나뭇결이 살아 있는 오래된 선반이 놓여 있었고, 그 아래에는 오래된 나무 궤짝 하나가 장식돼 있다. 궤짝 위에는 꽃을 담은 옹기가 하나 놓여 있고, 궤짝의 한쪽 면에는 '동북항일연군'東北抗日聯軍이라는 글씨가 남아 있었다.

큰 방의 비단 보료 위에 김구, 김규식, 김일성, 김두봉 네 사람이 마주 앉았다. 김두봉이 잔을 권하며 말했다.

"선생님들과 중국에서 항일하던 때 생각이 나서 감히 이 집에 모셨습니다. 누추하지만 좋은 시간을 보내셨으면 좋겠습니다."

김규식이 과거를 회상했다.

"그땐 하루에도 몇 번씩 이름을 바꿔 불러야 했지요. 그래서 자기

본명을 자기가 잊을 정도였소.”

그러자 김일성이 두 손을 모으며 말했다.

“오늘의 대화는 해방된 조선이 스스로 앞날을 결정하는 첫걸음이 될 것입니다.”

김구가 앉은 자세를 곧추세웠다.

“나라가 둘로 갈라져서는 안 됩니다. 겨레의 혼과 나라의 온전함을 지켜야 합니다.”

김두봉이 시를 낭송했다.

조국을 사랑하는 사람
그는 고통이 무엇인지를 안다
고통도 그를 알아본다
먼 길을 걸어와
마침내 산보다 더 큰
아픔을 껴안고 선 조선 사내여
산이 우는 소리를 듣는가
우리 땅을 매우 사랑하리라
메마른 땅에 콩이 자라나고 있다

중국에서 항일투쟁을 하던 조선의용대 시절, 태항산이 울리도록 읊었던 그의 자작시였다.

“태항산을 떠날 때, 우리는 동지들의 무덤 앞에 뜨거운 소주를 올리고 나왔습니다.”

김두봉이 덧붙였다. 김구는 말없이 두 사람을 번갈아 바라볼 뿐이었다. 잠시 침묵이 흘렀다. 그 침묵을 김규식이 받았다. 그는 잠시 눈을 감았다가, 짧은 시 한 편을 읊었다.

우리는 같은 강을 보았다
그러나 강은 묻지 않았다
어느 쪽이 옳은지
다만 흘러가며
물을 나누지 말라고 했다
건너는 발자국은 달라도
젖는 깊이는 같다고

김일성이 얼굴 전체로 웃으며 말했다.
"뜨거운 열정을 갖고 하나의 강이 되기 위해 논의해봅시다."
김규식이 5대 원칙을 꺼냈다.
"독재는 안 됩니다. 민주국가여야 합니다. 사유재산은 보장하되 독점은 막아야 합니다. 총선거로 통일정부를 세워야 하고, 군사기지는 외국군에 내줄 수 없습니다. 미군도 조속히 철수해야 합니다."
김일성이 맞받았다.
"유엔임시위원단도 물러나야 합니다. 단정과 단선은 절대 불가, 소련과 미국 양군은 즉시 철퇴해야 합니다. 통일정부는 선거로 세워야 합니다."
한쪽은 조항을 들었고, 한쪽은 구호를 들었다. 밤이 깊어도 간격은 줄지 않았다. 마침내 합의된 것은 형식뿐이었다. 공동성명서를 작성하기로 했다.

27일 오전, 김구 일행은 평양 혁명자유가족학원에 들렀다. 아이들이 운동장에 줄지어 서 있었다. 항일투쟁을 하다가 희생된 독립혁명가의 자녀들이었다.

관리자가 한 소년을 호명했다. 김구가 앞으로 뛰어나온 소년의 명찰을 살펴보았다. 양세봉 장군의 아들 의준이었다. 조선혁명군 총사령관으로 남만주에서 활동하던 양 장군은 흥경성, 노구대, 쾌대무자 등지에서 일본군 및 만주국 군경과 80여 차례 전투를 벌여 대승을 거둔 영웅이었다.

김구가 소년을 끌어안았다.

"너를 보니 양세봉 장군님이 살아 계시는 것 같구나."

소년이 고개를 들고 말했다.

"저도 아버지처럼 싸우겠습니다. 독립은 아직 이루어지지 않았으니까요."

혁명자유가족학원 방문을 끝내고 돌아오는 길에 차 안에서 북측 안내원이 조심스레 말을 꺼냈다.

"김일성 장군님의 생가를 보고 가시지 않겠습니까?"

김구는 고개를 끄덕였다.

혁명자유가족학원에서 멀지 않은 작은 마을. 초가 몇 채가 어깨를 붙이고 있었다. 김일성 생가는 부엌 1칸, 방 2칸의 작은 초가였다. 일행이 들어갔을 때 한 노인이 마당에서 수숫대로 울타리를 엮고 있었다. 노인은 사람들이 온 줄도 모르는 것 같았다. 마당 옆 텃밭에는 뭔가를 심었는지 골이 일궈져 있었다.

"이남에서 오신 김구 선생님입니다."

안내원이 노인에게 다가가 소개했다.

"뭐?"

한마디 대답을 하고 노인은 하던 일을 계속했다. 귀가 안 들리는 모양이었다. 노인은 김일성의 조부 김보현金輔鉉이었다. 안내원이 큰 소리로 다시 말하자 노인은 그제야 일을 멈추고 일어섰다. 조그만 체구에 전형적인 농부의 행색이었다.

"손자가 잘되었는데, 이렇게 시골에서 고생하십니까?"

김구가 손을 내밀며 말을 건넸다.

"손자는 손자고 나는 나니까 나대로 살고 있습니다."

노인의 목소리는 나직했다.

김구와 일행은 안내원을 따라 부엌과 노인이 거처하는 가운뎃방과 윗방을 차례로 돌아보았다. 부엌은 작았다. 흙 부뚜막에 솥이 하나 걸려 있고 그 옆에는 설거지하는 옹기그릇이 놓여 있었다. 집은 회칠도 안 한 흙벽 그대로였고, 노인의 방은 도배가 돼 있긴 하나 허름했다. 쓰지 않는 윗방 윗목에는 길쭉한 나무통에 고구마 모종을 심어놓아 순이 조금 올라와 있었다. 일행이 구경하는 동안 노인도 뒷전에서 방을 들여다보았다. 혼자 사는지 다른 사람은 보이지 않았다.

30일 낮, 대동강 물살을 가르며 배 두 척이 나란히 쑥섬 북쪽 포구에 닿았다. 버드나무 가지 사이로 사람들이 걸어 들어가 섬 중심부에 이르렀다. 오래된 정자 안에 마호가니 테이블 두 개가 마주 놓여 있었다.

김두봉, 김일성, 김규식, 김구 네 사람이 자리를 잡았다. 수행원과 비서들이 물러갔다. 정자 안은 고요했고, 바람 소리와 강물 흐르는 소리만 들렸다.

김두봉이 먼저 입을 열었다.

"분열을 막고, 통일의 이름을 남겨야 합니다."

김일성이 말을 받았다.

"외세가 발을 들이면 민족의 주권은 설 자리가 없습니다."

김규식이 말했다.

"민주주의의 원칙이 분명해야 하고, 민족의 이성을 회복시켜야 합니다."

김구가 단호하게 말했다.

"겨레 앞에서 우리가 남길 약속은 단 하나, 통일뿐이오."

짧은 말을 주고받은 뒤 논의가 이어졌다. 약 두 시간이 지나 네 사람은 마침내 공동성명서 문안에 합의했다. 이날 저녁, 평양에서 열린 '15인 남북지도자협의회'에서 각 정당과 사회단체 대표들이 차례로 서명에 나섰다. '남북조선 제정당사회단체 공동성명서'는 네 항목으로 정리되었다.

1. 미소 양군은 즉시 철수한다.
2. 북조선은 남조선을 공격하지 않는다.

3. 전국총선거를 통한 통일국가를 수립한다.

4. 남조선 단독정부 수립을 반대한다.

성명서 문안에는 미묘한 조정이 가해졌다. 연석회의 성명서처럼 미국을 '제국주의자'로 규탄하지 않았고, 김규식의 주장을 반영해 "미국은 정당한 제의를 수락해주기 바란다"는 부드러운 표현이 들어갔다. 남측의 명분을 살려 북측이 마련한 통일헌법은 인정하지 않기로 합의했다. 공동성명서는 5월 1일 평양방송을 통해 발표되었다.

김구는 평양을 떠나기 전, 김원봉을 잠깐 만났다. 김두봉이 주선한 극비의 만남이었다.

창광사는 평양 시내에서 벗어난 언덕 위에 있었다. 두 사람은 대웅전 뒤편 작은 선방에 마주 앉았다.

"약산, 오랜만이오. 우강友江 동지도 무고하시지?"

우강 최석순은 임정 마지막 내각의 교통부장관이었다.

"예. 장인께서 먼저 고향인 북으로 오셨습니다. 제가 이달 초 여기로 오는 데는 최용건 동지가 도움을 주었고요."

김구가 단도직입적으로 물었다.

"약산, 자네는 여기 남을 생각이오?"

김원봉의 눈이 미세하게 흔들렸다.

"선생님, 지금 남쪽은… 저 같은 사람을 살려두지 않습니다."

김구는 담담했다.

"폭력단의 난동도 문제지만, 더 큰 이유가 있지는 않소?"

“저는 전쟁을 막고 싶습니다.”

창문이 없는 방에 바람이 스며들었다.

“그 말이 여기서 받아들여지오?”

“제가 말할 수 있는 여건은 된다고 판단하고 있습니다.”

김원봉이 이어 말했다.

“남쪽은 극우세력이 칼을 쥐고, 북쪽은 군을 키우고… 둘 다 서로를 죽일 준비를 하고 있지만, 전쟁은 반드시 막아야 합니다. 그게 제가 할 수 있는 현 단계의 독립운동입니다.”

“약산.”

백범이 낮은 목소리로 말했다.

“나는 통일을 위해서라면 뭐든 바칠 각오가 돼 있네. 자네는 전쟁을 막으려 하고…”

“선생님과 저는 다른 길을 걸을 때라도, 항상 목적은 같았습니다.”

김구는 자리에서 일어났다.

“살아서 다시 만나세. 부디 남쪽에서 만나길 바라네.”

김원봉도 일어섰다.

“선생님이 살아만 계시면, 저는 어디서든 찾아가겠습니다.”

두 사람은 서로 다른 방향으로 걸음을 옮겼다.

5월 3일 오후, 김구와 김규식은 각각 김일성과 작별을 겸한 회담을 했다. 김일성은 잿빛 국민복 차림으로 문 앞에 나와 있었다. 젊은 얼굴에는 웃음이 걸려 있었지만, 눈빛은 빠르게 움직였다.

먼저 만난 김구와 김일성의 회담은 오후 3시쯤에 시작해 1시간

30분 동안 계속되었다.

"선생님, 불편하지는 않으셨는지요?"

김구는 곧장 본론으로 들어갔다.

"북측은 남조선 사람들에게 고당古堂 조만식曹晚植 선생을 만나게
하지 않고 있소. 왜 그분을 가두어두었소?"

김일성은 미소를 잃지 않았다.

"조 선생을 감금하다니요? 잘 모시고 있습니다."

김구는 목소리를 높였다.

"이남에서는 고당이 연금되었다느니, 이미 세상을 떠났다는 말
까지 나돌고 있소. 괜한 오해를 살 필요는 없지 않소? 이번에 나에
게 선물을 주시오. 고당을 서울로 함께 데리고 가겠소."

김일성은 의자에 앉아 손가락으로 탁자를 몇 번 두드렸다.

"제 마음도 얼마든지 그렇습니다. 그러나 지금은 소련군이 있어
그들의 허락을 받아야 합니다."

그는 말을 이었다.

"남북연석회의가 성공할 수 있었던 것은 선생님의 지도적 역할
덕분입니다. 깊이 감사드립니다. 다만 남조선으로 내려가시면 미군
정과 이승만 세력이 탄압하지 않을까 우려됩니다. 미국은 남에 단
독정부를 세울 것입니다. 신변에 염려가 생기면 언제든 북으로 오
십시오. 이곳은 안전합니다."

김구는 김일성의 눈을 똑바로 마주 보았다.

"나는 이남의 단독선거를 반대하오. 그러나 이북에서도 단독정
부를 세워서는 안 되오. 동족 간에 피 흘리는 내란은 결코 있어서는

안 될 것이오. 내가 온 목적은 이것을 확실히 하려고 한 것이오."

"선생님은 민족을 대단히 사랑하시는군요."

김구는 김일성의 야릇한 미소를 바라보며 말했다.

"그렇소. 나는 조선을 사랑하오."

김일성은 고개를 끄덕였다.

"선생님의 뜻을 잘 알겠습니다."

"확약할 수 있겠소?"

"물론 확약합니다."

대답은 망설임이 없었으나, 그의 시선은 창문으로 향했다. 김구는 단호히 덧붙였다.

"이 공동성명서는 겨레의 약속이오."

두 사람은 악수했다. 김구가 힘주어 김일성의 손을 잡았다.

오후 6시부터는 김일성과 김규식의 회동이 1시간가량 있었다. 김일성이 먼저 인사를 건넸다.

"선생님, 오랫동안 수고가 많으셨습니다."

김규식이 곧장 대꾸했다.

"남북 간 전쟁 같은 내란은 절대로 일어나서는 안 됩니다."

"물론입니다."

"이북에서 단독정부가 들어서도 절대로 안 됩니다."

김일성은 잠시 웃음을 띤 채 어깨를 으쓱했다.

"남쪽이 단정·단선을 추진하고 있지 않습니까?"

김규식은 흔들림 없이 말을 이었다.

"북쪽이 미국을 자극하는 반미 행사를 자제하고, 남로당도 반미 일변도에서 벗어나도록 장군이 영향력을 행사해주시오. 공동성명은 겨레의 약속이오. 누구나 이 약속 앞에서는 엄숙해야 합니다. 송전·송수 문제, 조만식 선생 문제도 반드시 해결되어야 합니다."

김일성은 고개를 끄덕이며 대답했다.

"북과 남이 모두 민족의 앞날을 잘 이끌어가도록 선생님께서 도와주시기를 고대합니다."

그의 말은 마치 상대에게 짐을 넘기는 것처럼 들렸다. 김규식은 호흡을 고르고 말했다.

"나는 칠십을 바라보는 나이요. 기력이 부족하오. 그러나 김 장군은 젊고 강하니, 고구려 선조가 요동에서 세운 위업을 이어 발전시켜주시오."

김일성은 벙긋벙긋한 미소를 거두지 않았다.

"명심하겠습니다. 부디 건강하십시오."

두 사람은 손을 맞잡았다. 청년과 노년, 공산주의자와 민족주의자가 서로를 바라보았다. 형식은 정중했지만, 악수 속에는 힘의 긴장이 숨어 있었다.

*

5월 4일 오전 9시 상수리 특별호텔 앞. 김두봉과 안신호, 주영하, 임해가 배웅에 나섰다. 이들은 마당 끝 향나무 아래서 손을 흔들었다.

김구와 김규식, 그리고 몇몇 측근만 탑승한 남행이었다. 갈 때와 마찬가지로 김구는 김신, 선우진과 한 차에, 김규식은 송남헌, 김영휘와 다른 차에 올랐다. 김구가 탔던 38년도형 뷰익은 북녘에서 한 번도 시동을 걸지 못한 채 다시 특별열차에 실려 내려가게 되었다.

차가 평양을 떠난 지 한참, 김구가 창밖 너머 멀어지는 북녘 산자락을 바라보다 말했다.

"벽초碧初가 며칠 전부터 잠을 통 못 이루고 안색까지 좋지 않아 무슨 근심이 있느냐고 물었는데, 고심하더니만 끝내 안 오는 모양이야."

김구는 믿고 의지했던 홍명희가 평양에 잔류한 것을 못내 섭섭해했다. 김구에게도 북한에 남기를 권하는 공작이 은근했다. 김구가 부친 선영에 다녀오고 싶다는 이야기를 김두봉에게 꺼낸 적이 있었는데, 이를 전해 들은 김일성이 웃으며 말했다.

"지금 내려가봤자 남한에서는 선거한다고 야단들일 겁니다. 뭐하러 그런 골치 아픈 꼴을 보려고 하십니까. 나도 금강산을 아직 보지 못했는데, 이참에 선생님과 금강산을 구경하고 싶습니다. 선영은 물론 금강산까지 둘러보고 선거가 끝난 다음에나 내려가시는 것이 어떻겠습니까?"

김구는 껄껄 웃기만 했다. 김두봉도 거들었다.

"금강산에는 새로 요양소가 많이 생겼고 축산공장까지 갖춰 고기를 마음대로 먹을 수 있게 돼 있어 옛날의 금강산이 아닙니다. 좀 쉬었다 가시지요."

김구는 단호했다.

"그만들 하시오. 단독선거 반대 투쟁을 벌이기로 결의했으니 하루라도 빨리 내려가야 하지 않겠소?”

일행은 정오가 조금 지났을 때, 사리원 근처 정방산성에 도착해 도시락을 풀밭에 펼쳤다. 김구가 말했다.

“우리 민족끼리는 무슨 문제든 만나 협조할 수 있다는 걸 이번에 증명했소. 우사의 5대 원칙이 이번 협상의 뼈대를 세운 거지요. 민족적 이성을 지닌 우사의 이론과 국제적 안목은 앞으로도 큰 힘이 될 것이오.”

김규식이 고개를 끄덕였다.

“미소 양군이 존재하는 한, 민족자결에 의한 자주 정권은 쉽지 않겠지요. 하지만 남북이 원칙을 지킨다면 절반은 해결될 것이오.”

17일 동안의 방북 일정이 끝났다.

경교장의 밤이 깊었다. 백범은 2층 창가에 앉아 먹을 갈았다. 먹 가는 소리와 안쪽 방에서 잠자는 선우진과 김신의 숨소리가 화음을 이뤘다. 붓 끝에서 번지는 묵향이 젊은이들의 숨소리에 스며들었다.

백범은 뭉툭한 필관을 움켜쥐고 화선지에 ‘역사’歷史라고 썼다. 또박또박하게 가로, 세로로 확장하는 글자는 오랜만에 만족스러운 힘을 담고 있었다. 백범은 중얼거렸다.

‘낮의 겨레의 평화로운 만남이 밤에 자손들의 코를 골게 한다.’

다음 날 김구와 김규식은 공동명의로 성명을 발표했다.

“남북 제정당사회단체들의 공동성명서는 앞으로 양군 철퇴 후 전국 정치 회의를 소집해 통일적 임시정부를 소집하고, 전국총선거를 거쳐 통일 정부를 수립할 것을 약속했다. 이것은 겨레의 약속이다. 첫술에 배부를 수 없으나 우리 민족끼리는 무슨 문제든지 협조할 수 있다는 것을 체험으로 증명했다."

이에 대해 남조선과도정부는 이를 "소련 군문에 항복한 것"이라고 했고, 단정세력은 남북협상을 "공산당의 모략"이라고 몰았다.

그러나 일부 언론에서는 한반도 역사에서 대단히 의미 있는 경험이라고 평가했다.

"이 벽을 넘지 못하면 분단 민족에게 통일의 미래는 없다. 이 합의는 '근대 조선사에 있어서 일대 장관'이다."[31]

5·10 선거는 이승만 계열과 한민당 출신들의 단독 무대가 되었다. 독립운동의 본류는 5·10 남한 단독선거에 참여하지 않았다.

5월 13일 총선거 감시를 끝낸 유엔위원단이 김구와 김규식을 따로 불러 대화를 나눴다. 질문은 집요했지만 그들의 대답은 간결했다.

문(유엔위원단): 공동성명서의 내용과 같이 실행될 수 있는가?

김구: 남북 정당사회단체의 각 대표가 서명 날인하고 꼭 실행할 것을 약속했다. 이것은 우리 겨레의 첫 번째 약속이다. 남북이 서로 노력해야 한다.

문: 미소 양군이 철수한다면, 진공 기간의 치안유지 방법은 무엇인가?

김구: 공동성명에 표시한 바와 같이 남북 양쪽이 서로 침범하지 않고 각기 현상을 유지하며 전국 정치회의를 소집해 일체 문제를 토의 해결하기로 했다.

김규식과 유엔위원단의 면담은 두 시간이나 걸렸다.

문(유엔위원단): 미군 철퇴 후에 북조선군이 남조선에 쳐들어오지 않을 것을 당신은 믿는가?

김규식: 내전이 일어나지 않는다는 언약이 김일성 장군으로부터 제안되었으며, 우리가 정중히 서명한 만큼 나는 불신임하지 않는다. 우리는 이 약속을 신성하게 생각한다. 당신네 유엔위원단의 사명은 통일조선정부를 수립하기 위해 전국총선거를 감시하는 것이었다. 그러나 당신들은 자신이 유엔결의안을 준수하지 못했다.

문: 북에서 먼저 단독정부를 준비하지 않았나?

김규식: 남이든 북이든 단독정부는 해방의 실패를 공식적으로 선언하는 행위다.

문: 북에서 유엔의 합의 시도를 인정하지 않은 것을 모르는가?

김규식: 북이 동의하지 않는다면 더 기다려야 했다.

문: 언제까지 기다려야 하는가?

김규식: 민족이 다시 합쳐질 때까지 기다려야 한다.

문: 그건 정치가 아니라 기도 아닌가?

김규식: 정치가 기도보다 비열해서는 안 된다.

6월 중순부터 남북 4김 간의 서신 교환이 시작되었다. 김일성, 김두봉으로부터 그동안 정세가 많이 변했으므로 해주에서 제2차 회의를 개최하자는 제안이 왔다. 김규식과 김구는 답신을 보냈다.

"해주에 가는 것은 불가능하다. 이승만, 대한민국 국회, 유엔위원단 등과 협의하기 위해 서울에서 4김 회담을 열 것을 제의한다. 남북회의 장소, 시일 및 토의내용 등을 협의하기 위해 평양에 체류 중인 홍명희가 연락원으로 서울에 오기 바란다."

제2차 남북지도자협의회는 6월 29일부터 7월 5일까지 해주에서 열렸다. 김구와 김규식은 참여하지 않았다.

*

남한에서는 정부수립을 위해 5월 10일에 제헌의원을 선출했다. 7월 1일에는 국호를 결정했고, 7월 17일에는 헌법을 공포하며 역사는 쉼 없이 나아갔다. 경교장의 밤은 적막했다.

창밖에서는 장맛비가 그치고 함성이 울렸다. 새로운 정부 수립을 알리는 축포가 터지고 있었다.

그때였다. 똑똑, 노크 소리가 나고 문이 살며시 열렸다.

"할아버지… 저, 축구공을 가지러 왔어요."

비서 선우진과 곧잘 노는 아이 김정륙이었다.

"정륙아, 이리 와 앉아라."

소년은 조심스레 다가와 마루 한쪽에 앉았다.

"정륙아, 너는 대한민국이 뭔지 아니?"

소년은 머뭇거리다 고개를 끄덕였다.

"학교에서 배웠어요. 우리나라가 진짜 생긴 거래요."

백범은 미소를 지으며 말했다.

"그래, 맞다. 나라가 생겼지! 헌법도 생기고, 국호도 정하고, 제헌의
원도 뽑고… 사람들이 거리에서 손뼉을 치고 축포를 쏘는구나!"

정륙은 축구공을 단단히 움켜쥐고 있었다.

"그런데 말이다, 대한민국이라는 이름은 우리가 30년 동안 피 흘
리면서도 놓지 않고 살아온 이름이야."

정륙이는 눈을 크게 떴다.

"대한민국 임시정부를 지키기 위해 많은 사람이 죽었다. 감옥에
갇히고, 총에 맞고… 중국 여러 고장을 돌아다녔지. 너희 어머니와
여동생도 중국에서 세상을 떠났고. 그런데 오늘 저 불꽃 아래서는
그 이야기를 하는 이가 한 사람도 없구나."

정륙은 아무 말도 하지 않았다. 어린 눈동자엔 무언가 알 수 없는
슬픔과 공포가 서려 있었다.

"정륙아, 잘 들어야 한다. 대한민국 임시정부를 이렇게 무시해서
는 안 된다. 말로는 3·1운동의 정신을 이었다고 하면서도, 그 정신
을 지키고 내려받은 것이 대한민국 임시정부인데 그걸 지운다면…
그건 나라의 혼을 버리는 일이다."

소년은 숨을 죽였다.

"이 사실을 알아두어라. 대한민국 임시정부는 나라가 없을 때 처
음으로 나라를 세운 정부였다. 나라가 없는 상태에서 나라를 만들
어낸 것이지. 그뿐이 아니다. 임정은 3·1운동에서 8·15해방까지 단
하나의 독립운동단체로 유지해왔지. 나라를 처음 세운 걸 어려운
말로 하면 '발생가치'라고 한단다. 어려운 시절에 그걸 유지해온 것
은 '존재가치'라고 한단다. 이 두 가지를 잃으면 나라는 껍데기만

남는다."**32**

김구는 조용히 손바닥을 펴서 자신의 가슴 위에 얹었다.

"그 정신을 우리 안에 새겨야 한다. 그래야 우리 안에 그 정신이 살아나게 되는 것이다."

소년은 할아버지의 말씀을 주의 깊게 들었다.

"정륙아, 이제 밤이 깊었으니 어서 공을 갖고 집으로 가거라."

"할아버지가 하신 말씀을 잊지 않겠어요. 안녕히 주무세요."

정륙이 나간 방은 다시 고요에 잠겼다.

대한민국 국호를 결정한 며칠 후 유엔한국위원회의 중국 대표인 유어만劉馭萬, 류위안 공사가 경교장을 방문해 김구와 대화를 나눴다.

"선생, 남한 정부에 참여하셔서서 부통령을 맡으시는 것이 어떻습니까. 평화를 이루는 길이 될 수도 있지 않겠습니까."

백범은 담담히 말했다.

"내가 이 자리에서 다시 말하오. 남도 북도 단독정부에는 협조하지 않겠소. 우리 겨레의 약속은 결코 변할 수 없소."

유어만이 무겁게 물었다.

"그렇다면 북에도 협조하지 않겠다는 말씀이십니까?"

"그렇소. 나는 동족상잔의 길을 막고자 했소. 그러나 보시오, 남과 북 모두 이제는 서로 갈라진 물처럼 흘러가고 있소. 전쟁이 일어난다면 남은 북을 이기지 못하오. 그 재앙을 막자는 것이 내 마지막 경고였소."

중국국민당은 점점 불리하게 진행되는 국공내전의 전황 때문에 미국 의존이 심해져 미국의 한반도 분단 정책을 지지하게 됐다. 그래도 중국은 김구와의 돈독한 끈을 놓지 않고 있었다.

"이승만은 선생에게 부통령 자리를 제안하는 데 중국 정부와 동의했습니다. 새 정부에 협조하는 것이 좋지 않나요?"

"거듭 말하거니와 분단 정부에는 협조하지 않겠소. 다만 공개적으로 새 정부에 반대하지는 않을 것이오."

김구는 역시 요지부동이었다.

"남조선 정계에는 선생이 북한과 합작할 것이라는 의심이 난무하고 있습니다."

"나를 믿어주시오. 나는 어떤 경우라도 풍옥상馮玉祥, 평위샹과 같이 나라를 배신하고 공산당과 합작하지는 않을 것이오."

유어만은 이 만남을 장개석에게 보고했다. 이날 만남을 토대로 훗날 '유어만 비망록'이라는 문서가 만들어졌다.[33]

북한은 6월 29일부터 7월 5일까지 제2차 남북지도자회의를 개최했다. 7월 10일 북조선인민회의 5차 회의에서는 태극기 대신 인공기를 내걸었다. 7월 10일 김구와 김규식은 공동성명을 발표했다.

"북측은 일방적으로 결정한 헌법에 의해 인민공화국을 선포하여 국기까지 바꾸었다. 이로부터 남측과 북측은 상호경쟁적으로 국토를 분열해 동족상잔의 길로 나갈 것이 우려된다."

북한은 인민회의 대의원 선출을 위하여 8월 21일~25일에 해주에서 남조선 인민대표자 회의를 개최했고, 북한 최고인민회의 대의원 선거는 8월 25일 실시됐다. 남북한에 두 개의 정권이 수립되면서 남북회담은 더는 진척되지 않았다.

김구, 김규식의 평양회담 이후 남북연석회의는 냉정한 평가를 받았다. "김구와 김규식은 남북협상에 이용되었다"는 비판이 주된 것이었다.[34] 하지만 남북연석회의는 남과 북이 증오와 전쟁 대신 대화를 시도한 첫 자리였다.

창밖에서는 축포가 이어졌다. 환호와 함성이 밤하늘을 흔들었다.

경교장의 방은 고요했다. 짙은 어둠 속으로 고요가 물결처럼 밀려왔다. 그런데 그 고요에는 소리가 있었다. 소리의 부재가 아니라 소리를 동반한 고요였다. 백범은 그 소리가 흘러나오는 쪽에 귀를 기울였다.

어둠 속에서 그는 아기처럼 몸을 낮추고 기어가듯 소리를 좇았다. 동쪽 창가에 다다르자 후박나무 가지가 바람에 잎을 흔들고 있었다. 가지 틈에 작은 둥지가 달려 있었다. 둥지 안에는 갓 깨어난 듯한 어린 새 두 마리가 부리에 붉은빛을 간직한 채 몸을 부딪치며 꿈틀거렸다. 김구는 어둠 속에서 성기게 돋아난 솜털에 희미한 빛이 어리는 것을 볼 수 있었다. 새끼 새가 내는 소리는 울음인지, 숨결인지 분간이 되지 않았다. 그 가느다란 소리가 나뭇잎의 수런거리는 소리와 뒤섞여 밤공기를 떨리게 했다.

김구는 창턱에 손을 대고 한동안 귀를 기울였다. 방 안의 침묵은 여전히 깊었으나, 그 침묵은 무겁지 않았다. 어린 새의 작고 여린 소리가 고요를 가르고 있었다.

백범은 속으로 낮게 중얼거렸다.

'작지만 이것은 내일의 소리다.'

23 비원悲願

김구가 환국한 뒤 가장 먼저 힘쓴 일 가운데 하나는 윤봉길 의사의 유가족을 만나는 것이었다.

입국 직후 김구가 기자들에게 "윤봉길 의사 가족을 뵙고 싶다"고 말하자, 얼마 후 윤봉길의 동생 윤남의가 아들 윤종과 함께 경교장을 찾아왔다. 윤남의와 윤종의 인사를 받는 순간, 김구의 두 눈에는 눈물이 고였다. 그리던 윤봉길을 다시 만난 듯했다.

'윤 의사, 내가 어찌 그대의 피붙이를 이렇게 품에 안아보지 않을 수 있으리오!'

김구는 윤남의에게 굳게 약속했다.

"윤 의사 유해 봉환은 임시정부가 반드시 책임지겠습니다."

1946년 초, 김구는 도쿄의 박열朴烈에게 윤 의사의 유해를 찾아 봉환해달라고 부탁했다. 박열은 서상한徐相漢, 이강훈李康勳과 '대한 순국열사 유골봉환회'를 조직하고, 이봉창과 백정기白貞基의 유해 봉환도 함께 추진했다.

백정기는 1933년 일본 주중대사 아리요시 아키라有吉明가 상해 홍구의 육삼정에서 친일 중국 인사들과 연회를 벌인다는 소식을 듣고 이강훈·원심창元心昌과 습격을 준비했다. 그러나 정보가 새어 현장에서 체포돼 무기형을 선고받고 복역하던 중, 1934년 나가사키 감옥에서 39세로 생을 마쳤다.

이봉창과 백정기의 유해는 비교적 쉽게 찾았으나, 윤봉길 의사의 유해는 흔적조차 알 수 없었다. 발굴단은 3월 4일부터 가나자와 노대산의 묘지를 샅샅이 수색했으나 실마리를 찾을 수 없었다. 서상한 발굴단장이 관리자에게 으름장을 놓았다.

"여기에 철로를 깔고 밀차로 묘지를 모조리 파헤치겠소!"

묘역을 공사장처럼 통째로 뒤엎겠다고 협박하자 전 간수 시게하라重元가 서 단장을 몰래 찾아와 암매장지를 귀띔해줬다. 다음 날 아침, 간수가 알려준 곳을 두어 길 파내려가자 썩은 관 하나가 모습을 드러냈다.

삼의사의 유해는 도쿄로 옮겨졌다. 수백 명의 교민들은 왕궁 앞에서 대한독립 만세를 부르며 시위를 벌였다.

1946년 5월 15일, 유해는 맥아더 사령부 군함에 실려 부산으로 왔다.

김구는 6월 14일 부산행 특별열차에 몸을 실었다. 노기남盧基南 대주교도 함께였다. 열차가 한강을 지날 때 노 대주교가 물었다.

"윤 의사는 거사 직전 두려움은 없었습니까?"

"조금도 없었습니다."

"위대한 성인들도 죽음 앞에선 두려움을 보이는데… 참 대단한 분이군요."

김구가 자세한 이야기를 시작했다.

"그는 하루에도 몇 번씩 홍구공원에 나가 채소 장수로 위장하며 무대와 폭탄 던질 위치를 확인했습니다. 풀 한 포기의 길이까지 살폈지요. 풀에 걸려 넘어지면 실패하니까요. 하늘에 순명하듯 기쁜 마음이었습니다."

열차는 밤을 달렸다. 김구는 윤 의사가 두려움을 극복해가는 과정을 세밀하게 설명했다. 폭탄을 던지기 며칠 전의 상황과 두 사람이 헤어지는 순간의 이야기를 오래전에 땅에 묻힌 망자의 유골을 하나하나 찾아 맞추듯 자세하게 들려줬다. 전날 저녁 6시 기차가 한강을 건너 노량진으로 향하던 때부터 시작된 김구의 이야기는 부산역 도착 전인 새벽 6시까지 12시간이나 이어졌다.

대주교는 윤 의사를 기리는 김구의 정성과 집중력에 빠져들어 화장실에 가는 것도 잊고 꼬박 밤을 새워 이야기 동무를 했다. 대주교가 김구의 열정에 감탄해 말했다.

"윤봉길 의사도 대단하고, 선생님의 말씀도 대단합니다. 선생님은 말이 없는 분이라고 들었는데, 이렇게 밤새워 치밀하게 말씀하시는 걸 들어보니 두 분이 어떤 사람인지를 짐작하게 되는군요."

15일 부산에서 추념식을 마친 김구는 유골을 모시고 서울로 올라왔다. '해방자호' 첫 칸에는 유골이, 나머지 칸에는 김구와 수행원, 기자들이 탔다. 열차가 멈추는 역마다 많은 사람이 나와 절하며 눈물을 흘렸다. 승강장 간이매점에서 우동을 파는 한 할머니는 손님에게 우동을 내줄 생각도 없이 매대에 이마를 대고 울었다.

김구는 기자들에게 말했다.

"세 분을 보낸 이는 납니다. 그런데 나만 살아남아 아직 독립을 이루지 못했으니 부끄럽기 한량없소. 나는 박열 군의 정성에도 경의를 드려야 할 것이오. 박열 군은 모든 일을 다 제쳐두고 이 일에 충심을 바쳤소. 나도 불귀의 손이 된 동지들의 지성을 본받아 통일 정부를 이루기 위해 분골쇄신하겠소.”

7월 6일, 삼의사의 유해는 효창원에 안장됐다. 안장식에는 좌우를 막론하고 모든 인사가 모였다. 안중근 의사의 허묘를 시작으로 이봉창, 윤봉길, 백정기의 묘가 나란히 자리했다.

묘단 아래엔 김구가 글을 새겼다.

‘유방백세’遺芳百世.

삼의사의 향기는 백세에 남으리라.

1949년 4월 29일, 김구는 정인보鄭寅普와 함께 충남 예산읍으로 향했다. 윤봉길 열사의 기념비 제막식이 열리는 날이었다. 기념비는 학생들이 모은 성금과 지방 유지들의 힘으로 세웠다. 한글 비문은 정인보가 썼다.

“우리는 어디서든지 우리의 적을 죽이는 것이 의다. 중국은 열사의 의를 고마워하여 두 민족의 구름 낀 사이를 걷어주었다. 백범 선생은 입국하며 덕산 시량 열사의 집에 제사하고, 오사카에서 유골을 찾아 효창원에 모셨다. 열사가 살아 계셨으면 겨우 마흔넷이다.”

제막식이 끝난 뒤, 김구는 시량리 윤봉길 생가에서 하룻밤을 묵었다. 생가에서 그의 숨결을 느끼며, 그의 삶을 품고, 그의 가족과 고요한 밤을 나누었다. 단순한 위문이 아니었다. 김구는 그 밤 열사가 되어 그 집에 몸을 뉘었다.

삼의사를 모신 지 2년이 지난 1948년 6월, 김구는 아들 김신을 불러 중경으로 가라고 일렀다.

"네 조모를 비롯해 가족들의 유해를 모셔와야겠다. 오래 미뤄둔 일이니, 이번에 정리를 해야지."

임정 세력이 정계에서 밀려나는 혼란 속에서 김구는 마지막 남은 가족의 넋만큼은 조국 땅으로 모셔오고 싶었다.

출발하는 아침, 김신은 경교장 2층으로 올라갔다.

"아버님, 다녀오겠습니다."

김구는 붓을 멈추지 않은 채 짧게 대답했다.

"그래, 다녀와라."

국공내전의 포화가 번지는 중경에서 묘역을 찾는 일은 쉽지 않았다. 지형은 변해 있었고 기록도 흩어져 있었다. 김신은 일을 포기하고 싶을 때마다 평양으로 떠나던 아침 아버지의 굳은 표정을 떠올렸다.

두 달 뒤, 그는 마침내 조모 곽낙원, 어머니 최준례, 형 김인의 유해를 모두 모셔왔다. 김신은 경교장 2층으로 올라갔다.

"아버님, 무사히 모셔왔습니다."

김구는 붓을 놓지 않은 채 말했다.

"그래, 모셔왔구나."

그게 전부였다. 김구는 기쁨이나 슬픔을 드러내지 않았다. 오래 지고 온 짐 하나를 내려놓은 사람의 목소리였다.

그해 9월, 김구는 다시 유해 봉환을 주관했다. 이번에는 중국에 묻힌 임정의 두 기둥, 이동녕과 차리석이었다. 묘역은 효창원 삼의사 묘역 동쪽에 자리했다. 이동녕의 묘가 가운데, 차리석은 오른쪽, 왼쪽은 조성환의 묘가 들어섰다. 왼쪽 자리는 본래 김구가 바라던 자리였다. 그러나 10월 조성환이 별세하자 그에게 내주었다.

*

오후에 김규식이 찾아왔다. 초여름 비가 그치고 창밖에는 뜨겁게 태양이 타올랐다. 그는 젖은 모자를 벗어들고 방 안으로 들어섰다.

"백범, 정세가 날로 어려워지고 있습니다."

김구는 양주에서 올라온 김규식을 위해 차를 끓이며 그윽한 눈빛으로 그를 바라보았다.

"우사, 우리가 밟은 길이 자취를 감춘 듯하지만, 그 길은 겨레 속에 남아 언젠가 다시 이어질 것이오. 남북이 갈라선 것은 강대국의 힘 때문이지, 겨레의 뜻은 아니지 않소."

김규식이 반듯한 얼굴로 말을 이었다.

"뜻을 놓지 않는 건 백범의 대단한 능력이오. 백범의 그 힘으로 분열의 삼팔선을 넘어 미래의 다리를 마저 놓읍시다. 언젠가 다리는 완성될 날이 올 것이라 믿소."

그는 잠시 말을 멈추었다가 덧붙였다.

"중경 임정 청사 뒷마당에 작은 복숭아나무가 하나 있소. 그 나무에 꽃이 피면 나는 '복숭아꽃 살구꽃'을 생각했소. 무릉도원 말이오. 우리 조국도 언젠가는 다시 꽃을 피울 것이오. 지금 담을 넘어 들어오는 저 아이들이 그 복숭아나무의 꽃과 같은 희망이오."

김규식이 손가락으로 아이들을 가리켰다. 김구가 아이들을 보고

596

일어서더니 김규식의 손을 이끌고 밖으로 나갔다. 어린아이들은 뒷담을 넘어 경교장 안으로 들어와 있었다. 경교장에 들어온 아이들이 어디로 숨을까 기회를 엿보는 중에 김구가 나타났다. 무서운 '호랑이 할아버지'를 보자마자 날쌘 아이는 뒷담을 넘었고, 나머지는 겁에 질려 뒤로 나자빠졌다.

"어린이 동무들! 다 이리로 오시오."

김구가 다정한 목소리로 부르자 아이들이 모여들었다. 김구는 코를 흘리며 다가온 아이들을 앉혀놓고 이야기를 시작했다.

"어느 날 엿장수가 집 앞으로 왔단다. 엿을 먹고 싶었던 아이는 아버지의 숟가락을 분질러 문 밑으로 내민 후 엿과 바꿔먹었지."

어린 시절 자신의 이야기였다. 김구가 아이들에게 수수께끼를 냈다.

"그 아이가 저녁때 일터에서 오신 아버지에게 사실대로 말했어요. 그때 아이는 야단을 맞았을까요, 맞지 않았을까요?"

한 아이가 어른 흉내를 내며 말했다.

"다리몽둥이가 부러졌겠지요."

김구는 "아이는 아버지에게 야단을 맞지 않았어요. 야단을 맞지 않았기 때문에 그다음부터는 그런 짓을 하지 않았지요" 하고 말했다.

김구는 덧붙였다.

"나도 너희들을 야단치지 않을 것이오. 그러니 다음부터는 뒷담을 넘지 말고 정문으로 들어와 놀아요."

백범의 이야기가 끝나자 김규식도 웃으며 말했다.

"애들아, 내 이야기도 하나 들어보아라."

아이들이 고개를 끄덕이자 김규식은 이야기를 시작했다.

"옛날 내가 상해에 있을 때다. 하루는 배가 고파 동포가 운영하는 작은 음식점에서 국밥 한 그릇을 시켜 먹었다. 그런데 그 국밥집 주인이 내게 이렇게 말하더구나. '선생님⋯ 조선에서 오셨지요. 저도 선생님 같은 분들 덕에 살아 있습니다. 돈은 받지 않겠습니다. 이 국밥은 조선의 마음으로 드리는 겁니다'라고 하더구나."

아이들 얼굴이 환해졌다.

"그때 나는 조선이 나를 잊지 않았구나, 하고 느꼈단다. 너희도 어른이 되면 그 국밥 한 그릇처럼 누군가의 마음속에 힘이 되어주어라."

김구는 그 말을 들으며 빙긋 웃었다.

김규식이 헤어지기 직전 김구에게 문서 한 장을 내밀었다.

"본인은 남북협상에 참가해 민족의 분단을 막고자 했으나, 현실은 냉엄했습니다. 남북의 지도자들은 각기 자신들의 이념과 정권 유지에 급급할 뿐, 진정한 민족의 화합에는 관심이 없었습니다. 본인은 더 이상 이 오탁한 정치판에 머물 이유가 없음을 깨달았습니다. 민족의 미래를 위해 애써왔던 지난날의 노력이 수포로 돌아간 지금, 본인은 일체의 공직에서 물러나 야인으로 돌아가고자 합니다."

김규식의 정계 은퇴선언문이었다.

"우사⋯ 안 됩니다."

김구가 그의 손을 거칠게 잡았다.

"삼팔선도, 분단도, 이 오탁한 정치판도⋯ 결국은 사람이 걸어 넘어야 할 징검다리입니다.”

김규식은 미세하게 고개를 저었다.

“나는 백범만큼 뿌리가 깊지 못합니다.”

“우사, 겨레가 당신을 놓지 못하오. 우리가 남긴 길은 사라진 듯해도, 언젠가는 다시 드러날 것이오. 지금은 견뎌야 합니다.”

김규식은 문서를 정성껏 접으며 말했다.

“백범, 나는 물러나지만 마음까지 물러나는 건 아니오. 백범이 서 있는 곳에 내 뜻도 서 있을 것이오. 우리가 다 놓지 못한 다리를 누군가는 반드시 완성해 건널 거요.”

그는 조용히 덧붙였다.

“백범, 부디 그때까지 살아계셔야 합니다.”

1948년 겨울 김구는 염리동, 이촌동, 금호동, 숭인동, 장충단, 청계천… 굶주림과 추위에 떠는 동포들에게 90만 원을 내놓았다. 어머니와 아내, 장남의 묘를 옮길 때 들어온 부의금, 아들 신의 결혼식 축의금까지 모두 모은 돈이었다.

그중 금호동 600여 호 이재민들에게 돌아간 돈은 백범학원의 기초가 되었다. 염리동 천막촌에는 목조건물에 천막을 덮은 학교가 세워졌다. 이름은 김구의 아명을 따 ‘창암공민학교’라 했다.

1949년 봄 창암학교에는 350명, 백범학원에는 470명의 아이들이 입학했다.

“배워라! 울음을 박차고 웃음으로 돌리며 배워라!”

교사들은 아이들을 정성껏 가르쳤다. 김구는 수만 원어치의 건축

자재와 풍금을 기증하고, 교원을 파견해 급료까지 감당했다.

6월 1일, 백범학원 운동회를 마치고 4학년 아이 한우삼이 글을 썼다.

"우리 4학년 종목은 사람 찾기인데, 나는 이성오 선생님과 뛰어 1등을 했습니다. 우리 반 정순미는 김구 할아버지를 모시고 뛰게 되었는데, 할아버지가 숨이 차 못 뛰겠다고 하셔서 순미는 그 자리에서 울었습니다."

김구는 대학 설립에도 지원을 아끼지 않았다. 국민대학 설립기성회 고문으로 취임했고, 단국대와 성균관대의 설립에도 힘을 보탰다.

김구는 주일이면 빈민 사역을 하는 이촌동교회에 출석해 이연호 목사의 설교를 들었다. 이 목사에게는 20만 원을 드렸다. 김구는 조용한 밤에 이 목사가 설교한 창세기 48장을 읽었다. 야곱의 최후를 기록한 내용이다.

야곱의 마지막 날이 눈앞에 펼쳐졌다. 죽음을 앞두고 야곱이 요셉을 불러 자신의 유골을 선영에 묻어달라고 부탁하자, 요셉은 아버지의 환도뼈 아래에 손을 넣고 맹세했다. 생명의 근원인 환도뼈 아래에 손을 넣고 다짐하는 행위는 살아 있는 자들이 맺는 가장 무거운 서약이다.

야곱이 손자들의 복을 빌었다.

"나의 할아버지 아브라함과 아버지 이삭을 보살펴주신 하나님, 오늘까지 나의 목자가 되어주신 하나님, 온갖 어려움에서 나를 건져주신 천사께서 이 아이들에게 복을 내려주시기를 빕니다. 나의

이름과 할아버지 아브라함, 아버지 이삭의 이름이 이 아이들에게
살아 있기를 빕니다."

누군가를 축복하려면 마음속에 감격이 흘러넘쳐야 한다. 그렇지
않으면 복을 빌 수 없다. 죽음을 앞둔 사람이 아들과 손자들의 복을
비는 일은 인간 소망의 으뜸이다. 생명의 유한성은 인간을 간절하
고 순전하게 만든다. 조상에게 돌아가는 야곱이 여호와께서 조부와
아버지를 축복하신 것처럼, 자손들에게 그 복을 잇게 해달라 기도
하는 것은 순전함과 간절함의 표상이다.

김구는 성경을 덮고 펜을 들었다. 종이 위에 또박또박 제목을 적
었다.

'나의 소원'.

그는 낭독하듯 중얼거리며 글을 써내려갔다.

"네 소원이 무엇이냐 하고 하나님이 물으시면, 나는 서슴지 않고
'대한 독립'이라 대답할 것이다. 그다음 소원은 무엇이냐 하면 나는
또 '우리나라의 독립이요' 할 것이요, 또 그다음 소원이 무엇이냐
하는 세 번째 물음에도 나는 더욱 소리 높여서 '나의 소원은 우리나
라 대한의 완전한 자주독립이요' 하고 대답할 것이다. 나 김구의 소
원은 이것 하나밖에는 없다."

그의 필선은 흔들리지 않았다.

"독립이 없는 백성으로 70 평생에 설움과 부끄러움과 애탐을 받
은 나에게는 세상에 가장 좋은 것이 완전하게 자주독립한 나라의
백성으로 살아보다가 죽는 일이다."

그는 펜을 잠시 멈추고 자신의 손을 무릎 위에 얹었다. 책상 위의

등불은 흔들리지 않았다. 마치 환도뼈 아래 손을 넣고 맹세하던 야곱처럼, 김구도 하늘에 서약하는 심정이었다. 그가 써나가는 '나의 소원'은 일종의 유언이었다.

김구는 독립운동을 위해 자신의 모든 것을 다 바쳐 활동하면서 중국에서 어머니와 아내와 큰아들 인을 잃었다. 그렇다면 최후의 소원을 말할 때는 하나 남은 혈육인 둘째 아들 신의 축복을 비는 게 인지상정이다. 그러나 그는 신의 축복을 언급하지 않았다.

'내 삶은 일신을 위해 있지 않다. 오직 독립, 그것이 나의 삶이고 내 평생에 걸친 비원悲願이다.'

김구는 이어 써나갔다.

"우리 민족으로서 해야 할 최고의 임무는 남의 절제도 아니 받고, 남에게 의뢰도 아니 하는 완전한 자주독립의 나라를 세우는 일이다. 나는 가장 부강한 나라를 꿈꾸지 않는다. 내가 남의 침략에 아팠으니 내 나라가 남을 침략하는 것을 원치 않는다. 우리의 부력富力은 우리의 생활을 풍족히 할 만하고, 우리의 강력强力은 남의 침략을 막을 만하면 족하다. 오직 한없이 가지고 싶은 것은 문화의 힘이다."

김구는 일제에 손발이 묶여 천장에 매달려 있던 날을 떠올렸다. 일본 경찰은 김구의 손발을 묶어 고문실 천장에 매달았다. 놈들은 매와 몽둥이로 무수히 구타한 후 얼굴과 전신에 냉수를 끼얹었다. 정신이 들었을 때 김구는 눈 내리는 밤, 괴기한 신문실 한 모퉁이 바닥에 자신이 가로누워 있다는 것을 알았다. 세 놈이 김구를 들어다가 유치장에 눕힐 때는 이미 동창이 밝아 있었다. 그들이 밤을 새워 자신을 신문했다는 사실에 김구는 형언할 수 없는 수치와 부끄러움을 느꼈다. 우리가 저 왜구와 같이 밤을 새워 온 힘을 다해 일한 적이 몇 번이나 있었던가. 식민지 지배를 위해 밤새워 일하는 그들의 근무 자세가 부러워지기까지 했다.

김구는 그 당시 느꼈던 수치와 부러움을 떠올리며 자문했다. 왜 내가 부러워했던가. 저들은 남의 나라를 강제 합병한 후 독립운동 하는 사람들을 잡아다 족치는 법비法匪들이 아닌가. 그 강제적인 힘이 부럽단 말인가. 그들에게 우리가 존중해야 할 어떤 문화의 힘이 있었던가.

우리가 부러워해야 할 것은 오직 인의와 사랑에서 우러나오는 문화의 힘일 뿐이다. 문화의 힘은 선량하고 자비롭다. 문화는 누구도 억압하지 않는다. 문화는 돈과 힘으로 다른 이를 차별하지 않고, 가지지 못한 자도, 배우지 못한 자도 배척하지 않는다. 문화는 다른 이를 감싸고 억압당한 심성을 다독여준다. 현재 인류가 불행한 근본적인 이유는 인의가 부족하고, 자비가 부족하고, 사랑이 부족하기 때문이다. 상처받은 사람들을 감싸주는 것은 오직 문화의 따뜻한 힘이다. 이런 문화의 힘을 키우면 얼굴에는 항상 화기가 있고, 몸은 덕의 향기를 발할 수 있을 것이다.

김구는 대각사 주지 백용성白龍城 스님을 떠올렸다. 3·1운동 때 불교계를 대표해 독립선언서에 서명했다 수감된 용성 스님은 독립을 보지 못하고 1940년 77세로 열반했다. 스님은 상해에 있는 김구에게 쌀가마 속에 몰래 독립자금을 넣어 보냈다. 중경에서 용성 스님의 열반 소식을 듣고 참배하러 가지 못한 마음의 짐이 있던 김구는 스님을 기리며 써나갔다.

"동포 간의 증오와 투쟁은 망조다. 우리의 용모에서는 화기가 빛나야 한다. 우리 국토 안에는 언제나 봄기운이 가득해야 한다. 우리는 개인의 자유를 주장하되 그것은 짐승들과 같이 저마다 배를 채우기에 쓰는 자유가 아니요, 제 가족을, 제 이웃을, 제 국민을 잘살게 하기에 쓰이는 자유다. 공원의 꽃을 꺾는 자유가 아니라 꽃을 심는 자유다. 힘든 일은 내가 앞서 하니 사랑하는 동포를 아낌이요, 즐거운 것은 남에게 권하니 사랑하는 자를 위하기 때문이다."

밤의 고요함이 김구를 위로해주었다. 부국강병을 외친 자들은 많았으나, 겨레의 마음을 키우려 한 이는 얼마나 되었던가. 얼마 전 한 시골 학교의 교사가 경교장을 찾아와 물었다.

"선생님, 왜 아이들 학교에 그리 정성을 쏟으십니까? 지금 우리는 총과 칼, 공장이 더 시급하지 않습니까?"

김구는 답했다.

"총과 칼은 마음이 바르지 않으면 이웃을 해치는 흉기가 될 뿐이오. 공장은 빼앗길 수도 있소. 그러나 문화의 힘은 겨레의 마음속에 뿌리내려 영원히 빼앗기지 않는다오. '조국을 잃은 백성은 노래를 잃고, 노래를 잃은 백성은 영혼을 잃는다'는 말이 있지 않소?"

백범의 펜은 다시 종이 위를 달렸다.

"나는 우리 겨레가 세계에 자랑할 수 있는 예술과 학문, 그리고 떳떳한 정신을 지닌 문화의 나라가 되기를 원한다. 무궁화 같은 꽃이 피어나고, 우리말과 글이 천하에 떳떳한 나라, 그것이 내가 꿈꾸는 문화강국의 모습이다."

백범의 눈에는 효창원 순국선열 묘역 묘비에 새긴 글자가 아른거렸다.

'유방백세' 遺芳百世, 그들의 향기는 백세에 남으리라

*

1948년 8월 15일, 서울 하늘에 만세 소리가 울려퍼졌다. 창문이 활짝 열린 경교장 2층에서 김구는 그 소리를 들었다.

그는 손에 쥐고 있던 신문을 내려놓았다. 신문 1면에는 새 정부수립과 대통령 이승만의 사진이 크게 실려 있었다. 그 한쪽 구석에는 '친일파 처벌 법제화'라는 기사가 작게 박혀 있었다.

낮에 조완구가 경교장을 찾았다.

"백범, 이 정부가 친일파를 정리한다는 말을 곧이곧대로 믿으라는 거요?"

"믿어야 하고 소원해야 하지요. 우리가 바란 건 민족정기의 회복이 아니오?"

조완구는 코웃음을 쳤다.

"미국은 왜놈들을 다시 세우겠다고 혈안이고, 우리는 친일 잔재를 하나도 못 건드리고 있소. 독립은 했는데 도둑놈들 명단만 바뀌었소."

조완구는 한숨만 깊게 토해내고 돌아갔다.

하지만 다음 날, 그는 더 들끓는 얼굴로 경교장 문을 밀고 들어왔다.

"백범! 지금 꼴이 말이 아니오. 도둑놈들이 몽둥이를 들었소! 경찰은 반민특위를 보란 듯이 무시하고, 신문들은 특위 위원들을 빨갱이라 몰아붙이고…”

김구가 고개를 떨구었다.

“이 나라가 독립했다고 말하기 어렵게 되어가오.”

그러자 조완구가 이를 악물었다.

“나라가 바뀐 게 아니라 간판만 바꿨소, 백범! 태극기를 달긴 달았는데, 방 안에 앉아 있는 건 그대로 왜놈들이오!”

반민법 심의가 진행되던 9월 4일 이승만 대통령은 법 제정에 신중할 것을 촉구하는 담화를 발표했다.

“지금 국회에서 이 문제로 많은 사람이 선동되고 있으니, 이때가 이런 문제로 민심을 이산시킬 때가 아니다. 백방으로 손해만 될 뿐이니 먼저 정권을 회복해 정부의 권위가 내외에 확립되도록 힘쓸 것이다.”

이승만의 이런 권고에도 불구하고 국회는 한 달에 걸친 심의를 거쳐 9월 7일 반민법을 찬성 103표, 반대 6표의 절대 다수표로 가결했다. 정부에서는 긴급 국무회의를 열고 이를 거부하기로 의결했으나, 그 경우 다른 시급한 법의 국회 통과가 불가능하다고 판단해 9월 22일에 반민법을 법률 제3호로 공포했다.

친일을 한 자는 정도에 따라 최고 사형까지 처벌할 수 있도록 하고, 그 밖에 재산몰수, 공민권 정지의 조처를 할 수 있게 한 내용이다. 대법원에 특별재판부를 두어 단심제로 재판하고 공소시효는 2년으로 1950년 9월 22일까지로 했다.

그러나 이승만 대통령이 이를 탐탁하게 받아들이지 않았다. 이승만은 반민법 공포 다음 날인 9월 23일 담화를 발표해 특유의 어법으로 이 법에 반대하는 태도를 드러냈다.

"이번에 공포된 이 법에는 작위를 받은 자의 자손까지도 처벌이 미치며, 그 재산을 몰수하는 조항이 들어 있는 것으로 압니다. 이는 해석이 분명하지 않으면 자칫 구시대 연좌제와 혼동될 우려가 있으니, 우리와 같은 현대 민주주의 국가에서는 그러한 법의 적용에 있어 국민이 오해하지 않도록 해야 할 필요가 있습니다. 나의 견해는 분명합니다. 반민족행위자에 대한 처벌은 당연히 있어야 하되, 그것은 정부가 완전히 수립된 후, 질서와 권위가 바로 선 다음에 시행함이 옳다고 생각합니다."

이를 시작으로 반민특위를 견제하거나 반대하는 대통령의 대국민 담화, 기자회견, 국무회의 발언이 계속 이어졌다.

김구는 창을 내다보며 중얼거렸다.

"권력이 친일의 망령과 손을 잡으면, 겨레의 정신은 살아나기 어려울 것이다."

선우진 비서가 신문 스크랩이 가득한 서류철을 갖고 들어왔다.

"반민특위를 비판하는 대통령의 특별발언이 이번 달에만 열 번이 넘습니다."

선우진이 스크랩한 기사 제목을 읽어 내려갔다.

"1월 10일 대통령 담화: 우리 힘으로 국권을 되찾았다면 이완용 같은 반역자를 처벌했겠지만, 지금은 형편이 다르다."

"1월 14일 기자회견: 국회는 입법기관이지 반민법을 집행할 권한은 없다."

"1월 27일 국회 조사위원 초청 발언: 범죄가 있는 경찰도 질서 유지에 필요하니 신중히 조처해달라."

"2월 2일 담화: 조사위원들이 입법부와 행정부와 사법부의 일을 다 혼합해 헌법에 위배되는 행동을 하고 있다."

"2월 4일 국무회의: 관공리들은 반민법 조사에 동요하지 말라."

"2월 9일 국무회의: 필요하면 긴급명령이나 계엄령을 발동하겠다."

"2월 11일 국무회의: 반민특위의 무분별한 난동에 대해 단호한 대책을 강구하라."

"2월 15일 담화: 지금의 조사는 치안에 중대한 영향을 주니 모두 정지해야 한다."

"2월 18일 담화: 노덕술을 석방하려고 한 것은 친일파를 옹호하려는 것이 아니다."

"2월 22일 담화: 대통령이 친일분자를 비호한다는 말은 조사위원 몇 사람이 민심에 반감을 일으키려는 의도로 한 것이다."

김구는 신문 스크랩을 보며 말했다.

"이처럼 말이 많다는 건, 그만큼 두려운 탓이다. 그래도 우리는 특위에 기대를 버리면 안 돼."

"선생님, 임정이 환국할 당시 국민이 가장 크게 기대했던 것이 반민족 친일파 처리 문제였습니다. 일제의 식민지배가 심어놓은 반민족 사상은 그만큼 광범위하게 확산됐고, 나라의 발전을 가로막고 있었습니다. 그런데 이제 대통령이 한 달에도 열 번 가까이나 친일파들을 비호하는 실정이 됐으니, 반민특위가 국민의 기대에 부응할 수 있겠습니까?"

김구는 다음 해인 1949년 삼일절을 맞아 기념사를 통해 친일파 처리에 미온적인 사람들을 비판했다.

"미국의 은혜와 소련의 혜택에 감격해 눈물을 흘리는 무리는 적지 아니하되, 우리의 애국선열과 지사들의 노력을 진심으로 감사하는 무리는 적은 것 같다. 심지어는 우리를 고문하고 살해했던 그들을 기술자라는 명목하에 예우하고 있다. 그리하여 우리에게는 이모저모로 혼란, 도탄, 죄악이 표출되고 있다."

권력의 횡포는 점점 강력해졌다.

5월, 이승만 정부에 비판적이던 소장파 의원 10여 명이 체포됐다. 이문원을 비롯한 이들에게 씌워진 죄목은 '남조선노동당 국회 프락치 지시 혐의'였다. 관련 물적 증거는 없었으나, 재판부는 13명 모두에게 유죄를 선고했다.

'국회 프락치사건'이라 불린 이 일로 국회는 움츠러들었다. 그리고 6월 6일 아침 8시 30분, 80여 명의 경찰이 반민특위 사무실로 들이닥쳤다. 친일 경찰의 상징적 인물이었던 최운하가 특위에 체포되자 경찰이 반민특위 사무실 습격이라는 극단적인 방법을 선택한 것이다. 내무부 차관 장경근, 치안국장 이호, 서울시경국장 김태선이 지휘했다.

경찰은 조사관들을 무차별적으로 폭행했다. 현직 경찰의 75퍼센트 이상이 친일 경력자로 조사된 서류들을 전부 빼앗아갔다.

국회는 공소시효를 1년으로 단축시켰다. 반민특위의 숨통은 완전히 끊겼다. 김상덕 위원장을 비롯해 위원 전원은 사퇴했고, 싸움은 여덟 달 만에 끝났다. 반민특위가 지목한 반민족행위자는 7천여 명이었지만, 실제 조사된 이는 688명에 불과했다. 그 가운데 599명만이 검찰에 넘겨졌고, 293명이 기소됐다. 수천 명의 죄인 가운데 법정에 선 것은 몇 명뿐이었다.[35]

답답함을 달래려 김구는 혼자 동대문운동장 체육관을 찾았다. 서울 선수와 부산 선수가 링 위에서 주먹을 날리고 있었다. 관중의 함성 속에서 두 젊은이의 시합은 맹수의 혈투 같았다.

그는 한참을 구경하다가 정신을 차렸다.

'젊은이들의 전투는 장렬하다. 그러나 친일파를 가려내지 않고, 남북이 갈라져 서로 겨누는 현실에서 저런 혈기가 끝내 치달을 곳은 어디일까.'

김구는 열기로 가득한 체육관을 빠져나왔다. 그에게 링 위의 두 주먹은 하나의 겨레가 서로를 치고받는 모습처럼 보였다.

*

1949년 6월 중순, 서울 하늘은 흐리고 무거웠다. 장마가 시작되었지만 비는 쏟아지지 않고, 음습한 구름이 습기를 머금은 바람을 몰고 왔다.

경교장 안마당엔 적막이 깔려 있었다. 경비병의 하품 소리만이 공기를 흔들었고, 선우진의 재빠른 그림자조차 보이지 않았다. 김구는 더위를 막기 위해 2층 창문을 닫았다.

김구는 짙은 묵향이 배인 서안 앞에 홀로 앉아 있었다. 라디오에서 흘러나오는 어린이 드라마 '똘똘이의 모험'을 들으며 붓글씨를 쓰는 중이었다.

그때 한 청년이 경교장 마당으로 조심스레 들어섰다. 중산복을 단정하게 입은 중국 청년, 저보성 어른이 수양아들로 삼은 진동생의 장남 진국침이었다.

"백부님, 뵙고 싶었습니다."

김구는 글을 쓰느라 움츠렸던 어깨를 곧게 펴며 말했다.

"네가 왔구나."

진국침은 김구가 중경에서 상해로 이동하기 직전에 임정을 찾아왔을 때처럼, 허리를 굽혀 이마를 바닥에 붙이며 절을 세 번 하는 중국 최고의 예법 삼배구고두례를 했다.

"또 이 절을 하는구나!"

김구가 놀라움과 즐거움을 금치 못했다.

"백부님을 찾아뵙는 데 오랜 세월이 걸렸습니다."

"장하구나, 잘 왔다."

김구는 국침을 일으켜 세웠다. 두 사람은 차를 앞에 두고 마주 앉았다.

"졸업은 했느냐?"

"예, 남경대학을 마쳤습니다. 늦었지만 이제라도 선생님을 찾아뵈어야겠다고 마음먹었습니다."

"허허, 먼 길을 용케 왔구나! 나도 너를 가끔 생각했단다."

"오랜 세월의 이야기입니다만…"

진국침은 고개를 숙인 채 잠시 뜸을 들였다. 그리고 가방에서 작은 갈색 노트와 오래된 서류 봉투를 꺼냈다.

"선생님께 꼭 오고 싶었던 이유가 있습니다."

김구의 얼굴엔 호기심이 담겨 있었다.

"주애보 누님에 대한 소식을 말씀드리러 왔습니다."

방에 침묵이 흘렀다. 진국침은 노트를 펼쳐 한 장을 넘겼다. 노트엔 여러 장의 지도와 일지 같은 기록이 빽빽이 들어 있었다.

"이것이 지난 10여 년간 애보 누님을 찾아다닌 기록입니다. 애보 누님은 1938년 봄 가흥을 떠났습니다."

'우리에게 와 계시던 장진구 어른이 한국의 망명 지도자 김구 선생이시다. 어제 총격을 당하셔서 중태라고 하는구나.'

주애보는 저보성 어른의 말씀을 들으며 소리 내지 않고 눈물을 흘렸다.

그녀는 입술을 깨물며 말했다.

"제가 장사로 가겠어요. 제가 가면 선생님을 살릴 수 있어요. 선생님 곁에는 제가 있어야만 해요."

저보성 어른과 진국침의 아버지는 그녀를 말렸다.

"애보야, 그 길은 위험하다. 지금은 중국의 모든 지역이 위험하다."

하지만 그녀의 결심은 흔들리지 않았다. 다음 날 새벽, 그녀는 사라졌다. 태산목 한 송이를 손에 들고 새벽길을 걸어가는 그녀를 누군가 봤다고 했다. 그게 마지막이었다.

그녀는 김구가 입원해 있던 장사의 상아병원을 찾아갔다.

오래 소식이 끊기자 진국침이 애보를 찾아 나섰다. 먼저 김구가 입원해 있던 장사의 상아병원으로 갔다. 상아병원의 간호사는 그녀를 기억하고 있었다.

"4층에 누워 있는 한국의 독립운동가가 총을 맞았지만 살아 있다는 소식을 듣고는 눈물을 뚝뚝 흘렸습니다. 자태는 복스러웠지만, 슬픔으로 가득 차 있었어요."

하지만 그녀는 병실에는 들어가지는 않았다고 했다. 침상에 누워 있는 선생님을 복도에서 유리문 너머로 바라보며 눈물을 흘렸다. 그때 환자는 전신에 붕대를 감고, 혼수상태에 빠져 있었다.

"애보 누님이 상아병원에 찾아온 순간부터 선생님의 상태가 기적적으로 안정되었다고 병원에서 알려주었습니다. 저는 누님의 정성이 선생님께 효력을 미쳤다고 생각했습니다."

진국침은 간호사에게 애보의 사진을 보여주며 찾아온 사람이 이 여자인지를 확인했다.

"네, 분명합니다. 이 사진의 여자가 확실합니다."

진국침은 간호사에게 그 후의 일을 물어보았다.

"그 여자는 눈물을 흘리며 계단을 내려갔어요. 그때 2층과 3층 사이의 계단에서 두 중년 남자가 그녀의 팔을 부축했어요. 그중 한 사람이 한국말을 한 것 같아요."

그 이후 그녀는 영영 자취를 감췄다. 진국침은 병원의 다른 간호사와 의사에게도 여러 번 확인했지만 모두 같은 기억이었다.

김구는 입술을 굳게 다문 채 진국침의 눈을 바라보았다. 진국침은 조심스럽게 가죽가방에서 또 다른 수첩을 꺼냈다. 진국침은 목이 메었다.

"선생님, 저는 지난 10년간 북경, 상해, 남경, 항주, 소주 등지를 돌며 애보 누님을 찾았습니다. 누님의 친척들도 거의 다 만났습니다. 그러나 단서를 찾지 못했습니다. 그 당시 상아병원에는 일제의 밀정들이 들끓었다고 합니다. 저는 그날 병원 계단에서 마주친 이들이 밀정이었고, 애보 누님은 그들에게 잡혀갔다고 믿고 있습니다."

그는 수첩을 펼쳤다.

"소주에 사는 누님의 외삼촌이라는 분에게서 들은 얘기가 있습니다. 누님은 어머니가 폭격으로 돌아가신 후부터 작은 비상약병을 품에 숨기고 있었다고 합니다. 뭔가를 예견하고 있었던 듯합니다."

진국침은 잠시 말을 멈추고 김구를 쳐다보았다. 백범은 입을 다물고 무표정하게 그의 말을 듣고 있었다. 그 무표정함이 진국침을 안타깝게 했다. 그러나 진국침은 나머지 말을 멈출 수 없었다. 상해에서 여기까지 온 이유가 있지 않은가.

"제가 내린 결론은… 끌려간 애보 누님은 선생님과 대한민국 임시정부를 지키기 위해 스스로 목숨을 거둔 것이 확실합니다."

역시 김구는 표정이 없었다.

진국침은 순간 상실감이 밀려왔지만, 나머지 말을 이어가야 했다.

"제가 1945년 중경에서 선생님을 찾아뵈었을 때는 아무런 단서도 찾지 못한 상태였기 때문에 이런 말씀을 드릴 수 없었습니다."

진국침은 말을 마치고 조용히 차를 한 모금 마셨다. 김구는 아무런 반응 없이 입을 굳게 다물고 있었다. 창문 밖에는 비가 내리고 있었다.

"선생님…"

진국침이 침묵을 깼다.

"좋은 소식을 전해드리지 못해 죄송합니다."

김구가 말했다.

"참으로 많은 사람의 의리와 도움으로 여기까지 왔는데, 우리가 꿈꾸던 독립은 이루지 못했다네."

두 사람은 더 이상 입을 열지 않았다.

비가 쏟아지기 시작했다. 밤새도록 비가 내렸다.

다음 날 새벽, 이른 아침을 마치고 김구는 담담한 얼굴로 말했다.

"중국에 돌아가면… 무엇을 할 생각인가?"

진국침은 연둣빛 차를 보며 말했다.

"남경에서 역사 교사를 하며 국제정치학을 공부하려고 합니다."

김구는 먼 곳에 시선을 던지며 말했다.

"내가 살아온 역사에는 이름 없는 이들이 많았지."

진국침은 고개를 숙였다.

잠시 뒤, 진국침이 자리에서 일어섰다. 가방을 둘러메고 마지막 인사를 올렸다.

"부디 건강하십시오. 제가 실례를 했다면 용서해주십시오."

진국침은 갑자기 한기가 엄습해오는 것을 느꼈다.

"또 만나세. 언제든 자네를 기다리겠네."

김구는 헤어지는 국침에게 이어서 말했다.

"애보는 늘 나를 지켜주었지. 나에게 한 번도 '아니오'라거나 '싫어요'라는 말을 하지 않았다네. 그런 애보가 아니었다면, 내가 어찌 일제의 그물망을 빠져나올 수 있었겠나?”

국침은 백범의 말에 귀를 기울였다.

“애보의 공로를 잊을 수가 없네. 공로의 하나는 내가 위기를 헤쳐나갈 수 있었다는 개인적인 것이고, 다른 하나는 우리가 대한민국 임시정부를 유지해 광복군을 만들 수 있었다는 공적인 것일세.”

지금까지 주애보에 대해서는 입을 다물고 어떤 말도 하지 않던 김구였다.

국침은 “아!” 하는 탄성을 터뜨리며 계단을 내려갔다. 김구가 말한 것은 주애보를 향한 애정과 그녀의 공로에 대한 것이었다.

국침은 속으로 외쳤다.

‘사람의 발자취는 언제까지나 남는다. 사라져 없어지지 않는다. 주애보는 백범 선생님과 대한민국 임시정부를 살린 은인이다.’

백범은 2층에서 경교장을 나가는 진국침을 내려다보고 있었다. 비가 그쳤고, 남산 쪽에서 아침 해가 솟아오르고 있었다.

24 강산에 눕다

어둡고 축축한 저녁이다. 빗방울이 그쳤지만, 거리는 여전히 눅진하게 젖어 있다. 창백한 얼굴로 행인들이 바람 속을 지나간다. 그 틈에서 거리 악사가 구부정한 허리를 세우고 바이올린 활을 움직이고 있었다. 동양극장 앞이다. 그 옆에 선 소녀가 또렷하면서도 흩어질 듯한 목소리로 노래를 불렀다. 가사는 떠돌이의 비가 같은 것이었다. 김구는 그 곁을 스쳐 지나가며 앞에 놓인 모자에 동전 한 닢을 넣었다. 그 노래는 뒷골목의 습기처럼 그를 따라왔다. 그 소리가 마음 한구석을 오래 두드린다.

김구는 책상 위에 놓인 붓을 잡았다. 반질반질하고 뭉툭한 필관이 손가락 안에 들어온다. 필관에도 세월이 들어 있다. 붓끝에 먹을 적신다. 먹물에서는 무너진 성곽의 냄새가 난다.

베를린에는 봉쇄선이 둘러쳐졌다. 팔레스타인에는 총성이 울린다. 네덜란드가 침략한 인도네시아에는 피의 강이 흐른다. 중국은 붉은 물결이 대륙을 뒤덮었다. 모두가 대결로 향한다.

남한은 반민특위 습격과 국회 프락치사건으로 반공의 서슬이 퍼렇다. 북한은 남쪽 민족주의자의 손도 잡지 않은 채 조국통일민주주의전선을 결성했다. 양쪽에서 마주 잡는 손길은 사라지고, 칼날만 도사리고 있다.

김구는 중얼거린다.

'협상… 협상밖에는 길이 없다. 한국 문제는 아무리 국제적 도움이 있더라도 결국 한국 사람의 손으로 해결해야만 한다. 남북의 분단 문제를 해결할 사람은 남북의 한국인뿐이다. 평화로운 협상의 길을 취하는 것밖에 길은 없다. 정치상의 독립을 달성하려 해도, 경제상의 파멸을 면하려 해도, 유일한 길은 남북통일뿐이며, 남북통일의 평화적 성공 수단은 오직 협상뿐이다.'

종이에 점을 찍는다. 붓끝의 먹물이 종이에 번진다. 그는 '사무사'思無邪라고 쓴다.

먹을 받아들이는 종이는 숨을 쉰다.

씨앗을 받아들이는 땅은 몸을 연다.

비에 흠뻑 젖은 땅에서 세 개의 작전이 전개되고 있다.

작전명 상선약수.

첫 시도는 경교장의 밤을 겨냥했다.

1949년 6월 23일 밤. 김지웅 휘하의 서북청년단원인 홍종만, 한국용, 이춘익, 독고녹식, 한봉수와 포병사령부의 초급장교인 안두희, 오병순 등 10명이 숨어 있는 김약수金若水 국회부의장을 체포한다는 구실로 경교장을 에워쌌다.

실제로는 김구를 살해하기 위한 것이었다.

5월과 6월 두 차례에 걸쳐 이미 10명의 국회의원이 국가보안법 위반으로 검거됐다. 국방부는 유엔한국위원단에 외국군 철퇴와 군사고문단 설치에 반대하는 진언서를 제출한 국회의원들의 행동이 남조선노동당 국회프락치부의 지시에 의한 것이라고 발표했다.

안두희는 김지웅에게 경교장 보초 순경 두 명을 살해한 후 곧바로 정문으로 치고 들어가는 방안을 제안했다. 그러나 무너진 뒷담으로 들어가 소리 없이 살해하라는 지시가 하달됐다.

밤이 되자 행동대원들은 두 대의 지프를 타고 경교장 근처에 도착했다. 대원들은 경교장 주위를 몇 바퀴 돌며 분위기를 살폈다. 대범한 안두희가 혼자 경교장 담을 넘어 뒷마당으로 들어섰다. 그러나 잠시 후 깜짝 놀라 돌아나왔다.

"황소만 한 셰퍼드가 있다."

안두희는 모두 숨어 있으라고 한 뒤 어딘가로 뛰어갔다. 조금 있다 쇠고기 튀김을 사왔다. 안두희는 담 안쪽으로 다시 들어가 튀김을 셰퍼드가 있는 쪽으로 던졌다. 그러나 셰퍼드는 고기를 먹지 않았고, 으르렁거리며 달려들 기색을 보였다. 잘 훈련된 개였다.

"오늘은 틀렸으니 가자."

오병순이 말했다.

"셰퍼드를 죽이고 바로 치고 들어가자."

안두희는 물러서지 않았다.

"안돼, 가자. 오늘은 시간을 너무 끌었다."

대부분 오늘은 힘들다는 반응이었다.

포병사령관 장은산은 서울대병원 입원실에서 행동이 실패로 돌아갔다는 보고를 받았다. 그는 작전본부를 서울대병원으로 정하고, 325호실에 입원해 거사를 지휘하고 있었다. '상선약수'上善若水. 세상의 으뜸이라는 물처럼 자연스럽게 흘러 들어가 아무도 모르게 김구를 제거한다는 작전은 실패했다.

그는 보고를 받자마자 신사답지 않게 욕설을 내뱉었다.

"개새끼!"

김약수는 이틀 후 새벽 운니동에서 체포됐다.

작전명 블랙타이거.

25일 새벽, 장은산에게 호되게 기합을 받은 행동대원들은 수원 병점고개로 차를 몰았다. 지프에 탈 수 있는 행동대원은 김지웅, 안두희, 한국영, 오병순, 강창걸과 운전사 등 6명으로 제한됐다. 수원에서 오산으로 가는 길목에 있는 병점고개 정상에 고장 난 것처럼 지프를 세워두고 기다리는 작전이다. 김구가 탄 차가 올라오면 안두희와 오병순이 가로막아 차를 세우기로 했다.

김구는 이날 건국실천양성소 개소식에 참석하기 위해 경교장을 떠나 공주로 내려갈 예정이었다.

안두희와 오병순이 차를 정차시키면 차에서 기다리던 행동대원들이 일시에 튀어나온다. 행동대원들은 차에 있는 사람들을 순식간에 사살한다. 한 사람도 살려둬서는 안 된다. 곧바로 휘발유를 뿌려 차량을 불태워버린다. 유골과 잔해는 털끝 하나 남기지 않고 회수한다. 작전이 완료될 때까지 방첩대원들은 병점고개에 진입하는 차량과 통행자를 차단한다.

이날 새벽 선우진이 공주경찰서장의 전화를 받고 김구에게 보고했다.

"건국실천원 집회 허가가 취소되었습니다."

"이제는 내 발을 묶어놓으려 하는구나."

집회가 취소됐다는 사실을 나중에 보고받은 장은산은 입원실에서 길길이 날뛰면서 병원이 울릴 정도로 고함을 쳤다.

"이놈들아! 공주경찰서장에게 손을 써놓았어야지. 백 퍼센트 성공하는 걸 놓쳤다. 이런 놈들을 데리고 뭔 일을 하겠냐?"

장은산은 독 안에 든 쥐를 놓쳤다면서 반 시간은 넘게 고래고래 온갖 욕설을 다 퍼부었다.

작전명 최후의 만찬.

25일 오후, 장은산은 안두희를 단독으로 불렀다. 안두희는 2년 전 신의주에서 월남한 후 서북청년단에 입단한 서른셋의 청년이었다. 서북청년단에서 특수업무를 수행하는 그는 사격 솜씨가 뛰어났다. 대담한 데다 포를 쏘는 데 필요한 삼각함수를 능숙하게 푸는 실력을 인정받아 포병장교로 입대했다. 장은산은 안두희에게 장개석 정부의 특별 테러단체인 남의사의 행동 관례를 알려주었다.

"남의사는 표적이 단독일 때 살해한다. 질문하지 않고 3초 내에 끝낸다. 끝까지 입을 다문다. 성공해도 유명해지려는 생각은 버려라. 이름 없는 것이 규칙이다."

그리고 목소리를 깔고 말했다.

"이번엔 김구가 죽든지 네가 죽든지 둘 중의 하나다."

"반드시 하겠시다!"

안두희가 답했다.

밖으로 나오자 차가 대기하고 있었다. 안두희가 운전석 옆에 앉았다. 차는 부리나케 달려 소공동 '대륙공사'라는 간판이 붙은 빌딩 앞에서 멈췄다.

방첩대 소령인 김창룡이 회의를 주재했다.

"작전 개시 시간은 11시 30분이다."

"새끼 호랑이에 대한 조치는 확실합니까?"

노덕술이 물었다.

"새끼 호랑이는 웅진전투에 대비해 새벽에 출격하도록 조치해놓았습니다."

헌병대 중령 전봉덕이 계급상으로는 하급자인 김창룡에게 보고하듯이 말했다.

"대원들은 근처에 대기하고 있다가 작전을 방해하는 자들이 있으면 즉각 사살하라."

김병삼 헌병대 대위가 명령했다.

"저격은 세 발 이상이다. 총소리가 난 후 5분 이내에 킬러를 구한다."

*

25일 밤 경교장, 만주에서 활동한 독립투사 김승학金承學과 제자인 대광중학교 교감 박동엽朴東燁이 김구를 찾아왔다. 거실로 들어서는 두 사람의 얼굴에는 근심의 기운이 역력했다.

"선생님을 암살하려 한다는 소문이 자자합니다. 부디 몸조심하십시오."

박 교감이 걱정했다.

곁에 있던 김승학도 말을 보탰다.

"헛소문이 아닙니다. 총독부 앞잡이들이 경교장 근처까지 얼쩡거리는 모습이 여러 번 눈에 띄었습니다. 이제 여기도 안전지대가 아닙니다."

김구는 그들의 말을 듣고 껄껄 웃었다.

"나를 죽인들 민족의 앞길은 막을 수 없소. 내 목숨쯤이야 오래전부터 조국에 바친 것이니, 오로지 통일을 향해 갈 뿐이오."

거듭 몸조심을 당부하는 이들이 돌아가자 백범은 붓글씨를 썼다. 김구는 며칠째 책을 읽고 글씨를 쓰면서 여러 소문을 이기는 중이었다.

지혜의 언어가 존재하는 곳에 비생명은 자리를 차지할 수 없다. 세상은 어둠으로 스멀거렸고, 그 어둠은 자신의 옆자리까지 몰려왔으나 김구는 붓으로 말을 다스리며 어둠을 물리쳤다.

신기독愼其獨

'홀로 있을 때도 스스로 삼간다.'

말이 존재하는 곳에 의미의 실체가 존재했다. 그 실체는 존재하는 동시에 작동했다. 스스로 삼가는 자리에 어둠은 범접하지 못했고, 어둠이 물러간 자리에 생명이 피어났다. 고요한 공간에서 홀로 삼가는 사람이 만드는 시간이 이어졌다. 그 속에서 백범은 어떤 사사로움에서도 벗어났다.

사무사思無邪

'생각에 사악함이 없다.'

그것이 존재이거나, 아니면 다른 어떤 것이라도 좋았다. 사사로움이 없는 생각은 그를 자유롭게 했다.

김구는 깊은 밤 의자에 앉았다.

"어떤 염원이… 어머니 곽낙원과 아내 최준례, 장남 김인을 남의 땅에 묻게 한 것과 맞먹을 만큼 가치가 있단 말인가?"

그는 스스로 답했다. 나라를 찾는 것은 그런 가치가 있다. 아니, 그 이상이다.

"내가 이봉창과 윤봉길, 백정기를 죽으라고 내보낸 건 옳은 일인가? 삼의사를 보낸 나는 살아 있고, 아직 온전한 독립을 이루지 못하고 있으니 이게 온당한 일인가?"

그의 대답이 솟아올랐다.

"이 자괴감을 감내해야 한다. 그렇지 않다면 독립운동의 촛불은 꺼졌을 것이다. 그때 나는 목숨을 부지하기 어려울 만큼 거센 영적 한전寒戰에 사로잡혀 있었다. 그걸 이기기 위해 양복 한 벌을 사입었다. 그렇게 나를 바꿔서 영혼의 찬바람을 이겨냈다. 내가 새 옷을 직접 사입은 적은 일생에 그때 한 번뿐이었다. 다음을 위해서 나는 그렇게 했다."

밤이 깊을 때까지 백범은 책상에 앉아 있었다. 그는 시간을 알 수 없는 암흑에 휩싸여 있었다. 김구는 화선지를 거두고 자리에 누웠다.

624

26일 일요일 오전 10시, 안두희는 집에서 나와 경교장 앞 다방 '자연장'으로 들어갔다. 다방은 조용했다. 안두희는 달걀을 푼 쌍화차를 한 잔 주문했다. 20분 후에는 커피도 한 잔 시켰다. 11시가 넘으면서 헌병이 들어와 웅성거리기 시작했다. 안두희는 천연스럽게 경교장으로 들어갔다.

김구는 경교장 2층에서 창암공민학교 강영희 선생을 만나고 있었다. 김구가 학교에 오르간을 사주겠다고 오라고 한 것이다. 탁자에는 화선지에 붓으로 쓴 글씨 두 폭이 가지런히 놓여 있었다.

안두희는 45구경 권총을 차고 있었다. 그는 한독당 김학규 조직부장의 소개로 경교장에 몇 차례 찾아온 적이 있었다. 선우진이 백범 선생이 손님과 면담 중이라고 알려주자 안두희는 1층 비서실에서 면담이 끝나길 기다렸다. 지하 1층 식당에서 일하는 사람들이 떠들며 그릇을 달그락거리는 소리가 들렸다. 음식을 만드는 고소한 냄새가 올라왔다. 안두희는 권총 손잡이를 슬며시 만져보았다. 손잡이의 탄력이 손바닥에 전해졌다.

안두희의 면담 차례가 되어 선우진이 안두희를 2층으로 안내했다. 백범은 의자에 편안히 앉아 있었다.

"안두희 소위가 선생님을 뵈려고 왔습니다."

선우진이 안두희를 안내하고 계단을 내려왔다. 지하 식당에서 아주머니가 소리쳤다.

"만둣국이 끓고 있어요."

선우진은 지하 식당으로 내려가면서 흡족하다고 생각했다. 김구는 만둣국과 칼국수와 냉면 같은 담백한 음식을 좋아했다. 경교장에서는 3년 전 임정환국 환영위원회로부터 재정지원이 끊기자 형편이 어려워 보리밥이나 조밥을 먹었다. 비서들은 칠십이 넘은 노인에게 그렇게 드리는 것이 미안해 쌀밥을 차린 상을 따로 2층에 올려드렸다. 어느 날 김구가 경교장 사람들이 보리밥 먹는 것을 보고 말했다.

"나도 내일부터 식당에서 같이 보리밥을 먹겠네."

그러나 부엌일을 하는 유순덕 아주머니는 같이 식탁에서 밥을 먹지 않았다.

"부엌일을 하는 제가 선생님과 같이 식탁에서 밥을 먹을 수는 없어요."

백범은 그런 아주머니를 나무라며 모든 사람이 함께 식사하도록 만들었다. 선우진은 오늘 점심은 모두에게 넉넉한 시간이 되리라 생각했다.

그러나 그 순간, 서늘한 감각이 등을 스쳤다.

'권총… 안두희가 권총을 차고 있었다.'

불길한 그림자가 순식간에 그의 마음을 덮었다.

바로 그때, 위층에서 굉음이 울렸다. 총소리인 것 같았다. 경교장은 석조로 된 집이라 위층의 소음이 아래층에는 잘 들리지 않았다. 게다가 라디오에서 음악이 흘러나오고 있었다. 위층에서 나는 웬만한 소리는 거의 들리지 않을 터였다. 선우진이 급히 계단을 뛰어 올라갔다.

안두희가 손에 권총을 든 채 계단을 내려오고 있었다. 아래층에서 이풍식, 이국태 비서가 뛰어 올라왔다.

"선생님을 내가 쏘았다!"

안두희의 얼굴은 거사를 마친 자의 기이함으로 번뜩거렸다. 그것은 곧바로 공포로 변했고, 안두희는 쓰러지면서 계단 난간을 움켜잡았다. 백범의 얼굴과 오른편 가슴에서 붉은 피가 솟구치고, 총성의 울림은 벽과 천장을 때리고 있었다.

선우진이 달려가 백범을 의자에서 내려 방에 눕히는 순간, 격분한 비서들이 의자와 몽둥이를 들어 안두희를 때려눕혔다.

안두희가 쏜 총탄은 네 발이었다. 인중과 목을 관통한 총탄은 경교장 창을 뚫었고, 나머지 두 발은 앞가슴과 하복부를 뚫고 지나갔다. 네 발의 탄환이 모두 명중했다. 첫 발에 백범이 쓰러졌음에도 범인은 세 발을 더 쏜 것이다. 45구경 권총은 8발의 탄환을 장전할 수 있다. 안두희가 쏜 권총에는 4발을 쏘고도 3발의 실탄이 남아 있었다. 보통 권총에는 5발 이상의 탄환을 장전하는 경우가 거의 없다. 탄환을 만장하면 총의 스프링 탄력이 줄어들기에 여유를 두는 게 일반적이다. 그러나 안두희는 만장으로 단단히 살인 준비를 했다.

바로 다음 순간, 경교장 주위에 포진해 있던 괴청년들이 나타나 비서들을 제지하면서 안두희를 데리고 나가려고 했다. 마침 경교장의 연락을 받은 서대문경찰서의 형사주임 강용자 경위가 달려와서 안두희에게 수갑을 채웠다. 그러자 다른 괴청년들 네댓 명이 나타나 형사주임을 막았다.

"경찰이 감히 군인에게 손을 대는가?"

이들은 경찰을 윽박지르며 안두희를 데리고 나갔다. 문밖에는 지프가 대기하고 있었다. 안두희와 청년들은 지프를 타고 사라졌다.

같은 민족이면 믿고, 쓰는 사람이라면 의심하지 않는 김구의 충직한 성격이 부른 참화였다. 안두희는 김학규를 통해 김구에게 접근했다. 김학규는 광복 후 교포들의 안전귀환을 위해 중국에서 활동했다. 그는 3만여 명의 교포를 귀국시킨 후 남북회담 직전에 귀국해 곧바로 한독당의 조직부장을 맡았다.

총소리가 경교장을 뒤흔들자 부엌에서 점심상을 차리던 유순덕 아주머니가 계단을 뛰어 올라왔다. 아주머니는 쓰러진 백범의 심장에서 고동치며 흘러넘치는 피를 보고 혼절해 쓰러졌다. 혼절한 그녀는 비서들의 부축을 받고 정신을 차려 일어섰다. 그러나 뿜어져 나오는 백범의 피를 보고는 다시 쓰러졌다. 그 순간 유순덕은 억눌린 영혼이 날아오르는 느낌을 받았다.

며칠 전 백범은 '일심일덕'一心一德이라는 휘호를 쓰다가 다다미를 청소하고 있는 동향 사람 유순덕에게 투박한 고향 사투리로 말했다.

"나는 가야갓서. 내레 가야지 젊은이들이 나와서 일을 하지 안갓서. 내레 죽는 거이 미섭지 안아."

고통이 사라졌다. 뿜어져나오는 백범의 피는 유순덕의 영혼을 위로했고, 그녀는 참을 수 없는 거룩한 감정에 사로잡혀 소리 내지 못하고 피처럼 진한 눈물을 흘렸다. 그녀는 마루에 흐르는 백범의 피를 손바닥으로 어루만지며 엄청난 떨림에 사로잡혔다. 바닥에 뉘어진 백범의 육신은 죽음으로써 모든 말을 대신한 거대한 느티나무와 같았다. 피로 물든 경교장 2층은 그 어떤 말로도 표현할 수 없는 처절함으로 날아올랐다. 유순덕은 오래 쌓인 설움과 부대낌에 떨며

실성한 사람처럼 경교장 밖으로 걸어나갔다. 그녀는 한참을 걷다가 대로변에 서 있는 미루나무를 부둥켜안았다. 그러고는 참고 있던 울음을 터뜨렸다.

"선생님! 선생님은 사람들이 몰라보는 곳에 가서 맘 턱 놓고 설렁탕 한 그릇을 먹어봤으면 하셨지요! 동양극장에 들어가셔서 맨 뒤에 서서 영화 구경을 하셨지요! 권투 시합한다는 벽보가 붙으면 가시던 길을 멈추고 한참씩 보곤 하셨었지요! 선생님, 하늘나라에 가시면 시장에도 맘대로 가시고, 순대도 맘대로 사 잡수세요! 늙으셨어도 입맛이 여전하시고, 담백한 음식을 좋아하셔서 오래오래 사실 분인데! 정명은 구십을 넘으련만, 백세를 사시련만! 이제 누가 남북을 오가고, 누가 북한 얘기를 들어줄꺼나!"

쩌렁쩌렁 울리는 유순덕의 통곡 소리를 듣고 사람들이 경교장 앞으로 몰려들었다.

*

오후 1시가 조금 지나 조완구가 가장 먼저 청년들의 부축을 받으며 경교장에 들어섰다. 조완구는 꼿꼿이 서지도 못하고 허리를 구부리고 들어와서 손짓, 발짓을 하면서 소리쳤다.

"이놈들아! 백범만 죽이지 말고 우리도 다 죽여서 같이 파묻어라!"

그는 소리를 지르다 나중에는 원통해서 팔짝팔짝 뛰었다.

"선생님, 진정하세요."

청년들이 눈물을 흘리면서 그를 달랬다. 조완구는 분을 못 이겨 결국 실신했다.

사람들은 체구가 작으면서도 성깔이 불같은 조완구와 대범하고 중언重言인 백범이 평생의 지기로 서로 보완하고 아끼며 살아온 내력을 이해하고도 남았다.

국무위원 중에서는 신성모申性模가 제일 먼저 조문을 왔다. 신성모가 나타나자 조완구가 벌떡 일어나 그의 멱살을 잡으며 소리쳤다.

"이놈, 네가 여기에 왜 왔느냐. 네놈이 부하를 시켜 백범을 살해해놓고 뭘 엿보러 여기에 왔느냐?"

신성모는 영전에 배례하고 곧바로 자리를 떴다.

김규식 부부가 들어왔다. 두 사람도 청년 동지들의 부축을 받았다. 김규식은 고개를 꼿꼿이 들고 눈물 한 방울 흘리지 않았다.

"백범, 끝내 이 길을 혼자 가셨구려!"

얼굴과 두 눈에 노기를 가득 담은 그는 백범의 영전에 깊이 국궁鞠躬하고 나서 창밖으로 남산을 바라보았고, 부인 김순애는 목을 놓아 울었다. 김구의 암살은 김규식에 대한 경고이기도 했다.

심산 김창숙도 업혀 빈소를 찾아왔다. 백범보다 세 살 아래였지만 백범이 평생 경외했을 만큼 올곧은 심산은 빈소에 도착해 "형님!"과 "백범!"을 연달아 외쳐 부르며 눈물을 흘렸다.

"백범! 상해 그 골목 술집에서 형님과 둘이 앉아 마시던 술을 왜 다시는 나누지 못했던 걸까요?"

흐르는 눈물을 닦지 않고 "형님!"을 외치던 심산도 마침내 실신했다. 심산이 실신한 것은 평생 두 번뿐이었다. 다른 하나는 둘째 아들 찬기가 중경 임시정부에 업무차 갔다가 유골로 돌아왔을 때였다. 다음 날 새벽 집으로 돌아온 심산은 열흘간 음식을 입에 대지 않았다.

80대 중반의 위창葦滄 오세창吳世昌은 다른 사람의 부축 없이 꼿꼿한 자세로 빈소에 들어서 배례하고 털썩 주저앉았다. 그리고 영정 앞에서 소리쳤다.

"백범, 광복군 깃발을 수여할 때 내가 '이 깃발은 피로 지켜라'고 하였소. 백범이 아니었다면 누가 광복군을 만들고, 임정을 피로 지켜냈을까요?"

우파이지만 진보적 민족주의자인 민세民世 안재홍은 빈소에 오자마자 어깨를 흔들며 눈물을 흘렸다. 한참을 울고 나서 그는 몰려든 기자들에게 백범과의 일화를 소개했다.

"1935년 6월경 내가 『조선일보』에서 물러나 쉬고 있는데, 어느 분이 백범의 편지를 전해왔더군요. 해외로 나오라는 말씀이었으나, 떠날 형편이 아니었습니다. 해방 후 입국하셨을 때 백범을 처음 만나뵈었지요. 신중하고 과묵하시면서도 과단성이 있는 분으로 지도자의 자격을 가진 분이라고 깊이 경탄했습니다. 남북협상의 선배와 동지들이 단독선거를 거부하지 않고 대거 참여했다면 다수의 투사가 의정을 차지해 통일운동을 할 수 있었을 텐데 아쉽기만 합니다."

조소앙은 빈소에 들어서며 아무 말도 하지 않았다. 한동안 영정 앞에 무릎을 꿇고 앉아 있다가 드디어는 경교장 지붕이 들썩일 만큼 크게 울었다.

"백범! 백범! 백범! 당신은 이 강토를 유지하는 조선의 명맥이었소."

팔순의 이시영 부통령은 좀 늦게 경교장을 찾았다. 백범의 부고를 듣자 자택에서 세 번이나 기절한 끝에 정신을 차려 나선 길이었다. 분향하는 그는 맑고 고요했다. 그러나 기자들의 질문을 받고 말할 때는 비단 옷자락 속에서 삐져나온 비수의 날처럼 날카로웠다.

"물을 것이 뭐 있소. 다 아는 일 아니겠소? 비통해 말이 안 나오는 구려. 30년 사이에 깊이 지내기도 여러 번 하였으니, 내 몸이 괴로워 자주 만나지도 못하다가, 백범이 1주일 전에 나를 집으로 찾아와 한참을 입 다물고 있다 갔소. 이런 참변을 누가 생각이나 했겠소."

엄항섭 선전부장이 이시영을 부축했다. 기자들이 이시영에게 백범의 생애를 간단히 말해달라고 하자, 이시영은 엄항섭에게 대신 말하라고 했다.

"백범 선생은 우리 정치에서 나라 사랑 정신이 가장 투철하신 분입니다. 선생을 능가할 사람은 단연코 없습니다. 선생은 가진 것을 모두 나라에 바쳤습니다. 사람들이 떠나가고 밀린 월세도 못 낼 때, 선생은 임정을 살리기 위해 매일 굶다시피 하면서 임정을 이끌었습니다. 교포들의 집에 가서 밥을 얻어 잡수실 때도 위축되지 않으셨습니다. 얻어먹는다고 위축되었더라면 임시정부는 거기서 더 못 나가고 문을 닫았을 것입니다."

기자들이 물었다.

"백범이 굶고 살았다고요?"

"선생은 굶은 티를 내지 않았지만, 영양실조로 병을 앓기도 했습니다. 그렇게 살면서도 중국 땅에서 한국광복군을 창설했고, 중국의 광복군 9개 지침을 막아내 광복군의 자주를 이룩하셨습니다. 백범이 아니면 누가 이걸 해낼 수 있겠습니까. 백범은 죽음을 각오하고 북에 가서 남북협상을 끌어내셨습니다. 이 공을 지금은 과소평가하고 있지만, 조국 분단을 극복하는 날까지 이 정신은 우리에게 힘이 될 것입니다."

기자들이 고개를 주억거리자 엄항섭이 한마디 덧붙였다.

"이봉창, 윤봉길 의거나 광복군 창설, 남북협상 같은 위업은 선생이 아니고서는 아무도 해낼 수 없는 일입니다. 백두산 밀림에서 솟아나오는 듯한 백범의 원시적인 창의력은 보면 볼수록 두려울 정도입니다."

아나키스트 동지 정화암은 빈소를 찾아와 크게 울고 나서 기자들에게 말했다.

"장성한 남자가 찾아가서 하소연하며 펑펑 울 사람이 있다는 것은 복이오. 백범이 세상을 뜬 것은 우리에게 그 행복이 사라졌다는 뜻이오."

이승만 대통령은 7월 4일 오전 프란체스카 여사와 함께 경교장을 찾아 백범 영전에 배례하고 곧 자리를 떴다. 이에 앞서 이 대통령은 6월 26일 저녁 9시가 넘어 서울중앙방송국을 통해 애도 방송을 했다.

"나와 백범 선생 사이의 사분으로 말하면 호형호제하고 의리는 실로 사생을 같이하자는 결심이 있었던 터이며, 임시정부 주석으로 내가 절대 지지했고 그 후 임시정부가 귀국한 때에 나는 무조건 지지해온 것입니다. 모든 동포는 백범의 애국애족 정신을 본받아 그 사업을 계속 완수하기를 결심하고 맹세하기를 바랍니다."

북한에서는 홍명희가 조국전선의 이름으로 『로동신문』에 조사를 발표했다.

"김구 씨는 일생을 두고 조국 독립을 위해 분투한 분이다. 그는 미군 주둔을 반대하고 조국의 평화통일을 주장한 인사였다. 이러한 분이 리승만 도당의 손에 조난당한 것은 비분할 일이다."

*

6월 27일 오전 경무대에서 열린 국무회의에서 이승만은 백범의 장례를 국장으로 하라고 지시했지만, 한독당과 유족들이 국장이라는 격식을 사양했다. 김규식이 국민장으로 하자고 제안해 의견이 모였다. 장례의 명칭을 '고 백범 김구 선생 국민장'으로 정했다. 국민장은 10일장으로 진행하고, 영결식은 7월 5일 서울운동장에서 열기로 했다.

눈물의 강이었다.

백범은 경교장 8조 다다미방에서 놀랄 만큼 간소한 모습으로 살았다. 별다른 치장이나 장롱도 없이 간결하게 꾸민 방 한쪽에 놓인 책상 위에는 돌아가신 어머니와 아내의 작은 사진이 걸려 있었고, 그 옆의 벽 장식대에는 냄비와 밥공기와 수저가 놓여 있었다. 책상 위에는 유묵 한 점이 묵묵히 '신기독'을 말하고 있었다.

범인들은 총으로 생명을 거두어갔지만, 깨진 유리창 너머 창밖에 와서 인산인해를 이루어 목을 놓고 우는 촌부들의 눈물까지 빼앗지는 못했다.

매일 인산인해를 이루는 조문 군중 가운데는 깡통을 집어던지고 온 걸인이 많았다. 정치인들은 몰려든 걸인들을 보며 자신들이 지금껏 외친 "삼천만 동포여!"는 자신의 이익을 위한 남녀노소를 지칭하는 것이었을 뿐, 그 속에는 걸인과 같이 비루한 사람은 포함되지 않았다는 것을 자각했다.

창암학교 강영희 교사가 애도했다.

"우리 학교에 이제 오르간은 없으나 마음의 풍금소리는 학생들 가슴에서 떠나지 않을 것입니다. 앞으로 학생들은 선생의 유지를 받들고 풍금의 행진곡에 맞추어 어떤 장애라도 타파하고 나갈 것입니다."

입관은 29일 오후 4시부터 시작되었다. 상주 김신 부부를 비롯해 김규식, 조소앙, 조완구, 엄항섭 등 동지들과 정부 대표 이범석 국무총리 등이 늘어선 가운데 박병래 성모병원장이 수시收屍를 거뒀다.

고인의 얼굴엔 미소가 번져 있었고, 치아는 가지런하고 깨끗했다. 그러나 육신은 역사의 상흔으로 얼룩져 있었다. 왼쪽 다리 정강이에는 해주옥에서 주리를 틀린 상처가 깊게 남아 있었고, 등판에는 서대문형무소에서 채찍으로 고문당한 흔적이 있었다. 남목청 사건 당시 입은 명치 끝머리의 총상도 그의 장대하고 하얀 육신 위에 새겨져 있었다.

5시 50분경 관이 닫히고 최후의 은정隱釘을 마치자 보슬비가 소나기로 바뀌었다. 김규식 박사를 비롯한 입관식 참예자들이 식장을 나왔다. 찬송가 「요단강 건너가 만나리」가 울려퍼졌다. 그 순간 경교장 앞뜰에서 입관식 광경을 확성기 소리로 듣고 배례하던 수천의 조객들은 입관을 마치고 나오는 사람들의 표정을 보고 소나기 속에서 다시 통곡하기 시작했다. 경교장 내 모든 사람은 일심동체가 되어 '요단강'을 부르며 눈물을 함께 흘렸다.

영결식에는 전무후무한 인파가 몰려들었다. 124만 명의 조문객이 문상했다. 서울 인구는 140만 명이었다.

백범 생존 시에는 노골적으로 탄압을 가할 수 없었던 경찰들은 서거 후에는 측근은 물론 한국독립당 당원도 감시했다. 공포 분위기는 가족에까지 좁혀왔다. 백범가에서는 측근들을 보호할 방도를 찾지 않을 수 없었다. 그리하여 백범의 아들 김신과 광복군 제3지대 출신 김우전이 경교장 지하 연탄 아궁이에 조사, 만사, 조전, 혈서 등을 넣고 모두 불태웠다. 한국독립당 당원 명부도 소각했다. 백범 서거 후 군대에 있던 광복군 출신자는 인사카드에서 광복군 경력을 삭제하기까지 했다.[36]

말년의 백범을 모신 비서 선우진은 말했다.

"백범은 우남장 형님 이승만을 정성으로 모셨다. 인물의 크기에서는 우남장보다 백범이 한 치수 위였다."

정화암도 평가를 내놓았다.

"백범은 일생을 일편단심으로 독립투쟁한 분이다. 그 투쟁의 성과는 위대하다. 백범의 남북협상은 선구자적인 길이다. 그러나 정치적으로는 이 박사를 당할 수 없다."

7월 20일 군 당국은 최종 수사결과를 발표하면서 이 사건을 "대한민국 정부를 전복하려 한 친공산주의적인 한국독립당의 음모에 맞선 안두희의 의거"라고 규정했다. 안두희는 재판 중 2계급 특진을 했고, 사건 1년여 만에 형 면제 처분을 받고 군에 복귀했다. 백범 암살은 만주군 출신 포병사령관 장은산이 담당했다. 반민특위공격, 국회프락치사건, 백범 암살… 이 모든 공격의 최고책임자는 국방장관 신성모였다.[37]

*

장례식이 끝나고, 김구와 함께 생활했던 사람들은 모두 경교장을 떠나야 했다. 장례식 며칠 후 김정륙은 가져올 짐이 있다며 경교장을 찾았다. 김정륙은 해방 후 한국에 와서 경교장에서 김구의 아들 김신과 함께 2층 김구의 옆방을 썼다. 나중에는 인근에 집을 얻어나갔지만, 경교장에 자주 와서 놀았다. 김상덕도 아들을 따라나섰다.

경교장은 고요했다. 경교장을 지키는 경비 한 사람만 있을 뿐 모두 슬픔의 길을 떠난 것 같았다. 집 내부는 티끌 하나 없이 말끔하게 정리돼 있었다. 그러나 여기저기가 헐고 나무 계단은 삐걱거렸다. 다다미의 곰팡 향이 짙었다. 슬픔이 그렇게 익어가고 있었다.

부자가 2층을 잠깐 둘러보고 경교장을 떠나기 직전, 발걸음이 떨어지지 않아 안쪽 김구 주석의 서재를 들여다보았다. 오른쪽 복도 마루에는 김구가 흘린 피가 아직 다 지워지지 않은 채 검붉게 말라 붙어 있었다. 김상덕의 목울대가 흔들렸다. 김정륙이 먼저 서재에 들어갔다.

1949년 6월 29일 낮 12시 45분. 안두희가 쏜 4발의 총알이 백범의 가슴을 향해서 날아갔지만, 총알은 백범의 심장까지는 도착하지 못했다. 총알은 비역사의 공간으로 날아갔다. 그 공간은 총탄이 백범의 심장을 뚫고 드라마의 종장終章을 기록하는 것을 허락하지 않았다. 역사는 다른 쪽의 회전문을 열었다.

거기 사람이 있었다. 백범이었다. 중절모를 쓴 흰 두루마기 차림의 백범이 응접 소파에 앉아 있었다. 김정륙이 백범에게 인사를 드린 후 그의 오른쪽에 앉았다. 막 떠오르는 햇살이 방 안으로 스며들었고, 바람이 햇살을 흔들었다.

영주 동지도 이쪽에 와서 앉아 좀 쉬시게! 백범의 낮고 장중한 목소리가 새벽 대기를 흔들었다.

할아버지! 오늘 신문을 갖다 드릴까요? 아니다, 신문은 나중에 읽으마.

벽에 걸린 시계는 12시 45분에 멈춰 있었다.

선생님, 중일전쟁이 나서 임정과 민족혁명당 대가족이 남경에서 비바람 속에 먼 길을 걸어 이동하던 때가 생각나네요.

김상덕이 옛일을 회상했다.

나도 그때를 생각한다네. 그 고생하고 모두 여기까지 걸어왔지. 그런데도 우리는 아직 완전한 독립을 이루지 못했으니 여간 안타까운 일이 아닐세. 다른 나라에 36년간 지배를 당했는데, 다시 나라가 갈려서 미국과 소련의 통치 아래 살아야 한다면 분노하고 반대하는 것은 당연한 일일세. 나라의 어떤 정책도 민족의 의기를 넘어서서는 안 될 것일세. 이것은 아무리 세월이 흘러도 민족이 살아 있는 한 영원한 진리라네. 또다시 외세의 틈새에서 나라가 갈라져서 꿈쩍도 하지 않는 것이 오늘의 현실 아닌가.

할아버지, 삼팔선을 우리 힘으로 없앨 수 있을까요.

그럼, 우리 힘으로 없애야 하고, 없앨 수 있지. 누구도 삼팔선의 철조망을 거두지 않을 거야. 오직 우리 힘으로만 가능하지. 우리는 이미 남북 간에 겨레의 약속을 했지. 그 약속이 두고두고 우리를 이끌어갈 거야! 동틀 무렵의 새들이 지저귀고 있구나! 새들은 일찍 일어나 회의를 하고 날아간단다. 삼팔선은 당연히 없앨 수 있지. 남과 북이 합한다면 말이야. 나는 일생에 걸쳐 공산주의를 싫어했지. 우리가 자주적으로 나라를 세우는 것이 아니라 다른 세력의 지시를 받아야 하는 공산주의로는 안 된다는 게 지론이었다네. 그렇지만 나는 북으로 갔지. 민족의 분열, 나라의 분단은 반드시 막아야 한다는 생각이었어. 분단되면 전쟁이 일어날 수밖에 없을 걸세. 서로 잘 아는 사이에 전쟁이 일어나면 치명적일 수밖에 없게 돼 있지.

통일은 점점 더 어려워질까요?

욕심과 증오를 거두고 합심의 길을 찾아야 하네. 증오와 분열이 쉽겠나, 사랑과 합심이 쉽겠나? 내키는 대로 미워하고 갈라서는 일은 당장 손쉽고 간단한 일이지. 사랑하고 합심하는 건 엄청난 인내와 반성이 필요하지. 참 어려운 일이라네. 어렵다고 지금 당장 편한 대로 증오에 가담하면 안 된다네. 인내하고 서로 사랑해야지. 그렇게 해야 우리 민족에게 앞날이 있다네. 내가 옛날에 본 동학 책에는 이런 말이 있었다네. 마음이 화和하고 기운이 맑아서 봄 같이 화해지기를 기다려라. 그 화를 얻는다면 세상을 얻는다. 그런 화를 얻으려면 고난을 견뎌내야 하고, 민족의 꿈을 키워가야 하지. 마음을 굳게 먹고 친일파를 꼭 청산해주시게!

창밖을 보니 경비원이 깨끗한 마당을 쓸고 있었다. 티끌 하나 없는 마당을 쓸고 유리창을 닦는 경비원의 정성이 느껴졌다. 김상덕이 아들에게 말했다. 백범 할아버지도 상해 대한민국 임시정부를 찾아가 우리 정부의 문지기를 시켜달라고 부탁했었단다.

백범의 비원은 그가 넘었던 그 선을 다시 넘어 흘러갔다. 마식령 산맥의 푸른 줄기가 내리뻗어 있었다. 북쪽에는 수룡산과 대둔산이 치솟아 있고, 남쪽으로는 구릉성 산지가 평탄하게 이어져 있다. 산천의 높낮이와 주름 사이에서 바람이 일어난다. 바람은 휘몰아치며 달려와 들판의 잡초 사이로 넘어가고 스며든다. 북쪽에서 흘러온 사천강이 장단에서 가파른 절벽을 만들며 임진강으로 떨어져내리고, 그 너머로는 평야가 삼삼하게 이어져 있다. 벌노랑이, 꿩의바람꽃, 복수초, 둥근이질풀, 금계화, 금강초롱, 함박꽃, 앵초가 바람에 휘날린다. 고슴도치, 다람쥐, 노루, 고라니, 멧돼지, 산양, 삵, 수달, 너구리, 물범, 사향노루가 달린다. 피라미, 어름치, 황쏘가리, 중투리, 열목어, 연어가 튄다.

백범이 그 강산에 누웠다.

산에서 바람이 불어와
잡초 사이로 넘어간다
강물이 절벽에서 떨어진다

피라미, 어름치, 황소가리 뛴다
벌노랑이, 복수초, 금강초롱 날린다
고슴도치, 다람쥐, 고라니 달린다
강산에 눕는다
별이 떠오른다
별이 반짝인다
바람이 좋았더라면,
바람이 좋았더라면…

김상덕이 일어섰다.
김정륙도 일어섰다.

주

1 국사편찬위원회, 한국사 DB, 「이봉창 재판기록」, 『대한민국 임시정부 자료집』 30권에 수록된 자료를 소설의 흐름에 맞게 발췌·구성했다.

2 의거 과정에서 윤봉길을 도와준 조력자(「상해총영사보고」, 『대한민국 임시정부 자료집』 43권).

3 국사편찬위원회, 한국사 DB, 「윤봉길 재판기록」, 『대한민국 임시정부 자료집』 30권.

4 윤봉길·이봉창·유상근·최흥식·유진식·이덕주의 의거를 적은 기록문.

5 을미사변 이후인 1896년 2월 일본 정부는 조선 내륙지방에서 장사하는 일본 상인들에게 인천으로 철시하라고 훈시를 내렸다. 일본 공사관은 1896년 5월 30일까지의 일본인 피해자를 피살자 43명, 부상 19명으로 파악해 조선 정부에 피해배상을 요구할 것을 본국 정부에 건의했다. 국내 학계의 중론은 쓰치다가 계림장업단 소속의 일본 상인이었다는 것이다. 김구의 쓰치다 살해 사건을 '일본 민간인에 대한 살인강도 사건'이라고 보는 시각도 있다(정안기, 『테러리스트 김구』, 미래사, 2024). 그러나 1920년 상해 일본총영사 야마자키 게이치(山崎馨一)는 대한민국 임시정부의 경무국장에 대한 본국 보고서에서 "김구는 황해도 출신으로 민비사건에 분개해 소위 국모보수의 소요가 일어났을 때 일본 장교(소위)를 살해한 관계자로 형벌을 받은 사실이 있다"고 기록했다. 당시 쓰치다가 소지한 돈을 어떻게 처리했느냐에 따라 의병이냐 강도범이냐를 구분할 수 있는 중요한 기준이 된다. 쓰치다는 한전(韓錢) 총 1,000냥 정도를

갖고 있었는데 이중에서 김창수는 75냥으로 당나귀 1필을 구입하고 동행인에게 약간의 노자를 주었으며, 나머지 800냥은 동네에 나누어주었다(백범김구선생전집편찬위원회,『백범 김구전집』3, 대한매일신보사, 1999).

6 한시준,『대한민국 임시정부』, 한울엠플러스, 2021.

7 당시 40만 루블은 오늘날 화폐가치로 510억 원이 넘는 돈이다.

8 1989년『역사비평』여름호에는 김립과 함께 고려공산당 활동을 했던 김철수의 글이 발굴돼「김철수 친필 유고」라는 제목으로 소개됐다. 유고를 발굴한 이균영은 논문에서 "무엇보다도 김립이 거액의 자금을 착복했고, 그 가운데 일부는 자신의 개인적인 호화생활을 위해 썼다는 김구의 주장은 착오로 보인다"고 밝혔다. 임경석은「피지배민족 위한 인터내셔널리즘」(『한겨레21』, 2018년 1209호)에서 "김립에게 씌워진 횡령 혐의는 누명이었으며, 모스크바 자금의 관할권은 한인사회당과 그 후계 조직인 고려공산당 상해파에 있다"고 밝혔다.

9 1911년 안악사건으로 일본 경찰에 잡혀 8년간 복역했고, 신민회가 만주에 무관학교를 설립하고 독립군 기지를 만들 때 크게 기여했다. 1977년 건국훈장 독립장이 추서되었으나 친일행적이 드러나 2011년 4월 서훈이 취소되었다.

10 송건호 엮음,『김구』, 한길사, 1980. 이하『백범일지』인용은 모두 이 책에서 옮겼다.

11 신천의 안명근(安明根), 이원식(李源植), 박만준(朴晚俊-박은 기회를 보아 도망갔다), 신백서(申伯瑞-신석효申錫孝의 아들), 이학구(李學九), 유원봉(柳元鳳), 유문형(柳文馨), 이승조(李承祚), 박제윤(朴濟潤), 배경진(裴敬鎭), 최중호(崔重鎬), 재령에서 정달하(鄭達河), 민영룡(閔泳龍), 신효범(申孝範), 안악에서 김홍량(金鴻亮), 김용제(金庸濟), 양성진(楊星鎭), 김구(金龜), 박도병(朴道秉), 이상진(李相晋), 장명선(張明善), 한

필호(韓弼昊), 박형병(朴亨秉), 고봉수(高鳳洙), 한정교(韓貞敎), 최익형(崔益亨), 고정화(高貞化), 도인권(都寅權), 이태주(李泰周), 장응선(張膺善), 원행섭(元行燮), 김용진(金庸震), 장련에서 장의택(張義澤), 장원용(莊元容), 최상륜(崔商崙), 은율에서 김용원(金容遠), 송화에서 오덕겸(吳德謙), 장홍범(張弘範), 권태선(權泰善), 이종록(李宗錄), 감익룡(甘益龍), 장연에서 김재형(金在衡), 해주에서 이승준(李承駿), 이재림(李在林), 김영택(金榮澤), 봉산에서 이승길(李承吉), 이효건(李孝健), 배천에서 김병옥(金秉玉), 연안에서 편강렬(片康烈) 등이다. 그리고 평남에서 안태국(安泰國), 옥관빈(玉觀彬), 평북에서 이승훈(李承薰), 유동열(柳東說), 김용규(金龍圭) 형제, 경성에서 양기탁(梁起鐸), 김도희(金道熙), 강원에서 주진수(朱鎭洙), 함경에서 이동휘(李東輝).

12 도진순,「안중근 가문의 유방백세와 망각지대」,『역사비평』, 2010년 봄호.

13 可奪 三軍之帥, 匹夫之志 不可奪也(가탈 삼군지수, 필부지지 불가탈야).

14 옥관빈이 친일파 또는 밀정이었는지에 대해서는 확증이 없다.『친일반민족행위진상규명보고서』와『친일인명사전』에도 등재되지 않았다. 그는 안창호를 신뢰해 독립자금을 지원했으나, 김구 계열과 아나키스트 단체의 군자금 요구는 거부한 것으로 알려져 있다.

15 윤대원,『제국의 암살자들』, 태학사, 2022.

16 이청천의 본명은 지대형(池大亨)이었으나 지청천(池靑天)으로 개명했다. 그러나 희성이어서 일제에 발각되기 쉬워 어머니의 성인 이(李)씨로 바꿨다.

17 화북으로 간 조선의용대는 팔로군과 합류해 항일전과 무장 선전을 전개했고, 1942년 여름 연안에서 '조선의용군'으로 개편되었다. 연안 계열은 해방 뒤 북한 정권의 핵심이 되었다. 반면 한구·중경 계열의 일부는 임시정부의 광복군에 편입됐다.

18 6·25 이후 대한민국 국군은 미군으로부터 지휘권을 획득하지 못했다. 그

러나 한국광복군은 식민지배하에 있던 한국이 남의 나라 중국에서 편성한 군대임에도 불구하고 지휘권을 얻는 데 성공했다. 대한민국 국군은 독립한 내 나라에서 우리가 만든 군대임에도 전시 작전지휘권은 미국이 갖고 있다. 남의 나라 중국에서 한국광복군을 창설하고, 중국으로부터 독립성을 회복한 사람들의 지략은 역사의 교훈이다.

19 1923년 국민대표회의, 1926년 민족유일당운동, 1935년 5개 정당 및 단체의 통일운동, 1939년 7당 통일회의.

20 이 문구는 1948년 제헌헌법 제정 이래 9차례의 헌법 개정에서도 헌법 전문에서 삭제되지 않고 "대한국민은 3·1운동으로 건립된 대한민국 임시정부의 법통과 불의에 항거한 4·19민주이념을 계승하고"라고 규정함으로써 대한민국의 법통을 천명한 것이다.

21 정정화, 『장강일기』, 학민사, 1998.

22 김준엽, 『장정: 나의 광복군 시절』, 나남출판, 1988.

  장준하, 『돌베개: 장준하의 항일대장정』, 돌베개, 2015.

  선우진, 최기영 옮김, 『백범 선생과 함께 한 나날들』, 푸른역사, 2009.

23 「이 달의 독립운동가」, 국가보훈처 공훈자료전시관, 2005년 5월.

24 김준엽, 『장정: 나의 광복군 시절』, 나남출판, 1988.

  장준하, 『돌베개: 장준하의 항일대장정』, 돌베개, 2015.

25 일반 시민용 여권이 아니라 여행증명서였다. 미 국무부는 이승만의 과격한 반소 행보를 경계해 여권 발급을 꺼렸으나, OSS와 미 육군 정보라인이 개입해 군사 채널을 통해 특별여행증명서(travel document)를 발급해주었다.

26 박태균, 『버치문서와 해방정국』, 역사비평사, 2021.

27 모윤숙, 『모윤숙 문학전집』 9권, 대호출판사, 1982.

  최종고, 『이승만과 메논 그리고 모윤숙』, 기파랑, 2012.

28 메논은 훗날 그의 자서전 『많은 세계들』에서 "내가 그런 행동을 취한 데

에는 하나의 센티멘털한 까닭이 있었다"고 고백했다.

29 국사편찬위원회, 한국사 DB, 「김구, 장덕수 암살사건 8회 재판의 증인신문」, 『자료 대한민국사』 6권.

30 '백 마리 소를 모아서 나를 끌려 해도'라는 발언은 1998년 6월 16일 정주영 현대그룹 회장이 아산농장에서 키운 소 1,001마리를 몰고 판문점을 넘어 북한을 방문함으로써 꼭 50년 만에 같은 이미지를 만들어낸 남북 간 화해의 그림으로 현실화시켰다.

31 온낙중(溫樂中), 『북조선기행』, 조선중앙일보사, 1948.

32 '발생가치'는 한 정부가 어떤 역사적 필연성과 정당성 속에서 성립했는가를 가리키는 개념이다. 식민지 상황에서 출범한 대한민국 임시정부는 비합법적 상태에서 형성되었음에도 민족적 정통성을 지닌 정부로 이해된다. '존재가치'는 임시정부가 독립운동 전 기간 동안 실제로 존속하며 중심적 구실을 수행했다는 역사적 실제성에 관한 평가를 뜻한다. 그러나 해방 이후 임시정부가 정식정부 수립과정에서 배제되면서 그 역사적 성취가 계승되지 못했다는 비판이 제기된다(조동걸, 「임시정부의 역사적 평가」, 『한국근대사의 시련과 반성』, 학술정보, 2004 참조).

33 '유어만 비망록'은 김구가 유어만에게 "북한이 내려오면 그냥 남한은 끝이다. 그런데 내가 왜 이승만을 도와주느냐"라고 기록돼 있다. 김구의 비판자들은 이를 바탕으로 김구를 이중적인 위선자로 몰아갔다. 그러나 김구가 유어만에게 한 말은 "만약에 전쟁이 일어난다면 북과는 상대도 안 될 남쪽이 무력 대결이 불가피한 분단정권 수립의 길로 달려가는 것에 대해 강력히 경고한 것이다"라는 것이었다(한홍구, 「여전히 계속되는 백범을 향한 총질」, 『통일뉴스』, 2024. 6. 26).

34 1960년대 이후 남북연석회의와 남한 민족주의 세력의 활동을 민족통일운동의 장기적 흐름 속에서 재평가하려는 시각이 등장했다. 이에 따라 남북협상은 일회적 사건이 아니라 이후 평화통일 논의로 이어지는 출발

점으로 이해되기 시작했다(박태균, 『버치문서와 해방정국』, 역사비평사, 2021 참조).

35 김구 사후인 1949년 10월, 특별재판부가 해체되기 전까지 판결을 받은 이는 78명, 나머지 215명은 미결로 묻혔다. 1950년 4월 임시특별재판부가 재판을 다시 열었으나, 곧 전쟁이 터졌다. 징역형 이상은 10명, 집행유예 9명, 공민권 정지 23명, 무죄 17명, 형 면제 9명, 공소기각 8명. 이듬해 2월 반민법 자체가 폐지되자, 그마저도 모두 풀려났다.

36 백범김구선생전집편찬위원회, 조동걸 해제, 「순국 추모록」, 『백범 김구 전집』 9, 대한매일신보사, 1999.

37 1993년 국회는 이 사건의 진상규명을 위한 조사위원회를 구성해 약 2년 간의 조사를 거친 후 '백범김구선생 암살진상국회조사보고서'를 작성했다. 보고서는 1995년 12월 국회 본회의를 통과했다. 보고서는 당시 정부 발표처럼 한국독립당의 노선을 둘러싼 내분 과정에서 안두희가 개인적 차원에서 우발적으로 저지른 사건이 아니라, 면밀하게 준비·모의되고 조직적으로 역할이 분담된 정권 차원의 범죄 행위라고 밝혔다. 보고서의 결론은 이렇다.

"백범 암살사건은 안두희에 의한 우발적 단독범행이 아니라 면밀하게 준비 모의되고 조직적으로 역할 분담된 정권적 차원의 범죄였다. 안두희는 그 거대한 조직과 역할에서 암살자에 지나지 않았다. 김지웅은 암살 사건 전반을 계획 조율했으며, 홍종만은 암살 하수인들을 관리했다. 이들은 모두 정권적 차원의 비호를 받았지만, 그 일차적 배후는 군부 쪽이었다. 장은산은 암살을 명령했고, 사건 이후 김창룡이 적극 개입했고, 채병덕 총참모장, 전봉덕 헌병부사령관, 원용덕 재판장, 신성모 국방장관 등이 사후 처리를 주도했다.

백범 암살에서 가장 큰 쟁점은 역시 이승만과 미국의 관련성이다. 이승만 대통령의 경우 정권적 차원의 범죄라는 차원에서 우선 도덕적 책임이 있다. 또한 사건 뒤처리에서 개입한 것이 확인된다. 다만 암살사건에 대한 사전 개입과 지시는 불투명한 편이다. 미국의 경우 우선 백범의 정치노선에 대한 거부감을 가지고 있었고, 암살사건의 내막을 알 수 있었을 것으로 판단된다. 다만 미국 역시 백범 암살에 대한 구체적 지시나 명령을 한 흔적은 보이지 않는다. 암살사건에서 최고위층의 개입을 구체적인 지시 명령의 대목까지 확인할 수 있는 경우는 극히 드물다. 다만 최고위층 자체가 하나의 상황을 만들기 때문에 도덕적 책임, 상황적 책임을 물을 수 있다."

참고문헌

도서

국사편찬위원회, 한국사 DB, 『대한민국 임시정부 자료집』 제30권, 「윤봉길 재판기록」, 「이봉창 재판기록」, 2008.

김구, 나남출판 편집부 엮음, 『백범 김구선생의 편지』, 백범학술원총서, 나남출판, 2005.

______, 도진순 엮음, 『백범어록』, 돌베개, 2007.

______, 도진순 주해, 『백범일지』, 돌베개, 1997.

______, 이만열 옮김, 『백범일지』, 역민사, 1997.

______, 『원본 백범일지』, 서문당, 1989.

______, 도진순 탈초·교감, 『정본 백범일지』, 돌베개, 2016.

김사량, 『노마만리』, 김사량선집 1, 실천문학사, 2002.

김삼웅, 『김상덕 평전』, 책보세, 2011.

______, 『백범 김구 평전』, 시대의창, 2004.

______, 『우사 김규식 평전』, 채륜, 2015.

______, 『투사와 신사 안창호 평전』, 현암사, 2013.

김신, 『조국의 하늘을 날다』, 돌베개, 2013.

김용옥, 『동경대전』 1~2, 통나무, 2021.

김용호·이정식·김학준 엮음, 『혁명가들의 항일 회상』, 민음사, 2005.

김자동, 『임시정부의 품 안에서』, 푸른역사, 2014.

김재웅, 『예고된 쿠데타, 8월 종파사건』, 푸른역사, 2024.

김준엽,『장정: 나의 광복군 시절』, 나남출판, 1988.

______ ,『한국독립운동사의 재조명』, 독립운동사 교양총서 5-4, 독립기념
관 한국독립운동사연구소, 1989.

나카츠카 아키라·이노우에 가쓰오·박맹수, 한혜인 옮김,『동학농민전쟁과
일본』, 모시는사람들, 2014.

남파박찬익전기간행위원회,『남파 박찬익 전기』, 을유문화사, 1989.

님 웨일스, 김산, 송영인 옮김,『아리랑』, 동녘, 2005.

도진순,『분단의 내일 통일의 역사』, 당대, 2001.

______ ,『한국민족주의와 남북관계』, 한국사연구총서 1, 서울대학교출판부,
1997.

박광일, 신춘호 사진,『제국에서 민국으로 가는 길』, 생각정원, 2019.

박태균,『버치문서와 해방정국』, 역사비평사, 2021.

부덕민,『백절불굴의 김구』, (사)백범김구선생기념사업회, 2010.

백범김구선생전집편찬위원회,『백범 김구전집』 1~12, 대한매일신보사,
1999.

(사)백범김구선생기념사업회 기획,『백범의 길』 1~4, 아르테, 2019.

(사)백범사상실천운동연합 엮음,『비운의 역사 현장 아! 경교장』, 멘토, 2019.

서중석,「김구 노선의 좌절과 역사적 교훈」,『한국현대정치사 1: 미군점령시
대의 정치사』, 실천신서 26, 실천문학사, 1989.

______ ,『한국 현대민족운동연구』, 역사비평사, 1991.

선우진, 최기영 옮김,『백범 선생과 함께 한 나날들』, 푸른역사, 2009.

성주현,『동학과 동학농민혁명』, 도서출판 선인, 2019.

세르히 플로히,『얄타』, 역사비평사, 2020.

심지연,『잊혀진 혁명가의 초상: 김두봉 연구』, 인간사랑, 1993.

손세일,『이승만과 김구』 1~7, 조선뉴스프레스, 2015.

송건호 엮음,『김구』, 한길사, 1980.

염인호, 『조선의용대·조선의용군』, 한국독립기념관 한국독립운동사연구소, 2009.

오소백, 『인간 김구』, 국제문예사, 1949.

윤대원, 『제국의 암살자들』, 태학사, 2022.

이기형, 『여운형 평전』, 실천문학사, 2000.

이은숙, 『서간도 시종기』, 일조각, 1975.

이원규, 『민족혁명가 김원봉』, 한길사, 2019.

이이화, 『전봉준, 혁명의 기록』, 생각정원, 2021.

이재석·이세중·강민아, 『밀정, 우리 안의 적』, 지식너머, 2020.

이해영, 『임정, 거절당한 정부』, 글항아리, 2019.

이현희, 『임시정부의 숨겨진 뒷이야기』, 학연문화사, 2000.

______, 『한국 광복군』, 독립운동사 교양총서 19, 독립기념관 한국독립운동
　　사연구소, 1991.

장위안칭(張元卿), 『김구와 난징의 독립운동가들』, 공명, 2024.

장준하, 『돌베개: 장준하의 항일대장정』, 돌베개, 2015.

정경모, 『찢겨진 산하』, 한겨레신문사, 2002.

정경환, 『백범평전』, 이경, 2007.

정병준, 『1945년 해방직후사』, 돌베개, 2023.

______, 『김규식과 그의 시대』 3, 돌베개, 2025.

______, 『우남 이승만 연구』, 역비한국학연구총서 26, 역사비평사, 2005.

정용욱, 『존 하지와 미군 점령통치 3년』, 중심, 2003.

______, 『편지로 읽는 해방과 점령』, 서울대 인문 강의 시리즈 10, 민음사, 2021.

정안기, 『테러리스트 김구』, 미래사, 2024.

정정화, 『장강일기』, 학민사, 1998.

조동걸, 『한국근대사의 시련과 반성』, 한국학술정보, 2004.

조한성, 『해방 후 3년』, 생각정원, 2015.

한시준, 『대한민국 임시정부』, 한울, 2021.

______ , 『한국광복군연구』, 일조각, 1977.

논문

강준석, 「하지와 이승만 김구 여운형의 암투」, 『신동아』, 1989. 2.

국사편찬위 한국사 DB, 「이봉창 재판기록」, 「윤봉길 재판기록」, 『대한민국 임시정부 자료집』 제30권.

김광주, 「상해시절회상기」, 『세대』, 1965. 12~1966. 1.

김재명, 「김성숙 선생의 묘비명」, 『정경문화』 248호, 1985. 10.

도진순, 「1948년 남북연석회의와 남한 민족주의 정치세력의 동향」, 『국사관논총』 54집, 1994.

______ , 「김구 김규식의 국가건설론과 민족적 의미」, 『지식의 세계1: 사회와 역사』, 동녘, 1998.

______ , 「김구의 마지막 노선에 대한 시비」, 『우송조동걸교수정년기념논총 한국사학논총』, 나남, 1997.

______ , 「안중근 가문의 유방백세와 망각지대」, 『역사비평』, 2010년 봄호.

박나현, 「아나키스트 정화암의 독립운동」, 『한국독립운동사연구』 제86집, 2024.

박태균, 「미국의 관점에서 본 한국의 8·15」, 『군사』 96호, 2015.

송건호, 「이승만과 김구의 민족노선」, 『창작과비평』, 1977년 봄호.

심희찬, 「카이로 회담을 전후한 시기 한국 지식인들의 세계체제에 대한 인식」, 『카이로 선언 80주년에 다시 보는 동아시아』, 2023.

양지선, 「백범 김구와 장개석의 6차 접견」, 백범기념관국제학술회의, 2002.

이영희, 「그리운 김구 선생」, 『샘이깊은물』, 1987. 6.

장준하, 「백범 김구선생을 모시고 6개월」 1~4, 『사상계』, 1966. 8~11.

조동걸, 「김구 주석의 통일노선과 남북통일정책 변천과정」, 『남북협상 50주년 기념강연회』, 백범김구선생기념사업회, 1998.

최성복, 「평양 남북협상의 인상」, 『신천지』 4~5월 합병호, 1948.

한민석, 「백범 김구의 교육활동에 대한 연구」, 『교육사상연구』, 2015.

한시준, 「중경임시정부 청사를 찾아서」, 『월간 독립기념관』, 1993. 8.

역사의 별이 된 사람들
• 작가의 말

　우리의 수천 년 역사 가운데 일제 강점기와 그 이후의 분단만큼 억울하고 분한 시절은 없다. 국권을 빼앗긴 데 이어 해방 후 나라가 둘로 갈라진 이중의 상실은 한두 세대의 불행으로 끝나지 않았다. 그 비극은 오늘에 이르기까지 우리의 삶과 언어, 사고방식을 규정하고 있다.

　그 시대에 자신의 목숨을 온전히 던져 민족의 수난을 막고자 했던 사람들이 있었다는 사실은 그 자체로 고맙고 눈물겹다. 더 놀라운 것은 그들이 분노와 절망에 머물지 않았다는 사실이다. 그들은 서러움과 좌절을 자기 몫으로 껴안고, 나라의 독립과 분단 극복을 자신의 책임으로 받아들였다. 그들은 태산처럼 무너졌으되, 길을 비춰주는 역사의 별이 되었다. 오늘날 우리가 감당하기 어려운 현실에 부딪혀 억장이 무너질 때, 그들의 이름을 부르며 마음 놓고 울 수 있다는 것은 얼마나 다행인가. 이것이야말로 역사의 사무치는 위로다.

　이 망국과 분단에 가장 치열하게 맞선 인물이 백범 김구다. 그는 전근대의 인물이었다. 제도적 교육으로 보자면 서당 공부 몇 해가 전부였다. 그러나 그는 누구보다도 강력한 원시적인 창의력을 지닌 사람이었다. 김 존위의 아들이 망명지에서 임시정부의 주석이 되었고, 이봉창·윤봉길 의거를 통해 꺼져가던 임시정부를 다시 세웠다. 남의 땅 남의 하늘 아래서 한국광복군을 창설했다는 사실은 그 정점을 이룬다. 이 모든 것은 근대적 기술이나 제도에서 비롯된 성취가 아니라, 막다른 현실을 정면으로 돌파하는 원초적 상상력과 결단으로 가능했다.

백범은 남과 북이 만나지 않으면 동족상잔을 피할 수 없고, 분단이 영구화될 것으로 판단해 남북회담을 위해 평양으로 갔다. 그것은 이념의 문제가 아니라 현실을 돌파하는 신념이었다. 그의 결단은 분단이 극복되는 날까지 남과 북이 함께 되새겨야 할 교훈이다.

이런 힘은 어디에서 비롯되는가. 나라를 잃고 땅이 갈라지던 시절에 남긴 독립지사들의 기록을 읽어보면 알 수 있다. 그들의 말과 글은 숨을 고르고 눈물을 삼키며 한 줄씩 써내려간 피의 기록이다. 그들은 자신의 말과 글이 현실을 움직일 수 있다고 믿었고, 그 믿음에 따라 끝까지 걸어갔다. 그들의 말과 글은 단순한 기록이 아니라 사상이었고, 인간이었으며, 생명이었다.

독립운동가들은 예외 없이 단단한 사람들이었다. 육체는 강건했고, 사상은 순결했으며, 삶은 극도로 절제되어 있었다. 성품은 곧았고, 나라를 되찾기 위해 단순한 생활을 선택했다. 몸을 던지면서도 그것을 희생으로 여기지 않았다. 그들의 말과 글에 품격이 따르지 않을 수 없다. 진정으로 슬펐던 시절, 우리 말과 글이 얼마나 고귀했는지를 우리는 돌아봐야 한다.

　지금 우리의 기억 속에서 희미해졌거나 단순화된 백범의 투쟁은 다시 조명되어야 한다. 우리는 그 시대를 살았던 사람들의 숨결을 가슴으로 느껴야 한다. 백범과 동시대를 살았던 이들의 정신이 분단의 현실을 살아가는 오늘의 우리에게 새로운 희망과 삶의 긍지를 불러오기를 소원한다. 이것은 그들이 우리에게 남긴 선물이자 조용한 부탁이다.

　지난 50년의 출판운동을 통해 우리의 문화 지평을 넓혀온 한길사에서 책을 발간하는 영광을 갖게 되었다. 진지하게 책을 만드는 기쁨을 깨닫게 해준 김언호 대표와 백은숙 주간, 배소현 님의 노고에 감사드린다.

2026년 2월
임순만

백범
강산에
눕다

지은이 임순만
펴낸이 김언호

펴낸곳 (주)도서출판 한길사
등록 1976년 12월 24일
주소 10881 경기도 파주시 광인사길 37
홈페이지 www.hangilsa.co.kr
전자우편 hangilsa@hangilsa.co.kr
전화 031-955-2000~3 **팩스** 031-955-2005

부사장 박관순 **총괄이사** 김서영 **관리이사** 곽명호
경영이사 김관영 **편집주간** 백은숙
편집 배소현 노유연 박홍민 임진영
관리 이희문 이진아 고지수 **마케팅** 이영은
디자인 창포 031-955-2097
CTP출력·인쇄 예림 **제책** 예림원색

제1판 제1쇄 2026년 3월 1일
제1판 제2쇄 2026년 3월 18일

값 22,000원

ISBN 978-89-356-7917-1 03810

• 잘못 만들어진 책은 구입하신 서점에서 바꿔드립니다.

지은이 임순만 · 펴낸이 김언호 · 펴낸곳 (주)도서출판 한길사 · 등록 1976년 12월 24일 · 주소 10881 경기도 파주시 광인사길 37 · 전화 031-955-2000~3 · 팩스 031-955-2005 · ISBN 978-89-356-7917-1 03810